한국문학사

한국문학사

김윤식 · 김현

민음사

개정판을 내면서

    이 책의 초판 간행이 1973년이니까 그 동안 두 번씩이나 강산이 변할 만큼 세월이 흘렀습니다. 고치어 바로 잡을 시기도 넘칠 만큼 흘렀다고 하겠지요. 그럼에도 불구하고 이 책은 초판 그대로 오늘에 이르고 있습니다. 더욱 난처한 것은 앞으로도 그러하리라는 점입니다. 고치어 바로 잡을 주체의 한쪽이 결여된 까닭입니다. 이 책이 지닌 운명이라고나 할까요. 운명을 초극하고자 하는, 그래서 운명을 사랑할 수밖에 없는 사람이라면 이 책을 계속 사랑하리라고 감히 저는 믿습니다. 사람이 있어 한자 사용을 줄인다든가 작고 문인들이 늘어남에 따라 그것을 밝힌다든가, 구두점 사용 및 표기의 수정 등을 두고 초판 훼손이라 부를까 저어합니다. 부록을 생략한 것은 초판 당시와는 달리 지금은 이 방면의 참고서적들이 많이 나왔기에 몸을 가볍게 하기 위함입니다.

1996년 8월

김윤식 혼자 씀

서언

1972년 ≪문학과지성≫ 봄호부터 시작되어 1973년 같은 책 겨울
호로 연재를 끝낸 이 책은 한국문학사를 체계적으로 이해하려는 노
력의 소산이다. 대체로 지금까지 씌어진 한국문학사는 문단사, 논쟁
사, 잡지사의 성격을 띠고 있어, 과거의 한국 문학을 체계적으로 이
해하는 데 어떤 면에서는 오히려 장애를 이루어 왔다. 좋은 작가와
나쁜 작가를 선별하고, 그 작가들의 삶에 대한 태도와 문학 형식에
대한 태도에 따라 그들을 가르고 나누며, 동시에 그들을 그들이 속
한 사회와의 관련 아래서 파악한다는 어려운 작업을 그것은 팽개쳐
버리고, 작가를 작품 외적인 조건에 지나치게 묶어 버림으로써 소문
과 풍문에 대한 독자들의 기호만을 조장시켜 온 것처럼 우리에게는
느껴졌다. 이 책을 기획할 무렵 그러한 함정에서 독자들을 이끌어
내어 문학이 사회와 그 자신의 관계를 이해하려는 넓은 정신의 작
업이라는 것을 인식시키는 일보다 더 시급한 일은 없는 것처럼 보
였다. 문학이 문단의 지위나 잡지의 편집권 그리고 논쟁벽하고 아주
사소한 관련밖에 가지고 있지 않다는 것을 보여주고, 참되고 아름다
운 문학은 작가 자신이 그와 그가 속한 사회와의 관계를 이해하려
는 노력 속에서 생겨난다는 것을 밝히는 것이 그러므로 이 책의 목

6

적을 이룬다.

　이 책이 기획된 것은 1970년경이다. 같은 직장에서 같이 한국 문학에 깊은 애정을 갖고 한국 문학을 이해하려고 애를 쓰는 도중에 우리는 새로운 문학사를 써야 한다는 의무감 같은 것을 느꼈고 그것이 실현화된 것이 1972년이다. 그 2년 동안의 준비 과정에서 우리는 서로의 이견(異見)을 조정하고, 문학사의 목차를 세웠다. 우선 전통 문제와 이식문화 문제, 식민지 치하의 문학의 위치 문제, 해방 후의 분단 문제 등을 문학적으로 이해하는 데에 우리의 모든 노력을 집중시켰으며, 그 결과 조선 후기의 문학에서부터 근대 문학사를 서술하는 것이 가장 타당하다는 결론을 얻었다. 원칙이 세워지고 기술(記述)이 시작되었음에도 불구하고 작업은 재빠른 속도로 진행되지 못했다. 또 다른 난점들이 속속 제기되었기 때문이다. 그 난점들은 사상사, 풍속사, 분류사, 장르사 등과 공간(公刊)된 자료의 미비 때문에 야기된 것들이었다. 특히 해방 후의 문학은 이제 한참 왕성한 작품 활동을 하고 있는 생존자를 취급한다는 어려움과 함께 사회적·정치적 여건과 자료 미비로 서술에 가장 애를 태운 부분이다. 우리는 특히 〈김구와 민족주의〉, 〈해방의 문화사적 의미〉, 〈4·19와 비판적 지성〉, 〈해방 후 비평과 수필〉 등의 목차를 여러 가지 이유에서 보류하였다. 그것들을 우리는 곧 보완할 수 있기를 희망한다. 그러나 우리는 이 문학사가 과거의 문학사가 지닌 여러 결점들을 완전하게는 아니겠지만 어느 정도는 극복하고 있다고 믿는다. 작가 자신의 몫과 그의 사상사적 위치를 밝히는 작업은 이 책의 가장 큰 특색을 이루고 있다. 그러나 우리는 문학사란 누구나 쓸 수 있고 또 씌어져야 한다고 생각한다. 어느 누구의 문학사만이 가장 옳다든가 유일하란 법은 없기 때문이다. 이것은 〈우리의〉 문학사인 것이다.

　이 책은 서로 개성이 상이한 두 사람의 공저이다. 서로는 서로의 개성을 가능한 한 극복하려고 애를 썼고, 그런 의미에서 어느 정도의 행복한 일치를 볼 수 있었다. 그 작업을 통해 한 사람의 실증주의적 정신과 한 사람의 실존적 정신분석의 정신이 서로 상호 보족적인 것임을 확인하게 된 것은 우리로서도 크나큰 즐거움이다. 이 책의 책임은 그러므로 두 사람이 다같이 진다. 참고로 두 사람의 집필 분야를 밝히면 다음과 같다. 김윤식―― (제1장) 제2절, (제2장) 제5절 제6절 제7절 제8절 제9절, (제3장) 제4절 제5절 제6절 제7절, (제4장) 제5절 제6절 제7절 제10절 제11절, (제5장) 제1절. 김현 ―― (제1장) 제1절, (제2장) 제1절 제2절 제3절 제4절, (제3장) 제1절 제2절 제3절 제8절, (제4장) 제1절 제2절 제3절 제4절 제8절 제9절, (제5장) 제2절, 제3절 제4절, 제5절.

이 책은 과거의 문학에 대해서 서술하고 있지만, 이 책이 충격하기를 요망하는 것은 오히려 오늘날의 문학이다. 문학에 대한 경멸과 백수(白手)에 대한 조소가 그 어느 때보다도 깊어져 가고 있어 보이는 지금, 인간 정신의 가장 치열한 작업장인 문학을 지킨다는 것은 우리에게는 더할 수 없이 귀중한 자기 각성의 몸부림이다. 문학이 없는 시대는 정신이 죽은 시대이다. 문학은 한 민족이 그곳을 통해 그들의 아픔을 재확인하는, 언제나 터져 있는 상처와도 같은 것이다.

이 책을 서술하고 발간하는 데 귀중한 조언을 해준 여러분과, 그의 귀중한 장서를 마음대로 쓸 수 있게 해준 김병익 형, 부록작성에 애를 써 주신 김인환 형, 그리고 어려운 가운데서도 이 책을 쾌히 출판해 주신 박맹호 사장님께 감사를 드린다.

1973년 10월
김윤식
김 현

차례

제 1 장   방법론 비판

제 1 절   시대 구분론

1   문학사는 실체가 아니라 형태이다[1]

문학사를 기술한다는 것은 이중의 어려움을 지닌다. 그것은, 문학사라는 어휘 자체에서 벌써 그러한 어려움이 암시되어 있는 것이지만, 문학사가 문학과 역사를 동시에 포용해야 한다는 데서 생겨나는 어려움이다. 문학사가 문학과 역사를 동시에 포용해야 한다는 진술은 창조적이며 예외적인 작가의 상상적 창조력과 과거의 집적물로서의 작품을 다같이 진술 대상으로 삼아야 한다는 뜻이다. 그런 의미에서 문학사는 문학 비평도 아니며 역사도 아니다. 문학 비평이 요구하는, 위대한 작가의 예외성을 문학사는 분명히 드러내기가 힘들며, 또한 연대기적인 진술만을 행하기도 힘이 든다.

---

1) 이 명제는 융, 토인비 등에 의해 누누이 강조되어 왔으나 이와 같은 명료한 표현을 얻은 것은 레비스트로스에 의해서이다.

13

그래서 상당수의 문학사가들은, 가령 프랑스의 문학적 역사 literary history of France라는 표현을 쓰거나, 프랑스 문학의 역사history of French literature라는 등의 표현을 사용하여, 문학사의 그 어느 한편에 역점을 두어 그 한계를 벗어나려 한다. 그러나 문학적 역사라든지 문학의 역사라는 표현이 한국어에는 없다.[2] 그것은 한국어로 씌어진 문학사가 희귀하다는 것을 입증하는 것이지만 바로 그렇기 때문에 문학사를 기술한다는 것은 한국에서는 더욱 지난한 일에 속한다.

도대체 문학사란 무엇일까?[3] 그것을 이해하기 위해서는 가장 낮은 차원의 기반에서 출발하지 않으면 안 된다. 아주 일반적인 의미에서의 문학사란 과거의 집적물에 대한 사적 기록이다. 물론 이때의 집적물이란 문학적 집적물을 의미한다. 과거의 문학적 집적물의 사적 기록이라는 문학사의 정의는, 그렇지만 몇 항목의 유보 사항을 전제로 하지 않으면 안 된다.

맨 처음 주의해야 할 것은 문학사는 역사와는 엄연히 다른 감정적 차원에서 서술되어야 한다는 점이다. 역사는 감동의 세계를 서술하는 것이 아니라 과거의 사실을 체계적으로 서술한다. 그러

---

2) 대표적인 두 개의 한국 문학사의 표제는 조연현의 『한국현대문학사』(현대문학사, 1956)와 백철의 『신문학사조사』(수선사, 1948: 백양당, 1949)이다.

3) 문학사의 방법론이란 주제는 텐―랑송 이후의 문학사가들에 의해 빈번하게 토론되어 온 주제이다. 문학과 역사에 대한 원칙적인 구별이 아리스토텔레스에 의해 행해진 이래로, 문학과 역사의 변경에 위치하고 있는 문학사라는 것에 대한 토론은 그것을 제기한 사람들의 수만큼이나 다양하고 다채롭다. 그러나 문학사에 관한 대체적인 의견은 문학을 통해 역사에 접근해야 하느냐, 아니면 역사를 통해 문학에 접근하여야 하느냐라는 두 갈래로 나뉘어 있다. 문학을 통해 역사에 접근한다는 것이나 역사를 통해 문학에 접근한다는 것이나, 원칙적으로 문학―역사의 긴밀한 연관성을 전제하고 있다. 이 연관성은 문학이나 역사가 다같이 과거의 집적들을 대상으로 하고 있다는 것에서 온다. 흥대한 과거의 집적물을 어떻게 이해하느냐에 따라서 방법론적인 차이가 일어난다.

14

나 문학적 집적물은 반드시 감동과 향유라는 정서적 반응을 요구한다. 정서적 차원이 배제된 문학사란 문서 기록이나 고증의 차원으로 떨어져 버린다. 그것은 박사 학위 취득자의 지적 호기심을 만족시켜 줄 수는 있지만 문학사가의 흥미를 끌 수는 없다. 문학적 집적물은 그것이 나타나는 순간부터 타인에게 행하는 담론의 형태를 띠며, 그것은 반드시 상대방의 정서적 반응을 요구한다. 물론 역사적 사실도 기호론적인 입장에서 이해한다면 정서적 반응이 요구되는 기호로 이해될 수 있다. 그렇지만 담론의 형태로 주어지는 역사적 사실이란 집단적 행위의 소산이다. 헤겔에게서 절대 정신의 구현이라는 정서적 반응을 얻은 프랑스 대혁명도 일종의 집단적 행위이다.

문학적 집적물이 정서적 반응을 요구하는 것이라는 진술은 동시에 그것이 개인적 산물이라는 전제를 갖고 있다. 문학 작품에 개인의 서명이 붙게 된 이후의 문학과 그 이전의 문학의 차이는 그 개인성에 있다. 그러나 그 개인은 단순한 개인이 아니라 한 시대의 의미를 어떤 방식으로든지 드러내고 있는 대표자로서의 개인un individu comme le représentant d'un époque이다.

문학사가 역사와 다르게 예외적 개인 l'individu exceptionnel에 많은 관심을 쏟는 것도 이 이유에서이다.[4] 왜 그 현장에서는 다른 많은 사람들과 다르게 그 어떤 독특한 개인, 즉 작가만이 그 현장의 의미를 드러내는가 하는 문제의 중요성은 거기에서 기인한다. 그러한 주장에 대해서는 곧 다음과 같은 반론이 제기될 가능성이 있다. 고려가요, 경기체가, 규방가사(내방가사) 등을 예로 들어 그것이 집단적 소산임을 밝히고, 그렇다면 그것은 문학사 서술에서 제거되어야 하느냐라는 따위의 질문이 그것이다. 물

---

4) 이 문제는 특히 뤼시엥 골드만에 의해 천착되어 왔다. 『소설사회학을 위하여Pour une sociologie du roman』를 참고할 것.

론 그러한 것은 신화, 전설과 마찬가지로 집단적 의미를 띠고 있으며, 그것을 예외적 개인이라는 차원에서 관찰하기에는 매우 힘이 든다. 그러나 그것이 문학사에서 제외되는 것은 아니다.

문학사의 경우, 그것은 정치적 문서, 경제 행위와 마찬가지로 문학적 변주, 문체의 변이와 이행, 타문화와의 관계 등을 밝히는 전거로 사용될 수 있다. 그것들을 당대의 어느 계급의 정신적 분위기, 예외적 개인을 가능케 하는 집단 무의식으로 이해하지 않으면 많은 부분을 놓칠 우려가 있다. 그런 의미에서 그것들은 또한 민속학, 문화인류학, 분석심리학의 전거를 이룬다. 그것들은 다시 말하자면 또 당대의 어느 계급의 무의식적 기반을 보여주는 상상적 전거이며, 풍속적 전거이다.

문학적 집적물은 또 다른 전제 조건을 가지고 있는데, 그것은 문학적 집적물이 상상력의 소산이라는 점이다. 문학이 상상력의 소산이듯이 물론 다른 모든 것이 또한 상상적 소산이다. 기하, 대수, 물리, 생물 등의 모든 학문이 상상력의 소산이다. 그러나 문학이 상상력의 소산이라는 것은 음악, 미술 등의 다른 예술과 마찬가지로 독특한 의미를 띤다. 그것은 문학적 집적물은 수정될 수 없다는 예술 고유의 극히 중요한 의미를 띠고 있다. 다른 학문에서의 상상력이란 수정이 가능하다. 혹은 극복이 가능하다. 뉴턴의 물리학은 아인슈타인의 물리학에 의해 수정·극복되며, 유클리드 기하학은 비유클리드 기하학에 의해 수정·보완된다. 그러나 문학에서는 그럴 수 없다. 호머의 작품이 셰익스피어의 작품에 의해 수정·극복되거나, 괴테의 작품이 토마스 만의 작품에 의해 보완되는 법은 없다. 졸라가 발자크의 「인간희극」을 모방하려 했다고 해서 그가 선배를 보완한 것은 아니다. 슈베르트의 「미완성 교향곡」의 마지막 악장이 끝내 채워지지 못한 것도 그 때문이다. 문학 작품이 수정될 수 없다는 것은 예술의 가장

16

큰 특징을 반영하는 것이다. 선배를 극복해야 한다는 말을 흔히 문학 비평에서 하고 있지만, 그것은 후배가 선배를 수정할 수 있다는 뜻이 아니라, 선배와 다른 시선으로 사물을 보라는 뜻 이외의 다른 아무것도 아니다. 그래서 문학적 집적물의 유효성 문제가 대두된다.

문학 작품이 시대적 압력에도 불구하고 수정될 수 없다면, 왜 어느 작품은 좋게 느껴지고, 어느 작품은 나쁘게 느껴지는가? 그러한 질문은 문학 작품의 유사성 문제로 사고를 유도한다. 문학 작품은 옳거나 틀리거나 하지 않는다. 민주주의 시대에 전체주의를 찬양한 작품을 썼다고 해서 그 작품이 틀린 것은 아니다. 일차적인 의미에서 그것은 좋거나 나쁘다. 이차적인 의미에서 그것이 좋아서 감동을 주었을 때, 그때 그것이 유효한 작품인가 아닌가를 따질 수 있을 따름이다. 사르트르가 지로두Jean Giraudoux를 이해할 수 없는 조화감에 가득 찬 작품을 쓰는 작가라고 불평했을 때, 그는 지로두를 타매한 것이 아니라, 부조리와 혼란의 시대에 그의 작품이 과연 유효할 수 있을까를 따지고 있다. 작품이 유효한가 유효하지 못한가를 따지는 것은 그 작품의 역사성 여부를 따지는 것과도 같다. 일반적으로 가장 행복한 유효성을 획득하는 작품은 안정된 사회에서 그 사회의 풍속, 관념에 알맞은 작품을 생산하였을 때의 작품이다. 오스틴의 「오만과 편견」 같은 것이 그것이다. 자기가 속한 시대의 풍속을 그대로 묘사함으로써 그것은 당대의 유효성을 그대로 획득한다. 조금 불행한 경우는 격동기의 작가, 작품이다. 자기가 속한 사회의 이념을 그대로 드러내면서 동시에 새로운 사회의 이념을 진보적으로 표현하는 것이 그때에 가장 유효성을 띤다. 허균(許筠)의 「홍길동전」 같은 것이 그렇다. 그 시대의 모순인 서얼 문제를 날카롭게 비판하면서도 유교적 이상 국가관을 그대로 견지한다는 어려운 일을 그 작품은 떠맡고 있다.

　그렇다면 문학사를 어떻게 기술할 것인가? 문학사를 기술할 때 가장 중요한 것은 문학적 집적물을 부분과 부분의 상호 관계로 이루어지는 전체로 파악하는 일이다. 그것은 역사주의의 오류에서 문학사가를 벗어나게 한다. 역사주의란 역사적 사실들을 원래의 제 문맥 속에서 파악해야 한다는 실증주의적 태도이다. 그러한 역사주의는 일종의 지적 정적주의quiétisme intellectuel로 떨어질 염려를 지닌다.

　모든 역사적 사실에 제 나름의 무게를 준다는 생각은 지적으로는 가능한 생각이지만, 실제로는 거의 불가능한 작업이다. 그것은 모든 사실을 등가화하여 지적 딜레탕티즘에 빠지게 한다. 그때의 모든 사항들은 개별적 가치를 지니고 전체와의 연관을 잃는다. 흔히 말하듯 자료의 더미 속에서 고개를 들지 못하게 되는 것이다.

　그러한 함정에 빠지지 않기 위해서는 과거의 집적물을 전체로서 파악하고, 그 전체를 이루는 부분 부분들을 관계 가치로 이해하지 않으면 안 된다. 부분은 그것 자체en soi로서 가치를 갖는 것이 아니라 다른 것과의 관계로써만 가치를 획득할 수 있다. 보다 더 원론적으로 말하자면, 그것 자체로 가치 있고, 완벽한 것은 없다. 모든 것은 다른 것과의 관계를 통해 그것의 진정한 가치를 얻는다. 완전한 부분, 완벽하고 변화될 수 없고 그 자체로 충족되어 있는 부분이란 있을 수가 없다. 하나의 부분이란 하나의 바둑돌과도 같다. 그것은 다른 돌과의 관계 속에서만 생동하는 가치를 얻는다. 그 자체로 존재하는 바둑돌이란 아무것도 아니다. 부분과 부분의 관계를 통해 일종의 의미망이 형성된다. 그 의미망은 물론 부분과 부분에 관계 가치를 부여한 자의 몫이다. 그 의미망을 통해 문학사가와 문학사와 문학적 집적물은 삼위일체를 이룩한다. 과거의 문학적 집적물은 그때 의미망을 이루려는 기호 역할을 맡는다. 그 기호를 이해하려는 문학사가는 그것에 관계 가치를 부여하려는 의미인(意味因)이 되며, 그 의미망이 문학사를 이루는 것이다. 그런 의미에서 과거의 문학적 집적물은 문학적 실체substance littéraire가 아니라, 관계를 이루려는 기호에 지나지 않는다. 그 기호를 어떻게 이해하느냐는 의미인의 임무이다. 그 의미인을 통해 기호의 유효성과 한계가 주어지며, 단위의 크기가 주어진다. 작품 가치의 판단은 그 의미망의 그물 코에 달려 있다.

그렇다면 문학사에서 역사성이란 무엇인가? 의미인의 문학사란 문학사가의 개인적 자질에 너무 의존하여 진보로서의 역사를 무시하는 것이 아닌가 하는 질문이 곧 생겨날 수 있다. 의미망의 구축이란 너무 자의적이며, 유행하는 표현을 빌리자면 주관적이 아니냐라는 질문이다. 그 질문은 역사에서 진보évolution라는 개념이 무엇을 의미하는가를 탐구하게 만든다. 로베르 자전(字典)에 의하면 〈진보〉라는 말은 라틴어의 evolutio(전개하는 행동)에서 나온 말로 16세기경부터 사용되기 시작한 말이다. 그 어휘는 그러나 리엘과 다윈(1859)이 사용하기 시작함으로써 현재의 의미로서의 진보라는 뜻으로 사용된다.

위의 사실은 진보라는 개념이 다윈의 진화론과 밀접한 관계를 갖고 있음을 뜻한다. 그것은 19세기 실증주의의 영향을 가장 많이 받은, 19세기 결정주의의 인각이 가장 뚜렷하게 드러나 있는 어휘이다. 그 어휘는 진화론의 확산에 의해 각 방면으로 흩어져, 문학에서는 브륀티에르의 장르의 진보évolution de genre라는 개념으로, 사회주의자들에게서는 사회 정의에의 진보라는 개념으로 확대된다. 그때의 진보란 역사적 필연성에 의해 객관성을 띤 발전을 의미한다. 그 진보의 개념은 휴머니즘의 옷을 입고, 서유럽 문명의 영향권 내에 있는 거의 모든 지역으로 번져 나가 서유럽의 정신적·물질적 우월성을 과시하는 어휘로 변모한다. 서유럽식의 유형에 따라 진보한다——그것은 서유럽의 식민지 정책에 희생된 거의 모든 후진국을 지배한 사고 방식이다. 그러한 개념 확대는 1914년 서유럽인들 자신에 의해 서유럽 우월주의의 환상이 깨어질 때까지 계속된다. 1914년 이전의 유럽인들의 정신 상태를 한 탁발한 역사가는 다음과 같이 시적으로 묘파한 바 있다.

> 저자의 생각은 50년 전으로 돌아가서 1897년 어느 날 오후의 런던으로 달려간다. 그는 아버지와 함께 플리트 가로 향한 어느 창가에 앉아서 빅토리아 왕의 즉위 60년 식전을 축하하려고 온 캐나다와 오스트레일리아 기마 부대의 행렬을 바라보고 있다. 놋쇠 헬멧 대신에 술 달린 모자를 쓰고 빨간 빛깔 대신에 회색 상의를 입은 이 훌륭한 식민지 부대의 낯설고도 아름다운 정복을 보고서 무척 흥분하였다는 것을 아직도 기억할 수 있다. (중략) 그리고 1897년의 런던 거리를 행진하는 해외 부대를 바라보고 있던 영국 군중들 속에는 키플링의 「퇴장찬송가」 같은 기분을 느끼고 있는 사람은 거의 없었다. 그들은 자기들의 태양이 막 절정에 이른 것을 보고, 그것을 거기에 머물러 있기 위하여 나타난 것이라고 제멋대로 생각하였다.[5]

모든 것은 유럽식의 역사 발전에 의거하지 않으면 안 된다. 고대·중세·근세라는 역사적 삼분법, 근대주의 등의 모든 학문적 근거는 진보라는 개념에 입각해 있다.

유럽의 입장에서 본다면 그러한 전제는 가능하다. 물론 제일차

---

5) 아널드 토인비, 『현대문명비판』, 지명관 옮김(을유문화사, 1973), 315쪽.

세계대전 후에 그러한 전제가 많이 흔들리기는 하였지만 말이다. 하지만 후진국의 입장에서 본다면 진보란 항상 서구화만을 의미하게 된다. 그래서 러시아나 중국 대륙은 진보라는 개념 대신에 혁명이라는 새로운 개념을 내세운다. 여하튼 진보를 후진국의 입장에선 그대로 수락할 수 없다. 진보를 서구화라는 개념만으로 한정시킬 때, 그 의식은 서구 문명의 영향권을 벗어날 수 없다. 문학사 서술에서 의미망이 중요시되는 것은 그 때문이다. 그 의미망의 총체적 표현을 무어라고 표현하느냐 하는 것은 또 다른 문제이다. 중요한 것은 과거의 집적물로써 유럽식 진보의 개념에 의지하지 않고 새로운 의미망을 구축해 내는 작업이다.

2 한국 문학은 주변 문학을 벗어나야 한다

임화(林和)는 그의 「신문학사의 방법」에서 신문학사의 대상을 다음과 같이 정의하고 있다.

신문학사의 대상은 물론 조선의 근대 문학이다. 무엇이 조선의 근대 문학이냐 하면 물론 근대 정신을 내용으로 하고 서구 문학의 장르를 형식으로 한 조선의 문학이다.[6]

물론이라는 부사를 두 번씩이나 계속해서 거침없이 사용하면서 조선 근대 문학의 대상을 정의한 임화의 진술은 두 가지 점에서 흥미를 끈다. 첫째는 그가 무언중에 근대 정신을 서유럽의 문물이 들어온 이후의 소산으로 치부하고 있다는 사실이다. 그 사실은 임화뿐만 아니라 근대 문학, 근대 정신에 관심을 쏟은 거의

---

6) 임화,『문학의 이론』(학예사, 1940), 819쪽.

모든 문학사가와 문학 비평가들의 기본 태도를 이루어, 1955년대에 전통의 단절이라는 중차대한 문제까지 이끌어 내게 한 것이다. 근대 정신을 소위 개화기 이후로 잡는다면 고대 문학과의 연결점은 객관적으로 단절된다. 개화기 이전의 문학은 근대 정신이 없는 고대 문학이고, 개화기 이후의 문학은 근대 정신이 있는 근대 문학이라는 간명한 명제가 곧 성립된다. 임화의 전기 전술에서 흥미로운 두번째 점은 내용과 형식을 분리해서 생각하려는 태도이다. 근대 정신과 서유럽의 장르의 결합을 곧 근대 조선 문학이라고 보는 태도는 유럽어와 한국어, 유럽인과 한국인을 혼동하게 만들어 보편성이라는 미망으로 이끌어간다.

　개화기 이후 일제 말기에 이르기까지, 한국 토속어의 가능성에 주의를 한 몇 사람을 제외한 거의 모든 문인들을 보편성·보편인이라는 미망으로 몰고 간 것은 언어 의식 없는 서유럽적 장르에 대한 무조건의 신봉이다. 어떻게 해서 개화기 이후의 문인들이 아무런 저항감 없이 서유럽적 문물 제도를 받아들일 수 있었을까 하는 문제는 쉬운 문제가 아니다. 그것은 민족주의와의 관계라는 어려운 문제를 도출시키기 때문이다. 쉽게 접근한다면 서유럽 근대 정신에 대한 한국 문인들의 경사는 그것이 한국의 민족주의와 정면으로 충돌하지 않고 일본을 통해 들어왔다는 사실에서 연유할지 모른다. 일본이 재빨리 근대화된 것은 서유럽의 문물을 재빨리 받아들였기 때문이다. 그 일본을 이기기 위해서는 유럽의 문물 제도를 재빨리 수입하지 않으면 안 된다. 그래서 열병 같은 유학열이 번지고 서유럽적인 모든 것이 맹목적으로 추종된다. 그러한 결과로서 근대 정신, 근대화 등의 멋있는 말들이 수입되고, 서유럽의 문학 장르들이 그대로 이식되지만 그것으로 표현할 수 있는 한계는, 신채호(申采浩) 등의 몇몇 사가(史家)들의 야유에도 불구하고 인식되지 않는다. 임화의 근대 조선 문학의 정의는 그러한 입장에서 관찰하지 않으면 안 된다.

임화로 대표될 수 있는 서구 취향적 태도를 보다 큰 차원에서 관찰한다면, 한국 문학의 식민지성, 혹은 보다 온건한 어휘로 표현하자면 주변 문화성이 명백히 드러난다. 임화의 그 표현은 고려말, 조선초의 사대부들의 중국 문화에 대한 경사를 생각게 할 정도이다. 한국 문화, 한국 사회의 식민지성은 언제부터 두드러지게 드러나게 되었을까 하는 질문이 그때 곧 제기될 수 있다. 그 문제에 대해서는 묘청의 난의 실패에 대한 단재(丹齋) 신채호의 탁발한 가설이 제기되어 있다.[7] 여하튼 신라 시대의 향가 이후에 대문화(大文化)다운 모습을 한번도 한국 사회가 보여주지 않았다는 것은 한국 정신사상 중요한 사실이다. 세계의 문명을 19개나 되는 많은 수효로 구분한 토인비까지도 한국 문화를 그 어느 한 문명 속에 끼워넣기를 꺼리고 있을 정도이다. 한국에 대해 지극한 애정·애착을 가지고 있는 수많은 사람들이 원효, 이황·이이 등을 들먹이며 한국 문화의 우수성을 논해 왔지만, 사실상으로 그런 인물들을 전면에 내세우는 심리의 이면에는 한국 문화의 주변성에 대한 심리적 콤플렉스가 잠재해 있다고 하지 않을 수 없다.

조선 사회를 중국 사회보다도 더욱 철저하게 유교적 이념을 적용하려 한 이상국가였다고 보는 주장 역시 예외가 아니다. 한국 문학, 한국 문화는 세계의 여러 문명과 나란히 서서 어깨를 겨룰 만한 것을 산출하지 못하였으며 지금도 그러하다. 한국 문화는 항상 세계적 대문명의 주변을 맴돌고 있을 뿐이다. 한국 문

---

7) 신채호, 「일천년래제일대사건(一千年來第一大事件)」. 이 논문은 고려 후기의 묘청으로 대표되는 자주파와 김부식(金富軾)으로 대표되는 사대파의 싸움을 취급하고 있는데, 그는 김파(金派)의 승리를 한국 정신사상 최대의 비극으로 보고 있다.

화의 주변성을 반도적 성격에서 기인한 것으로 주장하는 식민지 시대의 관학자들의 주장을 위의 진술이 복사하는 것은 아니다. 그리스 문명도 반도에서 성숙했다는 것을 예로 들 수 있을 뿐만 아니라, 넓은 안목에서 본다면 유럽 문명이나 인도 문명 역시 반도 문명이기 때문이다. 지리적 숙명론과 문명 발생과는 아무런 관계가 없다는 것은 다음의 진술로도 명백하리라 생각한다.

　　환경 문제에 대하여서도 물론 나일 강의 하류 유역이나 티그리스·유프라테스 강 하류 유역 사이에는 여러 가지 자연 조건에서 분명히 유사한 점이 있었다. 그리고 이 두 유역은 각기 이집트 문명과 수메르 문명의 요람이었다. 그러나 이러한 자연 조건이 실상 이들의 문명이 나타난 원인이었다면 어째서 자연적으로 이러한 유역에 비할 수 있는 요단 강이나 리오그란데 강 유역에서 전자와 병행하는 문명이 출현하지 않았을까. 또한 적도 아래 안데스 고원에 문명이 일어났다면 어째서 케냐 고원 지대에 전자에 대응하는 아프리카 문명이 일어나지 않았을까?[8]

　그렇다면 왜 한국에서 세계적인 대문명에 버금하는 문명이 산출되지 않았을까? 왜 한국 문화는 항상 식민지 문화로 시종하였을까? 위와 같은 문제는 그 문제의 박진성에 비해서 납득할 만한 해답을 얻기 힘든 문제이다. 그것은 언어의 기원이나, 왜 흑인종만이 세계 문화에 아무런 기여를 하지 못했을까라는 질문과 마찬가지로 해답을 얻기 힘들게 되어 있다. 그것은 달걀이 먼저냐 닭이 먼저냐라는 식의 순환논법에 빠지거나, 모든 것이 신의 섭리다라는 비논리적 섭리주의에 빠지지 않는 한, 논리적인 귀결

---

8) 토인비, 앞의 책, 310쪽.

을 얻을 수 없게 한다. 가능한 것은 희망의 추측뿐이다. 그렇다고 지나치게 고차원적으로, 이 세계의 역사에 비해서 6천 년의 문명이란 정말 아무것도 아니라는 식의 대답을 할 수도 없다. 그것은 일찍이 대문명을 탄생시킨 곳에서나 가능한 진술이지, 한국 같은 후진국의 논객으로서는 발언할 수 있는 성질의 것이 못 된다.

그렇다면 마지막으로 하나의 문제가 남는다. 한국 문화의 주변성은 어떻게 극복할 수 있을 것인가라는 문제가 그것이다. 그 문제 해결에는 우선 감정적 정직성이 그 무엇보다도 선행되어야 한다. 전해종(全海宗)의 탁월한 지적 그대로 한국사의 아름답지 못한 점을 감정적으로 비하시켜서 거기에서 도피하려 해서도 안 되며, 평범한 것을 굉장한 것으로 확대해서도 안 된다.[9] 우선은 사실을 사실대로 인정하고 그것들의 의미를 캐어내지 않으면 안 된다. 다시 말하자면 한국 문화의 식민지성, 혹은 주변성을 솔직히 인정하고, 그것을 새로운 의미망 속에 끌어넣어 이해하여야 한다는 진술이다. 민족성, 반도 근성 등의 자비적(自卑的)인 어휘들이나 반만 년 배달민족이니 뭐니 하는 어휘들을 척결하고, 새로운 관점에서 한국민의 정신적 궤적을 이해함으로써만, 한국 문화의 주변성은 극복의 계기를 얻을 수 있다. 그러기 위해서는 어떻게 해야 할 것인가? 문학에 한해서 생각한다면 다음의 몇 가지를 우선 들 수 있다.

1) 유럽 문화를 완성된 모델로 생각해서는 안 된다. 문화라는 것은 물결의 흐름과 비슷하게 위에서 낮은 데로 흘러 내려가게 마련이다. 주변 국가의 대국가에 대한 흠모도 그러한 것과 밀접하게 관련되어 있다. 주변 국가의 향보편(向普遍) 콤플렉스(혹은 새것 콤플렉스)는 위에서 흘러내리는 물의 양에 압도된 자들의 콤

---

9) 전해종, 「한국사를 어떻게 보는가」, 역사학회 엮음, 『한국사의 반성』(신구문화사, 1973).

플렉스이다.[10] 보편성이라는 미명 아래 모든 것이 죄 수입된다. 그런 직접적인 예를 조선 사회가 제공한다. 임진왜란 후부터 그러한 콤플렉스를 극복하려는 자생의 힘이 보이기는 하지만 말이다. 그런 의미에서 20세기의 거의 모든 후진국은 서유럽 문명의 주변국에 지나지 않는다. 산업혁명 이후의 서유럽의 모든 문물 제도는 전세계 후진국의 모범적 전례가 된다. 그래서 그 문물 제도의 근간을 이루는 결정론이 그대로 수입되어, 그것과는 다른 원칙 밑에서 생활하는 곳까지 뒤덮는다. 세계의 모든 진전의 양상을 재는 척도는 서유럽의 문물 제도이며, 모든 논리를 지배하는 것은 서유럽적 결정론이다. 한국 역시 예외가 아니다. 개화기 이후 한국은 죽어라 하고서 유럽만을 좇고 또 좇는다. 근대화라는 미명 아래 모든 것이 서구화한다. 자신을 스스로 유럽의 문화적 변방으로 만드는 것이다. 그러나 서유럽을 문화적 모범이라고 생각하고 거기에만 매달렸다가는 결단코 주변 문화를 벗어날 수가 없다. 아마도 오랜 후에는 13세기 전후의 사대가 지금 크게 비판을 받듯이 근대 정신, 근대화라는 말 자체가 비난의 대상이 될지도 모른다.

그러나 위와 같은 진술은 서유럽을 완전히 무시하자는 것이 아니다. 한국이 뒤쫓고 있는 서유럽 역시 그 한계를 지니고 있는 한 문화체로 파악해야 된다는 진술이다. 한국 사회, 한국 문화와 마찬가지로 모든 사회, 모든 문화는 그 역사적 구조를 밝혀야만 그 전모를 알 수 있다는 인식을 해야 한다는 말이다. 그렇게 되면 서유럽의 것을 무조건 올바른 것으로, 선험적인 것으로 받아들이는 폐단에서 벗어날 수 있을 것이다. 자기 사회의 구조적 모순을 해결하기 위해서 외국의 문물을 수입한다는 것은 오히려

---

10) 새것 콤플렉스에 대해서는 김현의 「한국 개화기 문학인」(《아세아》 1968. 3)을 볼 것.

자기 사회의 모순을 은폐하는 제도적 함정이 될 수 있다. 서유럽의 문화는 그 사회의 구조적 모순을 극복하려는 자체 내의 힘에 지나지 않는다.

2) 이식 문화론과 전통 단절론은 이론적으로 극복되어야 한다. 예의 임화는 계속해서 다음과 같이 말하고 있다. 〈신문학이 서구적인 문학 장르를 채용하면서부터 형성되고 문학사의 모든 시대가 외국 문학의 자극과 영향과 모방으로 일관되었다 하여 과언이 아닐 만큼 신문학사란 이식 문화의 역사다.〉[11] 시간적인 거리가 지나치게 짧았기 때문에 얻어진 단견이라는 것을 감안한다 하더라도 채용, 이식 문화 등의 어휘는 대단한 반발을 일으킨다. 서유럽의 제도를 탁월하고 높은 단계의 것으로 설정하였기 때문에, 그것의 채용은 아무런 논리적 감정적 비난을 받지 않고 오히려 조장된다. 더구나 그것은 일제를 극복하기 위해서라는 식으로 민족주의와 결부되어 있다. 그래서 자신이 속한 사회의 문화를 이식 문화라고 대담히 말할 수 있게 된다. 조선초의 유학자들이 변방의 나라라고 스스로를 낮춰 부른 것과 마찬가지이다. 문화가 이식되었다는 생각은 당연한 결과로 전통의 단절이라는 명제를 부른다.

개화기 후의 한국 문학은 개화기 전의 한국 문학과 확연히 구분된다. 그 이전의 문학은 근대 정신이 없는 과거의 문학이며, 그 이후의 문학은 시민 정신의 구현에 의한 유럽 장르를 채용한 새로운 문학이다. 그 둘은 완전히 단절된 상태에 있다. 논리적으로는 아무런 모순도 없는 듯한 위의 명제는 그 명제가 1950년대에 성숙한 것이라는 것을 이해하지 않으면 그 많은 부분을 놓칠 우려가 있다. 1900년대에서 1920년대까지의 한국 사회의 모순

---

11) 임화, 앞의 책, 827쪽.

을 이론적으로 극복하려 한 몸부림이 이식 문화론이라면, 전통 단절론 역시 1900년대에서 1920년대 사이의 한국 사회의 구조적 모순을 논리적으로 극복하려 한 1950년대의 몸부림이다. 개화기 초의 한국 문화의 한심상과 그것을 극복하기 위한 서구 문화의 채용이라는 문화적 비극을 이식 문화론으로 합리화시킨 것이 1930년대라면, 그것을 전통의 단절이라는 비극적 명제로 부각시킨 것이 1950년대이기 때문이다. 하나의 사실이 1930년대에는 이식 문화라는 말로써 긍정적인 평가를 얻고, 1950년대에는 전통 단절이라는 말로써 부정적인 평가를 얻은 것은, 한국 사회 내부에서 그 사실을 한국 사회 내의 힘으로 이해하려 하였다는 좋은 증좌이다. 그렇다면 1970년대에는 그것을 어떻게 보아야 할 것인가가 당연히 중요시되지 않을 수가 없다. 그 질문은 그러나 비극적인 것이 아니고, 오히려 한국 사회가 자체의 구조적 모순에 대한 자체의 응답력을 가졌다는 사실을 확인케 한다. 파괴된 유교적 이념을 재건설하려던 영·정조 시대의 실사구시파들이 1930년대에 실학, 즉 조선학이라는 개념으로 재정비되고, 1960년대에 이르러 근대 정신의 구현이라는 평가를 받은 변천 과정을 상기하면 이식 문화—전통 단절론의 역사적 의미 역시 그런 변모를 겪지 말란 법이 없다. 임화의 이식 문화론은 경제학계의 아시아적 생산 양식, 즉 정체성과 크게 어울리는 개념이다. 그것은 향보편 콤플렉스의 직절한 발로이며, 동시에 한국 문학의 가능성에 대한 긍정적 발언이다. 그는 이식 문화론을 통해 한국 문학이 근대 정신에 투철해 줄 것을 바란 것이었기 때문이다. 1950년대의 전통 단절론은 그러한 임화의 희망이 망상이었다는 것을 깨달은 자들의 비관적 노성(怒聲)이다. 새로운 문화의 이식에 의해 탁월한 문학이 산출되지는 않았다. 그렇다고 이제 조선의 잔영(殘影)으로 되돌아갈 수는 없다. 그래서 전통은 단절되었

28

다는 비극적 상황 인식이 행해진 것이다. 그러한 상황 인식은 1950년대 말에 등장한 작가에 의해 회색의 의자라는 표현을 얻게까지 한다. 이식 문화론과 전통 단절론을 이론적으로 극복하겠다는 것은 그러므로 개화기 초의 사실을 사실로 보지 않겠다는 뜻이 아니라, 거기에 새로운 의미를 부여해야 한다는 뜻이다. 이식 문화, 단절된 전통과는 다른 의미 부여가 가능하다면 그것이야말로 1970년대의 의미인의 뜻이며, 1930년대의 의미인과 1950년대의 의미인과 1970년대의 그것이 다르다는 산 증거이다.

3) 문화간의 영향 관계는 주종 관계에 의해서가 아니라 굴절이라는 현상으로 이해하여야 한다. 이식 문화론, 전통 단절론들과 밀접한 연관을 맺고 있는 것이겠지만 상당수의 문학사가들과 문학 연구가들은 외국의 원형 이론과 한국에서 작용된 사실태 사이의 관계를 주종 관계로 생각해서, 한국의 것을 틀렸다고 주장한다. 외국에서는 이러이러했는데, 한국에서는 이러이러하지 않았다는 것이다. 그래서 재치있는 평론가, 문학 연구가들은 오류 찾아내기에 혈안이 된다. 그러나 이러한 오류 찾아내기는 문학에서는 틀린 문학, 옳은 문학이라는 게 있을 수 없다는 점과 문학에서의 영향의 진정한 의미를 생각하면 그것 자체의 오류를 쉽게 이해할 수 있게 된다. 수입, 이식, 채용 등의 상업적, 의학적 용어 때문에 그러한 정신적 혼란이 일어났겠지만, 문학에서의 영향이란 그렇게 직선적이 아니다. 그것은 마치 빛과 같아서 그 빛을 받아들이는 물체에 따라 굴절한다.

그 굴절은 한 문화를 수용하는 토양의 성질에 따른다. 가령 1920년대의 자연주의는 에밀 졸라 그룹(메당médan 그룹)의 자연주의와는 다르게 개성의 확산이라는 낭만주의적 명제를 부르짖었다는 문학사가들의 주장이나, 마찬가지 연대의 상징주의 역시 프랑스의 상징주의와는 다르다라는 주장은 같은 주의라도 다른

언어에 의해서 씌어지면 필연적으로 굴절하게 된다는 것을 잊어
버린 망각의 소치이다. 문학 연구가에게 필요한 것은 그러한 오
류를 찾아내는 것이 아니라, 그러한 오류를 가능케 한 요인을 찾
고 그 요인이 어떻게 한국의 토양에서 반응하였는가를 찾아 거
기에 새로운 의미를 부여하는 것이다. 예를 들자면, 프랑스의 상
징주의를 초월성을 제거한 대상의 묘사라는 차원으로 축소시킨
미국의 이미지즘이 바로 그렇다. 그렇다면 염상섭(廉想涉)의 자
연주의 역시 개성의 발로와 사회의 인식이라는 주제로 새로이
인식될 수 있을 것이며, 김억(金億), 황석우(黃錫禹)의 상징주의
역시 여성적 정조의 표현이라는 무드의 미학, 여성주의로 새로
정의될 수도 있을 것이다. 그렇게 하여야만 한국 문학과 서구 문
학의 저 기이한 경주를 끝낼 수가 있다. 한국 문학은 서구 문학
의 단순한 모방자가 되어서는 안 된다. 한국 문학은 서구 문학과
함께 세계 문학을 이루는 한 요소가 되어야 한다. 문학에서의 영
향을 주종 관계로만 파악할 때, 소위 복고주의자들의 입장만을
더욱 단단히 해줄 따름이다.

　4) 한국 문학은 그 나름의 신성한 것을 찾아내야 한다. 모든
문화는 그 문화를 지탱해 주는 성스러운 것을 갖고 있다. 러시아
를 지탱시키고 있는 것은 도스토예프스키가 분명히 묘사해 준
대로 속죄양 의식이며, 일본을 지탱하고 있는 것은 천황 의식이
다. 그 신성한 것을 드러내고 지키기 위해서 그것과 관련되어 있
는 공동체 내의 사람들은 의식적, 무의식적으로 참여한다. 한국
사회를 예로 들더라도 비록 주변 문화이긴 하였지만 삼국 시대
의 불교적 애국주의, 조선 시대의 유교적 교양주의는 당대의 사
람들을 사로잡은 신성한 것이다. 그러나 지금 당대의 한국에서
우리가 찾아낼 수 있는 신성한 것은 무엇일까? 그것을 찾아낼
수 없다면 역사에 대한 모든 응답도 하나의 췌사가 될 뿐이다.

새로운 이념으로 모든 것을 묶을 수 없을 때 그 앞의 것을 어떻게 비판할 수 있을 것인가. 한국 문학의 주변성은 위에 열거한 모든 것들이 오랜 시간 동안 행해진 후에야 극복될 수 있을 것이다. 그것은 간단하게 몇 마디 말로써 될 수 있는 것이 아니다.

3 한국 문학사의 시대 구분은 그러한 인식 밑에서 행해져야 한다

한국사의 시대 구분 문제는 문학사에서만 시급한 것이 아니다. 그것은 식민지 시대를 어떻게 이해해야 할 것인가와 타율성, 정체성 이론으로 대표되는 식민지 사관을 어떻게 극복해야 할 것인가라는 한국사의 이해에 요체가 되는 질문들과 곧 마주치게 하는 문제이기 때문이다. 1967년 12월과 1968년 3월의 두 차례에 걸쳤던 한국경제사학회 주최의 한국사의 시대 구분 문제 역시 위의 문제들을 해결하기 위한 한국 사학도들의 몸부림이다.[12] 경제사학회의 심포지엄에 참석한 몇몇 사학자에 의해서 밝혀지고 있는 것이지만, 한국사 시대 구분 문제에서 제일 곤란한 문제점은 서구적 삼분법(고대·중세·근세)이 한국에서 그대로 적용되지 않는다는 점에 있다.

고대와 중세의 경계 문제에도 논란이 많은 것이지만, 특히 문제가 되는 것은 근대이다. 한국사에서의 근대의 기점을 어디로 잡을 것인가 하는 문제는 근대화=서구화라는 전제 때문에 큰 혼란을 겪고 있다. 서유럽과 같은 근대 자본주의가 언제 성장했는가에 따라서 근대의 기점을 이해하려는 태도는 근대의 기점을 여러 갈래로 보게 한다. 제일 극단적인 것은 신분 계층의 이동과

---

12) 그 심포지엄은 『한국사시대구분론』(을유문화사, 1970)에 실려 있다. 거기에 대한 비판이 「시대구분의 문제점」(≪문학과지성≫ 제1호)이라는 제목으로 최창규에 의해 시도된 바 있다.

상인의 대두라는 것을 중요한 변화로 보고 임진왜란 이후에서부터 근대의 시작으로 보려는 관점과 근대 자본주의라는 관점에서 해방 후를 근대의 시작으로 보는 관점이다. 그러한 극단적인 관점 외에 흔히 통설로 인정되고 있는 것이 병자수호조약으로 인한 개항(1876)이다. 위와 같은 견해가 지나치게 서구적 삼분법에 의거해 있어, 한국사의 특수성을 세계적 보편성 속에 끌어들이려 하고 있다고 보아, 고려 이후 개항 전까지를 한국적 근세라고 과도기 단계로 보는 견해도 있다. 이러한 견해는 한국사를, 무조건 서구 이론에 의해 정체되어 있었다는 관점에서 이해하지 않으려는 역사 의식의 발로이다.

그렇다면 한국 문학에서 근대 문학의 씨가 보인 것은 언제인가. 예의 임화는 무의식적이지만 근대화=서구화를 전제로 하고 개화기 이후, 서유럽 장르가 수입된 이후를 근대 문학으로 보고 있다. 그러한 임화의 견해는 백철(白鐵)에 의해 더욱 극단화된다. 1966년 〈한국 문학과 근대인〉이라는 ≪한국문학≫ 특집 서두 논문에서 백철은 근대화를 서구화라고 못박고 근대 문학의 기점을 1920년경으로 잡고 있다. 그 증거로 그는 근대 정신에 입각한 근대 문학 이론의 도입(1918년의 ≪태서문예신보≫ 이후의 숱한 문학 사조의 채용), 근대적 저널리즘의 무대 마련(1920년의 ≪조선일보≫ ≪동아일보≫ 창간), 작가들의 근대 의식 고조(리얼리즘의 문학 태도 표명)를 들고 있다. 물론 그 근대 문학이 성공한 것은 아니다. 그 이유를 그는 세 가지로 들고 있다. 첫째, 근대를 받아들일 환경 조건의 미성숙, 둘째, 근대 문학의 텍스트를 정확하게 습득하지 못한 것, 셋째, 한국 문학이 서구를 접대하는 데 주인 구실을 못 한 것. 이러한 백철의 의견은 근대화=서구화에 너무 집착한 나머지 한국 문학의 특수성을 깨닫지 못하고 지나치게 공식적으로 한국 문학을 이해한 소치라 하지 않을 수 없다. 근대 정신의 기본을 이루는 민족주의를 정당하게 인식 못 하고, 서구라는 변수를 고정항으로 착각하였기 때문에 빚어진 이러한 공식적 논리는 그러나 극복되지 않으면 안 된다. 한국 문학 연구가로서는 서구라는 변수를 한국 문학에 강력한 영향을 준 것으로 이해하여야지 그것을 한국 문학의 내용으로 이해해서는 안 된다. 서구화를 근대화로 보는 미망에서 벗어나, 자체 내의 구조적 모순과 갈등을 이해하고 그것을 극복하려는 정신을 근대 의식이라고 이해하지 않는 한, 한국 문학 연구는 계속 공전할 우려가 있다. 임화, 백철의 태도는 조연현에게도 그대로 답습되지만 몇몇의 고전 문학 연구가들에 의해 고대 문학과 현대 문학의 간극을 메우려는 노력이 꾸준히 계속되어 왔음은 다행이라 하지 않을 수 없다.

문학에 한해서만 말한다면, 근대 문학의 기점은 자체 내의 모순을 언어로 표현하겠다는 언어 의식의 대두에서 찾지 않으면 안 된다. 그 언어 의식은 유럽적 장르만을 문학이라고 이해하는 편협된 생각에서 벗어나게 만든다. 언어 의식은 장르의 개방성을 유발한다. 현대 시, 현대 소설, 희곡, 평론 등 현대 문학의 장르만이 문학인 것은 아니다. 한국 내에서 생활하고 사고하면서, 그가 살고 있는 곳의 모순을 언어로 표시한 모든 종류의 글이 한국 문학의 내용을 이룬다. 일기, 서간, 담론, 기행문 등을 한국 문학 속으로 흡수하지 않으면, 한국 문학의 맥락은 찾을 수 없다. 그것은 광범위한 자료의 개발을 요구한다. 그러나 그 개발을 통해 한국 문학이 얻을 수 있는 것은 동적 측면이다. 그것만이 이식 문화론, 정적 역사주의를 극복할 수 있게 해준다. 그런 의미에서 우리는 조선 사회의 구조적 모순을 문자로 표현하고 그것을 극복하려 한 체계적인 노력이 싹을 보인 영·정조 시대를 근대 문학의 시작으로 잡으려 한다.[13]

그 이유는 이렇다. 첫째, 영·정조 시대에 이르면서 조선 사회의 기반을 이루고 있던 신분 제도가 혼란을 일으키기 시작한다. 소위 경영형 부농이 생겨나고, 양반이 소작농으로 전락하는 예도 생겨난다. 그리고 이러한 변화는 그 사회의 모순과 갈등을 해소하려는 한국 사회 자체의 동적 능력이다. 그러한 동적 능력은 조선 후기의 단편 소설들에 분명하게 표현된다. 둘째, 상인 계급이 대두하기 시작하여, 화폐가 전국적으로 유통된다. 직업 의식이 점차로 생겨나, 전통적 신분 제도에 대한 확신을 흩어지게 만든다. 이것은 특히 박지원(朴趾源)의 여러 소설들을 지배하고 있는 테마이다. 셋째, 상류 계층에서는 몰락한 남인계의 양반이 주가 되어, 조선 사회의 여러 문물 제도를 근본적으로 회의하기 시작하는 소위 실사구시파가 성립된다. 그것은 조선 사회가 원래 지향한 이상국으로 조선 사회를 되돌이키려는 노력이지만, 그 노력은 당대의 사회적 제반 제도에 대한 회의를 표명한다. 넷째, 관영 수공업이 점차 쇠퇴하고 독자적인 수공업자들이 점차 대두하여 시장 경제의 형성을 가능케 한다. 다섯째, 시조·가사 등의 재래적 문학 장르가 집대성되면서, 점차로 판소리·가면극·소설 등으로 발전된다. 김만중(金萬重)의 폭탄적인 자국어 선언이 있은 후 몇십 년 뒤의 일이다. 여섯째, 가장 중요한 것으로는 서민 계급이 점차로 진출하면서 서민과 양반을 동일한 인격체로 보려는 경향이 성행해 간 것을 들 수 있다. 인간 평등에 대한 서서한 자각과 욕망의 노출(남녀 간의 애정, 가정 생활, 성관계뿐만 아니라 돈에 대한 관심도 포함된다)은 동학의 인내천 사상으로 집약된다. 동학으로 인한 한국적인 신성한 것의 노출.

---

13) 한국 문학사에서의 시대 구분론 문제는 김용직, 염무웅이 텍스트를 쓰고, 정병욱, 정한모, 김주연, 김윤식, 김현이 참가한 ≪대학신문≫(제815호)의 특집에 비교적 간략하게 요약되어 있다. 그것 외에는 김주연의 「문학사와 문학비평」(≪문학과지성≫ 제6호)이라는 탁월한 논문이 있다.

근대 문학의 기점을 영·정조 시대로 잡는다면 대체적으로 다음과 같은 근대 문학의 골격이 잡힐 수 있다.

1) **근대 의식의 성장**(1780-1880년에 이르는 영·정조시대) —— 근대적 언어 의식과 새로운 장르의 개척이 한국적인 신성한 것의 발견에까지 이르게 한다. 박지원과 같은 대가의 출현. 당대 사회의 구조적 모순의 표현이라는 측면에서 관찰할 것이 요구된다.

2) **계몽주의와 민족주의의 시대**(1880-1919년에 이르는, 개항에서 3·1운동에 이르는 시대) —— 일본과 서구라는 변수가 새로이 강력한 영향을 미쳐, 개화파의 계몽주의와 척사파의 민족주의가 한꺼번에 노출된 시대. 그 두 파는 근대 의식의 두 측면을 서로 붙잡고 있는 것으로 이해해야지, 상호 대립적인 것으로 이해해서는 안 된다. 계몽주의의 마지막 불꽃이 3·1운동이다. 김옥균(金玉均), 황현(黃玹)의 일기·단상, 안국선(安國善)의 정치소설, 이광수의 계몽소설. 중요한 것은 서구의 기독교가 민족주의와 강력하게 결합되었다는 사실이다. 동학(천도교)과 기독교의 잠정적 악수.

3) **개인과 민족의 발견**(1919-1945년에 이르는 3·1운동 후에서부터 해방까지의 시대) —— 민족주의가 점차로 체계적으로 이론화되고, 한국어에 대한 자각이 두드러지고, 자기가 한국인이며 억압받는 민족의 일원이라는 철저한 인식이 행해지며, 그것을 표현할 수 있는 장르를 얻는다. 한용운(韓龍雲)의 산문시, 염상섭·채만식(蔡萬植) 등의 작가들과 정지용(鄭芝溶), 윤동주(尹東柱) 등의 시인, 임화·이헌구(李軒求)·김환태(金煥泰) 등의 평론가, 그리고 조선학이라는 개념 형성에 사투한 민족주의자들(특히 신채호와 최현배)의 활약, 기독교의 속죄양 의식이 무교회주의자들을 통해 형성되어 함석헌(咸錫憲)의 『뜻으로 본 한국역사』를 가능케 한다.

4) **민족의 재편성과 국가의 발견**(1945-1960년에 이르는 해방 후에서 4·19에 이르는 시대) —— 민족주의 세력에 의한 독립과 분단

이 아니었기 때문에, 또 엄청난 민족상쟁 역시 그러했기 때문에 위기 의식과 패배 의식으로 가득 차 있었지만, 4·19를 통해 이 상주의를 확인할 수 있게 된 시대가 바로 이 시대이다.

이와 같은 시대 구분에는 몇 가지의 전제 조건이 있다. 제일 중요한 것은 과거에 쓰인 잡다한 문학 용어를 종합적으로 정리 하여, 거기에 알맞는 새로운 어휘와 내용을 부여, 각 사항 간의 의미망을 탄력 있게 만들지 않으면 안 된다는 것이다. 즉 사조 중심이나 잡지 중심의 서술을 피하고, 의미의 연관이라는 측면에 서 총괄적으로 한국 문학사를 파악하지 않으면 안 된다.

제 2 절 한국 문학의 인식과 방법

1 한국 문학은 개별 문학이다

모든 역사는 현재의 역사(크로체)라고 했을 때, 그 발상의 하 류에는 비전 발견의 생산성 혹은 창조성까지 놓여 있지만 이 진 술의 직접적 의미 관련은 현재의 상황과 이를 극복해야 하는 당 위로서의 실천적 요구이다. 역사의 총체성이 구체적으로는 개별 민족의 현재 상황을 어떻게 충격하여 창조성에로 나아갈 것인가 라고 할 때 벌써 이 명제는 행동과 사상을 동시에 포함한 방법 자체일 수 있다. 따라서 엄밀한 의미에서 방법론이란 실제의 작 업인 대상의 선택, 기술의 측면 그 자체 속에 포함되는 것이다. 흔히 사공이 많으면 배가 산으로 오른다든가, 방 속에서의 헤엄 치기 따위로 빈축을 사게 됨이 방법론 논의의 함정인 셈이다. 그 럼에도 불구하고 우리가 구태여 방법론 비판을 서장으로 내세운 이유는 우리 자신이 확고부동한 신념을 한국 역사 전체를 향해 지니고 있지 못하다는 점에 있는 것이다. 이 회의 과정이야말로 우리의 역사를 대하는 존재 이유raison d'être인 것이고, 이 의식의 미로는 우리가 문학사를 기술해 나가는 순간마다 우리를 향해 도전해 올 것이다. 그렇지 않다면 우리는 구태여 문학사를 서술할 필요가 없으리라. 그러니까 우리는 마침내 패배할 것이고, 그 패배가 철저하게 될 수만 있다면 우리의 임무는 당대의 것으로 끝나는 것이다. 이 말은 그 다음 세대는 자기 당대의 요청 사항으로서의 문학사를 갖게 된다는 의미를 내포한다.

모든 역사가 현재의 역사라고 했을 때 그것은 현재의 우리의 좌표, 자세히는 1970년대 한국의 상황 전체를 뜻하는 것이며, 역사 추진력으로서의 민족적 역량과 국가적 역량을 함께 포함한 역사의 선취(先取)를 뜻한다. 현재의 한국 문학은 이미 단선적일 수 없고, 숱한 인접 과학과 막대한 정보량을 필요로 하고 있다. 맥루언의 전파 미디어 이론도 TV와 함께 이미 우리의 현실이며, C.P. 스노의 두 개의 문화(과학적 문화와 문학적 문화) 위기설도 한국 현실과 전혀 무관하다고는 할 수 없다. 반면 고착화되어 침전된 원시적 요소, 삼국 시대부터 전래되어 오는 부엌 노랫가락과 「심청전」과 「홍부전」이 면면이 살아 있음도 우리의 현실이다. 이광수가 「무정」에서 개화기 인물 김 장로를 내세워 개화의 실천으로 한식 가옥에 수없이 유리창을 달게 했던 희극도 현재 우리의 현실이다. 「홍길동전」 「허생전」 「양반전」 류는 재창조되기도 하는데 이러한 것은 오늘날의 한국의 정치적 상황을 향해 던져지는 것이다. 분단 국가로서의 엄청난 시련이 있고, 단 한 권의 사상사 내지 지성사도 씌어지지 않고 있는 마당에서 작가들은 창조적 현장성을 획득하지 못하고 유산 부재의 공허감에 놓여 있다. 그 반동의 하나로서 서구 작품을 읽지만 첨예한 기법 수업

외에는 하등의 성과를 얻지 못한다. 불쑥 걸작이 나올 수도 없으며, 문학 작품의 수준은 언제나 문화적 수준과 병행한다는 사실 앞에 절망함이 차라리 정직한 편이다. 이러한 현재의 상황을 충격하는 방법은 여러 측면에서 고찰될 수 있다. 그 어떠한 방법도 미래에 시숙(時熟)하는 것이어야 한다. 그러한 한 방법으로 우리는 한국 문학사가 개별 문학으로 뚜렷이 부각되어 체계화되어야 할 것으로 생각한다.

이 경우 우리는 영문학사, 프랑스 문학사, 독일 문학사 등 개별 문학사에 부딪친다. 그러나 이러한 개별 문학사를 조금이라도 비교 검토해 본 사람은 그것들이 결코 개별 문학으로 되어 있지 않음을 발견하게 될 것이다. 그것은 고립된 개별 문학의 집적물이 아니고, 소위 공통 문화권의 그침없는 상호적 문화 변용 acculturation의 역사임을 확인하게 되는 것이다. 셰익스피어와 괴테, 볼테르와 영문학, 키에르케고르와 셸링, 베르그송과 T. E. 흄, E. A. 포와 보들레르, 단테와 T. S. 엘리엇 등 실로 헤아릴 수 없을 정도이며, 더구나 헬레니즘과 헤브라이즘의 두 산맥을 벗어난 의식은 거의 전무하다 해도 지나침 없다. 문학 이론도 마찬가지 상태이다. 루카치의 모든 문학적 저서는 그리스 문화의 완결성을 떠나서는 거의 이해할 수 없으며 웰렉의 『비평사』는 데카르트, 칸트, 헤겔의 철학을 떠나서는 접근도 할 수 없다. N. 프라이의 『비평의 해부』도 실낙원과 낙원 복귀 의식의 골격 위에 놓여 있다. 이 경우, 서구 각국의 개별 문학사는 서구 문화권 전체의 기준에 도달한 것만이 자기 나라 문화의 개성을 형성하는 것으로 본다는 것을 인식하게 한다. 가령 서구 문화권에서는 주변에 속한 후진국 독일 문학사에서는 레싱, 괴테, 토마스 만 같은 유럽적 문화 요소를 담뿍 흡수 동화한 작가에 의해 편협한 지방성이나 파행성이 극복된 것으로 인정되는 것이다. 클레나 귀야르가 비교 문학을 영향 관계의 여부에만 국한시켜 문학사의 일종으로 규정한 것은 이러한 사정에서 연유한다.[14]

한국 문학사가 개별 문학이라는 의미는 한국 문학사의 기준이 한국사 총체 속에 있다는 사실의 소박한 인식을 뜻하는 것이다. 피상적으로 볼 때 이러한 진술은 편협한 지방성, 파행성의 노출로 오해되기 쉬우며 심지어는 배타적 독선적 쇼비니즘 내지는 문화의 보편성을 압살하는 사고 방식으로 간주될지도 모른다. 그러나 주체 민족의 행복에 감성적으로 작용하지 않는 문화 파악력은 역사의 추진력이 될 수 없을 것이다.

이 진술은 두 가지 입지점을 가지고 있다. 그 하나는 박은식, 신채호 중심의 민족 사학을 통해 한국사가 서구 근대 사학을 습득할 수 있었다는 점이며, 다른 하나는 소위 향보편성의 역방향에 섰던 작품, 이를테면 염상섭의 「삼대」, 김남천의 「대하」, 이기영의 「고향」 등이 다른 의미에서 문제를 던지고 있다는 점이다. 여기까지의 진술은 주변 문화성 극복이라는 한마디로 집약된다. 한국 문학을 개별 문학으로 용인한다는 전제를 떠나서는 주변 문화성을 극복할 수 없다. 인류학적인 측면에서는 주변 문화peripheral culture란 문화 유형cultural pattern의 이해와 직결되어 있다. 이때의 문화란 지식, 신앙, 예술, 도덕, 법률, 관습, 기타 인간이 사회 성원으로 획득한 능력이나 습성의 복합적 전체를 의미하는데, 그것은 우선 다음 두 가지 사실을 용인하는 것이 된다. 첫째는 문화란 복합적 전체여서 그것이 과학, 지식, 종교, 예술을 포함한다고 하는 것은 편의적·개념적 추상에 불과하며, 어떠한 문화 요소를 끌어내어 보아도 그것은 문화 전체의 구조 속에 유기적으로 엉켜 있다는 점이며, 둘째로 문화란 가치 개념을 사상

---

14) M. F. Guyard, 『비교문학La littérature Comparée』(Que sais je? No. 499), 서문 참조.

한다는 점이다. 즉 가치적 상하 관계를 제거한 구조주의적 개념이라는 암시이다. 그렇다면 문화란 가치의 상하를 불문하고 단지 형태 구조의 상이로 취급될 것이다. 특수한 자연적 환경 또는 인간의 물질적, 생물적, 정신적 욕구의 결과로 어떤 형태의 문화가 제도화된다. 감정, 가치도 역시 제도화된다. 이 제도화된 문화 양식은 제도화된 그 자체의 내재적 법칙에 의해 계속되며, 고착화의 길로 치닫는다. 이 고착화된 문화 충동은 강인한 고집성을 드러낸다. 그러면 고착적·정체적 문화형을 변화시키는 힘을 어떻게 파악할 것인가. 그 하나의 가설로서 마르크스류의 하부 구조Unter-bau적 요인, 즉 토대Substratum를 내세울 수도 있다. 임화에서 이 점은 크게 강조되어 있음을 본다. 둘째는 무의식에 중요한 의미를 부여하는 프로이트적인 충동drive을 들 수 있다. 셋째로 주체적인 문화 수용의 관점을 들 수 있다.

한국 문화가 중국 문화권의 말단 주변권인가 혹은 중간 문화권인가라는 논란이 있을 수 있겠으나 주변 문화의 특징으로 지적되어야 할 점은 다음과 같다. 문화 중심 지역에서는 문화를 이루는 여러 요소가 강력하게 그 긴장 관계를 유지하는 데 반해 주변 문화에서는 그 요소들이 느슨하게 결합되어 생산적인 힘을 발휘하지 못한다.[15] 주변 말단권일수록 고문화의 흔적이 원형 그대로 남아 있다는 점은 그것을 명백하게 반영한다. 중간 문화권일 경우는 어느 정도 소화 능력을 발휘, 자국 문화의 기층 속에 그것을 침투시킬 수 있다. 다음으로는 문화 수용에서 드러나는 엘리트와 민중 간의 편차이다. 조선 사회에서는 소위 사대부 독서인으로 통칭되는 엘리트에 의해 중국 유교 문화가 독점되며, 하층민들은 그들의 언어로 상층 계급과 다른 문화를 이룬다. 정

---

15) 마루야마 마사오(丸山眞男), 『일본의 사상(日本の思想)』(岩波新書), 제1장 참조.

치적으로 보면, 문화 중심부를 이루는 것은 능률 기술주의를 모토로 하여 구성된 관료 기구인데, 민중은 외래 이데올로기를 그들의 풍속 속에 용해시켜 받아들이는 것이므로, 외래 문화의 이데올로기적 요소는 오히려 불안정한 주변부를 이루는 것이다. 이 현상은 최근까지 한국 문학사에 잠복해 있어 가령 19세기 정신이 박제임을 선언한 이상(李箱)에까지 생생히 드러나고 있다.[16] 이러한 사실은 주변성 자체가 지닌 일반적인 구조적 모순이다. 이 구조적 모순을 이념적으로나 방법론적으로 극복하기 위해서는 한국 문화 및 문학이 개별 문화 및 문학이어야 한다. 이 지극히 상식적인 명제를 더 자세히 생각하려 할 때 마땅히 먼저 제기되어야 할 문제는 소위 동양 문화권에 대한 고찰이다. 1920년대에 들어와 서양사가 곧 세계사라는 통념을 깨뜨린 것은 독일 역사주의 학파에 속하는 트렐취였다. 세계사의 중요한 부분으로서의 동양에 중국 문화권, 인도 문화권이 포함되는 것에는 틀림없지만 그런 동양 인식은 서구 제국주의의 이론적 발달에 의한 것으로, 그때 중국 및 인도는 서구적 세계사의 말단으로 떨어져 있었다.

　서구 중심 문화의 중간 단계를 맡은 것은 그때 일본이었는데, 일본의 영악한 탈아론(脫亞論)의 사상은 역으로 동양사 논의를 제공하여 저 대동아 공영권의 사상 배경을 제공하였다. 1930년대 일본 역사 철학의 이러한 추진력은 식민지 한국의 지식인들에게 상당한 영향을 미쳐, 파시즘 찬양으로 내닫게 한다. 따라서 근대사 인식에서 무엇보다 가려내야 할 점은 동양 문화권의 해체 현상일 것이다. 그것은 서구적 충격, 그 변수에 의해 중국 문화권, 한국 문화권, 일본 문화권을 각각 개별 현상으로 파악함을

---

16) 정명환, 「부정과 생성」, 『한국인과 문학사상』(일조각, 1973) 참조.

뜻한다. 그것은 더구나 주변적 고집성의 측면, 특히 민족적 심층 기저에 관계된 정서 문제를 다루는 문학에서는 더욱 중요한 의미를 띤다. 한국어의 독자성 자체는 물론, 서서히 변모한 근대 의식은 이미 중국적 문화 준거로 따질 수 없다. 이와 함께 문화 수용의 혼란이 따르고, 일본의 어떤 문화 수준이 한국 문화의 자기 인식 기준의 면모를 띠는 시기가 오는 것은 1910년대 이후인 셈이다. 한국 문학을 개별 문학으로 인식해야 된다는 이 가설을 보다 분명히 하기 위해서는 중국 근대 문학사 및 일본 근대 문학사의 전개 과정을 분명히 인식할 필요가 있고, 그것이 얼마나 상이한가를 본질적 차원에서 살펴야 할 것이다.

2 한국 문학은 문학이면서 동시에 철학이다

문학이 음악이나 조형 예술 등과 같이 예술의 한 부문을 이룬다는 점에는 누구나 동의하겠지만, 문학은 예술 중에서도 가장 특이한 존재라는 점에 우리는 주목한다. 이 특성은 문학의 매체가 언어라는 사실에서 기인한다. 상상력에 의한 언어의 형상화는 실로 철학의 영역으로 확대된다. 여기에서 문학은 인간의 상상력 전 영역을 포괄하는 문제와 함께 역사에 연결된다. 문학이 직접적으로 감각을 자극하여 쾌감을 던져줌도 적지 않으며 또한 무엇보다도 추상적 사상성을 다분히 지닌다는 점에서, 예술로서는 거의 이단적인 존재라는 것은 문학이 지닌 교육 작용을 첨예하게 드러낸다. 근대 문학 특히 그 대표적 존재인 소설은 인간 문화에서 종래의 철학이 지녔던 것과 거의 동등한 위치와 몫을 행하고 있다. 세계란 어떠한 것이며, 인간이란 무엇이며, 선이란 무엇이며, 인간은 어떻게 살아야 하는가를 탐구하고 인간의 삶의 목적을 규정하는 노력이 철학이었다면 오늘날의 문학은 보다 구

42

체적으로 이와 유형적으로 동일한 몫을 수행하고 있다. 문학을 이런 식으로 어마어마하게 개념 파악해 두는 것이 결코 자기 논에 물을 끌어들이는 좁은 사고의 소치는 아니다. 문학은 상상적 언어를 매체로 하여 인간을 탐구한다는 점에서 예술이면서 동시에 철학의 몫을 하고 있어서 언어 쪽만 하더라도 언어 메커니즘과 그 변용인 허다한 학문 영역과 연결되며, 인간 쪽에서 보면 수학, 물리까지 포함한 학문과 연결되는 것이다. 이 두 측면을 한국 문학사와 관련시켜 약간 구체적으로 살펴, 한국 문학사의 개별적 추진력을 모색해 보려 한다.

우선 철학적 측면의 문제 주변을 일단 살펴두고자 한다. 사물이나 현실을 파악하는, 체계적이며 논리적인 통일성 획득이 철학의 중요한 한 과제이겠지만 그것은 너무나 어려운 일이다. 그것은 논리의 통일성 획득이라는 것 자체가 인간성 파악에서 보듯 늘 세계의 한구석을 겨우 이해하는 것 이상일 수 없다는 점에 관계된다. 가령 사회경제학에서는 법률, 정치, 예술을 상부 구조라 하고, 생산 관계의 총체로서의 사회의 경제적 구조를 토대라고 하여 이 토대에 의해 상부 구조가 규정된다고 한다. 그러나 이러한 관점에 선다면 예술도 법률 따위와 마찬가지로 이 생산 양식으로서의 토대가 변화하면 그 효력을 잃게 되어야 한다. 그렇다면 저 그리스 예술이 지금도 사람들에게 예술적 즐거움을 준다는 것, 또 어떤 점에서는 규범으로 통용된다는 사실을 어떻게 설명할 것인가. 「경제학 수고(手稿)」에서 제기한 마르크스 자신의 의문은 금세기의 이론가라는 루카치에 의해서도 해답을 얻을 수 없다. 트로츠키가 부르주아 문학 유산 계승을 내세웠을 때도 이 문제에 봉착했던 것이다. 그렇다면 예술을 상부 구조에서 제외하여 비상부 구조로 다뤄야 되는 것인가. 이러한 문제를 뚫기 위해 어떤 사람은 헤겔의 어떤 측면을 극복한 것으로 보이는 사르트르의 다음 구절 〈지각하고 개념화하고 상상하는 것은 의식의 세 유형〉이라는 점에 발단을 잡아 인간을 실천적 주체, 사유적 의식의 주체, 상상적 의식의 주체에 관계되는 것으로 파악하려 시도한다.

그리하여 후자는 중간 항을 필요치 않는다는 투로 설명하기도 하지만 실천적 주체와 상상적 의식의 주체가 상대적으로 독립되어 있다고 하면 예술의 정치적 가치와 예술의 예술적 가치는 별개의 것으로 된다. 그러나 인식의 세 가지 유형의 구획을 정확히 가른다는 것이 애매한 상태로 남는 데에 지적 난점이 있으며, 이 점은 리얼리즘의 총체성과 파편성을 가운데 두고 루카치와 제거스 사이에서 벌어진 논쟁에서도 엿볼 수 있다.

흔히 한국 문학을 지배하고 있는 듯이 보이는 별로 신통치 않은 오해가 몇 개 있다. 그 하나로 몇몇 지각 없는 사람들이 불러일으킨 묘사에 대한 오해를 들 수 있다. 플로베르가 모파상에게 한 말, 모래알도 같은 것 두 개는 없다는 투의 아포리즘이 그것이다. 그러나 언어를 사용하는 한 묘사의 정확성에는 한계가 있다. 책상 하나 정확히 묘사하기에도 얼마나 힘이 드는 것인가. 엥겔스가 리얼리즘을 디테일과 전형의 파악으로 규정한 것은 이 때문이다. 전형의 파악이 언어의 세련성과 거의 무관하다는 것은 글을 써본 사람이면 누구나 알 것이다. 둘째, 이와 관련된 문제로 지적해 두고 싶은 것은 이태준(李泰俊)의 『문장강화』류가 던져놓은 해묵은 왜곡된 문장 수업 방법이다. 이것은 《문장》의 정신인 소위 시정신과 관계되는 것으로 오도된 요소가 많다. 단적으로 말해서 「장화홍련전」의 문체 공격으로 무슨 새로운 산문을 개척한 것처럼 진술되는 것이 그 한 예이다. 이러한 점은 한국 문학의 왜소화 내지 취약화에 공헌했을 따름이고 신채호, 최남선의 저 골격 문장과 다른 한편으로는 최서해(崔曙海) 이후의 저 소박 건강한 야성적 문장을 압살해 왔던 것이다. 이태준, 김동리 이래로 세련된 문장에 기반을 둔 플롯의 필연성과 소설 작법과 그것에서 결과한 토속적인 것에의 취향은 다소의 미학적 공헌에도 불구하고, 작가들의 한국 근대사 이해에 심한 장애를 일으켜 왔다. 심하게 말해서 건실하고도 건강한 문학의 측면을 외면하도록 길들이는 데 공헌해 왔다. 이 말은 한국 신문학사를 이미 써놓은 네 사람의 문학사가에게도 던져지는 것이다.[17]

한국 신문학사 서술의 방법론을 세우고 처음으로 이를 체계화한 것은 임화로서, 그는 1930년대 《중앙일보》, 《조선일보》, 《인문평론》에 신문학 초기 부분의 문학사를 썼다. 그 태도는 이미 위에서 살핀 바와 같다. 그 다음은 백철의 『조선신문학사조사』이며, 그것은 사조라는 허깨비와의 싸움이었기 때문에 가장 중요한 작품과 작가를 놓쳐버리고, 그것들을 사조의 추종자들로 만든다. 그 다음 차례에 박영희(朴英熙)의 『한국현대문학사』가 놓이는데, 그것은 체험을 바탕으로 한 문학사의 성질을 띤 것으로 체험 자체가 지니는 자서전적 오류와 장점을 다 지니고 있다고 할 수 있으나 이것으로 사상사 내지 지성사의 일부를 구축할 수 없는 노릇이다. 끝으로 조연현의 『한국현대문학사』가 있다. 조연현의 그것은 문학 작품을 발표 기관의 우열에 의해 판단하는 그러한 문학사이다. 백철이 사조라는 단선적 측면만을 중시함으로써 문학을 막 자른 것과 비슷하게 조연현은 문헌적 태도를

---

17) 이외에도 김태준(金台俊)의 『조선소설사』(청진서관, 1935)가 있는데, 이 저서의 특징은 고대 소설에서 1962년대 초기까지 걸치고 있다는 점이다. 그의 관점은 고전 문학과 신문학을 연속적으로 파악한 것으로 그 후의 이병기·백철 공저 『국문학 전사(全史)』의 접목식보다는 방법론상의 우월점이 있다. 이미 출간된 국문학사의 비판으로 김윤식의 「국문학사의 방법론 문제점 및 업적 비판 연구」(《국어교육》 제4집, 1962)와 김현의 「한국시의 이해 1, 방법론에 관한 고찰」(《문화비평》 창간호, 1969)을 참조할 것.

강조함으로써 마찬가지 현상에 도달한 셈이다. 사회적 여건과 정
신적 배경을 경시했기 때문에 그의 문학사는 잡지, 신문 등 발표
기관에 지나친 강조점을 주지 않을 수 없게 되며, 작품의 평가에
약점을 드러낸다. 그의 문학사에 의하면 문단적 상황, 곧 잡지 편
집자에 의해 문학이 거의 지배되고 있으며, 그들에 의해 그것의
방향이 규제될 수 있다는 것이다. 1920년 ≪창조≫, ≪백조≫ 강
조가 다분히 사실 자체와 다르다는 것은 ≪동아일보≫ 당시 문예
란만 보아도 알 수 있고, ≪소년≫ 신화도 개화기 자료를 검토해
보면 납득할 수 없는 것에 속한다. 임화·김하명(金河明) 이후 개
화기 소설에 관하여 진술할 때마다 이인직(李人稙)이 일방적으로
강조되는 것도 실상은 역사 이해를 왜곡하는 것이라 본다. 우리
는 안국선의 「금수회의록」을 읽을 수 있으며 신채호조차도 소설
을 썼다는 사실에 주목한다. 개화기 소설의 비교 문학적 연구로
일본, 중국 신소설과의 관계가 밝혀지는 날에는 이인직 류의 작
품이 휴지쪽으로 바뀔지도 모른다는 예감을 우리는 갖고 있다.
아울러 말한다면 「해에게서 소년에게」가 바이런의 번안시에 가
깝다는 사실도 이미 밝혀져 있다. 이러한 진술은 오늘날에도 작
용할 수 있는 전통은 무엇이며 그렇지 못한 단순한 문헌적 존재
가 무엇인가를 가능한 한 구별해 내는 안목과 관계된다. 그것은
한국 근대사의 추진력이 무엇이었는가를 철학적인 면에서 바라봄
을 뜻한다. 이 점을 단적으로 말하면 1920년대에 노춘성(盧春城)
이 많이 읽혔다면 실증적 측면에서는 그것이 중요하겠지만 가치
의 측면에서는 고려할 수 없다는 태도와 관계된다.

제 2 장 근대 의식의 성장

　조선 사회가 그 자체 내의 모순을 스스로 드러내고 그것을 해결하려는 노력을 보인 것이 임진왜란 이후라는 것은 널리 알려진 사실이다. 그러나 그 속도는 완만하고도 조심스러운 것이었다. 그 변화가 그 나름의 이론적 배경과 거기에 상응하는 운동을 보여준 것이 영·정조 시대이다. 그 시대에 이르면 임진왜란 이후의 여러 특징들, 가령 신분 계층의 이동, 가족 제도의 혼란, 상인 계급의 대두 등이 일기, 사설 시조, 진경산수, 풍속화, 판소리, 단편 소설 등의 상상적 산물 속에 풍부히 드러나게 된다. 그것은 그 시기에 이르러 한국 사회가 자체 내의 구조적 모순을 상상적 기호로서 표시할 수 있는 힘을 얻은 것을 의미한다.

　그 상상적 산물은 물론 그 시대의 산물이지만 그것을 뛰어넘어 보편성을 획득할 수 있는 경지에까지 이르러 있다. 그 보편성은 당대의 모순을 극복하려 한 두 가지의 체계적 노력, 운동에서도 드러난다. 예술을 통해 조선 후기 인텔리들이 당대의 모순과 갈등을 상상적 언어로 표현하고 있을 때 지식인 계층의 지적 노력은 그 모순을 지적 언어로 체계화하여 그것을 극복하려는 것으로 집중되었고, 서민층의 무의식적인 불만 표출은 종교의 형식으로 집약되었던 것인데, 그것은 각각 정약용(丁若鏞)과 동학(東學)으로 표상된다. 정약용은 조선 사회의 기본 이념의 재인식 조정을, 동학은 서민 계층의 집단 무의식을 이론화하는 것을 서두른다. 그 두 방향의 노력은 예술에서의 표현 잠재력의 성장, 특히 문학에서의 언어 의식의 대두로 인해서 자생 인텔리에게 깊은 영향을 미쳐, 조선 사회를 제도적으로 바꾸려는 힘찬 노력으로 전환된다.

제1절 가족 제도의 혼란

한 사회가 안정되어 그 나름의 사상이나, 윤리 의식을 드러낼 수 있게 되기 위해서는 그 사회가 요구하는 여러 금기가 풍속의 측면에 폭넓게 정착되어야 한다. 풍속과 굳게 결합하지 아니한 사상이나 윤리는 그 사회 구성원의 지적 호기심을 만족시켜 줄 수 있을지는 모르지만 창조적 노력의 토대가 될 수는 없다. 풍속과 사상이 조우하는 최초의 장소는 가정이다. 가정을 통해 한 사회의 구성 인자들은 그 사회가 요구하고 지시하는 여러 금기와 맞부딪쳐 가며 자신의 에고 콤플렉스를 형성시킨다.[1] 가정과 가족은 한 사회가 그 자체로 존속하는 것을 지키는 최소 단위이다. 그 가정의 파괴나 혼란은 즉각적으로 전 사회의 혼란을 불러일으키며, 그것은 형이상학적인 모든 것으로 파급되어 간다. 그런

---

1) 에고 콤플렉스ego-complex와 성격 문제에 대해서는 융의 여러 저작을 참조할 것. 특히 『분석심리학, 그 이론과 실제Analytical Psychology: Its Theory & Practice』를 보라. 가족과 성격의 관계는 에리히 프롬의 『자유로부터의 도피』를 볼 것.

의미에서 임진왜란 이후의 가족 제도의 혼란은 주목의 대상이
되지 않을 수 없다.

조선의 가족 제도는 기본적으로 유교적 제도이다. 신라 시대의
불교적 인과설에 의거했던 가족 제도는 고려조에 들어오면서 불
교적 인생관의 특징인 선험적 불평등을 극복하려는 노력을 보여
준다. 개인의 각성을 중요시하는 선(禪)과 과거 제도의 폭넓은
확산, 전파는 그러한 재조정의 결과이며, 그것이 현실적으로 확
인된 것이 무신란이다. 무신란 이후에 한국에는 소위 사대부라
불리는 기능 집단이 대두한다.

그 기능 집단은 통치 기술을 연마한 독서 관료층인데, 그들이
제시한 가족 원리가 유교적 효 중심 제도이다. 그 제도는 크게
보아 두 가지 특성을 지니고 있다.[2] 하나는 유교적 가족 제도가
부부 관계를 가족 관계의 중심으로 보는 것이 아니라, 부자 관계
를 그 중심으로 본다는 점이다. 이 사실은 가족 관계 내에서의
질서 위계를 다시 생각게 한다. 가족의 중심이 부자에 있을 때
거기서 중요시될 것은 권위 복종의 역학이다. 부부가 가족의 중
심을 이룰 때에는 사랑이 가족 제도의 기본 이념이 될 수밖에
없지만 부자가 가족 제도의 중심을 이룰 때 생겨나는 것은 가장
의 권위와 그것을 인정하는 다른 구성 인자들의 복종뿐이다. 유
교적 이념에 입각한 가족 제도의 기본 원리가 효라는 것은 그런
관점에서 관찰되어야 한다. 효란 부모에 대한 무조건의 복종을
의미한다. 그것은 가장의 권위에 대한 굴종을 뜻하며, 가족 간의
인간 관계가 대등한 관계가 아니라 종속 관계임을 나타낸다.

---

2) 한국 가족 제도에 대해서는 최재석의 『한국가족연구』(민중서관, 1970)가
   자세하고 시사적이다. 특히 제5장 「가족의 전통적 가치관」은 조선 시대의
   가족 관계를 조선 시대의 교과서들을 통해 분석하고 있어 주목을 끈다. 이
   글은 그의 해박한 분석에 크게 힘입고 있다.

유교적 가족 제도가 갖는 또 하나의 특징은 사회 조직과 가정을 동일시하는 생각이다. 충과 효를 한 가지로 본다든지, 〈수신제가치국평천하(修身齊家治國平天下)〉라고 생각하는 것 따위는 그 가장 좋은 본보기이다. 〈소위 치국은 먼저 제가에서 출발하여야 한다는 사상은 집이 국가의 유일한 단위라는 것과 치국의 원리는 제가의 원리의 연장이라는 의미를 내포하고 있는 것이다. 한편 집은 국가의 근본이기도 하기 때문에 치가(治家)하는 것 그 자체가 치국이 된다는 사상도 나오는 것이다.〉[3] 그래서 사대부 사회의 사회 진출의 첩경인 과거 제도도, 그 시험 과목으로 효를 그 기본 테마로 한 사서삼경을 택하고 있는 것이다. 이 두 가지 특징 위에 세워진 유교적 가족 제도는 오랫동안에 걸쳐 풍속과 밀접한 관련을 맺어 그 사회의 구성 분자들의 금기를 이룬다.

그러나 유교적 가족 제도의 모순은 가장의 권위를 극도로 신장시켜 다른 구성 요인들에 대한 고려를 거의 하지 않은 데 있다. 그 모순의 피해를 크게 받은 것이 여자와 서자(庶子)이다. 질투를 금한다는 명목으로 남편에 대한 사랑을 자유롭게 토로할 수 없게 만들고 첩의 소생이라고 하여서 아버지를 아버지라고 부를 수 없게 만든 것은 유교적 가족 제도의 경직화가 빚어낸 가장 첨예한 모순이다.

영·정조 시대에 이르러 상인 계층의 대두를 나타내는 일련의 소설들이 보이기 전의 거의 대부분의 소설들이 그러한 가족 제도의 모순을 드러내고 있는 것은 우연한 일이 아니다. 허균의 「홍길동전」에서 날카롭게 비판되고 있는 서얼 차대와, 김만중의 「사씨남정기」에서 묘사된 처첩간의 알력 등은 그 대표적인 예이다. 임진왜란 이후에 대두되기 시작한 여자 장사의 무용담은 비

---

3) 최재석, 같은 책, 256쪽.

인간적인 대우를 받은 여자들의 의곡된 자기 표출이다. 그러나 그러한 가족 제도의 모순은 유교적 이념의 경직화와 함께 쉽사리 인정되지 아니한다. 그것은 몇 사람의 예민한 감수성의 소유자들에 의해 간헐적으로 인지될 뿐이다.

그러한 가족 제도의 모순이 표면화되기 시작한 것은 소현세자(昭顯世子),[4] 장헌세자(莊獻世子)[5]의 죽음을 통해서이다. 그 사건을 통해 권위에 의해 가족 관계를 유지하는 것의 어려움이 점차로 드러난다. 한 사람의 권위에 의존하고 있는 가족 관계란 위선과 세력 다툼에 지나지 않는다는 것을 그 두 죽음은 가르쳐준다. 소현세자는 인조의 첫째아들이다. 그는 호란 이후에 볼모로 청에 잡혀 갔다가 귀국한 후에 갑자기 의문의 죽음을 당하는데, 그 죽음은 한 사학자의 연구에 의하면 인조의 고의적인 살해라는 것이다. 그 살해의 원인은 그가 청의 신임을 더 받고 있다는 점 때문이다. 자기 권위에 대한 도전을 느낀 자의 불안함이 자식을 죽이는 데까지 인조를 몰고 간 것이다. 영조의 즉위와 사도세자의 죽음 역시 유교적 가족 제도의 모순을 가장 잘 표상한다. 영조 자신은 무수리에게서 태어났을 뿐만 아니라 인조와 마찬가지로 자식을 죽이기에까지 이른다. 이 두 사실이 사대부 계층에 준 충격은 유별났으리라고 짐작된다. 그러나 그 계층은 자신의 계층의 안전을 위해 그 제도의 모순에 대해 의식적으로 눈을 감는다. 소현세자와 장헌세자의 죽음에는 그것 나름의 이유가 붙여지며, 그것은 많은 의혹에도 불구하고 그대로 인식된다. 그러나 그 모순에 대한 저항 의식은 점차로 강렬해진다.[6] 특히 서자 출신의 항

---

4) 소현세자에 대해서는 김용덕, 「소현세자 연구」, 『박제가 연구』(중앙대출판부, 1970)를 참조할 것.
5) 장헌세자의 죽음에 대해서는 혜경궁 홍씨의 『한중록』을 볼 것.
6) 서얼 문제는 조광조, 이이 등에 의해 그 개선책이 제시되었으나 시행되지 못했다. 정조 2년 8월에는 경상·충청·전라 삼도의 유생 3,272명이 상소하

변은 대단한 바 있다. 정조는 결국 규장각이라는 기구를 만들어 서자 출신을 채용하게 된다.

영·정조에 크게 드러난 조선 가족 제도의 모순은 그 뒤의 모든 문학적 업적의 비판 대상이 된다. 박지원의 「열녀 함양박씨전」에 그려진 과부의 수절, 「한듕록」의 기이한 부자 관계는 개화기에 이르면서 자유 연애론과 〈자녀 중심론〉으로 확대되어 나간다. 〈손아랫사람의 권리 주장이 일체 부정〉되는 그런 가족 제도의 모순에 대한 비판은 영·정조의 몇 개의 소설을 거쳐 본능의 자유로운 해방과 사랑을 구가하는 이광수의 자유 연애론으로 연결된다. 이광수 문학의 폭발적인 인기는 그가 그 누구보다도 당대의 사회 가족 제도의 모순을 정확히 파악하여 그것을 극복하려 하였기 때문이다.[7] 동시에 유교적 가족 제도가 낳은 가장을 제외한 다른 구성 인자들의 그에 대한 굴종적 상태는 인내천 사상을 부르짖는 동학으로 그들을 모으는 데 성공케 한다. 동학의 민주주의적 평등 사상은 봉건적 가족 제도와 표리를 이루고 있다. 유교적 가족 제도의 모순은 풍속의 개량이라는 측면에서 결국 이광수의 자유 연애론과 해후하며 사상적인 측면에서는 동학의 인내천 사상으로 흘러 들어갈 준비를 해준 셈이다.

여 서류 소통(庶類疏通)을 주장하고 있다. 저간의 사정에 대해서는 이익의 『성호사설』에 다음과 같은 구절이 보인다.
〈今世人之鬱可數其俗賤才賢能必退 其風尙閥有庶孼中路之別 百世而不通名官 又西北三道枳塞 已四百餘年 奴婢法嚴 子孫不齒平人 城中怨鬱 十分居九.〉
7) 최재석에 의하면 가족 제도의 변모는 경제 구조의 변모에서 오는 것과 서구적 근대 사상(특히 문학을 통한)의 영향에서 오는 것의 두 가지가 있는데, 한국의 경우는 해방 후 교과서를 분석한 결과, 그리고 실제 조사 결과 아직도 합방 전과 비슷한 가치관 위에 세워져 있다고 한다. 주목할 만한 지적이라 하겠다.

제2절 이념과 현실의 대결

조선 후기 사회 자체가 가지고 있는 모순을 극복하려는 사상적 조류는 실학이라는 명칭으로 이미 상세한 연구가 행해져 있으며 또 행해지고 있다. 그 사회가 가지고 있는 모순을 드러내고 그것을 극복하려는 실학파의 노력은 당연한 귀결로서 그 모순을 은폐하려는 보수파의 맹렬한 공격을 가능케 한다. 그 대결은 사상사적인 입장에서 본다면 북벌 문제, 문체 문제, 서학 문제를 통해서 첨예하게 드러난다.

1) 북벌 문제 —— 후금(後金)과 명(明) 사이의 갈등을 눈앞에 두고 교묘하게 외교 문제를 처리해 온 광해군이 귀족 혁명(인조 반정)에 의해 물러난 후, 조선 사대부 계층은 광해군의 현실주의적 외교 정책을 포기하고 숭명(崇明)의 이념 위주의 외교 정책을 밀고 나가 두 차례의 호란을 당한다.[8] 그것을 겪고 세자를 비롯한 세 명의 대군이 볼모로 잡혀간 후에 청에 대한 반감은 당대 지식인들의 유행병이 된다. 인조가 소현세자에게 〈천리(天理)인 대명의리(對命義理)를 위해 소무(蘇武)와 같이 수절불굴(守節不屈)〉할 것을 기대한 것도 그러한 태도의 표현이다. 그 태도는 서인, 노론 지배 아래의 조정에서 꽤 오랫동안 지속되어 반청의 태도를 표시하지 않으면 지식인 취급을 받지도 못하게 된다.

거기에 대해 직접 반박의 기치를 든 것이 현실을 직시하지 않으면 안 된다는 북학파(北學派)들이다. 북학파의 대두는 영·정조

---

8) 〈비록 나라를 들어 쓰러진다 해도 향명(向明)의 대의는 저버릴 수 없다〉(인조 4년) 〈강약의 세(勢)를 돌보지 않고 오직 정의로 결단하여 후금과 절화(絶和)한다〉(인조 14년) 따위의 주장은 반정의 기치가 〈천리를 멸하고 황조(皇朝)에 득죄하였다〉는 것이었으므로 당연한 결과였을 것이다. 김용덕, 앞의 책 참조.

의 탕평책에 크게 힘입고 있지만, 사회 사상적인 측면에서는 남인, 서자 출신의 당대 사회의 구조적 모순에 대한 인식의 강렬함과 호란과의 시간적 거리가 중요시되어야 할 것이다. 이념에 치중, 오랑캐와는 끝내 화해하지 않겠다는 태도에 대해 가장 격렬하게 비판하고 있는 것이 박제가(朴齊家)의 『북학의』와 박지원의 『열하일기』이다. 특히 『열하일기』 중의 한 일화인 「허생전」은 당시의 사대부층의 공리공담에 대한 날카로운 비판이다. 박제가와 박지원의 북학에 대한 열성은 박제가의 「북학변(北學辨) 1, 2」와 박지원의 「심세편(審勢編)」에 그 이유가 자세히 설명되어 있다. 박제가는 〈지금 우리 나라 사람은 교칠 같은 속된 꺼풀이 덮여 있어서 뚫지 못한다〉고 말한 후, 청에 관한 한 지식인들이 가서 본 사람의 말을 믿지 아니하고 우선 업신여기는 것을 개탄한다.

비록 나와 친한 사람이라도 나의 말을 믿지 아니하고 저런 (허튼) 말을 곧이듣는다. 나를 잘 안다는 자가 평소에는 나를 떠받들다가도 한 번 나를 나무라는 근사하지도 않은 말을 전해 듣고는 평생에 믿던 바를 크게 의심하여 나를 나무라는 말을 믿는 것과 똑같다.[9]

오랑캐를 멸시하는 풍속은 자기가 실제로 보고 전하는 것까지 믿지 못할 정도로 철저하다. 그런 사정을 박지원은 더욱 날카롭게 비판, 공격한다. 그 사정은 그에 의하면 다섯 가지로 대별된다. ① 외국의 토성(土性)으로 중국의 지벌을 깔보는 것. ② 한줌 작은 상투로 의리를 뽐내 중국을 멸시하는 것. ③ 사신이 청의 조정에 절하고 읍하는 것을 부끄럽게 여기는 것. ④ 낡은 기습(氣習)으로 억지로 운치 없는 문장을 쓰며 중국의 글을 비웃는 것. ⑤ 옛날과

---

9) 박제가, 『북학의』, 이익성 옮김(을유문화사, 1978), 198쪽.

같은 강개한 선비가 중국에 없다고 한탄하는 것.[10] 박제가나 박지원의 소견으로는 중국의 것을 배워 쓰면서 중국을 멸시하는 것은 현실을 직시하지 못한 증거이다. 한 사회가 발전하기 위해서는 현실에 대응하여 그것을 재빠르게 이론화해야 한다. 그런데 한국 사회는 고루한 의리에 사로잡혀 현실을 바로보지 못하고 있다. 그런 상황에 대한 불만은 허생을 통해 풍자적으로 개진된다.

이놈, 소위 사대부란 어떤 놈들이야. 이(夷)·맥(貊)의 땅에 태어나서 제멋대로 사대부라고 뽐내니 어찌 앙큼하지 않으냐. 바지나 저고리를 온통 희게만 입으니 이는 실로 상인(喪人)의 차림이요, 머리털을 한데 묶어서 송곳같이 짜는 것은 남만의 방망이 상투에 불과하니, 무어가 예법이니 아니니 하고 뽐낼 게 있으랴. 옛날 번어기(樊於期)는 사사로운 원망을 갚기 위하여 머리 잘리기를 아끼지 않았고, 무령왕(武寧王)은 자기의 나라를 강하게 만들려고 고복 입기를 부끄럽게 여기지 않았거늘 이제 너희들은 대명을 위하여 원수를 갚고자 하면서 오히려 그까짓 상투 하나를 아끼며, 또 앞으로 장차 말달리기, 창찌르기, 활쏘기, 돌팔매 던지기 등에 종사하여야 함에도 불구하고 그 넓은 소매를 고치지 않고서 제딴은 이게 예법이라 한단 말이냐.[11]

북학파의 현실주의는 현실의 모순을 직시하고 그것을 해결하려고 노력하는 것이 사회 개혁의 가장 큰 첩경이라는 주장의 소산이다. 그 주장은 끝내 폭력, 혁명 등의 이론으로 발전되지 못하고 이용후생(利用厚生)의 선에 머무르지만, 그것은 개화파에 지대한 영향을 미쳐 혁명의 기치를 높이 들게 하는 원동력이 된다. 그렇다면 어떻게 이용후생하자는 것인가? 박제가는 「응지진북학

10) 박지원, 『열하일기 1』, 이가원 옮김(민문고, 1966), 438-439쪽.
11) 『열하일기 2』, 309-310쪽.

의소(應指進北學議疏)」에서 선비를 도태시킬 것과 수레, 돈을 사용할 것을 건의하고 있다. 선비는 일종의 유한 계급이며 〈농민을 부려먹는 자들〉이다. 〈같은 백성으로서 한쪽은 부리고 한쪽은 부림을 당하게 되니 자연히 강하고 약한 형세가〉 이루어져 〈날이 갈수록 농사일을 더욱 가볍게 여기고 과거는 날이 갈수록 중요하게〉 여겨진다.[12] 선비들은 〈농사를 망치는 몹쓸 자들〉이다. 이 선비 도태설은 당시로는 파격적이고 대담한 선언인데, 그 방법에 대해서는 논자가 아무런 언급도 하지 않고 있다. 그렇지만 선비 도태설은 대원군에게 이어져 서원 철폐를 단행케 한다. 수레와 돈은 벽돌과 마찬가지로 박제가와 박지원이 다같이 청에서 크게 감명을 받은 것들인데 수레가 없기 때문에 화물 유통이 잘 안되어 상업이 발달하지 못함을 박제가는 「수레」에서 자세히 논하고 있다.

그런데 두메 산골에서는 돌배를 담가서 그 신맛을 메주 대용으로 쓰는 자가 있으며 또 새우젓이나 조개젓을 보고는 이상한 물건이라 한다. 그 가난함이 이와 같으니 이 어찌된 일인가. 그것은 수레가 없는 까닭이라고 단언할 수 있다.[13]

돈과 벽돌에 대해서는 그는 남다른 흥미를 보여, 당대 한국 사회의 여러 제도를 고치려 애를 쓰지만 뜻을 이루지 못한다. 그러나 그러한 북학파의 현실주의는 당대 사회에 대한 연구열을 촉진시켜 숱한 저작을 쏟아지게 한다. 그중에서도 지리학의 발달과 국어학의 개발은 크게 주목할 만하다.[14] 조선 후기 사회는 북학,

---

12) 『북학의』, 240쪽. 과거에 대해서는 「과거론 1, 2」를 참조할 것.
13) 같은 책, 46쪽.
14) 이기백, 『한국사신론(韓國史新論)』(일조각, 1970), 271쪽을 볼 것. 〈역사

실학파의 대거 등장으로 인해 자체 내의 모순을 은폐하기 위해 허울 좋은 이념만을 내세우는 보수주의자들에게 정신적으로 큰 충격을 준 진보주의자들의 이론적 개화를 보게 된다. 자생 인텔리에 의해 자기가 속한 사회의 여러 모순과 갈등이 이론적으로 이해되고 상상적 문자로 그것이 묘사된 것은 영·정조·시대의 정신적 조류를 이해하는 데 큰 자리를 차지한다.

2) 문체 문제―― 정조가 즉위하면서부터 서서히 문체반정(文體反正)의 기운이 무르익기 시작한다. 문체반정이란 문란해진 주자주의를 재확립하여, 고문(古文)을 진흥시키고, 패관잡서(稗官雜書)에 사대부들이 몰두하는 것을 금하게 하자는 태도를 말한다. 그런 태도는 정조가 보수주의적 지식인들에게 점차 압도되어 감을 나타내는 것인데, 패관잡서란 북학, 서학에 관계된 서적들과 소설류를 뜻하기 때문이다. 당시의 지식층은 패관소설에 대해서 뚜렷이 상반되는 두 가지 태도로 분리되어 있었다. 보수주의적인 지식인들은 그것을 이단 잡학과 함께 배격해야 한다는 입장에 서 있었으며, 진보적 지식인들은 그것을 인정하는 편에 서 있었

에는 안정복(安鼎福)의 『동사강목(東史綱目)』, 한치윤(韓致奫)의 『해동역사(海東繹史)』, 이긍익(李肯翊)의 『연려실기술(燃藜室記述)』, 유득공(柳得恭)의 『사군지(四郡志)』, 『발해고(渤海考)』가 있고, 지리에는 이중환(李重煥)의 『택리지(擇里志)』, 신경준(申景濬)의 『강계고(彊界考)』, 『도로고(道路考)』, 『산수고(山水考)』, 성해응(成海應)의 『동국명산기(東國名山記)』, 정약용의 『강역고(彊域考)』, 『대동수경(大東水經)』등이 있고, 지도로는 정상기(鄭尙驥)의 『팔도분도(八道分圖)』, 김정호(金正浩)의 『대동여지도(大東輿地圖)』가 있었다. 또 국어학에는 신경준의 『훈민정음운해(訓民正音韻解)』, 유희(柳僖)의 『언문지(諺文志)』가 유명하고, 금석학에서는 김정희(金正喜)의 『금석과안록(金石過眼錄)』, 농학에는 서유구(徐有榘)의 『임원경제십육지(林園經濟十六志)』, 동물학에는 정약전(丁若銓)의 『자산어보(玆山魚譜)』, 의학에는 정약용의 『마과회통(麻科會通)』이 있었다. 지리학에 대하여는 역사학회 엮음, 『한국사의 반성』(신구문화사, 1973)에 실린 이우성(李佑成)의 「조선 후기의 지리서―― 지도」가 서술의 묘를 얻고 있다.

다. 특히 박지원의 경우는 〈「수호전」이 오히려 정사로 인식될는지 모른다〉는 대담한 발언을 하고 있기까지 하다.

문체의 혼란이 어떻게 생겨났느냐 하는 문제는 쉽게 서술될 수 없다. 우선 몰락 귀족이 생계를 이어나가기 위해, 혹은 당대 사회의 구조적 모순을 드러내기 위해 전통적 문장(고문)에서 벗어나게 되었으리라는 추측이 가능하다. 그리고 부녀자들과 상인층이 자기 계층의 모습을 거기에서 보고 알기 위해 그런 것을 유발시켰을 수도 있다. 여하튼 문체의 혼란은 당대 사회가 효를 기조로 한 경전의 문장에 의해서는 전모가 파악될 수 없도록 자체 내의 모순과 갈등을 충분히 드러내고 있었다는 점에서 연유한다. 그것은 박지원과 그의 문하생의 다음과 같은 일화에서 명백히 드러나 있다.

내 일찍이 연암 박미중(朴美仲)과 함께 산여벽오동관(山如碧梧桐館)에 모였을 때에, 청장 이무관(靑莊 李懋官)과 정유 박차수(貞蕤 朴次修)가 모두 그 자리에 있었다. 마침 달빛이 밝았다. 연암이 긴 목소리로 자기가 지은 열하일기를 읽는다. 무관과 차수는 둘러 앉아서 들을 뿐이었으나, 산여는 연암에게 선생의 문장이 비록 잘 되었지만 패관기서(稗官奇書)를 좋아하였으니 아마 이제부터 고문(古文)이 진흥되지 않을까 두려워하옵니다 한다. 연암이 취한 어조로 네가 무엇을 안단 말이냐 하고는 다시금 계속했다. 산여 역시 취한 기분에 촛불을 잡고 그 초고를 불사르려 하였다. 나는 급히 만류하였다. 연암은 곧 몸을 돌이켜 누워서 일어나지 않는다. (중략) 날이 새자 연암이 술이 깨어서 옷을 정리하고 꿇어앉더니 산여야 이 앞으로 오라. 내 이 세상에 불우한 지 오랜지라 문장을 빌려 불평을 토로해서 제멋대로 노니는 것이지 내 어찌 이를 기뻐서 하겠느냐.[15]

58

문체의 혼란은 당대 사회의 구조적 모순의 문화적 측면이다.[16] 그러나 그것은 『열하일기』(1780) 이후에 전 사회적으로 퍼져나가 보수주의자들의 분노의 대상이 된다. 정조 역시 그 풍조에 대해 우려를 표명, 주자주의(朱子主義)를 재확립하기 위하여 명청(明淸) 패관소설의 구매를 일체 금하고(1781), 경전자사(經傳子史)를 포함하여 당판(唐版)의 수입 역시 금한다(1782). 그래서 문체반정이 표면화된 것이다.[17] 그 후로 박제가, 남공철, 윤행임(尹行恁) 등이 「자송문(自訟文)」을 지어 바쳐 문체의 순화에 협력하겠다는 태도를 밝히게 된다.[18] 당대 문체 혼란의 장본인이 박지원이라는 것은 남공철의 편지에서도 알 수 있는데, 박지원은 맺은 자가 풀어야 한다는 남의 편지에 대해 그러한 사실을 솔직히 인정, 그것이 자신의 어쩔 수 없는 행위였다고 변명하고 있다. 문체반정의 결과 문체의 혼란은 이용후생학(박제가)과 사회 구조의 모순의 결과(박지원)라는 것이 드러난 셈이다. 문체반정에 대한 것으로 재미있는 현상은 날카롭게 당대 사회의 모순을 비판한 정약용이 문체 순화, 고문 진흥을 부르짖었다는 사실이다. 그러한 부르짖음에 대한 한 사상사가의 비판은 다음과 같다.

정조 대왕의 문체반정에 호응하고 있다. 그러나 그가 적지에서나

---

15) 남공철(南公轍), 「박산여묘지명(朴山如墓志銘)」, 『열하일기』, 7쪽.

16) 이가원, 『한문학연구』(탐구당, 1969), 347-348쪽을 참조할 것.

17) 문체반정에 대해서는 이가원, 같은 책, 341-349쪽. 『연암소설연구』(을유문화사, 1965), 446-481쪽. 김용덕, 『박제가연구』, 26-36쪽. 홍이섭, 『정약용의 정치경제사상연구』(한국연구도서관, 1959), 223-225쪽을 볼 것, 이것역시 정권 다툼과 밀접한 관계가 있음은 이가원의 『연암소설연구』, 244쪽을보라.

18) 박제가의 「자송문」(1783)의 한 구절은 이렇다. 〈夫詞人之文 有時大 志士之文 無時大 臣因不敢以詞人自命 而乃若其志別有之 總之爲十三 緯之爲十三 錯綜擬議 元元本本 務婦實用者 臣之所願學也.〉

농촌에서 목격한 음산한 현지의 정황에 대한 사실적인 필세는 오히려 청년 시절 정조 대왕에 호응하여 배격한 패관문체의 필치에서 온 것이 아닌가 하는 것이다.[19]

문체반정이란 사상사적인 면에서 본다면 당대의 구조적 모순, 갈등을 은폐하기 위한 지배 계급의 자기 보호 본능에 지나지 않는다. 한국 사회의 구조를 투철히 인식하고 거기에 내재한 갈등을 극복하려고 애를 쓰면 쓸수록 고문과는 다른 형태의 글을 쓸 수밖에 없게 됨은 박제가와 박지원에게서 투철히 드러난다. 언어는 사고 방식을 결정하기 때문이다. 물론 박제가와 박지원의 언어관에 무리가 없는 것은 아니다. 그것은 그들이 문자 언어의 근본으로 한어(漢語)를 들고 있는 것에서 뚜렷이 드러난다. 가장 모범을 이룬 것으로 한어를 생각하는 것은 그들이 언어의 근본을 생활에서 찾지 아니하고 이념에서 찾기 때문에 그런 것이다. 그러나 그들의 언어 인식은 김만중의 저 유명한 자국어 선언과 마찬가지로, 표기된 것과 그 내용물 사이의 간극을 깨닫는 선에까지 이르러 있다.

중국은 말로 인해서 글자가 나왔고 글자를 찾아서 말을 풀이하지 아니한다. 그러므로 외국에서 비록 문학을 숭상하고 글 읽기를 좋아하는 것이 중국과 비슷하다 하더라도 마침내 간격이 없지 아니함은, 이 언어라는 꺼풀을 벗어날 수 없음이다.[20]

박제가의 이 진술은 언어가 말과 글자로 이루어진다는 전제 아래, 조선에서는 글과 말이 다르다는 것을 명백히 지시하고 있

---

19) 홍이섭, 앞의 책, 224쪽.
20) 박제가, 『북학의』, 134쪽.

다. 글과 말이 다르다는 그의 생각은 중국식 이념과 조선의 풍속 사이에 간격이 있다는 그의 주장을 그대로 생각하게 하는데, 그것은 조선 초기의 언어관에서 꽤 진보한 언어관이다. 박제가의 그런 생각은 박지원의 『열하일기』에서도 누차 되풀이되어 진술된다.

　　그러고서야 비로소 우리 나라에 글짓는 사람이 중국과 다른 것을 알았으니, 중국은 바로 문자로써 말을 삼고 있으므로, 경·사·자·집이 모두 입 속에서 흘러나는 성어(成語)였다. 그 기억력이 남과 달라서 그런 것은 아니다. (중략) 그러므로 우리 나라에서 글을 짓는 자는 저어(齟齬)해서 틀리기 쉬운 옛날 글자를 가지고, 다시 알기 어려운 사투리로 번역하고 나면 그 글 뜻은 캄캄해지고 말은 모호하게 되는 것이 이 까닭이 아니겠는가.[21]

　말과 글, 풍속과 이념의 차이는 박지원으로 하여금 독특한 한국식 한문 문체를 성립하게 하며, 그것은 김병연(김삿갓)의 시에서 다시 그 또 다른 모습을 드러낸다. 점차로 고문이 파괴되어 가다가 그것이 완전히 한글 문체로 바뀌는 것은 이광수에 의해서인데, 그 햇수가 거의 120여 년이다. 그 사이에 가장 큰 역할을 담당한 것이 서민화된 양반 문화인 사설 시조와 양반화된 서민 문화인 판소리라는 것은 널리 알려져 있는 사실이다.
　3) 서학 문제 ―― 서학은 조선 후기 사회의 구조적 모순을 이해하고 극복하려 한 대부분의 사람들의 탈출구 중의 하나였다. 그것은 주로 광해군 이후 간헐적으로 한국에 수입되기 시작한 서양 학술과 서양 문물(특히 기하로 대표된다)을 연구하는 것을

---

21) 박지원, 『열하일기 2』, 81쪽. 박지원 문체의 특징에 대해서는 이가원의 『연암연구』, 660-670쪽을 보라. 특히 주목할 만한 것은 그가 한글을 한 자도 몰랐다는 사실이다. 〈吾之平生 不識一箇諺字……〉

뜻하는 포괄적인 개념이었다. 주자주의의 압도적 무게 밑에서 현
실의 갈등을 이념적으로 은폐하려는 경향에서 벗어나려 한 사람
에게 서학은 자기 각성과 자기 인식의 기초가 된 것이다. 그 서
학은 홍이섭에 의하면 이수광(李晬光), 이익(李瀷) 등에서 주자주
의에 탄력을 주는 변수로 인정되며 그것은 이벽(李蘗)을 거쳐,
박제가·박지원 등의 북학파와 정약용의 보민사상(保民思想)으로
연결된다.[22] 지리적으로 본다면 서학열(西學熱)은 〈성호(星湖) 이
익의 뒤를 수계하는 기호 남인(畿湖南人), 특히 한강 유역에 산재
해 있던 일군의 독서인)[23]들에 의해 고취된 것이며, 대부분 정치
적으로 불우한 처지에 있던 인물들에 의해 개발된다. 그것은 서
학이 종교로서 이해되어 수입된 것이 아니라 자체 내의 모순을
타개하기 위한 방법론으로 자율적으로 수용된 것을 의미한다. 대
부분의 논자들이 주자주의와 서학(특히 성 토머스의 천주교)을 반
대되는 개념으로 파악하지 아니한 것도 그러한 것과 관련되어
있을 것이다. 박제가와 박지원의 기하에 대한 열렬한 동경과 서
양 문물에 대한 호기심은 청에 대한 탐구 태도와 비슷한 태도
위에 형성된 것이며, 그러므로 정신적 주체성 위에 세워진 것이
다. 그런 서학은 이념적인 것으로 현실의 갈등을 호도하려 한 보
수주의자들의 책동에 의해 주자주의와 완전히 대립된 것으로 조
작되었고, 그 결과 정권 투쟁의 한 구실이 되어버린다.

그러나 서학은 남인 계통의 불우한 학자들에 의해 자율적으로
수용되어 한국 사회의 모순을 극복하려는 노력에 큰 영향을 주
었으며, 그것이 몰고 온 평등 사상, 보민 사상 등은 억압받은 민

---

22) 서학에 대해서는 홍이섭의 『한국사의 방법』(탐구당, 1964)에 실린 「서학
    사상사상(西學思想史上)의 이벽」과 「근세 사상의 반가톨릭주의」를, 천주교
    문제에 대해서는 이원순(李元淳)의 「조선 후기 사회와 천주교」, 『한국사의
    반성』(신구문화사, 1973)을 참조하라.
23) 홍이섭, 앞의 책, 237쪽.

중, 특히 부녀자 층과 몰락한 양반·중인·상민 등에게 깊은 공감을 일으킨다. 그것이 〈유교적 봉건 사회의 사실적 기반이라고 할 유교에 의한 이데올로기적 통일의 사수만이 지배 체제를 안전하게 할 수 있다고 믿은〉[24] 보수주의자들의 분노를 산 것이다. 그들의 분노는 척사위정 운동으로 번져나가 일대 천주교 박해가 시작된다. 그 천주교 박해는 한국 사회 인식에 탄력성을 부여하려는 시도에 찬물을 끼얹으며, 〈실질적으로는 한국의 전진을 가로막아〉[25] 버린다. 서학, 즉 천주교의 박해는 지배 계층이 피지배 계층에 대해서 갖는 방어 본능의 적나라한 표현이며, 그런 의미에서 북벌 문제, 문체 문제보다도 더욱 심각한 사태로 발전해 나간다. 그러나 서학, 즉 천주교의 도입은 한국사에서 귀중한 자리를 차지하는데 그 이유는 그것을 통해 한국 지식인들이 보민 평등 사상을 익혀, 계급 차대(差待)·서얼 차대·문벌 중시의 유교적 제도를 비판적으로 이해하게 되었고, 그것을 신봉하는 하층민들을 교화하기 위해 한글이 중요한 기술 방법으로 대두되었기 때문이다. 그것보다도 더욱 중요한 것은 서학을 통해 전통적 유교주의와 결합되어 있으면서도, 서학, 즉 천주교의 평등 사상을 받아들인 동학이 싹틀 수 있었다는 점이다. 동학의 형성은 서학이 진보적 지식인들에 의해 자주적으로 수용되어 그들의 민족 의식과 부딪쳐 변용되었다는 것을 입증하는 것이기도 하다. 조선 후기 사회의 모순·갈등은 서학의 충격을 받아 새로운 응전 형태를 찾아내는데, 그것이 곧 동학이다. 식민지 시대에 기독교와 동학(천도교)이 밀접하게 연결될 수 있었던 것도 이미 이러한 기반이 있었기 때문이다.

조선 후기 사회는 보수주의자들의 자기 체제, 자기 위치 방어

---

24) 이원순, 같은 책, 200쪽.
25) 홍이섭, 앞의 책, 237쪽.

본능과 진보주의자들의 개혁 의지가 날카롭게 부딪친 곳이다. 그 대결은 이미 적응력을 잃어버린 유교적 이념에 입각한 여러 제도와 그 제도의 모순에서 야기되는 혼란의 대결인데, 그것은 북벌·문체·서학 등의 여러 문제에서 번번이 확인된다.

제3절 서민 계급의 대두

조선 후기에 접어들면서 초기의 엄격한 신분 제도가 혼란을 일으키기 시작한다. 그래서 양반이 상민으로 떨어지기도 하고, 상민이 양반으로 승격하기도 한다. 그런 신분 계층의 이동 중에서 가장 주목할 만한 것으로는 역관 계급의 성장과 경영형 부농의 출현이다. 역관 계급의 성장은 두 차례의 호란 이후에 사대부들이 청을 멸시하는 풍습에 물든 이후에 공식 의전에서 중요한 역할을 역관이 담당한 데서부터 이루어진다. 소위 지배 계급인 사대부층들이 숭명(崇明)이라는 허구의 이념에 매달려 현실의 여러 모습을 바로 보지 못하고 있을 때, 역관들은 청구 문명(淸歐文明)의 진수에 부딪쳐 조선 현실을 이해할 수 있게 되며 그것의 모순과 갈등을 생각하지 않을 수 없게 된다. 동시에 사대부층의 청에 대한 멸시를 틈타 역관들의 조작이 심해져 그들로 하여금 부의 축적을 가능케 한다. 박제가·박지원 등의 북학파들이 실제 연경에 가보고 느낀 것 중의 하나가 사대부들의 미망과 역관들의 농락이다.

역관들의 청구 문명에의 접촉은 그들의 부의 축적을 가능케 했을 뿐만 아니라 그들의 현실 인식 태도에 큰 영향을 미쳐 서학파 박해에 뒤이어 서구 문명과의 접촉의 길이 막힌 한국 사회의 좁은 통풍기 노릇을 한다. 그런 사정은 개화파의 여러 인사들이 역관 출신의 인사들에게 깊은 영향을 받은 것으로도 증명된다. 몰락 귀족의 현실 개혁 의지의 도구로 수용된 서학을 끝까지 수용, 이용한 것은 역관 중심의 중인 계급이었던 셈이다. 역관 중심의 중인 계급의 서학 수용은 신라 말기의 육두품(六頭品)의 대두를 보는 듯도 하다. 지배 계층이 자신들의 지위를 보호하기 위하여 결국 외세에 영합하였을 때, 역관·서리 중심의 중인 계급이 서구의 민족주의에 감염, 끝내 식민지 치하의 정신적 기둥 노릇을 한 것은 아무리 그것을 강조하더라도 지나치지 않는 사건이다.

중인 계급의 대두와 청구 문명의 영향이라는 상관 관계와는 다른 측면에서 농촌 지식인의 현실 파악과 계층 이동은 주목의 대상이 된다. 농민층의 신분 이동에 대한 자세한 고구(考究)에서 김용섭은 농민층의 신분 이동은 중세 봉건사회의 위기를 나타내는 것이라 진단하고, 그 계층 변화의 구체적 내용을 다음과 같이 적시하고 있다.[26] 1) 신분제의 변화가 격화되는 것은 영·정조 이후이다. 상민층(常民層)의 급격한 변화는 정조조(正祖朝) 이후이며, 노비층의 그것은 영조조(英祖朝) 이후이다. 2) 신분제 동요의 계기는 임진란 이후의 국가 기구를 재건, 유지하기 위해서 관직 매매를 국가가 공식으로 인정한 것에서 찾을 수 있다. 3) 그 방법은 납속수직(納粟授職), 면천(免賤), 모속(冒屬. 자기의 신분을 속이는 것) 등이다. 4) 신분의 이동자는 대개 잉여 생산물의 축적이 가능한 중농층 이상에 집중되고 있는데, 그들의 부의 축적은 〈차지 경영(借地經營)이나 상업적 농업의 방법〉[27]에 의한 것이다. 그들

---

26) 김용섭, 『조선후기 농업사 연구』(일조각, 1974)에 실린 「18세기 농촌 지식인의 농업관」과 「조선후기에 있어서의 신분제의 동요와 농지 소유」를 볼 것. 그는 거기에서 정석종의 「조선후기에 있어서의 신분제 붕괴에 대한 일 소고(一小考)」, 시카타 히로시(四方博)의 여러 논문들, 김정석의 「조선 봉건시대 농민계급 구성」, 차문섭의 「임진 이후의 양역(良役)과 균역법(均役法)의 성립」을 볼 것을 권하고 있다.

을 김용섭은 경영형 부농이라고 부르고 있다. 5) 경영형 부농의 합리적인 경영 방식은 조선 사회의 신분 재구성의 밑바탕이 되고 있다. 농민의 신분 이동은 조선 후기 사회의 구조적 모순, 갈등을 자생의 힘으로 극복하려 한 시도라고 할 수 있다.[28] 그 신분 이동이 정당하게 이념화되지 못한 것이 조선 후기 사회의 치명적 약점이다.

역관 중심의 중인 계급의 개화와 신분 이동의 격화는 조선 후기 사회 구성원에게 지대한 영향을 미친다. 그중에서 중요한 것은 직업에 대한 멸시감이 점차 이론적으로 극복되기 시작한 것이다. 〈귀인이 많으면 나라가 가난하다〉는 관자의 말을 빌려 사대부층의 비대를 경고한 정약용이나, 선비를 도태하라는 박제가의 대갈일성이 다 그런 범주에 속한다.

그런 의식이 그러나 첨예하게 드러난 것이 문학을 중심한 예술 분야이다. 추사(秋史)의 사대부 예술론에도 불구하고 풍속화와 진경산수의 개화를 본 조선 후기 그림에서도 드러나는 것이지만, 개인의 자유로운 감정 토로와 그것에 의거한 행동, 처신은 문학에서도 크게 개화를 본다. 「허생전」의 사대부 비난, 「양반전」의 무위도식에 대한 비판, 「춘향전」의 반상(班常) 동일시와 감정의 자유로운 토로, 사설 시조의 격식에 얽매이지 않으려는 태도, 판소리의 관능적 노골성 등이 다 그렇다. 그것은 직업의 우열에 대한 생각을 우선 가시게 한다. 박지원의 여러 작품에서 등장하는 걸인, 농민, 상인은 그 대표적인 인물들이다. 그들을 통해 박지원은 양반의 무위도식과 공리공담을 비웃으며 노동의 신

---

27) 김용섭, 같은 책, 438쪽.
28) 농촌 지식인들의 지적 노력이 〈토지 제도나 행정 기구와 같은 제도상의 개혁에 치중하는 경세치용〉의 그것이었으며, 그런 의미에서 그것은 서울의 도시적 분위기에서 성장한 학자들의 상공업과 관계 있는 지적 노력에 비해 보수적이라는 지적이 이미 행해져 있다.

성함을 고취한다. 박지원 외에 소위 『계서야담(溪西野談)』과 『동야휘집(東野彙輯)』에 실린 몇 편의 단편들 역시 직업의 신성함과 경영형 부농의 형성 과정을 드러내 주고 있다.[29] 동시에 조선 후기 문학에서 주목할 만한 것은 특히 소설의 경우 그 이전의 것과 다르게 한국 내에서 목격하고 취재한 것들을 그것이 기록하고 있다는 점이다. 그것은 조선 후기에 들어오면서 사회의 구조적 모순에 대한 인식과 함께 문화적 민족주의가 싹텄음을 입증하여 보여주는 것이다.

제 4 절 배반된 이상국가와 종교적 민족주의

조선 말기에 들어오면서 조선 사회는 그 사회 자체의 구조적 갈등에 의해 그 모순을 첨예하게 드러낸다. 그 모순을 극복하려 하는 진보주의자들과 그것을 은폐하려는 보수주의자들의 갈등 역시 더욱 심해진다. 그러한 갈등 속에서 죽지 않기 위해 여러 가지 구차한 행위를 하면서도 정약용[30]은 주자주의의 여러 전범

---

29) 이 점에 대해서는 임형택의 「이조 말기의 단편소설 3편」(≪형성≫ 제9호)을 볼 것.

30) 정약용〔茶山〕: 1762-1836. 소천(苕川. 소내)의 마현(馬峴. 마재) 출생. 서학의 분위기 속에서 생장. 1794년 경기도 암행어사. 이때에 그는 농민의 처절한 궁핍상과 지방 행정의 문란, 난맥상을 여실히 본다. 1796년 규장각에 들어간 후 그와 서학의 관계를 탄핵하는 글들이 나오자 「자명소(自明疏)」를 내 배교(背敎)를 명시한다. 1801년 신유박해(辛酉迫害)의 여파로 귀양. 1818년 귀양이 풀려 17년 만에 귀향. 그 귀양살이 기간중에 그의 학문적 체계가 완성된다. 그의 득의작 『경세유표(經世遺表)』, 『목민심서(牧民心書)』가 1817년에, 『흠흠신서(欽欽新書)』가 1819년에 완성된다. 시로는 「봉지염찰도적성촌사작(奉旨廉察到積城村舍作)」, 「기민시(飢民詩)」가 유명한데 거기서 그는 농민의 궁핍화 현상을 여실히 보여준다. 그에 관한 서지(書誌)는 홍이섭의 『정약용의 정치경제사상연구』(1959)를 참조할 것.

에 의거하여 고법(古法)에 맞는 이상국가를 이상적으로 구축하며, 최제우(崔濟愚)[31]는 하층민들의 에너지를 민족주의와 결합시켜 한국 사회 극복의 원동력으로 삼으려 한다. 그 두 사람의 노력은 조선 말기의 사회 혼란에 대처하려 한 두 가지 응전 태도를 요약한다.

정약용은 서학적 분위기 속에서 자라났음에도 불구하고(그의 영세명이 장이다) 명백히 배교를 하고 주자주의의 원칙에 의거하여 조선 말기의 사회적 혼란을 극복하려 한 지배 계층에 속한 귀족의 마지막 노력을 대표하며, 최제우는 피지배 계급의 억눌린 에너지를 집합하여 민족주의와 결부된 만인평등 사상을 펼치려 한, 서학에 의한 영향을 자생의 힘으로 굴절시킨 민중의 노력을 대표한다. 그 두 사상가, 종교가가 다 같이 몰락한 혹은 몰락해가고 있는 가문 출신이라는 것도 주목의 대상이 될 수 있으리라 생각한다. 권력 구조의 국외자만이 그 구조의 모순을 투철히 들여다볼 수 있기 때문이다.

정약용의 숱한 저서 중에서 그 날카로운 현실 파악과 전거 제시로 해서 가장 주목을 끄는 것이 『목민심서』이다. 『목민심서』에 이르기까지의 그의 사고의 흔적들이 드러나 있는 것이 그의 시편들인데, 그곳에서 토로되고 있는 농민의 궁핍화 현상에 대한 분노가 그로 하여금 이상국가의 건설에 대한 상상적 저작을 가

31) 최제우[水雲]: 1824-1864. 원명은 제선(濟宣). 이름은 동학 포교 후 고침. 경북 월성군에서 출생. 부 최첨(崔澄)은 한학자로 이름을 떨쳤으나 사관하지는 못했음. 만득자(晩得子)이지만 서자 출신. 36세 때까지 집안은 갈수록 가난해지고 벼슬도 하지 못하게 되자 극도로 초조해져 1859년 처자와 함께 〈고향으로 돌아와 어리석은 백성을 구제하겠다〉는 일념으로 도를 닦다가 1860년에 종교적 체험. 동학 포교. 1863년에 최시형(崔時亨)을 후계자로 결정. 1864년에 체포되어 교수형. 동학에 대해서는 최동희의 「한국 동학 및 천도교사」(『한국문화사대계 6』)와 김한식의 「동학사상의 혁명성」(≪아세아≫ 1869. 4)을 참조.

능케 한 것이다. 『목민심서』는 하나의 상상적 걸작이다. 그곳에
서 그는 한 이상적인 목민관을 설정, 그가 부임지에 부임해 갈
때부터 거기에 부임해서 처리해야 할 일을 거쳐 퇴관할 때까지
를 수많은 전거를 제시하며 상상적으로 직조하고 있다. 『목민심
서』가 상상적 소산이라는 것은 심서(心書)라는 말로써도 알 수
있는데, 그 자신의 서(序)에 의하면 〈심서라 한 것은 웬일인가,
목민할 마음만이 있지 몸소 행할 수 없기 때문이다〉.[32] 그 심서
에다가 그는 그 자신이 하려고 마음먹었던 것, 고인이 말한 것,
실제로 행해진 것 등을 교묘하게 짜넣어 박지원의 『열하일기』와
맞먹는 한폭의 웅대한 그림을 그려내고 있다. 『목민심서』에서 정
약용이 그리고 있는 이상국가는 그러나 완전한 것이 아니다. 그
가 그리는 목민(牧民)은 한 고을의 그것에 한정되어 있기 때문이
다. 그런 의미에서 그의 이상국가는 허균의 율도국과는 본질적으
로 다르다. 그는 유교적 제도(특히 주자주의)를 완전히 수락하고
그 한계 내에서의 재조정만을 꿈꾼다. 그것이 이상인으로서의 그
의 마지막 한계이며, 『목민심서』의 이상국가관이 갖는 약점이다.
백성과 치자(治者) 사이의 거리는 여전히 강조되며 모든 것은 충
효로써 설명된다. 전통적 엄숙주의가 그의 이상국가를 지배하고
있는 것이다. 그러나 그의 『목민심서』는 그러한 비판을 견딜 수
있을 만큼 충분한 힘을 가지고 있다. 그 힘은 그것이 본래의 주
자주의에 입각한 치민(治民) 방법과 당대의 그것이 얼마나 다른
가 하는 것을 명백히 드러내고 있는 데서 온다. 그가 그리는 이
상적 목민관은 완전한 군자이다.

　　동트기 전에 일어나서, 촛불을 밝힌다. 세수한 후 옷을 갈아 입고,

---

32) 『국역 목민심서 1』(민족문화추진회, 1969), 11쪽.

띠를 띠며 묵묵히 꿇어앉아서 신기(神氣)를 함양한다. 얼마쯤 있다
가, 사려를 정리하여 오늘 해야 할 일들을 놓고, 선후 처리 관계를
먼저 결정한다. 어느 통첩을 먼저 처리하고, 다음에 어느 명령을 내
려야 할 것인가를 모두 내 마음속에 분명히 정해야 할 것이며 제일
먼저 할 일에 대하여 선처해야 할 방법을 생각하며, 다음으로 할 일
에 대하여 선처해야 할 방법을 생각한다. 사욕을 끊도록 힘을 쓰며,
오직 천리만을 따르도록 하여야 한다. 동이 트면, 촛불을 끄고 그대
로 바로 하고 앉아 있다가 하늘이 이미 밝아와서 시노(侍奴)가 집무
할 시간이 왔음을 알리면 이에 창을 열고 참알(參謁)을 받는다.[33]

그러나 그 목민관이 실제로 부딪치는 것은 참담한 현실이다.
벼슬이 자주 갈리는 것을 기화로 아전들이 오히려 주인 행세를
하며, 호적부는 엉망진창이며, 그것에 의거한 제반 사무, 특히 세
금이 또한 그러하다. 그는 그 모든 것을 주자주의의 원칙에 의해
바로잡지 않으면 안 된다. 그래서 『목민심서』의 목민관은 고인
(古人)의 법도에 따라, 그리고 『경국대전(經國大典)』과 『속대전(續
大典)』에 실려 있는 법에 의거해서 행동할 것을 권고받는다. 그
렇게 해야만 명예로운 퇴관이 가능하기 때문이다. 그러나 현실은
그렇지 않다. 그래서 『목민심서』의 저자는 이렇게 하지 않으면
백성이 죽는다고 외치지만, 사태는 동학혁명 이후의 모든 것이
더 자세히 설명한다. 결국 『목민심서』는 정약용의 주자주의의 엄
격한 표현이지만, 거기에서 정말 독자들의 분노와 공감을 가능케
하는 것은 아전들의 농간질과 그것에 편승한 목민관들의 토색질
이다. 독자들의 분노와 한탄은 『목민심서』를 역으로 읽는 데서
나오는 것이다.

---

33) 같은 책, 56쪽.

살인죄에 관한 문제를 서목에 쓰게 될 때, 아전이 만일 뇌물을 먹고 그 요긴한 자구를 문질러 버리고, 딴 자로 고치는 장난을 하게 되면 수령으로서는 알 재주가 없는 것이다. 바야흐로 봉서를 발송하는 날, 형리를 불러서 깨우쳐 말하기를 뒷날 내가 영문에 도착하면 원장을 찾아 다시 자세히 열람하되, 만일 한 자 한 대목이라도 잘못되었거나 빠진 데가 있으면 너는 죄를 받을 줄 알아라 하라.[34]

아전과 수령 사이의 관계를 다짐하고 있는 위와 같은 부분은 『목민심서』에 수없이 많이 나온다. 아전이 이러이러하려 하면 이러이러하여 그것을 억누르라는 당부는 그 문면을 역으로 읽지 않을 수 없게 만든다. 『목민심서』의 힘은 그 역으로 독서를 강요케 하는 데에 있다. 특히 호적 관계와 세금 관계 항목은 그러한 대목으로 가득 차 있어, 조선 말기의 구조적 혼란이 어떠했던가를 그 어느 상상적 문자보다도 더 여실하게 보여준다. 정약용의 이상주의, 즉 주자주의는 현실의 혼란이 너무 극심한 것을 본 지배 계층의 마지막 상상적 문자이다. 그것은 현실적으로 좌절하였고 좌절될 수밖에 없는 자의 위태로운 탄식인 것이다. 그의 이상주의에 〈배반된〉 것이라는 관형사를 덧붙일 수밖에 없는 이유이다. 그러나 그의 배반된 이상주의는 다른 유학자들의 고문(古文) 지상주의와 완연히 다르다. 고문 지상주의가 말과 글의 괴리도 깨닫지 못하고 중국 고대 문인의 문사를 뒤쫓고 흉내내는 동안 그는 현실의 여러 모습을 똑똑히 보고 묘사함으로써 중국 고대 문인들의 형식을 좇은 것이 아니라 고대 유교 지상주의의 이념 그 자체에 충실하려 하였기 때문이다. 그가 그의 『목민심서』에서 중국의 고사보다 한국의 과거에서 더 많은 것을 빌려온 것도 그

---

34) 같은 책, 196쪽.

러한 관점에서 관찰되어야 할 것이다. 그로써 대표될 수 있는 실학파들이 다른 지식인들과 다른 것은 다른 지식인들이 글을 모방하고 있을 때 실학파들은 행동을 모방하기를 권하고 있었던 점이다.

정약용이 고인들이 생각한 이상국가를 재건하려는 지적 노력을 보여주었다면, 동학은 조선 후기의 사회적 모순을 뚜렷이 바라보고 그 모순을 해결하기 위해 새로운 이념을 제시한 하층 계급의 집단 무의식을 대표한다. 동학의 민주주의적 측면으로 알려져 있는 인내천 사상이 바로 그것이다. 그 인내천 사상은 인간의 존엄성과 평등성 위에 세워져 있으며, 그런 의미에서 서학의 영향 밑에서 형성된 것이다. 서학과 그것의 관계는 〈그러나 운(運)도 같고 도(道)도 같다. 그러나 이(理)는 같지 않다〉(논학문(論學文))에 명확히 드러나 있다.

이와 같이 수운은 자기의 도와 서학은 다같이 하느님으로부터 받은 도라는 점에서 같고 다같이 하느님으로부터 조화를 받았다는 점에서 같고 현실적으로 놀라운 위력을 나타내고 있다는 점에서 같다고 믿었다. 이러한 점에서 서학을 유학이나 불교와는 매우 다르다고 보았다.[35]

서학과 도학의 유사점은 인간에 대한 태도에서 여실히 드러난다. 기독교의 애인(愛人)·평등 사상과 동학의 인내천 사상은 인간을 하느님 섬기듯 섬긴다는 점에서 매우 비슷하다. 〈사람이 곧 하느님이다(人卽天)〉라는 동학의 교리에서 보이는 인간에 대한 존엄성 역시 그러하다. 그것은 당대 사회의 모순된 계급 제도를

---

35) 최동희, 앞의 책, 717쪽.

이론적으로 극복하려는 획기적인 노력 중의 하나를 이룬다.

그러면서도 서학과 동학을 군이 구별하려 한 최제우의 속셈은 무엇이었을까? 최동희는 그것이 우선 가족과 문벌, 국가의 의혹·협박에서 벗어나려는 의도였을 것이라는 의견을 제시하고 있다. 동시에 그는 동학이라는 명칭이 〈이 땅에서 받았으며 이 땅에서 펼 것〉이라는 그의 말을 빌려 서학에 대립되는 개념으로 설정되었다는 것을 밝히고 있다. 그 대립 의식은 한 연구가에 의해 민족자주 의식이라는 명명을 받는다.[36] 그 민족자주 의식은 그에 의하면 지식층을 대상으로 전개된 이론이다. 농민 등의 하층민에게는 인내천 사상과 종교 감정(소도 사상)으로 호소하고, 지식인층에게는 민족자주 의식으로 호소한 데서 동학의 세력 확장 이유를 그는 찾아내고 있다. 결국 동학은 계속되는 사회적 불안과 외세 침략, 질병과 사상적 공백을 처리하기 위하여 조선 후기 사회가 마지막으로 제시한 자생의 이론이며, 그런 의미에서 정약용의 체제 지향적 이상국가론과 질을 달리한다. 그것은 농민층에게는 인간에 대한 존엄성을 지식층에게는 민족 의식을 고취함으로써 유교 사회가 지니는 모순 갈등을 해결하려 한 것이다. 그런 동학의 태도는 아마도 최제우 자신의 출신 성분과도 밀접한 관계가 있을 것이다. 동학의 종교적 민족주의는 동학혁명이라는 농민 혁명을 거쳐, 식민지 치하의 우파 민족주의 세력의 큰 기둥을 이루어 식민지 사회에 미망해 가는 반민족 운동에 큰 타격을 가한다.

---

36) 김한식, 앞의 글.

제 5 절 「한중록」과 가족 제도의 붕괴

「한중록」은 산문으로 된 내간체 기록 문학으로, 〈한중만록(閑中漫錄)〉, 〈읍혈록(泣血錄)〉 등으로 불리는 작품인데, 영조의 진노를 사서 뒤주 속에 갇혀 죽은 사도세자의 빈(嬪) 혜경궁 홍씨(惠慶宮 洪氏)의 소작이다. 그것은 사도세자의 죽음을 오랜 후에 재구성한 것인데, 궁중 귀부인의 문체와 조선조 후기 가족 제도의 모순을 첨예하게 보여준다는 점에서 주목의 대상이 될 만하다. 이 『한중록』이 허구인가 사실인가 하는 것에 관해서는 한 전문가의 다음과 같은 지적을 참고로 할 수 있다.

　이를 궁중소설로 다루는 데는 나는 의심을 둔다. 이 한중만록은 소설, 즉 허구가 아니라 실화이고 작자가 네 차례에 걸쳐 쓴 자서전적 회상록이기 때문이다. 나는 문학사에서 이를 기사류로 다루었다. 이 문학적 장르는 제명(題名)이 지시하는 것과 같이 만록, 즉 수필이라 할 것이다. 그러나 「한중만록」은 만록이라 하기에는 지나치게 주관에 치우쳐 있고 분명한 목적의식을 가진 보고의 글이라 할 것이다. 그리고 이는 목적을 달리한 네 개의 작품의 집성이니 제각기 다른 목적하에서 집필된 것을 혜경궁 아닌 다른 사람이 편찬한 것이다.[37]

이러한 지적에서도 짐작되는 바와 같이 이 작품은 거의 사실에 입각한 것이다. 어떠한 자서전적 회고록도 그것이 언어와의 타협에 의해 이룩되는 것이기 때문에, 또 기억을 토대로 과거를 재구성하는 것이기 때문에 허구성이 배제되는 것은 아니지만, 이 작품은 사실의 기록으로서, 조선 후기 사회의 구조적 모순을 날

---

37) 이병기·김동욱 교주, 『한듕록』(민중서관, 1961), 서문.

카롭게 보여주고 있다는 점에서 유례없는 강점을 지니고 있다. 위의 진술은 「한듕록」의 중요성은 그것으로 인한 문제의 핵심이 사회 구조나 역사 쪽에 놓여 있음을 뜻한다. 적어도 이 작품에 관한 한, 작품 자체의 구조나 내용을 검토한다는 것은 별다른 의미가 없다. 단순한 기사 내지 수필 장르와는 달리 혹은 「동명일기」 같은 저 현란한 필치와는 달리 「한듕록」은 이 작품 이전과 그 후에 나타나는 이와 유형을 같이하는 모든 기록의 한 정점으로서의 의미를 띠는 이유가 여기에 있는 것이다.

이 작품 바깥에 놓여 있는 문제의 핵심과 이 작품이 지닌 대응 관계를 살피기 위해서는 무엇보다도 이 작품이 씌어진 목적 혹은 의도가 어디에 있는가를 검토해야 한다. 과연 「한듕록」을 쓰게 된 작자의 의도는 무엇이었을까. 작자는 첫 머리에 그 의도를 다음과 같이 밝혀놓고 있다.

내 유시(幼時)에 궐내에 들어와 서찰왕복(書札往復)이 조석(朝夕)에 있으니 내 집에 내 수적(手蹟)이 많이 있을 것이로되 입궐 후 선인(先人. 아버지 홍봉한)께서 경계하시되「외간(外間) 서찰이 궁중에 들어가 흘릴 것이 아니요 간후(間侯)한 이외에 사연이 많기가 공경하는 도리에 가(可)치 아니하니 조석 봉서(封書) 회답에 소식만 알고 그 종이에 써 보내라」하시기 선비(先妣)께서 아침 저녁 승후(承侯)하시는 봉서에 선인 경계대로 종이 머리에 써 보내옵고, 집에서도 또 선인 경계를 받자와 다 모아 세초(洗草)하므로 내 필적이 전함직한 것이 없는지라 백질(伯姪) 수영(守榮)이 매양「본집에 마누라(일반 존칭) 수적이 머문 것이 없으니 한 번 친히 무슨 글을 써 내려오셔 보장하여 집에 길이 전하면 미사(美事)가 되겠다」하니 그 말이 옳아 써주고자 하되 틈없어 못 하였더니, 올해 내 회갑해를 당하니 추모지통(남편에 대한)이 백배 더하고 세월이 더하면 내 정신이 이

때만도 못할 듯하기 내 흥감한 마음과 경력한 일을 생각하는 대로 기록하였으나 하나를 건지고 백을 빠치노라.[38]

이 진술에서 세련된 교양주의를 제거한다면 이외에도 심각한 문맥 저쪽의 의미가 있어 보인다. 작자는 이 기록을 남기게 된 것이 친정 쪽의 청원에 의거했다는 점과 세월이 더하면 더 정신이 흐려지게 된다는 것을 동시에 말하고 있는데, 그 진술은 서로 모순된 진술이다. 추모지통(追慕之痛)이 백배 더하다는 진술은 이 기록의 의도가 친정 쪽의 청원이라기보다 자기 의사 쪽임을 절실히 드러낸 것으로 볼 수 있기 때문이다. 또 작자는 〈생각하는 대로〉 그야말로 만록(漫錄)으로 쓴다고 하면서도 〈하나를 건지고 백을 빠치노라〉라고 하여 그 절실함이 심상한 상태를 넘어서고 있다. 이러한 상태는 소위 이 작품 도처에서 무의식적 충동과 의식적 견제로 논리가 단절되는 부분이 수없이 드러나는 것으로써 확인할 수 있다. 〈죽기를 참고 저를 우러 이리 긔록하나 참아 쓰지 못할 마듸 내 빠힌 것이 많고 (후략)〉 등의 변명이 꽤 많이 보여지는 이 작품엔 사도세자가 주인공으로 되어 있고, 영조와 친정아버지 홍봉한(洪鳳漢)이 부대 인물로 등장하는데, 후자는 작자 자신의 감정의 자기 합리화와 도피처로 배려되어 있다.

그렇다면 이 작자는 세자의 죽음을 어떤 방식으로 비판하고 있는가. 대체로 세자의 죽음은 신하들의 참소, 세자 자신의 과오, 영조의 잘못 등에서 기인된 것으로 대별될 수가 있지만, 작자는 영조와 세자의 갈등을 강조하여, 그것이 세자의 자초지화(自招之禍)였음을 은연중에 드러내려 하고 있다. 작가가 병, 병환, 대병환 등의 용어를 누누이 사용하고 있는 것도 그 때문이다. 이 병을

---

38) 같은 책, 2쪽.

작품에 나타난 증상으로 보아 정신도착병의 일종으로 보고 프로이트 심리학설로 그것을 해명한 평가도 있다.[39] 〈그 병환 가운데 어찌 그리하시던고 싶으더라〉, 〈그럴할제 병환 겨우신 이같지 않으시고 (후략)〉류의 대립되는 표현은 분명히 일종의 초자아의 검열의 결과이다. 그것들은 병이 강조되는 측면과 부정되는 측면을 동시에 내포하고 있는 것이다. 작자의 정신이 흐려진 탓이 아니라면 이 두 개의 진술은 병 증상의 객관적 기록이 아니라 의도적인 모종의 측면을 시사하는 것으로 볼 수 있다.

  정신병 환자를 사형시킴으로써 국가의 안녕을 잡는다고 도달한 논리에는 사이에 비약이 있을 것 같다. 가령 그 정신병 환자가 드디어 역적 모의를 했다든가 혹은 감금을 시켰는데도 부수고 뛰어나와 영조와 세손을 살해하려 들었다든가 하는 일이 있었다고 썼더라면 모르되, 이 트릭을 기록에 빠뜨린 이만으로서는 작품을 읽음에 안이하게 납득이 안 간다.[40]

그렇다면 그 〈병〉이란 것이 실상은 역모를 메타포로 사용한 것인지도 모른다는 의문을 품을 수 있다. 이 의문을 더욱 짙게 하는 것은 작품 도처에서 영조와 세자 사이의 갈등이 증오의 형태로 드러나 있음에서 확인할 수도 있다. 〈저 하늘이 부자(父子) 두 분 사이를 그대도록 하오시게 하여 아버님겨오셔는 말고저 하시다가도 뉘가 시기는 듯 도로 미온 마음이 나오시고 (중략)〉 〈동궁(세자) 부르오서 밥먹으냐 묻사오대 대답하오시면 그 대답 듣사오신 이부(耳部)를 (영조가) 그 자리에서 씻사오시고 (후략)〉. 이와 같은 영조의 기괴한 성벽과 세자의 괴벽은 서로 상호 보완

  39) 김용숙, 「사도세자의 비극과 그의 정신분석」, 《국어국문학》 제19호.
  40) 이능우, 「한중록의 심리분석」, 《문학춘추》 제2권 제3호, 241쪽.

하여 조선 가족 제도의 모순점을 보여준다.

결국 이 작품에서 문제되고 있는 것은 부자 관계에 의거해 있는 조선 가족 제도의 붕괴 과정이다. 이 작품이 지닌 의도의 혼미, 의식과 무의식, 병을 둘러싼 두 개의 무의식적인 대립된 진술, 미분화된 명분(논리)과 본색(비논리)의 관계는 조선 사회 가족 제도의 구조적 모순의 문학적 표현이다. 그러나 부자 중심의 가족 제도는 19세기 말 조선이 서구적 변수의 충격에 의해 국가 상실의 위기에 직면할 때, 오히려 역기능으로 전환된다. 부(父. 국가)와 대립되는 자(子)의 의식은 그때 부(국가) 회복의 기능으로 다시 변모되는 것이다. 따라서 이광수 등의 자유연애론에서 이상(李箱)의 가족 콤플렉스, 혹은 그 후의 프롤레타리아 연애론에까지 이 여파는 뻗쳐 있다.

제 6 절 『열하일기』와 닫힌 사회의 지식인

조선 후기 사회 구조의 모순을 자체 내의 에너지로 해결할 수 있다는 것을 보여준 것으로 『열하일기(熱河日記)』만큼 강렬하고 충격적인 저술(문자 행위)은 없다.

『열하일기』는 제목이 말하는 것과는 달리 일기체 기행문이다. 이 작품은 26권으로 되어 있는데, 1780년 박지원[41]이 삼종형 박명원(朴明源)의 수행원으로 중국에 들어가 성경(盛京), 북평(北平), 열하(熱河) 등지를 역람한 기행문이다. 거기에는 청의 문물 제도, 풍속, 사회, 종교, 예술 전반에 대한 작가의 성찰이 고도의 구성력

---

41) 박지원[燕巖]: 1737-1805. 반남 박씨(潘南朴氏) 출신이지만, 불우한 일생을 마친 대문호. 북학파의 대가이며, 『열하일기』 26권은 그의 대표작이다. 그에 관한 연구로는 이가원의 『연암소설연구』를 볼 것.

으로 통일되어 있다. 『열하일기』 서문에서 그는 모든 문장이 1) 거리를 제일 원리로 하는 메타포라는 점, 2) 거짓과 참에 대한 허구적 비판이라는 점을 밝히고, 3) 진기성과 호기심에의 편향, 4) 풍속을 통한 실용으로서의 교훈성을 강조하고 있다. 이 서문이 스스로 저술 전체의 기조 저음(基調低音)을 설진(說盡)하고 있는 이상 더 덧붙일 필요가 없을 것 같다. 따라서 『열하일기』 속에 나오는 사건의 기록, 풍속 묘사, 대화, 필담, 이수(里數), 시간 등의 사실성이나 정확성은 이차적인 의미밖에 띠지 못한다. 이러한 저술이 가능해진 것은 작가가 이미 서물(書物)을 통해 당시 중국 연경의 풍물, 제도, 내력, 생업 등에 관해 자세히 파악하고 있었기 때문이며, 따라서 설사 그가 연경에 실제로 여행하지 않았더라도 능히 상상해 낼 수 있었으리라고 볼 수도 있다. 그가 이 저술에서 세부의 정확성에 유달리 매달리고 있는 점이 도처에서 보이는데, 이러한 작가의 정신 구조를 분석한다면 그 하나는 체험했다는 사실에서 오는 일종의 우월 콤플렉스가 의식적으로 작용했다는 점이며, 다른 하나는 그가 지닌 전기에의 편향, 소위 패관잡기적 기질을 드러낸 것이라 할 수 있다.

그 정확성에 의거해서 그는 당대 지식인의 지적 금기를 교묘하게 비판한다. 그는 그의 비판 의식을 사실의 보고라는 차원에서 암시적으로 드러낸다.[42] 이러한 사실을 단적으로 드러낸 것이

---

42) 『열하일기』는 일종의 고도의 비판 문학이다. 이 점은 다음과 같은 연암의 문장 작법에서 더욱 확인할 수 있다. ①〈글자는 즉 군사요, 사상 감정은 장수요 제목은 적국이요, 옛일이나 옛이야기는 전장(戰場)의 보루다. 글자를 묶어 구를 만들고, 이를 합해 장을 이루는 것은 대열을 지어 행진하는 것과 같으며, 성운(聲韻)으로 소리를 내고 문채(文彩)로써 빛을 냄은 북·종·깃발과 같다. 조응(照應)이라는 것은 봉화에, 비유는 게릴라 전에, 억양 반복은 백병전(白兵戰)과 육박전에 해당하고 제목을 끌어내 결속을 짓는 것은 적진에 돌입, 적을 생포함에 해당하고 함축을 중시함은 적의 노폐병을 사로잡지 않음에 해당하며 여운을 둠은 기세를 떨쳐 개선함에 해당된다(字譬 則

「관내정사(關內程史)」 속에 있는 「호질(虎叱)」과 「옥갑야화(玉匣夜話)」 속에 있는 「허생전」이라 할 수 있다. 「관내정사」는 산해관으로부터 연경에 이르기까지의 11일 동안의 기록인데, 「사호석기(射虎石記)」라는 항목의 이틀 동안의 일기 속에 내포되어 있다. 그가 기록한 바에 의하면 그가 옥전현(玉田縣)의 심유명(沈由明)의 점포에서 주인과 필담을 나눌 제, 벽에 한 편의 기문(奇文)이 백로지에 가늘게 씌어져 격자로 걸려 있었다는 것이다.

「저 벽 위에 걸린 글은 어떤 사람이 지은 거요」 하고 물었더니 주인(심)은 「어떤 이가 지은 것인지를 모릅니다」 한다. (중략) 「그럼 이게 어디에서 났단 말씀이오」 했더니 심은 「며칠 앞서 계주 장에서 사온 것입쇼」 한다. 나는 「베껴 가도 좋겠죠」 하였더니 심은 머리를 끄덕이며 「무방하옵죠」 한다. (중략) 저녁 뒤에 가서, 나는 다시 「이게 선생님이 지으신 게 아니오」 하였더니 심은 「저는 거짓 없기가 마치 저 밝은 촛불과 같답니다. 오래전부터 부처님을 섬기고 있기 때문에 부질없는 말은 삼가고 있습니다」 한다. 나는 그제야 정군에게 부탁하여 그 한가운데에서 쓰기 시작하고, 나는 처음부터 베껴 내려가는 판이었다. (중략) 사관에 들어와 불을 밝히고 훑어본즉 정군이 베낀 곳에 그릇된 것이 수없이 많을 뿐더러 빠뜨린 글귀가 있어 전혀 맥이 닿지 않으므로 대략 내 뜻으로 고치고 보충해서 한 편을 만

士也, 意譬 則將也, 題目者敵團也 掌故 者戰場虛壘也 束字爲句 團句成章猶隊伍行陳也 韻以聲之 詞以耀之 猶金鼓旌旗也 照應者烽埃也 譬喩者遊騎也 抑揚反覆者幟戰撕殺也 破題而結束者先登而擒敵也 貴含蓋者不禽二毛也 有餘音者振旅而凱旋也)〉(「騷壇赤鑒引」). ②〈문장에는 묘리가 있으니 그것은 마치 소송하는 사람이 증거물을 제시하듯 해야 하고 거리로 돌아다니는 장사치들이 물건 이름을 외치듯 해야 한다. 아무리 그의 진술이 명쾌하고 정직한들 딴 증거물이 없이 어떻게 소송할 것인가. 그렇기 때문에 여기저기 고전 문헌을 인용해서 내 의사를 밝힌다(文章有道 如訟者有證 如販夫之唱貨 雖辭理明直 若無他證 何以取勝故爲文者雜引經專以明己意)〉(「答蒼厓」).

들었다.[43]

  그것이 바로 「호질」이다. 이러한 사정은 「허생전」에서도 마찬
가지이다. 이러한 사실을 두고, 박지원의 저작 의도 및 방법을 몰
각할 때에는, 상기 작품들이 박지원 작이 아니라 다만 박지원이
옮겨왔다는 것으로 인정되고 말 것이다.[44] 이러한 위장 방법 자
체가 고도의 비판 능력임은 물을 것도 없는 일이다. 그러한 위장
을 통해 그는 당대 사회의 모순과 갈등을 그 누구보다도 날카롭
게 표현한다. 허황한 숭명 사상(崇明思想), 완강한 보수주의 사상
에 젖어 있는 사대부층을 그는 그것으로 날카롭게 공격한다. 소
설은 당대의 사대부들에 의해 의식적으로 기피되었기 때문에, 그
는 기행문이라는 형태로 그의 비판 의식을 드러내 보인 것이다.
  『열하일기』의 또 다른 측면을 이해하기 위해서는 박제가·정약
용·박지원 등이 서학에 깊이 기울어져 있었다는 것을 이해해야
한다. 그것은 서학, 즉 천주교라는 종교의 사상적 측면 내지 정
신 구조에 대한 접근과는 거리가 먼 듯하다. 적어도 18세기 당대
에는 아무리 현실에 불만을 품은 실학파라도 명이든 청이든 중
국 사상이 그대로 보편성의 준거였던 것이다. 정작 북경에서 천
주당(天主堂)을 직접 목격한 바조차 있는 박지원도 〈천주(天主)라
는 말은 천황씨(天皇氏)니 반고씨(盤古氏)니 하는 말과 같다. (중
략) 저들로서는 근본되는 학문의 이치를 찾아내었다고 자칭하고
있으나 뜻먹는 것이 너무 고원하고 이론이 교묘한 데로 쏠려 도
리어 하늘을 빙자하여 사람을 속이는 죄를 범하여 저 자신이 저
절로 의리를 배반하고 윤상을 해치는 구렁으로 빠지고 있는 것

---

43) 『국역 열하일기 1』.
44) 이우성(李佑成), 「호질의 작자와 주제」, 《창작과 비평》 제3권 제3호.
  여기에 대해서는 여전히 쟁점이 남아 있다.

을 모르고 있다)[45]라고 할 정도이다. 박지원이 천주당에 관심을 가진 이유 중의 하나는 거기에 있는 풍금 때문이었다. 망원경, 지도, 나침반, 달력, 수학, 물리 등의 실용의 학문으로서의 차원 인식이 곧 서학 인식의 기본이었고, 이 사정은 자신이 기하학, 달력, 지도 및 해부학을 자치(資治)하기 위해 신부들을 궁중에 초청하여 그것을 배운 강희제(康熙帝)의 그것과 같은 것이었다. 『열하일기』 외에 그는 『방경각외전(放璚閣外傳)』에 구전(九傳)을 남기고 있다. 「마장전(馬駔傳)」, 「예덕선생전(穢德先生傳)」, 「민옹전(閔翁傳)」, 「광문자전(廣文者傳)」, 「양반전(兩班傳)」, 「우상전(虞裳傳)」, 「역학대도전(易學大盜傳)」, 「봉산학자전(鳳山學者傳)」 등이 그것인데, 거기에서 그는 양반의 가식적인 생활 태도를 맹렬하게 비판하고(「양반전」), 노동의 신성함을 오히려 강조하고 있다.[46] 그의 비판 의식은 권력 구조의 밖에 서 있는 지식인의 쓰디쓴 자기 반성에서 기인하는 그것이다. 그의 비판 의식이 혁명 이론으로 발전하지 못한 것은 그러한 그의 한계를 명백하게 보여준다.

---

45) 『국역 열하일기 2』.
46) 『열하일기』를 다른 실학파들의 소설과 비교하는 것은 지난한 일에 속한다. 이가원이 엮은 『조선한문소설선』은 주로 실학파라고 알려져 온 사상가들의 작품을 모아놓고 있는데, 거기서 문제되는 것은 도락성이어서, 여말(麗末)의 가전계(假傳系)를 뛰어넘는 작품을 보기 힘들다. 특히 정약용의 여러 소설들이 그렇다. 『열하일기』의 중요성은 그것이 후대에 오면서 그 영향력의 폭을 점점 넓히고 있다는 사실에서 온다. 그의 작품은 당대 사회의 역사적 조건 속에 갇혀 있으면서도 그것을 초월하려는 힘을 보여주는데 그것이 그 작품을 〈열리게〉 만든 조건이라 생각하지 않을 수 없다. 그의 작품이 한문으로 씌어졌다는 것, 그가 한글을 한 자도 몰랐다는 것과 그의 작품이 갖는 상관 관계는 앞으로 언어—작품의 상관 관계에 중요한 장애로 남을 것임을 다시 지적한다.

제 7 절   시의 기능과 형태의 파괴 과정

앞에서 우리는 18세기 후기 사회의 구조적 모순의 개혁과 그 대응 관계에 놓이는 박지원의 작품을 살폈고, 특히 정조와 박지원에게 문체반정(文體反正)이 갖는 사상사적 문제를 매우 중요시하였는데, 박지원과 더불어 제기된 이러한 문제를 산문 기능의 측면으로 규정해 둘 수가 있다. 이른바 패관잡기류로 규정된 박지원 문체의 개혁적 측면이 위정자들에게 두려운 존재로 압박해 온 것은 그것이 분석 정신 내지 비판 정신을 그 기능상의 본질로 하는 산문 영역이었기 때문이며, 따라서 그것은 지적인 문제였다. 방법상으로 소위 풍자(諷刺)가 도입된 것은 이 때문인 것이다. 그러나 박지원이 충격을 준 산문 기능이, 권력층의 압력에 의해 그 스스로에 의해 철회되었다는 사실을 우리는 발견하게 되는데 바로 이 점이 비판적 리얼리스트로서의 박지원의 한계로 이해된다. 그것은 박지원 자신이 체제 내적 인간이었고 신분상 엄연한 사대부의 일원이었으며 문체반정 당시 현감의 자리에 있었다는 사실에서 설명, 확인되는 일이기도 하다.

이와 대립되어 놓여 있는 시의 파괴 과정은 조선조 후기 사회에서 어떤 양상으로 전개되었는가를 또한 살펴둘 필요가 있다. 동양, 즉 중국 문화권에서 시란 무엇인가라는 문제는 한국 고전문화를 운위할 때 도저히 외면할 수 없는 사실 중의 하나이다. 한국 고전 문학을 대할 때 아마도 대부분의 사람들은 조선 문학 첫머리에 우뚝 솟아 있는 『용비어천가(龍飛御天歌)』와 『두시언해(杜詩諺解)』라는 두 개의 우람한 산맥에 압도당할 것이다. 전자가 조선 건국의 문화적 기틀을 확립시키기 위한 거국적 사업이었음은 주지의 일이다. 당대 최고의 엘리트를 동원한 이러한 국가적 사업이 기도되었다는 것, 그것이 다른 사회적 경제적 체제 정비

못지 않게 중시되었다는 것, 그리고 그것이 단순한 선전 혹은 전시 효과로서가 아니라 하나의 문화적 준거로서 정치의 중심부에 위치할 수 있었다는 그러한 사실은 문(文)이 곧 교양이라는 차원을 넘어서, 문이 예악주의(禮樂主義)와 유착된 정치라는 동양적인 사상에 문치(文治) 조선 사회의 핵심이 놓여 있었고 이로써 정신의 균형이 유지되었다는 뜻이 될 수도 있다. 이러한 사실을 물론 중국의 상문주의(尙文主義)와 분리시켜 논할 수는 없다. 중국은 고래로 유교로써 정통 사상을 삼아 정치도 일상 생활도 그것을 준거로 해왔던 것이다. 물론 이 법가 사상적 문치주의에 의해 중국이 통치되었다 하더라도 생활 속엔 도교적 불교적 요소가 작용하고 있었지만, 일반적인 원리로서는 학문이나 사상도 정치에 표준을 둔 것으로 생각된다. 따라서 정치적 인간인 중국인의 문학은 학문과 마찬가지로 정치적(문화적)이라 할 것이다. 대부분의 정치인이 바로 문인이었음을 역사가 증거하고 있다. 일세의 영웅 조조(曹操)가 당대 일류의 시인이었고, 중국 최초의 문예 비평 「전론(典論)」을 비롯, 〈문(文)은 경국(經國)의 대업(大業)〉이라 갈파한 것은 조비(曹丕)였다. 실상 이러한 상문주의는 문으로써 관리 채용의 수단을 삼는다는 과거 제도에서 확연히 볼 수 있다.

주지하다시피 중국어는 고립어계(孤立語系)이며, 한문은 한 자한 자가 철학적 의미를 지닌 독립된 우주이며, 철학의 단위이다. 한시는 낱낱의 소우주의 독립된 단위를 엄격한 자수율에 따라 배열하는 고도의 기술, 그 위에 사성(四聲)에 의한 압운이라는 음성 구조를 지녀야 하는 것이며, 이 몇 단계의 어려운 조건이 충족되어야 시가 성립된다.[47] 쓰는 사람의 입장에서 본다면 고도의 훈

---

47) 제임스 류James J. Y. Liu, 『중국시학 The Art of Chinese Poetry』 제1부.

련, 세련이 요청되며, 따라서 이 행위 자체가 철학이며, 균형이며, 이러한 능력의 소유자만이 정치를 담당할 능력이 있다고 판단된다. 이 엄청난 강점이 없었다면 수천 년 동안 과거 제도가 존속할 리가 만무한 것이다. 중국 문화권에 속했던 한국, 특히 조선 사회가 이러한 원리를 채택한 것은 현명했다기보다 불가피했던 것으로 이해된다. 즉 이러한 원리 자체가 바로 보편성이었다는 데서 연유하는 것이다.[48] 여기서 한 가지 지적해 두고자 하는 바는 한국인에겐 한문이 자국어가 아니기 때문에 한시 창작이 중국인보다 더 어렵고 과격한 부담이었을 것이라고 속단하기 쉬우나 반드시 그렇지는 않았을 것이다. 당시대만 하더라도 구어(口語)와 문어(文語)는 다른 것이었기 때문이다. 다소 한국 쪽엔 불리함이 있었다고 인정되기는 하나, 그것이 큰 문제가 아니었음은 한국 한문학의 수준과도 관계되지만 근본적으로 한문의 문어(소위 이미 죽은 완전한 언어)로서의 기능적 측면에 더 많은 이유가 있었던 것으로 본다. 이렇게 보아올 때, 조선 중기, 사대부들의 학문 수업 순서인 이이(李珥)의 『격몽요결(擊蒙要訣)』에 규정된 방법론이 다소 이해될 수 있을 듯하다.[49]

---

48) 조선인들이 한시(漢詩)를 짓는다는 것에는 중국인이 한시를 짓는 것에 비해 물론 상당한 불리함이 있었을 것이나, 그 차이는 우리가 상상하는 것처럼 그렇게 크지 않았으리라 추측된다. 이미 중국인에게도 한시 짓기는 국어의 차원과는 별개의 것이었기 때문이다. 한국 한문을 대할 때, 무엇보다 이 사실이 깊이 밝혀져야 하리라고 우리는 생각한다.

49) 먼저 『소학(小學)』을 읽고 차독(次讀) 『대학(大學)』하고, 인(仁)을 배우기 위해 『논어(論語)』를 읽고, 차독 『맹자(孟子)』, 차독 『중용(中庸)』, 그 다음에 『시경(詩經)』의 차례를 두었다. 그 다음 『예경(禮經)』·『서경(書經)』·『역경(易經)』·『춘추(春秋)』의 순서이다. 『시경』을 읽는 이유는 〈성정(性情)의 사정(邪正)과, 선(善)을 포하고 악(惡)을 계함을 하나하나 스며 엉기게 하여, 느껴 발하야 그것을 올바르게 함〉에 명분을 두었다(이이, 『격몽요결』).

18세기 후기 사회 계층 이동 및 변이 과정에서 박지원의 산문에 대한 문체 파동이 사상계를 풍미할 정도로 격렬했음에도 불구하고 시 문제에서는 아무런 충격도 던져지지 않았다는 것은, 시가 지닌 이러한 정통성에 근거를 둔 것으로 생각된다. 따라서 정약용이 농민의 참상을 그린 저 심각한 「기민시」, 「장기농가십장(長鬐農歌十章)」 등에서도 내용만 심각했지 형태나 문체의 변이는 거의 없는 것이다. 그만큼 시의 정통성은 완강했던 것이라 할 수 있다. 이런 이유로 시의 기능 및 형태가 조선 사회에서 파멸의 과정에 접어드는 것은 거의 19세기에 이르러서이다. 그것은 김삿갓에 의해 확인된다.

   여기서 우리가 김삿갓〔金笠〕이라 했을 때, 이는 김병연(金炳淵. 1807-1863)이라는 한 단수가 아니라 복수적인 의미로 쓰는 것이다. 그 이유는 이러하다. 첫째, 김삿갓을 문헌적으로 알기란 거의 불가능하다는 점이다. 현재 그와 그의 시에 관해 엿볼 수 있는 것은 『대동기문(大東奇聞)』, 『대동시선(大東詩選)』, 『녹차집(綠此集)』(黃五)뿐이다. 가령 『대동기문』엔 〈其家因爲廢族, 炳淵自以謂天地間罪人, 嘗戴冠不敢仰天, 故世以金笠稱號〉라는 정도일 따름이다.

   둘째, 현재 소위 김삿갓의 작품이라는 것이 과연 진짜인가의 여부에 대해서는 왈가왈부할 근거를 갖고 있지 못하다는 점을 들 수 있다. 1939년에 간행된 『김립 시집(金笠詩集)』의 편자는 다음과 같이 써놓고 있다.

   필자가 수집하는 도정(道程)에 있어 삼개처(三個處)에서 수집한 동일(同一)의 율(律)이 다 각각 이삼(二三) 문자의 차이가 있었다는 그것으로도 이 방면의 진상을 상상할 수 있다. ……김립 시 진부(眞否)에 대한 의혹에 있어서도 함경도에 한(韓)삼택이 가김립(假金笠)

이었고, 남도인(南道人) 중에 자작(自作)을 김립 작으로 출세시키려는 야시인(野詩人)들이 있었으매 다소간의 착오를 감인(堪忍)할 수밖에 없다.[50]

셋째, 김삿갓은 한국 어느 곳에서나 모르는 사람이 없다는 점을 들 수 있다. 당시 자료 수집에 나섰던 사람의 기록에 의하면 〈경성(京城) 지방에 남긴 것은 주로 공령시(功令詩)가 많은 까닭에 지방으로 걸식하며 읊은 것은 경성 지방의 사람으로는 도저히 생면초문(生面初聞)인 것이 많으리라. 그렇다고 그것을 김립의 시가 아니라고 속단하는 것도 대단한 착오이다. 도리어 위선(爲先) 각도 방방곡곡에서 세세히 들추어 내고 볼 것이다. 저자가 서당 훈장, 한학자 등을 함경도 경기도로 널리 찾아다녔으나 아모리 촌에 들어가고 아모리 시골에 들어가도 이 일흠을 모르는 사람이 없었다〉[51]라고 기록하고 있는데 그때 김삿갓의 존재는 실로 심상한 것이 아닌 것으로 보인다. 이상 몇 가지 사실은 김립 시의 복수성을 드러낸 것으로 볼 것이다.

김삿갓의 복수성은 18세기 조선 사회의 경제 구조와 거기에 따르는 사회적 모순, 신분 이동에 따라 이미 돌이킬 수 없게 된 몰락 양반 계층의 편재와 깊은 관련이 있다. 김립 자신에겐 이 점이 극단적으로 선명함은 주지의 일이다. 〈서북인물위중용(西北人物爲重用)〉이란 조선조의 정책에 분격한 홍경래(洪景來)의 난 (1811) 때 그의 조부 김익순(金益淳)이 항복했다는 것, 폐족(廢族)에 처해졌다는 것, 사대부 명분 때문에 김립이 삿갓을 쓰고 죄인임을 자처했다는 것 등은 다분히 김립의 기질적 개성에도 관계되겠지만 사대부 신분을 지킨다는 것과 현실에서의 좌절 사

---

50) 이응수(李應洙) 편주, 『김립 시집』(학예사, 1939), 자서(自序).
51) 같은 책, 4-5쪽.

이의 갈등은 한 개인을 실존적 위기로 몰아넣었다고 볼 수가 있다. 사대부 출세 코스인 시 수업(정치 수업)이 이미 그 목적을 잃었을 때, 김립이 익힌 재능과 능력이 파격(破格)과 희화적(戱畵的) 양식을 띠지 않을 수 없었다는 사실도 중요하지만 그것은 어디까지나 김립 개인의 문제인 것이다. 실상 이 개인적 문제가 사회학적으로 혹은 문화사적으로 중요한 것은 스스로를 김립과 동일시하는 현상을 일으킨 많은 몰락 양반층과 그것이 결부될 수 있었다는 사회적 여건에 있다. 경영형 부농, 도시 인구 증가, (숙종·철종 간) 관료층의 부패와 상업 자본의 투자, 과거 제도의 문란 등의 현상에서 몰락 양반이 현저히 대두되었음은 알려진 바와 같다. 특히 과거 제도의 문란이 시 수업에 전심한 선비들의 목적 의식을 크게 뒤흔들어 놓았다고 볼 때, 이미 무용지물로 변질된 시작(詩作) 기술을 그들은 근본적으로 다른 곳으로 전용할 수밖에 없었고, 결국 절망적 파격, 희화로 함몰하지 않을 수 없었을 것이다. 이러한 상태가 서서히 짙어져, 극점에 달한 것이 김립의 존재이며, 그가 그 〈문자 속〉에 있는 계층에 동일시 현상을 일으켰으리라는 것은 쉽게 이해된다. 조선이 망하고 과거 제도가 송두리째 없어진 일제 시대에는 그것이 민족적 불만의 저항적 에너지로 결합된다.

  김립 시는 걸식편(乞食篇), 인물편(人物篇), 영물편(詠物篇), 동물편(動物篇), 강산누대편(江山樓臺篇), 과시편(科試篇)으로 나눌 수 있는데, 이중 과시편을 제하면 대부분이 조롱, 야유, 기지에 가득 차 있다. 그 파격적인 양상을 몇 개만 보이면 다음과 같다.

  1) 二十樹下三十客, 四十村中五十食, 人間豈有七十事, 不如歸家三十食(스무 나무 아래 앉은 설운(서러운) 나그네에게 망할 놈의 마을에서 쉰 밥을 주더라. 인간에 어찌 이런 일이 있는가. 돌아가 내 집 설은 밥을 먹음만 같지 못하다), 2) 天脫冠而得一點, 乃失林而橫一帶(천자가

상의 관을 벗고 대신 일점을 얻으니, 즉 견자(犬字)인 것이다), 3) 邑號
開城何閉門, 山名松嶽豈無薪, 黃昏逐客非人事, 禮儀東方子獨秦(읍
이름은 열려진 성인데 왜 문이 잠겼으며, 소나무라는 산인데 어째 나무
가 없느냐 황혼에 손을 쫓음이 인사가 아니다. 동방예의지국에 네 혼자
진시황식 독재였더냐). 이상 몇 개의 시가 김립에 의해서만 가능
했던 것이라 하기는 어렵다. 시의 신성함 혹은 권위에 대한 도
전, 그 양식 파괴를 김립이라는 한 극단적 추상 명사 속에 몰락
양반 계층 전부가 참여한 것으로 파악되는 곳에, 이러한 파격의
의미가 있다. 다음으로 내용상에서 중요한 것은 종래 한시에서는
감히 찾아볼 수 없는 이〔蝨〕, 벼룩, 요강(溺缸) 등의 비시적(非詩
的) 요소가 도입된 점이다.

　　飢而吮血飽而擠, 三百昆蟲最下才, 遠客懷中愁千日, 窮人腹上廳晨雷,
形雖似麥難爲麴, 磁不成末落梅, 問爾能侵仙骨否, 麻姑搖首天臺(주리면
빨아먹고 부르면 물러가는 이는 곤충 중에 최하위이다. 놈은 나그네
품속에서 태양을 두려워하고, 가난한 자의 배 위에서 우레 소리를 듣
는다. 모양이 보리 같으나 누룩을 만들 수는 없고, 이〔蝨〕라는 자가
바람 풍(風) 자를 만들 수 없어 꽃을 날릴 수도 없다. 네놈에게 묻겠
는데 너는 신선피를 빨았느냐. 천태산 마고할미가 머리를 긁었다는데).

이것은 이〔蝨〕를 두고 지은 것인데, 어디까지나 유머, 위트에
머물러 있지 분노의 가락이 거기에 스며 있지 않다는 점에, 그러
나 김립의 한계가 있다. 가령 서민들의 장시조(長時調)에 나오는
〈일신(一身)이 살자 하니 물것 겨워 못 살리로다. 피겨 같은 가랑
니, 보리알 같은 슈통니, 잔벼룩, 굵은 벼룩, 뛰는 놈 지는 놈에
비파 같은 빈대새끼, 사령(使令) 같은 등에 (중략) 주야로 빈틈없
이 물거니 빨거니 뜯거니 떧거니 심한 당(唐)벼루에 어려왜라. 그

중에 참아 못 견딜슨 오뉴월 복더위에 쉬파린가 하노라〉(『청구영언』)라는 작품과 비교할 때, 김립의 위치가 어디에 있는가를 추찰할 수 있다. 그가 설사 한시에 파격 내지 비시적인 것을 도입했다 하지만, 다음 두 가지 측면에서 그 한계점이 있었다. 한시 자체가 지닌 문화사적 압력이 그에게 우선 너무도 강하게 작용했다는 점이 그 한 측면이다. 그것은 소위 시의 보수성과 관계된다. 또 하나의 측면에는 김립으로 대표되는 몰락 양반의 긍지와 깊이 관련된다. 적어도 문자를 아는 방랑 거지 혹은 몰락 양반이라도, 시를 짓는다는 그것만으로 양반층에 기생할 수 있었다는 것, 고쳐 말해 후원자를 얻을 수 있었다는 조선의 문화주의가 쇠잔하나마 가능했다는 것, 이와 함께 설사 몰락 양반이나마 어떤 이념에 대한 긍지는 엄연히 가지고 있어, 조소하면서도 살아갈 수 있었다는 점이다. 실상 김립 시에는 「금강산(金剛山)」, 「눈〔雪〕」 등의 가편(佳篇)이 있으나, 그의 본령은 단연 과시(科詩)였던 것이며, 헌종(憲宗), 철종(哲宗) 시대인들은 이 과시를 백미로 꼽았다는 것이다.[52] 「책색두(責索頭)」, 「논정가산충절사(論鄭嘉山忠節死)」 등이 과시로서 대표적인 것인데, 특히 후자에는 〈탄김익순죄통간천(嘆金益淳罪通干天)〉의 부제가 붙어 있다.

홍경래에 항복한 조부(祖父)의 죄를 〈忘君是日又忘親, 一死猶輕灣死宜(임금을 저버리는 날 동시에 동족을 저버린 익순아, 너는 만번 죽어도 싸다)〉라 했을 때, 몰락 양반, 특히 김립의 긍지가 어느 쪽에 놓여 있었는가는 확연한 것이다. 이러한 봉건적 왕도 사상에 긍지를 가진 몰락 귀족이, 어느 측면에선 근대화의 민중 에너지와 무관하든가 아니면 저해 요소였음에 틀림없다. 그러나 그것이 일본이라는 아서구(亞西歐)의 충격에 의해, 국가가 위기에 임

52) 이응수, 앞의 책.

할 때, 그리고 국가 상실의 암흑기에 처할 때 국가 회복이라는 민족 운동의 에너지로 작용했다는 사실이야말로 김립 시가 민족과 더불어 공존하는 이유이다.

제8절 완결의 양식과 형성의 양식

「구운몽(九雲夢)」과 「춘향전(春香傳)」이 조선 후기 사회에 우뚝 솟아 있다는 진술을 용납하려면 먼저 다음 몇 가지 사실이 고려되어야 할 것으로 생각된다. 그 하나는 이 두 작품을 소설로 바라보는 관점에서 이탈해 나와야 한다는 조건이다. 이러한 조건 설정의 기저는 형식 논리적인 선입견을 제거한 제로 상태에서 출발함을 뜻한다. 이러한 조건을 상정하는 것은 이 두 작품의 발상적 근거를 확실히 함으로써 생의 두 가지 존재 양식을 파악하기 위함에서이다. 이러한 작업이 한국 고전 작품의 특수성과 보편성의 차원 확대에 기여할지도 모르며, 더욱 중요한 것은 전통 양식의 정적 상태를 극복할 수 있을 것으로 판단되기 때문이다.

「구운몽」이 완결의 양식의 한 전형적 작품이라는 것은 그 구조의 형식적 측면에서 가장 분명히 드러난다. 주지하는 바 「구운몽」은 동양의 극수(極數)인 〈구(九)〉라는 숫자의 상징적 안배에서 역학상의 우주 질서로서의 순환주의를 전제로 하고 있다. 양소유(楊少遊)라는 한 남성을 구심점으로 하여 팔선녀(八仙女)의 화신인 여덟 여성이 정서적 역학 관계를 이루어, 소위 반지의 무게 중심을 이룩하고 있다. 하나를 가운데 둔 여덟이라는 숫자는 그 가운데 구심점을 둠으로써 극수를 넘지 않고 그 자체로 완결적인 환상의 구조를 이룬 것이다. 그것은 시작과 끝이 없으면서 가장 명확한 시작과 끝을 맞물고 있는 것이다. 천상에서 지상으로 환행하는 모티프가 〈구슬〉이라는 상징물이고 다시 천상에의 회귀 모티프가 〈피리 소리〉라는 상징물로 구성된 것도 원래 자체의 완벽성을 확보한 것이다.[53]

「구운몽」의 이러한 완결 양식은 「춘향전」에서는 그 정반대의 양상을 확인하도록 강요한다. 「춘향전」은 우선 출발의 형식이며 형성의 논리이다. 그렇다면 형성의 논리란 구체적으로 무엇을 뜻하는 것인가.

　　특히 춘향전의 연구는 우리 나라 서민 문학의 발생, 전승, 발전을 살피는 데 있어 필요하고도 충분한 과제이며, 그 완전한 해명은 그 자체 조선 서민 문학의 원류와 쇠잔(衰殘)의 구명이 될 것이며, 우리 국문학도의 진지한 연구 대상이 되지 않을 수 없다. 그러나 이제까지 춘향전에 관하여 기술된 논문들이 전승에 있어서의 중세기적 양식을 인식하지 않고 그 발생 단계부터 하나의 완성된 형태를 다루려는 경향은 오히려 춘향전이 가진 바 배경을 논란하기에 급급하고 문예 형태 연구의 기본적 궤도를 이탈한 감이 없지 않다.[54]

「춘향전」을 〈하나의 완성된 형태로 다루려는 오류〉의 지적은 매우 중요한 지적이다. 「춘향전」이 형성의 과정에 놓여 있다는 것, 따라서 완결이 아니라 출발의 상태에 놓여 있다는 것이 바로 「춘향전」의 숙명으로 판단되는 곳에 이 작품의 최대 강점이 놓여 있다. 「춘향전」이 갖는 바의 여러 가지 양식, 즉 설화, 판소리, 소설, 잡가, 구극(舊劇), 신제(新劑) 오페라, 영화 등의 양식은

---

53) 중국 「홍루몽」(1750)은 돌〔石〕의 모티프에 의해 비롯되어, 돌의 귀환으로 결말을 짓는 전형적인 완결의 구조를 보여주고 있어, 이보다 선행한 「구운몽」과의 비교를 가능케 한다.
54) 김동욱, 『춘향전 연구』(연세대출판부, 1965).

그것이 형성 과정에 있는 미완결의 형식임을 단적으로 드러낸 것이라 할 수 있다. 그러므로 이처럼 정지가 없는 양식의 변모에서 한 개의 총체적인 미학을 구축한다는 것은 다음 몇 가지 난점을 포함할 것 같다. 그 첫째는 예술 양식의 외연(外延)과 내포(內包)가 현실의 그것과 어긋나거나 겹치는 데서 나타나는 난관을 들 수 있다. 몇몇의 예술 양식과 그때그때의 사회 형태 사이에서 결국 비유 이상의 아무것도 아닌 돌연한 관계를 발견하는 것처럼 쉬운 일은 없다. 그러나, 그러한 투의 연구는 애매성의 우상 idola equivocatious에 떨어지기 쉽다는 것을 그때 염두에 두지 않으면 안 된다. 둘째, 「춘향전」처럼 다양한 장르로 전개되는 작품일 때, 그 양식 각각의 선후, 동시 진행, 이행 변이의 관계 검토가 가끔 필요시된다는 점이다. 각 양식마다 고유의 존재 방식과 미학을 띠는 것이라면 한 양식에서의 평가 기준으로 다른 쪽의 규범을 삼기 어렵다는 원칙론이 대두될 것이다. 이 두 개의 난관은 쉽게 해결되기 어려울 것 같다. 그러나 난관이 있다는 것과 그것을 해결하려 노력한다는 것은 태도 및 방법의 발견에 관계될 것이다. 그러한 방법 모색의 한 시도로서 우리는 여러 가지 양식을 각각 분리하여 그 고유의 의미로서의 미학을 검토할 필요가 있는 것으로 본다. 가령 설화로서의 「춘향전」의 논리와 미학, 판소리로서의 그것의 논리와 미학 등의 검토를 면밀히 하여 전체성이 검토되어야 할 것이다. 판소리로서의 미학 혹은 소설로서의 미학은 「춘향전」이라는 전체의 문맥에서 볼 때 각각 한 부분이지만 그 자체가 독립 완결되는 완성으로의 지향점을 갖는다. 이런 뜻에서 소설로서의 「춘향전」을 우선 선택하여 검토해 보기로 한다. 그 이유는 이러하다. 「춘향전」이 그 발생 단계에서 근래에 이르기까지 많은 양식의 변이를 거듭해 오고 있다는 사실에서 이 작품이 소위 출발의 형식임을 살폈다 한다면, 소설로서의 「춘향전」은 경판본(京板本), 완판본(完板本)이 나타났을 때 일단 정지된 것으로 볼 수가 있다는 점이다. 문자로, 소위 소설이란 양식으로 정착되었다는 것은 일단 이 양식으로서는 얼어붙은 것이며, 이러한 점의 확인에서 비로소 소설로서의 〈한 개의〉 「춘향전」을 검토할 수 있는 자리를 얻은 것이 된다.

소설로서의 「춘향전」은 무엇인가라는 질문이 판소리로서의 「춘향전」은 무엇인가라는 질문보다 압도적인 의미를 띠지 않는다는 인식에서 우리의 관점은 보다 많은 자유를 얻을 것이다. 소설 앞에, 혹은 옆에 혹은 뒤에 판소리가 있었기 때문만은 아니다. 소설로서의 「춘향전」이 18세기 후기 어느 한 순간에 정착되었다는 사실은 이 정착 이후에도 탄생, 존속하는 다른 양식의 「춘향전」을 용인하도록 강요할 것이고 그 강요 자체가 소설 자체 속에 담겨진 구조적 질병으로 파악될 수 있기 때문이다. 이제는 소설 「춘향전」의 비완결성을 검토해 볼 차례다. 우리는 첫째, 춘향전의 비완결성을 현실과의 관련으로 파악하고자 한다. 그것은 이몽룡, 성춘향, 방자, 향단, 월매, 변학도 등의 허구적 인물을 구체적 현실 속에 끼워넣음을 뜻하고 이 현실과의 관련은 숙종 때의 남원, 즉 조선 후기 사회의 구체성에 직결됨을 뜻한다. 여기에 대한 해명은 『조선왕조실록』, 『대전통편(大典通編)』 기타의 윤리적 구체성을 검토하지 않고는 도저히 기대할 수 없다. 그 점에 대해서는 다음의 인용이 시사적이다.

이도령에게서 불망기(不忘記)를 받았다 해도 이미 춘향은 기적(妓籍)에 올라가 있으므로 변학도의 삼일점고(三日點考)에는 등대하여야 한다. 변학도가 수청을 강요할 때 법전에는 각읍 수령은 읍기(邑妓)를 간(奸)할 수 없다는 명문 규정이 있으니 거절할 수는 있다. 여기, 〈수 있다〉 하였지만 이것을 거절한 기생은 그다지 없었을 것이다. 또 기생은 남편을 가질 수 있다. 다만 그 남편이 양반인 경우에만 대신정속(代身定屬)할 수 있다. 그러므로 이 부분은, 춘향의 신분은 기생으로 있으면서 부동(浮動)되어 있는 것이다. 여기에서는 춘향에게 선택의 자유가 있는 것이다. 이 선택은 법률적인 것이 아니고 윤리적인 것이다. 이 윤리적인 선택에 있어서 춘향은 이도령을 택했다. 이것은 바로 신분 관계에 있어서 춘향전의 진보성이 있는 것이다.[55]

둘째로 우리는 이 소설에 사용된 언어의 현장성을 들 것이다. 실상 이 문제는 첫째 문제의 해석을 가능케 한 구체적인 예증일 수 있거니와 「춘향전」의 소설로서의 언어 구조가 이원성을 지니고 있음에 우선 주목할 수 있다. 소설 「춘향전」은 일견 엄청난 한토(漢土) 오천 년 고사투성이로 보인다. 사마천(司馬遷)의 『사기(史記)』를 비롯 한유(韓愈)의 『평준사비(平准四碑)』 기타 당시(唐詩), 장자(莊子), 이백(李白), 『태평광기(太平廣記)』 등이 종횡무진으로 지문을 덮고 있다.

숙종대왕 즉위 초에 성덕(聖德)이 너부시사 성자성손(聖子聖孫)은 계계승승(繼繼承承)하사 금고옥촉(金膏玉觸)은 요순(堯舜) 시절이요 의관문물(衣冠文物)은 우탕(禹湯)의 버금이라. 좌우보필(左右輔弼)은 주석지신(柱石之臣)이요 용양호위(龍驤虎衛)는 간성지장(干城之將)이라. (중략) 미재미재(美哉美哉)라, 우순풍조(雨順風調)하니 포포고복(包哺鼓腹) 백성들은 처처(處處)에 격양가(擊壤歌)라.[56]

이와 같은 언어 용법이 이 작품의 커다란 골격을 이루고 있는

55) 김동욱, 「춘향전 —— 고전의 재평가·작가의 재발견」, 《월간문학》 제2권 제7호, 224쪽.
56) 완판본(完板本). 한자는 인용자가 복원.

반면, 다음과 같은 가장 일상적인 언어 용법이 또한 커다란 골격을 이루고 있음을 주목할 필요가 있다.

> 「여봐라, 이애 춘향아」
> 부르난 소래 춘향이 깜짝 놀래어,
> 「무슨 소리를 그 따위로 질러 사람의 정신을 놀래난야」
> 「이애야, 말 마라, 일이 났다」
> 「일이라 무슨 일」
> 「사또 자제 도련님이 당한루에 오셨다가 너 노난 모양 보고 불러 오란 영이 났다」
> 춘향이 홰를 내어,
> 「네가 미친 자식일다. 도령님이 어찌 나를 알아서 부른단 말이냐. 이자식, 네가 말을 종지리 열씨 까듯 하였나부다」

「춘향전」은 이처럼 두 개의 언어 체계에 의해 씌어졌는데, 그렇게 된 것은 독자를 양반과 서민 양쪽에 둔 데서 발상된 것이 아니라 필연적으로 그렇게 될 수밖에 없었던 것으로 생각된다. 첫번째 언어 체계는 중국 역사 및 고전의 인용을 그 의도로 하고 있으며, 그 구체적 용례는 지문이 대부분을 차지한다. 이 점은 판소리에서도 마찬가지다. 판소리에서는 창이 중심점이었기 때문에 고사나 한시를 채택하더라도 그 의미 기능은 거의 작용하지 못했을 것이다. 그러나 소설에서는 그 의미 기능이 첫째 문제로 봉착되었을 것이다. 소설에서 이 첫번째 언어 체계는 어떤 기능을 수행했을까. 그것을 우리는 메타포의 기능으로 파악하고자 한다. 그것으로 인해 「춘향전」은 분위기 파악이나 묘사의 난점(언어 자체의 한계)을 가장 효율적으로 극복할 수 있었다고 본다. 가령 〈이때 사또 자제(使道子弟) 이도령이 연광(年光)은 이팔이요, 풍채는 두목지(杜牧之)라. 도량은 창해(滄海) 같고 지혜 활달하고 문장은 이백이요, 필법은 왕희지라〉라고 했을 때 두목지, 이백, 왕희지 등의 명사는 고유 명사가 아니라 한 개의 메타포인 것이다. (매우 출중하다는 사실을 드러낼 때 이미 널리 알려진 고유 명사를 차용했던 세계를 보여주는 이 언어 용법은 현대 작가들에겐 한없이 부러운 것으로 보일 것이다. 현대 작가인 경우 이도령의 출중함을 드러내려 할 때 언어에 얼마나 절망할 것인가.) 대체로 「춘향전」에서 이 메타포 작용이 가능한 이유는 조선 사회가 신성한 것에 대한 규범을 지녔다는 데서 연유하는 것이다. 그러나 우리는 이 첫번째 언어 체계가 현실적인 것은 못 된다는 사실을 말해 두어도 될 것 같다. 현실적인 언어 용법이란 일상적 용법을 의미하는데, 그것에 의해 「춘향전」은 현실성을 획득한다.

어서 짐짓 춘향모의 하는 거동을 보랴 하고,
「시장하여 내 죽것네. 날 밥 한술 주소」
춘향모 밥 달라는 말을 듣고,
「밥 없네」
어찌 밥 없을고마는 홧김에 하는 말이었다. 이때 향단이 옥에 갔다 나오더니 저희 아씨 야단 소래에 가슴이 우둔우둔 전신이 월렁월렁, 정처없이 들어가서 가만히 살펴보니 전의 서방님이 와 있구나. 어찌 반갑던지…….
「더운 진지 할 동안에 시장하신데 우선 요기 하옵소서」
어사또 반기며,
「밥아, 너 본 지 오래구나」
여러 가지를 한데다가 붓더니 숟가락 댈 것 없이 손으로 뒤져서 한편으로 몰아치더니 마파람에 게눈 감추듯 하는구나. 춘향모 하는 말이,
「얼씨구 밥 빌어먹기는 공성이 났구나」

이 인용에서 주목할 수 있는 것은 언어 기능이 일상적 차원에서 발휘되고 있다는 점으로, 그것은 묘사가 리얼하다든가 정확혹은 서툴다는 것과는 별도의 차원이다. 이 점은 그것을 「구운몽」의 언어 체계와 비교해 보면 뚜렷해진다. 「구운몽」의 언어 체계는 상투 어구 일변도의 단일 체계이다.

손이 주인을 기다려야 오르니 서로 이끌고 중당에 들어가 옥배에 술을 부어 취토록 권한 후에 원앙침을 한 가지로 하니 소양대 무산신녀를 만난 듯 낙포 왕모 선녀를 만난 듯 그 즐거움을 어이 다 기록하리오, 이러구러 밤이 깊었느니라. 섬월이 눈물을 머금고 차탄하여 왈 「첩의 몸을 이미 상공께 택하였으니 첩의 정사를 잠깐 알아 생각하소서. 첩은 조명 사람이라 첩의 부친이 이 고을 태수였더니……」[57]

「구운몽」의 이러한 투의 조사법은 작품 처음부터 끝까지 계속 유지된다. 이 단일한 조사법을 통해선 현 실태를 확인할 여지가 없다. 그것은 동시에 형식에의 완강한 집념을 나타낸다. 이 사실이 저 김만중(金萬重)의 한국어에 대한 태도 때문에 다른 의미를 띨 수 있는 것은 아니다.

이제 우리 나라 시인이란 것은 자기의 언어를 버려두고 남의 나라 말을 배워서 지어 놓으니 설령 십분 서로 닮았다 하기로소니 이것은 앵무새가 흉내내는 것에 다름없다. 그런데 시골 나무꾼이나 아낙네들이 주고받는 노래를 상스럽다 하나 어느 것이 참된가를 따진다면 샌님들이 소위 시부(詩賦)라 하는 것과 논란할 수 없는 것이다.[58]

---

57) 일사본(一簑本).
58) 김만중, 『서포만필(西浦漫筆)』(문림사), 81-82쪽.

김만중의 이런 발언은 「구운몽」의 언어 체계와는 정반대의 자리에 서 있다. 그것은 「구운몽」이 단지 정음(正音), 소위 언문(諺文)으로 씌어졌다는 사실과는 거의 무관한 발언인 것이다.

이로써 「춘향전」의 두 가지 언어 체계가 다소 드러났으리라 믿어진다. 이 두 언어 용법이 과연 「춘향전」에서 균형 있게 이룩되었느냐의 여부는 다시 검토되어야 할지라도 「춘향전」이 어느 한 가지 언어 체계로만 씌어졌다면 소설 「춘향전」은 기품 없고 상스러운 작품이 되었거나 아니면 한토고사(漢土故事)투성이의 괴물로 전락했을 것이다. 이 양자의 균형을 이룩한 것이 작품 「춘향전」의 방법으로서의 강점이 되는 셈이다. 이 언어의 이원성을 뒷받침한 것은 양반과 서민의 이원성, 소위 풍속으로서의 이원성이며, 이 이원성에 자리를 놓아둔 그 공간이야말로 이 작품의 구조적 강점이다. 「구운몽」에서는 방법과 풍속이 유착 상태에 놓여 있음으로 하여 그것이 물신적인 차원에 한정되어 있다면, 「춘향전」은 방법과 풍속이 분화되는 자리에 놓여지려 했다는 점에서 그 진보성 혹은 근대성을 엿볼 수 있는 것이다. 그러나 바로 그 점에서 자칫하면 스타일의 파괴에 가까워질 수도 물론 있다. 「춘향전」이 한 작가의 책임 소작이 아니라, 적층(積層) 문학이라는 사실은 별도로 하더라도, 이 작품의 동질화의 기능은 매우 큰 것이다. 연령, 계급, 남녀의 차이를 동질화하는 이러한 대중 오락화의 기능은 성인을 심리적 퇴행regression으로 이끄는 것인데 그것은 「구운몽」의 균형성equilibrium과 대조될 수 있는 것이다. 고쳐 말하면 「춘향전」은 방법과 풍속의 갈림길을 보여줌에도 불구하고 그것이 매우 불안한 상태에 놓여 있음을 나타내주고 있는 것이다. 풍속의 압도적 힘에 의해 방법이 위험한 상태에 놓여질 때 약간의 충격만 주어지면 다른 장르로 분화되는 것이다. 역사 속에 현실을 삽입하여(관념을 문학화하여) 스스로 모체 구조(현실)에 뿌리를 내려 독자의 힘으로 살아가게 하는 방법이 지시와 이미지, 방법과 풍속을 함께 가진 언어의 숙명이라면, 방법이 압도적일 때 풍속이 질식하는 경우가 바로 「구운몽」이다. 이 양자의 균형을 조정하는 안정 측정기가 있다면 그것이 바로 〈예(藝)〉의 정신일 것이다.

그것은 생명에 관계되기 때문에 생명 자체만큼 섬세하고도 중대한 것이다. 이러한 사실을 확인하도록 강요하는 것이 근대적 의미의 고전이라 한다면 소설 「춘향전」은 판소리 「춘향전」보다는 둔감한 편인지도 모른다.

「춘향전」에서 중국 고사를 지문에 사용한 것은 그대로 당시 사회의 봉건적 권위 질서 그 자체를 반영한 것이며 일상어를 대화 속에 사용한 것은 당대 사회에서 준동하는 새로운 역사 측면의 반영인 것이다.

제9절 자생적 예술과 그 양식

1 시조의 붕괴

중국의 시(詩), 부(賦), 송(頌)과 같은 외래 장르가 아닌 자생적 장르로서 그리고 율문(律文) 양식으로서 사대부 계층에 의해 계승된 것으로 18세기 이후에도 여전히 건재하고 있는 것이 바로 시조(時調)이다. 시조라는 양식이 어떻게 발생했느냐에 대해서는 여러 학설이 있거니와, 우리의 관심은 이 양식이 조선 사회 전반을 통해 유지해 왔다는 그 지속성, 나아가 그 지속성이 19세기 문학 이후 금일에까지 이르고 있다는 사실에 더 많이 놓이는 것이다. 이것은 「처용가」로 대표되는 민족 정서의 저층에 깔

린 한국 미학의 발견과 함께 주목되는 현상임에 틀림없다. 시조
의 명칭과 개념에 대해서는 일찍이 이병기(李秉岐)에 의해 밝혀
진 바 있다.[59] 이 명칭은 영조 때 이세춘(李世春)에 의해 비롯된
것인데 이 경우의 명칭은 실상은 문학 장르의 그것이라기보다
곡조(曲調), 즉 시조창(時調唱)을 뜻한다.[60] 그 예로서 영조 때 편
찬된『청구영언(靑丘永言)』,『해동가요(海東歌謠)』등의 방대한 가
집(歌集) 정리를 들 수 있다. 이 두 책의 청구, 해동이란 물론 한
국을 뜻하며 시언지(詩言志) 가영언(歌永言)에서 볼 수 있듯이
〈가(歌)〉란 노래로서 시조집이 아님은 물론이다.『청구영언』서
(序)에는 대략 다음과 같은 의도가 담겨 있다.〈무릇 문장 시율
(文章詩律. 한시류)은 세상에 간행되어 영구히 전하고 천재(千載)
를 지내도 아직 인멸(湮滅)치 않는데 영언〔歌〕으로 말하면 마치
화초의 꽃다운 향기가 바람에 날리고 조수(鳥獸)의 아름다운 소
리가 귀에 스쳐감과도 같이 일시에 구두(口頭)에 풍영(諷詠)타가
자연히 인멸하고 마니 어찌 개석(慨惜)할 일이 아니냐. 그리하여
여말로부터 국조(國朝)에 이르는 역대의 명공석사(名公碩士)며 여
정규수(閭井閨秀)와 무명모(無名毛)의 작(作)을 일일이 수집 정와
(正訛)하여 일권을 만들어 청구영언이라 하고 당세의 호사가로
하여금 구론 심유(口論心惟)하고 수피목람(手披目覽)케 하야 널리
전코자 한다.〉따라서 편자는 마땅히 곡조별로 분류하고 있는 것
이다. 이것은 사대부 계층의 1) 시조가사(時調歌辭), 2) 사설 시
조, 3) 잡가로 개별할 수 있는데 2)와 3)은 거의 중인(中人) 계
층 및 서민 계층의 소작이거나, 그러한 계층을 상대로 씌어졌는
데, 이러한 여러 계층이 한 권속으로 공존하고 있음을 특히 주목
하지 않을 수 없다. 그것은 김천택(金天澤) 자신이 중인 계층이

---

59) 이병기,「시조의 발생과 가곡과의 구분」,《진단학보》창간호.
60) 여기에서 시조를 문학으로 연구하는 데 어느 정도의 난점이 생겨난다.

라는 사실에 중요성이 있기보다 이러한 공존이 가능했고, 일단 이러한 편집으로 경계선을 삼아 그 후로는 사대부 계층에서 율문 양식이 하층 계급으로 전파되어 민중의 에너지원이 된다는 점이 중요함은 물론이다. 이 점은 사설 시조로도 불리는 장시조의 발전 및 그 붕괴 과정에서 엿볼 수 있고, 그것은 조선 사회의 구조적 모순, 신분 이동과 대응 관계를 이룬다. 이 장시조 부분을 『청구영언』에만 국한시켜 살펴보아도 충분한 논리를 끌어낼 수 있다. 형식상으로는 소설식의 장형화(長型化), 가사투 혼입, 민요풍 혼입이 드러나며 내용상으로는 비유의 대담한 도입, 애정 표출, 재담, 욕설의 도입, 자기 폭로, 비시적 사물의 무사려한 시화 기도(詩化企圖) 등이 나타난다. 이 가운데에서 중인 계급의 득세와 분리시킬 수 없는 전형적 유형을 찾는다면 〈댁(宅)들에〉로 시작되는 상당한 분량의 운문 양식을 드러낼 수 있다.[61]

　　(장수) 「댁(宅)들에 동난지들사」
　　(주인) 「네 황우 긔 무엇이라 외나니, 사자」
　　(장수) 「외골내육(外骨內肉)에 양목(兩目)은 향천(向天)하고 대(對)아리 이족(二足)으로 능착능방(能捉能放)하며 소(小)아리 팔족(八足)으로 전행후행(前行後行)하다가 청장흑장(青醬黑醬) 아스삭함 동난지들 사오」
　　(주인) 「장사야 하 거북히 외지 말고 〈궤젓사소〉 하여라」

　　　　　　　　　　　　　　　　　　　　　　　　　(『청구영언』)

이외, 〈댁(宅)들에 자리 등매(登梅)를 사오〉, 〈댁(宅)들에 연지분(臙脂粉)들 사오〉, 〈댁(宅)들에 나무들 사오〉 등은 앞에 보인 기

---

61) 이런 유형은 『청구영언』, 『가곡원류(歌曲原流)』에 각각 5수씩 있다.

본형을 고수하고 있다. 이러한 장시조의 희화화 내지 산문화는 이미 시조 장르가 감당할 수 있는 영역이 못 된다. 이 장시조에 대한 한 다음과 같은 비판은 다소 타당한 것으로 인정된다.

그들은 시가 될 수 있는 사물인지 여부를 판단할 문학적 교양을 갖지 못했기 때문에 검버섯이나 뼈사바위 같은 것을 노래하고 상평 통보를 노래하고 심한 것으로는 이, 벼룩, 모기까지 노래했던 것이다. 이는 무교양한 서민의 문학이 항시 빠지기 쉬운 함정이다. 물론 돈이 노래의 내용이 될 수 없는 것은 아니며 (중략) 다만 문제는 그 시화 (詩化) 기술에 달려 있으며 그런 걸 보는 각도에 매여 있는 것이다. 그런데 그들의 처지를 생각할 때 (중략) 당초부터 노래가 되기 어려 운 사물을 택한 것 자체가 벌써 그릇된 것이라 할 것이다.[62]

이러한 비판은 물론 양반 시조를 준거로 해서 볼 땐 타당한 입론를 얻을 수 있다. 엄격한 양식의 통제를 떠날 때, 일시적인 과도기 현상으로 장시조라는 것이 존속할 수 있으나 거기에서는 생명 의식의 촉감이 사라져 파괴된다. 서민, 중인 계층이 사회적 으로 잠재 세력을 구축하여 자기들의 생명 리듬을 필요로 하게 될 때 그것이 지속적 발전을 이룩하려면 스스로의 독자적 양식 을 세우지 않으면 안 된다. 이 장시조는 갑자기 그러한 능력이 없어 상놈이 양반의 관을 빌려 입은 형국이며, 따라서 희화적이 며 과도기적인 양식이다.

---

62) 고정옥(高晶玉), 『고장시조선주(古長時調選註)』(정음사, 1949), 서문.

2 판소리 양식

판소리 장르에서 우리가 먼저 주목하는 것은 그것이 물신적 (物神的) 상태를 내포하고 있다는 점이다. 그것은 우조(羽調), 계면조(界面調) 등의 일반적 창법뿐만 아니라 남창(男唱), 여창(女唱), 동창(童唱)의 복잡 섬세한 생명 리듬에서도 확인할 수 있다.[63] 판소리란 무엇인가. 원래 〈소리〉라고 하면 단가(短歌)와 판소리로 나눌 수 있고, 이는 창악(唱樂)이라고 통칭되어 있다. 단가란 짧은 시간에 부르는 〈중머리〉 가사창이며, 판소리는 일인 독창을 원칙으로 하여, 〈아니리〉를 구사하는 것으로 한마디로 음악의 세계를 기본으로 한다.

그러나 이 판소리는 독특한 성악, 기교, 운치를 지녔기 때문에, 약간의 기호보(記號譜), 문학보(文學譜)가 있으나 악보로는 불분명한 것으로 되어 있다. 〈춘향가의 일례를 들면 갑(甲) 명창이 A 대목에 명곡을 지었다면 을(乙) 명창은 B대목에 갑보다 훌륭한 곡을 창작하여 그 더늠이 전승되고 있는 동안, 병(丙)은 다시 C 대목에 갑을보다 나은 명곡을 짓는다. (중략) 성곡(聲曲)적 구조에 있어서도 기본적 요건인 고저(高低) 강약(强弱) 장단(長短) 외에도 대소(大小) 후박(厚薄) 경중(輕重) 천심(淺深) 소밀(疎密) 미묘(微渺) 굴신(屈伸) 연절(連絶) 중화(中和) 원근(遠近) (중략) 등이 들어 있어 고유한 창악의 묘미〉[64]라 했을 때, 판소리가 단순한 민속 음악에 그치는 것이 아님을 알 수 있다. 〈원근(遠近), 등락(騰落), 동탕(動盪), 비잠(飛潛), 주복(走伏)〉 등이 가장 섬세한 생명 리듬의 감각화에 다름 아니라 한다면, 이 판소리야말로 삶

---

63) 『청구영언』, 『가곡원류』 등 거의 완벽한 가집(歌集)이 곡조에 의해 분류, 정리되었다는 점은 무엇보다 이 사실을 드러내는 것으로 보고자 한다.
64) 박헌봉, 『창악대강(唱樂大綱)』(국악예술학교출판부, 1966), 58-59쪽.

의 눈금에 해당되고, 그만큼 학습, 전수의 어려움을 뜻하는 것이
된다. 따라서 판소리의 계승은 고도의 전문적 문도제(門徒制), 천
재적 능력을 요한다. 이 고도의 음악적 세계를 문학의 측면에서
문제를 삼는 것은 다음의 사실에서 연유한다.

　그것은 판소리가 면면히 이어온 민족 정서의 심부에 자리잡은
고대 소설 및 설화를 그 내용으로 하고 있다는 사실이다. 〈판소
리 열두 마당〉이라면 그 내용이 거의 익히 알려진 고전 소설인
것이다. 가령 신재효(申在孝)라는 한 천재적 가인(歌人)의 『본집
육책(本集六冊)』에서도, 「동창춘향가」, 「여창춘향가」, 「남창춘향
가」, 「적벽가(赤壁歌)」, 「횡화가(橫貨歌)」, 「토별가(兎鼈歌)」, 「박타
령」, 「화산가(話産歌)」, 「조섬가(鳥蟾歌)」, 「허두가(虛頭歌)」, 「성조
가(成造歌)」, 「호남가(湖南歌)」, 「갈처사십보가(葛處士十步歌)」, 「추
풍감별가(秋風感別歌)」, 「도리화가(挑李花歌)」, 「어부사(漁父詞)」,
「광대가(廣大歌)」, 「단잡가(短雜歌)」, 「방에타령」, 「권유가(勸遊
歌)」, 「명당축원(明堂祝願)」 등이 있는바, 그중에서 「광대가」 등
몇 편을 빼면 이미 있어온 것을 개작한 것이다. 따라서 그것은
넓은 뜻의 패러디화에 포함되는 것이며, 이 패러디화 과정 속의
감정적 공간이야말로 민중이 참여하는 부분이며, 이 감정의 창조
적 공간이 생명 리듬의 고유한 존재 방식이었던 것이다. 그것이
바로 설화 내지 소설이 지닌 판소리 내용의 힘인 것이고, 문학적
측면인 셈이다.

　판소리의 창법이 〈첫째는 인물치레, 둘째는 사설치레, 셋째는
득음(得音)이요 넷째는 너름새〉(「광대가」)라 했을 때 광대 배우의
연극적 성격 못지 않게 사설의 내용이 중시되었고, 음성, 표정과
함께 일종의 종합 예술적 성격을 띠고 있었다. 둘째로 개작에서
빚어지는 패러디화의 성격이 극히 중요한 의미를 띤다고 할 때,
구체적으로 그것이 어떤 양상을 노출했으며, 사설 내용과 음악과

의 접점(接點)의 미학적 근거 내지 비밀이 무엇인가가 관심사로 되지 않으면 안 된다. 여기서 단적으로 드러낼 수 있는 작품이 소설로서의 「춘향전」과 판소리 세 종류의 「춘향가」일 것이다.[65] 남·여·동창의 다양화는 그만큼 이 패러디화의 섬세성을 뜻하는 것이며, 따라서 그 각각의 변이를 감수성의 차원으로 세분한 것이라 이해된다. 「춘향전」에서 가장 곡진한 장면이 〈이별〉 대목이라 할 수 있다면, 다음 사실이 증명될 수 있다. 1) 남창(男唱) 쪽은 이도령이 부용당에서 이별하되 춘향은 대문 밖에서 전송하는 것으로 되어 있는데, 불행히도 여창은 아직 문헌으로 발견되어 있지 않다. 2) 동창(童唱)에서는 먼저 대문 밖에서 일단 이별한 다음 이도령이 서울 가는 길목에서 다시 이별하는 것으로 되어 있다. 이 절차의 차이가 남녀라는 성별에 따라 어떤 감수성의 질적 편차를 보이는가에 대해 속단을 내리기는 어려우나, 다만 생명 리듬의 가능성 전부를 여러 각도로 보여주고 있다고 말할 수는 있을 것이다. 이러한 문제는 인신공양 사상의 원초적 충동인 저 「심청가(沈淸歌)」에서도 드러난다. 소설 「심청전」의 절정이 〈만남〉이라 할 때, 판소리 쪽과 비교를 해볼 필요가 있다. 소설 「심청전」엔 〈모든 소경 궁중에 들어와 잔치를 버려 앉았는데 말석에 앉인 소경 (중략) 부친이 분명하다. (중략) 아버지 눈을 떠서 나를 보옵소서. (중략) 이 말 듣고 심봉사의 두 눈이 활짝 띄이니 (후략)〉라고 하여 그 다음 심봉사의 긴 넋두리가 있고, 심황후, 왕, 궁녀 들이 기뻐했다는 해설에 이어 대단원이 내려짐에 반해 판소리 쪽은 잔치에 참여한 맹인들 전부가 동시에 눈을 뜨는 것으로 처리되어 있는 것이다. (황극전에 모인 봉사 일제히 (중

65) 판소리 「춘향가」의 제작 연대는 대본 가운데 〈리한림 풍채, 경술, 성상이 사랑하사 (후략)〉로 미루어 1850년 왕위에 오른 철종을 뜻한다고 본다면, 대개 이 무렵으로 추단된다.

략) 눈뜨는 소리 갓모떼는 소리같이 (후략)) 이것이야말로 줄거리 (내용성) 인식에서 출발하는 대중의 참여 공간이라 할 것이다.

동시에 지적해 두어야 할 것은 판소리의 언어적 측면은 가장 정직한 수사맥(修辭脈)으로 개화기 소설의 한 주류를 이룩한다는 사실이다.

3 광대와 가면극

광대의 명칭 발생에 대해서는 구구한 학설이 있는 것 같으나, 대체로 창우(倡優), 우인(優人), 정재인(呈才人), 배우(俳優) 등의 총칭으로 볼 수가 있을 것 같다.[66] 물론 판소리계의 송흥록(宋興祿), 모흥갑(牟興甲) 등 탁월한 재인 명창이 중인 계급으로 존재했기는 하나 원칙적으로 광대는 일종의 공천으로 유랑천민을 뜻한다. 고려 때 이미 유랑천민들이 존재해 왔고 서역서 전래한 연희를 보여주었다는 전거가 있다. 이들은 농민도 아니며, 무당도 아니고, 그렇다고 일정한 직업이 있는 것도 아닌 듯하다.[67]

조선 사회에서 정극(正劇)이 발전하지 못하고 가면극, 인형극 등 특수 연희만이 잔존한 것은 사회 경제 구조적 측면에서도 해명을 찾을 수 있다. 도시 및 시민 계층의 형성이 지연되었고 오직 몇 번 있는 명절이나 특수한 국가적 경사 때에만 연희가 가능했기 때문에 기업적 발달이 불가능했다고도 볼 수 있다. 이 방면엔 여러 업적이 아직도 현저하지 못하므로, 종합하기는 어려우나, 다만 우리가 광대와 관련하여 주목하는 점은, 1) 비록 가면극, 인형극일지라도 그것이 연극적 공간의 가능성을 지녀 생명의식의 리듬을 드러낼 수 있었다는 점, 2) 조선 후기 사회의 모

---

66) 송석하, 『한국민속고』(일신사, 1960).
67) 김재철, 『조선연극사』(민속극회 남사당, 1970).

든 예술적 양식 중에서 그 사설이 가장 비속한 것이었고 그것이 동작으로도 드러났다[68]는 두 사실에 있다. 실상 가면극은 종교적 측면을 처음부터 제거하고 거의 양반, 중 등에 대한 재담과 회화로서, 비속의 미학만을 보여주는 것이다.

---

68) 이 가면극에서 가장 음란하고 외설적인 요소를 몇 대목만 들어둔다. 이것은 저 「가로지기 타령」이나 「춘향전」(완판본)의 사랑가 대목의 은밀한 외설과는 질적으로 다르다.

① (鞋商)「원숭아! 너는 매우 영령(怜怜)하고 날랜 놈이니까 내가 저어 뒷절 중놈한테 신을 팔고 신값을 못 받은 것이 있으니, 네가 가서 받아 오너라」(猿)(신값을 받으러 가서 거기 있는 소무(少巫)의 등에 붙어 ○○한 동작을 한다.)(혜상)「여보우, 구경하는 이들! 내 노리개 장난감 어데로 가는 것 못 봤소」, (사방으로 원숭이를 찾아다니다가 소무에게 있는 것을 보고)「야 요런 놈 신값 받어 오랬더니 돈을 받어 가지고 거기다가 모다 소비해 버리는구나. (원숭이를 끄을고 돌아와) 너는 소무를 ○으니 나는 네 놈의 ○○이나 한번 하여 보겠다」

② (말둑이)「썩정바자 구녕에 개대강이요, 헌 바지 구멍에 ○대감이라」(唱)

③ (兩班伯)「나라돈 노란돈 칠분(七分) 잘라먹은 놈의 상통이 무르익은 대초빛 같고 울룩불룩 매미잔등이 같은 놈이니 그 놈을 잡아들여라」

④ (미얄)「절절절 절시고 (중략) 보고지고 보고지고 우리 영감 보고지고 (중략) 우리 영감 만나며는 눈도 대고 코도 대고 입도 대고 뺨도 대고 연적(硯滴)같은 귀를 쥐고 신작같은 ○를 물고 건드러지게 놀겠구만…」(봉산 가면극 각본, 석남(石南) 제공, ≪문장≫ 제2권 제6호).

제 3 장   계몽주의와 민족주의의 시대

조선 사회가 그 자체 내의 힘으로 그 사회의 모순과 갈등을 이해하고 해결한 후에 그 힘의 탄력에 의해서 그 외의 나라와 근대적인 의미로 관계를 맺을 수 있었다면 사태는 매우 행복하게 진전되었을 것이다. 그러나 실제로 사정은 그와 같은 순탄한 길을 가지 못하였으며, 몇몇 선구자들의 뛰어난 지적 조작, 노력과 민중의 집단 무의식적인 교정 의지에도 불구하고 조선은 개항을 한 후로 계속 외국 자본주의 세력에 압도되어 가, 40년을 넘기지 못하고 나라를 잃는 비통한 국면을 보여준다.

그 40년은 그렇지만 조선 사회의 상·하층에 대단한 응전력을 불러일으킨다. 주자주의에 깊게 침윤된 사대부 계층은 양왜(洋倭) 배격론을 거쳐 의병 활동으로 자체의 이념을 행동화하며, 외국 선진 제국의 문물을 직접 목도하거나 서학의 영향을 받은 인사들은 개화론을 거쳐 국권―민권론으로 그 사상을 발전시켜 나간다. 개화기 시대의 모든 상상적 저작물들은 이 민족주의와 계몽주의의 양극단 사이에서 그 나름의 위치를 점유하고 있다. 그러나 이 시대의 가장 탁월한 사상적 업적은 한글 문체의 형성이다. 한글 문체의 형성은 19세기 후반에서부터 그 자취를 보여온, 주자주의의 엄격한 틀 밑에서 자신을 해방시키려 한 민중의 무의식적 힘이 문화의 전면으로 솟아나온 것을 의미하여, 가장 탁월한 의미에서 민족주의와 계몽주의의 실체를 조선 사회가 찾아낸 것을 보여주는 것이다.

제 1 절   모순의 노출과 풍속의 개량

개화기는 조선 후기 사회의 모순의 해결이라는 임무를 맡은 시대이지만, 결과적으로는 나라를 잃게 되는 가장 비극적인 시대에 속한다.[1] 자기 내부의 여러 가지 모순을 모순으로서 인식하고 그것을 표현하여 거기에 새로운 힘을 부여하려 한 여러 상상적 저작물들을 가능케 한 조선 사회는 새로운 국제 관계에 의해 그것들을 밖으로 드러내 제도적으로 그것들을 극복하려는 노력을 개화기에 보여준다. 개화기는 당연한 결과로서 과거의 완강한 주자주의를 수정 개조하려는 진보주의자들과 그것을 계속 유지하며 사회의 변화를 최소한으로 축소시키려는 보수주의자들의 대립을 낳는다. 청구(淸歐) 문명에 일찍부터 접할 수 있었던 북학파와 역관(譯官) 계급에 의해 사상적으로 개발되어 온 소수 관인

---

1) 개화기에 대한 연구는 최근 일본과의 관계 개선 때문에 매우 활발해지고 있다. 대표적인 저작물, 논문들은 다음과 같다. 한우근, 『한국개항기의 상업연구』(일조각, 1970. 특히 제4장 「개항 당시의 위기의식과 개화사상」을 참조할 것). 김영호, 「한말서양기술의 수용」(≪아세아연구≫ 제31호). 홍이섭, 『한국사의 방법』(탐구당, 1964). 최창규, 「개화개념의 재검토」(≪문학과지성≫ 제4호). 개화기 때의 척사위정파와 개화파의 대립에 대한 간결한 서술은 김영호의 「〈침략〉과 〈저항〉의 두 가지 양태」(≪문학과지성≫ 제2호)를 볼 것.

(官人) 엘리트들이 전자를 이루며,[2] 주자주의의 이념에 깊숙이 침윤된 관인들, 유림(儒林), 농촌 지식인들이 후자를 이룬다.[3] 온건 개화파, 급진 개화파와 척사파 사이의 대립은 개항(1876) 결정을 내리는 데서부터 점차로 노골화되기 시작하여 갑신정변이라고 흔히 불리는 귀족 혁명(1884), 그리고 동학 농민 혁명(1894) 등에서 날카롭게 혹은 음험하게 드러난다. 그러나 그 두 사상적 조류는 결국 민권 사상과 반자본주의, 반제국주의 사상으로 전개되어 나가 합방 후의 가장 큰 항쟁인 3·1운동의 정신적 기반을 이룩한다.

개항 이전의 정신적 조류는 내수외양론(內修外攘論)으로 집약된다. 그것은 새로운 국제 관계에 의해 청 이외의 외국 세력을 점차로 실감 있게 느끼게 된 지식인들의 위기 의식과 서양 문물에 대한 경사에서 비롯한 개화 사상의 갈등에서 조선 후기 지식인들이 찾아낸 이론적 활로이다. 그것은 주자주의라는 이념을 버리지 않고 외세에 대처하려 한 조선 지식인들의 현실 타개책이다. 내수외양론은 먼저 내정을 개혁하여 민중을 정부에서 이탈시키지 않아야 하며, 다음에는 서양 문물을 철저히 금해야 한다는 주장이다. 〈만일에 이적(夷敵)이 재래(再來)할 때에 이를 맞아 싸우게 할 자는 민(民)이 아닐 수 없으며, 이제 출재(出財)케 하여 군향(軍餉)을 갖추고 또 생명을 내걸고 살적(殺敵)할 자도 민이

---

2) 개화파의 인맥에 대해서는 김영호의 앞의 글을 참조할 것. 이정(李鼎)·황상(黃裳)·정학연(丁學淵)·초의선사(草衣禪師)·신기영(申耆永)(茶山系), 박규수(朴珪壽)(朴趾源系), 최경환(崔璟煥)(李德懋계), 김정희(金正喜)·서유구(徐有榘)·최한기(崔漢綺)계의 문인들은 김옥균, 박영효(朴泳孝), 김윤식(金允植), 유길준(兪吉濬), 어윤중(魚允中), 이도재(李道宰), 지석영(池錫永), 강위(姜瑋), 이기(李沂), 박은식(朴殷植) 등과 직결된다.
3) 척사파의 주인물은 이항로(李恒老)와 그 문하의 최익현(崔益鉉)·김평점(金平點)·유중수(柳重數)·기정진(奇正鎭)·백락관(白樂寬) 등이다.

아닐 수 없으매 민의 사심(死心)을 얻지 못하고 헛되이 이와 더불어 어적(禦敵)한다는 것은 위태로운 일이다. (중략) 지금 생민(生民)의 곤췌(困瘁)가 극도에 달했으니 그 이유는 일찍부터 제병(制兵)하지 못한 데 있다. 왜냐하면 제병무법(制兵無法)이기 때문에 부역이 편고(偏苦)해지고 부검(賦歛)이 고되기 때문에 백성이 빈곤하고 백성이 빈곤하므로 국용(國用)이 부족하고, 국용이 부족하므로 정렴(征歛)이 무예(無藝)하고, 정렴무예이기 때문에 민이 다사(多詐)하고, 민다사이므로 형벌이 중하게 되고 형벌이 중하기 때문에 민이 도명(逃命)할 바가 없어 변란을 생각하게 된다〉(신관호, 1863).[4] 〈근일에 있어 호화 경박하여 양물(洋物) 모으기를 좋아하고 양복 입기를 즐겨하여 아주 상스럽지 못한 것이 해구동래(海寇東來)의 징조라 하겠으니, 중외관(中外官)에 명하여 전인소저(廛人所儲)의 양물을 수괄(搜括)하여 이를 거리에서 불태우고 그 후로 무래(貿來)하는 자에 대해서는 외구(外寇)와 교통했다는 형률로서 시행케 하라〉(기정진, 1866).[5] 〈양기(洋氣)의 본(本)을 빨리 소탕하는 것은 전하의 일심(一心)에 달려 있어 외물(外物)이 견제하는 바 되지 않는 것이다. 소위 외물이라는 것은 사목(事目)이 매우 많아서 매거(枚擧)할 수 없으나 그러나 양물이 가장 심한 것이다〉(이항로, 1866).[6] 내수외양론은 조선 사회의 모순을 주자주의의 이념 밑에서 재조정하여 서구 자본주의 세력의 침투를 가능한 한 자체 내의 힘으로 막아보자는 태도인데 당연한 결과로 그것은 주자주의와 대립되는 천주교를 격렬히 탄압할 것을 주장한다. 그러나 국제적인 조류는 조선이 자신의 힘으로 자체 내의 모순을 해결할 여유를 주지 않는다. 일본의 압

---

4) 한우근, 앞의 책, 313-314쪽에서 재인용.
5) 같은 책, 315-316쪽에서 재인용.
6) 같은 책, 316쪽에서 재인용.

력이 특히 가중되어 감에 따라 지식인들은 강렬하게 양왜를 배격하는 일파(척사위정파)와 동도서기(東道西器)[7]를 주장하는 일파(온건개화파)로 나뉘기 시작한다. 이항로·최익현 등의 결사적인 양왜배격론에 대하여 점차로 서양의 기술만은 배워야 한다는 주장이 대두되기 시작한다. 그 주장이 대체적으로 청국에 갔다 온 인사들에 의해 제기된 것은 주목할 만하다. 1872년에 입연(入燕)했던 박규수의 보고, 1873년의 민영목(閔泳穆)의 〈자뢰(資賴)하여 이(利)가 되는 것은 곧 공사기교(기술)이다〉라는 결론은, 1880년 김홍집(金弘集)이 일본에서 가져온 황준헌(黃遵憲)의 『조선책략』에 기록된 〈친(親)중국, 결(結)일본, 연(聯)미국〉의 외교 정책, 1881년의 일본 시찰단 구성 등을 거쳐 1882년 박기종(朴淇鐘), 변옥금(卞沃金), 윤선학(尹善學)의 〈기(器)는 이로운〉 것인 즉 받아들여야 한다는 동도서기론(東道西器論)으로 발전한다. 동도서기론은 사상적으로 따지자면 북학파의 이용후생론과 맥락이 닿는 논의인데, 근 1백여 년 만에 제도적 개혁의 방안으로 제시된 것이다.[8] 그래서 점차적으로 서양 문물이 제도적으로 수락되기 시작한다. 그러나 그것은 한 연구가의 비판 그대로 〈구래의 사회 체제 위에 접목되다시피 되었을 뿐만 아니라, 그것은 동시에 외국 세력의 침투 루트가 되는 것〉[9]이기도 하였다. 서양 문물 제도를 주자주의에 접목시키는 대신에, 구제도 자체를 개혁함으로써 진정한 의미에서 자주 개화를 이룩하려 한 시도가 나타나

---

7) 동도서기론이 척사파의 이론적 발전이 아니라 온건 개화파의 소론이라는 것은 김영호의 앞의 논문을 볼 것. 〈위정척사론의 발전적 경위를 설명하기 위하여 동도서기와 같은 채서의식(採西意識)을 인용하고 있는 경향도 있으나 (중략) 그것은 오히려 위정척사론이 비등하던 1880년대 초기의 온건 개화론자들이 거기에 대항해서 제시한 사상 체계였던 것이다.〉
8) 서기(西器) 채용에 대해서는 한우근, 앞의 책, 354쪽을 볼 것.
9) 같은 책, 354쪽.

게 된 것은 위와 같은 배경 속에서이다. 1884년의 귀족 혁명은 조선 사회가 가지고 있는 여러 모순을 비록 일본의 세력을 빌리고는 있지만 그 사회 자체 내의 힘으로 개혁해 보려 한 시도이다. 거기에 참가한 김옥균, 박영효, 서광범(徐光範), 홍영식(洪英植), 서재필(徐載弼)(후에 4흉(四兇)으로 지칭된다) 등의 젊은 관인 엘리트들은 구제도의 전반적 개혁을 목표한다. 〈문벌을 폐지하여 인민 평등의 권(權)을 제정하고, 사람으로서 관(官)을 택하게 하고 관으로서 사람을 택하게 하지 말 것〉이라는 개혁 조항 같은 것은 그들의 개혁 내용이 단순하지 않음을 표현하고 있다. 그러나 그들의 개혁은 청의 개입으로 3일로서 끝이 나고 만다. 1884년의 귀족 혁명이 실패한 이유는 그 주동자 중의 한 사람의 고백에 의하면, 민중의 지지가 전혀 없는 혁명을 외세에 의존하여 시도한 데에 있다.[10] 뛰어난 선각자 몇몇만으로는 하나의 제도를 완전히 바꿀 수 없다는 자각을 그 실패는 불러일으키며, 그래서 개화에 대해 진정으로 생각한 숱한 사람들로 하여금 민중 교육에 투신하게 만든다.[11] 1895년의 유길준의 『서유견문』, 1896년의 ≪독립신문≫ 이후의 신문,[12] 1886년의 배재학당 설립 이후의 학교 설립, ≪소년≫, ≪청춘≫ 등의 잡지활동 등은 그러한 인식의 결과이다.

귀족 혁명의 실패 이후 내수외양론의 근간을 이루는 내수는

10) 서재필의 회고록에 다음과 같은 구절이 보인다. 〈그런데 조선 귀족 실패의 근본적 원인은 둘이니, 하나는 일반 민중의 성원이 박약한 것이었고 또 하나는 너무도 타에 의뢰하려 하였던 것이다.〉 민태원, 『갑신정변과 김옥균』(국제문화협회, 1947), 81-82쪽.
11) 이미 김옥균 자신이 〈우리 나라를 구하자면 민중을 교육시키는 외에는 타도(他道)가 없다〉고 입버릇처럼 말하고 있었다고 서재필은 회고하고 있다. 같은 책, 83쪽.
12) 1896—≪독립신문≫, 1898—≪황성신문≫, 1905—≪대한매일신보≫, 1906—≪만세보≫, 1909—≪대한민보≫.

114

전혀 행해지지 않아 농민, 잔반, 서리 등의 불평불만은 극도에
달한다. 자체 내부의 모순을 해결할 수 있는 힘을 그 자체 내에
서 찾을 수 없을 때, 조선 사회가 보여준 것은 결국 민중의 무의
식적 에너지이다. 그것은 조선 사회의 구조적 모순의 자발적인
폭발을 유도해 내, 1894년의 동학혁명을 가능케 한다. 동학혁명
은 그러나 탁월한 개혁자에 의해 지도되지 못하고 잔반에 의해
지도됨으로써 〈개화를 저지하고, 왜적을 소멸한다〉는 선에서 멈
춘다. 〈민이 국가의 근본〉이라는 생각에서 한 걸음도 더 나가지
못하고, 다시 말하자면 보민 사상과 만민평등 사상을 제도적으로
수락하게 하지를 못하고, 민중의 에너지를 개화 저지와 왜적 소
멸에만 투입한 것이 동학혁명의 한계점이다. 1894년 11월의 동
학군 고시문의 다음 구절은 그런 의미에서 주목할 만하다.

　　이제 우리 동학도가 의병을 모아 왜적을 소멸하고 개화를 저지하
　　며 조정을 맑게 하고 사직을 안보할새, 매양 의병이 이르는 곳에 병
　　정과 장교가 의리를 생각지 아니하고 나와 접전함에 비록 승패는 없
　　으나 인명이 피차에 상하니 어찌 불쌍치 아니하리오.[13]

위의 진술은 동학혁명의 지도 이념이 정약용이 『목민심서』에서
그린 주자주의적 이상향을 복원한 것이라는 것을 쉽게 간파케 한
다. 그것은 동시에 민중 에너지의 방향을 동학혁명의 지도층이 보
수주의적 한계 내에서 잡은 것을 나타낸다. 그러나 동학혁명은 조
선 후기 사회에서 은밀히 진행되고 있던 신분 계층의 붕괴 현상
을 표면화시켰을 뿐만 아니라, 소위 경군(京軍)을 수차례 격파하
여 하층민들에게 자신들의 힘을 실감케 한 것만으로도 큰 의의를

---

13) 홍이섭 엮음, 『대일(對日) 민족선언』(일우문고, 1972), 6쪽.

가진다. 그것은 그 지도층이 귀족 혁명의 주동자들을 〈흉(兇)〉이라고 부르고 있음에도 불구하고 거기에서 문제되었던 인민평등 사상을 체현해 보인 것이다. 또한 그것은 농민들에게 외국의 자본 침투가 단지 나라만을 위태롭게 하는 것이 아니라 자신들의 삶 자체를 위협한다는 것을 투철히 인식하게 함으로써 의병 활동에 적극 참여하게 만든다. 동학 혁명은 하층민에게 자신도 백성의 하나이며, 통치가 잘못되었을 적에는 거기에 항거할 수 있다는 것을 보여주며, 나라가 단순한 통치 기구일 뿐만 아니라 자신들로 이루어진 삶의 터전이라는 것을 깨닫게 한 것이다.[14]

조선 사회를 급진적인 이념에 의해서이든, 주자주의적 이념에 의해서이든, 어떠한 형태로든지 개혁하려고 한 노력이 외세, 특히 일본의 개입에 의해 무참하게 실패해 버린 것과는 대조적으로 갑오경장(1894) 이후 사회적 개혁은 꾸준히 계속된다. 정치적 경제적 개혁이 일본 군국주의의 침투를 더욱 평이하게 하기 위해서 조직적으로 행해진 것 때문에 사회적 개혁 역시 대중의 광범위한 반발을 사게 되는 것이지만, 1894년의 신분 제도 철폐와 사회적 악습 혁파는 제도적으로는 중요한 의미를 띤다. 제도적으로 중요한 의미를 띤다는 진술은 그것이 정치, 군사적 개혁과는 다르게 일제 치하에서도 계속되었고, 그것이 이제는 당연한 것으로 받아들여지고 있기 때문이다. 그 개혁 중에서 중요한 것은 인신 매매를 금한 것, 고문이나 연좌법을 폐지한 것, 남녀의 조혼을 금한 것, 과부의 재가를 개인 의사에 맡긴 것 등이다. 그것들은 조선조 후기에서 그 흔적을 드러낸 가족 제도의 모순점들이 1894년에 제도적으로 극복되기 시작했다는 것을 뜻한다. 그 가족 제도의 붕괴를 과부의 재가와 조혼 금지 외에 상징적으로 표

---

14) 그런 인식의 탁월한 표현으로 우리는 김구의 『백범일지』, 특히 제1부를 들 수 있다.

현하고 있는 것이 단발령(1895)이다. 단발령이 갖고 있는 의미는 충효를 근간으로 한 봉건적 주자주의의 점차적인 붕괴이다. 단발령에 대한 유림의 완고한 항거는 일제에 대한 항거 이상의 의미를 띠고 있다. 그것은 그들의 존립을 가능케 한 이념, 즉 주자주의에 대한 결정적인 타격으로 유림들에게 이해된 것이다. 주자주의를 엄수하느냐, 아니면 개화를 수락하느냐라는 선택을 그것은 강요한다. 『매천야록(梅泉野錄)』이 가장 침통하게 묘사하고 있는 것이 단발령인 것도, 개화기 소설이 개화의 표시로 상투를 자르는 것을 들고 있는 것도 까닭이 없는 것이 아니다. 황현(黃玹)처럼 전통적 유림에 속하지 않았기 때문에 당시의 사상적 조류에 대하여 비교적 거리를 갖고 관찰할 수 있었던 김구까지도 처음에는 단발령을 대의에 어그러지는 것으로 치부한다.

때는 마침 김홍집 일파가 일본의 후원으로 우리 나라 정권을 잡아서 신장정(新章程)이라는 법령을 발하여 급진적으로 모든 제도를 개혁하던 무렵으로서 그 새 법의 하나로 나온 것이 단발령이었다. 대군주 폐하라고 부르는 상감께서 먼저 머리를 깎고 양복을 입으시고는 관리로부터 서민에 이르기까지 모두 깎자는 것이었다. 이 단발령이 팔도에 내렸으나 백성들이 응종하지 아니하기 때문에 서울을 비롯하여 감영, 병영 같은 큰 도회지에서는 목목이 군사가 지켜 서서 행인을 막 붙들고 상투를 잘랐다. 이것을 늑삭(勒削)이라 하여 늑삭을 당한 사람은 큰일이나 난 것처럼 통곡을 하였다. 이 단발령은 크게 민원을 일으켜서 어떤 선비는 도끼를 메고 〈이 목을 자를지언정 이 머리를 깎지 못하리라〉 하는 뜻으로 상소를 올렸다. 차라리 지하에 목 없는 귀신이 될지언정, 살아서 머리 깎은 사람은 아니되리라는 글귀가 마치 격서 모양으로 입에서 입으로 전파하여 민심을 선동하였다. 이처럼 단발을 싫어하고 반대하는 이유가 다만 유교의 〈신체발부수

지부모, 불감훼상효지시야(身體髮膚受之父母, 不敢毀傷孝之始也))에서만 나온 것이 아니요, 이것은 일본이 시키는 것이라는 반감에서 온 것이었다.[15]

그러나 단발령에 대한 항거는 일제에 대한 항거 이상의 것, 이념의 상실에 대한 것과 관련되어 있다. 그것은 앞의 인용문의 필자가 후에 세계 정세와 개화의 필요성을 깨닫고서 단발령에 대한 항거가 반드시 옳은 것은 아님을 깨닫게 되는 것으로 충분히 드러난다.[16] 일제에 정말 효과적으로 대처하는 것은 단발령이 아니라, 오히려 교육이라는 것을 그 필자는 누누이 강조한다. 그런 의미에서 단발령은 구제도의 풍속적 붕괴를 상징적으로 표현하고 있는 것이다. 단발령에 의해 상징적으로 확언되는 가족 제도의 붕괴는 충효보다는 원만한 인격을 목적으로 하는 새로운 가족 제도의 탄생을 가능케 한다. 그것은 우선 자유 연애를 가능케 하며, 토론의 중요성을 인식게 하며, 결과적으로 서양 개인주의의 대두를 암시한다. 과연 개화기 소설의 대부분의 주인공들은 자유 연애를 부르짖고 있으며, 심지어, 가정 문제를 투표에 의해 결정하는 극단적인 사례까지 보여준다.[17] 그런 사정을 총결산이라도 하듯이 1920년의 한 신문 사설은 다음과 같이 논하고 있다.

성(性)에 기(基)한 신도덕(新道德)의 내용은 여하, 재래의 도덕은 인간을 보지 않고서 인간의 관계를 본 것이었다. 부자유친(父子有

---

15) 김구, 『백범일지』(제8판), 70-71쪽.
16) 같은 책, 108-109쪽을 보라.
17) 자유 연애론과 투표에 의한 가정 문제 해결의 예를 보이면 다음과 같다. 〈문장이 종회의 처리할 사건을 차례로 가부표(可否票)를 받아 종다수(從多數) 취결하는데 (후략)〉(「구마검(驅魔劍)」, 『한국 신소설 전집 2』, 을유문화사, 134쪽).

親), 군신유의(君臣有義), 부부유별(夫婦有別), 장유유서(長幼有序), 붕우유신(朋友有信)이라고 하는 재래도덕의 근본, 즉 오륜(五倫)은 인간 자체를 본 것이 아니요, 인간의 존재에 필연히 부수한 관계를 지정하는 것이 도덕의 내용의 대부분이다. 그러나 그 관계를 규정하는 소이의 것은 대체 무엇인가. 그것은 바로 개개의 생명을 발휘하여 원만한 인격을 성립함에 있다. 환원하면 충신이려고 함에 있는 것이 아니라 일개 원만한 인격이려고 함에 있다. 대저 관계는 존재를 전제로 한다. 그러므로 도덕은 개개인의 최고 최심한 생명을 발달시킴으로써 목적을 삼을 것이니 재래의 도덕을 사회적이라고 청함에 대하여 신도덕을 개연적이라고 칭하는 소이이다.[18]

그러나 개화기의 비극적 모습은 그 제도적 개선이 일본 제국주의의 침략을 용이케 하고 그것을 어떤 면에서는 오히려 유도케 한 것이라는 데에 있다. 자주적 힘에 의한 구제도의 모순점의 해결, 개혁 실패와 그럼에도 불구하고 행해진 풍속적 개량, 그리고 그것으로 인한 재래적 이념의 훼손은 개화기가 보여주는 모순이다. 개화기의 제도적 개량은 조선 후기 사회가 준비한 지적 잠재력과 행복하게 결합되지 못한 것이다. 〈행복하게 …… 못했다〉라는 표현은 개혁의 주체 세력이 지적 잠재력의 그것과 합치되지 않았음을 지적하는 표현이다. 그것은 조선 후기 사회의 모순으로 치환되었음을 나타내는 것이기도 하다. 개화기의 제도적 개량은 해결처럼 제시된 모순이다.

여기서 개항은 전통 질서 극복이라는 긍정과 함께 새로운 침략에의 출발이라는 부정을 동시에 뜻하게 되고 그것은 곧 한말 개화사의 출

---

18) 《동아일보》 1920. 7(제107호). 김두헌(金斗憲), 『한국가족제도연구』(서울대학교출판부, 1969), 624쪽에서 재인용.

발의 해결과 동시에 모순이라는 야누스적 공식이었음을 의미한다.[19]

제2절 기록 문학의 두 노작

황현[20]의 『매천야록』과 김옥균[21]의 『갑신일록(甲申日錄)』은 개화 초기가 보여준 두 편의 탁월한 기록 문학이다. 그 두 편의 저서는 한 편은 보수주의적 입장에서, 한 편은 진보주의적 입장에서 자신이 본 개화기의 전모를 혹은 일부를 서술한다.

황현의 『매천야록』은 1864년의 대원군 집정에서부터 1910년의 한일합방에 이르는 47년간의 역사적 사실을 기술하고 있다. 그것이 토대로 하고 있는 것은 자신의 경험 사실과 믿을 만한 인사들의 보고이므로, 한말의 역사적 사실을 명확히 이해시키는

---

19) 최창규, 「개화 개념의 재검토」(≪문학과지성≫ 제4호, 273쪽). 최창규의 이 소론은 정치 제도를 문제삼고 있지만, 우리의 그것과 크게 벗어나지 않는다. 그러나 그것 때문에 척사파에 과대한 평가를 하게 되는 그 논리적 과정에 대해서 우리는 일말의 회의심을 표시하지 않을 수 없다. 김영호의 앞의 논문과 비교하여 읽을 것.

20) 황현[梅泉]: 1855-1910. 구한말의 시인. 1885년 생원시에 장원. 향리에 은거. 1910년 8월 한일합방을 슬퍼하여 유시(遺詩) 삼 편을 남기고 자살. 저서로는 『매천집(梅泉集)』·『동비기략(東匪紀略)』·『매천야록』. 그의 문학 관계 연구 논문으로는 임영택(林瑩澤)의 「황매천의 시인 의식과 시」(≪창작과비평≫ 제19호)가 주목할 만하다.

21) 김옥균[古筠]: 1851-1894. 아산서 출생. 문과 급제 후 정언(正言)·지평(持平)을 역임. 박규수·유대치(劉大致)·이동인(李東仁) 등의 영향을 받고 한편 동경을 내왕하여 개화 사상의 선구자가 되어 1884년의 귀족 혁명을 주도. 쿠데타 실패로 일본에 망명. 1886년 일본 정부에 의해 소립원(小笠元) 북해도 등지에 유적. 1890년 리홍장(李鴻章)을 만나고자 상해로 갔다가 1894년 본국의 수구 정권이 보낸 자객에게 피살. 그의 저서는 이광린(李光麟)의 「김옥균의 저작물」(≪문학과지성≫ 제8호)에 자세히 분석되고 있다. 그의 『갑신일록』은 민태원(閔泰瑗), 『갑신정변과 김옥균』에 번역 수록되어 있다.

데 그 어떤 사료보다도 진실한 가치를 갖는다. 그것은 7책(冊) 6
권으로 구성되어 있는데 1책 반까지는 1894년 이전의 사실을
간결하게 기록하고 있으며, 그 이후의 5책 반은 1894년 이후에
서부터 1910년의 합방까지를 자세히 다루고 있다. 1910년 8월
22일 합방 때부터 9월 10일 황현이 아편을 먹고 자살할 때까지
의 후기는 그 문인(門人) 고당주(高塘柱)가 추기(追記), 그의 유명
한 절명시(絶命詩)를 수록하고 있다. 기술 방법은 소위 춘추필법
(春秋筆法)으로 연대기적으로 중요 사실을 기록하는 방법을 택하
고 있다. 그러나 그 기술 대상은 정치, 경제적 사실에만 한정되
어 있지 아니하고 풍속, 문화면까지 광범위하게 취급되어 있다.
그러나 그의 필치는 역사적 조류에 충실하게, 1894년 이전까지
는 궁중의 인적 구성과 권력 구조에 주로 바쳐지며, 그 이후에는
개화기의 여러 칙령과 변모들에 대한 묘사에, 그리고 합방 전에
는 주로 의병 활동에 바쳐진다. 문체 역시 처음에는 풍자조로,
다음에는 비분강개, 개탄조로, 마지막에는 간결하게 숨가쁜 역사
의 추이만을 따른다. 그러나 전편을 통해 강렬한 인상을 주는 것
은 그의 철저한 유교적 세계관이다. 그의 유교적 세계관이 약여
한 곳은 동학 농민군을 동비(東匪)라고 불러 매도하고, 왜군과
싸우는 유림, 농민을 의병이라고 부르는 관습적 어휘 사용이 두
드러지게 드러나는 곳이 아니라, 단발에 관계되는 곳과 보호 조
약 이후의 자결자들에 대한 묘사를 행하는 곳이다. 단발령에 대
한 그의 침통한 묘사[22]는 개가를 허용하는 법[23]이나 천주교의 제
사 폐지[24]에 대한 그의 간결한 묘사를 오히려 어리둥절하게 할

22) 『매천야록』(국사편찬위원회, 1971), 191, 194쪽. 191쪽의 묘사는 그중
    침통하다.
23) 같은 책, 263쪽.
24) 같은 책, 265쪽.

정도이며, 자살자에 대한 그의 집착[25]은 소위 순절(殉節)의 의(義)가 무엇인가를 부단히 강조한다. 묘사를 간결하게, 그리고 정확하게 하려는 의도에서 될 수 있는 한 감정을 억제하고 있는데도 불구하고, 가령 일진회(一進會)에 관해 기술할 때 그는 〈일진회는 모두 머리를 깎고〉[26]라는 말로써 시작을 하며, 관인의 무기력에 대한 비판으로 종과 일꾼들의 항거와 죽음을 거기에 대비시킨다.[27] 그런 그의 태도는 해가 감에 따라 더욱 경화되어 6권 이후에는 거의가 다 의병 활동으로 채워진다.[28] 그러나 그러한 강렬한 그의 유교적 세계관이 맹목적인 것은 아니다. 그가 개화에 대해 뚜렷한 그 나름의 생각을 가지고 있었다는 증거로 그의 「언사소(言事疏)」(1899)가 있다. 그곳에서 그는 개화에 대해 다음과 같이 말하고 있다.

---

25) 같은 책, 263, 351, 355, 358, 316쪽을 보라.

26) 같은 책, 320쪽.

27) 종의 일화는 348쪽을, 인력거꾼의 자살은 359쪽을 볼 것. 〈이근택(李根澤)의 아들은 한규설(韓圭卨)의 사위가 되어 그 딸이 시집올 때 한 종을 데리고 왔는데, 소위 교전비(轎前婢)이다. 이에 이르러 근택이 대궐에서 돌아와 땀을 흘리고 헐떡거리며 집사람에게 보호 조약에 대하여 말하여 가로되, 나는 다행히 죽음을 면했다 하니 종이 부엌에 있다가 그 말을 듣고 장두칼을 들고 뛰어나와 가로되, 이근택아, 너는 몸이 대신이 되어 나라의 은혜가 어떠한데 나라가 위태로운 이때 능히 죽지 못하고 나는 다행히 죽음을 면했다 하니 너는 진짜 개돼지만도 못하구나. 나는 비록 천인이지만 어찌 개돼지의 종 구실을 달게 하랴. 내 힘이 약해 너를 만 조각으로 자르지 못하는 것이 한이다. 차라리 옛 주인집으로 돌아가겠다라고 한 뒤 달려 한씨 집으로 돌아갔다. 그 종의 이름은 전하지 않는다.〉 〈계동(桂洞)의 인력거꾼 모(某)는 목매어 죽었다. 옛날 민영환(閔泳煥)의 행랑채에 고용살다가 이미 물러나 계동에 살았는데, 업으로 인력거를 끌다가 영환이 죽었다는 것을 듣고는 통곡하며 집으로 돌아가 종일 소리쳐 울다가, 인력거를 주인 김참령(金參領) 집에 돌려보내고 돌아오지 않았다. 집사람이 아침에 일어나 찾아보니 경복궁 뒤 소나무 가지에 목매달았는데 이미 얼어 있었다.〉

28) 일본 관학자들의 자료 소각으로 의병활동에 대해서는 이 책과 송상도의 「기려수필」이 자주 인용된다.

122

그윽이 엎드려 보건대 갑오년 이후로 시국이 날로 변하여 국가의 백 가지 법도가 고치어가고 확장되어 혁연히 만세에 중흥될 터전이 세워져 가는 것 같아서 보고 듣기에는 아름답지 않음이 아니나, 그 실상을 헤쳐가면서 고찰한다면 화란이 일어나고 위태하고 망할 징조가 도리어 경장하던 전보다도 더 심한 것 같은 것은 이것이 어찌된 연고이겠습니까. 이것은 개화한다고 해서 한갓 그 개화의 단절에만 매달리고 그 근본은 생각지 아니한 때문입니다. 이 세상의 일이 크고 작은 것을 막론하고 다 그 근본과 말절이 있는 것인데 어찌 개화만이 이것이 없겠습니까? 무릇 개화라고 하는 것은 어디 별 것이 아닙니다. 이 개물화민(開物化民)이란 큰 사업에 어찌 가히 그 근본이 없이 이룩하겠습니까? 어진 사람을 친근히 하고 간악한 사람을 멀리하며 백성을 사랑하고 재용을 절약하며 상주는 것을 미덥게 하고 죄지은 자를 반드시 벌주는 따위의 일은 즉 근본이 된다고 할 수 있는 것이고, 군대를 훈련하고 기계를 날지게 하며 통상환매를 성하게 하는 것은 소위 말절이라 하겠습니다.[29]

개화에 대한 그의 의견은 개화를 무조건 해서는 안 된다는 것이 아니라 고법을 확실히 하여 유교적 이념을 굳건하게 한 후에 지엽적인 것들을 고쳐 나가야 하는 것이라는 원칙적인 것이다. 그런 생각 밑에서 그가 진언하고 있는 아홉 가지 시정책은 정약용이 『목민심서』에서 그린 이상향의 목민관의 그것과 흡사하다. 이념만 건실하면 지엽적인 것은 아무리 고쳐도 상관없지만, 이념이 흔들리면 나라 자체가 흔들린다는 것을 그는 누차 강조한다.

외국 사절이 구름같이 모여들고 통역하는 무리들이 수풀처럼 동여

<hr>

29) ≪신동아≫ 1967. 1. 부록 『속·근대한국 명논설집』, 41쪽.

서서 오직 부지런히 외국 사무에만 급급하고 나라를 경영하는 근본과 백성을 편케 하는 방법은 잊고 있으니 가령 소위 개명(開明)꾼이 날마다 들어오고 기술과 재예를 날마다 익혀서 집집마다 로마 글자를 외고 사람마다 천문학(天文學)과 기관학(汽罐學)을 말한다 하여도 그 내란은 안정이 되지 않고 외홍(外訌)은 더욱 험해 가서 기둥과 들보가 불에 다 타고 연작(燕雀)이 붙어살 마루도 없게 되면 성명(聖明)은 장차 이 나라 사직을 어느 땅에 붙이려 하십니까.[30]

그러므로 그에게 필요하다고 생각된 것은 근본을 확실히 하는 길이다. 미신과 같은 것을 그래서 그는 양물과 마찬가지로 비난한다.[31] 그는 또한 그 근본이 세워지면, 신학교(新學校)를 세워 신학문을 공부하는 방법이 서당식 교육 방법보다 나을지 모른다는 진보적인 생각을 하기까지 한다.[32] 그러나 사태는 그가 희망했던 대로 움직여 주지를 않았고 그는 그의 눈을 뜨고 나라가 망하는 것을 보지 않을 수 없었다. 그때의 그의 심정은 그의 절명시에 잘 드러나 있다.

새짐승 슬피 울고 강산도 시름
무궁화 이 세상은 가고 말았네
책덮고 지난 역사 헤아려보니
글아는 사람 구실 어렵군그래
(鳥獸哀鳴海岳嚬/槿花世界已沉淪/秋燈掩卷懷千古/難作人間識字人)[33]

---

30) 같은 책.
31) 가령 진령군에 대한 묘사가 그렇다.
32) 임영택, 앞의 글, 781쪽.
33) 같은 글, 792쪽.

『매천야록』은 유교적 세계관에 충실하려 한 한 조선 지식인의
전형적 보고 문학이다. 그것은 새 시대의 도래를 비관적으로 생각
한 지식인의 저술이기 때문에 보수적인 인상을 주는 것이지만,[34]
그렇기 때문에 개화기의 한 측면을 그 어떤 것보다도 여실하게
드러낸다.

김옥균의 『갑신일록』은 1884년의 귀족 혁명의 전말을 그 이듬
해에 망명처인 일본에서 서술한 보고문이다. 저작 동기는 정변을
주도한 사람으로서 정변의 전말을 적어둘 책임을 느꼈고, 한편
정변 전후에 일본 정부가 취한 배신적 행동을 규탄하려는 데 있
었던 것 같다.[35] 『갑신일록』의 내용에 대해서는 그것을 전적으로
믿을 수 없다는 논자도 있으며, 부분적인 착오는 여기저기서 산
견되지만 대체로 믿을 만하다는 의견도 있다.[36] 그것의 내용을
부정하는 경우나, 부분적인 착오를 인정하는 경우나 그 어떤 것
을 막론하더라도 그것이 지닌 보고 문학으로서의 가치는 뛰어나
다고 하지 않을 수 없다. 그것은 우선 저자인 김옥균의 상상적
편향을 그의 어느 글보다도 명확하게 내보여 줄 뿐 아니라, 개인
의 정열이나 의지가 정치 외교의 냉엄한 현실 앞에서 어떻게 좌
절하는가를 명료하게 보여준다는 점에서 보고 문학으로서의 가
치를 충분히 갖고 있다. 그것은 1881년 12월부터 1884년 9월에
이르기까지의 3년간에 걸친 조선의 정치 정세와 일본의 대조선

---

34) 황현에 대해서는 이기(李沂)의 『일부파론(一斧破論)』에 다음과 같은 구절
이 보인다. 〈구례 사는 황진사 현씨는 나와 친한 사이오. 작년에 내가 지나
다가 그 집에서 하룻밤 쉴 때 신학(新學)에 대한 말이 나왔소. 그때 그는
내 나이 53세인데 고치면 무엇하겠소 하고 겸손해하였소. 그러나 그의 뜻
을 새겨볼 때 그만한 나이로 학문을 바꾸면 친구들의 웃음을 살까 하는 듯
하였소〉(『속·근대한국 명논설집』, 57쪽). 황현의 일면을 충분히 보여주는
대목이다.
35) 이광린, 「김옥균의 저작물」, 《문학과지성》 제8호, 274쪽.
36) 같은 글, 274쪽.

정책을 간단히 논한 서론 부분과 죽첨(竹添) 공사가 휴가차 본국에 갔다가 귀임한 1884년 9월 30일부터 혁명이 실패한 12월까지의 38일간을 서술한 본론으로 되어 있다. 그것은 형식상으로는 보고 문학의 범주에 들어갈 것이지만, 예외적으로 저자의 감정적 반응이 강렬하게 나타나 있어 주목을 끈다. 기뻐하였다, 의심이 들었다, ……하는 기색이었다, 은근히 기다리었다 등의 감정적 표현이 산재해 있기 때문이겠지만, 『갑신일록』은 『매천야록』과 다르게 혁명 전후의 모든 사항이 김옥균 개인의 의식 내부에서 완전히 재조립되어 씌어진 것이라는 인상을 강하게 준다.

『갑신일록』은 구조적인 면에서 본다면, 국가를 개혁하는 것 외에는 다른 아무런 염원도 없는 김옥균 자신과 본국의 이익을 위해 자신의 감정까지도 죽이고 혁명에 협력하지 않을 수 없었던, 그래서 끝끝내 김옥균의 의심을 벗어날 수 없었던 죽첨과의 심리적 갈등으로 꾸며져 있다. 그 외에 부수적 갈등으로 민비(閔妃)와의 그것이 있지만 그것은 죽첨과의 그것에 비하면 대단한 것이 아니다. 그만큼 『갑신일록』에서 중요시되고 있는 것은 죽첨의 표정이다. 구성상으로도 그것은 죽첨과 함께 시작하여 죽첨과 함께 끝이 난다. 서두의 죽첨은 간교한 이중 인격자로 그려지고 있다. 〈그때 죽첨 진일랑(進一郞)이 일본 공사로 경성에 주답(駐剳)하고 있었던바 여(余)와는 교분이 두터운 편이었다. (중략) 죽첨의 눈치가 점점 여를 소원하고 여를 의심하는 듯하였다.〉[37] 그 죽첨이 혁명 직전에는 전일과 다르게 필요한 곳에서는 허장성세를 부릴 줄 아는 정치인으로 그려진다. 〈공(公)과 내가 공인하는 바와 같이 죽첨의 나약한 태도가 돈연히 변해진 것만은 기쁘나 (후략).〉[38] 그러나 그 허장성세 뒤에는 여전히 예전의 나약함이

---

37) 민태원, 앞의 책, 109쪽.
38) 같은 책, 118쪽.

숨어 있다는 것을 김옥균은 투철히 이해하고 있다. 〈죽첨이 우리나라에 온 이래로 그 소위가 대단히 나약하였다. 외국에 출사한 자는 마땅히 중엄한 것으로 그 본색을 삼아야 될 것이니 이로써 죽첨은 외인의 웃음을 살 뿐 아니라 일국 내에서도 비평이 없지 아니한 모양이다.〉[39] 그래서 그는 끝내 죽첨을 의심하고 신용하지 않는다. 가장 중요한 대목에 가서 김옥균이 번번이 죽첨에게 다시 계획을 다짐하는 것이나, 죽첨이 그때마다 나를 의심하지 말라고 대답하는 것도 그 때문이다.[40] 그러나 김옥균의 의심은 끝내 풀어지지 아니하여 혁명이 실패한 후에도 〈죽첨을 따라가더라도 우리의 생사가 어찌 될지 알 수 없는 일이니 (후략)〉라는 말을 토하게 한다. 김옥균과 죽첨의 갈등 이외에 『갑신일록』은 김옥균의 성격에 대해 중요한 것을 드러나게 한다. 그것은 김옥균의 돈에 대한 집착이다. 죽첨에 대한 짙은 의식과 함께 『갑신일록』을 끝내 따라다니고 있는 것이 돈에 대한 것이다. 돈이 없으면 그 어떠한 일도 행할 수 없다는 것을 그는 혁명 이전부터 투철하게 깨닫고 있었으며, 그것을 죽첨에게 납득시키려고 애를 쓴다.

여는 또 말하되 일단 일이 벌어진 후에 가장 급한 것은 금책(金策)이다. 이건 어떻게 했으면 좋을지. (중략) 그럼 이 금책에 대해서는 공이 보증할 수 있을까. 죽첨이 웃으며 군은 아직도 내 말을 믿지 아니하는가.[41]

---

39) 같은 책, 126쪽.
40) 가령 혁명 거사 후 김옥균이 죽첨의 공사관을 거쳐서 입궐한 것이나 금전 관계를 다짐하는 것 등이 그렇다. 142, 150쪽 등을 보라.
41) 민태원, 앞의 책, 130쪽.

돈에 대한 김옥균의 집념은 그의 개화가 단순한 공리공론이
아니라, 현실적으로 치밀하게 구상된 것이었음을 입증한다. 그는
〈국가의 근본이 재정〉이라는 것을 뚜렷하게 깨닫고, 재정 관계의
정비를 무엇보다도 서두른다. 3일 동안의 혁명 기간중에 그가 제
일 진력한 것이 재정 문제인 것만 보더라도 그의 관심의 초점이
무엇이었는가를 촌탁하기 어렵지가 않다.

나는 다시 이어서 말하되 국가의 근본은 재정인데 지금 아국(我
國)의 군색(窘塞)은 공도 또한 잘 아는 바이오, 또 향일(向日)의 약
속도 있고 하니 불일입항(不日入港)될 귀국(貴國) 우편선으로 무엇
보다 먼저 의정(議定)해 주기 바란다.[42]

그의 재정에 대한 관심이 차관을 서두르게 하였다는 것은 그
러므로 당연한 일에 속한다. 그러나 그의 치명적 약점은 일본에
대한 신뢰를 끝내 버리지 못했다는 점이다. 일본 자체가 자기 나
라의 이익을 위해서만 행동할 뿐이라는 간단한 사실을 몇몇의
일본인들의 약속을 믿고 끝내 실감하지 못한 것은 그의 개인적
약점이다. 믿지 못할 인물의 약속에 기대어 한 나라의 운명을 결
정하려 한 인물의 과오를 『갑신일록』은 뚜렷하게 보여준다. 그러
나 그의 그러한 실패는 개화 운동을 민권 운동으로 발전시키는
계기가 된다.

---

42) 같은 책, 150쪽.

제3절 『서유견문』의 문제점들

『서유견문』은 유길준[43]이 미국 유학 후 귀국하여 개화파라는 죄명으로 포도대장 한규설의 집에 연금되어 있는 동안 씌어진 것으로 1892년에 완성되어 1895년에 동경에서 발간되었다. 자비 출판된 그 책 1천 부를 유길준은 무료로 각 계층의 인사들에게 배본하였는데, 그것은 사상적으로 개화에 관심을 가진 거의 모든 지식층에 상당한 영향력을 끼쳤다.

『서유견문』은 북학파의 이용후생 사상에서 연원하여 동도서기론을 거쳐 형성된 개화 사상을 가장 폭넓게, 그리고 깊게 체계화한 저서이다. 그곳에서 그는 고법을 가장 이상적인 것으로 보는 유교적 역사관에서 벗어나 역사는 진보한다는 소박한 믿음을 강렬하게 표현한다. 그는 역사를 미개화, 반개화, 개화의 세 단계로 나눈 후에 모든 역사는 개화를 향해 진보한다고 주장한다. 그가 역사 진보의 척도로 삼고 있는 개화는 〈인간의 천사만물(千事萬物)이 지선극미(至善極美)한 경역(境域)에 저(抵)함〉[44]을 뜻한다. 그는 개화를 서구화로 파악하지 아니하고 모든 것이 지선극미한 경지에 들어가는 것이라고 규정함으로써 모든 나라를 완전히 개화가 되지 아니한 것으로 치부한다. 모든 나라는 개화를 향해 나아가는 과정에 있을 뿐이다. 개화의 모델을 서구의 어느 한정된

---

43) 유길준[矩堂]: 1856-1914. 서울 출생. 1881년 신사 유람단의 수행원으로 도일. 첫 해외 유학생으로 후쿠자와 유키치(福澤諭吉)의 게이오 의숙(慶應義塾)에 들어감. 다음해 귀국. 보빙사 민영익을 따라 도미, 보스턴 대학에서 수학. 갑신 귀족 혁명 후에 구주(歐洲) 경유로 귀국하자 개화당이라고 체포, 연금됨. 6년 만의 유폐 생활에서 저술된 것이 최초의 국한문 혼용체인 『서유견문』. 1884년에 참의(參議)로 한국 기무처 위원, 이어 내각총서(內閣總書)를 거쳐 내부대신(內部大臣). 1914년 서울서 서거. 그에 관한 서지는 김영호, 「서유견문 해제」, 『한국의 명저』(현암사, 1969)를 참조할 것.
44) 『서유견문』(일조각, 1971), 375쪽.

나라로 잡지 아니하고 거의 신적인 영역에 그것을 위치시켜 놓음으로써, 그의 개화론은 각국의 개화는 그 나라의 풍속과 이념에 알맞는 개화가 되어야 한다는 주장으로 발전해 나간다. 그 주장은 당연히 전통을 중요시하게 한다. 전통과 개화를 이론적으로 화해시켜 제시한 것은 아마도 그의 개화 사상의 가장 큰 몫을 이룰 것이다. 전통을 중요시하기 때문에 그는 개화에 대해 몇 개의 흥미로운 구분을 하고 있다. 첫째 그는 개화를 실상개화(實狀開化)와 허명개화(虛名開化)의 둘로 나눈다. 〈실상개화라 하는 것은 사물의 이치와 근본을 궁구하며 고량하여 그 나라의 처지와 시세에 합당케 하는 것이며 허명개화라 하는 것은 사물상에 지식이 부족하되 타인의 경황을 보고 흠선(歆羨)하여 연(然)하든지 공구(恐懼)하여 얼마든지 전후를 추량하는 지식이 없고 시행하기로 주장하여 재(財)를 비(費)하기 불소(不少)하되 실용은 기분수(基分數)를 저(抵)하기 불급(不及)함이다.〉[45] 어느 나라가 진정한 의미에서 실상개화를 하기 위해서는 자기 나라의 입지 조건과 개성을 충분히 살려서 근본적인 문제로부터 개화를 해나가야 한다는 주장이다. 둘째로 그는 개화에 대응하는 인간형을 흥미 있게 제시하고 있다. 〈개화하는 일을 주장하여 무행(務幸)하는 자는 개화의 주인이요, 개화하는 자를 흠선하여 말하기를 희(喜)하고 취하기를 락(樂)하는 자는 개화의 빈객(賓客)이며 개화하는 자를 공구하고 질악(疾惡)하되 부득이 하여 종(從)하는 자는 개화의 노예이다.〉[46] 거기에다가 그는 외국 것이면 무조건 좋다고 하는 개화의 죄인, 완고한 보수 정신으로 외국 것이면 무조건 나쁘다고 하는 개화의 원수, 주견 없이 개화의 허영에 취하는 개화의 병신 등을 덧붙인다. 그에게 가장 바람직한 것은 개화의 주인

45) 같은 책, 382쪽.
46) 같은 책, 379쪽.

이 되어 실상개화를 이룩하는 것이다. 그러기 위해서는 외국의 기계를 사거나 기술자를 고용하지 말고 기술을 배워야 한다는 것이다. 동도서기론의 연장선 위에 있는 진술이다.

그러나 그가 생각한 개화 정신은 유교적 그것이 아니다. 그의 그것은 근대 부르주아의 그것과 흡사하다.[47] 우선 그것은 천부인 권설에서 드러난다. 〈범인(凡人)이 세상에 생(生)함에 인(人)되는 권리는 현우귀천빈부강약(賢愚貴賤貧富强弱)의 분별이 무(無)하니,〉[48] 〈부인민(夫人民)의 권리는 그 자유와 통의(通義)를 말함이라.〉[49] 〈자유와 통의는 부사탈불가효불가굴(不可奪不可撓不可屈)하는 권리니〉[50] 등의 주장은 그의 인간관이 어떠한 것인가를 간략하게 요약한다. 이런 관점에서 출발하였기 때문에 그의 사회관은 사회 계약설 위에 기초되어 있다. 이러한 종류의 부르주아지적 개화 사상은 정치적으로는 민주주의와, 경제적으로는 자본주의와 결부된다. 그의 민주주의론은 「정치학」이라는, 출간되지 아니한 그의 수고에서 더욱 명백히 드러나고 있으며, 그의 자본주의론은 〈상고(商賈)의 대도(大道)〉에 확실하게 나와 있는데, 거기서 표현되고 있는 것은 프로테스탄트의 윤리 의식과 밀접한 관련을 맺고 있는 직업 윤리의 개화이다.

상고의 업을 자기의 일인사물(一人私物)로 보지 말고 전국의 공본(公本)된 관계로 사량(思量)함이 가하니, 신(信)이 무(無)하면 그 직분을 지키기 힘들며 의가 무하면 그 직분을 행하기 힘들며 지(智)가 무하면 그 직분을 정하기 힘든지라. 그 세 개의 행실이 구비한 연후

---

47) 유길준의 천부인권 사상에 대해서는 Kim, Young-Ho, *Youkil-chun's Idea of Enlightenment*, 49쪽 참조.
48) 『서유견문』, 114쪽.
49) 같은 책, 109쪽.
50) 같은 책, 113쪽.

에 상고의 직분을 진(盡)함이라.[51]

이 대목을 예로 들어 유길준의 자본주의 정신을 밝힌 연구가가 홍이섭과 김영호이다. 〈다시 이러한 것은 직분적 윤리로 아직 유교주의 윤리 체계 내에서는 상상키도 어려웠던 직분 정신을 애국적인 신의로서 지양하는 데 이르고 있는 유길준의 견해는 (후략)〉[52] 〈그러나 그가 강조하고 있는 윤리는 단순한 주자학적인 봉건 사회의 낡은 윤리를 말하는 것이 아니라, 근대 시민 사회의 직업 윤리 내지 사회 윤리를 말하는 것이다. 특히 그는 직업 윤리에 대해서 강조하고 있다. 그에 의하면 직업은 단순히 개인이 욕심을 채우기 위한 것이 아니라 공본된 관계이며, 따라서 이윤을 목적으로 행동할 것이 아니라 직업 윤리에 충실해야 한다는 것이다. 그는 심지어 상인에게도 이윤 추구에 급급하지 말고 직업 윤리에 충실할 것을 권고한다. 자기의 직업 윤리에 충실하면 이윤은 정당한 보수로서 저절로 따른다는 것이다. 말하자면, 이윤은 직업 윤리에 대한 성실성의 함수에 불과하다. 이것은 마치 막스 베버가 자본주의 정신의 전형적인 표현으로 본 벤자민 프랭클린의 「젊은 상인에게 주는 글」에 나타난 정신과 흡사하다고 하겠다.〉[53] 그러나 그의 직분 사상은 신의 소명과 결부되지 않고 애국심과 결부된다. 〈상고의 직분을 대강 논의하건대 인생의 편리한 방도를 경영함과 국가의 부요할 기회를 도모함에 대관계와 대책망이 유하니 민간의 물화를 상통함은 인의 노고를 대행함이요, 국중의 물가를 평균함은 정부의 사무를 방조(傍助)함이요, 본국과 외국의 물을 교역함은 양국의 화목한 교제를 협보(協輔)함이라. (중략) 상고가

51) 같은 책, 367-369쪽.
52) 홍이섭, 『한국사의 방법』, 289쪽.
53) 김영호, 앞의 글, 1,130쪽.

그 직분을 수(修)하기 불능한 시는 국가와 인민에게 태해(胎害)하는 일이 적지 아니하여 능히 안전케 지탱하는 권이 무할지라.〉[54] 이와 같은 인용문에서도 알 수 있듯이 직분 사상을 애국심과 결부시킨 것이 서유럽의 프로테스탄트 윤리를 개화의 이념으로 삼은 그의 한계이다. 그 한계는 물론 지적 빈약을 나타내는 것이 아니라 전통적인 것의 존중을 나타낸다. 그는 서유럽의 신을 인정하는 선까지는 나가지 않은 것이다.

　그러나 문학사적인 입장에서 본다면, 『서유견문』의 가장 중요한 공적은 그것이 최초로 국한문을 혼용한 책이라는 점이다. 그것은 유길준의 시대에 이르면 한글의 압력, 다시 말하자면 대중의 압력이 한문을 압도하기 시작했다는 것을 보여주며, 박지원, 김병연의 한문 문체 훼손의 진정한 의미를 생각게 해준다. 주위의 완곡한 만류에도 불구하고 국한문을 혼용한 이유를 그는 그것의 서두에서 다음과 같이 말한다.

　서기성유일(書旣成有日)에 우인에게 시(示)하여 기비평(基批評)을 걸하니 우인이 왈, 자(子)의 지(志)는 양고(良苦)하나 아문과 한자의 혼용함이 문가의 궤도를 월(越)하야 패안자(貝眼者)의 기소를 미면(未免)하리로다. 여응하여 왈, 시(是)는 기고(基故)가 유하니 일(一)은 어의의 평순(平順)함을 취하여 문자를 약해(略解)하난 자라도 이지(易知)하기를 위함이요, 이(二)는 여가 서(書)를 독(讀)함이 소(少)하야 작문하는 법에 미숙한 고로 기사의 편이함을 위함이요, 삼(三)은 아방칠서언해(我邦七書諺解)의 법을 대략 효칙하여 상명함을 위함이라. 차우내(且宇內)의 만방을 환고(環顧)하건대 각 기방(基邦)의 언어가 일수이(一殊異)한 고로 문자가 시종하여 부동하니 개언어

54) 『서유견문』, 367쪽.

(盖言語)는 인의 사려가 성음(聲音)으로 발함이요 문자는 인의 사려가 형상으로 현함이라. 시이(是以)로 언어와 문자는 분한즉 이이며 합한 즉 일이니 아문은 즉아(卽我) 선왕조의 창조하신 인문이요 한자는 중국과 통용하는 자라. 여는 유차아문(猶且我文)을 지용(紙用)하기 불능함을 시겸(是歉)하노니 외인의 교(交)를 기허(旣許)함에 국중인(國中人)이 상하귀천부인유자(上下貴賤婦人孺子)를 막론하고 피(彼)의 정형을 부지함이 불가한즉, 졸삽한 문자로 혼윤한 설어(說語)를 작하여 정실의 저어함이 유하기로는 창달한 사지(詞旨)와 천근(淺近)한 어의를 빙하여 진경의 상황을 무현함이 시가(是可)하니 (후략).[55]

유길준의 이 변명은 개화기의 언어관을 명료하게 드러낸다. 그는 말과 문자가 불가분의 관계에 있는 것에 우선 주목하고, 거기에서 말과 문자를 다른 것으로 보는 견해를 완곡하게 비난한다. 말과 문자의 괴리에서 오는 감정의 혼란과 사고의 부실에 대해서는 이미 박지원, 박제가 등의 탄식이 있었지만, 말과 문자의 관계에 의거하여 국한문을 혼용하고 있는 것은 유길준의 탁월한 언어 인식을 드러낸다. 그는 원칙적으로 국문 사용을 찬성하지만, 그것은 지나친 이상론이며 현실적으로 불가능한 것이기 때문에 그는 국한문을 혼용한다. 그의 『서유견문』이 개화기 지식층에 강력한 영향력을 행사할 수 있었던 것도 그의 탁월한 언어 감각에 어느 정도는 의존하고 있다. 그것이 한문으로만 씌어졌더라면, 훨씬 주목을 덜 받았을 것이다. 그의 국한문 혼용은 그의 정치인으로서의 직분 사상과 인민평등 사상의 결합이며, 그것의 성과는 그것이 미친 영향력으로 판단할 수 있다. 특히 개화기 소설

---

55) 앞의 책, 16쪽.

에 미친 『서유견문』의 영향은 대단한 것으로 알려져 있다.[56]

제4절 개화기 문체의 변혁

조선 후기 사회의 언어 구조는 한문·언문으로 문자상 쉽게 분류될 수 있을 듯하나, 그 각각의 혹은 상호 관계의 기능적 측면이 어떻게 의식에 작용되어 왔는가에 대해서는 아직도 체계적으로 알려져 있지 않다. 한문 문장에 수많은 등차가 있었고 언문 용법에도 그 담당 계층의 의식 구조와 등차에 따라 실질적 작용이 달랐으리라는 사실의 이해는 그 씌어진 문장이 한국인의 의식에 어떻게 작용하고 있는가에 의해 평가될 수밖에 없을 것이다.

19세기 말에 도도하게 나타난 국문이라는 것에의 자각이 자강 독립(自强獨立)의 사상에 직결되어 있음은 사상의 변혁 자체가 문체의 변혁에 직결되어 있음을 반증한다. 그러나 개화기 사상의 보급 형태(언어 활동)는 엄격한 장애를 지닌 스스로의 한계를 갖고 있었다. 『한국통사(韓國通史)』의 저자는 갑신정변의 쿠데타 실패를 논의하면서 그 혁명 사상이 반봉건적인 대중 속에 침투되지 못하여 그것이 물질적인 힘으로 전화되지 못한 사실을 주목하여 〈그 실행이 폭력적이라 할지라도 그 시기는 천시(天時)에 순하고 인사(人事)에 응해 그 절차와 단계가 있는 것이다. 혹은

---

56) 김영호, 앞의 글, 1,136쪽의 다음 구절을 보라. 〈이광수가 지적한 것처럼 한말의 여러 신문이나 잡지에 나오는 개화의 이론은 대부분 유길준의 『서유견문』에서 얻어진 사상이었던 것 같다. 뿐만 아니라 한말의 신소설들도 『서유견문』으로부터 많은 영향을 받고 있는 것이다.〉 이외에 박종화의 회고록을 볼 것.

종교 혹은 학설 혹은 선전을 통해 일반 지식과 사상을 고취하여 혁명의 기운을 진작하면서 정치 방면에 있어서 벽력 수단을 실행한다면 찬성자가 많고 반대자가 적어 그 혁신책은 장애 없이 성공하는 것)[57]이라 지적한 바 있다. 지식, 개화 사상 보급의 요체가 되는 것은 일반적으로 문장이다. 실제로 당시 개화 사상은 개화파 인사들의 저작, 해외 견문 보고, 한성순보 및 외국 서적에 의해 전파되었는데 이것들은 주로 양반 내부의 일부 관인, 중인층 등에 한정되어 있었다. 그것은 조선조 문자 행위의 이중 구조가 빚어낸 장벽에 연유한 것인데 이 장벽의 극복 양식이 소위 국한혼용체라 할 수 있으며, 이 문체 변혁은 사상 개혁에 직결된 의식의 변모를 뜻한다.

개화기 문체를 대별하면 1) 한문체 2) 국문체 3) 국한체로 나누어 볼 수 있다. 1)과 2)는 종래부터 있어온 것으로 전자는 양반 계층의 전용어로 후자는 부녀 및 서민들의 전용어로 병행되어 이중 구조를 보여주었으나 3)에 와서, 삼중 구조의 양상을 보여주게 된다. 그러나 이 삼중 구조의 양상은 그 기간이 별로 길지 못하고, 국한혼용체와 국문체라는 새로운 이중 구조로 대치된다.

1 『서유견문』의 문체

국한문체를 새로운 문체로 형성시키는 데 큰 역할을 한 주체적 개인은 유길준이다. 『서유견문』(1895) 이전에 이미 ≪한성주보(漢城週報)≫(1886년 1월)에 한문, 국한문, 국문의 세 문체가 나타나며, 같은 5월 정병하(鄭秉夏)의 『농정섭요(農政攝要)』가 국한문 단행본으로 나왔고, 한 연구가의 기록을 믿는다면 1883년에

---

57) 박은식, 『한국통사』, 62-63쪽.

유길준이 벌써 한 신문(미간)의 창간사를 국한문으로 쓴 바 있다는 것이다.[58] 그럼에도 불구하고 『서유견문』은 그 저서 규모의 호한함에서, 언어관의 명확함에서, 그리고 당시 한문체에의 저항이라는 의미에서 국한문체의 남상(濫觴)이라 할 수 있다. 구체적으로 이 점들을 살핀다면 대략 다음과 같다. 첫째, 그는 국한문체를 사용하는 이유로 1) 말을 쉽게 하여 문자를 약해(略解)하는 사람도 이해할 수 있게 한다. 2)〈작문하는 법〉에 작자 자신이 미숙하다. 3)〈성방칠서언해(成邦七書諺解)의 법을 효칙(傚則)〉한다는 것을 들고 있다. 이 작자의 의도를 분석한다면, 1)은 문맥 그대로 쉽게 한다는 것, 즉 한문 계층과 그에 준하는 약간 미숙한 층을 포용한다는 것이며 2)의, 스스로 작문함에 미숙하다는 항목은 자기가 체험한 서구 세계의 양상이 종래 한문체로는 표현할 수 없는 영역에 속한다는 것의 완곡법일 것이다. 3)은 정음 창제 이후 중국 칠서(『논어』,『소학』,『대학』 등의 경서언해) 번역 방법에 준한다는 역사성의 천명이라 할 수 있다. 이 점은 『서유견문』이라는 저서가 단순한 견문기가 아님을 단적으로 드러낸 것이라 할 것이다. 이 저서는 단순한 견문기라기보다는 〈서적에 고거(考據)〉한 이론서라고 하는 게 타당할 것이다. 따라서 그 집필 방법은 외국 서적의 번역에 준하는 것이며, 이 방법이 칠서언해의 그것과 같지 않을 수 없었을 것이다. 유길준이 시도한 이 국한문체는 그가 다년간 일본에 유학했다는 점, 특히 후쿠자와 유키치(福澤諭吉)의 관계[59] 등으로 미루어 보아, 그리고 이 문체

---

58) 이광린, 『한국개화사연구』(일조각, 1970), 51-53쪽.

59) 후쿠자와 유키치가 고이즈미 신조(小泉信三)에게 보낸 서한에 의하면, 처음 이동인이 방문하고 다음 메이지 14년에 조선인 수인, 그 다음 명치 15년에 김옥균이 방문했으며, 조선인을 위해 사재를 털었다는 점을 강조하고 있다. 김옥균이 유학 비용과 그 밖의 기계 도입으로 1만 5천 원을 후쿠자와에게서 입체했고 유길준도 수백 원 빌린 것으로 되어 있다. 그 후 유길준

자체의 구조적 유사성으로 보아 일본의 국한문체와 깊은 관련이
있을 것으로 추측된다.

2 ≪독립신문≫의 국문체

서재필 발간의 ≪독립신문≫(1896년 4월)은 청·일전쟁 후, 한
국이 일본과 노국(露國) 틈바구니에서 간신히 주권을 지키고 있
던 위기의 시대에 나타난 민간 신문의 효시로 알려져 있다. ≪독
립신문≫의 문체적 특성을 살피기 위해선 그 취지서의 몇 부문
을 살필 필요가 있다.

> 우리가 독립신문을 처음으로 출판하난대 조선 속에 있는 내외국
> 인민에게 우리 주위를 미리 말살하여 아시게 하노라. 우리는 첫째 편
> 벽되지 아니한고로 상하귀천을 달리 대접 아니하고 모두 조선사람으
> 로만 알고 조선을 위하여 공평히 인민에게 말할 터인데 (중략) 모두
> 언문으로 쓰기는 남녀 상하귀천이 모두 보게 함이요 또 구절을 떼여
> 쓰기는 알아보기 쉽도록 함이라. 우리는 바른 대로만 신문을 할 터인
> 고로 정부 관원이라도 잘못하는 이 있으면 우리가 말할 터이요. 탐관
> 오리들을 알면 세상에 그 사람의 행적을 펴일 터이요. 사사 백성이라
> 도 무법한 일 하는 사람은 우리가 찾아 신문에 설명할 터이옴.
> 조선대군주 폐하와 조선정부와 조선인민을 위하는 사람들인고로
> 평당있는 의논이던지 한쪽만 생각하고 하는 말은 우리 신문상에 업
> 실터이옴. 또 한쪽에 영문으로 기록하기는 외국인민이 조선사정을 자
> 세히 모른즉 (후략).[60]

이 출세했을 때 그 빚을 독촉했으나 갚지 않았다는 점이 지적되어 있다(小
泉信三, 「청일전쟁과 후쿠자와 유키치(日淸戰爭と福澤諭吉)」, ≪改造≫ 제
19권 제12호, 206-208쪽).

이 창간사에서 그 후 수년간 발행되는 ≪독립신문≫의 기조 저
음을 간취해도 좋다면 다음 몇 가지 점이 지적될 수 있다. 1) 철
저히 외국인 위주라는 의도적 측면이다. 창간사의 세부적인 첫째
둘째 항목보다 우선해서 전체를 율(律)하는 표현은 〈내외국 인
민〉이라는 일편어(一片語)에 놓여 있는 것이다. 내국인을 주로 하
고 외국인을 종으로 하느냐, 그 역이냐의 문제는 영문판을 동시
에 발간한 일로 보아도 자명한 사실이며, 이 점은 ≪한성순보≫나
그 후의 ≪한성주보≫와 현저히 다른 점이다. 또한 그 점은 왕이
노국 공사관에 피신하고 있는 당시의 상황, 즉 부산·인천·서울에
수많은 외국인 정치배, 간상배들이 치외법권을 형성하고 있었다
는 것을 반증하는 것이기도 하지만,[61] 근본적으로는 ≪독립신문≫
발간자의 서구 편향을 철저히 보여준다는 사상적 측면이 문제성
을 띨 것이다. 2) 군주 중심의 태도를 견지하고 있다는 점도 검
토되어야 할 것 같다. 그것은 조선 대군주폐하와 조선 정부와 조
선 인민을 각각 분리하고 군주를 신성불가침으로 놓고 있다. 이
점에 대해서는 두 가지 점을 지적 비판할 수 있다. 첫째는 ≪독
립신문≫ 논설 제4-5호에서 정치학론을 펴면서 군주제 보통 선
거를 주장하지만 군주 부분에는 어느 논설이나 행을 바꾸어 신
성시하는 조선 왕조의 문투를 그대로 답습하였다는 점이며, 둘째
는 이 신성화 때문에 그들이 탐관오리로 동래관찰사 지석영(池錫
永), 학부대신 신기선(申箕善) 등을 공격할 때의 한계성이 스스로
드러난다. 3) 이 신문의 자강독립 사상은 거의 직선적인 사상이
고, 이 개화 사상은 현저히 기독교적이다. 그들은 독립자강이 오
직 교육에 달려 있다고 보고, 청국과 한국이 망하게 되는 이유를

---

60) ≪독립신문≫ 1896. 4. 7.
61) 비숍 여사의 기록에 의하면 인천·부산이 완전히 일본인판이었다는 것이
    지적되어 있다. I. Bishop, *Korea and Her Neighbors*, 1898.

신식 교육(논설 제9호)의 지연에 두고 있다. 또 무당 판수 등 미신 비판에서 알 수 있듯이 신문은 순전히 기독교적 관점을 취한다(논설 제109호). 기독교적 관점은 〈조선에 있는 외국인들 중에 꼭 조선 백성만 위하여서 있는 사람들은 각국 교(敎)하는 이들이라〉(논설 제59호)에서 더욱 드러난다. 그 신문의 이러한 서구 취향은 조선 내부의 민중적 에너지를 그것이 잘못 파악하고 있다는 것과 무관하지 않다. 의병을 공격하는 다음 기사를 보면 그것은 확연히 드러난다.

　　괘씸하다. 너의 무리의 하는 바여, 처음에 의병이라 일커르니 사람마다 (중략) 이제 보니 한갓 나라에 근심을 끼치고 도로혀 민폐를 만들어 (중략) 지나는 땅에 남의 뫼를 파며 부녀들을 겁박하며 적산을 뺏으며 점잖은 사람들을 능욕하며 육축의 종자가 없어지고 (중략) 그 행실은 강도라. 일인을 보면 호랑이 만난 것 같고 (후략).[62]

　4) 끝으로 이 신문이 주장한 국문체가 문제된다. 국문체를 택한 의도는 첫째 남녀 상하 귀천이 모두 읽게 함에 있으며, 둘째로 띄어쓰기를 한 것도 바로 이 이론에 근거를 둔다. 이 국문체는 띄어쓰기를 의식함으로써 현저히 선진적인 언어 기능을 수행하게 되며 국한문체보다 훨씬 충격적이다. 그러나 국문체 채용에는 다음과 같은 난점이 처음부터 예상되었다. 국한문체는 유길준이 인식한 대로 칠서라는 중국 경서 번역으로 사대부 계층의 수업에 작용한 한문보다는 추상적이 아니나 상당한 사고의 밀도와 논리의 깊이를 드러낼 수 있었던 것이었고, 따라서 개화기에도 과도기적 문체로 그 견인력을 발휘할 수 있는 것이었다. 이에 반

---

62) ≪독립신문≫ 제69호 잡보란.

해 국문체란 정음 창제 후 조선조에서 사용된 것은 소설이나 불경언해 혹은 가차체로 사용되어, 논리적 심화를 배제하고, 정서적 감응력에 두루 의존해 왔다고 볼 수 있다. 그 국문체는 율문 양식이든 산문 양식이든 문학의 장르, 형태 혹은 종류에 따라 다분히 상투 어구화되어 있어, 민중의 일상어와 일치된 것으로 보기 어려운 측면이 훨씬 강했던 것이다. 국문으로만 씌었다고 언문일치가 아님은 새삼 말할 것도 못된다. 이러한 국문체를 ≪독립신문≫이 채택했을 때, 이 국문체의 질적 전환이 불가피하게 된다. 그 질적 전환이란 일상어만이 감당할 수 있는 보도성과 토론성의 측면을 의미하게 된다.

이와 같은 국문체의 질적 전환이 ≪독립신문≫에서 가능했던 것은 또한 구미 문화의 영향 때문이다. 그것이 영문판을 동시에 발간했다는 것, 발행자가 미국인이라는 것, 그리고 기독교를 개화의 중심 사상으로 보았다는 것(논설 제152호), 개화라는 개념 및 풍속 개량, 의식 변혁을 기독교 문화권을 표준으로 하여 논하고 있다는 점 등을 그 이유로 내세울 수가 있다. 그것은 마치 국문체가 영어 문장의 번역과 같은 기능을 수행하기에 가장 저항이 덜했다는 의미를 내포한다. 국문체의 이러한 기능적 의미가 구미 문체의 번역에 알맞았다는 것은 국한문체가 일본의 국한문체에 관련되어 있다는 사실과 대응 관계를 이룬다. 그러나 이 보도성·토론성도, 1910년 이후로는 정세 자체의 경화로 소멸되어 총독부의 일방적 강요에 의해 문자 행위는 국한문 단일선으로 굳어진다.

3 국한문체와 국문체의 이중 구조의 확립과 그 근거

국한문체는 1894년 갑오경장으로부터 공사(公私) 문서에서도 국한문이 점차 일반화되어 갔다. 이 해에 ≪관보≫가 국한문으로 발행되기 시작한 것이다. 그리고, 이때 이후 학교 교과서의 거의 전부가 국한문체로 간행된 사실[63]은 『서유견문』으로부터 불과 5년 후가 된다. 그것은 유길준이 행정부의 중요한 일원이었던 사실과는 거의 관계 없고, 오히려 일본을 준거 집단 제일로 하여 방향지어진 한말 개화의 사상적 방향에 직결되어 있었다고 보아야 할 것이다. 이 사실은 청일전쟁 이후까지만 하더라도 다소 애매한 상태였지만 정작 노일전쟁(1905) 이후 일본이 한국 정세를 완전히 장악하게 되자 국한문체는 확립 강화 일로에 놓여 식민지 전 기간을 이 선으로 굳히게 된다. 〈각 관청의 공문서는 일체 국한문을 교용하고 순한문이나 이두나 외국 문자의 혼용함을 부득함〉[64]으로 확정된 것이 노일전쟁 이후의 사정이다.

문체의 변혁을 알기 위해서는 개화기 신문의 문체상의 변모 과정을 살펴두고 나갈 필요가 있다. ≪한성주보≫(1886)는 한문, 국한문, 국문을 동시에 사용했으나 호를 거듭할수록 국문 기사를 줄여갔고, ≪황성신문≫이 국문체에서 국한문체로 옮겼고 ≪대한매일신보≫가 국문보를 병행하는 조처를 취했다(1907. 5. 1. 사설). 또한 초기 친일 단체인 일진회가 판을 치던, 을사조약이 체결된 다음 해에 창간된 ≪만세보≫(1906), ≪대한민보≫(1909) 등이 국한문체로 출발했으며, 특히 전자는 한자 옆에 토를 붙여 읽기 편하게 하였는데, 그것은 일본 문체의 그것을 방불케 한다. 이 ≪만세보≫는 오세창이 일본서 돌아와 손병희의 지원으로 간행했으며, 그 주간이 이인직이었다. 이인직(후에 사장)이 신간 연재소설로는 처음으로 「혈의 누」를 거기에 연재했다는 것은 널리 알려진 일이다. 이 점에 대해서도 두 가지 점을 지적할 수 있다.

---

63) 이기문, 『개화기의 국문연구』(일조각, 1973), 19쪽.
64) ≪관보≫ 1908. 2. 6.

그 하나는 신문 소설의 양식이 다분히 일본 신문의 그것에 기울어졌다는 점이며, 다른 하나는 「혈의 누」 문체가 거의 일본어투라는 점이다.[65] 개화기 문체는 결국 국한문체로 확립되어 갔는데, 그 중요한 이유가 일본 문체의 영향이다. 척사파의 강경 분자조차도 이제 개화를 서서히 인정하지 않을 수 없도록 사태가 변한 을사조약 이후의 국한문체의 기능을 다른 각도에서 다시 살피지 않을 수 없음은 물론이다. 국한문체가 일본 문체와 관련이 있는 것과는 상관없이 언어의 기능상 국한문체가 가장 효율적으로 당시의 사상을 감당할 수 있었다는 점이 밝혀져야 한다. 원래 철학적 경세적 사상 및 논리를 전개함에는 순한문체가 가장 합당했을 것이다. 그것은 중후한 격조를 동반케 하며, 고사성어의 문화적 압력을 공유하는 것으로 하여 저술 자체의 사상성을 알맞게 확보하게 된다.[66] 그러니 국한문체냐 국문체냐라는 선택이 주어질 때, 이 사상성의 확보를 위해서는 전자가 선택될 수밖에 없었을 것이다. 구체적으로 국한문체는 사학과 저널리즘, 경세학과 저널리즘의 결합을 가능케 했던 것이며,[67] 장지연, 신채호 등의 지사적 지식인의 지(志)를 펴게 할 수 있었는데, 그 무대가 학회와 신문 논설이었다. 그 전형적인 예를 든다면 〈嗚呼痛矣라 我二千萬爲人奴隷之同胞여, 生乎아 死乎아 檀箕以來四千年國民精神이 一夜之間에 猝然滅亡而止乎아〉[68]에서 보여지는 문체의 권위와 경세적 힘

---

65) 〈여기에서 국한문 혼용으로 씌어져 있음을 먼저 볼 수 있다. 그리고 한자에는 국문 표기를 병기하고 있는데 그 병기된 국문 표기에 세 가지 유형이 있다. (중략) 하나는 '秋風'을 '추풍', '西北'을 '서북' 등으로 표기한 경우요, 둘째는 '一婦人'을 '한 부인'으로, '昨日朝'를 '어제아침'으로 표기한 것이요, 다른 하나는 '家內'를 '아내'로, '御孃樣'을 '아가씨'로 표기한 따위이다〉(조연현, 『한국신문학고』, 문화당, 90쪽).
66) 박은식, 『한국통사』. 기타 한말 기록문학들.
67) 천관우, 「장지연과 그의 사상」, ≪백산학보≫ 제3집.
68) ≪황성신문≫ 1905. 11. 20.

인 것이다.

이 저널리즘과 경세학 내지 사학의 결합 형태에 대해서는 그 문체의 연관성을 중국측 사정, 구체적으로는 량 치차오[69]에서 찾을 수 있다. 가령 ≪대한매일신보≫의 논설에 보이는 수편사(스펜서)의 사상 소개,『만국사물기원역사』에 나오는 타리사(탈레스), 피아가자사(피타고라스), 배근(베이컨), 비덕(피히테) 등의 표기 방법, 박은식의 「천연론」(≪서우≫ 창간호) 등의 문체나 소개 원천은 그것이 『음빙실문집(飮氷室文集)』에 의거한다는 점을 엿보게 한다. 그렇다면 량 치차오의 문체란 과연 어떤 것인가.

량 치차오는 재래의 저널리스트이며 웅변가이며 조직가이고 미문가였다. 그의 문장은 일본 어문체를 채용한 간결하고도 알기 쉬운 〈신문체〉였다. 〈신문체〉란 당시 아직 한문체였으나 일부러 일본의 자구나 문맥을 넣은 것이다.

今日所急欲堤間於諸君者, 則諸君天職何在之一問堤是也, 人之天職本平等也, 然被社會之推崇愈高者. 則其天職亦愈高.

이와 같이 목적어를 전도시키고, 조사만을 바꾼다면 바로 일본문이 되는 문장이 〈신문체〉인 것이다. 이 신선한 문체는 당시 중국 진보 청년들의 동경의 대상이었고 신문·잡지 문장의 모범으로 되었다.[70]

만일 이러한 사실을 인정한다면, 그리고 개화기 한국 지식인들

---

69) 량 치차오(梁啓超) : 1873-1928. 청말 유신파. 무술정변(1898) 실패로 일본 망명, ≪청의보≫ ≪신소설≫을 주재. 『음빙실문집』 저자. 후스(胡適) 는 『오십년래중국지문학』에서 량의 영향에 대해 〈이십년래독서인으로 거의 그의 문장의 영향을 받지 않은 자는 없다〉고 한 바 있다(마스다 와타루(增田涉),『중국문학연구(中國文學硏究)』, 岩波書店, 66쪽에서 재인용).

70) 사네토 도오루(實藤遠),『중국근대문학사(中國近代文學史)』上(淡路書房), 78쪽.

의 서구 사상의 원천이 저 호한한 『음빙실문집』의 내용에 근거한다는 추단이 가능하다면[71] 국한문체의 근거가 이중으로 일본 문체에 연유한다는 점이 지적될 수 있다. 이와 관련하여 량 치차오의 서구 사상 원천이 일본 서적이었고 상해 상무인서관의 번역서가 대부분 일역에서 중역된 것이며, 그 서관의 고문이 일인이었다는 기록을 믿는다면,[72] 개화기의 5백여 종에 달하는 교과용 도서의 위치가 어디에 머무는가를 추찰할 수 있게 된다.

이 국한문체의 수용에 관해서 살필 수 있는 또 하나의 측면은 개화기 지식인의 계층 문제이다. 한말의 해외 시찰 및 유학의 대상은 압도적으로 일본이었다.[73] 이러한 사정은 중국도 마찬가지였다. 일본 유학에 열심인 양무파(洋務派)의 관료 장즈퉁(張之洞)의 「권학편(勸學篇)」은 일본 유학을 1) 거리가 가깝다는 것 2) 일본문이 중국문에 가깝다는 것 3) 일본은 이미 서양 학문을 수용, 성공했기 때문에 그 정도만으로 족하며 반분의 기간 내에 효과를 거둘 수 있다는 점[74]으로 오히려 장려하고 있으며 1905년에는 중국인 일본 유학생이 만 명을 넘었다고 한다.[75] 이들은 망명객, 혁명파(쑨 원 등), 유신파(캉 유웨이·량 치차오 등)로 구분된다. 한편 1908년경까지 일본에 유학한 한국인은 관비생만으로도 126명으로 되어 있다.[76] 이 가운데 이인직 등이 끼여 있음은 물

---

71) 「飲氷室自由書」(전항기 옮김, 1908)가 번역된 것은 후이기는 하나, 지식인들은 원전에 의거하였을 것이다. 스펜서의 종합철학, 밀의 자유론, 헉슬리의 진화론(＝天演論) 등이 개화 사상에 던진 충격은 각 논설에서 얼마든지 발견된다.

72) 나카무라 다타유키(中村忠行), 「정치소설에 있어서의 비교와 교류(政治小說に於ける比較と交流)」, ≪文學≫ 1953년 9월호.

73) 김윤식 인솔의 38명의 청나라 유학생은 실패한 것으로 나타난다(전해종, 「통리기무아문 설치경위에 대하여」, (≪역사학보≫ 제17·18 합집).

74) 사네토 도오루, 앞의 책, 75쪽.

75) 같은 책.

론인데 이 계층적 사실에서 국한문체의 확립을 설명할 수도 있는 것이다.

이상과 같이 국한문체의 근거를 세 가지 관점에서 살폈는데, 한마디로 이러한 문체 혁명은 다분히 관권 내지 위에서부터의 강요 사항이라 할 수 있다.[77] 그것은 곧 지배층의 문체이며, 그들의 사상적 근거에 관계되어 있어 밑으로부터의 민중적 언문일치와는 거리가 먼 것이라 할 수 있다. 한편 국문체의 발생도 초기 형태는 국한문체와 마찬가지로 위로부터의 혁명이었고 따라서 지배층의 의식 변혁에서 출발한 점에서는 극히 유사하다. 그것은 구미 의식이 구미 문체와 직결된 점에서 확인된다. 가령 《독립신문》은 학부대신 신기선(申箕宣)이 〈세종대왕 만드신 조선 글쓰는 것은 사람을 변하여 짐승 만드는 것〉[78]이라 상소한 것을 비판하고, 이로 인해 사범학교 학도들이 학부에 청원서를 낸 것을 크게 보도하며, 논설(제29호)에서 학부대신을 비판했지만, 국문체의 사용은 점점 위축되어 교과서에도 침투할 수 없었다. 그 이유는 여러 가지로 설명될 수 있지만 무엇보다도 이 국문체의 출발이 밑으로부터의 민중적 발상에서 떠나 있었기 때문이다. 그러나 이 국문체는 다음과 같은 두 가지 측면의 노력에 의해 민중과의 결합점을 보이게 되고, 이로부터 커다란 세력권을 형성하기에 이른다.

그 첫째는 자강독립 사상에 입각한 몇몇 선각자들에 의해 연구되기 시작한 국어 문법의 충격을 들 수 있다. 이봉운의 『국문정리(國文正理)』(1897), 주시경의 『국어문전음학(國語文典音學)』(1908) 그리고 〈국문연구소〉(1907) 설치라는 국가적 측면으로 등

---

76) 김영모, 「한말외래문화의 수용계층」, 《문학과 지성》 제7호.
77) 1895년 고종의 「교육입국조서」가 국한문으로 되어 있다.
78) 《독립신문》 제26호 잡보란.

장한 개화기의 자국어의 연구는 개화의 성격상 자기 확인이라는
문제에 직결되어 있음을 쉽게 지적할 수 있다. 그러나 이러한 문
법 연구가 1) 선교사들이 한국어 습득이라는 자기 선교의 목적으
로 한국어 문법 연구를 시도한 것에 자극된 측면[79]과, 2) 일본어,
영어 및 당시 외국어 학교의 학습 방법에 자극된 측면 및 3) 학
문 자체를 연구한다는 자각의 측면으로 일단 볼 수가 있다. 이
세 가지 측면 중 3)이 본질적인 항목임은 말할 것도 없는데, 그
것까지 지배층의 관점에서 행해진다. 〈국문은 국민의 자국 정신
을 배양하는 기점이요, 국가의 독립 체면을 유지하는 표준이라
고로 국민 교육의 요무(要務)는 국문 발달에 재하도다. (중략) 국
문을 연구하야 이천만 두뇌에 조선을 함양하고 충군애국의 본지
를 (후략)〉[80]라든가, 〈일국을 탈하고자 하는 자는 일국의 문언을
선쇠(先衰)케 하고 타국의 문언을 파전(播傳)하며 자국을 홍성코
자 하거나 보전코자 하는 자는 자국의 문언을 선수하여야 민지
(民智)를 발달하고 단합을 공고케 할지니 시이(是以) 자국 문언
이 모국(某國) 문언만 못할지라도 불가불 자국 문언을 애호 개선
하여 당용(當用)함이 가하도다〉[81]라는 주장에도 불구하고 그 주
장은 의연히 국한문체로 씌어져 있으며, 극단적으로는 국문연구
소 보고서 전문이 국한문체로 되어 있다.[82] 고쳐 말하면 개화기
국문 연구가 국문체 확립에는 관심이 없고, 국문의 학술적 이치
와 그 문법적 구조 파악에 주력되었음을 단적으로 드러낸 것이
다. 이러한 태도는 서양 선교사들이 순수한 한국어로 그 주의 주

---

79) 언더우드 H. G. Underwood의 『한영문법』(1899), 스콧 J. Scott의 『영한사
　　전』(1891), 게일 J. S. Gale의 『사과지남(辭課指南)』(1893).
80) 최재학, 『실지응용작문법』(1909). 이 부분 인용은 이재선, 『개화기의 수사
　　론』에서 재인용.
81) 주시경, 「필상(必尙) 자국문언」, ≪황성신문≫ 1907. 4. 1-6.
82) 이기문, 앞의 책, 영인 부분.

장을 보급한 방법과는 구별되는 것이다. 그럼에도 불구하고 이 국문 연구의 풍조가 국문체 형성에 큰 작용을 했으리라는 점은 인정해야 할 것이다. 그 이유는 다음 두 가지로 볼 수 있다. 첫째는 국문 연구에서 드러나는 성과가 지식으로서 수용되는 측면이다. 그것이 자국어의 발견이라는 충격을 낳고 그것이 다시 제도화되어 교육된다. 둘째는 국문 연구가 심화되자 문법적 용어조차도 순국문으로 뜻을 세우지 않을 수 없는 측면이다. 주시경이 〈임본움〉, 〈움본〉, 〈기몸박굼〉(조이법), 〈짜듬갈〉(문장론) 등으로 나아간 것은 이를 웅변으로 입증한다.[83] 셋째는 종교적 측면을 들 수 있다. 동학과 그 혁명의 부산물로 남겨진 「용담가사」, 「새야새야 팔왕새야」 등의 민요적 측면이 바로 그것이다. 그 다음으로는 개화기의 큰 세력으로 등장한 선교사 활동, 그 기독교적 측면을 외면할 수 없다. 번역 찬송가와 번역 성경[84]의 국문체는 기독교 신자가 비교적 신진 부르주아, 개화파 인사들로 구성되어 있었고, 그것이 가지고 들어온 서구 정신이 신교육 정신에 매우 유사한 것이었다는 점으로 하여 광범위하고 신속하게 보급된다. 넷째로 국문체의 가장 중요하고도 확실한 기반의 측면을 살펴보아야 될 것이다. 그것은 바로 전통적 국문체의 온상이며, 바탕인 민중의 잠재적 언어관이다. 구체적으로 말해 그것은 일상어의 측면(구어체)과, 고대 소설에 연결된 언어관이 개화기 소설에 유착될 때, 그 선명한 모습을 드러낸다. 소설 혹은 감화적 언어를 포괄하는 양식으로 국문체가 존속 성장한 것은 결코 우연이 아닌 것이다.

---

83) 허웅, 「학자로서의 주시경 선생」, ≪나라사랑≫ 제4집.
84) 성경·찬송가 번역은 1882년까지 거슬러 올라가며, 성서번역위원회가 조직된 것은 1887년이다. 번연의 『천로편력(天路遍歷)』이 국역된 것은 1895년이다.

개화기의 두 개의 문체, 국한문체와 국문체의 갈등은 개화라는 근대적 진보주의와 전통적 사고 방식과의 갈등을 그대로 반영한다. 이 두 개의 대응 관계에서 전자가 표면상 개화 쪽의 공적 의미를 띠어 교육의 표준어로 되어 있었다는 것은 전자가 압도적으로 우세하였다는 것에서 확인되는 것이다. 물론 여기에는 개화기 선각들의 약간의 고민의 흔적이 없는 바는 아니다.

비록 개화기의 공적 문자 생활에서 국한문체가 주도적이었다고는 하나 이 국한문체를 어디까지나 과도기적인 것으로 본 것이 당시의 논설들, 적어도 진보적 논설들의 일반적 논조였다. 일찍이 ≪대한매일신보≫가 1901년의 한 논설 「국문의윤색(國文宜潤色)」(6월 10일자)에서 〈국어에는 방언이 거반이요 한문이 거반하야〉〈국문은 가이편용야(可以偏用也)요 불가이전용야(不可以全用也)니 가이측완성전용야(可以則完成全用耶)〉라 하여 국문 전용은 〈진선진미(盡善盡美)〉하게 발전시킴으로써만 가능하다는 뜻을 말한 것과 다시 같은 신문이 1908년의 한 논설 「국어국문 독립론」을 〈고로 금일 신문의 국한문 교용을 과도 시대 부득이의 법문이라 하노라〉로 끝맺는 것은 그 예들이다.[85]

그러나 이러한 민족지들의 진보적 논설이 비록 국한문체를 과도기적인 것으로 본 측면이 있었다 해도 이미 1905년의 주권 상실, 더 자세히는 1910년의 합방 후에는 완전히 공적 문체로 굳어버리는 것이며, 그것은 동시에 국한문체가 일본 문체, 나아가 일본을 통한 문화 수용으로 그 문체를 확정시켰음을 뜻하게 된다. 이미 1906년에 〈소위 교과서는 자국의 풍속과 자국의 물정에

---

85) 이기문, 앞의 책, 23쪽.

적합한 연후에 가히 써 몽양(夢養)을 계발함이어늘 (중략) 한국 유년으로 일문 교과서를 복습코자 함이 소아의 뇌수를 착(鑿)하고 피소위(彼所謂) 일본혼이라는 것을 주사(注射)코저 함이라〉[86] 라는 항의를 낳는다. 구체적으로 이 인용이 무엇을 지칭하느냐는 별로 중요치 않다. 일문 교과서를 직접 배운다는 것과 그것을 한국어로 번역해서(당시 교과용 도서는 거의 일본 것의 번역이다) 배운다는 것과는 거의 차이가 없다는 점이 중요한 것이다. 이와 같이 개화기의 공적 문체로서의 국한문은 지배층의 언어관에 의해 결정되어, 식민지 전 기간은 물론 지금까지 뻗어 있는 것이다.[87] 이광수의 〈신지식의 수입에 저해가 되겠음으로〉[88] 국한문을 쓰지 않을 수 없다는 주장은 순국문체가 사상을 감당할 수 없다는 표현이며, 그것은 또한 당연한 성찰인 것이다. 따라서 〈고유 명사나 한문에서 온 명사·형용사·동사 등 국문으로 쓰지 못할 것만 아직 한문으로 쓰고, 그 밖은 모두 국문으로 하자〉[89]고 그가 주장할 때, 한문 쪽이 사상을 맡는 것이고, 비교적 자질구레하고 정서적인 부분만 국문으로 한다는 의미에 머무는 것이다. 이광수가 쓴 최초의 소설인 「사랑인가(愛か)」[90]가 일본의 국한문체라는 사실이나, 그의 초기 작품들, 「윤광호(尹光浩)」, 「어린 희생」 등이 소설임에 불구하고 국한문체였던 사실, ≪청춘≫지가 순문학으로는 처음으로 현상 소설 모집을 했을 때 이광수가 고선여언(考選餘言)에서 〈순수한 시문체(時文體)〉를 그 첫째 요건으로 들었을

---

86) ≪대한매일신보≫ 논설(1906. 6. 6).
87) 〈是時京官報及外道文移, 皆眞諺相錯, 以綴字句, 蓋効日本文法也〉(황현, 『매천야록』, 168쪽. 고딕은 인용자).
88) 이광수, 「금일아한국문(今日我韓國文)에 대하여」, ≪황성신문≫ 1910. 7, 24-27면.
89) 같은 글.
90) 김윤식, 「조대(早大) 시절의 이광수」, ≪독서신문≫ 제55호.

때, 그것은 물론 순국문체를 뜻하는 것이 아니고 한문이 섞인 구
두점(口讀點)과 형식 조건에 중점을 둔 것이라는 사실[91]을 보면
그 사정은 쉽게 드러난다. 1916년에 최남선이 찬한 『시문독본
(時文讀本)』이 당대 문장의 표준이라 할 수 있다면 그것은 몇 편
의 시가를 빼놓고는 국한문체의 세련된 모습인 것이다. 이 속엔
이광수의 소설 「내 소와 개」라는 단편이 실려 있는데 그 문체를
약간 보일 필요가 있다.

> 벌서數十年前일이라내가아주어리고父母께서생존하야계실때에내집
> 이시골조그마한가람가에잇섯다.
> 　어썬장마날나는내情들인 ─ 난지四五日된새세더린소 ─ 를가람가에
> (후략).[92]

한편 개화를 근본적으로 좋은 것으로 치부하여 그것을 전면적
으로 수용한 개화기에 국문체가 다분히 부정적인 쪽으로 의식되었
음은 여러 점에서 관찰될 수 있다. 첫째, 대한자강회가 1906년
행한 계몽 연설과 대정부 건의를 보면 〈언고담잡서금폐건의(諺古
談雜書禁廢建議)〉, 〈좌격기도금폐건의(坐擊祈禱禁廢建議)〉가 포함되
어 있다. 갑오경장에 나타난 조혼 금지, 단발령 등의 풍속 개량
과 축을 같이하는 이러한 움직임은 실상은 순국문이 깃들이는
바탕을 삼제하려는 측면을 말해 주는 것이기도 하다. 국문체가
조선 사회에서 유일하게 발을 붙인 바탕은 물을 것도 없이 언고
담잡서 및 민가신앙이었다. 둘째, 개화기 소설에서 국문체가 서
서히 보급되고 또 이광수의 초기 소설에서도 사용되는데 그것도
또한 개화기 소설 작가나 이광수 등이 한결같이 민중을 지도, 설

---

91) 『이광수전집 16』(삼중당, 1962), 372쪽.
92) 최남선 찬(撰), 『시문독본』(신문관, 1916), 71쪽.

교한다는 교사의 입장에 섰다는 점이 주목되어야 한다. 셋째, 일본 문체의 도입을 의식의 차원에서 위장하려는 의도도 있었을 것이다. 이광수의 장편 「무정」(1917)이 압도적인 국문체의 위력을 띤 사실에 대해서는 일본 소설 문체와 결부시켜 고찰하지 않고는 설명하기 어려운 면이 내포되어 있는 것이다.

비판 기능을 제거당한 국문체는 점점 세련을 거듭할수록 그 기능은 감각적 심정적인 등가물로 번져 사고의 심화 내지는 문학의 중요 기능인 사상적 측면을 단순화하는 결과를 낳게 된다.[93] 결국 국문체 운동이 비판적 측면을 거세당한 채 국한문체로 잔존하게 되고, 그 극단적인 형태로서 정서적 측면에만 매달린 문학 작품, 특히 소설 속에서만 살아 남은 것이 개화기 국문체 운동의 한계이다.

제 5 절 개화기 가사와 개화기 소설

개화기 가사나 소설은 그것이 표면상으로 대단한 시류성을 띠고 강력한 에너지를 발산하고 전개되었다는 동적 측면과 그것의 밑바닥에 전통적 언어에 유착된 언고담(諺古談)으로 표현되는 민요, 고대 소설, 민간 전승물 등이 놓여 있다는 정적 측면을 동시에 갖는다.

1 개화기 가사의 문제점

개화기 가사라는 개념이 개화 전 기간에 나타나는 율문 양식을

---

93) 이 점은 전후 작가 장용학에 의해 누차 제기되었고, 1960년대 유종호와 상당한 논쟁을 벌인 바 있다(≪문학춘추≫, ≪세대≫ 참조).

총괄하는 것이라면, 그 속에는 1) 한문으로 된 사조(詞藻) 2) 종교적인 가사, 가령 찬송가, 3) 의병들이 지은 가사 4) 개화를 찬양한 것 5) 애국가류 6) 교가류, 7) 사회 고발의 가사 등이 전부 내포될 것이다. 대체로 신문에 나타난 개화 가사는 ≪독립신문≫ 23수, ≪황성신문≫ 15수, ≪대한매일신보≫ 34수, ≪제국신문≫ 7수 등인데[94] 초기의 대부분은 애국가 혹은 독립가라는 모습을 띠고 있다.

> 1) 대조선국 건양원년 자주독립 기쁘하세
>   천지간에 사람되야 진충보국 제일이니
>
>   님군께 충성하고 정부를 보호하세
>   인민들을 사랑하고 나라기를 놉히달세
>
>   나라도을 생각으로 시종여일 동심하세
>   부녀경대 자식교육 사람마다 할것이라
>
>   집을각기 흥하려면 나라먼저 보전하세
>   우리나라 보전하기 자나깨나 생각하세
>
>   나라위해 죽는죽음 영광이제 원한없네
>   국가태평 안락은 사농공상 힘을쓰세
>
>   우리나라 흥하기를 비나이다 하나님께
>   문명개화 열린세상 말과일과 같이하세[95]

---

94) 예원혜, 「개화기의 창가고」(1964), 서울사대 국어과 졸업 논문(미간).
95) ≪독립신문≫ 제3호, 1896. 4. 11.

2) 어화우리 학도들아 개교가를 불러보세
   황상계하 성덕으로 우리학교 창설하니
   대한광무 십년이오 병오삼월 망일이라
   작성인재 하시라고 경비지급 하시도다
   어화우리 학도들아 일심공부 한연후에
   보답하세 보답하세 성은보답 하여보세[96]

　1)은 최초의 국문 창가이며 2)는 국한문체의 창가인바, 전자
는 연이 구분되어 있다. 4·4조 대구 형식에서 분절식 7·5조라
는 일본 가사체 리듬으로의 이행은 대략 최남선 이후가 고비였
을 것으로 추측되나, 그 전에도 가사식으로 씌어진 시대 풍자문
속에서 산견되는 것으로 보아, 4·4조에서의 7·5조로의 이행은
중간에 산문 단계가 놓여 있는 것 같다. 1)과 2)에서 사용된 4·
4조는 물론 전통적 시가의 리듬인데 개화기 가사가 이것을 그대
로 채용한 것은 이 운문체가 1) 기억하기에 편리하다는 점만으로
사용된 것이기보다는, 2) 외부에서 주어진 질서 속에서 개화 의
식이 생활 의식으로 한정되었음을 뜻할 것이다.
　한편 개화 가사에서 특기할 수 있는 것은 강력한 고발 정신이
다. ≪대한매일신보≫의 〈사회등〉란에는 강력한 사회 비판 의식
을 가진 「한인패부(韓人佩符)」, 「근고각학회(筋告各學會)」, 「희감교
집(熹感交集)」, 「매음녀아(賣淫女兒)」, 「화하총리(花下總理)」, 「송병
준아」, 「일진회야」 등의 방대한 분량의 4·4조 장서가 실려 있다.

1) 내부대신송병준은/추주(趨走)하던 소졸(小卒)이라
   문견교훈(聞見敎訓)없었으니/사군지도(事君之道)모를리라

---

96) ≪황성신문≫ 1906. 4. 24.

범분멸기(犯分蔑紀)하는 것을/부족괘치(不足掛齒)하려니와
총리대신이완용은/그 행위를 거론컨대
돈견불약하통(豚犬不若何痛)일세[97]

2) 대한신문저기자가/마굴중에 타락하여
정부기관되는 줄은/일반공지하지마는
근일정계대하여서/일편논설장황하여
총내양상저공명을/극구찬양하였는데
연지누편괴귀설(連紙累編愧鬼說)이/목불인견하겠고나[98]

1)은 특정인을, 2)는 동업 신문을 각각 공격하고 있다. 그러나 그러한 장시들이 지나치게 직선적이고 저돌적이어서 운문화된 논설의 형태를 띠고 있음에 비하여 그러한 정신을 감당하면서도 예술적 우회법을 사용할 수 있다는 것을 보여준 탁월한 발상의 개화 시가를 볼 수도 있다.[99]

이리저리 볶아내니 탈의육(脫衣肉)이 돌출이라
가로상에 노체(露體)하니 일인후신 네아닌가
개인마다 먹고보면 음화동(陰火動)이 자소(自沼)하리
엄동설한 될지라도 이생애야 방해할까
설설 끓는 군밤이야

---

97) 『대한매일신보 발췌록』(청구대학출판부, 1958), 353쪽.
98) 같은 책, 368쪽.
99) 이 시의 서두는 다음과 같다. 〈장안만호 각방곡(各坊曲)에 봉가돌빈(蓬歌突賓) 아동들이/흑탄황표(黑炭黃票) 버려놓고 착지위로(鑿地爲爐) 불피었네/양철집게 손에들고 이리저리 볶아내며/방석상(方席上)에 거좌(踞坐)하야 군밤타령 화답하니/자유생애 너뿐이라.〉

이리저리 볶아내니 전과초흑(全顆焦黑) 되었고나
진액까지 고갈하니 우리동포 일반이라
내외직간(內外職關) 관인들이 무죄인민 몰아다가
잘볶는다 하기로니 이생애야 방해할까
설설 끓는 군밤이야

이리저리 볶아내니 불생불숙(不生不熟) 잘구었네
혹위혹파(或圍或破) 전황하니 미칙분괴(彌厠糞塊) 흡사하다
오부내의 허다분(許多糞)을 구루마로 실어다가
일인에게 진인(盡人)컨만 이생애야 방해할까
설설 끓소 군밤이야

이리저리 볶아내니 변변파쇄(片片破粹) 되었구나
혹유황이(或有黃而) 차백(且白)하니 전설은말 방불하다
내외국인 저관리가 은금이라 하고보면
안청도착(眼睛倒着) 탈길(脫吉)한들 이생애야 방해할까
설설 끓소 군밤이야

이리저리 볶아내니 조습상박(燥濕相迫) 튀는고나
절절지성(折折之聲) 부종(不終)하니 지방포성(地方砲聲) 완연하다
의병일병 봉착장에 포연탄 연면하야
무고생령(無辜生靈) 참살한들 이생애야 방해할까
설설 끓소 군밤이야

이리저리 볶아내는 각구토기(殼口吐氣) 하는고나
퍽퍽소래 나는대로 화사증기(火事蒸氣) 이아닌가
반도강산 삼천리에 국유민유 물론하고

철도용지 범입한들 이생애야 방해할까
설설 끓소 군밤이야

　이리저리 볶어내니 판토총총(板土塚塚) 만적(滿積)이라
척매전(斥賣錢)을 모고보니 중앙금고 네왔고나
탁지부에 저공대(公貸)는 거자임의(渠自任意) 관할(管轄)하야
탕갈무여(湯渴無餘) 한다한들 이생애야 방해할까
설설 끓소 군밤이야

부러우리 부러우리 이생애가 부러우리
사환장(仕宦場)에 이셔가니 정부대관 가증(可憎)요
사회에 출두하면 가지사가 보기실치
낙척불우(落拓不遇) 지사들아 이것저것 다버리고
군밤이나 구어보세[100]

　이 가사를 길게 인용, 중시하는 것은 그것이 시가의 질식 상태
에 출구를 열어놓았다는 점 때문이다. 전통적 민요인 군밤타령이
사회 현실의 가열점에 교차되어 나타난 것은 이미 이 사회가 지
적 통제력을 상실했음을 드러내는 것이며, 자포자기의 후렴은 역
설적으로 풍자적 기능을 수행하고 있다. 이 고발 비판 정신은 그
러나 권력층 지배 계급에 의해 탄압되어 잠복하였다가 일본 총
독 정치에 의해 표면적으로는 완전히 숨통이 끊긴다. 그것은 그
후에 풍자 민요 속에 잔존하게 된다.[101]

---

100) ≪대한매일신보≫ 1908. 10. 11.
101) 학부대신 이재곤의 「교가단속」(≪대한민보≫ 1903. 7. 2).

2 개화기 소설

1) 한·중·일 삼국의 개화기 소설의 양상

신소설이란 명칭은 이인직의 「혈의 누」 광고란에서 발단된 것으로 알려져 있다.[102] 그 후로 김태준, 임화, 김하명, 백철, 조연현, 전광용 등 여러 문학사가들에 의해 이 명칭이 고대 소설과 이광수 이후 소설의 중간 단계의 장르 개념으로 사용되어 오고 있다. 설사 일본에서 〈신소설〉이라는 표제의 잡지가 1889년에 창간되었고 량 치차오(梁啓超)가 ≪신소설≫을 1902년 간행한 사실을 들더라도 한국에서 신소설이라는 개념이 〈한국 문학사만이 가지고 있는 독특한 문학 양식상의 명칭〉[103]이라고 일단 말해질 수도 있다. 이 용어의 내포와 신소설이라는 것의 실체를 파악하기 위해서는 19세기 말 동양 문화권에 깊은 충격을 준 서구적 인자로 인해 사상 및 의식 변화의 측면을 함께 지닌 일본 및 중국에서의 소설의 변이 과정을 동시에 파악해야 한다. 거기에서 관건이 되는 것은 일본의 소위 정치 소설이라는 양식이다. 일본의 정치 소설을 떠나 한국 신소설의 기초 모습을 고찰하기 어려운 이유를 세분하면 이러하다. 첫째, 『서사건국지(瑞士建國誌)』(1907) 등 초기 번안물에 분명히 〈정치 소설〉이라는 명칭이 붙어 있다. 둘째, 「경국미담(經國美談)」(1908, 현공염 옮김), 「설중매」(1908, 구연학 옮김) 등은 일본 정치 소설의 대표작들이다. 셋째, 이인직의 「혈의 누」 속엔 다음과 같은 구절이 포함돼 있다. 〈구씨의 목적은 공부를 힘써하여 귀국한 뒤에 독일국과 같이 연방도를 삼되 일본과 만주를 한데 합하야 문명한 강국을 만들고져 하는 비사맥(비스마르크) 같은 마음으로 (후략).〉[104]

---

102) ≪만세보≫ 1907. 4. 3.

103) 정관용, 「살아 있는 고전」, 『한국신소설전집』(을유문화사, 1969), 1쪽.

정치 소설의 일반적인 개념은 〈정치적 문학의 의미로, 문학사적으로는 '메이지 초년에 자유민권운동을 배경으로 하여 성립된 (1877-1887) 소설'에 한정된 것〉[105]으로 되어 있다. 이 간략한 정의(定義)에서도 엿보이는 바와 같이 소설의 개념이 축소되어 역사적 의미를 띠고 있다. 가령 어빙 하우가 〈정치 사상이나 정치적 환경이 지배적이라고 우리가 생각하는 소설, 또 그와 같이 봄으로써 근본적인 왜곡을 받는 일이 없이 분석의 면에서 어떤 이득을 내어주는 소설〉[106]이라고 그것을 규정할 때의 그것과는 현저히 이질적인 것에 속한다. 메이지기 정치 소설은 〈초기엔 인민의 정치적 계몽, 정당의 혁명적 선전 내지 투쟁의 보조적 무기로서 이용되고 중기에는 개인적 정견 발표 내지 사회 개량 사상을 적극적으로 도모하는 것, 후기엔 신흥 일본의 국권 신장 의식을 반영하는 한편 정부를 지지하는 사람들, 정부를 구성하는 여러 세력을 폭로하는 풍자적인 무기로서 이용되는 것〉[107]으로 규정된다. 그것은 메이지 초기 민권주의적 정치 투쟁을 위한 무기로 발생, 그 투쟁을 반영하고 그 무기로 이용된 〈특수한 문학적 양식의 총칭〉이며, 따라서 그것은 경향(傾向) 소설이지만 정치적 이데올로기를 주축으로 한 국사(國事)소설 Staatsroman인 것이다. 번역 및 번안 시대를 거쳐 국회 개원을 정점으로, 이 기간에 나타난 허다한 소설이 이 범주에 드는 것이지만 그중 대표적인 것은 야노 류케이(矢野龍溪)의 「제무사경국미담(齊武士經國美談)」 (1883-1884)과 시바타 시로(柴田四郎)의 「가인지기우(佳人之奇

---

104) ≪만세보≫ 1906. 10. 4.
105) 근대문학간담회(近代文學懇談會) 편, 『근대문학연구휴(近代文學研究携)』 (學登社), 15-16쪽.
106) Irving Howe, *Politics and the Novel*, 김용권 옮김, 『정치와 소설』(법문사, 1959), 10쪽.
107) 야나기다 이즈미(柳田泉), 『정치소설연구(政治小說研究)』(春秋社), 33쪽.

遇)」(1885-1891)로 알려져 있다. 전자는 유명한 「설중매」(스에히로 뎃죠(末廣鐵腸), 1886)와 함께 한국에서도 일찍이 번역되었다. 문제의 소재를 선명히 하기 위해 한국에서 신소설로 번역된 현공염 옮김 『경국미담』 서문을 먼저 살피고 원본 「경국미담」의 내용을 검토하여 한일 두 나라의 정치 소설의 양상을 엿보기로 한다.

　관관은 청설하시오. 아 한국문의 편리가 한문보담 긴요하여 민지를 발달하기가 쉬우되 이왕 여염에서 성남하는 소설이 부담허무하여 부녀와 목동의 담소하는 자리가 될 따름이요 지식과 경륜에는 일호의 유익이 없을뿐더러 원대한 식견의 방해가 불무인 고로 백수촌옹이 야인을 감심하고 헌헌장부가 우맹을 면치 못하니 어찌 개탄치 아니하리오. 이러므로 본인이 각국서적을 편람하다가 제무국(그리스 테베) 회복하든 영웅 준걸의 애국혈성을 감동하여 「경국미담」 신소설을 번역하되 고투의 부허지설은 일체 불용하오니 구람하시는 첨군자는 고인의 사적을 보아 애국심을 분발하여 일후라도 몸소 당할 지위를 생각하시오.[108]

한국에서는 「경국미담」이 지식과 경륜에 관계되어 있다는 것과 이것을 〈신소설〉이라는 범주에 넣고 있다는 점이 여기에서 드러난다. 이 서문은 또 당시 성행하던 소설이 부녀자나 목동층에 읽힌 부담허무로 비친 것과, 신소설에 여러 유형이 있으나 그 중 「경국미담」이 가장 신소설답다는 것을 암시하고 있다.
　「경국미담」은 많은 정치 소설 중 최고 걸작의 위치에 놓인다.[109] 〈Young Politicians of Thebes〉라는 부제를 단 이 소설은 표면

---

108) 현공겸 옮김, 서(序)(고딕은 인용자).
109) 야나기다 이즈미, 앞의 책, 186쪽.

상 고대 희랍 역사의 일단면이다. 그러나 작자의 목적은 테베 제
명사(諸名士)의 민정회복운동과 정치적 경영에 있었고, 따라서 2
천 년 전의 사실(事實)과 메이지 당년 현상을 비교한 정치적 의
미를 띤 것이다. 소설 플롯은 테베 민정의 발흥을 주제로 전후편
으로 나눠지고, 전편은 민정 회복, 국정 개혁, 민심 안정 등 대내
적 문제 처리에 집중되며, 후편은 대외적 경영에 집중된다. 그
정치적 이데올로기는 1) 왕실 존엄과 인민 행복 2) 내치의 개량
으로 국권 확장, 3) 지방 자치에 기초를 둘 것, 4) 선거권 활용
등으로 집약된다.[110] 물론 이러한 이념은 작자 야노 류케이 자신
의 정치적 포부며 작자의 소속 정당인 개진당(改進黨)의 포부임
은 「가인지기우」와 마찬가지다. 이로 볼 때, 다음 세 가지 점을
고려할 수 있다. 첫째, 국회 개원(1880)을 필두로 민권 시대가
오고, 자유당·개진당 중심의 정당 정치가 큰 문제로 전개되는
시대적 배경을 들 수 있다. 정치 소설이라는 것이 당시 언론 기
관의 중심에 놓여 정치 여론 형성의 강력한 무기일 수 있는 이
유가 여기에서 드러난다. 둘째, 작자가 단순한 문사나 지식인이
아니라 정당의 중심 인물이라는 점이 문제된다. 즉 반대 정당과
의 대결 및 토론의 논리적 설득력이 문제된다. 1882년 자유당
총리 판원(板垣)이 양행(洋行)하여 빅토르 위고를 만났을 때, 정
치 소설 유포의 권장을 받았다는 것, 위고의 주장을 따라 판원이
귀국 때 서구 자유투쟁 정치 소설을 갖고 와 ≪자유신문≫에 번
역했다는 것도 그런 것을 감안해야 한다. 그가 가져온 것 중에서
대표적인 것으로 뒤마A. Dumas의 *The Taking of the Bastille*
(궁기(宮岐) 옮김)을 들 수 있다. 러시아 허무당 소설, 프랑스 대
혁명 관계 소설이 수많이 번안·번역된 것도 이 사정을 말해 주

---

110) 텍스트는 『일본현대문학전집(日本現代文學全集)』(講談社) 참조.

는 것이다.[111] 셋째, 공상이나 허구적 태도 쪽보다 역사적 기록에 임한다는 태도를 들 수 있다.[112]

이상의 검토에서 일본 정치 소설과 한국의 신소설을 비교 검토할 수 있는 발판을 찾을 수 있다. 한국의 경우 외세와의 투쟁, 국권 회복의 지사로서만 지식인이 존재할 수 있었다는 결정적인 한계가 가로놓인다. 초기 신소설이 나왔을 때 이미 외교권은 일년 전에 상실되었으며, 「혈의 누」에서도 벌써, 청인 및 청인군사에 대한 증오의 모습이 드러나 있음을 본다.[113] 바로 이 결정적인 점이 중국의 정치 소설과도 다른 측면인 셈이다.

중국 정치 소설은 한국의 그것과 유사점과 차이점을 동시에 가지고 있는데, 먼저 그 전개 과정을 간략히 살펴본다. 광서 31년(1905)까지의 량 치차오 중심의 일본 메이지 정치 소설 번역 소개는 량 치차오 옮김 「가인지기우」(1898)와 「경국미담」(1899), 여우 도우츠(憂豆子) 옮김 「누란동양(累卵東洋)」(1901), 슝 카이(熊垓) 옮김 「설중매(雪中梅)」(1904) 등을 들 수 있다. 최대의 소설 「가인지기우」는 량 치차오가 직접 번역했는데, 이 소설의 제16권 부분이 한국 정치 상황이다.[114] 량 치차오는 이 부분을 〈조선자(朝鮮者). 원위중국지속토야(原爲中國之屬土也) 운운〉으로 독선적 개작을 시도했다.

량 치차오는 일본에 망명하여 일본 문화를 번역 차원에서 집대성한 자이며, 그가 제시한 소설론이 중국 및 한국에 영향을 크

111) 야나가다 이즈미, 앞의 책, 40쪽.
112) 같은 책, 182쪽.
113) 〈평양성중 사는 사람들이 청인의 작폐에 견디지 못하야 (중략) 산중에서 청인군사를 만나면 호랑이 본것같고 (후략)〉(≪만세보≫ 1906. 7. 24).
114) 작자는 삼포공사 고문, 일본 대의사며, 민비시살에 가담한 자로, 이 작품 제16권에 한말 정세가 집중적으로 다루어지며, 김옥균의 발문이 실려 있다 (와세다대 도서관 자료에 의거).

게 떨친 점은 중요한 사실이다. 그는 「역인정치소설서(譯印政治小說序)」(『가인지기우』 역자 서문)에서 〈정치 소설의 체(體)는 태서인(泰西人)에서 비롯되며 (중략) 소설위국민지혼〉[115]으로 보았고, ≪신소설≫ 발간사에서 〈일국의 민을 새롭게 하려면 먼저 일국의 소설을 새롭게 하지 않으면 안 된다〉고 주장하였는데, 그것으로 미루어 보면 그는 소설의 계몽적 기본 자세를 투철히 알고 있었다. 도덕, 종교, 정치, 풍속, 학예, 인심을 새롭게 하기 위해서는 소설을 새롭게 해야 하는데, 그 이유는 〈소설에는 불가사의한 힘이 있어 인도(人道)를 지배하기 때문〉이다. 그 힘이란 1) 훈(薰. 훈염), 2) 침(浸. 침투), 3) 자(刺. 자극), 4) 제(提. 동화)이다.[116] 이러한 태도는 1917년 「문학혁명론」(≪신청년≫)에서 천 두슈(陳獨秀)가 〈지금 정치를 혁신하기 위해서는 정신계의 바탕인 문학을 혁신할 것〉[117]이라고 한 바에 직결되는 것이다.

소설의 문제성을 정치적 개혁과 직결시켜 바라본 것은 대문자국(大文字國)이며 문화주의 국가인 중국이 가장 선명했다는 것과 중국의 언문일치 운동은 단순한 문체 변이가 아니라 사상의 질적 전환이었음이 여기에서 드러난다. 한편 한국 개화기 소설 작가에게는 이러한 태도 표명이 결여되어 있고 단순한 계몽에 그들이 몰두되어 있음을 본다. 그중 태도의 표명이 선명한 것으로 알려진 이해조(李海朝)의 「화(花)의 혈(血)」(1911)의 서언과 발문

---

115) 『중국근대출판사료 초편』(上海), 104쪽.
116) 같은 책, 184, 191쪽. 〈욕신일국지민(欲新一國之民), 불가불신일국지소설(不可不新一國之小說), 고욕신도덕(故欲新道德), 필신소설(必新小說), 욕신종교(欲新宗敎), 필신소설(必新小說), 욕신정치(欲新政治), 필신소설(必新小說), 욕신풍속(欲新風俗), 필신소설(必新小說) (중략) 시소설(是小說) 유불가사의지력(有不可思議之力), 시이지배인적심리(是以支配人的心理) (중략) 인위(認爲) 소설위문학지상승(小說爲文學之上乘).〉
117) 천 두슈, 「문학혁명론」, ≪신청년≫ 제2권 제6호, 2-3쪽.

을 살펴보면 다음과 같다.

무릇 소설은 체제가 여러 가지라 한 가지 전례를 들어 말할 수 없
으니 혹 정치를 언론한 자도 있고, 혹 사회를 비평한 자도 있고 혹
가정을 경계한 자도 있으며 (중략) 상쾌하고 악착하고 슬프고 즐겁
고 위태하고 우는 것이 모두 다 좋은 재료가 되어 기자의 붓끝을 따
라 재미가 진진한 소설이 되나 그러나 그 재료가 매양 옛사람의 지
나간 자취나 가닥이 험질없는 것이 열이면 팔구는 되되 근일에 저술
한 (중략) 이제 또 그와 같은 현금사람의 실적으로 「화의 혈」이라
하는 소설을 새로 저술할 새 허언낭설은 한귀절도 기록치 아니하고
정녕히 있는 일동일정은 일호의 가책없이 편집하노니 (중략) 선악간
족히 밝은 거울이 될만할까 하노라. (서언)
소설이라 하는 것은 매양 빙공착영으로 인정에 맞도록 편집하여
풍속을 교정하고 사회를 계성하는 것이 제일 목적인 중, 그와 방불한
사람과 방불한 사실이 있고 보면 애독하시는 열위 부인 신사의 진진
한 재미가 일층 더 생길 것이요, 그 사람이 회개하고 그 사실을 경계
하는 좋은 영향도 없지 아니할지라. 고로 본 기자는 이 소설을 기록
하매 스스로 그 재미와 그 영향이 있음을 바라고 또 바라노라. (발
문)[118]

이러한 주장은 퍽 단순하여 소설을 흥미, 부인 신사의 교양,
선악의 판단 등의 지극히 소극적인 차원에 머물게 한다. 어떤 뚜
렷한 주장을 내세우지 않고, 소극적 윤리 판단의 차원에 그것을
놓았기 때문에 신소설은 저 고대 소설보다 더 기괴하고도 추악
한 축첩, 가족 관계 쪽으로 후퇴하고 만다. 달리 말하면 개화기

---

118) 『한국신소설전집 2』, 349, 412쪽.

작가들이 정작 소설을 쓰면서도 소설이란 언고담잡서(諺古談雜書)임을 인정한 것이며, 따라서 소설로써 정신을 개혁하려는 수단을 삼지 않은 반증이 된다. 소설로써 어떤 민족적 개혁의 경륜을 삼기 위해서 한국 문학은 이광수의 출현을 기다려야 했던 것이다.

2) 개화기 소설의 구조

1906년에서 1917년까지에 걸친 개화기 소설은 번안·번역, 저작을 통틀어 대략 130여 편쯤 되는데,[119) 그중 저작물로서 대표적인 작가의 작품을 검토하되 그 방법을 1) 내용 구조, 2) 문체 및 양식, 3) 작자 및 독자 계층, 4) 번안 번역물 문제 등으로 살펴보겠다.

신소설이 〈낡은 양식에 새 정신을 담은 문학〉[120)이라고 규정될 때, 이러한 규정은 개화기 소설 전부에는 해당시킬 수 없고, 초기의 중심적인 몇몇 작품에 한정되어야 한다. 소위 신소설이란 것의 대부분이, 특히 후기(1912-1913)로 갈수록 조선 후기 소설보다 훨씬 후퇴한 기괴한 양상을 드러내기 때문이다. 몇몇 작품, 가령 이인직의 「혈의 누」, 이해조의 「자유종」(1910) 등은 다소 신학문, 신교육 사상의 창도에 그 주체의 일부를 놓고 있다. 특히 「혈의 누」[121)는 청일전쟁이라는 국제적 정세를 배경에 깔고, 주인공 옥련이 정상 군의관의 도움으로 일본으로 가서 성장, 공부한다든가 구완서를 만나 미국에 유학간다든가 하여 국제적 스케일을 띠고 있는데, 그것은 소설적 공간을 현저히 확대한 것으

---

119) 하동호, 「신소설연구초」, ≪세대≫ 1966. 9.
120) 임화, 「개설조선신문학사 4」, ≪인문평론≫ 제3권 제3호, 32쪽.
121) 일본에도 「혈의 누」라는 동명의 작품이 몇 종 있으나, 내용은 이인직의 것과 무관하다.

로 볼 수 있다. 특히 어린 옥련이 군의관 집에서 본 일본 생활의 묘사는 매우 치밀한 바 있다. 그 후편인 「모란봉」은 러일전쟁 이후를 다루고 있는데 그 전후편의 구도가 상당히 정치적 포부를 띠고 있다. 특히 「모란봉」의 무대 설정은 저 「가인지기우」의 첫 장면과 흡사하다. 후자가 필라델피아 자유의 종탑 묘사에서 비롯됨에 비해 전자는 〈샌프란시스코, 야소교당 쇠북소리〉의 정경 묘사로 비롯된다. 국제만국공법 문제, 청인 군사들의 작폐, 일본 탄환의 무독성, 일본 중심의 동양연방 모색 등의 정치적 색채가 도처에서 드러남에도 불구하고 「혈의 누」 전후편은 부와 자라는 가족 관계가 중심부를 이루고 있다. 전쟁으로 인한 부·모·녀의 이별과 재상봉이 그 작품의 기본 골격을 이루며, 딸 옥련이의 안타고니스트로 나오는 구완서라는 청년에는 전혀 역점을 두지 않았다. 이러한 사실은 한국 가족 관계의 완강성을 뜻하며, 설사 아버지나 딸, 구완서가 외국 유학과 신교육의 포부를 말한다 하더라도 그것이 국가적 경륜과 별로 무관한 추상적인 것임을 입증한다. 이러한 한계는 당시 한국 개화의 피상성을 반영한 것으로 볼 수 있다. 또 「자유종」은 부인들의 시국, 풍속 토론의 형식을 취한다. 다만 「은세계」(1908)가 다소 이인직의 정치적 견해를 표명한 정치 소설의 양상을 띤 것이기는 하나, 역시 탐관오리 비판을 넘어서지 못한다.

신소설의 〈신(新)〉이 보여주는 의미란 구소설의 핵심인 선악의 대립 구성을 신·구 대립 구성으로 바꿔놓은 것이라 할 수 있다. 그러나 신·구의 문제와 민족적 경륜의 문제에서, 〈신〉의 수용 비판이 확고한 철학성 위에 세워져 있지 않을 때에는 일종의 풍문이나 상투 어구로 흘러 그 참신성이나 교육성을 상실하게 되며 심지어 진보주의에 대한 흥미조차 잃게 된다. 이럴 경우 독자 계층이나 작자 계층엔 다음과 같은 사태가 발생한다. 첫째, 독자 계층의 경우 〈신〉 개념에 대한 사상적 철학적 비판이 작품에 동반하지 않을 땐 그 〈신〉에 대한 욕구 충족을 다른 대상물, 가령 수백 종의 교과용 도서, 신문, 잡지에서 찾게 된다. 개화기 소설이 개화기의 사상을 선취하지 못하고, 그것이 시정의 풍문과 별다름 없는 차원에 머물러 있을 때에 그러한 욕구 불만의 독자층이 거기에서 분리되어 나가 이류의 독자 계층, 가령 부녀자나, 통속적 흥미를 추구하는 계층만 남게 된다. 한편 작자 쪽에서 본다면 어설픈 개화 사상을 일본을 통해 받아들여, 오히려 식민주의적 일본을 시혜자로 소개하게 되는 데서, 정치 비판은 소멸되고 〈신〉의 통속화만이 남게 된다. 여기에서 개화기 소설은 중대한 고비에 봉착하게 된다. 「혈의 누」의 국한문체에서 신소설의 문체가 곧 국문체로 바뀌었다는 것은 개화 사상 담당 계층이 국한문체 쪽이었다는 사실을 인정하는 결과로서, 소설을 언고잡서로 후퇴시켰음을 뜻하는 것이다. 그 결과가 개화기 소설은 〈신〉자가 있음에도 불구하고, 고대 소설에로 복귀하여 선악대립 구성만을 다시 드러낸다. 이 선악 문제는 가족 관계에 직결되는 것이며, 그것도 새로운 풍속 개량의 측면에서가 아니라 오히려 가부장제적인 측면에서이다. 달리 말하면 개화의 충격에 의한 구질서와 신질서의 갈등 양상을 내보여 주는 것이 아니라 그 구질서의 긍정적 인정으로 악의 징벌을 유발하게 하는 곳에 개화기 소설의 부정적 문제점이 내포되어 있다. 가령 「치악산」(1908)에서는 홍참의의 전취 소생 백돌과 개화파 이판서 외딸의 혼인이 그려진다. 그러나 거기에서 문제되고 있는 것은 그 부부의 갈등이 아니라 후취 부인과 며느리 사이의 갈등이다.

　　김씨부인은 그 며느리를 달달 볶는 솜씨가 날로 늘고, 남순이는 그 어머니 귀에 오라비댁 흉보느라 속살거리는 솜씨가 날로 늘고, 이

씨부인은 고생을 할수록 내외 금슬이 깊어 가는데, 그 남편 백돌이가 그 부인을 갖자 하는 눈치가 있으면 도리어 그 부인이 계모 시어머니에게 해 보는 일이 많은고로 백돌이가 그 아내를 돌아다보는 체도 아니하면서 마음에만 간절히 불쌍히 여기더라.[122]

계모가 드디어 음모를 꾸며, 며느리를 친정에 보낸다고 속여 교군에 실려 강원도[123] 첩첩산중에 버려, 그녀가 죽게 되었을 때 포수의 구원으로 목숨을 건지게 된다. 이 소설에 백돌이의 일본 유학이라는 상징적인 디테일이 있다 하더라도 그 구조는 「장화홍련전」의 계모형 소설의 그것에 지나지 않는다. 「귀의 성」(1906)에서는 선악의 문제가 일종의 자학 증세를 드러낸다. 춘천에 사는 천민 강동지는 허영에 눈이 어두워 딸 길순이를 양반 소실로 보내는데, 양반의 본부인이 그 소실을 죽이게 된다는 줄거리로 되어 있는 이 작품의 악의 문제는 지극히 도식적이다.

    (춘천집) 「여보 조카님, 나를 끌고 어디로 가오. 일 마정이 못되느니 이 마정이 못되느니 하던 조카님 처가집이 왜 그리 머오. 내가 걸음 걸은 것을 생각하여도 이십 리는 되겠소」
    (구렛나루) 「오냐 더 갈 것 없다. 이만 하여도 깊숙하게 잘 끌고 왔다」 하면서 획 돌아서는 서슬에 춘천집이 기가 막혀 하는 말이 「여보 이것이 웬일이오」
    (구렛나루) 「죽을 년이 웬일은 알아 무엇하려느냐」 하더니 달빛에 서리같이 번쩍거리는 칼을 빼어들고 춘천집 앞으로 달려드니 춘천집이 애걸복걸한다. 「내몸 하나는 능지 처참을 하더라도 우리 거북이나

---

122) 『한국신소설전집 1』, 278쪽.
123) 이인직의 작품 세팅이 「혈의 누」 이외에는 「귀의 성」, 「치악산」, 「은세계」 등 전부가 강원도 춘천, 원주 등으로 되어 있음은 후고(後考)를 요한다.

살려주오」하는 목소리가 끊어지기 전에 그 목에 칼이 푹 들어가면서 춘천집이 뻐드러졌다. 칼끝은 춘천집의 목에 꽂히고 칼자루는 구렛나루난 놈의 손에 있는데, 그놈이 그 칼을 도로 빼어들더니, 잠들어 자는 어린이를 내려놓고 머리 위에서부터 내리치니, 살도 연하고 뼈도 연한 세 살 먹은 어린아이라, 결좋은 장작 쪼개지듯이 머리서부터 허리까지 칼이 내려갔더라.[124]

고대 소설이 이러한 살인(악) 수법을 몇 마디 메타포로 처리해 나간 점에 비하면 훨씬 후퇴한 수법이다. 이러한 점은 이해조의 「구의산(九義山)」(1912), 「춘외춘(春外春)」(1912)에 이르면 현저해진다. 〈「장화홍련전」과 같은 독특한 선미한 계모소설이 이만큼 저속야비에 이르렀다는 것은 동일한 계모형의 유형에다 기초를 두었다 하더라도 천묵(天墨)의 차가 있는 일이며, 이 시대에 이르러 구소설의 붕괴가 얼마나 처참의 경(境)에 이르렀는가 하는 점〉[125]을 드러내는 것이다. 정치 정세의 변모로 신·구의 문제가 그 의미를 잃고, 그래서 낡은 양식의 지위가 강화된 것이다. 그러나 개화기의 소설 개혁에 경륜적 의도와 관계된 부분이 전무하지 않다는 점에 개화기 소설의 긍정적 측면이 놓여 있음을 강조해 둘 필요가 있다. 그것은 개화 사상의 질적 전환을 시도한 연설 토론적 성격을 뜻한다. 이 방법은 정치 소설의 한국적 전개이다. 그것은 안국선의 소설에 의해 대표된다. 안국선은 1899년 동경전문학교(와세다대 전신) 방어(邦語)정치과 출신으로[126] 『정치학개론』 등 개화기 교과용 도서 집필자이며, 「연설법방(演說法方)」(일명 「애국정신」. 1908), 「금수회의록」(1908), 「공진회」(1915) 등

---

124) 『한국신소설전집 1』, 218-219쪽.
125) 임화, 앞의 책, 39-40쪽.
126) 와세다대학 동창회 기록에 의거.

소설의 저자이다. 「연설법방」은 태서, 태동의 연설 방법, 역사, 연설가들의 태도, 학식 문제 등을 다룬 기본 개론서이며 국한문체로 되어 있으나, 후반부 연설의 실제편에서는 〈학술강습회 연설〉을 비롯, 한국 개화기 연설의 내용을 그대로 드러내고 있으며, 그것은 또한 작가 자신의 개화관이기도 하다. 그의 대표작으로 「금수회의록」을 들 수 있는데, 그 서언은 다음과 같다.

   금수만도 못한 이 세상을 장차 어찌하면 좋을꼬. 나도 인간의 한 사람이라 우리 인류사회가 이같이 악하게 됨을 근심하여 매양 성현의 글을 읽어 성현의 마음을 본받으려 하더니 마침 서창에 곤히 든 잠이 (중략) 인적이 고요한데, 푸른 숲 사이에 현판 하나이 달렸거늘 자세히 보니 (중략) 「금수회의소」라 하고 그 옆에 문제를 걸었는데, 「인류를 논박할 일」이라 하였고 또 광고를 붙였는데 「하늘과 땅 사이에 무슨 물건이든지 의견이 있거든 의견을 말하고 방청을 하려거든 방청하되 각기 자유로 하라」 하였는데, 그곳에 모인 물건은 길짐승 날짐승 버러지 물고기 풀 나무 돌 동물이 다 모였더라.[127]

이 작품은 동물들이 인간을 규탄하는 내용으로 되어 있는데 다음 몇 가지가 그 문제점이다. 첫째, 이 작품은 앞에서 보인 「연설법방」의 속편 혹은 통속적 적용이라 할 수 있다.[128] 둘째, 이 작품은 이솝식 우화의 방법이 사회 비판을 위장할 수 있다는 가능성을 보여준다.

   외국의 세력을 빌어 의뢰하여 몸을 보전하고 벼슬을 얻어 하려 하

---

127) 안국선, 『애국정신(외)』(을유문화사, 1969), 8쪽.
128) 이와 유사한 발상의 작품은 「금수재판」(작자 미상. ≪대한민보≫ 1910. 6-8)을 들 수 있다.

며 타국 사람을 부동하여 제 나라를 망하고 제 동포를 압박하니 그
것이 우리 여우보다 나은 일이요 (중략) 또 나라로 말할지라도 대포
와 총의 힘을 빌어서 남의 나라를 위협하여 속국도 만들고 보호국도
만드니 불한당이 칼이나 육혈포를 가지고 남의 집에 들어가 재물을
탈취하고 부녀를 겁탈하는 것이나 다를 것이 무엇이 있소?[129]

셋째, 이 작품은 〈나〉라는 일인칭 관찰자의 시점 도입과, 연설
진행 방법의 합리성을 지적 흥미의 차원으로 끌어올리고 있다.
그러나 이러한 경향은 일제의 언론 탄압이 가중됨에 따라 표면
상으로 더 이상 뻗을 수가 없었다. 1909년 12월 현재 언론 탄압
에 의거 압수된 문헌은 다음과 같은데, 거기엔 「금수회의록」이
포함되어 있다.

《대한매일신보》(국한문판)	7회	12,722부
《동국문판》	7회	3,592부
《대동공보》	57회	2,235부
《공립신보》	4회	6부
《합성신보》	4회	46부
《신한민보》	31회	1,211부
《신한단보》	27회	1,135부
『중등교과동국사략』		1,266부
『월남망국사』		832부
『유년필독』		2,154부
『유년필독석의』		312부
「금수회의록」		203부

---

129) 안국선, 앞의 책, 18-19쪽.

『20세기조선론』	5부
『면암문집』	922부
『동국문헌보유』	15부
『소화』	59부[130]

이외 1910년 11월까지의 발금 압수 서적 속엔 『애국정신』, 『을지문덕』(국한문), 『이태리건국삼걸전』, 『음빙실문집』이 포함되어 있다. 이러한 탄압 조치를 염두에 두어야 개화기 소설이 민족 의식의 정당한 발전 과정을 그리지 못하고 의병을 토비(土匪)로 묘사하는 따위의 왜곡법을 사용한 이유를 알 수 있게 된다.

제6절 개화기 연극의 공간

개화기의 표면적 혹은 포말적 현상을 풍속 혹은 유행의 차원에서 가장 잘 드러낸 것이 연극이라 할 수 있다. 그 이유로는 〈원각사〉(1908)가 설치되고, 그 중심 인물로서 이인직[131]이 활동했으며 그것의 배후에 정부 및 친일 세력 등이 있었다는 외부적 조건을 우선 들 수 있다. 일본 정치 소설 속엔 「설중매」 같은 연극 개량을 풍속 개량의 중요한 측면으로 제시한 것도 있다. 그러나 개화기 연극에서 주목될 수 있는 것은 그것이 철저한 일본식 발상(박자, 음악, 정서 및 방법)을 도입 적용했다는 점과 거기에서 일본적 정감과 한국 민족의 정감의 접목이 조장되었다는 점이다.

---

130) 『한국 신문·잡지연표』, 87쪽.
131) 이인직이 과연 연극에 관계했느냐의 여부에 대해서는 아직도 논점이 명확하지 않은 듯하다(유민영, 「연극개량시대」, ≪연극평론≫ 제6호).

신파(新派)의 눈물 그것은 말할 것도 없이 일본 신파의 눈물을 수입한 것이다. 시초에 자유민권 운동의 정치 선전극으로 출발한 신파극이 이제 와서 가족 제도의 압박 아래 의리와 인정이라는 이름으로 강요되는 전근대적인 윤리가 짜내는 눈물의 신파 비극으로 변질되었다는 것은 기묘한 일이 아닐 수 없다. 그러나 이러한 변질은 일본 부르주아지의 특수성에서 설명될 수 있다.[132]

즉 일본의 민중이 신파 속에서 찾은 것은 〈헌신의 강제, 의무에의 인종, 따라서 자유와 자아의 포기이며, 인간의 상실이요, 인간과 인간성을 부정하는 일체의 것에 체념과 비애의 눈물뿐〉[133]이라고 할 때, 혁신단의 신파극 「눈물」(1913년 상연. 이상협 작)이 공전의 성황을 거두었다는 것은 일본의 연극 공간을 그대로 수입한 결과라 할 수 있을 것이다. 작품 「눈물」이 계모형 가족 제도라는 전근대적인 구조를 지닌 것이라는 점은 개화기 소설의 일반 구조, 그 부정적 측면과 완전히 부합한다. 신파 연극을 개화기 소설과 분리시켜 논할 수 없는 이유 중의 하나는 이것이다. 그 눈물의 의미는 이렇다.

경술(1910)에 나라를 잃은 이 나라 민족들에게 소개되어 뿌리를 내린 신파 연극은 테마 자체가 대부분 그러한 감상의 눈물을 흘리게 하는 것일 뿐더러 혹은 사대주의, 혹은 비장 취미 혹은 웃음보다 눈물을 더 귀하게 여기는 사상 등을 반영하여 해후의 기쁨보다는 이별의 슬픔을, 삶보다는 죽음을, 사랑보다는 희생을, 저항보다는 인종을 집요하게 표현하고 찬미하였던 것이다. 천황의 군대로 강점하고 탄압한 그

---

132) 이두현, 『한국신극사연구』(서울대출판부, 1966), 65쪽.
133) 미부 다타오(瓜生忠夫), 「영화보기(映畵のみかた)」(이두현, 앞의 책에서 재인용).

들이 민중(민족)의 인간적 무력감을 신파의 눈물로 달랬다는 것은 실로 병주고 약주는 격의 시니컬한 현상이라고 아니할 수 없었다.[134]

이상협 작인 「눈물」을 제외하고는 신파 연극의 대표작들인 「불여귀(不如歸)」, 「장한몽」 등이 일본의 인기 소설의 번안에 지나지 않는다는 사실은 문제의 심각성을 잘 드러낸다. 혁신단(임성구)은 1913년 「장한몽」을 상연하였는데, 이것은 오자키 고요(尾崎紅葉)의 「금색야차」를 각색한 것이다. 그러나 그것은 그 후 널리 알려져(토월회까지도 그것을 상연한다) 한국 민족의 정서에 그대로 감염시킨다. 일본 작품 「불여귀」, 「금색야차」는 메이지 정치 소설 다음 차례에 오는 대표적 작품인데 특히 후자는 러일전쟁 후 자본주의가 상승하기 시작하여 돈의 문제가 사회적으로 중요한 위치를 차지하게 되는 때를 배경으로 하고 있다. 「금색야차」의 줄거리는 이렇다. 사랑하는 젊은 남녀가 결혼을 약속했으나 돈 많은 연적의 출현으로 여자도 그 여자의 가족도 급히 심리 변화를 일으켜 그 남자를 배신한다. 실연으로 절망의 극에 달한 남자는 학업도, 장래의 사회적 직업도 버리고 악명 높은 고리대금업자가 되어 사회에 복수한다. 이 소설이 어째서 당시 한국에 열광적으로 읽힐 수 있었는가.[135] 이 작품은 일본 문학에서는 다음과 같은 의미가 있는 것으로 알려져 있다.

첫째 주인공이 관립학교 학생이었다는 점에 주의할 필요가 있다. 그리하여 실연의 결과 학업도 미래의 지위도 던져버렸다는 데 큰 의미가 있다. 이 작품의 당대에는 학교 출신 특히 관립학교 출신은 사회적 지위가 보장되는 지배층이 되었다. 이 작품의 독자가 당대 지배

---

134) 이두현, 앞의 책, 66쪽.
135) 텍스트는 『메이지 · 다이쇼기 문학전집(明治大正文學全集)』(春陽堂) 참조.

층임은 분명하다. (중략) 독자의 소견이 작품 내용을 결정하는 중요한 역할을 한다고 할 때 「불여귀」, 「금색야차」가 그 사실을 분명히 보여준다. (중략) 「금색야차」의 기조가 되는 것은 개인의 심리다. (중략) 개인주의적 요소와 수법으로서의 심리주의가 그 속에 있다. 개인주의란 자본주의 사회의 지배적인 관념이며, 그 정점에 선 것이 자연주의 문학이다.[136]

　「장한몽」의 성공의 이유를 따져보면, 대동강을 배경으로 했다든가, 후편의 인정적 개작 부연이 약간의 친근감을 주었다든가 (당시 일반 개화 소설에 비할 수 없이) 문체가 세련되었다고 하더라도, 학생을 주인공으로 하여(개화 소설에 젊은 학생이 주인공인 적은 거의 없다. 후에 이광수 소설이 전부 학교, 학생과 관계된 점은 학생의 주목을 요한다) 신진 지식층인 독자층을 확보할 수 있었던 점이 우선 주목되어야 한다.
　둘째, 그 작품이 돈과 관련된 개인의 심리를 다루고 있다는 점이 주목되어야 한다. 개인의 심리란 자유연애를 뜻하며, 그것은 부자 관계에 치중한 가족 구조보다는 부부 관계의 가족 관계에 중점을 둠을 뜻한다. 돈과 의리와 인정에 걸린 개인주의가, 사회적 문제로 등장한 것은 일본의 사정이었을 것이다. 그것이 한국 개화기 지식을 충격했을 때, 이것이 연극적 공간으로 확대되어 속화(俗化)의 길을 걷게 되는 그 경사(傾斜)가 식민지 전 기간에 걸쳐 있다는 것은 실로 아이러니가 아닐 수 없다. 나운규의 「아리랑」(1932)이 던진 압도적 항의에도 불구하고 이 일본식 신파조 속화는 7·5조 리듬과 함께 일본 정서의 혼입을 한국 민족의

136) 다카구라 데르(高倉テル), 「일본국민문학의 확립(ニツホン國民文學のかくりつ)」, 구와하라 다케오(桑原武夫) 편, 『예술론집(藝術論集)』(河出書房, 1961), 64-65쪽.

생명 리듬에 잔존케 하는 결과를 빚은 것이다.

제 7 절   최남선의 계몽주의

1 중인 계급과 도산 사상

개화기의 계몽 사상은 중인 계급과 밀접한 관계를 갖고 있다. 중인 계급은 조선 사회에서 일종의 기능직을 담당한 계층인데, 그 기능적 계층은 그 어떤 계층보다도 편견 없이 청구 문명(淸歐文明)에 일찍부터 접할 수 있어 개화열에 불탄다. 그러나 그 기능직 계층은 그들이 속한 사회를 지배하고 있는 계층이 아니었기 때문에, 그리고 그들이 이해한 청구 문화가 피상적인 것이었기 때문에 조선 사회를 완전히 개화시키는 데 앞장 서지를 못한다. 단지 귀족 혁명의 사상적 개병을 제시하였을 따름이다. 그러나 귀족 혁명의 실패와 국권의 상실은 중인 계급 출신의 지식인들을 문화 전면에 나서게 하는데 그 대표적인 인물이 최남선[137]이다. 조선 사회의 구조적 모순의 해결이라는 명제를 중인 계급 출신의 지식인들은 서구 문화의 수입에서 찾았고, 그래서 그들의 사상 내용 역시 문화적 계몽주의에 한정된다.

---

137) 최남선[六堂] : 1890-1957. 중인 출신. 자습으로 국문을 깨쳐 1901년부터 ≪황성신문≫에 글을 투고, 1904년 황실 유학생으로 도일. 동경부립중학교에 입학했으나, 3개월 만에 귀국. 1906년 재차 도일, 와세다 고사부 지리역사과에 입학, 유학생 회보인 ≪대한광학회보≫를 편집, 새로운 시와 시조를 발표. 1907년 모의 국회 사건으로 퇴학. 다음해 귀국하여 신문관을 설치하고 ≪소년≫ 발간. 논설문과 「해에게서 소년에게」 발표(여기에 대해서는 김윤식의 「소년지 연구」를 참조할 것). 1927년 총독부 조선사편수위원회 촉탁. 중요 작품 『백팔번뇌』, 「불함문화론(不咸文化論)」.

오경석의 뜻을 이어서 내정의 개혁을 꾀한 사람이 또 중인 계급에서 나왔으니, 그는 오경석의 친구인 유대치다. 그는 보통 백의정승이라고 일컬어지는 초야에 파묻힌 선비로서 오경석이 북경에서 가져온 『해국도지(海國圖志)』, 『영환지략(瀛環志略)』이니 하는 새로운 세계 정세를 소개한 책을 읽어서 (중략) 그 문하에 모인 사람이 그 당시에 청년 개화당의 쟁쟁한 일군이던 김옥균·홍영식·박영효·서광범 등이어서 1884년의 갑신정변은 유대치를 숨은 지도자로 하여 터진 것이다. (중략) 오경석이 군사와 외교에서 펴보려던 경륜을, 그리고 유대치가 내정에서 크게 펴보려던 포부를 육당은 문화에서 한번 펴보려고 생각하였는지도 모른다. 육당은 자신이 중인 계급의 집안에서 태어난 것을 창피하게 생각하지도 않았지만 항상 오경석과 유대치에게는 최대의 존경을 표시하여 왔다.[138]

기능적 지식으로 무장된 중인 계급이 국권을 잃지 않은 상태에서 그 지적 잠재력을 보여줄 수 있었더라면 역사는 바람직한 방향으로 전개되었을지 모른다. 중인 계급의 부의 축적이 가능하였고, 그것을 이론적으로 표현할 수 있는 힘이 있었더라면 조선 후기 사회는 시민 사회로 변모될 수도 있었을 것이기 때문이다. 그러나 국권이 없는 노예 상태, 노예 문화 속에서의 기능적 지식이라는 것은 그것을 가진 자들로 하여금 노예적 상태의 승인이라는 역사적 과오를 범하게 한다. 그 대표적인 예가 또한 최남선의 친일이다.

이와 관련하여 살펴두어야 할 점은 최남선과 도산 사상과의 관계이다.

---

138) 조용만, 『육당 최남선』(삼중당, 1964), 46-47쪽.

    안창호가 육당을 사회에 열심히 추천한 것을 알 수 있거니와 육당
도 안창호에 대한 사모와 존경이 대단하여 《소년》 제3년 2권의 책
머리에다가, 〈삼가 이 시집을 나의 가장 경앙하는 도산 선생 앞에 올
려 해외에 있어 여러 가지로 사모하고 염려하던 정을 표하옵니다〉
하고 육당은 그의 유명한 「태백산시집」을 안창호한테 올리고 있다.
    육당이 안창호의 지도 아래에 청년 학우회의 설립 위원이 되어 활동
하였다는 구체적 사실은 《소년》지에 나타난 〈청년 학우회〉의 사업
보고에서 볼 수 있다. 1910년 4월 15일에 발행한 《소년》 제3년 4권
에 〈청년학우회보〉라는 목차를 넣고 거기다가 육당의 논설 「청년학우
회의 주지」를 싣고 그 다음에 「회보」를 실었다. 이광수가 《소년》을
가리켜서 〈청년학우회〉의 기관지라고 하였는데, 딴은 이 기사를 보면
그렇게도 생각할 수 있을 것이다.[139]

    이 인용에서 《소년》이 안창호[140]가 창설한 청년학우회[141]의
기관지에 준한다는 지적을 중시할 필요가 있다. 그것은 최남선의
초기 활동이 안창호의 상당한 영향 밑에 이루어진 것을 확인시

---

139) 같은 책, 98쪽.
140) 안창호〔島山〕 : 1878-1938. 평남 강서 출신. 서당에서 한학 수학. 1897
    년 구세학당 졸업. 독립협회 가입. 1902년 도미. 공립협회 창설. 1907년 귀
    국, 신민회 조직. 평양에 대성학교, 정주에 오산학교 설립. 1909년 다시 미
    국으로 망명. 1912년 흥사단 건립. 3·1운동 후 《독립신문》 창간. 1937
    년 동우회 사건으로 체포됨. 저서 『안도산전집』.
141) 1909년에 도산이 창설한 것으로 비밀 결사인 신민회의 표면 운동의 하나
    로 전개된 청년 운동. 중앙위원장 윤치호, 중앙총무 최남선으로 되어 있다.
    그 목적은 〈무실·역행·충의·용감의 4대 정신으로 인격을 수양하고 단체
    생활의 훈련에 힘쓰며, 한 가지 이상의 전문 학술이나 기예를 반드시 학습
    하여 직업인으로서의 자격을 구비하여, 매일 덕·체·지육에 관한 수양 행사
    를 한 가지씩 행하여 수련에 힘씀으로 되어 있고, 이 4대 정신은 뒤에 일
    으킨 흥사단의 그것과 같은 것〉(주요한 편저, 『안도산전집』, 삼중당, 1963,
    100쪽)이다.

켜 주기 때문이다. 안창호의 독립 방안의 핵심은 정신 개조를 뜻하는 민족 교육에 있다.

　　독립 운동 기간에 우리는 교육을 힘씀이 마땅할까요? 나는 단언하오. 독립 운동 기간일수록 더 교육에 힘써야 한다고. 죽고 살고 노예되고 독립됨이 판정되는 것은 지력(知力)과 금력이오. 우리 청년이 하룻동안 학업을 폐하면 그만큼 국가에 해가 되는 것이오. (중략) 또 국민에게 좋은 지식과 사상을 주고 애국의 정신을 격발하기 위해 좋은 서적을 많이 간행하여 이 시기에 적합한 특수한 교육도 하여야 하고, 학교도 세우고 교과서도 편찬하여 해외에 있는 이들에게도 가급적 교육을 실시하여야 하오.[142]

안창호의 이 〈무실역행 사상〉은 민족성의 개조라는 원칙론에 입각한 일종의 준비론으로, 박은식·신채호의 투쟁론과는 현저히 다르다. 최남선이 이광수와 마찬가지로 안창호의 준비론에 찬동하고 있었다는 사실은 그의 현실 타협주의와 그의 계몽사상의 한계를 잘 드러내 준다.

2 율문(律文) 형식과 그 문제점

최남선은 대체로 세 가지의 율문 형식을 시도하였는데, 그것들은 신시(新詩), 창가(唱歌), 시조(時調)이다. 「해에게서 소년에게」(1908)는 신시를, 「경부선철도가」, 「한양가」 등은 창가를, 그리고 「백팔번뇌」는 시조를 각각 대표하는 작품들이다. 그것들을 하나하나 검토하기로 한다.

---

142) 같은 책, 561쪽.

신시에서는 창작 방법이 우선 문제될 수 있다. 「해에게서 소년에게」를 두고 이광수는 아마 이것이 내가 아는 한에서는 우리 조선에서 새로운 시, 즉 서양시의 본을 받은 시로 인쇄가 되어서 세상에 발표된 것으로는 맨 처음이라고 진술하고 있는데,[143] 이 때의 서양시란 일본의 신체시를 뜻하는 개념인 듯하다. 일본의 신체시는 〈시세의 진보에 응해서〉 발생한 것으로 그 작법은 다음과 같다. 첫째, 격법이 자유로울 것, 둘째, 규모가 광대할 것, 셋째, 언어가 풍부할 것, 넷째, 어격이 현대어일 것, 다섯째, 자구가 경건(敬健)할 것, 여섯째, 지의(旨意)가 명석(明晳)할 것, 일곱째, 신기하고 청신할 것.[144] 이 조건에 비추어 보면 「해에게서 소년에게」의 모습이 뚜렷하게 드러난다. 특히 두번째 항목인 〈규모의 광대함〉은 「해에게서 소년에게」를 지배하는 작시술이라 할 수 있다. 그러나 신체시의 이러한 창작 조건은 시나 예술의 차원에 속하는 것이 아니라 신지식 수입의 차원에 속한다. 고쳐 말하면 일종의 논설의 율문화인 것이다.

그러나 신시로서 신체시의 창작 방법에 다소 입각해서 쓴 것은, 그것이 번안이든 아니든, 「해에게서 소년에게」뿐이며 「구작삼편(口作三篇)」과 그 외 두서너 편 외에는 그 형식마저 폐기된다. 아마도 신체시의 자유성의 진정한 의미를 이해하기에는 전통적 정형시의 압력이 너무 컸거나 논문의 내용이 신체시를 용납할 수 없었기 때문이었을 것이다. 엄격한 의미에서 신체시란 존속한 바도 없고, 또한 존속할 필요도 없었던 명목상의 명칭에 불과하다. 다만 문학적으로 문제가 된다면, 전통시와 다른 서구적인 것 비슷한 새로운 시가 시도되었다는 것 정도인 것이다.

---

143) 이광수, 「육당 최남선론」, 《조선문단》 제6호, 82쪽.
144) 이노우에 데츠지로(井上哲次郎), 「신체시론」, 《제국문학》 제3권 제1호, 9-15쪽.

최남선이 심혈을 기울인 것은 창가이다.

　그가 시를 위하여 많이 생각하고 많이 힘쓴 것은 그가 여러 가지 형식의 시체를 시험해 본 것으로 보아도 알 것이다. 위에 인용한 바와 같이 그는 서양시의 본을 받아서 글자수가 규칙적으로 같은 시형식을 만들어 보려고 하였으나 그 후에는 차차 그것을 버리고 아직 글자 수효에는 제한이 없는 산문시체와 또 그와 반대로 글자 수효에 분명한 제한이 있는 노래체, 그중에도 일본의 이마요오(今樣)에서 나온 7·5조를 많이 사용하였고 융희 3년 끝에서부터는 시조체로 많이 기울어졌다.[145]

산문시체를 포기한 이유와 표리 관계에 있는 것이 노래체, 즉 창가에의 집착이다. 이 창가에의 열정이 얼마나 강했느냐를 증명하기란 실로 용이한 일이다. 그것은 그가 산문 개척까지를 포기한 점에서 단적으로 드러난다. 가령 ≪소년≫ 창간호에 그는 「쾌소년세계주유시보(快小年世界周遊時報)」를 쓴다.

　나는 말노만 배호고 귀로만 듯난것보다 눈으로 보고 마음으로 염량하난 것을 낫게 아닌 성미인고로 전학교에 다닐째에도 한나·백두 두 산우에 분화구여지가 잇단 것을 말노만듯고는 마음에 시원티 아니하야 암야에 남모르게 실지 시찰을 하랴 하다가 어룬에게 붓답힌바이 되야 밋텨 가디못하고 말은일도 잇거니와 금번길도 또한 이 성미의 부림이니 대체 〈아시아〉, 〈유롭파〉, 〈아메리카〉 등 대륙과 (중략) 웃검덩갓게 검은 인종은 어대잇스며, 구릿빗 갓게 붉은 인종은 어대잇스며 〈런돈〉은 그 은성(銀盛)이 웃더하고 (후략).[146]

---

145) 이광수, 앞의 글, 83쪽.
146) ≪소년≫ 창간호, 73쪽.

이 구절은 이광수가 일찍이 지적한 〈모자가 다 저그러지고 몬지가 켜켜히 안진 갓을 뒤통수에 제쳐쓰고 (후략)〉 부분과 함께 그가 시도한 언주문종체(言主文從體)의 새로운 산문이다. 그러나 그는 ≪청춘≫지 창간호에 그것과 같은 내용을 「세계일주가」라 하여 노래체(창가)로 쓰고 있다.

한양아 잘잇거라 갓다오리라
압길이 질편하다 수륙십만리
사천년넷도읍 평양지나니
굉장할사압록강 큰쇠다리여
(중략)
웅대한 피레네의 산맥을 넘어
장미레몬감람의 향에싸여서
포도수출항으로 세계에명난
쏘르도항번화를 구경하고서

쎄쓰카야만상에 배를쯰우고
조선업이 성대한 난투를거쳐
로와루강거슬녀 올나가보고
사라켄인패적지 두루지내매

짜안누짜륵색시의 기적행하던
오를레안저성을 북으로가면
오래두고그리던 꼿서울이라
파리야얼골로는 첨이다마는
세계문명중심에 선봉겸하야
이세샹낙원이란 꼿다운일홈

182

오래도다들은지 우리퍼붓듯

힌비단을 넌듯한 세이누 강은
질김의 속살거림 무르녹은대
하늘을 씌쭐려는 「에펠」탑은
파리저자왼통을 개미집보듯

샨셀리제큰거리 질번질번함
천하인물정화를 모아놀게요
팔달로한가운데 놉흔개선문
국민의대명예심 표상이로다[147]

왜 그가 산문체를 포기하고 똑같은 내용을 7·5조 창가로 쓰
게 되었을까? 그 질문에 대답하는 것은 왜 개화기 소설이 후기
에 이르러 개화 사상을 고취하기는커녕 고대 소설보다 더 후퇴
한 축첩 묘사로 시종하고 말았는가를 밝히는 것과 대응한다.

그가 노래체로 경사하게 된 이유는 다음과 같다. 첫째, 개화
지식을 보급시키기 위한 문자 행위 중에서 노래체가 가장 합당
하다고 판단된 것은 노래(시가)가 본질적으로 가지고 있는 반복
형식 때문이다. 기억하는 데 노래체보다 쉬운 것은 없다는 사실
과 위의 진술은 무관하지 않다. 이것은 노래체의 공리주의적 측
면이다. 둘째, 재래의 4·4조에서 7·5조의 일본 리듬으로 그가
옮겨간 것은 지식량의 확대와 관계될 것이다. 4·4조가 유교적
이념을 표현하는 데 가장 적합한 형태였다면, 새 지식을 표현하
는 데는 그와는 다른 양식을 필요로 하지 않을 수 없었을 것이

147) ≪청춘≫ 창간호, 39, 64-65쪽.

다. 새로운 내용은 새로운 형식을 항상 요구하기 때문이다. 그가 자유시·산문시의 경지에까지 시를 몰고 가지 못한 것은 그가 새로운 지식을 습득하였음에도 불구하고 그것을 받아들일 문화적 계층이 아직 형성되어 있지 못한 사실과 밀접하게 관계되어 있다. 각 신문에 발표된 「사회등(社會燈)」류의 서명 없는 창가류는 새 이념과 옛 이념 사이의 마지막 보루 역할을 한다. 이 사실을 가장 확실히 증명해 놓은 것이 최남선의 노래체 창가이다. 그의 「세계일주가」를 분석해 보면 노래체가 어떻게 새 이념의 표현이라는 산문 기능을 대행할 수 있었는가를 확연히 알 수 있다. 앞에서 인용된 「세계일주가」에는 그 한 연마다 해설문이 붙어 있다.

[피레네 pyrenees] 뜨랑쓰와 이쓰파니아의 국경을 획한 산맥. 연장 천리여, 고평균팔천척, 산중에 온천이 다(多)하고 남부는 웅대한 경치가 다(多)하니라. [레몬 Lemon] 동남아시아 지방 원산의 상록수. 과실은 타원형황적색. [짜안누짜륵 Jeanne D'Arc(1412-1431)] 뜨랑쓰여걸, 뜨랑쓰가 쓰리텐으로 더부러 전패하야 오를레안 성만 남앗슬적에 천명을 바닷다하야 이팔소녀로 솔병해위(率兵解圍)하고 일사로 부정(扶鼎)한 후 적군에 잡혀 분살(焚殺)을 입으니라. [오를레안 Orleans] 뜨랑쓰국 로와르도의 수도. 파리서남삼백리. 상업이 성하니라. [꽂서울] 파리의 물색번화를 칭미하는 말. [파리 Paris] 뜨랑쓰국 수도. 세인누강을 가로 탄 유로파 대륙중 최대도부(最大都付)니 (중략) 신발명 신유행의 발원지.[148]

거기에는 이 따위의 해설문만이 있는 것이 아니라 페이지마다 그에 해당하는 그림이 삽입되어 있다. 그 전단계에 있었던 『서유

---

148) ≪청춘≫ 창간호, 65-66쪽.

견문』및 수많은 역사, 지리교과용 도서의 내용은 노래체로 연문화(軟文化)되어 심정적인 면에 파고들게 된 것이다. 일종의 설탕에 조린 지식이다. 그러나 이 문제의 중요성은 개화기 소설과 그것을 관계지어 바라볼 때 확인된다. 개화기 소설은 그것이 새로운 개화 지식을 감당하지 못하고 새로운 사상 담당의 기능을 잃어버릴 때, 플롯 중심의 탐정·추리 소설로 되어버린다. 개화기 소설은 그래서 점점 새로운 개화기 지식층과 유리된다. 그러면 개화 지식은 어떻게 문자화되어 전달된 것인가? 그 전달 방법의 하나가 바로 창가이다. 따라서 개화기에서는 소설 및 산문이 담당할 기능을 운문 및 노래체가 담당해 온 것이다. 그러므로 그의 창가체에의 집착은 새 지식 보급의 욕구를 뜻하는 것이지, 문학적인 집착을 뜻하지 않는다. 문학 행위는 그에게 아직까지도 도구로 비친 것이다. 그 사실은 그가 조선 사회의 마지막 문인이었다는 진술과 맞먹는다.

그러나 시간이 감에 따라 창가의 한계성이 뚜렷이 드러난다. 이미 7·5조 속에 가둘 수 없을 정도로 지식량이 보급되었음에도 불구하고, 그 지식으로도 총독부의 헌병 정치 밑에서는 아무것도 할 수 없다는 사실이 확인되자 최남선은 조선심(朝鮮心)을 찾기 시작한다. 사실상 그의 조선주의는 광문회(光文會)를 조직하여 고전을 발간하기 시작한 1910년대부터 그 싹을 보인다. 그가 시조를 창작하기 시작한 것도 ≪소년≫지에서부터이며 ≪청춘≫지에서는 더 많은 시조가 「님」, 「내속」 등의 제목으로 씌어졌던 것이다. 그의 시조 편향과 조선심은 조심스럽게 관찰되어야 할 요소를 가지고 있다. 그가 끝내 붙잡고 있었던 문학 양식은 시조인데, 그것은 시조가 우리 것이니까 그것을 버릴 수 없다는 치졸한 복고 사상을 의미하지는 않는다. 그것은 보다 본질적인 것과 관련되어 있다.

사상의 경향으로써 세계의 인류를 살펴보면 대개 두 종류로 나눌 수가 있으니 일은 내관적(內觀的) 인종이라 할 것이요 우일(又一)은 외선적 인종이라 할 것이다. 우주를 이념적으로 보아서 심사묵념정관 적조(沈思默念靜觀寂照)하야 자기의 마음과 우주의 마음과의 거리를 한걸음 한걸음 접근하여 가는 가운데 이른바 결열(結悅)과 선락(禪樂)을 감수하는 이는 전자이니 인도인을 그 대표라 할 것이다. 그렇지 않고 우주를 감정적으로 보아서 탄미송앙(嘆美頌仰), 신락흔모(信樂欣慕)하야 황홀한 심경에 자기의 왼통을 그대로 들어다가 신뢰하는 대상 그것에 고스란히 투탁(投托)함에 충족과 평화를 향용하는 이는 후자이니 유태인을 그 대표라 할 것이다. 이 양부류의 예술의 위에 있어서는 전자는 회화적 상설적(像說的)을 주로 함에 대하야 후자는 음악적 규창적(叫唱的)을 주로 함도 자연한 약속과 같았었다. 그런데 우리 조선인은 속으로 속으로 마음을 파들어가는 종인(種人)이 아니라 겉으로 겉으로 마음을 소리지르는 인종으로서 저 두 가지 중 유태적인 후자에 붙이는 종족이었은 듯하다. 이제 다시 음악의 발달상으로써 세계의 인류를 살피건대 여기서도 인류가 스스로 양대군(兩大群)에 나누었음을 본다. 금석관현 등의 진동을 빌어서 애락의 정조를 양현하기를 주로 하는 기악적 인종이 그 하나이니 애급 같은 데가 그것이다. 그렇지 아니하고 자기의 성대를 악기로 하여 의사와 성조(聲調)를 동일한 기관(器官)으로써 표백(表白)하기를 주로 하는 성악적 인종이 또한 그 하나이니 유태인 내지 아립비아 같은 데가 그것이다. 그런데 우리 조선인은 장단으로 노래를 하는 인종이 아니라 실로 노래로 장단치는 인종으로 저 두 무리 중에서 아립비아적인 후자에 붙이는 종족이었다.[149]

---

149) 최남선, 「시조태반으로의 조선민성과 민속」, 《조선문단》 제17호, 2-3쪽.

위의 글을 길게 인용한 이유는 그의 율문 형식에의 경사가 학문적 확신에 근거하고 있다는 사실을 분명히 해두기 위해서이다. 그가 시조로 창작집을 낸 것은 처음 ≪소년≫에 시조를 창작한 지 23년 되는 병인년(1925)에 나온 『백팔번뇌』이다. (1928년엔 『시조유취』라는 고시집을 펴낸다.) 『백팔번뇌』는 「동청나무그늘」(님 때문에 끊긴 애를 읊은 36수), 「구름 지난 자리」(조선국토순례의 축문으로 쓴 36수), 「날아드는 잘새」(안두삼척(案頭三尺)에 제가 저를 잊어버리던 36수)의 3부로 구성되어 있다. 「백팔번뇌」의 문제점은 다음과 같이 요약될 수 있다. 첫째, 그가 심혈을 기울여 쓴 것이 ≪소년≫ 제3년 제2권에 발표된 「태백산시집」인데, 7·5조와 산문시체와 신체시 등으로 총 열여섯 쪽에 달한다. 그의 시조에의 경사는 이러한 형식 실험의 실패와 관련된다. 한 개인이 시대나 민중과 동떨어진 자리에서 불쑥 새 장르를 개척할 수는 없다. 그래서 그는 시조로 복귀한 것이다. 둘째, 3·1운동 이후의 문학 활동의 상당 부분이 국적 불명의 상태로 흘러 여기에 대한 비판이 전면적으로 일어났다는 점을 들 수 있다.[150] 끝으로 당대에 조선심 내지 조선주의가 민족의 지상명제였다고 하더라도 그것을 그대로 부활시키는 것이 과연 어떠한 의미를 띨 수 있을 것인가라는 문제가 제기될 수 있다. 왜냐하면 전통 예술로서의 시조는 이미 그 당대를 반영하고 종언을 고한 것으로 이해되었기 때문이다.

---

150) 〈시단의 시작이 현재의 조선혼을 조선말에 담지 못하고 남의 혼을 빌어다가 옷만 조선 것을 입히지 않았는가 의심한다. 다시 말하면 양복 입고 조선갓 쓴 것이며 조선 옷에 일본 게다를 신은 것이란 말이다. 문단의 작가를 세상에서도 비웃는 것도 무리가 아닐 것이다. 현대의 조선혼의 배경이 없는 시가는 아무것도 아니다. 그것이 없는 노래야말로 장난감이며 노리개에 지나지 못한다〉(김억, 「시단일년」, ≪동아일보≫ 1925. 1. 1).

육당은 시조를 우리 것이라 하여 숭상하나 시형으로 보아서는 그
다지 숭상할 가치가 있는 것이 아니다. (중략) 우리의 시조는 일본의
하이쿠(俳句)에 비할 것이 아니나 그 악착(齷齪)한 정도는 구경오십
보백보의 차라 숭상하는 육당이라도 나의 숭상하지 아니함을 무리하
다고 말하지 아니할 것이다. 악착한 예술품이 작자와 감상자에게 각
각 일종 특별한 흥미를 주는 것은 별개문제라. 악착한 형식을 취치
않는 나도 이것은 부인하지 아니한다. 시조형식이 악착하든지 아니하
든지 악착함으로 흥미가 있든지 없든지 육당이 그의 님 〈조선〉에 대
하야 사랑하는 정념을 표현함에는 다시 둘이 없는 좋은 형식이라 할
것이다.[151]

　　벽초의 이와 같은 부정적 평가에도 불구하고 『백팔번뇌』는 상
당한 예술적 성과를 이룩한다. 그것은 조운, 정인보, 이병기 등의
예술적 달성을 부정할 수 없음과 동궤이다. 그 자신은 이 문제에
대해 이렇게 주장한 바 있다.

　　무엇에든지 절대가 있지 아니한 것처럼 시적 절대가 시조에 있을
리는 본래부터 만무할 것이다. 그러나 줄잡아도 시조가 〈인류의 시적
충동, 예술적 울읍의 유로선양(流露宣揚)되는 주요한 일범주 ── 시
의 본체가 조선국토, 조선인, 조선심, 조선어, 조선음율을 통하야 표
현한 필연적일양식 ── 세계 온갖 계통 우는 조류의 문화, 예술이
흘러서 흘러서 조선이란 체로 들어가서 걸어나온 ── 걸러나온 일정
액(一精液)〉인 것은 아무도 앙탈할 수 없는 일이오. (중략) 더 짤라
도 못쓰고 더 길어도 못쓰고 (중략) 무수한 시의 신비성이 분명히

───────────────
151) 『백팔번뇌』, 벽초의 발문 5-6쪽. 이 시집에는 벽초, 춘원의 발문이 실려
　　 1906년 동경 학창에서 서로 만났던 포부의 사나이들이 성장하여 다시 한
　　 자리에 만나는 감격적인 모습을 보여주고 있다.

시조의 속에 들어 있음에랴[152]

이러한 견해는 그가 시조 자체에 대해 깊은 조예가 없었음을
드러낸 것이라 할 수 있다. 그것은 그가 시조의 발생적 근거와
그것의 담당 계층의 계급적 성격을 전혀 이해하지 못하고 오직
〈조선 것이니까 제일이라는 식〉으로 시조를 파악한 데서 명백히
드러난다. 이러한 이론적 함정은 그의 중인 계급성, 기능적 지식
을 유감없이 발휘한 대목이다.[153] 또 시조의 예술적 본질에 대한
고구가 그에게는 결핍되어 있다. 그것이 학문적으로 구명된 것은
이병기에 의해서인데[154] 그를 통해서 시조의 예술적 측면이 제시
되고 그것에 따라 창작된 시조가 나타난다. 그럼에도 불구하고
『백팔번뇌』가 예술적 성과를 얻을 수 있었던 것은 시조를 이루
는 중요한 요소였던 창(唱)의 자리에 소위 조선심으로 불리는
〈님〉이라는 민족 의식이 놓여 있었기 때문이다. 그것은 최남선이
유교적 이념의 파괴를 목도하고 그것을 피부로 느끼면서도, 나라
의 상실이라는 치욕적 사실 때문에 거기에 회귀하지 않을 수 없
었던 보수주의적 측면을 여실히 보여주는 것이기도 하지만 여하
튼 창의 대치물로 제시된 조선심은 그 애절한 호소력으로 예술
적 긴장을 획득한다. 그러나 그의 친일은 그의 조선심의 내용의
허구성을 또한 입증해 준다. 그것은 그의 조선심이 몰락한 선비
집단의 탄식을 대변한 역사 의식 없는 중인 계급의 현실 타협에
불과했다는 것을 보여주는 것이다.

---

152) 최남선, 「조선국민문학으로의 시조」, ≪조선문단≫ 제16호, 3-4쪽.
153) 이러한 조선주의는 신채호에게도 해당된다. 이미 1925년 이후만 해도 계
    급 운동과 민족 운동이 대립되어 분열되었다는 점을 지적할 필요가 있다.
    그러나 신채호나 최남선에게 중요했던 것은 계급을 초월한 〈민족단위〉였다.
    이 점에 대해서는 문학의 측면에서 다시 논구되어야 할 것이다.
154) 이병기, 「시조의 발생과 가곡과의 구분」, ≪진단학보≫ 창간호.

제8절 이광수와 주요한의 문학사적 위치

이광수[155]와 주요한[156]은 개화기 시대를 문학적으로 완성하면
서 다음 세대로 새로운 형태의 문학적 도전을 가능케 해준 이중
의 역할을 맡고 있다. 〈민족 의식이라는 병을〉[157] 일생 내내 달
고 다닌 이광수나 〈우리 말로 우리 시를 만들〉되 〈자유 분방한
시상을 조금도 얽매이지〉[158] 않게 표현하려 한 주요한이나, 그
두 작가는 다같이 1910년에 이르는 개화 과정을 투철하게 지켜
볼 수 있는 여건 밑에서 자라났으며, 나라의 상실이 갖는 의미를
직접적으로 느낄 수 있었던 그런 세대에 속한다. 개화기 세대의
개화 의식을 실제로 실천하고 표현할 수 있는 유일한 세대로 그
들은 자부한 것이며, 그러한 자부의 첨예한 표현이「무정」과『아
름다운 새벽』이다. 이 두 작품의 문학사적 의미는 그것들이 최초

---

155) 이광수[春園, 외배] : 1892-? 평북 정주에서 출생. 1901년 양친을 잃고
    고아가 된다. 13세 때 천도교 유학생으로 선발되어 일본 메이지 학원 중학
    부에 다녔다. 그 다음해 유학생사에서 안창호의 연설을 듣고 민족 의식을
    갖게 된다. 오산학교에서 교원 생활. 1910년에 다시 일본에 건너가 1919년
    에「조선청년독립단선언서」기초. 그 뒤 상해로 망명했다가 귀국. 민족 의
    식에 가득 찬 작품 발표. 일제 말기에 최남선과 함께 친일 행각. 6·25 때
    납북되어 생사불명. 대표작으로는「무정」(1917),「개척자」(1918),「무명」
    (1937),「흙」(1932),「사랑」(1939), 그의 전기로는 박계주·곽학송 공저
    『춘원 이광수』가 널리 알려져 있다. 그의 전작품은 삼중당에서『이광수전
    집』으로 나와 있으며 거기에는 연보가 자세히 정리되어 있다.
156) 주요한[頌兒] : 1900-1979. 평양 출신. 1912년 도일하여 1913년 메이지
    학원 중학부에 다녔다. 중학부와 제일고등학원을 거쳐 1925년 중국 상해·
    호강대학 졸업. 1919년 김동인과 함께 ≪창조≫ 발간,「불놀이」를 발표. 시
    집으로는『아름다운 새벽』(1924),『삼인시가집』(1929). 1945년 이후에는
    시작을 폐지하고, 정치·사회 운동에 참여.
157) 김붕구,「신문학초기의 계몽사상과 근대적 자아」,『한국인과 문학사상』(일
    조각, 1973), 5쪽.
158) 박종화,「대전후문예사조」(백철,『백철전집 4』, 신구문화사, 139쪽에서 재
    인용).

190

의 전범을 보인 한국 문체와 그때까지의 모든 현실적 모순을 반
주자주의적 지평에서 해결하려 한 노력으로 대별된다.

1 이광수와 개화 의식

이광수의 개화 의식은 1884년의 귀족 혁명과 1894년의 농민
혁명, 그리고 독립협회의 국권·민권 운동과 밀접하게 연결되어
있다. 그의 초기 사상을 마무리하고 있는 「민족개조론」은 귀족혁
명과 독립협회의 여러 운동의 실패 이유를 적시한 후에 그의 민
족 개조가 무엇인가를 설명한다. 그에 의하면 1884년의 귀족 혁
명은 〈동지되는 인물과 사업의 자금이 될 금전〉[159]이 없었기 때
문에 실패하였고, 독립협회는 〈단결이 공고치 못해서〉[160] 실패하
였다고 한다. 귀족 혁명은 동지가 너무 적어서 실패한 것이며, 독
립협회는 동지가 너무 많아서 실패한 것이라는 진술이다. 이광수
의 이 진술의 타당성 여부를 탓하기 전에 그 진술에서 알아낼 수
있는 것은 그가 귀족 혁명과 독립협회의 방향만은 올바르고 정확
한 것으로 파악했다는 사실이다.[161] 그는 두 운동이 〈조선이 날로
쇠퇴하여 가는 것을 보고 이래서는 안되겠다 하여 개조〉[162]할 생
각으로 움직인 것으로 파악하며, 그 내용으로는 ≪독립신문≫이
순국문으로·쓰인 것과 그 협회에서 고취한 자주의식 — 애국심을
중요시하고 있다. 그는 귀족 혁명과 독립협회 운동에서 민족 개

---

159) 『이광수전집 17』, 176쪽.
160) 『이광수전집 17』, 177쪽.
161) 그는 그 논문에서 정약용에 대해 그 사상적 높이를 평가하면서도, 그를
    자세히 알지 못한다는 이유로 그에 대한 언급을 회피하고 있다. 동학 관계
    에 대해 분명한 논술을 하지 않고 있는 것과 함께 그의 사상의 천박성을
    알게 하는 대목이다.
162) 『이광수전집 17』, 176쪽.

조의 싹을 보고 있으며 그것의 실패를 거울삼아 새로운 민족 운동을 일으키려 한다. 그 운동은 이상과 계획을 철저히 이해하는 단체를 만드는 것과 정치적 색채를 띠지 않는 도덕적 개조를 행하는 것으로 집약될 수 있다. 이 두 지표는 이광수의 초기 문학을 특별히 인각한 두 특징이다.

　단체 조직에 대한 그의 욕구는 안창호의 지대한 영향 밑에서 이루어진 것이다. 그가 목표하고 있는 것은 안창호의 수신수양회이다. 거기에서 요구되는 것은 철저한 민족 의식으로 무장된 자의 자기 희생이다. 그 희생은 동시에 논리적인 개인 의식의 표현이어야 한다. 그것은 이기심과 파쟁심(派爭心)을 거부한다. 그의 반유학은 여기에서 그 근거를 얻는다. 또한 그의 도덕적 개조는 원만한 인격을 목표로 한다. 〈허위와 사욕〉이 없는 인간을 만드는 것이 그 도덕적 개조의 목표이다. 정치적인 것을 배제하여 도덕적 차원에서만 개조를 행하려 하였기 때문에 그의 개조는 그의 강렬한 신세대 선언에도 불구하고 결국은 초기의 주자주의가 표방한 군자의 그것으로 회귀하고 만다. 그의 도덕적 개조—— 풍속 개량의 압도적인 의미에도 불구하고 그의 개조론이 〈민족을 위한 친일〉로 전환할 수 있는 소지는 미리 마련되어 있었던 것이다.

2　이광수의 개화·계몽 사상의 내용

　이광수의 민족 개조는 과거의 것은 모조리 나쁜 것이다라는 과거 혐오증과 새로운 것은 무조건 좋은 것이다라는 새것 콤플렉스에 그 기반을 두고 있다. 개조란 과거의 것에 대한 혐오와 새것에 대한 동경의 복합어에 지나지 않는다. 그의 개조 의식은 그러므로 과거의 것에 대한 공격에서 시작한다.

민의 말과 같이 우리는 부모 중심, 과거 중심이던 구시대의 대신에 자녀 중심, 장래 중심의 신세대를 세워야 한다. 그리하려면 우리는 우선 구세대를 깨뜨려야 하고 깨뜨리려면 깨뜨리는 사람들이 있어야 하고 깨뜨리려는 사람들이 있으려며는 맨처음 깨뜨리는 사람이 있어야 한다.[163]

새로 사랑에 눈을 뜬 한 처녀의 입을 통해 진술되고 있는 깨뜨려져야 될 구시대는 그럼 무엇일까? 그것은 주자주의에 철저하게 감염된 사회 제도이다. 그래서 그의 유교에 대한 철저한 공격과 구가족 제도에 대한 포격이 시작된다.[164] 그의 유교에 대한 공격은 1) 자아 의식·개아 의식을 억압·말살하는 적으로서의 유교, 2) 과거 중심적인 효사상, 3) 중국에의 정신적 의존을 가능케 한 사대주의로서의 유교, 4) 공리·허례로 가득 찬 유교식 교육에 대해 가해진다. 그 공격의 신랄도는 한 연구가의 표현을 빌리면 〈이를 갈고 통분해〉[165] 할 정도이다. 유교에 대한 그의 공격과 밀접한 관계를 갖는 것이겠지만, 구가족 제도에 대한 공격 역시 효사상을 주축으로 하고 있다. 〈조선의 가장은 흡사히 전제군주의 관(觀)이 유하니 (중략)〉, 〈여차한 남존여비의 사상은 중국의 유독(流毒)이니 (중략) 조선 여자로 하여금 금수노예의 참독한 고통을 수케 한 주문(呪文)이라〉 등은 구가족 제도의 기본적 폐단으로 그가 지적하고 있는 것들이며 거기에서 숙명론적 인생관과 노동 천시·무위도식 습성이 생겨남을 또한 주목, 예리하게 비판한다. 그렇다면 과거의 그러한 폐습을 어떻게 고칠 것인가? 그것은 교육에 의해서이다. 「무정」의 유명한 한 대목은 다음과 같이

---

163) 『이광수전집 1』, 404쪽.
164) 김붕구, 앞의 글, 26-29쪽.
165) 같은 글, 29쪽.

그 교육의 중요성을 강조한다.

　「그리하려면?」
　「가르쳐야죠! 인도해야지요!」
　「어떻게?」
　「교육으로. 실행으로」[166]

　그 교육을 통해 가르쳐야 할 것은 무엇인가? 첫째는 숙명론적 인생관으로부터의 탈피이다. 「숙명론적 인생관에서 자력론적 인생관」에서 그는 숙명론적 인생관의 피해, 무기력과 나태와 수동성을 개탄, 자기를 재발견하기를 요청하며, 그것은 「자녀중심론」의 미래 중심의 생활로 연결된다. 둘째로 그는 직업과 노동의 신성함을 주장한다. 〈양반이 어찌 직업을 구하리오⋯⋯ 하는 비견(鄙見)을 타파함이니, 차는 과거의 사상이다. 지금은 상인이 양반이요, 공장(工匠)이 양반이요, 농업자가 양반이요, 제일 상놈은 서민인 줄 알지어다〉[167]라는 것이다. 셋째는 조혼타파(早婚打破)이다. 조혼타파와 그것의 배경을 이루는 자유연애는 그의 득의의 분야이며, 정치적인 것을 제외한 그의 원래의 태도 때문이겠지만, 그의 영향을 가장 폭넓게 끼친 주장이다. 그 주장은 그의 초기 논설의 상당 부분과 「무정」, 「개척자」에서 노골적으로 피력된다.
　1) 조혼의 피해━━그것은 타율적 부모 위주의 강제적 부부 조작이다. 〈청루에 일야의 환(歡)을 탐할 때에도 자기의 마음에 드는 창기를 고르거든, 하물며 일생을 같이할 처를 정할 때에 어찌 그 선택을 타인에게만 의뢰할 것입니까.〉[168] 그것은 또한 지

---

166) 『이광수전집 1』, 310쪽.
167) 『이광수전집 1』, 496-498쪽.
168) 『이광수전집 17』, 141-142쪽.

나치게 빨리 육체를 발달케 하여 사람을 〈생식기 위주〉로 만들 염려를 가지고 있다. 〈그러나 이는 피가 되고 근육이 되고 뇌수가 될 양분이 전혀 생식기에 소모되는 병적 발육이외다.〉[169]

2) 정조관 —— 정조를 여자에게만 구하는 것을 그는 〈일종의 종교적 미신〉이라고 단언하고 〈현대에는 과학적 철학적 근거가 없는 사상이나 제도는 아무 효력이 없다〉[170]라고까지 말한다. 그런 입장에서 본다면, 애정 없는 결혼이란 그것이 오히려 매음이며, 야합에 지나지 않는다. 그러나 그는 정조를 〈불경이부(不更二夫)〉로 한정시켜, 과부의 재가에만 그것을 적용시키고 있는데, 그것은 그의 한계라고 지적할 만하다.

3) 자유연애 —— 그는 연애를 〈인생의 천성에 근거를 유한 중요한 인생의 기능〉이라고 정의하고 〈결혼 없는 연애〉는 상상할 수 있되, 〈연애 없는 결혼은 상상〉할 수 없다고 극언한다. 그에 의하면 연애에는 육체적인 쾌락만을 노리는 비문명적 연애와 그것 외에 영적 쾌락을 요구하는 문명적 연애의 두 종류가 있다고 한다.[171] 그가 주장하는 자유연애가 후자일 것은 말할 것도 없다. 문명적 연애에서는 그러므로 상호간의 인격적 만남이 중요하게 된다. 이 자유연애론이 얼마나 충격적이었는가는 「무정」의 다음 장면으로도 짐작할 수 있다.

　「선형씨는 나를 사랑하십니까?」
　하고는 힘있게 선형의 눈을 보았다.
　　선형도 하도 뜻밖의 질문이라 눈이 둥그레진다.
　　더욱 무서운 생각이 난다. 실로 아직 선형은 자기가 형식을 사랑

---

169) 『이광수전집 17』, 148쪽.
170) 『이광수전집 1』, 59쪽.
171) 『이광수전집 17』, 56쪽.

하는가 하지 않는가를 생각하여 본 적이 없다. 자기에게는 그런 것을 생각할 권리가 있는 줄도 몰랐다. 자기는 이미 형식의 아내다. 그러면 형식을 섬기는 것이 자기의 의무일 것이다. 아무쪼록 형식이가 정답게 되도록 힘은 썼으나 정답게 아니되면 어찌되겠다 하는 생각은 꿈에도 한 일이 없었다. 형식의 이 질문은 선형에게는 청천벽력이었다.[172]

신식 교육을 받은 여성에게까지 사랑하느냐라는 질문은 당시 〈청천벽력〉이었던 것이다. 자유연애는 〈사랑이라는 환각과 엄연히 구별되는 참사랑, 정조라는 낡은 관념에 매몰되었던 자아를 깨우치려는 것이다.〉[173] 이광수는 그가 교육과 실행으로 가르치려 한 것을 합리라는 어휘로 요약한다.

합리라는 말은 (중략) 합법·합윤리·합사정 등의 뜻을 포함한다고 합리라 부릅시다. 이 조건은 국가와 사회와 시대와 개인을 떠나서 변할 것이외다.[174]

그가 과거의 것을 무조건 버릴 것으로 치부하여 자기의 세대를 〈천상으로부터 오토(吾土)에 강림한 신종족〉으로 생각하고, 그것을 합리적인 것이라 생각한 것에는 모순이 없다고 하더라도, 그러나 그의 합리주의가 풍속의 차원에서만 행해지고 국가적인 차원에서는 행해지지 아니한 것은 그의 치명적 약점이라 하지 않을 수 없다. 풍속은 어떤 국가의 이념의 육화이다. 이념이 규정되지 아니한 풍속은 미신에 지나지 않는다. 자유연애와 자아인식을 가능케 할 정체·국체가 없는 한 그것은 오히려 반윤리적

172) 『이광수전집 1』, 250쪽.
173) 김붕구, 앞의 글, 18쪽.
174) 『이광수전집 17』, 56쪽.

차원에 떨어질 가능성을 지닌다. 그의 후기 작품의 무절제한 사랑의 유희는 그의 합리주의가 맹목적인 것이었음을 입증하는 좋은 증거물이다. 그가 교육으로 실행으로 보여주었어야 했을 것은 구제도의 모순에 대한 공격과 불법적인 침략 집단에 대한 그것이었어야 했을 것이다.

3 이광수의 개화 의식 비판

이광수의 대단한 영향력과 그의 친일은 그를 하나의 정신사적 상처로 생각한 많은 논자들의 고구의 대상이 된다. 특히 그의 개화, 계몽 의식과 조선주의는 그것의 결과가 민족 개조와 친일이라는 것으로 나타났기 때문에 대부분의 논자들의 관심의 대상이 되어왔다. 그중에서 대표적인 업적을 고르자면 이기백·김붕구·송욱·정명환 등의 그것일 것이다.[175] 그 여러 논자들의 소론을 종합하면 대체로 다음과 같다.

1) 이광수에게는 역사 의식이 없었다
정명환에 의하면, 이광수의 전 생애를 지배한 네 가지 집념을 그의 「일기」는 보여준다.[176] 그 네 가지 집념이란, 한국인으로서의 열등 의식, 자신에 대한 우월감과 사명감, 민족적 저항 의식,

---

175) 이광수에 관한 비판으로는 다음의 것들이 대표적이다. 이기백, 「민족주의 사상」(『한국현대사 6』, 신구문화사). 김붕구, 앞의 논문. 송욱, 「일제하의 한국 휴머니즘 비판」, 「자기 기만의 윤리」, 「한국지식인과 역사적 현실」(『문학평전』, 일조각). 정명환, 『이광수의 계몽사상』(≪성곡논총≫ 제1집). 김현, 「한국 개화기의 문학인」(『현대한국문학의 이론』, 민음사, 1973). 김윤식, 「주체와 진보의 갈등」(『한국의 지성』, 문예출판사, 1972).
176) 그의 「일기」는 1909년 11월 7일에서 시작하여 다음해 2월 5일까지를 기록하고 있다.

순문학의 인력(引力) 등이다. 이 네 가지의 복합체가 장래의 이광수를 결정하게 되는데, 이광수에게 만일 역사 의식이 있었더라면 〈민족을 살리는 길은 민족독립이라는 지상 목표와의 관련하에서 유교적 전통에 묶여 있는 민중을 깨우쳐서 근대화하는 데에 있으며, 문학 역시 이 목적을 위한 수단으로서 그 자체를 근대화해 나가야 한다〉라고 되었어야 할 것이라고 논자는 생각한다. 그러나 사태는 그렇게 이광수가 행동하였다는 증거를 보여주지 않는다. 그는 오히려 자주독립을 〈생의 보지발전〉이라는 보다 포괄적이며 추상적인 목표 속에 은폐시켜, 정치적 투쟁에서 자기를 의식적으로 소외시킨다. 당대의 가장 중요하고도 핵심적인 문제를 민족의 전 역량을 기른다는 명목 아래 제2선으로 밀어버린 것이다. 그 예로 정명환은 이광수의 다음과 같은 고백을 들고 있다.

나는 처음에는 학부대신이 되었다가 나중에는 총리대신이 된다고 양언(揚言)하였다. 그러나 내가 동경 가서 1년이 못 되어서 (중략) 일진회의 합방선언서를 보고, 그런지 얼마 아니하여 보호조약이 성립되고 동경의 한국 공사관이 없어지자 우리의 야심은 방향을 변할 수밖에 없어서 매우 음울하고 잠행적인 야심을 갖게 되었으니 그것이 곧 문장과 교육으로 동포를 깨우치자는 것이다.[177]

민족의 자존을 방해하는 모든 것에 대해 직접 투쟁하기를 그치고 〈구구한 정치 문제 같은 것에 잡혀서는〉 못쓴다라고 선언하고, 도덕적 교양주의에 떨어져 버린 것이 그의 역사적 결단의 실체이다. 그러나 그 결과는 어떠했는가? 수양단체를 조직했다는 죄목으로 투옥되어 정치적인 보복을 받으며, 결국 친일로 치

177) 『이광수전집 14』, 399쪽.

닫는다.

2) 이광수의 역사 의식의 결여는 자기 기만의 결과이다

김붕구는 이광수의 역사 의식의 결여를 그가 시각형(視覺型)의 지식인이었다는 데서 찾고 있다.[178] 〈너무 작아도 못 보고, 너무 커도 제대로 못 보는 인간의 눈의 불완전성, 그것을 자각하고 자기 감각을 믿지 않고 그 이상을 알아내려는 호기심 —— 탐구심이 결여된 지성은 그 사색이 표면적 평면적임을 면할 수 없으며, 거기서는 보이지 않는 앞날을 투시하고 방향잡는 역사 의식을 기대할 수〉[179] 없다는 것이다. 이광수가 시각형의 지식인이라는 것은 그의 유다른 교만과 자기 희생 정신[180]을 보면 짐작할 수 있다. 교만과 자기 희생 정신은 자기를 남의 위에 놓고 남에게 은혜를 베풀려는 〈시혜적 태도〉 이외의 다른 아무것도 아니다. 거기에는 사태의 정당한 파악도 논리적인 추론도 있을 수 없다. 가능한 것은 자기는 항상 옳다는 신념뿐이다. 그 신념은 탐구와 자기 반성을 불가능케 한다. 그 과정을 김붕구는 다음과 같이 묘사한다. 〈9세에 고아가 되어 갖은 고초를 이겨내며 적수공권으로 일가를 이루었다. 교만하다는 평을 들을 만큼 강렬한 자아는 파란을 겪을수록 강해지며, 출중한 재능에 대한 자각과 더불어 파란을 하나하나 극복할수록 그것은 자신으로 굳어지며, 그리하여 강렬한 자아 —— 교만의 자기 표현의 극치는 자기 희생의 순교자적 긍지에〉[181] 있다. 그의 신념은 근시의 성격적 결함에서 생겨나는 역사 의식이 결여된 그것이다.

---

178) 김붕구, 앞의 글, 56쪽.
179) 같은 글, 56쪽.
180) 그의 교만과 자기 희생에 대해서는 김붕구, 앞의 글, 100쪽을 보라.
181) 김붕구, 앞의 글, 199쪽.

3) 역사 의식의 결여는 이광수를 친체제적(親體制的)인 사고 방식으
   로 몰고 간다

이광수가 친체제적(이 어휘를 식민지 치하에 대치시키면 친일적 반
민족적이 될 것이다)이라는 것은 두 가지 방면에서 확인될 수 있
다. 하나는 그의 대유교 투쟁이다. 정명환에 의하면, 이광수의 대
유교 투쟁은 일본의 후쿠자와 유키치(福澤諭吉)의 그것과 다르게
애매모호한 투쟁이다. 그는 유교를 근본적으로 부정하지 않고,
그것의 좋은 것과 나쁜 것을 가리는 수재식(秀才式) 투쟁으로 시
종했다는 것이다. 그렇다면 두 개의 의문이 가능해진다. 하나는
한국 유교의 역사적 유죄성이 유교 그 자체의 유죄성을 뜻하지
않는다면 유교가 역사의 진전을 가로막는다고 과연 생각할 수
있을까라는 것이며, 또 하나는 유교를 전체적으로 배격할 수도
없고, 전체적으로 계승할 수 없다면, 배격해야 될 것과 계승해야
될 것을 가르는 철학적 원칙은 무엇일까라는 것이다. 그 두 질문
의 어느 것에도 이광수는 대답하지 않고 있으며, 그의 사상적 발
전은 초기의 유교 공격이 후기에 이르면서 점차 긍정적인 것으
로 바뀌어 간다는 것을 오히려 보여준다. 그래서 그의 결론은 이
렇다. 〈따라서 그가 애초에 암시한 듯한 유교적 전통에 대한 투
쟁은 유교 그 자체에 대한 그의 애매한 입장 때문에 드디어는
유교와의 일종의 숨바꼭질로 변질되고, 결과적으로는 혁신적인
개념과 보수적 사고 관례의 무반성적인 공서(共棲)라는 매우 우
려할 만한 상태를 남겨놓았다고 할 수가 있다.〉[182] 그의 대유교
투쟁은 그의 시혜적 태도와 절충적 태도를 뚜렷하게 드러낸다.
결국 그는 그가 공격하려 한 대상과 음험하게 손을 다시 잡은
것이다. 그가 친체제적이라는 또 하나의 증거는 그가 자주 말하
는 합법성에 대한 것에서 찾아낼 수 있다. 이광수는 그의 주인공

---

182) 정명환, 앞의 글, 392쪽.

에게 선인의 이미지를 부여하고 그가 윤리적으로 월등히 뛰어난 사람이라는 것을 인정시키려 할 때마다 합법성을 들고 나온다. 그 첨예한 예로 송욱은 이광수의 「무정」을 들고 있다.[183] 그 소설의 주인공은 정치범이다. 그는 무념무상과 안정을 바랄 뿐만 아니라, 법을 매우 존중하는 사람이다. 그는 자기 자신이 〈법을 어기는 것이 내 뜻에 맞지 아니하다〉고 생각할 뿐만 아니라, 〈나로 해서 곁의 사람이 법을 범하는〉 것도 원하지 않는다. 이 아이러니! 일본의 모든 것이 불법적인 것이기 때문에 자립을 위해 투쟁한 정치범이 일본이 식민지 통치를 위해 제정한 법을 지키기를 원하는 것이다. 〈그는 다른 죄수에 대하여 자기가 윤리적으로 우월하다는 것을 표현하기 위하여 자기를 감옥에 던져 넣은 일제의 법률을 어느덧 보편적 율법 —— 사람이면 누구나 지켜야 할 것으로 바꿔치고 있는 게 분명하다. 그리고, 여기서 우리는 그의 정치적 자기 기만이 윤리적 자기 기만으로 변화하는 모습을 볼 수 있기도 하다.〉[184] 송욱의 이러한 비판은 그가 기초한 것으로 알려진 「조선청년독립선언서」(1919)의 다음 구절까지를 비판하게 만든다.

> 또 합병 이래 일본의 조선 통치 정책을 보건대, 합병시의 선언에 반하여 오족(吾族)의 행복과 이익을 무시하고 (후략).[185]

그렇다면 그는 일본의 합병시의 약속을 〈정말로〉 믿었던 말인가? 이 구절까지를 포함해서 그는 일본의 법률을 지키는 것을 일반 윤리의 차원에 올려놓을 정도로 친체제적이다. 친체제적인

---

183) 송욱, 「자기 기만의 윤리」.
184) 같은 글, 57쪽.
185) 『이광수전집 17』, 113쪽.

발상은 어디에서 생겨나는가? 그것은 정치 의식과 문화 의식이 분리되었을 때 생겨난다. 이 점에 대해서는 이광수의 비논리성을 비판한 대다수의 논자들이 다같이 합의하고 있는 점이다. 정치 의식의 결여는 국권·민권과 문화를 별개의 것으로 인정하게 하였고, 문화의 내실을 민족 역량의 충실로 착각하게 만든 것이다. 그렇기 때문에 김붕구의 지적에 의하면, 식민지 치하에서는 이제 데카당스와 혁명 중에서 하나를 선택하지 않을 수 없다는 양주동의 주장을 중용(中庸)이라는 허울좋은 미명 아래 반격하게 만들며, 송욱의 주장에 의하면, 부자의 기부에 의해서만 농촌 운동이 성공할 수 있다고 확신하게 만들며, 정명환의 지적을 따르면, 소설을 정치적 자유의 상실을 불가피한 것으로 전제하고 그 전제하에서 하나의 오락물로 만들어 버렸다는 것이다. 그리하여 후기의 통속 소설과 친일이 가능해진 것이다.

4) 이광수는 역사 의식의 결여를 은폐하기 위하여 사회적 윤리와 개인적 윤리를 혼동시킨다

이광수가 시각형 지성인 것과 마찬가지로 그의 주인공들 역시 대부분 근시적 지식인들이다. 사태를 표피적으로 피상적으로 판단하며, 한 사태에 대해 논리적으로 사고하고 행동하지를 못한다. 회의심이 없기 때문에 어떤 사건이든 그것은 항상 연민, 동정, 초조, 부끄러움 등의 애매모호한 감정적 어휘로 채색되며, 그것은 결국 〈생의 보지발전(保持發展)〉이라는 지극히 추상적인 어휘로 환치된다. 몇 개의 예를 들기로 한다.

「무정」의 주인공 이형식은 재래의 정조 관념에 굳세게 얽매여 있는 박영채를 찾아 평양으로 다시 내려가겠다고 결심을 한 순간에 김선형과의 결혼에 대해 어떻게 생각하느냐는 중매쟁이의 질문을 받는다. 그의 생애에서 가장 큰 결단이라고 할 수 있는

202

것을 필요로 하는 순간이다.

　선형과 나와 약혼한다는 말은 들어도 기뻤다. 영채가 마치 죽은 것이 다행이다 하는 생각까지 난다. 게다가 미국 유학! 형식의 마음이 아니 끌리고 어찌하랴. 사랑하던 미인과 일생에 원하든 서양 유학! (중략) 지금 형식은 이럴까 저럴까 어떻게 대답하여야 좋을 줄을 모른다. 누가 곁에서 자기를 대신하여 대답해 주는 이가 있었으면 좋겠다고 한다. 형식은 고개를 들어 건너방을 건너다 보았다. 형식은 우선이가 이런 경우에 과단있게 결단함을 앎이다. (중략) 형식은 우선의 말대로 하리라 하였다. 제 생각대로 한다는 것보다는 우선의 말대로 한다는 것이 더 마음에 흡족한 듯하였다.[186]

　이 대목은 형식의 성격을 뚜렷하게 드러내고 있는 좋은 예이다. 그는 그의 생애에서 가장 중요한 결단의 하나를 친구에게 넘기고, 그가 결단해 줄 것을 오히려 좋게 여긴다. 더구나 〈사랑하던 미인〉과의 결혼인데도, 그의 결단에는 남의 의사가 개입되고, 그는 괴로운 척, 슬픈 척만 하는 것이다. 그 태도는 사태의 추이를 근시안적으로 파악하는 데서 연유한다. 자신의 회의심과 탐구심은 그 어느 곳에도 없기 때문에 그는 오히려 제스처만을 부리고 갈길을 남이 인도하는 대로 따라가는 것이다. 「무정」의 이 대목은 가령 「흙」 같은 작품의 다음 대목에서는 더구나 어처구니없는 사태로 발전한다. 「흙」의 주인공 허숭은 그의 아내가 간통하였다는 증거를 손에 쥔 후에 이렇게 생각한다.

　만일 한 선생이라면 어떠한 태도를 이 경우에 취할까. 이렇게도

---

186) 『이광수전집 1』, 198-201쪽.

생각해 보았다. 한 선생 같으면 1) 사랑과 의무의 무한성 2) 섬기는 생활 3) 개인보다 나라, 이러한 근본을 조선에서 생각을 시작할 것이다. 사랑이란 무한하지 아니하냐, 의무도 무한하지 아니하냐, 아내나 남편이나 자식이나 동포나 나라에 대한 사랑과 의무는 무한하지 아니하냐, 그렇다 하면 정선을 사랑해서 아내를 삼았으면 그가 어떠한 허물이 있더라도 끝까지 사랑하고 따라서 그에게 대한 남편으로서의 의무를 끝까지 아니 끝없이 지켜야 할 것이 아니냐. 또 섬기는 생활이라 하면, 숭이 제가 진실로 동포에 대하여 나라에 대하여 섬기는 생활을 해야 한다 하면, 우선 아내에게 대하여 섬기는 생각을 하여야 할 것이 아니냐.[187]

민족을 사랑하고 섬기는 것과 간통한 아내를 사랑하고 섬기는 것을 동일시하는 논리는 당연히 일본 식민주의를 인정하지 않을 수 없게 만들었으리라. 이광수는 이처럼 개인의 결단을 타인에게 미루어 버리는 자기 기만을 계속한다. 개인적 윤리가 사회적 윤리로 어느덧 환치되고, 그것은 어느덧 인류를 위한 행위로 변모하는 기막힌 논리의 곡예, 그것이 이광수가 한 곡예이다.[188]

4 「무정」의 문학사적 의미

「무정」(1917)은 이광수 최초의 장편 소설일 뿐만 아니라, 한국 문학 최초의 장편 소설이며, 이광수의 문명(文名)을 단번에 날리게 한 그의 출세작이다. 이 작품은 그 뚜렷한 언어 의식에 의해서 한국 문학사상 중요한 자리를 차지한다. 이광수의 여러 작품들이 그의 불투명한 논리 전개와 구성의 미비, 그리고 마침내는

---

187) 『이광수전집 3』, 61쪽.
188) 송욱, 앞의 글, 20-24쪽.

비극적인 친일 때문에 신랄하게 비판되고 있기는 하지만,「무정」
은 그것이 최초로 한글로 씌어진, 아니 한글 문체를 처음으로 완
성시킨 작품이라는 점에서 지울 수 없는 가치를 지닌다. 그것은
낭독용이나 판소리용이 아닌, 독서의 대상으로 씌어진 최초의 한
글 소설이다. 그의 문학관이 아주 혼란되어 있고 잡연한 것에 비
하면 그의 언어 의식은 매우 투철한 것처럼 생각된다. 그의 언어
에 대한 자각은 최남선에 상당한 부분을 빚고 있는 것 같지만
사실은 그보다 훨씬 뛰어나 정확하게 산문 문장의 규범을 세워
놓게 한다. 그의 국문체는 그러나 단순한 구어체가 아니라 서구
문체의 영향을 강렬하게 받은 문체이다. 그가 국주한종(國主漢從),
언주문종체(言主文從體)의 효시로 보고 있는 최남선의 다음 문장
과 그의 그것을 비교해 보면 그 차이가 드러나리라 생각한다.

최남선 —— 모자가 다 찌그러지고 먼지가 켜켜히 안진 갓으로 뒤
통수에 제쳐쓰고, 앞자락에 묻은 때가 거의 격이 일어날 듯한 두루
막을 옷고름을 느직하게 매어입고, 석쇠집신에 솜이 꿔억꿔억 나오
는 버선으로 보기도 싫게 걸터앉아서 기다란 담뱃대에 잎담배를 담
아서 요모조모 눌으면서 쁘억쁘억 떠러질 듯이 빨다가 (후략).[189]

이광수 —— 형식은 떨리는 손으로 봉투의 한편 끝을 잡았다. 그러
나 형식은 차마 떼지 못한다. 그 손이 점점 떨리고 그 얼굴의 근육은
점점 더욱 긴장하여진다. 우선은 「어서, 어서……」 하고 봉투를 떼기
를 재촉한다. 노파는 저 속에서 무슨 말이 나오겠는가 하고 봉투의
한편 끝을 잡은 형식의 손만 본다. 세 사람의 가슴은 엷은 여름옷 안
에서 들먹들먹하고 세 사람의 등에는 땀이 내어 배었다. 문 앞에 서
서 방안을 들여다 보던 고양이가 지붕의 참새를 보고 야웅하면서 뛰

---

189)『이광수전집 13』, 371쪽.

어나간다.[190]

최남선의 문장은 한글로 씌어져 있을 뿐 정확한 산문 문장이라고 하기보다는 고대 소설투의 문장이다. 그러나 이광수의 문장은 고투를 완전히 벗고 〈—다〉나 현재 진행형, 과거형 등을 정확하게 사용하고 있다. 그 차이는 어디에서 오는 것일까? 그것은 이광수가 언주문종체(言主文從體)를 사용했기 때문에 얻어진 것은 아니다. 그것은 오히려 서구 문장의 번역에서 얻어진 것이라고 하는 것이 더욱 타당하다. 그것을 어느 정도 뒷받침해 주는 의미심장한 구절을 「무정」은 제공해 주고 있다.

다만 형식의 특색은 영어를 많이 섞고 서양 유명한 사람의 이름과 말을 이용하여 무슨 뜻인지 잘 알지도 못할 말을 길게 함이었다. 형식의 연설이나 글은 서양 것을 직역한 것 같았다. 형식의 말을 듣건대 이러한 말이나 글이 아니고는 깊고 자세한 사상을 발표할 수가 없다고 한다. 그래서 여러 사람들이 자기의 의견을 쫓지 아니함은 그네가 자기의 사상을 깨달을 힘이 없음이라 하여 혼자 분개하여 한다.[191]

이 부분은 초기 이광수의 언어관을 보여주는 거의 유일한 곳이다. 그는 여기에서 언어란 그것이 표현하려고 하는 것과 떨어질 수 없는 것임을 진술한다. 그의 새 생각은 새 표현을 요구한다. 그 표현은 구투로 행해질 수 없다. 그러므로 그의 문장은 단순한 언주문종이 아니라, 서양 언어의 직역투의 문장이다. 그 직역투의 생경한 문장은 그의 개화 의식의 생경함에 적절하게 대응한다. 그의 직역투의 문장과 반주자주의적 이념은 표리의 관계

---

190) 『이광수전집 1』, 129-130쪽.
191) 『이광수전집 1』, 82쪽.

를 이루는 것이다. 그의 직역투의 문장에서 얻어진 문장상의 효과는 무엇일까. 제일 두드러진 것은 사고하는 주체의 객관화이다. 주체가 객관화된다는 것은 반성적 사고가 행해진다는 것과 다른 것이 아니다. 그것은 의문을 가능케 하며 추론을 가능케 한다. 「무정」 중에서 독자들에게 가장 박진력 있게 제시되는 대목은 물론 이러한 반성이 행해지는 대목들이다. 그 외에 사건만을 제시하거나, 작가가 개입하거나, 공상을 할 때에는 예의 구투 문장이 그대로 드러난다. 가령 다음의 두 예를 보자.

1) 장로는 어떻게 말을 해야 좋을는지 모르는 모양으로 오른 손으로 테이블을 툭툭 치더니 부인에게 먼저 말하는 것이 옳으리라 하여 양반스럽게 느릿느릿한 목소리로,
「여보, 내가 형식 씨에게 약속을 청하였더니 형식 씨가 승낙을 하였소. 마누라 생각에는 어떠시오」
하고는 자기가 경위있게 신식답게 말한 것을 스스로 만족하여 하며 부인을 본다.
부인은 아까 둘이 의논한 것을 새삼스럽게 또 묻는 것이 우습다 하면서도 무엇이나 신식은 다 이러하거니 하여 부끄러운 듯이 잠간 몸을 움직이고는 고개를 숙이며,
「감사합니다」 하였다.[192]

2) 이제는 영채의 말을 좀 하자. 영채는 과연 대동강의 푸른 물결을 헤치고 용궁의 객이 되었는가.[193]

1)은 형식과 선형이 약혼하는 장면을 그린 것으로 「무정」 전

---

192) 『이광수전집 1』, 212쪽.
193) 『이광수전집 1』, 221쪽.

편을 통해 가장 사실적이고 충격을 주는 곳 중의 하나이다. 거기에서 독자들은 구식과 신식 사이에서 갈팡질팡하면서도 태연을 가장하는 김 장로 부부의 자기 기만을 본다. 그 부부의 자기 기만은 신식이라는 것에 가려 있지만, 작자는 〈양반스럽게 느릿느릿〉과 〈경위있게 신식답게〉를 대조시켜 그 포즈를 노출시킨다. 그리고 부인의 〈감사합니다〉라는 대답을 통해 그녀의 어리둥절해 있는 심리 상태를 유감없이 표현한다. 그 몫으로 독자가 얻은 것은 무엇인가? 연민 섞인 웃음이다. 신식을 자세히 모르면서도 그것을 행하는 그 지적 제스처, 그것을 낱낱이 보여주는 묘사, 그것은 이광수가 그 사건을 이미 반성하고 있다는 증거이다. 그러나 2)의 경우 독자들은 회의나 탐구의 태도를 버리고 작자와 함께 환상의 세계 속에 빠져든다. 작자가 대동강 푸른 물과 용궁의 객이라는 표현을 쓰자마자 독자들은 고대 소설의 저 기괴한 몽환적 세계에 들어갈 준비를 하는 것이다. 거기에는 반성이 개입될 여지가 없으며, 죽음은 주술적인 것으로 변화해 버린다. 그러나 이광수의 번역투의 산문 문장은 「무정」 이후에 그대로 발전해 나가지 못하고 송욱의 비판에 의하면 미문(美文)으로 떨어지고 만다. 주체를 객관화할 힘을 잃은 것이다.[194]

「무정」이 문학사에서 중요하게 취급될 또 하나의 이유는 그것이 최초의 연애 소설이라는 데에 있다.[195] 구가족 제도의 표상으

---

194) 송욱, 앞의 글, 44쪽. 그 외에 정확한 관찰력과 구성력의 결여에 대해서는 김동인의 『춘원연구』(신구문화사, 1956)가 풍부한 예를 제공한다.

195) 김우종, 『한국현대소설사』(선명문화사, 1968), 73쪽. 〈춘원은 민족 의식을 주창하였으면서도 한편으로는 연애 소설의 대가였다. 그의 최초의 장편인 이 「무정」도 연애 소설이다. 이 작품의 주제는 마치 민족주의로서 대표되는 듯이 믿는 경향이 있지만 그것은 지금까지의 문학사적 논자들이 이 작품에 대하여 주로 그러한 평가를 해왔기 때문인데, 사실은 그와 약간 다르다.〉

로 그려지고 있는 박영채와 자유연애의 가능성을 보여주는 이
형식과 김선영 사이의 삼각 관계는 당대 사회의 풍속적 갈등을
가장 예리하게 포착한 설정이며, 옛날의 가치 제도와 새 가치 제
도 사이의 찢김을 그대로 드러낸다. 그것이 당대 사회의 풍속적
갈등과 얼마나 적절하게 관계되어 있었는가 하는 것은 김동인의
다음과 같은 감격적인 발언에서도 찾아볼 수 있다.

　　당시의 청년들은 1년에 한두 번씩 발행하는 《청춘》을 얼마나 기
　다렸으며 거기 실은 춘원의 소설을 얼마나 애독하였을까? 조선의 사
　면에서 이혼 문제가 일어났다. 자유연애에 희생된 소녀로 신문 삼면
　을 홍성스럽게 하였다. 동시에 해방된(?) 여성들의 거혼동맹(拒婚同
　盟)이 각처에 있었다. 불경불로(不敬不老)와 종교맹신 배척이 없는
　곳이 없었다.[196]

　이광수의 「무정」을 비롯한 초기 작품에서 연유한 풍속의 혼란
은 조선 사회의 구조적 모순 중의 하나인 가족 제도의 모순이
거의 폭발적인 지점에 와 있음을 나타내는 것이기도 하다. 그러
나 이광수의 자유연애는 추상적인 가치로 제시되어, 민족 의식과
이상하게 결부되어 버림으로써 가족 제도의 모순을 극복할 수
있는 상태로까지 나아가지 못하지만, 그 이후 세대에 큰 영향력
을 미친다. 사랑을 어떻게 할 것인가, 결혼을 어떻게 할 것인가
따위의 풍속적 질문이 이광수 이후의 상당수의 소설의 주제를
이루고 있다는 것은 이광수의 자유연애론의 여파를 웅변으로 말
해 주고 있다.[197]

---

196) 김동인, 앞의 글, 184쪽.
197) 그것은 1930년대에 이르면 사회주의자와 민족주의자, 그리고 작가들은
　　어떻게 연애를 해야 하는가라는 명제로 발전한다. 이기영의 「고향」, 한설야

앞에서도 지적된 것이긴 하지만 마지막으로 이광수의 문학이 풍속적인 것으로 굳어버리고 만 이유를 간략하게 정리해 보기로 하겠다. 대체적으로 그 이유는 다음의 두 가지로 압축될 수 있을 듯하다. 하나는 그가 정치적 야심을 버리고 검열이 허용하는 한도 내에서 풍속적 도덕적 개조를 서두른 데 있다. 검열 제도 안에서라는 단서는 그러나 일본 제국주의를 합법적인 것으로 은연 중에 인정하는 자기 기만의 태도를 기른다. 또 하나는 그가 문사(文士)를 인격자와 동일시하는 유교적인 발상 아래서 작업을 했었다는 사실이다. 그에게 위대한 예술가란 건전한 인격을 갖춘 인격자였고, 뛰어난 예술이란 〈군악적 종교악과 같은 경건한 예술〉[198]이었다. 예술가의 인품을 중요시하는 문학관은 그가 유교적 예술관에서 완전히 벗어나지 못했음을 보여준다. 위대한 예술가의 전제가 된다는 인격, 인품은 풍속과 이념이 행복하게 결합되어 있을 때에 가능한 덕목이다. 나라가 망하고, 모든 조선 민족이 궁핍해져 가는 판에 그들에게 건전한 인격을 가지라고 요청하는 것이 무슨 소용이 있었을까? 그러나 그는 그것을 요구한다. 당연한 결과로 문란한 가치, 질서, 제도가 그의 비판의 대상이 되었을 것이다. 김붕구의 비판에 의하면 본말이 전도된 것이다. 그는 너무 늦게 태어났거나 너무 빨리 태어난 풍속 세태 비판가 moraliste이다. 영·정조 시대에 태어났든지, 1945년 이후에 태어났다면 그는 그야말로 〈최고의 최대의〉 작가가 되었을 터이다. 그렇기 때문에 「무정」, 「개척자」 그리고 몇 편의 에세이를 제외한, 그의 후기 문학 작품들은 김동인의 지적 그대로 이야깃거리에 지나지 않는다. 야담 작가와 통속 작가를 그와 구태여 구별하는 것은 그가 그 후에도 계속해서 민족주의라는 자기 기만

의 「탑」, 심훈의 「동방의 애인」, 안회남의 「애인」 등을 보라.
198) 『이광수전집 16』, 41쪽.

의 제스처를 계속했기 때문이다. 초기의 그는 구가족 제도의 모순을 모순으로 인지한 마지막 개화 세대에 속하며, 예술가 즉 인격자라는 그의 문학관과 정치 배제의 친체제적 성격은 그 다음 세대의 극복의 대상이 된다.

5 주요한과 『아름다운 새벽』

주요한의 문학사적 위치를 밝히는 것은 시조라는 정형시의 파괴와 새로운 형태의 시의 발견이라는 명제를 밝히는 것과 맞먹는다. 주요한 이전의 운문 문학은 시조의 형태적 파괴와 새로운 시에 대한 기대로 가득 차 있다. 시조라는 이름의 정형시의 붕괴는 한국에서의 한문시의 변형과 함께 조선 후기 사회의 구조적 모순과 갈등을 문학적으로 확인케 해준 사실이다. 시조는 대부분의 논자들이 인정하듯 유교적 이념을 표현할 수 있는 가장 정제된 형태의 정형시이다. 그런데 그것은 조선 후기에 이르면서 심각한 도전을 받는다. 신분 계급의 이동과 동요 때문에 이루어진 시조의 붕괴 현상은 시조를 일정한 계층만이 향유할 수 있는 문학 형태로 이제는 이해할 수 없게 만든다. 그래서 주로 평민 계급에 의한 시조의 재조정이 이루어져 사설 시조(辭說時調)라는 상당히 산문화된 시조가 형성된다. 그것은 계층의 이동과 평민의 예술적 감수성을 동시에 나타낸다. 사설 시조 속에 표현되어 있는 해학, 풍자, 쌍소리, 음담 등은 시조가 이미 유교적 이념에서 벗어나 있다는 것과 그것이 이제는 유교적 이념에 깊숙이 침윤되지 아니한 계층에서도 즐길 수 있는 것이 되었다는 것을 동시에 표현한다. 이러한 사정을 한 시조 연구가는 다음과 같이 간결하게 표현한다.

그러나 시조는 새로운 단장을 하고 살아날 길이 마련되었다. 즉
새로운 지도 이념으로 맞아들인 실학 사상은 문학의 각 분야를 산문
화하는 방향으로 이끌어 나갔으며 시조 문학도 그 밑에서 소생의 숨
결을 돌려, 유교 이념의 질곡에서 해방되어 인간을 되찾고 참된 삶을
부르짖으면서 사설 시조는 나타났다.[199]

　　당대 사회의 구조적 모순의 해결이라는 측면에서 그 역사적
의미를 찾아볼 수 있는 사설 시조는 그러나 그 연구가의 지적에
의하면, 몇 개의 특수한 예를 제외하면 그리 큰 문학적 가치를
갖고 있지 않다. 그 이유로 그는 다음의 두 가지를 들고 있다.
1) 새로운 시대의 새로운 문학은 낡은 형태를 변개하는 정도로는
성공하기 힘들다. 2) 새로운 문학을 향유하는 계층의 문화 의식
의 정도에 따라 작품의 성패는 결정된다. 그의 소론을 종합하면
유교적 이념에서 벗어난 문학적 사상을 표현하기 위해서는 새로
운 형태가 필요한데 그 새로운 형태는 그것을 향유할 수 있는
새로운 이념에 투철한 문화 계층이 형성되어야 가능하다는 것이
될 것이다. 사설 시조는 유교적 이념에서 벗어난 〈참된 삶〉을 부
르짖지만, 유교적 이념의 소산인 시조를 완전히 벗어나지 못했기
때문에 과도기적인 문학 형태로 끝나 버린다. 사설 시조가 노린
탈유교적 이념과 거기에 알맞는 새로운 형태의 운문은 새로이
문학 활동을 하려는 20세기 초의 한국 문인들에게 주어진 역사
의 사명이다.
　　유교의 완고한 형식주의에서 해방되려 한 한국 문학인들의 노
력은 서유럽의 문학 장르를 검토하지 않을 수 없게 만든다. 개인
주의와 국민주의에 깊숙이 침윤된 19세기 서유럽의 문학 장르가,

---

199) 정병욱 편저, 「시조문학의 개관」, 『시조문학사전』(신구문화사, 1966).

그러한 것에 점차로 눈을 뜨기 시작한 20세기 초의 한국 문인들에게 하나의 이상향으로 비친 것에는 아무런 무리도 없어 보인다. 그 서유럽의 문학 장르에 대한 탐구는 서유럽의 문학을 소개하는 것을 목적으로 하는 ≪태서문예신보(泰西文藝新報)≫[200]와 일본의 여러 서적·잡지들을 통해 이루어진다.[201] 20세기 초기에 한국에서 이해된 서유럽 문학은 운문 문학의 경우 프랑스의 퇴폐시이다.[202] 퇴폐시로 한국 시인들을 이끈 것은 대체적으로 다음의 두 가지로 압축될 수 있다. 첫째는 시인의 자유스럽게 대상을 묘사하려는 의지이다. 이 의지는 〈모든 제약, 유형적 율격을 버리고 오묘한 '언어의 음악'으로 직접 시인의 내부 생명을 표현〉[203]하려는 의지이다. 그것은 국어자유시운동으로 집단화되어, 조선 후기 사회의 정형 붕괴를 이론적으로 확인한다. 둘째는 국권 상실의 시대적 정황이다. 그 정황은 시인들을 우울과 비탄 속으로 빠져들게 하여 불안과 폐허를 노래하는 퇴폐시로 시인들을 향하게 한다. 〈길을 잃고 아득이는 불안의 부르짖음, 저녁 어두운 안에 혼자 노흔(放) 적은 새의 애달픈 소리〉[204]는 주위의 정황에 절망한 시인의 그것이다. 불안이나 폐허감과 같은 세기말적

---

200) ≪태서문예신보≫는 1918년 9월 26일에 창간되어 1919년 2월 17일까지 16호를 발간한 문예 신문이다. 거기에서는 주로 김억이 시론가로 활약하였으며, 상징주의, 퇴폐시, 자유시, 산문시 등이 이론적으로 소개된 것은 그곳에서이다. 그 시사적(詩史的) 위치에 대해서는 정한모, 「한국현대시사」 31회 (≪현대시학≫ 1972. 7)를 볼 것.

201) 일본 시집·잡지의 영향에 대해서는 정한모의 위의 논문 34회를 볼 것.

202) 퇴폐시는 퇴폐파의 시를 말함인데, 상징시라고 하지 않고 구태여 퇴폐시라고 한 것은 상징시의 대가들인 말라르메, 발레리 등이 거의 소개가 되지 않은 채, 소상징주의 시인들만이 소개되었다는 사실을 분명히 하기 위해서이다.

203) 정한모의 앞의 글 31회 12쪽에서 재인용한 김억의 「프랑스시단 2」의 한 부분이다.

204) 정한모, 같은 글 31회에서 재인용.

징후들은 감정의 극단적인 우위를 입증한다. 판단이나 비판보다, 다시 말해서 논리적 추론보다 감정적 해방을 우선 시인들은 선택하는 것이지만 그 감정은 새로운 시대의 도래를 알리는 긍정적 폭발이 아니라 나라의 상실을 강렬하게 느끼지 않을 수 없는 실국인(失國人)들의 비통한 자기 탄식이다.

1910년대의 후반을 장식하는 시인들을 특징짓는 것은 그러므로 감정의 자유로운 유출과 그것에 합당한 시 형식을 발굴하려는 노력이다. 그 노력의 결과로 생겨난 것이 자유시 — 산문시[205]이다. 그것은 시인의 자유스러운 감정 유출과 자유로운 운(韻)을 가능케 해준다. 사설 시조에서 보여진 정형의 붕괴와 자유로운 감정의 토로는 퇴폐시의 영향을 받은 자유시 — 산문시를 통해 새로운 형태를 발견한다. 그것을 처음으로 독자들에게 체계적으로 제시한 것은 「눈」과 「이야기」, 「불놀이」를 1919년에 발표한 주요한이다.[206] (그것들은 1924년 『아름다운 새벽』 속에 재수록된다.) 그에 대해서도 대부분의 논자들이 주요한은 「불놀이」를 발표하여 자유시 운동의 선구자가 되었다라는 선에서 그 평가를 한정시키고 있는데, 한 연구가에 의하면 주요한의 시적 업적은 다음의 세 가지로 볼 수 있다.[207] 1) 주요한의 자유시 운동은 프랑스 자유시 운동(특히 베를렌의 「작시법」과 관련된 것)의 영향만으로 이루어진 것이 아니며, 〈국민적 정조를 여간 나타낸 민요와 동요〉

---

205) 자유시─산문시에 대해서는 그라몽의 『불시작법개요』에 실린 정의를 채택한다.

206) 흔히 인용되는 주요한 자신의 이에 대한 생각은 다음과 같다. 〈그 작품들의 내용은 프랑스 및 일본 현대 작가의 영향을 받아 외래적 기분이 많았고 그 형식도 역시 아주 격을 깨뜨린 자유시의 형식이었습니다. 자유시라는 형식으로 말하자면 당시 주로 프랑스 상징파의 주장으로 고래로 내려오던 작법과 라임을 폐하고 각자의 자연스러운 리듬에 맞추어 쓰기 시작한 것입니다.〉

207) 정한모, 앞의 글 33회.

를 개발하여 〈민중에게로 의식적으로 더 가까이 가려고 한 투철〉한 역사 의식의 소산이다.

> 〈민중에게 가까이 가려는〉 시를 쓰고자 한 생각은 이론에 앞서 그 출발기부터 (그의) 창작 의식 속에 깃들어 있었던 것이다.[208]

그의 민중에게 가까이 가려는 시는 개념적 민중시와 달리 〈거기 담긴 사상과 정서와 말이 울리는 것〉이라야 한다는 것을 분명히 인식한 후에 씌어지는 시이다. 2) 주요한의 「불놀이」에 주어진 과중한 역사적 의의는 그보다 앞서 발표한 「눈」이 그것과 별로 손색이 없는 작품이라는 점에서 재고되어야 한다. 3) 주요한의 시적 탐구는 퇴폐시적인 것이 아니라, 밝고 건강한 것에 기울어져 있다. 그것은 「해의 시절」, 「아침처녀」 등에서 볼 수 있다.

주요한이 민중시를 지향했다는 주장은 그가 종래의 시적 형태를 새로운 것만으로 대치시키려고 하지 않고 온건한 반성을 통해 극복하려 한 것을 나타내 주며 그것은 시인으로서 그가 한국어의 본질이 무엇인가를 탐구하겠다는 열의를 포기하지 않은 것을 보여준다. 그리고 그것이 그의 시를 〈건강하게 만든 이유〉 중의 하나이다. 그는 상징주의의 말기 현상인 퇴폐시를 통해 자유시 — 산문시에 도달하지만, 그의 목소리는 김억, 황석우 등과 다르게 〈상징적〉으로, 그리고 정열적으로 잃어버린 조국을 찾으려는 열의를 내보인다.[209] 「이야기」의

> 다시 정신을 수습하여 한층 더 험하고 가다로운 산을,

---

208) 정한모, 앞의 글 33회, 90쪽.
209) 김억·황석우 등의 퇴폐시에 대해서는 김현, 「여성주의의 승리」(『현대국문학의 이론』, 민음사, 1973)를 볼 것.

아침에서 낮으로, 낮에서 저녁으로
빛과 어둠이 번갈아 차지하는 때를 더듬어
쉴새없이 고생과 외롬의 사이에
꿈으로 보는 산우의 겻을 향하여
그의 끊임없는 걸음을 옮겨놓았습니다.[210]

라는 시행에서 볼 수 있는 〈끊임없는 걸음〉은 「해의 시절」을 읽
으면 〈길이 불에 쌔운 너의 위대한 조국〉으로 향한 것임이 드러
난다.

오, 모든 사람의 여름이여,
질기고 질긴 끊을 수 없는 사랑의 시절이여,
어떤 광채 많은 새벽에,
고대하는 나의 마음을 실어가려 하느냐
길이 불에 쌔운 너의 위대한 조국으로![211]

그가 자유시 — 산문시를 통해 정말로 바란 것은 그러므로 오
랜 기다림과 인내 그리고 고통 뒤에 올 〈위대한 조국〉이다. 그때
그는 민중들과 함께 밝은 노래를 부를 수 있을 것이다.[212] 그런
데도 불구하고 그의 가장 좋은 시들로 평가될 수 있는 「불놀이」
와 「눈」은 그의 다른 시편들과 다르게 부정적 감정을 화려하게
노출하고 있다. 그 이유는 무엇일까? 무엇이 그로 하여금 부정적
젊음을 노래하게 하였을까? 그것을 이해하기 위해서는 그 두 작

---

210) 이 시와 이 이후에 인용되는 주요한의 시는 「주요한 시선」(≪현대시학≫
　　　1972. 11)에 실린 철자법에 의한다. 같은 책, 122쪽.
211) 같은 책, 128쪽.
212) 그런 예로 「노래하고 싶다」를 들 수 있다.

품이 신파의 변사조 리듬이라는 것을 이해하지 않으면 안 된다.

  1) 혼자서 어두운 가슴품은 젊은 사람은, 과거의 퍼런 꿈을 찬 강물
우에 내어던지나, 무정한 물결이 그 그림자를 멈출 리가 있으랴? ——
아 아 꺾어서 시들지 않는 꽃도 없건만은, 가신 님 생각에 살아도 죽
은 이 마음이야, 에라 모르겠다, 저 불길로 이 가슴 태워버릴까, 어제
도 아픈 발 끌면서 무덤에 가보았더니 겨울에는 말랐던 꽃이 어느덧
피었더라마는, 사랑의 봄은 또 다시 안돌아오는가, 차라리 시원히 이
물속에…… 그러면 행여나 불상히 여겨줄 이나 있을까…… 할적에 통,
탕, 불티를 날리면서 튀어나는 매화포.[213]

  2) 안개에 쌔운 아침은 저 높은 흰 구름우에서 남모르게 밝아오지
마는 차디찬 벗은 몸을 밤의 앞에 내어던지는 거리거리는 아편의 꿈
속에서 터기적거릴때,[214]

「불놀이」와 「눈」의 이러한 대목들은 신파조의 과장된 미문을
상기시킨다. 그 과장된 리듬은 개인의 감정의 지나친 유출에서 기
인한다. 그러나 그 유출은 부정적인 것이며, 긍정적인 면을 거의
갖지 않는다. 그의 시들 중에서 산문시로 씌어진 두 편의 시만이
신파조의 과장된 제스처와 부정적 젊음을 노래하고 있다는 사실
은 그가 시를 완전히 해체하지 못하였음을 나타내는 것이며, 그것
은 동시에 그가 지향하는 〈민중시〉와 『아름다운 새벽』의 내용에
대해 그가 뚜렷한 비전을 가지고 있지 못했다는 것을 입증한다.
산문시는 그 속에 표현된 시인의 삶에 대한 태도에 의해서 긴장감
을 얻을 수밖에 없다. 그러나 그의 경우에는 조국에 대한 타는 듯

213) 같은 책, 135쪽.
214) 같은 책, 38쪽,

한 연민과 동정만이 감정의 전면에 나서 있지, 그것을 통제할 논리가 나타나 있지 아니하다. 그 논리의 결여는 그의 시를 과거 지향적인 감정, 가령 인내, 탄식, 그리움 등으로 채색하게 한다. 결국 그는 그의 시를 나라를 위한, 자신의 존립을 위한 강렬한 투쟁으로 밀고 나가지 못하고, 민중시라는 이름 아래 민요나 동요에 가까운 재조정된 자유시로 되돌아간다. 그것이 그의 자유시 — 산문시 운동의 한계이다. 그러나 그의 시적 탐구를 통해서 한국 시는 새로운 정형시의 개발이라는 측면과 민족과 개인을 위한 투쟁 의식에 투철한 자유시 — 산문시의 가능성을 점칠 수 있게 된다.

제4장 개인과 민족의 발견

식민지 시대는 일본의 제국주의적 수탈이 얼마나 악랄하고 무서운 것이었는가를 웅변으로 보여준다. 수많은 한국인들이 완전히 뿌리를 뽑히고 한반도를 떠나지 않을 수 없게 되며, 국내에 잔존한 한국 민족 역시 소작농으로 전락하거나 공장 노동자화한다. 도시와 농촌은 둘 다 완전히 수탈의 대상으로 존재한다. 그러나 한민족의 잠재력은 그와 같은 수탈과 궁핍화에도 불구하고 각 부분에서 음험한 형태로 혹은 직접적인 형태로 뚜렷한 저항력으로 치환되어 드러난다. 비록 한반도 밖에 세워진 것이지만, 상하이의 임시 정부는 한민족의 민족적 잠재력을 논리적으로 표현하며, 경제·문화·사회 각 부분에서도 식민지 수탈 정책에 저항하여 민족을 지키려는 열의를 내보인다. 불교도를 중심으로 한 반봉건 운동, 기독교를 중심한 속죄양 의식의 대두, 그리고 한글학회의 한글 운동 같은 것은 식민지 시대를 관류하여 흐른 민족 에너지이다. 이민족의 압제는 한민족의 자각을 강하게 불러 일으킨 것이다.

제 1 절 식민지 치하의 한국 궁핍화 현상

일본 식민지 정책이 소위 문화 정책으로 전환된 것은 3·1운동 이후의 불안한 한반도 정세를 무마할 임무를 띤 사이토 미노루(齊藤實)가 경성에 부임한 후부터이다. 그는 그의 유고문에서 치안 유지, 민의 창달, 문화와 복리의 증진 등으로 대표되는 그의 문화 정책을 표현한다. 그러나 그것은 한 연구가의 표현을 빌리면 〈일제의 식민지 정책에 어긋나는 무리들을 조금도 가차없이 단속할 방침〉[1] 이외의 다른 아무것도 아니다. 그의 문화 정책이 음험한 형태의 무단정치에 지나지 않는다는 것은 다음의 두 가지 사실로도 뚜렷이 증명된다. 1) 그는 한반도의 치안을 유지하기 위해서는 4개 사단의 병력이 필요함을 역설, 2개 사단의 병력을 증파해 줄 것을 곧 일본 정부에 요청하고 있다.[2] 2) 그는 경찰비를 대폭 인상하여 헌병 경찰 제도를 오히려 강화한다. 1910년에 3백여만 원이었던 경찰비가 1919년에는 천7백만 원이라는 막대한 액수로 증액된다. 그리고 1920년에는 천1백3만 원으로 는다. 그 결과 1910년에 481개소이던 경찰소가 1920년에는 2,761개소로 근 다섯 배 늘게 된다. 그 경무비의 증액이 갖는 의미는 행정비, 교육비와의 연도별 비율을 자세히 살피면 곧 드러난다. 경무비의 급격한 증액과 그것의 타부분과의 연도별 비율 비교는 그의 문화 정책의 속셈을 짐작게 한다.

사실상 그 문화 정책의 결과 ≪동아일보≫, ≪조선일보≫, ≪시사일보≫ 등의 세 일간지가 간행되고 상당량의 잡지들이 간행되

---

1) 홍이섭, 「조선총독부」, 『한국현대사 4』(신구문화사, 1969), 48쪽. 앞으로의 통계 자료는 상기 논문에 의거하며, 특별한 주가 없는 한 대부분이 그것의 요약이다.
2) 야마베 겐타로(山邊健太郎), 『일본통치하의 조선(日本統治下の朝鮮)』(岩波書店, 1971), 112-113쪽.

표 1

연도	행정비	교육비	경무비
1911	13.6%	1.7%	13.4%
1916	11.7%	2.7%	11.4%
1919	10.5%	3.8%	18.4%

었지만, 그것 역시 한반도 내의 불만분자들의 동향과 소재를 오
히려 역으로 일본 제국주의자들에게 노출시킨 결과를 낳는다. 일
본 식민지주의자들은 문화적으로는 약간의 가자유를 한국의 지식
인들에게 부여함으로써 그들의 불만의 배출구를 만듦과 동시에
그들의 소재를 쉽게 파악할 수 있게 되며 사회적으로는 구신분
제도의 지배층들을 관료 계급으로 흡수함으로써 민족 에너지의
잠재력을 말살시키려 한다. 그와 동시에 가장 악랄한 방법으로
경제적인 착취를 감행하여 한반도를 완전히 〈궁핍화〉시킨다.

농촌의 궁핍화는 토지 수용 — 동양척식주식회사 — 식량 수탈
— 고리채 등의 과정을 밟아 행해진다. 일본의 한국 토지 조사는
1910년에 시작되어 1918년에 끝난다. 그것은 〈일본인의 사적 토
지 수탈의 근거를 마련〉해 준다. 그 토지 수탈은 1911년의 토지
수용령에서부터 본격화된다. 그렇게 수탈된 토지는 동양척식주식
회사를 거쳐 일본 농민들에게 배부된다. 합방 전에 동척에 투자
된 2,430정보가 1914년에는 653,956정보로 늘고, 1918년에는
다시 4,500정보가 늘 정도로 토지 수탈은 악랄하게 행해진다.
1919년 이후에는 상당량의 토지를 빼앗긴 한국 농민들에게 식량
수탈이 시작된다. 한국 쌀을 빼앗아간 대신에 한국 농민들에게는
만주의 잡곡이 주어진다. 〈총독부는 산미 증산 정책을 통해 한국
농민으로 하여금 자기가 만든 좋은 쌀을 헐값으로 약탈당하게
만들고 반면 보다 비싼 만주의 조를 먹지 않을 수 없는 긴박한
조건에 묶어〉[3]놓은 것이다. 농민의 궁핍화를 촉진하는 또 하나의

요소는 고리대이다. 그 고리 대금은 대부분 일본 은행의 산업 자금이다. 그 결과 농민의 궁핍화는 극대화된다. 1930년의 조사에 의하면, 전 소작농의 75%에 이르는 농민이 빚을 지고 있는데, 그것은 식산은행의 것이 39.2%, 동척의 것이 14.6%, 금융조합의 것이 17.4%로 합계 70%를 넘고 있으며, 이자는 연 15-35%이다. 그 결과 농촌에서는 1) 자작농의 감소와 소작농의 증가라는 계층적 분화가 촉진되며, 2) 이농·이민 현상이 생겨난다. 다음의 두 도표는 소작농의 증가와 이농의 모습을 웅변으로 보여준다.[4]

1) 자작농의 감소와 소작농 증가

연도	자작		자작 겸 소작		소작	
	호수(천)호	%	호수	%	호수	%
1923-1927	529	20.2	920	35.1	1,172	44.7
1928-1932	497	18.4	853	31.4	1,360	50.2
1933-1937	547	19.2	732	25.6	1,577	55.2
1939-	539	19.0	719	25.3	1,583	55.7

2) 1925년도 이농자

① 산업으로 분산   23,728(15.82%)

② 공장 잠업으로 분산   6,879(11.24%)

③ 노동자·고용인   69,644(46.39%)

④ 일본 이주   25,308(16.85%)

⑤ 만주·시베리아 이주   4,224(2.88%)

⑥ 가족 분산   6,835(4.55%)

⑦ 기타 전업   3,497(2.27%)

                  150,112(100%)

---

3) 홍이섭, 앞의 글, 40쪽.
4) 같은 글, 41-42쪽.

위의 두 도표에 의하면 일본의 수탈 정책에 희생이 되어 자작의 상당수가 소작으로 떨어지고 소작의 상당수가 이농함을 알수 있다. 이농자의 반 이상은 도시에 나아가 프롤레타리아트가된다. 농촌이 빈곤해지니까 도시까지 빈곤해진 것이다. 1929년의통계에 의하면 도시생활자의 32.11%가 면세자로서 무직·극빈의상태에 있다. 그 결과 생존권에 대한 투쟁으로 농촌에서는 소작쟁의가, 도시에서는 노동쟁의가 빈번하게 일어난다. 1927년부터1931년 사이에 일어난 소작쟁의는 3,681건이나 되며, 그중1,853건이 소작지 박탈 관계로 일어난 것이어서 식민지 치하의농민의 궁핍상이 어떠한 것이었는가를 실감나게 한다. 노동쟁의역시 갈수록 급증한다. 1912년의 4건이, 1924년에는 45건(참가자 6,150명), 1931년에는 205건(참가자 17,114명)이 발생한다. 그쟁의의 주된 쟁점은 임금 문제이다. (식민지 치하의 한국인의 임금은 일본인의 절반도 되지 않았다는 것을 염두에 두어야 한다.)

제2절　궁핍화 현상과 논리적 응전

　일본 제국주의의 음험하면서도 악랄한 조직적 식민지 수탈에대한 전 민족적 항쟁인 1919년 3월 1일의 민족 대운동은 1884년의 귀족 혁명, 1894년의 동학농민혁명의 뒤를 이어, 한국민이자체 내의 힘으로 사회의 제반 모순을 극복하려 한 민족 운동이다. 그것은 〈바로 일제 합방 후 침략 통치 10년 동안에 맛본 피압박 민족으로서의 비분과 정치·경제·산업·교육·문화의 모든면에서 노정된 가혹한 탄압과 수탈과 동화의 식민지 정책이, 비로소 같은 민족으로서의 감정공동·이해공동·문화공동·운명공동이라는 뜨거운 유대 의식을 자각시킴으로써 폭발된 항쟁〉[5]이다.

그것은 귀족 혁명과 같이 〈위에서부터의〉 혁명도 아니며, 동학농민혁명과 같이 〈아래서부터의〉 혁명도 아니다. 그것은 〈위와 아래가 다 어울린〉 초계급적 저항 운동이다. 그것이 초계급적 저항 운동이라는 것은 중요한 의미를 띤다. 그것을 통해 민족 항쟁의 주도층이 유림에서 평민으로 바뀌었기 때문이다. 3·1운동 이후의 한국 사회의 모든 지적 노력은 심한 검열 제도에도 불구하고 일본 식민지 정책의 악랄성을 파헤치고, 거기에서 민족의 순수성을 지키고, 마침내는 독립을 얻으려는 방향으로 집결된다. 그러기 위해서 오랫동안 논란의 대상이 되어온 서구의 기술 도입은 의문의 여지가 없는 것으로 치부되며, 선진국의 문물을 이해하려는 강력한 요구가 일어난다

   1) 정치적 군사적 저항 —— 식민지 치하의 정치적 저항은 상하이 임시정부로 상징된다. 1919년 4월 10일 상하이에서 성립된 상하이 정부는 한일합방 후의 모든 민족 투쟁을 정치적으로 합법화시킨다. 그 정부는 〈연통제〉[6]를 실시하여 국내와의 연락망을 확보하고, 1920년에는 상하이 무관학교를 세우고, 중국 각 군관학교에 독립 운동자들을 파견, 행동대를 훈련시키고, 만주의 독립군을 지원하고, 사료편찬부를 두어 한국 독립의 이론적 근거를 제시하기 위한 자료를 편찬한다. 그리고 그 정부는 정부 기관지로 ≪독립신문≫을 발행하고, 독립 청원 운동을 시작한다. 그 정부와의 관련 아래서 군사적 저항이 행해진다. 군사적 저항은 만주 일대에서의 독립군의 활동과 국내·일본에서의 테러 행위로

---

   5) 조지훈, 『한국민족운동사』, 558쪽. 앞으로 기술하면서, 식민지 치하의 한반도를 정치적 명칭으로 부를 필요가 있을 때는 〈한국〉으로 통일하겠다. 식민지 치하에서는 내내 조선이라는 명칭이 사용되었지만, 상하이 임시정부가 국호를 〈대한민국〉이라고 한 이상 〈한국〉이라고 지칭하는 것이 옳다고 생각한다.
   6) 연통제에 대해서는 같은 책, 665쪽을 볼 것.

나뉠 수가 있다. 그중 특기할 만한 것으로 홍범도의 〈봉오동 전투〉(1920), 김좌진의 〈청산리 싸움〉(1920), 강우규의 〈제등 왜총독 폭격 사건〉(1919), 나석주의 〈동척 폭탄 사건〉(1926), 윤봉길의 〈상하이 홍구 사건〉(1933) 등이다.[7]

2) 경제적 저항 —— 식민지 치하에서의 경제적 저항을 첨예하게 표현하고 있는 것이 조선 물산 장려 운동이다. 그 운동은 〈일본 산업 자본의 진출에 대응하여〉, 〈민족 기업의 설립 및 그 육성을 촉진하고, 민족의 경제적 자주자립 태세를 확립하려는〉[8] 운동이다. 조선 물산 장려 운동이 전국적 규모로 시작된 것은 1923년 초부터이다.[9] 그 운동은 외래품에 지나치게 의존하면 민족이 파멸된다는 전제 아래 국산품을 애용할 것을 제창한다. 외래품의 배격과 민족 기업의 육성이라는 조선 물산 장려 운동의 목적은 3·1운동 이후에 방향을 바꾼 민족 운동의 한 표현이다. 그 운동은 그러나 두 편으로부터 맹렬한 공격의 대상이 된다. 하나는 물론 조선 총독부의 관권에 의한 제지, 억압이며, 또 하나는 급진 좌파의 청년들에 의한 공격이다. 조선 총독부는 그 운동이 일화 배척 운동이라고 판단, 〈적극적으로는 집회의 불허, 선전 시위의 금지, 연사의 구금 등으로 이 운동을 방해하고, 소극적으로는 이미 이 운동에 가담하고 있는 인사들을 사상적인 불순분자라 하여 감시하고 또 재정적인 찬조와 협력을 하는 사람

---

7) 테러리즘은 민족주의계의 김구의 〈한인애국단〉과 무정부주의, 혹은 사회주의계의 이종암의 〈의열국〉으로 대표된다. 앞의 책, 「협사의 의거와 공포투쟁」을 볼 것.
8) 조기준, 「물산장려운동」, 『한국현대사 8』, 313쪽.
9) 위 논문에 의하면 이미 1922년 8월 평양에서는 조만식·김동원 등 기독교 인사들이 중심이 되어 물산 장려 운동이 일어나고 있다. 그럼에도 불구하고 1923년 초부터 그 운동이 시작되었다고 보는 것은 그때에 전국적인 규모로 창립, 발기가 되었기 때문이다.

들을 찾아다니며 찬조 중단을 강요)[10]한다. 급진 좌파에 의한 비판은 그 운동이 〈소부르주아의 개량주의 운동이며, 그것은 프롤레타리아의 반제 혁명 의식을 약화시키는 것〉[11]이라는 데에 주어진다. 조선 물산 장려 운동에 대한 좌우 토론은 그것이 그 후의 문학 작품의 중요한 주제의 하나를 이루므로 조금 자세히 상술할 필요가 있다.[12] 좌파에 의하면, 그 운동은 〈정치적 독립이 없는 상태 내에서의 민족 자본 축적〉[13]을 목표하고 있는데, 그것은 불가능하며 그런 의미에서 〈소부르주아들이 만들어낸 장난에 불과하며, 설사 그 운동으로 한국의 산업이 약간 발달한다 하더라도, 한국의 무산가에게는 마찬가지에 불과하다〉는 것이다. 거기에 대한 우파 민족주의자들의 대답은 이렇다. 민족 자본의 축적이 정치적 독립 없이 불가능하다 하더라도, 〈민족의 살길은 마련〉해야 하며, 그런 의미에서 그 운동은 〈조선인의 면사주의(免死主義)〉이다. 또 정치적으로 억압받고 있는 식민지 치하에서는 유산·무산의 이해 관계가 항상 대립되는 것만은 아니고, 독립이라는 명분 아래서는 합치될 수도 있다. 그리고 과연 한국에 자본가, 무산자 따위의 계급이 있는 것일까라는 질문을 민족적 개량주의자들은 던진다. 〈빈곤한 것을 무산 계급이라고 한다면, 조선인은 모두 무산 계급인 것이다.〉[14] 결국 이 논쟁은 조선 물산 장려 운동이 농민을 회생시키고 소부르주아를 민족이라는 이름 아래 장려하려 한 운동인가, 아니면 민족 역량의 육성 개발이라는 긍정적 측면만을 보여주는가라는 것으로 집약될 수 있다. 그 논

---

10) 조기준, 앞의 글, 328쪽.
11) 같은 글, 328쪽.
12) 가령 염상섭의 「삼대」, 이기영의 「고향」, 박태원의 「천변풍경」, 채만식의 「탁류」, 「천하태평」 등이 그렇다.
13) 이 이후의 인용문은 모두 조기준의 앞의 글에 의거한다.
14) 윤영남, 「자멸인가 도생인가」, 《동아일보》 1923. 4. 26.

쟁에 대한 한 연구가의 잠정적인 결론은 이렇다.

　　이상의 논쟁에서 느껴지는 것은 물산 장려 운동을 비난하는 쪽이
나 지지하는 쪽이나 모두 마르크스 이론에 입각하여 논박 및 반론을
펼치고 있다는 점이다. 당시의 마르크스주의 사상은 이미 우리 나라
에는 깊이 침투하여 왔고 반제국주의 투쟁에서는 유일한 이론적인
근거점이 되고 있었던 사실을 이 이론을 통하여서도 볼 수 있다. 다
음 이 논쟁에서 느껴지는 또 하나의 사실은 급진 좌파의 비난은 그
냥 비난에 그쳐 건설적인 대안이 없었으며 국민을 일종의 니힐리즘
으로 몰아넣는 결과밖에 되지 못했다는 것이다. 이 점은 좌파 청년
운동이 당시에 단순한 민중의 선동에 그치고 만 전략적인 결함이 있
었다고 하지 않을 수 없다.[15]

　　3) 사회적 저항 —— 사회적 저항으로 특기할 만한 것은 농촌
계몽 운동과 형평 운동이다. 식민지 치하의 사회는 정상적인 사
회처럼 변증법적으로 발전하지 않는다. 그래서 개화기에 시작된
역계층화 현상, 즉 신분 평등화 현상은 식민지 치하에 들어서면
서 왜곡되기 시작한다. 그 중요한 것을 김영모는 다음과 같이 기
술한다. ① 식민지 치하에서는 봉건 지배층이 정치적 변혁에 의
하여 부정되지 않는다. 그 지배층은 정치적인 면에서는 몰락되었
지만 경제적인 면에서는 오히려 상승한다. 그 지배층은 토지 자
본에서 나오는 지대 — 소작료를 가지고 고리대·주식·공채 등에
재투자하여 상공업 자본가가 되며, 자손들을 그 자금으로 교육시
켜 관료로 충원시킨다.[16] ② 봉건 사회의 피지배 계급인 농민과

15) 조기준, 앞의 글, 221-322쪽.
16) 그런 것을 묘파하고 있는 대표적 작품이 염상섭의 「삼대」와 채만식의 「태
　　평천하」이다. 여기에 대해서는 김현 「식민지 시대의 문학」, 『현대한국문학

상민은 신분 해체로 말미암아 다수가 사회적 구속에서는 벗어났지만 경제적으로는 하강하여 소작농·노동자·빈민으로서의 빈곤의 악순환 속에 말려든다.[17] 이 진술은 조선 사회의 봉건 지배층이 식민지 권력에 순응하여 경제적으로 상승한 것을 제외하면, 대부분의 한국인이 빈곤의 악순환 속에 빠져들었다는 진술이다. 그래서 사회적 저항은 빈곤과 무지를 추방하자는 개량주의적 농촌 계몽 운동과 불평등의 날카로운 한 예인 백정 해방 운동으로 대표된다.

농촌 계몽 운동은 좌파의 농민 조합 운동과 우파의 문맹 퇴치 운동으로 대별될 수 있다. 좌파의 농민 조합 운동은 농민을 가난에서 벗어나게 하겠다는 의도의 표현이며, 문맹 퇴치 운동은 농민을 무지에서 벗어나게 하자는 의도의 소산이다.[18] 형평 운동이라고 불리는 백정 해방 운동은 아동 취학 문제로 표면화된다.[19] 백정의 자식이라는 이유로 입학이 자주 거부되자, 거기에 분개하여 형평 운동이 시작된 것이다. 최초의 형평사는 1923년 5월 전주에서 창설된다. 거기에서는 다음과 같은 분노와 한탄의 취지문이 채택된다. 〈공평은 사회의 근본이며 애정은 인류의 본령이다. 그런고로 아등은 계급을 타파하고 모욕적 칭호를 폐지하며, 교육을 장려하여 아등도 참다운 인간이 되도록 하는 것을 본사의 주

의 이론』(민음사, 1973)을 볼 것.

17) 김영모, 「사회 계층의 변화」, 『한국현대사 8』, 293쪽.

18) 그런 것을 표현하고 있는 대표적인 작품이 이기영의 「홍수」와 이광수의 「흙」이다. 「홍수」의 박건성과 「흙」의 허숭은 농민 조합 운동과 문맹 퇴치 운동의 한 전형적 예이다. 특히 문맹 퇴치 운동에 대해서는 한글학회의 역사적인 투쟁을 염두에 두어야 할 것이다.

19) 백정 문제가 사회적인 문제로 제기된 지 약 40여 년 후에야 백정 문제를 다룬 황순원의 「일월」이 나타난 것은 일본의 경우와 비교할 때 흥미로운 테마를 제기한다. 당대의 백정의 신교육열은 대단해서 평민 취학률이 5%일 때 백정 취학률은 46%였다고 한다.

지로 한다.$)^{20)}$ 그 이후 전국에서 형평 운동이 벌어진다. 그 운동을 통해 백정들은 백정을 〈신분적으로 천시하는 봉건적 인습과 싸우는 봉건적 투쟁을 힘차게 전개하면서 사회·경제 문제를 해결하기 위해 근대적 경영 형태인 피혁회사 등을 합력 경영하여 경제적 실질적인 해방 운동을 전개하고 일반 사회 운동 단체와 우호적이고 전투적인 관련을 맺으면서 반일 민족 전선으로 운동이 발전되어 갔다.$)^{21)}$

4) **문화적 저항** —— 3·1운동 이후의 문화적 저항은 식민지 정책의 변화와 상당한 관련을 맺고 있다. 일본 제국주의는 3·1운동 이후 식민지 통치 정책을 수정, 문화 정책이라는 가자유 정책을 시도한다. 몇 개의 일간지가 발간되고, 최소한도의 언론 자유가 주어진다. 그 외에 생겨난 몇 개의 잡지와 그것들을 중심으로 문화적 저항이 행해진다. 물론 윤동주·이육사 등의 예외가 없는 것은 아니지만, 대부분의 경우, 식민지 시대의 지성은 그곳을 통해 활약한다. 식민지 시대의 지성은 대체적으로 두 가지 조류로 구분된다. 하나는 구유림 세력이 주가 되고 천도교·유교·기독교 계통의 종교인들이 합류한 민족주의 세력이고, 또 하나는 마르크스주의에 깊이 침윤된 사회주의 세력이다. 그 두 세력은 처음에는 민족주의 세력 내에 포함되어 있던 급진적인 저항 세력과 독립을 위해서는 민족의 실력·역량을 준비해야 한다는 온건한 준비 세력이 부화되어 분리된 것이다. 민족주의 세력은 안창호의 준비론을 그 사상적 근거로 삼아 민족 의식을 개발하고, 지키고, 교육시키는 것을 그 일차적인 임무로 삼으며, 사회주의 세력은 반제국주의 투쟁을 무산자 혁명과 동일시, 혁명을 서두른다. 그 두 세력은 경제·사회·문화의 여러 영역에서 강렬하게 충돌하는

---

20) 김의환, 「형평운동」, 『한국현대사 8』, 358쪽에서 재인용.
21) 같은 글, 380쪽.

데, 그 충돌 과정에서 식민지 시대의 문화적 역량은 성숙한다.

민족주의 세력은 안창호의 준비론을 거점으로 하여 민족의 교육·개조를 부르짖다가 조선주의의 확립으로 정착하여, 고전을 발굴하고, 한글 운동을 일으키며, 시조를 부흥하려 한다. 당연한 결과로 농민의 문맹 퇴치가 그 중요한 투쟁 목표를 이룬다. 그때의 민족주의란 〈민족의 독립을 위한 사상적인 근거를 제시하려는 노력〉[22]이며, 그것은 정인보·신채호·박은식 등의 민족주의 사관, 조윤제·양주동·이병기 등의 고전 연구, 최현배·김윤경·이희승 등의 한글 운동 등으로 대표될 수 있다.

사회주의 세력이 한국에 뿌리박게 된 것은 1920년경부터이다. 그때는 이미 러시아 혁명, 헝가리 혁명 등이 성공한 후이며, 국내적으로는 일본 자본의 침투로 공장 노동자가 형성되기 시작한 때이다. 그래서 1920년에 들어서면서 사회주의 운동의 기간이 되는 노동 운동과 청년 운동이 점차 성숙해진다. 1920년 2월에는 김광제·이병의 등을 중심으로 〈무산 대중의 복리 증진〉[23]을 목적으로 하는 노동 대회가 조직되며, 6월에는 안확·장기욱·이병조 등을 중심으로 〈조선청년연합회〉가 형성된다. 1922년에는 「전선노동자제위에게 고함」이라는 공산주의 사상을 고취하는 최초의 글이 발표되고, 1924년에는 공산당이 조직된다. 그리고 1919-1922년경의 낭만주의적 문화적 경향을 청산하기를 요구하는 김기진의 활동이 1923-1924년경부터 시작되고, 1925년에는 프롤레타리아 예술동맹(KAPF)이 형성된다. 그때의 사회주의 세력은 백남운으로 대표되는 경제사학, 임화의 문학사 연구, 그리고 무정부주의자, 테러리스트들로 대표된다.

---

22) 이기백, 「민족주의사상」, 『한국현대사 6』, 65쪽.
23) 방인후, 『북한 〈조선노동당〉의 형성과 발전』(아세아문제연구소, 1970), 10쪽.

이 두 세력은 문학계에도 깊은 낙인을 찍는다. 최남선·이광수·
염상섭·한용운·이상화 등이 민족주의에 기울어지며, 최서해·임
화·이기영·김남천 등이 사회주의 세력에 기울어진다. 그 두 세력
간의 다툼은 독립과 혁명이라는 두 명제로 압축될 수 있다. 그러
나 식민지 치하의 문화적 저항은 그 두 측면을 상호 보완해야만
그 전모를 이해할 수 있을 정도로 그 두 세력의 상호 침투는 한
국 사상사에 깊은 영향을 미친다.[24]

제 3 절 현실과 초월의 의미

주요한의 뒤를 이어 한국시가 과제로 짊어지게 된 두 가지 문
제, 식민지 현실을 직시하면서 한국인에게 새로운 비전을 보여줄
수 있는 새로운 시 형식을 찾는다는 어려운 문제와 씨름한 사람
은 김소월,[25] 한용운,[26] 이상화[27]이다. 그 세 시인들에게 공통되
어 있는 것은 새로운 시형의 탐구이다. 시조와 창 속에 갇혀 있

---

24) 식민지 시대의 정신적 상황에 대해서는 김치수 「침략과 저항의 양식」,
    『한국의 지성』(문예출판사, 1972)이 서술의 묘를 얻고 있다.
25) 김소월[본명 廷湜] : 1902-1934. 평북 정주군 곽산 출생. 정주 오산고보
    를 거쳐 일본 도쿄대학 상대 중퇴. 귀국 후 소학교사, 신문기자, 상업 등의
    직업을 전전하다가 음독 자살. 시집으로『진달래꽃』,『소월시초』.
26) 한용운[卍海] : 1879-1944. 충남 홍성 출생. 젊어서 입산. 1919년 3·1운
    동 때 33인 중의 1인으로 활약. 1925년 시집『님의 침묵』발간. 그에 대한
    논구로는 송욱, 「유미적 초월과 혁명적 아공」,『시학평전』(일조각, 1963);
    박노준·안권환,『한용운 연구』(통문관, 1960); 안병직,『한용운의 독립사
    상』; 염무웅, 「한용운론」, ≪창작과비평≫ 제26호; 김우창, 「궁핍한 시대의
    시인」, ≪문학사상≫ 제4호를 볼 것.
27) 이상화[尙火] : 1900-1943. 대구 출생, 중앙고보 졸업 후 22세 때 ≪백
    조≫ 창간. 23세 때 도일, 〈아테네 프랑세〉에서 프랑스 문학 수학. 귀국 후
    대구서 교원 생활. 35세 때부터 수년간 중국 방랑.

던 한국어를 해방시켜 새로운 세계를 보여줄 수 있는 새 형식을 찾는다는 것은 식민지 초기의 시인들에게 부과된 유일한 임무이며, 그 임무를 그 세 시인은 충실하게 이행한다. 그 새로운 시 형태에의 욕구는 대체로 두 가지 유형으로 압축된다. 하나는 다시 시조에 버금할 수 있는 새로운 정형시를 찾아내야 하겠다는 욕구이며, 그것은 일본의 7·5조에 상당한 영향을 받은 민요풍의 시들에게서 그 첨예한 표현을 얻는다. 또 하나는 시를 거의 완전히 해체해 버리려는 대담한 요구인데, 그것은 자유시와 그것의 한 극단적인 형태인 산문시에서 잘 드러난다. 그 두 유형을 대표하고 있는 것이 김소월과 한용운·이상화이다.

김소월은 식민지 초기에 정형시에 가장 깊은 관심을 쏟은 시인이다. 그가 즐겨 실험한 정형률은 7·5조이다.

    한때는 많은 날을 당신 생각에
    밤까지 새운 일도 없지 않지만[28]

그의 시의 상당 부분은 이런 식으로 거의 강제적으로 리듬을 맞추고 있다. 그가 7·5조에 경사한 것은 4·4조의 창가 리듬에서 벗어나 새로운 리듬을 발견하려고 애를 쓴 탐구의 결과이다. 그러나 그의 시적 재능은 7·5조를 따르고 있지만, 그의 대표적인 작품이라고 할 수 있는 「산유화」, 「진달래꽃」, 「초혼」, 「사욕절(思慾絶)」, 「왕십리」, 「접동새」 등은 7·5조를 대담하게 변조시킨 것들이다.

    1) 산에는 꽃 피네

---

28) 『소월 시문선』(을유문화사, 1970), 49쪽.

꽃이 피네
갈 봄 여름 없이
꽃이 피네[29]

2) 나보기가 역겨워
가실 때에는
말없이 고이 보내드리우리다[30]

이 두 시의 리듬은 분명히 7·5조를 기반으로 하고 있다. 그러나 엄격한 7·5조는 아니다. 예 1)의 경우에 첫 행은 6자이며 2행은 4자이다. 예 2)의 경우에는 첫 행과 2행은 7자·5자이지만, 3행은 5자와 7자가 도치되어 있다. 그것은 김소월이 7·5조를 단순한 자수율로 파악하지 않았다는 것을 입증한다. 예 1)의 경우, 자수는 6·4이지만, 그것을 낭송할 경우 1행의 〈꽃〉은 2자에 상당한 시간을 요하게 되어 있다. 내적 리듬으로는 〈꽃〉이 2자에 해당하게 되어 있다는 진술이다. 2행의 경우에는 〈피네〉의 〈피〉가 그렇다. 예 2)의 경우 3행은 5·7자로 되어 있지만, 리듬으로는 역시 7·5로 읽게 되어 있다. 즉 〈말없이〉의 〈말〉이 2자로, 〈고이〉의 〈고〉가 2자로 읽히어 7자를 이루며, 〈보내드리우리다〉는 〈우리다〉를 1자로 읽게 되어 있다. 예 1)·2)를 다시 도해하면 이렇다.

1) 산에는 꽃 — 피네
꽃이 피 — 네
갈 — 봄 여름없이

---

29) 같은 책, 37쪽.
30) 같은 책, 18쪽.

꽃이 피 ― 네

2) 나보기가 역겨워
   가실 때에는
   말 ― 없이 고 ― 이 보내드리우리다.

이 리듬의 재구성은 김소월이 리듬을 자수율로 생각하지 않고
호흡 기간과 밀접한 관계를 가진 것으로 파악한 것을 드러낸다.
시에서 중요한 것이 자수가 아니라, 한 뭉치의 어휘를 읽는 기간
이라는 생각을 시를 통해 명백하게 보여준 최초의 시인이 김소
월이다.[31] 그 결과 「산유화」, 「초혼」, 「접동새」 등의 완벽한 리듬
이 생겨난 것이다. 공식적인 자수 율격을 해체하여 새로운 정형
시에의 가능성을 보여준 것은 그의 완전한 공로이다.
  한용운·이상화는 김소월과 다르게 자유시에 지대한 관심을 쏟
는다. 이상화의 경우, 「말세의 희탄」, 「서러운 해조」 등 정형시에
의 욕구가 보이지 않는 것도 아니지만, 그의 중요한 작품들, 「빼
앗긴 들에도 봄은 오는가」나 「나의 침실로」, 「이별」 등은 완연한
자유시이다. 한용운과 이상화의 자유시, 그리고 그것의 한 극단적
인 형태로서의 산문시는 주요한의 부정적 산문시와 다르다. 주요
한의 자유시 ― 산문시가 말을 해체시키기 위해 반복, 감탄사 과
용 등을 보여주고 있는 것과는 다르게, 한용운과 이상화의 자유
시 ― 산문시는 말을 적절하게 절제하면서 시 형식을 해체시킨다.

  인경이 운다 장안새벽에 인경이 운다
  눈이 녹는다. 동대문 높은 지붕우에 눈이 녹는다. (중략) 아아 눈

---

31) 그의 영향은 김영랑·서정주에 이른다.

이 녹는다. 샛파란 이끼우에 떨어지는 눈이 녹는다.

까치가 운다. 장안새벽에 까치가 운다. (중략) 눈 오는 장안 새벽을 까치가 울며 간다. 까치가 운다.

주요한의 대표적인 산문시의 하나인 「눈」은 이처럼 각 연이 시작될 때마다 같은 시행을 반복시켜 리듬을 얻고 있다. 그 반복의 리듬은 그가 사설 시조나 판소리의 리듬에 아직 사로잡혀 있음을 나타낸다. 그러나 한용운과 이상화의 경우에는 주요한의 경우와 같은 직접적인 반복이 행해지지 않는다. 같은 내용을 반복할 필요가 있을 때에도 가능한 한 다른 이미지가 동원된다. 그것은 그 두 시인이 이미 언어를 절제할 수 있는 힘을 가진 것을 입증한다.

아 너도 먼동이 트기 전으로 수밀도의 네 가슴에 이슬이 맺도록 달려오너라.

빨리 가자 우리는 밝음이 오면 어덴지 모르게 숨는 두 별이어라

아 어느덧 첫닭이 울고 뭇개가 짖도다 나의 아씨여 너는 듣느냐

낡은 달은 빠지려는데 내 귀가 듣는 발자욱 —— 오 너의 것이냐

〈마돈나〉 날이 새련다 빨리 오려므나 사원의 쇠북이 우리를 비웃기 전에

이상화의 「나의 침실로」를 예로 들더라도, 같은 내용을 진술하기 위해 서로 다른 이미지들이 동원된다. 빨리 만나고 싶다는 욕망은 먼동, 별, 첫닭, 개, 달 등의 도움을 받아 완벽한 상상 체계 속에 끼어 들어온다. 그것은 한용운의 경우에도 마찬가지이다.

님은 갔습니다. 아아 사랑하는 나의 님은 갔습니다.

푸른 산빛을 깨치고 단풍나무 숲을 향하여 난 작은 길을 걸어서

참아 떨치고 갔습니다.

　황금의 꽃같이 굳고 빛나든 옛 맹서는 차디찬 티끌이 되어서 한숨
의 미풍에 날려갔습니다.

　날카로운 첫 키스의 추억은 나의 운명의 지침을 돌려 놓고 뒷걸음
쳐서 사라졌습니다.

님과의 이별을 묘파하고 있는 「님의 침묵」의 첫 몇 행에서도
그것은 뚜렷이 드러난다. 님이 떠나갔다는 사실이 2행에서 하나
의 정경으로 묘사된다. 4행에서는 그 사실이 무엇을 의미하는가
하는 것을 보여준다. 그리고 그 사이에서 3행은 맹서와 미풍을
대비시켜 외부 정경과 내부 공간을 결합시킨다. 한용운과 이상화
를 통해 한국 시는 하나의 공간을 시적으로 표현하기 위해서는
그것이 하나의 상상 체계 속에 들어와야 한다는 것을 배운다. 하
나의 공간은 단순한 말의 반복이나 감탄사로 형성되지 못한다.
그것은 서로 다른 이미지들이 하나의 뚜렷한 목표를 위해 협력
할 때 이루어진다. 한국 시는 김소월을 통해 정형시란 공식적 자
수율격을 벗어나는 데서 이루어지며, 한용운과 이상화를 통해 자
유시 ─ 산문시란 말의 반복이나 감탄사 과용을 통해 이루어지는
것이 아니라, 하나의 시적 공간을 이루기 위해 여러 이미지들이
서로 협조하여야 이루어진다는 것을 배운다. 그렇다면 그 세 시
인의 시적 공간은 어떤 것일까?
　김소월의 시에 대한 생각은 그가 남긴 유일한 시론인 「시혼」
속에 간결히 표현되어 있다. 그것을 간추리면 다음과 같다. 1) 인
간에게는 각각 영혼이 있다. 2) 그 영혼이 〈이론적인 미의 옷을
입고 완전한 운율의 발걸음으로 (중략) 정조의 불붙는 산마루로〉
나아갈 때 시혼이 표현된다. 3) 그 시혼은 시간과 공간을 초월한
존재이다. 그것은 영원의 존재이며 불변의 성형이다. 4) 그 시혼

은 〈그 시대며 그 사회와 또는 당시 정경의 여하에 의하여 작자의 심령상에 무시로 나타나는 음영〉의 현상에 따라 다르게 나타난다. 5) 시작품의 우열은 음영의 변환에 있다. 이와 같은 김소월의 시론은 그가 플라톤주의에 깊은 영향을 받았다는 것을 입증한다. 이데아 대신으로 쓰인 시혼이나 현상 대신으로 쓰인 음영이라는 어휘들이 그것을 뚜렷이 드러낸다. 그러나 그의 플라톤주의는 시혼의 절대성을 주장하지 못하고 〈정조의 산마루〉를 향한 음영의 변환에 집착함으로써 후기 상징주의, 특히 사맹A. V. Samain 같은 시인들이 빠진 정조mood 시가 되어버린다. 절대에의 탐구를 포기하고 정조 속에 알맞게 숨어버린 것이다. 그 결과는 어떠한가? 송욱에 의하면 그로 하여금 도시 문화를 거부하게 만들며[32] 시인은 시를 〈만드는〉 사람이 아니라 시를 〈느끼는〉 사람이라고 생각하게 하며, 작품의 의도와 결과를 혼동하게 하여 시비평의 가능성을 배제해 버리게 한다.[33] 그렇다면 절대에의 탐구는 어떻게 포기된 것이며, 그것은 시에 어떻게 나타나 있는 것인가? 거기에 대해 처음으로 질문을 던진 것은 김동리[34]이며, 그의 질문을 소박한 대로 서정주[35] 역시 그대로 따르고 있다. 김동리의 견해로는 김소월의 시 중에서 가장 완벽한 작품이 「산유화」이다.

---

32) 그의 도시 문화 거부를 나타내는 것으로 송욱은 다음 구절을 들고 있다.
   〈다시 한 번 도회의 밝음과 지껄임이 그의 문명으로서 광휘와 세력을 다투며 자랑할 때에도 저 길고 어두운 산과 숲의 그늘진 곳에서는 외롭던 벌레 한 마리가 그 무슨 설움에 겨웠는지 수심없이 울고 있습니다. 여러분, 그 벌레 한 마리가 오히려 더 많이 우리 사람의 정조답지 않으며……〉
33) 송욱, 『시학평전』(일조각, 1963), 136-145쪽.
34) 김동리, 「청산과의 거리」, 『문학과 인간』(청춘사).
35) 서정주, 「김소월과 그의 시」, 『서정주문학전집 2』(일지사, 1972).

산에는 꽃 피네
꽃이 피네
갈봄 여름없이
꽃이 피네 ──

산에
산에
피는 꽃은
저만치 혼자서 피어 있네

산에서 우는 작은 새여
꽃이 좋아
산에서
사노라네

산에는 꽃 지네
꽃이 지네
갈봄 여름없이
꽃이 지네

이 시에서 그가 주목한 것은 2연 4행에 있는 〈저만치 혼자서〉
라는 구절이다. 〈저만치 혼자서〉라는 〈저만치〉는 대체 무슨 뜻일
까? 그는 김소월의 시세계에 대한 상당한 고구를 행한 끝에 다
음과 같은 결론을 내린다. 〈소월이 저만치라고 지적한 거리는 인
간과 청산과의 거리인 것이며 이 말은 다시 인간의 자연 혹은
신에 대한 향수의 거리라고도 볼 수 있다.〉[36] 서정주의 경우는
약간 다르다. 〈저만치라는 부사는 역시 휴머니스트의 정한의 냄

238

새를 절실히 띠고 있는 말이다. 사람 사이에서의 모든 감정을 그 어려운 수세의 면에서 지켜오기에 힘을 다했던 소월은 이 자연물인 산꽃에다가도 그것을 부어놓고 있음을 본다.)[37] 이 두 태도는 꽃에 대한 해석의 상이에서 생겨난 것이다. 김동리의 경우 시인은 꽃의 밖에서 그것을 보고 〈손가락질하고〉 있으며, 서정주의 경우 시인은 꽃이 되어 〈저만치 혼자서〉 피어 있다. 그러나 이 시의 주제가 꽃인 이상 시인이 〈산과의 거리〉를 손가락질하고 있다는 김동리의 주장은 약간 과장된 것이 아닌가 한다. 시인은 꽃이 되어 〈저만치 혼자서〉 피어 있다. 그렇다면 왜 〈저만치〉 있는 것일까? 그것은 서정주가 명확히 지적한 대로 그가 삶에 있어서 취한 수세의 자세에서 온 것이다. 그래서 그의 시에서는 정한이 주조를 이룬다. 이루어지지 못한 사랑, 행복하지 못한 삶, 지워지지 않는 그리움 등이 그의 시의 주조이다. 그의 〈저만치 혼자〉 있다라는 위치 측정은 타인과 세계에서 자신을 스스로 소외시키고, 인생을 정면에서 대결하고 살지 못하게 하여 항상 수동적인 자세로 살게 만든다. 그것은 고려 가요들의 한의 세계이다. 그의 가장 적절한 호소인 「초혼」에서도 〈저만치 혼자〉는 드러나 있다.

설움에 겹도록 부르노라
설움에 겹도록 부르노라

부르는 소리는 비껴가지만
하늘과 땅 사이가 너무 넓구나

36) 김동리, 앞의 글, 58쪽.
37) 서정주, 앞의 글, 171-172쪽.

그의 호소마저 〈비껴간다〉. 그의 시는 결국 전래의 정한의 세계를 새로운 리듬으로 표현해 낸 것이며, 그런 의미에서 새로운 민요에 속한다. 그것은 그가 절대로의 탐구를 포기한 결과이다.

이상화는 지금까지 53편의 시를 남기고 있다.[38] 그 53수의 시 중에서 습작기의 작품들을 제외하면 시로서의 품격을 갖추고 있는 것은 「빼앗긴 들에도 봄은 오는가」, 「나의 침실로」, 「가을의 풍경」, 「이별」, 「역천」, 「가장 비통한 기원」 등이다. 특히 「빼앗긴 들에도 봄은 오는가」와 「나의 침실로」는 이상화의 2대 걸작일 뿐만 아니라 식민지 초기 시의 절정을 이룬 작품이다. 그의 시작품을 이루고 있는 것은 낭만주의적 태도이다. 현실 밖에 이상향이 있다는 것을 전제하고 현실 밖이라면 어디로든지 n'importe où hors de ce monde 가겠다는 태도를 그는 뚜렷하게 나타낸다. 그의 낭만주의적 태도는 물론 현실에 대한 지독한 환멸에서 온다. 현실에의 환멸은 초기에는 가족 제도와 애정 생활 등에서 나오며, 후기에는 식민지 현실에 대한 깊은 성찰에서 나온다.

> 1) 아 인생의 쓴 향연에 불림받은 나는 젊은 환몽에서
>   청상의 마음우와같이 적막한 빛의 음지에서
>   구차를 따르며 장식의 애곡을 듣는 호상객처럼
>   털빠지고 힘없는 개의 목을 나도 드리우고
>   나는 넘어지다 ─── 나는 꺼꾸러지다!
>
>   ───「이중의 사망」

> 2) 어쩌면 너와 나 떠나야겠으며 아무래도 우리는 나눠야겠느냐 남
>   몰래 사랑하는 우리 사이에 남몰래 이별이 올 줄은 몰랐으나
>
>   ───「이별」

---

38) 〈현재까지 발견된 그의 시는 모두 53편에 달한다.〉백순재, 「상화와 고월 연구의 문제점」, 《문학사상》 제1호.

예 1)과 예 2)는 그의 환멸감의 근원이 봉건적인 가족 제도와 그것의 억압에서 유래하고 있음을 은연중에 보여준다. 〈인생의 쓴 향연〉, 〈남몰래 사랑하는〉 따위의 표현들이 그것을 입증한다.[39] 봉건적인 가족 제도의 억압에서 연유한 암담한 현실 인식은 그로 하여금 〈뉘우침과 두려움의 외나무다리 건너 있는〉 침실을 노래 부르게 한다. 「나의 침실로」의 침실은 그러므로 그의 모든 이상이 담겨 있는 도피처이다. 거기에서는 관습도 의례도 필요없다. 〈마돈나 오려므나 네 집에서 눈으로 유전하던 진주는 다 두고 몸만 오너라.〉 그곳은 또한 새로 태어나는 〈부활의 동굴〉이다. 그곳은 〈아름답고 오래〉다.

> 3) 아 가도다 가도다 쫓겨가도다
>   망각속에 있는 간도와 요동벌로
>   주린 목숨 움켜쥐고 쫓아가도다

> 4) 지금은 남의 땅
>   빼앗긴 들에도 봄은 오는가

예 3)과 예 4)는 이상화의 현실 인식이 얼마나 투철한가를 보여준다. 그는 식민지 현실이 한국 궁핍화에 지나지 않는다는 것을 이민 현상을 통해 직시하고 있으며, 〈빼앗긴 땅〉에서는 그 어떤 제스처도 헛된 것임을 깨닫고 있다.[40] 그는 개화기 초기의 상당수의 지식인들이 그러했듯이 가족 제도의 모순을 통해 자유연

---

39) 〈백기만의 『상화와 고월』에 의하면 상화는 드디어 고향에서 백부의 엄명으로 18세의 절세가인 서온순 양과 백년가로를 맺는 결혼식을 올렸다. 그러나 왠지 아름다운 마돈나의 침실은 아니었다.〉 이성교, 「이상화의 시세계」, 《현대시학》 제41호, 143쪽.
40) 그의 민족 의식은 관동대지진 때 굳게 형성된다. 같은 글, 144쪽.

애론을 부르짖으며, 나라 상실의 모순을 통해 한국 궁핍화 현상을 직시하고 그것을 노래하는 그의 낭만주의적 성격은 그러므로 현실적인 것을 모조리 거부할 수밖에 없던 현실 인식의 결과이다. 그의 그런 현실 인식은 현실 밖이라면 어디든지 괜찮다는 극단적인 탈출 욕구를 낳는다. 그의 이상주의적인 경향을 가장 격렬하게 보여준 「빼앗긴 들에도 봄은 오는가」에는 다음과 같은 의미심장한 구절이 보인다.

> 강가에 나온 아이와 같이
> 짬도 모르고 끝도 없이 닫는 내 혼아
> 무엇을 찾느냐 어디로 가느냐
> 웃어웁다 말을 하려므나

〈짬도 모르고 끝도 없이 닫는〉 그의 혼은 식민지 초기의 낭만주의적 성격의 한 상징이다.

한용운은 식민지 초기 최대의 시인이다.[41] 그의 시의 근간을 이루고 있는 것은 불교이다. 그 불교는 형상, 혹은 물상은 곧 자기이다라는 명제에서 출발한다. 만유는 곧 자아(아트만)라는 것이다. 이때의 자아는 물상, 형상의 감각적인 면이 전이되어 뭉친 유럽적 자아가 아니라 〈개별적 자아의 참된 바탕인 보편적 자아〉[42]이다. 그 보편적 자아는 여러 가지 감정을 통해 자기를 드러낸다. 이별, 환희, 사랑 등의 여러 추상적인 감정 중에서도 가장 기본적인 감정은 사랑이며 그 사랑은 물상을 통해 구체화된다.

---

41) 이하의 진술은 김현, 「여성주의의 승리」, 『현대한국문학의 이론』, 144-146쪽을 요약한 것이다.
42) 송욱, 앞의 책, 301쪽.

1) 나는 서정시인이 되기에는 너무도 소질이 없나봐요.
「즐거움」이니 「슬픔」이니 그런 것은 쓰기 싫어요.
당신의 얼굴과 소리와 걸음걸이를 그대로 쓰고 싶습니다.
그리고 당신의 집, 침대와 꽃밭에 있는 적은 돌도 쓰겠습니다.[43]

2) 사람의 존재는 님의 눈과 님의 마음도 알지 못합니다.
사랑의 비밀은 다만 님의 수건에 수놓은 바늘과 님의 심으신 꽃나무와 님의 잠과 시인의 상상과 그들만이 압니다.[44]

예 1)과 예 2)에서 알 수 있듯이 그의 사랑은 감각적인 사랑이 아니라, 형상은 곧 자아라는 초월적 사랑, 비감각적 사랑이다. 감각적 사랑이 갖는 질투, 시선, 스탕달이 쓰는 의미의 결정은 그의 사랑에 등장하지 않는다. 그의 사랑에는 서정적 요소, 낭만적 요소가 끼어들 틈이 없는 것이다. 그래서 그는 〈나는 서정 시인이 되기에는 너무나도 소질이 없다〉라고 자처한다. 그렇지만 그는 〈당신의 얼굴과 소리와 걸음걸이를 그대로〉 쓰고 싶어한다. 〈그대로〉라는 어휘에 주목하기 바란다. 그 말은 물상이 그의 보편적 자아의 한 표현이라는 것을 나타낸다. 그것은 감각적인 것이 아니다. 한용운은 그러나 이러한 초월적 상태에 안주하지 않는다. 그는 초월적 상태가 타인을 상정하지 않을 때는 죽음이라는 것을 알고 있다. 자신만이 초월적 상태에 돌입한다는 것에 대한 불신과 불만, 그것은 「타고르의 시를 읽고」에 자세히 드러난다.

벗이여 나의 벗이여
주검의 향기가 아무리 좋다 하여도 백골의 입술에 입맞출 수는 없

---

43) 한용운, 『님의 침묵』(진명문화사, 1972), 16-17쪽.
44) 같은 책, 53쪽.

습니다.

　그의 무덤을 황금의 노래로 그물치지 마서요, 무덤위에 피묻은 깃
대를 세우서요.

　그러나 죽은 대지가 시인의 노래를 거쳐서 움직이는 것을 봄바람
은 말합니다.

　이 시구를 송욱은 이렇게 설명한다. 〈절대적 원리에 영적으로
순종하는 생활이란 필경은 '주검의 향기'를 좋아하여 '백골의 입
술'에 입맞추는 것과 흡사한 노릇이 될 뿐만 아니라, 이러한 세계
만을 아무리 훌륭하게 노래해도 그것은 다만 '무덤을 황금의 노
래로 그물치는' 것과 같은 것이라고 만해는 모진 비판을 한다.
'무덤 위에 피묻은 깃대를 세우서요' 이 한 줄에서 우리는 일생을
민족 운동에 바친 혁명가의 우렁찬 목소리를 들을 수 있다.〉[45] 한
용운은 초월적 사랑을 죽음의 상태라 비난하고 차라리 〈피묻은
깃대를 세우라〉고 말한다. 피묻은 깃대를 세운다는 것은 자기만
이 초월적 상태에 들어가는 것을 포기함을 의미한다. 그것은 사
랑의 길이 아니라 이별의 길이다. 그는 사랑=죽음보다는 사랑=
이별을 택한다. 그것은 그의 투철한 역사 의식을 보여준다. 그는
타고르의 비판에서도 보여주는 것이지만 자신의 안위, 초월에만
집착하는 소승적 태도를 한국 사회의 한 패턴으로 파악한다. 그
때 이별은 쓰라린 아픔이 되며, 딴 여인에게 자기의 남편을 빼앗
길까 두려워하는 탄식이 된다. 그러나 그는 이러한 탄식을 이별
의 미학으로 승화시킨다. 그는 이별을 대승적인 것으로 파악한
다. 그의 이별은 실연의 탄식이 아니라 개인의 강렬한 승리이다.
그는 자기만이 초월 상태에 안주하지 않기 위해 이별을 택하기

　45) 송욱, 앞의 책, 312쪽.

때문이다.

> 1) 주검이 한 방울의 찬이슬이라면 이별은 일천줄기의 꽃비다.
>   주검이 밝은 별이라면 이별은 거룩한 태양이다.[46]

> 2) 이별은 미의 창조입니다.
>   이별의 미는 아침의 바탕없는 황금과 밤의 올없는 검은 비단과 주검없는 영원의 생명과 시들지 않는 하늘의 푸른 꽃에도 없습니다.
>   님이여 이별이 아니면 나는 눈물에서 죽었다가 웃음에서 다시 살아날 수가 없습니다.
>   오오 이별이여
>   미는 이별의 창조입니다.[47]

예 1)은 그가 타고르적인 초월 세계(죽음)를, 이 현세를 극복해 보겠다는 강렬한 역사 의식, 개인 의식의 표상인 이별을 통해 뛰어넘고 있다는 것을 보여준다. 바로 그러한, 이별을 통한 개인 의식의 앙양이야말로 미의 창조라고 그는 예 2)에서 노래한다. 이별은 그에게 영원보다 더 귀중한 것이다.

그는 식민지 초기에 한국 사회의 구조를 가장 명료하게 파악한 시인이다. 그가 파악한 한국 사회의 구조는 자기만의 사랑이며, 슬픔의 제스처이며, 탄식의 포즈이다. 그러나 그는 그것을 강렬한 개인 의식으로 조명한다. 그를 통해 한국 시의 고질이던 탄식의 포즈는 역사와 사회에 대한 강렬한 긍정의 태도로 바뀐다.

김소월·한용운·이상화는 식민지 초기에 한국 시가 짊어진 두

---

46) 한용운, 앞의 책, 19쪽.
47) 같은 책, 3쪽.

가지 과제를 자기 나름으로 성실하게 해결하려 한 시인들이다. 그들에 의해서 정지용·김영랑·김광균·백석·이용악 등의 시적 탐구가 가능해진 것이다.

제 4 절 개인과 사회의 발견 1

이광수에 의해 어느 정도 진전을 본 한글 소설 문체를 발전시키면서, 식민지 시대의 어둡고 답답한 세계를 그대로 그려내야 한다는 어려운 임무를 맡아서, 그것을 성공적으로 수행한 작가가 염상섭[48]·최서해[49]이다. 그 두 작가만큼의 업적을 남기지는 못하였지만, 식민지 시대를 산 개인의 고뇌를 무난하게 드러내고 있는 작가로 김동인[50]과 현진건[51]을 추가할 수 있다. 이 네 작가에

---

48) 염상섭[尙燮] : 1897-1963. 서울 중인 계급 출신. 1911년 보성중학교 중퇴. 일본 유학, 1917년 교토부립제2중학을 끝내고 게이오대학 영문과 입학. 1919년엔 독립 운동에 나섰다가 투옥된다. 1년여의 옥고를 치른 후 귀국. ≪동아일보≫ 정치부 기자. 그 해 ≪폐허≫ 동인으로 문단 활동 시작. 1921년 「표본실의 청개구리」 발표. 1923년 「만세전」, 1931년 「삼대」 발표. 해방 후 1946년 ≪경향신문≫ 편집국장. 그 이듬해부터 집에서 집필에만 전념. 그에 관한 연구로는 홍이섭, 「식민지 시대의 정신사의 과제」(『사학연구』); 염무웅, 「식민지적 변모와 그 한계」; 김현 「식민시대의 문학」, (『현대한국문학의 이론』); 「염상섭과 발자크」(≪향연≫ 제2호)를 볼 것.
49) 최서해[본명 鶴松] : 1901-1933. 함북 성진 출생. 일찍이 양친을 여의고 국내와 만주 유랑. 하층민 생활을 전전. 그의 생애에 대해서는 박상엽, 「서해와 그의 극적 생애」를 볼 것. 그의 소설이 식민지 시대 정신사에서 차지하는 역할에 대해서는 홍이섭, 「1920년대의 식민지적 현실」(≪문학과지성≫ 제7호)을 볼 것.
50) 김동인[琴童] : 1900-1951. 평양 출신. 1914년에 도일하여 동경 청산학원 중학부 졸업. 1919년 사재를 털어 ≪창조≫ 간행. 그의 연보, 작품 경향에 대해서는 ≪문학사상≫ 1972. 12의 김동인 특집을 볼 것.
51) 현진건[憑虛] : 1900-1943. 대구 출생. ≪백조≫ 동인으로 문단 활동 시작. ≪시대일보≫, ≪매일신문≫의 기자, ≪동아일보≫ 사회부장을 지냈고

게 공통된 것은 이광수에게서 지나치게 노골적으로 드러난 선각자 ─ 작가 의식 대신에 개인적 실존적 고뇌를 사회적 보편적 고뇌로 치환시키고, 사회적 보편적 고뇌를 개인적 실존적 고뇌로 치환시키려는 근대적 예술인 특유의 자각이다. 그 작가는 그 네 작가가 선택한 독자층에 분명하게 드러나고 있다. 염상섭은 자신의 위치가 어떤 것인가를 점차로 발견하여 가는 양식 있는 부르주아지를, 최서해는 고통스럽게 삶의 대지에서 유리되어 가는 하층민을, 그리고 김동인과 현진건은 자신의 삶에 안주할 수 없는 소시민을 각각 독자층으로 선택하고 있다. 그것은 그들이 이미 이광수와 다른 차원에서 창작 활동을 하고 있음을 나타낸다. 이광수에게는 한국의 모든 계층의 모든 인물들이 다 독자를 이룬다. 그만큼 포괄적이고 관념적이다. 민족이라는 이름의 독자처럼 추상적인 독자는 없기 때문이다. 그러나 염상섭·최서해·김동인·현진건 등은 이미 민족이란 추상적 독자를 예술가로서 선택할 수 없음을 깨닫는다. 민족을 잠재 독자로 상정하는 한 소설은 항상 계몽 도구에 지나지 않을 것이기 때문이다. 그래서 그들은 자신이 거기에 속해 있는 하나의 계층을 위해서 글을 쓰기로 작정한다. 한 작가가 자기가 속한 계층을 위해 글을 쓴다는 진술은 자신의 실존적 상처를 자기 계층의 독자들의 그것으로 환치시킨다는 진술이다. 그 계층이 어떠한 것이든 간에 그것은 결국 민족의 한 부분을 이루기 때문에 그들은 자신을 표현하면서, 자기 계층과 민족을 위해 글을 쓰게 된다. 이광수와 다르게 그들은 민족을 포기함으로써 민족의 일원이 되는 것이다.

자신을 표현함으로써 자신이 속한 계층을 위해 일한다라는 진술에는 자기 계층의 언어로 사고한다는 생각이 전제되어 있다.

만년에는 양계로 소일했다. 흔히 한국 단편 소설의 아버지라고 불린다.

보편적인 언어로 사고하지 못하고 자기가 속한 계층의 언어로 사고한다는 것은 근대인 특유의 한 질병이다. 그것은 보편적 진리의 붕괴와 밀접한 관련을 갖고 있기 때문이다. 개인어 idiolecte, 문체 등이 중요시되는 것은 그것과 밀접한 관계를 갖고 있다. 그네 작가가 자기 계층의 독자를 선택하였다는 진술에는 그러므로 그들이 자기 독자에 알맞는, 다시 말해서 그들 자신에 알맞는 개인어와 문체를 찾아냈다는 사실이 숨어 있다. 이광수 이후에 시작된 문체의 탐구는 이광수의 이념 지향적 성격이 그 다음 세대들에 의해 극복의 대상이 되었다는 것을 나타낸다. 그렇다면 그네 작가의 소설적 공간에는 어떤 인물들이 행동하고 사고하고 있으며, 그것은 어떤 방법으로 표현되고 있는 것일까?

1 염상섭 혹은 개량주의자의 자기 확인

염상섭을 둘러싼 가장 빈번한 논란 중의 하나는 그의 문학이 과연 어느 유파에 속하느냐 하는 것이다. 그러한 논란은 그의 자연주의론이 서구 문학의 문맥 속에서의 그것과 매우 상이하다는 데 그 원인을 두고 있다. 그것은 대체적으로 다음과 같은 결론을 유발케 한다. 염상섭의 자연주의 이론은 유전학을 그 골자로 하고 있는 서구의 자연주의 이론과는 매우 다른, 낭만주의 선언과도 같다. 이러한 주장은 상당수의 문학 연구가에 의해 빈번하게 행해져 온 것인데, 그 증거로 흔히 차용되는 것이 그의 자연주의 이론인 「개성과 예술」(1922)에서 〈개성의 표현은 생명의 유로이며 개성이 없는 곳에 생명은 없는 것이다〉라는 구절이다. 개인이 유전적 자질의 희생물이라는 오류 많은 유전 이론에 기초해 있는 서구의 자연주의와는 전혀 다르게 염상섭은 오히려 개성의 자유로운 유출이라는 낭만주의를 자연주의라고 오해했다는 것이며, 그러한 오해의 육화로서 흔히 들고 있는 것이 「표본실의 청개구리」에 나오는 개구리 해부 장면의 허위성이다.

그러한 주장은 일견 대단히 옳은 것처럼 보인다. 서구의 자연주의를 그 원래의 문맥에서 이해하지 않고 문학적 실체로서 이해하고 나서, 그것을 원형으로 생각하여 한국 식민지 시대의 한 작가를 재는 것은 그러나 그다지 바람직한 것은 못 된다. 그것은 서구의 자연주의가 오류 많은 유전 이론에 의거해 있으며, 그 유전 이론은 진화론으로 대표되는 실증주의의 소산이라는 것을 이해하고 나면 금방 수긍이 되리라 생각한다. 더구나 그 자연주의 예술이 프롤레타리아와 노동자 계급의 대두를 염두에 둔 예술 형태라는 것을 생각하면 더욱 그렇다.

중요한 것은 서구의 자연주의 이론을 원래의 생성 형태로 환원시키고, 그 과정을 지금의 시점에서 해석하여 한국의 자연주의를 그 종속 유파로 이해하지 않고, 당대의 역사적 문맥을 이루는 하나의 기호로 파악하는 일이다. 그래서 서구 자연주의와 한국 자연주의의 차이를 밝히는 대신에 정신의 변모 과정을 살피지 않으면 안 된다. 서구의 자연주의가 제도의 불합리성을 발견한 것처럼 한국의 자연주의가 발견한 것은 무엇이었을까라는 의문이 그때 가능해지리라 생각한다.

그런 측면에서 접근한다면 그의 개성 존중론은 개화기 세대가 개인과 사회의 함수 관계를 서구적으로 파악하기 시작한 증거이다. 그는 유교적인 세계관에 유럽의 개인 의식을 주입하려 한 것이며, 그것에 가장 가까운 명칭으로 자연주의라는 이름을 차용한 것일 따름이다. 가능하다면 염상섭의 자연주의론을 다른 명칭, 가령 한국 자연주의라든지 개성주의라는 것으로 붙여두는 게 어떨까 한다. 그것은 모든 위대한 작가들이 다 그러하듯이 그 역시 이론을 훨씬 뛰어넘는 걸작들을 쓰고 있기 때문이다.

염상섭은 「나의 자연주의」에서 〈사실주의에서 한 걸음도 물러
나지 않았고 문예 사상에 있어 자연주의에서 한 걸음 앞선 것은
벌써 오랜 일이었다〉고 자신만만한 토로를 하고 있는데, 이것 역
시 사실주의 — 자연주의라는 서구의 문예 사조 발달을 이해하지
못한 소치라는 주장이 또 있다. 그러한 주장 역시 어느 한 면의
진실을 간직하고 있다. 그러나 그 주장 역시 승인할 수 없는 주
장이다. 사실주의 역시 서구의 문맥 속에서 이해해 주지 않으면
아무런 의미가 없기 때문이다. 오히려 그의 그러한 주장은 사실
주의 — 자연주의를 몰라서 튀어나온 것이 아니라, 객관적 묘사라
는 기법론으로서의 사실주의와 개성주의라는 사상면으로서의 자
연주의를 생각해서 그런 것이라고 생각해 주지 않으면 안 된다.
한 인간이 어떻게 그가 속한 시대 속에서 한 인간으로 성장해
나가느냐 하는 것을 탐구하겠다는 태도를 당대의 유행 어휘로
표현한 것이 사실주의·자연주의라는 진술이다. 이러한 생각을
제기할 수 있는 증거로서 우리는 그의 「만세전」과 「삼대」 따위
의 탁월한 작품을 들 수 있다. 과연 「삼대」의 덕기가 식민지 치
하에서 의식 있는 한 개인으로 정립되어 가는 과정은 당대의 그
어떤 작가도 따를 수 없는 박진감을 가지고 있다.

염상섭을 평가하는 상당한 기준의 하나로 작용하는 그의 이론
의 취약성 때문에 그의 작품 평가에서 상당한 오해가 작용하고
있다는 증거를 몇 개의 소설사는 보여준다. 그의 작품에 대한 혹
평의 대부분은 그의 문장의 잔소리 많음과 주제의 빈곤에 매달
려 있다. 그의 문장은 그의 문학 태도가 사실주의적인 데에 있었
기 때문에 작자의 주관을 될 수 있는 대로 배제하여 렌즈처럼
대상을 포착하여 독자의 상상력이 작용하는 것을 작가 자신이
제거해 버린다는 것이다. 일종의 묘사의 남용이라는 주장이다.
그러나 그러한 주장은 그 평자가 염상섭의 전 작품을 면밀하게

읽지 않은 결과라고 생각하지 않을 수 없다. 새로운 이념에 대한 열렬한 탐구심과 그것을 불가능케 하는 상황에 대한 부정적 정신은 그의 해방 전 소설 문장을 특징짓는 두 개의 지주이며, 그러한 것은 그 완만한 문장 속에 튀어나오는 그의 비판 정신을 통해 확인된다. 「표본실의 청개구리」, 「만세전」, 「삼대」 등의 문장의 특성은 염상섭 특유의 저 지루함 속에 숨어 있는 부정 정신과 비판 정신이다. 그러나 해방 후의 그의 소설 문장은 식민지 치하의 부정 정신을 상실하고 인간에 대한 애정으로 색칠된다. 그러한 것을 간과하고 그의 문장을 지루한 것이라고 치부하는 것은 그의 문장을 그의 작품의 내용의 표현이라는 관점에서 보지 아니하고 그것과 상관없는 것으로 본 단견의 소치에 지나지 않는다.

그에 대한 또 하나의 비판은 주제의 빈곤인데, 그것은 그가 지나치게 평범한 소재를 다루고 있어서 소위 드라마가 없다는 것이다. 그러나 그것 역시 일종의 피상적 단견이다. 그의 작품 속에 그가 아무런 해석도 가하지 않고 있는 것처럼 평범하게 내보여 주고 있는 일상적 인물들을 자세히 관찰해 보면, 그 인물들이 평범하고 지루한 인물들이 아니라 한국 당대의 상황을 가장 실감 있게 살고 있는 인물들이라는 것을 쉽게 감지할 수 있다. 그의 인물들의 드라마는 초기의 몇 개의 작품을 빼면 대부분 돈과의 격투라는 가장 근대적인 드라마이다. 돈을 에워싼 여러 종류의 인물들의 애환을 그림으로써 그는 식민지 치하에서부터 한국 전쟁에 이르는 기간의 한국 사회를 그 누구보다도 탁월하게 묘사하여 형상화해 내는 데 성공하고 있다. 그의 소설은 주제의 빈곤을 드러내고 있는 것이 아니라 그 어떤 작가의 어떤 소설들보다도 강렬하게 일관된 하나의 주제, 돈과 인간과의 관계를 드러내고 있어 그것을 통해 독자들이 인간 속에 감추어져 있는 욕망이라는 괴물과 그 괴물의 분장을 돕는 상황을 감지할 수 있게 해주는 것이다. 그의 문학은 그런 의미에서 부르주아지의 문학이라고 지칭될 수 있다.

염상섭 문학의 특징으로 흔히 애기되는 것이 〈동통(疼痛)과 같은 무게〉(김동인)를 가진 그의 작풍이며 또 서울 중류 계급의 어휘량이다. 김동인이 그의 작품에서 동통과 같은 무게를 느낀 것은 그의 소설 속에서「표본실의 청개구리」의 다민(多悶)·다한(多恨)이 없어진 후에도 발견할 수 있었던 둔중한 산문 정신 때문이다. 체념 일변도인 한국인에게 햄릿적인 고뇌의 풍모를 부여해 준「표본실의 청개구리」가 김동인에게 큰 충격을 주었으리라는 것은 그의 고백을 듣지 않아도 명백한 것인데, 그 후기작들에서도 동통과 같은 무게를 느낀다고 김동인이 표현한 것은 탁견이라 아니할 수 없다.「표본실의 청개구리」에서와 같이 광적인 울분은 없지만, 그의 해방 전의 모든 작품을 지배하는 것은 현실에 대한 부정적 정신이기 때문이다. 한국인으로서 식민지 치하의 정신 상황을 그토록 둔중하게 써낸 작가에게서 동통과 같은 무게를 느끼지 않을 자가 과연 몇이나 되었을까.

작가의 현실에 대한 부정적 정신을 뒷받침해 주고 있는 것이 그의 서울 중류 계급 사투리이다. 자기가 속한 계급의 언어를 완벽하게 재생해 놓을 수 있었다는 것은, 한국 개화기에 중요한 역할을 담당한 중인층의 현실 감각을 그가 세심히 체득하였음을 입증한다. 또한 그것은 자신이 속한 계층에서 출발하여 보편성의 차원으로 자신의 세계를 이끌어 올리지 못한다면 위대한 문학은 생겨날 수 없다는 고전적 명제를 증명하는 것이기도 하다. 그의 한국어에 대한 공헌은 심훈에 의해 명료하게 지적되어 있다. 심훈은 한국어를 개척한 문인으로 홍벽초·염상섭·현진건·이기영 넷을 들고 각기 그 특징을 지적해 나가다가 염상섭에 대해 이렇게 쓰고 있다.

　상섭 씨는 말을 많이 알기로 원래 전부터 유명한 분이다. 특히 그의 장기는 옛날 중인 계급이나 상민 계급에 속하는 가정에서 쓰는 용어를 육담적으로 휘둘러 쓰는 데는 또한 당대의 독보다. 필자와 같은 문학 청년으로서 꾸준히 발표하는 그의 신문 소설을 읽고 조선말의 습득이 많았던 것은 숨길 수 없는 사실이요, 또한 그의 문단 공로이다.[52]

그러면 동통과 같은 무게와 그의 순 경아리 서울 말씨는 어떻게 연결이 되는 것일까. 서울 중인 계급은 신라 시대의 육두품이 그러했듯이 조선 말기에 꽤 중요한 몫을 담당한 계층이다. 개화파의 정신적 계보가 중인 계급의 선각자 몇 사람에게로 거슬러 올라가는 것을 보면 그것과 뚜렷하다. 중인 계급은 실제로 정사를 담당한 사대부에 속해 있는 것은 아니지만 정사의 뒤치다꺼리를 하는 기능인들이다. 그 계급은 정사에 참여를 할 수는 없지만 그것을 밝히 알 수 있는 계급이다. 중인 계급은 그 사회의 구조적 모순을 가장 잘 파악할 수 있는 위치에 있는 계층인 것이다. 그 계층은 그러나 끝내 정사에 참여하지 못한다. 신라 말기의 육두품이 고려 시대에 정당하게 대우를 받은 것에 비하면 꽤 비극적인 상황이다. 그러나 사태는 분명히 눈에 보인다. 그래서 동통과 같은 정신의 아픔이 시작된다. 그의 소설 대부분이 사태를 날카롭게 비판·제시하는 데 그칠 뿐, 소위 현실의 한계를 벗어나는 인물들을 제시 못 하는 것도 그러한 것과 깊은 연관을 가지고 있을 것이다. 특히 그의 소설의 가장 큰 특징 중의 하나

---

52) 『심훈전집』.

인 노인에 대한 관대함도 거기에서 연유하는 것인지 모른다. 그가 중인 계급의 언어를 유창하게 구사할 수 있었던 것은 중인 계급 특유의 날카로운 현실 파악, 그렇지만 거기에 손을 깊숙이 들이밀 수는 없는 한계 상황에 대한 인식의 결과이다. 혹은 그 역이다. 그는 당대 사회의 현실을 냉혹하게 드러내고 그리는 행위를 통해 당대 사회의 현실을 그 누구보다도 날카롭게 비판한다. 그래서 그는 당대 사회와 자신이 속한 계층의 한계를 동시에 드러내는 것이다. 그가 비판하는 한국 사회란 그러므로 중인 계급의 시선으로 파악한 한국 사회이다. 그래서 그는 형태적으로는 복고주의자의 모습을 취한다.

그러한 그의 태도는 민족 문학 우선론과 시조 부흥론에서 분명히 드러난다. 1924-1925년경부터 요원의 불길처럼 번진 프로 문학에 맞서 1926-1927년경부터는 민족 문학 운동이 형성된다. 그것은 프로 문학의 보편성에 대한 한국 문학인들의 한 반응이기도 했는데, 그 운동에 참가한 자들 중에서 대표적인 역할을 한 이론가가 염상섭이다. 민족 문학 운동의 기본 명제는 조선적인 것의 발굴에 있다. 실학이 발전하여 조선학이라는 개념으로 발전한 것과 밀접하게 대응하는 조선적인 것의 탐구는 피지배 계급의 해방을 주장하는 프로 문학과 정면으로 맞서, 시급한 것은 피지배 계급(프롤레타리아)의 해방이 아니라 조선 민족의 독립이라는 주장을 펴게 한다. 계급 문학이 있다면 계급 빵, 계급 음료수도 있는 것이냐는 저 기세등등한 김동인의 치기 어린 절규와는 다르게 염상섭은 계급 해방 운동의 필요성을 느끼면서도 조선적인 것의 탐구(궁극적으로는 해방)가 선행되지 않으면 안 된다고 주장한다. 당연한 결과로 목적 문학보다는 한글에 대한 경사가 이루어지며, 시조 문학에 갈채를 보내게 된다.

시조는 과거인이 과거의 시대 정신, 과거의 생활 의식을 표현함에 그치니까 현대인의 우리에게는 교섭이 없다고 할는지도 모른다. 그러나 모든 역사가 그러한 것과 같이 과거는 현재의 모태이다. 그 의식면이나 감각의 심천, 또는 상이가 있을지라도 거기에 조선인의 호흡, 조선인의 혼이 면면히 흐르고 얽히고 퍼진 것은 어떻게 할 수 없는 일이다. 그것이 예술적이면 예술적일수록 사상·관념·감정·감각의 이(異)를 초월하여 조선적이라는 이름 아래에 우리를 힘있게 불러줄 것이다.[53]

이러한 그의 주장에 김기진은 그것이 〈국수주의의 변형이요, 보수주의·정신주의〉라고 혹평하고 있다. 염상섭은 여하튼 자기가 속한 계층의 한계를 뚜렷하게 인식하고 그 한계 내에서 자기가 속한 사회·현실을 비판하였기 때문에 진보적인 세계관을 형성하지 못하였다는 지적을 받을 수는 있다. 그러나 예술가에게 중요한 것은 탁월한 세계관이 아니라 자기가 세계를 보는 방식을 탁월하게 드러내는 작업이다. 염상섭이 그 보수적 세계관에도 불구하고 당대의 그 어느 작가보다도 폭넓게 식민지 시대의 현실을 그려낸 것은 바로 그것 때문이다. 그가 한 것이야말로 발자크가 당대의 사회에 대해서 행한 것에 다름 아니다.

「삼대」는 그의 작품 중에서뿐만 아니라 식민지하의 작품 중에서 가장 뛰어난 작품 중의 하나이다. 그곳에는 그의 현실관이 가장 잘 드러나 있을 뿐만 아니라, 식민지 치하의 여러 계층의 움직임이 다각적으로 묘파되어 있다. 「삼대」의 폭넓은 세계는 「만세전」에서 그가 직감적으로 파악한 한국 현실을 논리적으로 재구성하는 데서 얻어진 것이다.

---

53) 염상섭, ≪조선일보≫ 1926. 12.

「만세전」에서 되풀이 강조되는 것은 한국 현실은 무덤이라는 생각이다(사실로 「만세전」의 원제는 「묘지」이다). 왜 한국 현실은 무덤인가. 그것은 식민지 치하의 한국 현실에는 생성이 금지되어 있고 변모만이 행해지기 때문이다.

몇천 몇백 년 동안 그들의 조상이 끈기있는 노력으로 조금씩 조금씩 다져놓은 이 토지를 다른 사람의 손에 내던지고 시외로 쫓겨나거나 촌으로 기어 들어갈 제 자기 혼자만 떠나는 것 같고 자기 혼자만 촌으로 기어 들어가는 것 같았을 것이다. 땅마지기나 있는 것을 까불려 버리고 집 한 채 지어둔 것이나마 문서가 이 사람 저 사람의 손으로 넘어다니다가 변리에 변리가 늘어서 내놓고 나가게 될 때라도 …….

이것도 내 팔자 소관이라는 안가한 낙천이나 단념으로 대대를 지켜 내려 오던 고향을 등지고 문 밖으로 나가고 산으로 기어들 뿐이요, 이것이 어떠한 세력에 밀리기 때문이거나 자기가 견실치 못하거나 자제력·인내력이 없어서 깝살리고 만 것이라는 생각은 꿈에도 없다.[54]

사르트르가 점령하의 파리를 묘사한 한 대목을 상기시키는 이 대목은 식민 치하의 한국인들에게 다가든 일본의 숨결이 어떠했던가를 잘 보여준다. 악랄한 수탈만이 행해지는 묘지, 그것이 염상섭이 파악한 「만세전」의 한국 사회이다. 「삼대」는 그러한 만세전의 세계를 논리적으로 정리한 소설이다. 「만세전」에서 다만 울분으로 토해진 많은 것들이 「삼대」에서는 차분히 정리된다. 그중에서도 중요한 것은 묘지를 보는 각 세대의 반응이다. 「삼대」의 소설로서의 흥미는 식민지 현실을 바라보는 각 세대, 즉 한말 세

---

54) 「만세전」, 『한국문학전집 3』(민중서관, 1958), 437쪽.

대, 개화기 세대, 식민지 세대의 세계관을 염상섭 특유의 눈으로 냉정하게 묘파한 데 있다. 그 묘파는 물론 도식적인 것이 아니라 한 가족사를 통해 행해지고 있어 현실에 굳게 뿌리박고 있는 것이다. 이제 그가 묘파한 각 세대를 본다.

1) 염상섭은 한말 세대의 복고주의에 대해서는 비교적 관대하다. 이 점은 염상섭 자신의 복고주의적 취향을 나타내고 있는 것이기도 하지만, 이상하게도 식민지 치하를 신분 이동의 시기라 생각하고, 양반이 되려고 애를 쓰는 한말 세대에 대해서는 무관심을 표명하거나 관대하다. 그것은 당대의 채만식이 가장 날카롭게 한말 세대의 속물 근성을 비판하고 있는 것과 대조를 이룬다. 한말 세대의 모든 봉건적 취향이 조선적인 것에 취해 있던 그에게 오히려 좋게 비친 것인지도 모른다. 일종의 전통 옹호자로서 말이다. 그러한 흔적은 덕기의 할아버지에 대한 그의 긍정적 태도에서 엿볼 수 있다.

2) 염상섭이 가장 역점을 주어 비판하고 있는 것은 개화기 세대이다. 그는 개화기 세대의 교육열(해외 유학열)과 기독교와의 제휴를 인정하면서도, 그것이 한국 사회 내부에서 우러나온 자생적인 것이 아니라는 점에서 날카롭게 비판한다. 그 비판은 개화기 세대의 열기의 대부분이 결국은 계집질·노름 등의 비생산적인 것으로 변모해 버린 것을 본 데서 행해진 비난이며, 이광수가 외국 박사를 호색한의 전형으로 그리고 있는 것과 일맥 상통한다. 개화기 세대의 파탄을 그는 자기 열기를 자생적인 것으로 파악, 시대의 추이에 그것을 결부시킬 줄 몰랐다는 점에서 온 것으로 파악한다. 자기 비판이 결여된 것이 개화기 세대의 큰 과오라는 진술이다. 자기 뜻을 펼 수 없는 곳에서의 지식인의 비애를 너무 일률적으로 파악하고 있다는 비판이 그에게 가해질 수 있다. 하지만 망명한 개화기 세대에 대해 그가 무언중에 선망의 넘

새를 피우고 있는 것을 생각하면 식민지 치하의 문인으로서 그만한 비판도 대단한 것이라 하지 않을 수 없다.

3) 염상섭의 식민지 세대에 대한 애정은 그의 탁월한 현실 파악을 가능케 한다. 민족주의 세력과 사회주의 세력으로 양분된 식민지 세대를 그는 아무런 편견 없이 한 개량주의자의 눈을 통해 따뜻하게 관찰한다. 민족주의자와 사회주의자의 상호 침투, 테러리스트의 대두와 활동, 동반자의 활약상 등이 이 소설에서처럼 뚜렷하게 드러나 있는 것은 없다. 특히 테러리스트의 묘사는 한국 소설 사상 유례가 없을 정도로 탁월하다. 그 자신은 개량주의적인 입장에서 민족주의와 사회주의를 다같이 흡수하려 하지만, 그러한 그의 태도는 그 후에 지양되어 문학화되지는 못한다. 이 점이 염상섭의 유일한 한계이다.

2 최서해 혹은 빈민의 절규

최서해는 염상섭과 다른 차원에서 식민지 시대 초기의 민족 궁핍화 현상을 뚜렷하게 부각시킨다. 식민지 초기의 농민, 노동자 등의 하층민들의 빈궁상은 그를 통해서 그 문학적 표현을 얻는다. 그 자신이 심한 가난에 시달리면서, 머슴살이·나무장수·물장수·도로 공사판의 노동자 등을 전전하였기 때문이겠지만, 그의 소설은 빈궁에 대한 박진력 있는 묘사로 일관되어 있다. 그의 빈궁은 부르주아지의 연민의 눈초리로 묘사된 그것도 아니며 소시민의 겁에 질린 목소리로 묘파된 그것도 아니다. 그의 빈궁은 빈궁을 있는 그대로 체험한 자의 그것이다. 그렇기 때문에 거기에는 강렬한 절규가 있다. 그의 문학의 특징은 그러므로 가난과 절규라는 두 속성을 갖는다.

그의 가난은 죽음과 직결된 가난이다. 그것을 이겨내지 못하면

죽을 수밖에 없는 그런 극한 상태에 몰린 가난이다. 그의 소설의 주인공들은 거의 대부분 정상적인 식생활을 영위하지 못하고, 길거리나 쓰레기통에서 음식찌꺼기를 주워먹을 정도로 비참한 생활을 영위한다. 〈오죽 먹고 싶었으면 길바닥에 내던진 귤껍질을 주워먹을까. 더욱 몸 비잖은 그가?〉(「탈출기」), 〈갱게를 삶아먹고 …… 그리고 너무도 먹고 싶어하기에 뒷집에서 버린 고등어 대가리를 삶아먹구서는 먹은 게 없는데〉(「박돌의 죽음」). 그 비참함은 그의 주인공들을 극단적인 행동으로 몰고 간다. 그렇게 하지 않으면 그들이 죽기 때문이다.

아니다. 남을 안 죽이면 내가 죽는다. 아내는 죽는다. 응 소용없다. 선한 일! 죽어서 천당보다 악한 짓이라도 해야 살아서 잘 먹지![55]

그의 주인공들의 극한 행동은 두 가지로 크게 대별된다. 그의 주인공들이 국외 즉 만주(간도)에 있을 때, 그들은 대개 독립단에 가입한다. 〈이 사상이 나로 하여금 집을 탈출케 하였으며, ○○단에 가입게 하였으며, 비바람 밤낮을 헤아리지 않고 벼랑 끝보다 더 험한 ○○선에 서게 한 것이다〉(「탈출기」). 〈그러나 피끓는 청춘인 운심은 그저 있지 않았다. 독립군에 뛰어들었다. 배낭을 지고 총을 메었다〉(「고국」). 그러나 그의 주인공들이 만주나 국내에 폐쇄되어 있을 때, 그들은 절도·방화·살인·테러리즘 같은 극단적 행동을 하게 된다. 「큰물진 뒤」, 「박돌의 죽음」, 「기아와 살육」 그리고 그의 최대의 걸작인 「홍염」의 주인공들이 그렇다. 그의 주인공들의 극한 상황은 개인이 상황의 무게를 이기지 못하고 쓰러지려고 할 때 무의식적으로 행하는 저항 의지이다.

---

55) 「큰물진 뒤」. 이하의 작품은 『한국문학전집 6』(신여원)에 의한다.

그의 소설 속에 표현되고 있는 그의 주인공들의 극단적인 저항 행위는 그러므로 전 민족 단위의 궁핍과 하층민의 궁핍을 상징적으로 표출하고 있다. 그러나 그의 가난—극단적인 행위의 구조는 도식적인 것이 아니다. 그의 주인공들의 행위를 도식적인 것으로 만들지 않고 있는 그의 소설의 한 요소가 그의 여성 편향이다. 그의 소설에는 일반적으로 아버지가 등장하지 않는다. 문제가 제기되는 것은 항상 어머니와 처자 때문이다. 그녀들에 대한 연민은 최서해의 소설이 도식화하는 것을 막고 있는 중요한 요소이다. 그것은 그가 한국인의 정한을 깊이 이해하고 있다는 한 증거이기도 하다. 그러나 그의 여성 편향은 그의 소설의 주인공들을 지나치게 인정 일변도로 몰고 가서 주인공들의 인간적 대립을 불가능하게 만드는 약점을 지닌다.

그의 소설의 절규는 그의 주인공들의 극한 상황과 밀접한 관련을 맺고 있다. 그 극한 상황과 거기에서 야기된 극단적 행위를 표현하기 위해 최서해는 서한체와 정경 묘사체를 겸용하여 사용한다. 서한체로 그는 모든 사태를 감정적이고 종합적인 것으로 독자들에게 제시하며, 정경 묘사체로 그는 관념의 도입을 가능한 한 막아 독자 스스로의 감정적 분류를 기대한다. 「탈출기」, 「전아사」 등이 전자를 이루며, 「홍염」, 「큰물진 뒤」, 「기아와 살육」 등이 후자를 이룬다. 서한체의 절규는 이해를 바라는 절규이다. 그 절규에는 그러므로 증오가 없다.

1) 김군! 이것이 내가 탈가한 이유를 대략 적은 것이다. 나는 나의 목적을 이루기 전에는 내 식구에게 편지도 하지 않으려고 한다. 그네가 죽어도, 내가 또 죽어도…… 나는 이러다가 성공없이 죽는다 하더라도 원한이 없겠다. 이 시대, 이 민중의 의무를 이행한 까닭이다.

아아, 김군아! 말을 다 하였으나 정은 그저 가슴에 넘치누나![56]

2) 형님께서는——이제 이 옛날의 생활을 전멸하고 새 생활을 맞는 나의 전아사를 보시고 모든 의심을 푸실 줄 믿습니다.[57]

서한체의 절규에는 아직 〈정이 넘쳐흐르며〉, 상대방의 〈의심이 풀리기를〉 간절히 바라는 희원이 있다. 그러나 정경 묘사체의 절규에는 증오와 원한, 그리고 그것을 청산하는 기쁨과 그것에 대한 공포가 있다. 〈벽력같이 울리는 총소리는 쌀쌀한 바람과 함께 쓸쓸한 거리를 처량히 울렸다. 모든 누리는 공포의 침묵에 잠겼다〉(「기아와 살육」), 〈이렇게 슬픈 중에도 그의 마음은 기쁘고 시원하였다. 하늘과 땅을 주어도 그 기쁨을 바꿀 것 같지 않았다〉(「홍염」). 그 기쁨은 〈적다고 믿었던 자기의 힘이 철통 같은 성벽을 무너뜨리고 자기의 요구를 채울 때〉 얻는 기쁨이다.

그의 절규는 서한체의 그것이건, 정경 묘사체의 그것이건 피와 같은 붉은색의 이미지로 가득 차 있다. 〈불길은——그 붉은 불길은 의연히 모든 것을 태워버릴 것처럼 하늘하늘 올랐다〉(「홍염」), 〈뻘건 불 속에서는 시퍼런 칼을 든 악마들이 불끈불끈 나타나서 온 식구를 쿡쿡 찌른다. 피를 흘리면서……〉(「기아와 살육」), 〈코, 입, 귀…… 검붉은 피는 두 사람의 온몸에 발리었다〉(「박돌의 죽음」), 〈흐르는 피는 요 바닥을 흠씬 적셨다. 흐릿한 방안에는 비린내가 흘렀다〉(「그믐밤」). 그 붉은색, 특히 피와 불꽃의 색깔은 그의 절규를 더욱 자극적이고 원색적인 것으로 만든다. 그리고 그것은 1920년대의 프로 작가들의 한 유행 수법이 된다.

---

56) 「탈출기」, 29쪽.
57) 「전아사」, 70쪽.

그의 소설의 자극적이고 원색적인 것에의 경사는 그 자신의
개인적인 성향의 결과이다. 그것은 그의 다음과 같은 고백에서
뚜렷이 드러난다.

나는 이 세상 사람과 같이 그렇게 미적지근한 자극 속에서 살고
싶지 않다. 쓰라리면 오장이 찢기도록, 기쁘면 364절골이 막 녹듯이
강렬한 자극 속에서 살고 싶다. 내 앞에는 두 길밖에 없다. 혁명이
냐? 연애냐? 이것뿐이다. 극도의 반역이 아니면 극도의 연애 속에 묻
히고 싶다.[58]

그의 문학적 성과는 그런 개인적인 성향을 민족의 그것으로
확산시켜, 거기에 보편적인 가치를 부여한 데서 얻어진 것이다.
그의 관찰력의 탁월함과 일제의 검열 밑에서도 자기가 관찰한
것을 최대한으로 표현하려는 그의 의지는 홍이섭이 감격적인 필
치로 묘파하고 있는 「고국」의 일절에 뚜렷하게 나타나 있다. 지
금 그가 묘사하고 있는 곳은 간도이다.

이곳에 사는 사람은 함경도·평안도·황해도 사람이 많다. 거개가
생활 곤란으로 와 있고, 혹은 남의 돈 지고 도망한 자, 남의 계집 빼
가지고 온 자, 순사 다니다가 횡령한 자, 노름질하다가 쫓긴 자, 살인
한 자, 의병 다니던 자, 별별 흉한 것들이 다 모여서 (후략).[59]

1924년의 어두운 시절에 비록 한마디일망정 의병이란 말을
사용하고 있는 것은 그의 큰 용기라고 하지 않을 수 없다.

---

58) 「혈흔」, 《조선문단》 제13호, 96쪽.
59) 「고국」, 31쪽.

3 김동인과 현진건의 문학사적 위치

김동인과 현진건은 염상섭이나 최서해와 다르게 식민지 사회의 기본적인 구조를 명확하게 이해하고 그것을 표현하지는 못했지만, 그것을 자신의 한계 내에서 알아내려고 애를 쓴 작가들이다. 김동인이 식민지 사회를 제대로 보지 못한 것은 그의 이상주의적 성격이 현실의 가상만을 바라다보게 하였기 때문이다. 그는 원래가 이상주의자이다. 그의 초기작 「배따라기」에는 그의 그런 태도가 대담하게 표현되어 있다.

우리가 시시각각으로 애를 쓰며 수고하는 것은 그 목적이 무엇인가? 역시 유토피아의 건설에 있지 않을까?[60]

그러나 그의 유토피아는 개인과 사회의 행복스러운 결합에서 생겨난 그것이 아니라, 사치와 일락, 방탕과 향연으로 점철된 지배자의 유토피아이며, 그것은 〈위대한 인격의 소유자〉이며 〈사람의 위대함을 끝까지 즐긴〉 진시황으로 표상된다. 그의 유토피아는 쾌락 존중의 유토피아이며, 개인 위주의 유토피아이다. 그런 의미에서 그의 이상주의는 최서해의 그것과 판연히 다르다. 최서해의 그것은 민중과 사회를 위한 것이기 때문이다. 유토피아를 건설하는 한 방법으로 채택되고 있는 예술 역시 그러므로 김동인에게는 향락 위주의 예술이 되지 않을 수 없다. 그의 가장 좋은 소설들인 「배따라기」, 「감자」, 「김연실전」 등이 다루고 있는 것은 개화기의 사회적 모순이 아니라, 개인적인 일락을 불가능하게 하는 사회에 대한 저주와 증오이다. 자신을 쾌락의 물결 속에

---

60) 『한국단편소설전집 1』(백수사, 1958), 26쪽.

밀어넣을 수만 있다면, 사회·윤리·풍속 따위는 아무것도 아니다. 「김연실전」에서의 여주인공의 눈앞에서 행해지는 그녀의 아버지와 첩의 성교, 자유연애론자로서의 여주인공의 성교 행각과 선각 자연하는 허영은 그의 가장 현실주의적인 작품이라고 알려져 온 「감자」에까지 그대로 연장되어 나타난다. 「감자」의 여주인공이 〈딴 사내와 관계〉를 맺은 후의 느낌은 이렇다. 〈사람인 자기도 그런 일을 한 것을 보면 그것은 결코 사람으로 못할 일이 아니었다. 게다가 일 안하고도 돈 더 받고 긴장된 유쾌가 있고 빌어먹는 것보다 점잖고 (중략) 이것이야말로 삶의 비결이 아닐까.〉 그녀의 그런 쾌락주의적 인생관은 현실의 모순에서 싹튼 것이 아니라 김동인의 세계 인식 속에 내포된 모순에서 생겨난 것이다. 그 모순은 「광화사」의 주인공을 속세에서 떨어진 산중으로 데려가며, 「광염소나타」에서는 그 주인공을 사회와 인간을 부인하는 선까지 밀고 나간다. 이광수와 다르게 쓰겠다는 의도 아래 쓰어진 그의 역사 소설들, 「운현궁의 봄」, 「수양대군」 역시 사회에 앞서는 개인을 그리고 있으며, 역사가 개인의 성격에 의해 좌우된다는 이상한 역사관을 보여준다. 그렇다고 해서 그의 주인공들의 쾌락 의지가 생의 약동에서 연유한 것은 아니다. 그것은 오히려 생과 인간을 떼어놓는 데서 생겨난다. 그의 이상주의가 퇴폐주의로 시종한 이유이다.

  현진건은 인간을 쾌락 의지의 육화로 보지는 않는다. 그는 인간이 가정과 그것의 확대체인 사회에 얽매어 있다는 것을 알고 있다. 그래서 그는 즐겨 가정 내부에서 일어나는 사건을 소설 속에서 다룬다. 그러나 그는 염상섭과 다르게 그 가정과 사회를 움직이는 기본적인 힘(그것은 염상섭에게서는 돈이다)을 발견하지 못한다. 그가 보기에는 웬일인지 알 수 없지만 사회는 모순과 부조리로 가득 차 있다. 그 사회는 그에게 〈술을 권하는〉 그런 울분의 대상으로서의 사회이다. 그는 그 사회를 위해 무엇인가를 하기 위해 〈보수 없는 독서와 가치 없는 창작〉에 매달린다. 그러나 그 사회는 그를 거부한다. 결국 그는 아무것도 할 수 없다. 그의 대표작들인 「빈처」, 「술 권하는 사회」, 「운수 좋은 날」, 「불」 등에는 모순과 부조리가 어디서 오는가를 확실하게 깨닫지 못하고 그 모순과 부조리를 쉽게 재단하여 거기에 저항하는, 혹은 포기해 버리는 인물들이 가득 차 있다. 「불」의 여주인공은 그녀의 고통이 대가족 제도의 모순에 있다고 생각하지 못하고 방에 있다고 단정, 그 방에 불을 지르며, 「빈처」와 「술 권하는 사회」는 사회의 모순이 일본의 수탈 정책에 있다는 것을 깨닫지 못하여 좌지우지하는 주인공을 보여준다. 그런 주인공들을 볼 때 주위 사람들이 느끼게 되는 감정은 연민·동정이다. 「운수 좋은 날」이나 「불」의 주인공에 대한 독자들의 연민은 「빈처」나 「술 권하는 사회」의 주인공에 대한 그들의 부인(처)의 연민에 다름 아니다.

> 남편의 하는 일은 늘 한 모양이었다. 한 가지 더한 것은 때때로 깊은 한숨을 쉬는 것뿐이었다. 그리고 무슨 근심이 있는 듯이 얼굴을 펴지 않았다.[61]

그가 남편의 행동을 보는 부인의 감정을 묘파하고 있는 위의 대목처럼 그 자신에 어울리는 대목도 없다.

김동인과 현진건의 세계 인식은 그런 의미에서 매우 피상적이다. 김동인은 개인의 쾌락 의지가 사회의 금기에 의해 억제됨으로써 일어나는 비극을 못 보았고 현진건은 사회의 모순이 개인에게 영향을 미친다는 것은 알았지만, 그것의 진정한 의미는 알

---

61) 『한국단편소설전집 1』, 260쪽.

지 못했던 것이다. 그런 세계 인식의 피상성을 감추기 위해 그들은 소설적 트릭을 기꺼이 사용한다. 과장된 디테일은 그들이 즐겨 사용한 트릭이다. 「배따라기」에서의 쥐, 「감자」에서의 낫, 「광화사」에서의 성교, 「발가락이 닮았다」의 발가락, 「불」의 방, 「운수좋은 날」의 재수 등은 대표적인 트릭이다. 그 트릭은 소설의 구성에 크게 기여하지만, 그만큼 작가와 독자를 정확한 세계 인식에서 멀어지게 하여 개인과 사회의 진실을 보지 못하게 한다. 그것이 작가적 약점이다.

특히 김동인의 경우, 그의 문체론적 공헌이 과도하게 과장되어 자신에 의해 표명되고 있는데, 최근의 연구 결과 그것의 상당 부분이 허위라는 것이 밝혀져 있다.[62] 그의 문체상의 공적으로 알려진 1) 더라, 이라 등의 구투 탈피, 2) 현재법 서사체와 과거법 서사체의 혼용, 3) 대명사 그의 사용, 4) 사투리 사용 등의 네 가지 사항 중에 그의 공적이라고 인정될 수 있는 것은 사투리의 사용뿐이다. 〈그런데 이와 같은 네 가지 공적 중 사실상 동인의 것이요, 올바른 공적에 해당되는 것은 '사투리의 사용'뿐이요, 나머지는 모두 그의 노력이었다고 하더라도 공적이란 명칭에 상부하지 않는 것들이다.〉[63]

제5절 개인과 사회의 발견 2

1920년대 식민지 지식인에 대해서는 그들의 자기 형성 과정이 ≪개조≫, ≪중앙공론≫ 등의 일본의 종합지와 일역된 많은 서구

---

62) 김동인, 『춘원연구』(신구문화사, 1956), 199-211쪽; 김우종, 『한국현대소설사』(선명문화사, 1968), 116-124쪽.
63) 김우종, 같은 책, 116쪽.

사상서 및 그를 변형한 몇 권의 일서에 있었다는 사실이나, 자국의 전통 및 역사·문화에 대한 교육 작용이나 인식이 전무한 바탕에서 출발했다는 사실, 다시 말해 이들의 정신적 편향이 아(亞)서구적 내지 일본적인 것으로서의 지적 호기심에 현저히 거의 무방비 상태로 개방되어 있었다는 점이 우선 지적될 수 있다.[64] 이 지적 속엔 다음 두 가지 사실이 내표된다. 즉 리카르도·마르크스·엥겔스·슈티르너 등의 사회과학적 서적에 대해 갖는 지적 호기심이 그 하나이며, 미래파·다다이즘 등 이른바 전위예술에의 호기심이 그 다른 하나이다. 지식인들의 상당수가 전자의 난해성 때문에 일단 후자 쪽으로 쉽게 기울어졌다는 사실이 지적될 수 있다. 그 전위예술과 사회과학의 결합을 온몸으로 밀고 나간 한 지식인과 그 실패의 궤적을 임화는 대표적으로 보여준다.

임화[65]의 대표 시집 『현해탄』(1939) 이전의 시는 주로 《조선지광》에 실려 있는데, 임화의 시가 서구적 일본적 사상과 사고에 무방비로 감염되었음에도 불구하고, 시가적 서사적 내부 공간을 어떻게 획득하게 되었는가를 우선 살펴보아야 될 것이다. 이해를 편하게 하기 위해 목록을 제시한다면 「네거리의 순이」, 「우리 옵바와 화로」, 「어머니」, 「우산 받은 요코하마의 부두」, 「양말 속의 편지」, 「제비」 등이 거기 발표된 것들인데 이것들은 『카프 시인집』(1931)에도 일부 포함되어 있다.

이 작품들을 설화자의 관점에서 분석한다면 시적 대상을 여인

---

64) 이러한 자기 형성 과정은 임화 「어떤 청년의 참회」(《문장》 제2권 제2호), 22-23쪽 참조.
65) 임화 : 1908-1953. 서울 출생. 보성고보 중퇴. 도쿄 유학. KAPF 중앙 위원회 서기장(1932년 이후) 역임. KAPF 제1차 검거(1931) 때 체포됨. 학예사 대표, 해방 후 문건 조직. 기관지 《문학》 창간. 1947년 월북. 1953년 8월 설정식과 함께 북한에서 처형당한다. 시집 『현해탄』, 『찬가』, 평론집 『문학의 논리』.

으로 한 것이나 화자가 여인으로 되어 있는 것으로 보아 〈우리〉
라는 집단 의식이 보여짐에도 불구하고, 정서적 호소력이라는 서
사적 공간의 획득은 누이 콤플렉스 sister-complex의 양상을 현
저히 드러내고 있다.[66] 이러한 계열의 시를 김기진은 프로 서사
시로 규정하여 프로 문학의 새로운 타개 방법으로 고평(高評)했
는데, 이는 당시 대두된 프로 문학 대중화론과 직결되어 있다.
프로 문학이 노동자·농민의 재보가 되고 그들의 독점물이 되어
야 한다는 목적 문학(경향 문학)으로서의 당위에도 불구하고, 실
제로는 지식인 작가가 쓰고 또 지식인 독자만이 읽을 수 있는
작품으로 되어 있다는 문단적 현실은 프로 문학이 극복해야 할
가장 중요한 문제점의 하나였다. 실상 노동자·농민들은 여전히
육전(六錢) 소설의 애독자였다. 이러한 현상을 극복하기 위해
KAPF의 지도부에서는 방향 전환과 함께 대중화론이 심각히 제
기되었다. 김기진이 보기엔 임화의 그 서사시적인 긴 시가 프로
문학의 대중화에 돌파구를 제기한 것으로 판단되었던 것이다. 과
연 그것을 김기진이 프로 서사시라 했을 때 구체적으로 그가 어
떤 것을 염두에 두고 있었는가는 다소 모호하나, 임화 시에 그것
을 한정시킨다면, 그것은 긴 산문과 많은 감탄 부호와 그에 부합
한 격한 직설체를 뜻한다. 그것은 센티멘털한 열정인 것이다.

그렇다면 그들 지식인들의 사회 발견은 어떤 양상을 보였던
것일까. 그들이 대면했던 사회주의에로 휩쓸려 들어가면서 그들
이 어떤 양상을 보여주었는가라는 문제는 어쩔 수 없게 KAPF와
NAPF의 관계를 고려케 한다. 이 문제는 다음과 같은 사실과 관
련시켜 살필 수가 있다.

---

66) sister-complex는 female-complex의 일종으로 잠정적인 용어다. 김윤식,
「한국 신문학에 나타난 female-complex에 대하여」, ≪아세아여성연구≫
제9집 참조.

항구의 계집애야!
이국의 계집애야
「독크」를 뛰어오지 마러라. 「독크」는 비에 젖었고
내 가슴은 떠나가는 서러움과 내여 좇기는 분함에 불이 타는데
오오 사랑하는 항구 〈요꼬하마〉의 계집애야
〈독크〉를 뛰어오지 말어라 난간은 비에 젖어 있다[67]

임화의 「우산 받은 요코하마의 부두」라는 시는 1929년에 발표
된 것인데, 아마도 그가 도쿄의 〈우리동무〉계에 소속된 때에 씌
어진 것이 아닌가 추측된다. 이 작품은 임화를 지배해 온 서구적
경사의 의식 구조가 어디에 위치하고 있는가를 구체적으로 드러
내고 있다. 서구 사상 및 정신은 메이지 이후 일본의 국가적 이
념의 하나로 수용되었지만, 일본이 점차로 국가주의로서의 제국
주의에 기울어지게 되었을 때는 그것의 수용 계층은 반봉건 반
권위적인 창조적 지식인 — 문인과 사회주의에 기운 진보적 지식
인 — 문인으로 분화되어, 이미 완성되어 강화 일로에 있는 제국
주의에 소극적으로 혹은 적극적으로 대결의 입장을 취한다. 식민
지 지식인의 최대의 적이 일제라는 것이 의심의 여지가 없을 때,
식민지 지식인들이 진보적인 쪽을 택할 가능성은 상당히 많다.
그 선택은 김기진에게서부터 시작된 것이지만, 임화의 경우에는
보다 절박한 시대적 압력이 작용하고 있다.
임화가 다다이즘 취향으로부터 「우리 옵바와 화로」에로 옮겨
온 것은, 당시 도쿄 사상계를 휩쓴 계급 사상과 그 투쟁 방법이
일제와 보다 선명히 그리고 논리적으로 싸울 수 있는 것이라고
그가 판단했음을 의미한다고 할 수 있다. 투쟁 방법으로 그는 사

---

67) ≪조선지광≫ 1929. 9, 3쪽.

회주의 쪽을 택한 것이다. 거기에서 임화가 부딪친 문제는 프롤레타리아트에게 조국이 있는가라는 것에 대한 체험적 확인과 관계를 맺고 있다. 그 점은 한국 기독교에서 문제된 신과 조국의 관계 파악보다는 훨씬 단순하다. 소위 〈만국의 노동자여 단결하라〉는 명제나 〈조국과 국가에 우선하는 반제 계급〉이라는 명제는 역사를 투철히 보지 못한 많은 임화형 지식인들에겐 하나의 예감으로 의식의 지평선에 떠올랐던 것이다. 그런 예감을 촉발시켜 준 몇 개의 일본인 작품이 있는데, 나카니시 이노스케(中西伊之助)의 「황토에 싹트는 것」이나, 나카노 시게하루(中野重治)의 「비 나리는 품천역」이 그것이다.[68] 특히 「비 나리는 품천역」은 반천황제, 반제, 무산 계급 해방을 한국인을 통해 보여준 작품이다. 그런 유형의 작품의 배경에는 2백만의 재일조선인의 대부분이 최하층민에 속하는 노동자라는 점이 깔려 있는 것이다. 그러한 사정은 정작 NAPF 내에 조선인 부서가 설치된 점과 관계된다.[69] 그러나 1934년 군국 파시즘의 탄압이 가중되어 NAPF가 해체되자 일본 좌익들은 국가주의에로 환원해 버린다. 위에 서술한 한일 두 나라 간의 계급 사상 유대에 대한 관련 아래서 보아야만 「우산 받은 요코하마의 부두」의 정신사적 위치가 드러난다. (그러나 역사의 움직임은 그런 지식인의 관념성이 얼마나 허망한 것이었던가를 실증했다. 임화가 을유해방 후 그의 시집에서 이 작품을 제거

---

68) 나카노 시게하루(中野重治)는 저명한 구 NAPF 간부이며 작가. 작품 「비 나리는 품천역」(《개조(改造)》 1929. 2)은 발표 당시 천황, 형사 등의 글자가 복자(覆字)로 되어 있었다. 도쿄의 안막층의 제3전선 기관지 《무산자(無産者)》(1929. 4)에 번역됨.

69) 1932년 코프(일본 NAPF 총칭) 중앙위원회 결의 사항 중 그 제5항에 조선협의회가 증설되어 있는데, 그 목적은 〈재일 조선 노동자를 문화를 통해 여하히 획득하는가에 대해 전 동맹의 활동을 통일함〉이라고 명시되어 있다. 《プロレタリア》 제2권 제3호 부록, 98쪽.

한 것은 두말할 것도 없다.)

임화의 두번째 전향은 시집 『현해탄』에서 보인다. 이 시집은 식민지 시인의 정신 구조를 살피는 데 매우 상징적이라 할 수 있다(이 진술에는 정지용과 김기림이 내포된다). 그것은 현해탄 콤플렉스라고 불릴 수 있는 것으로 당시 식민지 지식인의 일본을 통한 왜곡된 서구 편향을 보여준다. 〈예술 학문, 움직일 수 없는 진리……/그의 꿈꾸는 사상이 높다랗게 굽이치는 동경/모든 것을 배워 모든 것을 익혀/다시 이 바다 물결 위에 올랐을 때/나는 슬픈 고향의 한 밤/홰보다도 밝게/타는 별이 되리라/청년의 가슴은 바다보다 더 설레었다.〉 그는 장시 「현해탄」에서 그 점을 구체화하고 있다. 이 시는 〈오로지/바다보다도 모진/대륙의 삭풍 가운데/한결같이 사내다웁던/청년들의 명예와 더불어/이 바다를 노래하고 싶다〉는 의도에서도 밝혀진 바와 같이 식민지 지식인의 한 흐름을 대표하고 있다.

　　비록 청춘의 즐거움과 희망을
　　모두다 땅속깊이 파묻는
　　비통한 매장의 날일지라도
　　한 번 현해탄은 청년들의 눈앞에
　　검은 상장을 내린 일은 없었다……

　　청년들아!
　　그대들은 조약돌보다 가볍게
　　현해의 큰 물결을 걸어찼다
　　그러나 관문 해협 저쪽
　　이른 봄 바람은
　　과연 반도의 북풍보다 따사로왔는가?

정다운 부산부두위
대륙의 물결은
정녕 현해탄보다도 얕았는가?

오오! 어느날
먼먼 앞의 어느날
우리들의 괴로운 역사와 더불어
그대들의 불행한 생애와 숨은 이름이
커다랗게 기록될 것을 나는 안다
1890년대의
1920년대의
1930년대의
19○○년대의……
모든 것이 과거로 돌아간
폐허의 거칠고 큰 비석위
새벽별이 그대들의 이름을 비칠 때
현해탄의 물결은
우리들이 어려서
고기떼를 쫓던 실내처럼
그대들의 일생을
아름다운 전설 가운데 속삭이리라
그러나 우리는 아직도 이 바다 높은 물결위에 있다[70]

〈우리들의 운명과 더불어 영구히 있을 수 없는 바다〉, 〈네 칼로 너를 치리라〉라는 명제의 문제 제기가 정당했다 하더라도 그

_____

70) 『현해탄』(건설출판사), 76-77쪽.

것이 청년 냄새를 풍기는 책상물림의 관념이라 하지 않을 수 없음은 일본을 통한 지식 흡수의 한계, 그 지성의 마비 작용을 간과할 수 없기 때문이다. 그것은 아(亞)서구로서의 일본 의식에 한국 지식인의 지성이 얼마나 마비되어 있었는가를 보여준다. 그 현해탄 콤플렉스는 서구 취향의 너울을 쓰고 소박 건강한 자생적 의식을 압살하는 데 크게 공헌한다. 가장 중요한 좌파 지식인의 조직 형태인 KAPF에도 위의 지적은 그대로 적용된다.

임화 자신의 의식 마비는, 〈조선의 발렌티노〉, 초승달 같은 싸늘한 인텔리이며, KAPF 소장파요, 제3전선의 맹장이며 KAPF 서기장이었던 임화가 KAPF를 해산하고(1935년 5월) 전향 문제에 부딪치고, 순문학 포즈를 취해 〈조선문고〉를 경영하고, 영화 제작에 임하고, 드디어는 총독부 정국국장과의 인터뷰에까지 발전하는 전기적 사실에서만 연역되는 것이 아니라, 해방 후 민족문학 건설을 그가 내세울 때 일제 잔재 소탕을 첫째 문제로 내세웠던 사실에서도 추론될 수 있다. 자기 속에 있는, 일제에 마비된 의식을 눈치채지 못했다는 사실이야말로 지성의 마비 현상이 무엇인가를 반증하는 것이다.[71]

인텔리 문인으로서의 임화라는 한 특이하고도 과격한 정신이 이룩한 신문학사 연구에서도 앞의 지적은 그대로 유효하다. 임화의 신문학사 연구는 「조선신문학사론서설」(≪조선중앙일보≫ 1935. 10. 9-11, 13), 「개설조선신문학사」(≪조선일보≫ 1939. 9-11, 27: ≪인문평론≫ 제2권 제10호, 제3권 제1-3호)를 지칭하는데, 그 연구 대상은 신문학 초창기에 머물러 있다. 문제는 그가 문학사를 서술하게 된 동기가 무엇인가에 놓인다.

임화가 시를 쓰면서 한편으로 비평에 참여한 것은 김기진의

---

71) 이 점에 대해서는 임화, 「조선에 있어 예술적 발전의 새로운 가능성에 관하여」(≪문학≫ 창간호) 참조.

프로 문학 대중화론인 「대중소설론」(≪동아일보≫ 1929. 4)을 맞받아 쓴 「탁류에 항(抗)하야」(≪조선지광≫ 1929. 8)라는 평문에서부터이다. 이어서 그는 「김기진 군에게 답함」(≪조선지광≫ 1929. 11)이라는 평문으로 김기진과 논쟁을 하게 되는데 김기진의 답변을 보면 이때 임화는 도쿄에 있었던 모양이다. 김기진에 대한 임화의 공격은 그의 변증법적 리얼리즘 및 대중소설론이 〈싸움에 임하는 우리들의 작품 수준을 현행 검열제도 하로, 다시 말하면 합법성의 추수(追隨)〉[72]로 후퇴하였다는, 다시 말해서 그의 논조가 투쟁 정신을 제거한 타협주의라는 데 있었다. 이 싸움은 실상은 구 KAPF(박영희, 김기진)계와 소장파(제3전선)와의 세력 다툼인데, 마침내 후자의 강경 노선이 KAPF 헤게모니를 쥐게 된다. 그러나 구 KAPF측이 우려한 대로 만주사변(1931) 이후 객관적 정세의 악화로 KAPF 제1차 검거(1931), 제2차 검거(1934) 사건이 발생, 전향 문제가 대두되고 1935년엔 그 동안 형식상으로만 존속했던 KAPF마저 소멸하기에 이른다. 이러한 정세하에서는 순문학과 역사 문학만이 가능한 창작 방법이었다. 이때의 임화에게는 두 가지의 탈출구가 있었다. 그 하나는 순문학 일변도의 문단에 가능한 한도 내에서 제동을 거는 일이었다. 순문학이라 하지만 이 경우 임화가 주력하여 공격한 것은 시단 쪽이었고, 그것은 기교주의 비판 형태로 나타났다. 다른 하나는 문학사 정리였다. 이 점은 전향 선언자인 구 KAPF의 박영희가 문학원론 내지 문예학적 연구에 경사한 것과 축을 같이하는 것이다. 이 점은 다음과 같은 문단적 사정에 연결되어 있기도 하다. 1930년대 중반 이후 김유정·김동리·박태원 등 신인들이 대거 등장하여 구인회의 비호를 받게 된다. 이 구인회 및 그 아류들이 일본의

---

72) 임화, 「탁류에 항하야」, ≪조선지광≫ 1929. 8, 93쪽.

신감각파의 영향 아래 기교주의에 흘러 일천하나마 엄연히 존속해 온 한국 신문학 및 선배 작가들을 무시 내지 망각하고 있다고 판단되어 이를 바로 인식시킬 필요성이 시류적으로도 요청되었다. 임화가 「신인론」을 쓰면서 신인들을 공격하고 유진오가 신구세대 언어불통설을 내세워 1930년대 말기에 세대 논쟁을 벌인 것도 이와 무관하지 않다.

문제는 조선 문학의 상태를 어떻게 아느냐 하는 것이다. 나는 위선 모든 신인이 적어도 20-30분간에 조선 문학의 상을 누구에게나 간명히 이야기해 줄 수 있는 준비를 가져야 하리라고 믿는다. 그것은 현상의 분석과 더불어 역사의 이해를 겸해야 하는 것으로 (중략) 즉 그 자신은 문학사의 새 주인공이라 자임하고 있는 데에서 보면 실상 문학사의 낡은 유물에 지나지 않게 된다. 그럼으로 문단의 영역적인 넓이 작가의 특질 상호관계 그리고 정신상의 계보적 관계 등의 인식은 총체적으로 조선 문학의 현재의 도달점을 알 수 있게 하는 것으로 우리는 꽤 용이히 그 수준을 뛰어넘을 가능성을 얻게 된다.[73]

이러한 지적이 「신인론」의 전제로 상정되었음은 임화의 신문학사 기술의 동기가 어디에 놓였던가를 단적으로 보여주는 것이라 할 수 있다.

임화는 〈문학사적 연구의 현실적 의의〉를 강조할 뿐만 아니라 과학적 엄밀성을 들고 있다. 현실적 의의란 여기서 취급되는 대상이 〈결코 단순한 평화스런 학문적 연구와 그 흥미의 대상이기에는 너무나 절박한 현실적 필요〉임을 뜻한다. 그 시효성이란 1) 한국적 전통의 각성 및 그 확립, 2) 신세대에 제공해야 할 반성의

---

73) 임화, 「신인론」, 『문학의 논리』(학예사, 1940), 73쪽.

준거, 3) 이제는 얄팍한 시감(詩感), 시평(時評) 따위만으로는 비평의 존재 이유가 희박하다는 것에 대한 각성 등을 뜻한다. 자국 문학사에 대한 각성이 요청된다는 것은 그 문학의 회로가 막혔거나 그것이 전형기에 들어섰다는 반증이 된다. 이러한 동기를 지녔음에도 불구하고 임화는 이 작업을 완성하지 못하고 개화기 소설에 머물고 말았다. 그것은 그가 시도한 방법론의 대담성 혹은 그 오류와 관계된다. 임화의 신문학사는 그의 「신문학사의 방법 —— 조선 문학 연구의 과제」(≪동아일보≫ 1940. 1. 3-20)를 그 방법론적 거점으로 한다. 그것은 대상·토대·환경·전통·양식·정신 등 여섯 항목으로 나뉘어 있는데 그는 그중 토대 항목에 중점을 두고 있다. 그의 방법론의 근본적인 착오는 다음의 두 가지로 압축될 수 있다. 첫째로, 그것은 그가 한국의 신문학을 어떻게 규정 파악했는가에 직결된다. 〈신문학사의 대상은 물론 조선의 근대 문학이다. 무엇이 조선의 근대 문학이냐 하면 물론 근대 정신을 내용으로 하고 서구 문학의 장르를 형식으로 한 조선의 문학이다〉[74]라고 그는 규정하고 있는데, 그 근대 정신과 근대 문학의 장르가 다 서구적인 것이라는 것은 그것이 메이지(明治) 다이쇼(大正)기 일본 문학의 전개 과정과 동질적임을 뜻하는 것이 된다. 이 점은 〈신문학이 서구적인 문학 장르를 채용하면서부터 형성되고 문학사의 모든 시대가 외국 문학의 자극과 영향과 모방으로 일관되었다 하여도 과언이 아닐 만큼 신문학사란 이식 문화의 역사〉[75]라는 말과 〈육당의 자유시와 춘원의 소설이 어떤 나라 누구의 어느 작품의 영향을 받았는가를 밝히는 것은 신문학 생성사의 요점〉[76]이라는 두 가지 진술에서 선명히 확인된다.

---

74) 같은 책, 819쪽.
75) 같은 책, 827쪽.
76) 같은 책, 828쪽.

그 논리를 따른다면 한국 신문학사 기술은 일본 메이지 다이쇼기 문학사의 복사 내지는 한 주기 뒤진 추(追)체험을 뜻하게 되며, 문체에서조차도 독자성을 인정할 수 없는 처지에 놓이게 된다. 둘째, 그는 이식사(移植史)라는 말을 대담하게 쓰고 있지만, 두 문화 사이의 충돌·수용이라는 문제를 해결하지 못했고 특히 조선의 해체 과정을 파헤치지 못했다.

이상과 같은 임화의 문학사 연구의 한계 및 실패는 다음과 같은 퍽 중요한 인식을 강요한다. 그것은 한국 문학사를 서구 문학이나 일본 문학과의 연관 아래 비교 문학적으로 다루는 한, 임화의 방법적 실패와 조만간 마주치게 된다는 점이다.

제6절 속죄양 의식의 대두

식민지 치하에서 프로테스탄트(개신교)가 차지하는 정신사적 위치는 그것이 보여주는 예언자적 기능과 종말사관의 가치에 있다. 이 예언자적 지성은 사제적 지성과 대칭되는 용어인데[77] 이 속엔 다음 두 가지가 지적되어야 한다. 그 하나는 그것이 지식의

---

77) 왕을 정치의 한 상징으로 볼 때 이 권력 구조에 대해 부단히 비판하는 지성을 예언자적 지성이라 한다. 한편 권력 쪽에 서서 현존의 정치를 옹호하는 입장이 사제적 지성이라 할 수 있다. 백성의 안식과 정착이라는 이 정치적 과제의 수행이 신의 약속 아래서 비로소 이룩된다고 할 때 그 저층에는 신적 카리스마가 존재한다. 정치의 부패란 정치 주체가 이 신적 예지를 떠나 불의라든가 우상 숭배에 결합되어 행사될 때 발생한다. 예언자적 지성은 정치적 현실에 대해 언제나 부정적 입장에 섬을 신의 이름으로 주장한다. 그것은 이상주의이며 근본적인 돌파구를 찾는 인식 태도에 관계된다. 존 페터슨, 이호운 옮김, 『예언자 연구』(청구문화사, 1977); R. E. Clement, *The Conscience of the Nation*——A *Study of Sarly Israelite Prophecy*(Oxford UP) 참조.

차원과는 전혀 별개인 정신이라는 점이다. 그것은 안창호 중심의 개화기 지식인의 준비론과는 별도로, 일본 제국주의의 압력이 가중되는 데 정비례하여 분출하는 가장 강렬한 민족 의식의 에너지의 하나이다. 둘째로 이 예언자적 지성은 고난(십자가)으로 언표되는 민족의 발견에 직결된다는 점이다.

이러한 기능이 대두된 것은 1930년대에 이르러서인데, 그 중심은 무교회주의와 관련된 ≪성서조선≫지[78] 중심의 김교신,[79] 함석헌 등이다. 무교회주의는 일본의 무교회주의자 우치무라 간조(內村鑑三)[80] 사상과 밀접한 관계를 갖는다. 무교회란 물론 교회가 있어서는 안 된다는 뜻이 아니라 기독교가 제도이며 조직체일 수도 없다는 뜻이다. 〈생명은 형태를 취해 나타나는 것이므로 신의 영이 때로는 교회의 형태를 취해 나타나는 것은 조금도 이상한 일은 아니다. (중략) 그러나 신과 형(形)이 동시될 경우엔 폐해가 백출한다. 그리하여 형이 신을 압도할 땐 신은 살기 위해 형에 반발하고 그것을 떠나며 그것을 버리지 않을 수 없다. 무교회주의는 이러한 곳에서 일어나는 주의〉[81]라고 무교회주의를 규정할 때, 그것은 반복음주의와 날카로운 대립을 이룬다. 우치무라에 의하면 그의 무교회주의는 1) 십자가 신앙, 2) 성서 중심주

---

78) ≪성서조선≫은 김교신 주재의 무교회주 기관지. 1936. 5-1941. 8. 통권 151호. 함석헌의 「성서적 입장에서 본 조선 역사」의 연재와 관련, 일제에 의해 탄압·종간되었다.

79) 김교신 : 1901-1945. 함흥 출생. 도쿄고사 졸업. 영생·정의·송도고보 및 경기중 등에서 박물학 교사 역임. ≪성서조선≫ 주재. 함석헌·송두용·정상훈·양석동 등과 같은 무교회주의자. 출옥 후 함흥일질회사 노동자 숙소에서 영면.

80) 우치무라 간조(內村鑑三) : 1853-1930. 메이지 초기 札幌농학교 졸업. 미국 유학. 일고 교수. 불경사건을 일으켰다. 철저한 무교회주의자. ≪聖書之研究≫(1900) 창간.

81) 이와구마 다타시(岩隈直), 『무교회주의란 무엇인가(無教會主義とは何か)』 (山本書店), 10쪽.

278

의, 3) 그리스도 중심주의를 뜻한다. 그러나 우치무라의 무교회주의는 일본의 무사 정신과 밀접한 관계를 갖고 있다. 우치무라 자신은 이렇게 말하고 있다. 〈일본을 구하는 그리스도교는 일본인이 낳은, 일본인에 의해 생겨난 그리스도교가 아니면 안 된다. 마치 독일을 구한 그리스도교가 루터가 창도한 것이며 영국을 구한 그리스도교가 녹스·밀턴·버니언의 그리스도교인 것과 같다. 이러한 현상은 기독교가 국가적이라는 것 때문이 아니라, 새로운 국민을 구하기 위해서는 낡은 껍질을 뚫고 싹을 내는 활력, 즉 바이털 포스를 준비하지 않으면 안 된다는 것 때문이다. 이탈리아를 구한 로마 카톨릭교가 독일을 구할 수 없었던 것처럼 미국을 구한 그리스도교가 일본을 구할 수는 없다. 우리는 진리의 씨를 외국에서 얻을 수는 있어도 우리들 마음속에 배양되지 않는 진리를 가지고는 우리와 우리 동포를 구할 수가 없다. 이것은 진리의 한 특질이며, 또한 진리 발현의 순서이다.〉[82] 우치무라가 기독교와 일본주의를 결합하려 했다는 것은 두 개의 J(Jesus & Japan) 속의 자기라는 표현에서 확인할 수 있다. 이러한 우치무라가 명치 정신계에 충격을 던진 것은 다음 두 가지였다. 그 하나는 소위 불경(不敬)사건이며,[83] 비전론(非戰論)이 다른 하나이다. 천황(교육 칙어) 숭배에 대한 반발 및 러일전쟁에 대한 그의 반전 태도가 당시 국가주의 사회에 얼마나 충격적이었는가 하는 것은 주지되어 있다. 그러나 그의 비전론의 핵심은 인도주의자나 기독교주의자의 것과는 달리 애국심에 기초하고 있다.[84] 그것은 도쿄 대지진(1923)의 한국인 대학살 때의 우치무라의 태도에서

82) 같은 책, 94쪽에서 재인용.
83) 오자와 사부로(小澤三郎), 『우치무라 간조의 불경사건(內村鑑三不敬事件)』(新敎出版社) 참조. 천황제 보수주의와 서구 기독교적 자유주의의 충격.
84) 가와카미 데츠타로(河上徹太郎), 『일본의 아웃사이더(日本のアウトサイダ)』(新朝社), 191쪽.

도 볼 수 있다. 그의 방대한 전집 속에도 이 문제에만은 단 한 줄의 언급이 없다. 〈거의 2개월 전 유도 사건에 그토록 노한 그, 대진재에 대해서는 도쿄 시민의 부패 타락을 책망해 마지 않던 그, 그러한 그가 조선인 사건에 대해서는 아무것도 말하지 않았다. 여러분들은 어떻게 생각할지 모르나, 나는 그때, 아아 이 선생은 참으로 위대하다고 감탄하였다〉[85]라고 우치무라의 한 수제자는 쓰고 있다.

우치무라 간조가 수행한 십자가 복음주의의 사상적 기저는 다음 두 가지로 요약된다. 무교회주의와 일본주의가 그것인데, 그는 그것을 ≪성서연구(聖書之硏究)≫의 발간 및 그리스도 재림설에 기초한 성서 연구를 통해 실천한다. 그리스도의 재림은 근대화에 의해 급격히 부패 타락해 가는 일본 민족의 혼의 구제와 연결된다. 도쿄 대지진 무렵 뜻있는 유학생이었던 김교신·함석헌 등이 이 사상에 감염되었다는 점은 그들의 행적이나 회고록에서 얼마든지 확인할 수가 있다.[86] 그들이 무교회주의를 내세웠다는 것이나, 성서 독회를 열고 ≪성서조선≫을 발간했다는 것은 그들이 우치무라의 연장선 위에서 활동했음을 입증한다. 그러나 그들이 우치무라 사상의 탁월성에 감화된 것은 사실이지만 보다 깊은 관점에서 관찰하자면, 그들의 무교회주의는 한국 지성의 정신주의와 복음 사상의 결합을 뜻한다.[87] 정신주의와 민족주의가 하나의 지적 형태를 필요로 했을 때 가장 바람직하게 선택된 것

---

85) 야마모토 야스지로(山本泰次郎), 『우치무라 간조의 근본 문제(內村鑑三の根本問題)』(新敎出版社), 173쪽. 오윤태, 『한일 기독교 교류사(日韓キリスト敎交流史)』(新敎出版社); 마츠오 다카노리(松尾尊允), 「3·1운동과 일본 프로테스탄트(三·一運動と日本プロテスタント)」, ≪사상≫ 제533호 참조.
86) 함석헌, 『생활철학』(서광사, 1966), 216-221쪽.
87) 앞의 책 중 남강·도산·조만식 항목 및 김교신, 『신앙과 인생』(을유문화사, 1948)의 「무표정과 위(僞)표정」 참조.

이 무교회인 것이다. 그 정신주의와 복음주의의 결합에서 생겨난 것이 속죄양으로서의 민족 의식이다. 그 속죄양 의식은 피압박 민족의 해방 투쟁사의 복음주의적 변형이다. 그것은 지식인을 예언자로 만들며, 역사를 종말론적으로 인식하게 한다. 그 구체적 전개는 다음과 같이 요약될 수가 있다.

첫째는 이념적 측면이다. 그것은 십자가가 고난이면서 동시에 구제를 의미한다는 종말론과 재림의 구약적인 파악과 관계된다. 김교신의 경우, 이 점은 모세를 이상적 인물로 상정한 곳에서 선명히 드러난다. 그가 모세를 이상적 인물로 내세운 것은 모세가 율법을 남겼다든가 종교적 천재라든가 대정치가이며 위대한 군인이라든가 하는 것 때문이 아니다.

> 모세가 애급 사람의 학술을 다 배워 그 말과 행사가 능하더니, 나이 40이 되어가매 마음에 생각이 나서 그 형제 이스라엘 자손을 가볼새 한 사람의 원통한 일 당함을 보고 보호하여 눌린 사람을 위해 원수를 갚아 애급 사람을 쳐죽였으니 (중략) 이튿날 이스라엘 사람이 싸울 때에 와서 화목시키려 하여 가로되 너희는 형제라, 어찌 서로 해하느냐 (후략).[88]

그것은 모세만이 다만 〈피기운 있는 사람(민족주의자)〉으로서 민족의 상호 불신을 깨달은 자이기 때문이다. 이 점은 함석헌에서도 마찬가지이다. 그는 「요엘서강의」에서 다음과 같이 이스라엘에 대해 설명하고 있다.

> 이스라엘은 본래 하느님이 (중략) 특별히 빼여 자기 백성이라 하

---

88) 김교신, 앞의 책, 144-145쪽.

야 눈동자처럼 사랑한 백성이다. 그런데 그 백성이 지금은 망하고 문화는 깨여지고 사람은 사방으로 유리하야 종노릇을 하고 있다. 일즉이 약속하야 주신 땅이라는데는 믿지 않는 이방인이 들어와 맘대로 짓밟고 〈모든 족속중에 내가 너만을 알었노라〉고 하느님이 말씀하시던 사람들은 큰 길가에 창녀모양으로 오고 가는 모든 민족이 마음대로 농락하고 학대하고 멸시한다.[89]

왜 선택된 민족 이스라엘이 창녀의 지경에 이르렀는가. 그것은 그들의 불신 때문이다. 그것은 신의 시험이며 이 불신을 참회할 수 있는 동기를 주는 것이 천재지변 혹은 적국의 침입이다. 이로써 그들이 회개하면 전 민족이 마지막에 구원된다는 것 —— 이것이 적어도 예언자들의 신앙이고 이것이 이스라엘 역사의 배주(背柱)이다. 모세·엘리아·요한·바울에까지 이르는 이 예언적 기능은 재림과 종말관에 직결된다. 그것은 함석헌의 「성서적 입장에서 본 조선 역사」에 간결하게 집약되어 표현된다. 그 저서는 신교의 사상보다는 구약에서 표상된 이스라엘 민족해방사에 보다 밀접히 관계되어 있다. 그 저서는 우선 엄청난 독단에 의해서술되었다는 점이 지적될 수 있을 것이다. 〈쓴 사람의 생각으로는 성경적 입장에서도 역사를 쓸 수 있는 것이 아니라 성경의 자리에서만 역사를 쓸 수 있다. 똑바른 말로는 역사철학은 성경밖에는 없기 때문이다.〉[90] 이러한 독단을 이해하기 위해서는 시간을 인격으로 보는 성경의 종말사관을 이해해야 한다. 역사에는 시작과 끝이 있다는 종말관이 핵을 이루고 있을 때에, 역사 서술은 현상계의 성장소멸과는 별도로 뜻에 의한 맺어짐과 끝남이라는 별개의 체계를 의미하는 것으로 된다.

---

89) 함석헌, 「요엘서강의」, 《성서조선》 제124호, 10쪽.
90) 함석헌, 『뜻으로 본 한국 역사』, 8-9쪽.

그러나 과연 함석헌의 역사 파악이 종말관으로 시종했느냐의 여부는 부정적이다.

묘청의 난을 신채호 선생은 조선 역사 일천 년 이래의 제일 큰 사건이라고 한다. 제일 큰 사건이겠는지 아니겠는지는 쉬 말하기 어려울 것이나, 이 난이 보통 난이 아니요, 유파(儒派) 대 불파(佛派), 한학파(漢學派) 대 국풍파(國風派)의 싸움으로 보는 것은 뚫러본 관찰이요, 이 싸움에 묘청이 패하고 김부식이 이긴 것은 한국 역사가 보수적 사상에 정복된 원인이라고 하는 것도 옳은 말이다. 그러나 역사는 영원히 수수께끼다. 누가 감히 일의 정말 원인을 알고 정말 결과를 알 사람이 있느냐?[91]

이 인용 속엔 단재의 명제의 승인과 부정이 공존되어 있다. 전자는 민족사관의 승인이며 후자는 종말관에 의한, 뜻의 인간적 파악에 대한 보류이다. 이 두 가지 명제의 접점과 그 갈등 속에 비로소 ≪성서조선≫ 그룹의 최대의 가능성이 놓여 있었다고 파악된다. 그 그룹이 고통한 것은 십자가와 민족주의의 결합과 갈등이다. 그 그룹은 개화 초기부터 서구 민주주의 및 문명 사상과 결부된 안일주의의 유파를 거부하고 이승훈·조만식 등의 선비적 기독교의 한 극단적 표현을 이룬다.

≪성서조선≫ 그룹의 정신주의가 그 예언적 측면이 함석헌의 한국사 연구와 그 뜻의 일깨움으로 전개되었다면, 그 실천적 측면은 김교신으로 대표되는 속죄양 의식으로 드러난다. 이 후자는 현저히 원론적이며 우치무라 간조의 사상과 밀접히 관련된다. 양자가 함께 박물학 교사였다는 점뿐만 아니라 ≪성서조선≫의 칼

---

91) 같은 책, 192-193쪽.

럼과 문체에서도 그 유사점을 확인할 수 있다. 뿐만 아니라 양자는 구약 및 이스라엘 해방사에 보다 깊은 관심을 가졌다는 점에서도 일치되고 있다. 그러나, 우치무라가 모세의 사명감으로 일본을 구원하려 한 경우엔 그에겐 엄연히 강력한 그의 조국이 있었다. 같은 모세의 사명감에 임했던 김교신에게는 조국의 회복만이 이스라엘 민족사에 직접적으로 합일할 수 있는 길이었다. 김교신에게 이 아픔은 예언자적 죄의식의 전파와 함께 실천적 영역을 동반케 한다. 이 점은 한편으로는 무실역행(務實力行)의 도산 사상 및 흥사단의 줄기와 연결될 것이다. 그러나 흥사단의 실천 사상과는 그 속죄양 의식에서 구별되며, 동시에 이 구별은 영혼의 문제와 밀접히 결합되어 있음으로 하여 훨씬 확실하고도 본능적인 것이라 할 수 있다.

그 실천적 측면은 1930년대 농촌 사업과 깊이 관련된다. ≪성서조선≫에는 경기도 파주군의 양계의 천재 백모, 경인선 오류동의 서모의 농업 경영, 원산 윤주사의 사과 재배 등의 탐방 기사가 나와 있다. 실상 1930년 한국의 총인구는 2천백만이었는데 그중 도시 인구가 5.6%, 농촌 인구 94.4%였다. 심훈의 「상록수」가 발표되던 1935년에는 7.1% 대 92.9%였다. 1930년 무렵 두 개의 계몽 운동이 민족 신문을 통해 전개된다. 그 하나는 문맹 퇴치 운동이고, 다른 하나는 브나로드 V narod(〈민중 속으로〉라는 뜻의 러시아말) 운동이다. 전자는 ≪조선일보≫, 후자는 ≪동아일보≫가 전개한 것이다.[92] 이 두 가지 운동은 물론 동질적인 것이다. 이 운동에는 학생이라는 미완성 지식층이 동원된다. 순전히 한글이라는 문자만 가르치는 강습소의 일이라면 이러한 학생층의 동원으로도 어느 정도 성과를 거둘 수 있었을 것이다. 그러나

---

92) ≪동아일보≫ 1931. 7. 16-1934. 9까지 4년간에 걸쳐 〈학생 하기(夏期) 브나로드 운동〉이 전개되었다.

농촌이 대기 계층이 아니라 엄연한 생활 계층이라는 현실적 구조의 측면에서 본다면 이 운동은 다만 배움의 기회를 잃은 소년층 내지 청년층에 겨우 충격하는 표층적 성과밖에 얻지 못한다. 이를 극복하기 위해서는 다른 방도가 요청되지 않으면 안 된다. 그것은 한글 운동을 탄압하는 일제와의 대결과 농민 계층과의 밀착이라는 두 명제를 동시에 소화해야 하는 방도이다. 이 두 가지 측면을 어느 정도 접근시킨 것이 심훈의 「상록수」이다. 1935년 ≪동아일보≫ 〈창간 열다섯돌 현상 장편 모집 당선작〉인 「상록수」는 세 가지 점에서 우선 문제된다. 1) 브나로드 운동의 시범작으로 발표된 「흙」[93]의 시혜적 태도를 그것은 뛰어넘고 있다. 2) 작자(심대섭)가 KAPF 맹원이며 「직녀성」을 쓴 기성 작가이다. 그리고 그것은 실제 인물을 모델로 한 작품이다. 〈밀알 하나 이 땅에 떨어져 죽으면 많은 열매를 맺나니라〉라는 성서의 구절을 이 작자는 그가 직접 쓴 시나리오 「상록수」의 표제로 삼았다. 이 상징성은 작품 모델인 최용신(崔容信)의 존재와 그녀가 전개한 농촌 계몽의 특수한 국면을 동시에 내포한다. 여기에 ≪성서조선≫

---

93) 이광수의 「흙」(1932. ≪동아일보≫ 연재)은 브나로드 운동의 시범작으로 쓴 것인데 당시 신의주 형무소에 복역중인 채수반을 모델로 한 것이다. 〈새봄에 싹트는 조선의 흙, 그 위에 새로 깨는 조선의 아들들 딸들의 갈고 뿌리고 김매는 땀과 슬픔과 기쁨과 소망, 청춘의 사랑, 동족의 사랑, 동지의 사랑〉(≪동아일보≫ 1932. 4. 8)을 그리려 했음에도 불구하고 현저히 도시적인 소설이다. 이 작품은 「무정」처럼 정삼각형 패턴의 연애 소설일 따름이다. 이 작품이 독자를 대량 확보할 수 있었던 까닭을 다음처럼 분석할 수도 있다. 당시 독자층은 대개 가난한 농촌 출신이며 도시에서 학교 다닌다 해도 심리적으로는 고아와 다름없다. 자기들도 약간 머리가 좋다고 생각한다. 〈출세하여 멋쟁이 부잣집 딸과 결혼하고 싶다〉는 지향점이 허숭과 자기들의 동일시 현상을 일으킨다. 따라서 「흙」의 소설적 흥미는 허숭 쪽도, 삼각형의 한쪽 변의 시골 처녀 유순 쪽도 아니며, 압도적으로 부잣집 딸이며 성욕에 휩싸여 있는 윤정선 쪽이었을 것이다. 그렇다면 「흙」이야말로 사이비 계몽 소설이다.

그룹과의 연결점이 놓인다.

금 기묘년(1939) 정초에 동계 성서강습회로 북한산록에 모였을 때에 담론이 고 최용신 양의 생애에 미친 일이 있었다. 그 귀한 생애의 토막 토막을 들은 우리들은 그 일생을 상세히 정확하게 기록하여 두는 것이 많은 유익을 후세에 전하는 바 될 것이며, 또한 동시대에 같은 때에 살던 동포의 다해야 할 의무로 절실히 느낀다는 데에 의견이 일치하였다. 그 전기 출판을 성서조선사에 기대받게 되매 여배(余輩)는 그 집필자로 유달영 군을 추천하였다. (중략) 그것은 (중략) 최용신 양의 생전에 적지 않은 교섭을 가졌던 것도 우리 중에는 유군이 오직 그 일인자인 까닭이다.[94]

이러한 최용신 사후의 김교신의 기록이 어떤 의미를 내포하는가에 대해서는 다음 사실을 비판한 뒤에라야 밝혀질 수 있을 것이다. 첫째, 최용신에게 농촌 계몽의 출발은 개인적 조건과 시대적 조건을 포함하고 있다는 점이다. 〈그는 현대 여성들이 꿈꾸는 달콤한 스위트홈의 환상을 철이 들자 단념하여 버렸다. 그것은 용신 양의 얼굴이 마마로 몹시 얽은 까닭〉[95]이라는 개인적 조건과 〈각 신문사들은 다량의 팜프레트를 인쇄하여 전국 각지로 배부, 배워야 한다, 아는 것이 힘, 이것은 우리 겨레의 표어가 되었다. 이때 용신 양도 이 슬로우건에 전적으로 공명〉[96]하였다는 시대적 조건이 그것이다. 둘째, 기독교라는 종교적 측면을 들 것이다. 최용신의 투철한 신앙심이 그녀의 불굴의 정신력의 바탕이 된 것이다. 〈사심 없는 것보다 더 강한 것은 없다〉는 신념을 실

---

94) 유달영, 『최용신 양의 생애』(아테네사, 1956), 서문.
95) 같은 책, 35쪽.
96) 같은 책, 29쪽.

천함은 범상한 정신력으로 감당할 수 없는 측면이다. 셋째로, 그녀가 사람들의 마음을 움직일 수 있었던 가장 중요한 이유는 그녀가 단순한 처녀였다는 점에도 있을 것이다. 그토록 신념에 차 있던 그녀가 뜻밖에도 평범한 여자들모양 사랑에 고민하고 결혼과 농촌 사업 사이에서 갈등을 일으키는 것을 보는 인간적 측면이다. 이상 세 가지 측면을 고찰했는데, 실상 이 세 가지 측면이 모두가 농촌 계몽 운동의 그 나름대로의 한계를 드러내는 것에 속한다. 소설「상록수」속에는 주인공 채영신의 죽음 이후에도 상록의 세계가 희망적으로 암시되지만 정작 최용신이 타계한 뒤 〈형의 희생된 자리에 그 동생이 수업하고 섰는 자태는 눈물겨움 없이는 볼 수 없는 광경이다. 이 학원도 인가 문제로 인하여 한 달 후에는 폐쇄하게 되리라 하니 한심할 뿐〉[97]이라는 김교신의 기록은 일제하의 농촌 계몽의 한계 자체를 드러낸 것이라 할 수 있다.

제 7 절 한글 운동과 그 의미

〈조선어연구회〉[98]가 〈조선학회〉[99]로 발전하여 조직된 것은 1931년이다. 그 목적은 〈조선 어문의 연구와 통일을 목적함〉으로 되어 있다. 이 학회의 정신은 1927년에 간행된 ≪한글≫ 창간사에 명시되어 있다.

---

97) 김교신, 「샘골탐방기」, ≪성서조선≫ 제123호, 121쪽.
98) 주시경의 제자들인 장충영·이병기·신명균·김윤경·권식규·임환재·최두선 등이 1921년경에 조직한 것.
99) 조선어연구회가 1931년 〈조선어학회〉로 이름을 고침. 회원 속엔 최현배· 이희승·정열모·정인섭·이극로·김선기 등의 전문 학자들이 포함된다. 기관지 ≪한글≫ 속간.

《한글》이 나왔다. (중략) 무엇하러 나왔느냐, 조선 말이란 광야의 황무를 개척하며 조선 글이란 보기(寶器)의 묵은 녹을 벗기며 조선 문학의 정로(正路)가 되며 조선 문화의 원동력이 되어 조선이란 큰 집의 터전을 닦으며 주초를 놓기 위하야 병인 이듬해 정묘년 벽두에 나왔다.[100]

이 창간호의 선언을 분석하면 그 원론적인 곳을 〈조선 문화수(樹)의 지엽(枝葉)은 과학, 종교, 예술, 정치, 경제, 도덕 등 여러 가지가 있겠지마는 그 근본을 의탁할 토대는 말과 글〉이라 규정한 곳에서 찾을 수 있으며, 그 실천적 측면은 〈통일된 표준어의 사정〉, 〈완전한 문법의 수립〉, 〈훌륭한 자전의 실현〉 등 세 가지 사업에 관계된다. 이 한글 운동이 사회적으로 크게 주목을 받게 된 최초의 일은 1926년 훈민정음 반포 8회갑을 당해 제정된 〈가갸날〉(11. 4)이라 할 수 있다. 그것이 뜻있는 사람들에게 던진 충격은 다음의 한용운의 시에서도 엿볼 수 있다.

아아 가갸날
참되고 어질고 아름다워요
〈축일(祝日)〉 〈제일(祭日)〉
〈데〉 〈씨즌〉이 위에
가갸날이 낫서요 가갸날
싯없는 바다에 쑥소서 오르는 해처럼
힘잇고 빗나고 두렷한 가갸날

〈데〉보다 읽기 조코 〈씨즌〉보다 알기 쉬워요

---

100) 「첨내는 말」, 《한글》 창간호, 1927. 2.

입으로 젓곡지를 물고 손으로
다른 젓곡지를 만지는 어엽분
아기도 일너줄 수 잇서요
아무것도 배우지 못한 계집사
내도 아르켜줄 수 잇서요
〈가갸〉로 말을 하고 글을 쓰서요
혀삿에서 물샐이 솟아 붓아래에 꽃이 피여요

그 속엔 우리의 향긔로운 목숨이 사러움직입니다.
그 속엔 낯익은 사랑의 실마리가 풀리면서 감겨 잇서요
굿세게 생각하고 아름답게 노래하야요
검이어 우리는 서름치 안고 소리쳐 〈가갸날〉을 자랑하겟습니다.
검이어 가갸날로 검의 가장 놓은 날을 삼어주서요
윈 누리의 모든 사람으로 〈가갸날〉을 노래하게하야 주서요
가갸날 오오 가갸날이여[101]

그러나 이 한글 운동이 심정적 감동만을 내포할 뿐 그것을 뛰어넘지 못할 때는 이데올로기적 거점의 취약성을 면할 수가 없게 된다. 그것은 논리적·합리적·과학적 기반 수립을 이룩해야 된다는 것과 관련을 맺고 있다. 그것은 한국어가 개별 언어이면서 세계 일반언어의 하나이듯이 한글은 개별 문자이면서 문자의 일반 원론에 속한다는 것에 대한 성찰을 뜻한다. 〈조선어학회〉의 최대의 업적이 바로 이 문제에 관련되며 그것은 또한 실천적 모습을 띠고 나타난다. 소위 〈한글맞춤법 통일안〉[102]이 그것이다.

---

101) 한용운, 「가갸날에 대하야」, ≪동아일보≫ 1926. 12. 7.
102) 1930년 12월 13일 총회의 결의에 따라 한글맞춤법 통일안 제정위원 12
명을 선정, 2개월 동안 69회 211시간 심의를 거듭하고 1932년 12월 임시

여기서 주목할 점은 맞춤법이 단순한 철자법만을 뜻하지 않는다는 것이다. 그것은 오늘날까지도 적용되는 정서법(正書法)의 원리 수립인 것이다. 통일안 총론은 1) 한글맞춤법은 표준말을 소리대로 적되 어법에 맞도록 함으로써 원칙을 삼는다. 2) 표준말은 대체로 현재 중류 사회에서 쓰는 서울 말로 한다. 3) 문장의 각 단어는 띄어 쓰되 토는 윗말에 붙이어 쓴다로 되어 있으며 그 요점은 1)항 속에 전부 포함된다. 이 통일안이 〈우리의 과거 반세기 동안 말과 글에 관한 학술적 노력의 총결산이요 동시에 광휘 있는 결정체〉[103]로 평가되는 이유란 무엇일까. 이 점을 밝히기 위해서는 1)항을 다시 검토할 필요가 있다. 〈어법에 맞도록〉 한다는 부칙이 실상은 원칙 규정으로 파악되었다는 사실을 관찰하면 맞춤법이 한글의 본질 연구의 결과라는 점을 우선 찾아낼 수 있다. 이 점은 통일안 제3장에 밀접히 관련된다. 제1절 체언과 토, 제2절 어간과 어미, 제3절 동사의 피동형(被動形)과 사동형(使動形), 제4절 변칙 용언, 제5절 받침, 제6절 어원 표시, 제7절 품사 합성, 제8절 원사(原辭)와 접두사 등을 꿰뚫고 있는 정신은 〈동일한 형태소는 항상 동일한 표기 형식에 의해 대표된다〉는 점이다. 문제는 이러한 한국어와 그 문자의 관계가 고도의 일반 언어학의 수준에까지 심화되었는가의 여부에 있는 것이다. 한 연구가에 의하면 다음과 같은 평가가 가능하다.

통일안이 한 형태소를 대표하는 표기를 결정함에 있어서 사용한 방법이 현대 형태론에서 기본형 basic allomorph을 선택하는 방법과

총회에서 인원을 보강, 도합 19명으로 그 해 10월 다시 임시 총회를 거쳐 이 달 29일, 즉 정음 반포 487돌 기념일에 발표되었다. 한글학회 편, 『한글학회 50년사』(선일인쇄소, 1971), 10쪽.
103) 이희승, 『1971, 한글맞춤법 통일안 강의』(신구문화사, 1959), 19-20쪽.

290

일치하는 사실은 주목에 값한다. (중략) 이 선택 방법은 이미 주시경에 의하여 수립되었던 것으로 우리 나라 문법의 조숙한 일면을 보여주는 사실이다.[104]

실제로 일음소일자(一音素一字)one letter per phoneme의 원리에서 벗어났다 하더라도 문자와 발음 간의 일정한 대응 관계의 유지가 문자화의 기본 요청이라 한다면, 본질적으로 음소적 체계인 한글 정서법이 부분적으로 형태소적 체계에 접근하게 된 것은 가장 합리적이며, 학문적으로 달성한 한 정수에 해당된다. 이처럼 민족 문화의 기본항인 언어의 문자화가 식민지 치하에서 높은 수준으로 확고히 수립되었다는 사실은, 만일 이러한 달성 없이 언어의 문자화에 대한 혼란이 1945년 이후에 벌어졌다면 어떠했을까를 염두에 둘 때 그 중요성을 재확인할 수 있다.

이와 같이 〈어법에 맞도록 한다는〉 명제의 심화는 일반 언어학의 학문적 성장과 밀접한 관계를 이루어 경성제대 출신의 〈조선어문학회〉(1931), 〈조선어학연구회〉(1932), 〈진단학회〉(1934), 〈조선음성학회〉(1935) 등의 활동을 촉진케 된다. 여기서 한 가지 지적하고 넘어가야 될 사실은 계명구락부를 모태로 한 박승빈 중심의 〈조선어학연구회〉와 〈조선어학회〉의 대립·갈등에 관한 것이다. 일제의 〈조선어학연구회〉 설립 허가는 단합되어 가는 민족단체(조선어학회)의 활동을 약화시키려는 의도였음이 분명하다. 거기에 덧붙여 한 가지 지적해야 될 것은 문인들의 한글 철자법에 대한 태도 표명이다. 78명의 문인들의 연명으로 낸 〈한글 철자법 시비에 대한 성명서〉가 바로 그것이다.

---

104) 이기문, 『국어표기법의 역사적 연구』(한국연구원, 1963), 158쪽.

고주시경선각의 혈성으로 시종한 필생의 연구를 일유기(一劉期)로 하여 현란에 들고 무잡(無雜)에 빠진 우리 언문기사법(諺文記寫法)은 일보일보 광명의 경(境)으로 구출되어 온 것이 사실이요, 마침내 사계의 권위들로써 조직된 조선어학회로부터 거년시월에 〈한글 맞춤법 통일안〉을 발표한 이래 주년이 차기 전에 벌써 도시와 촌곽이 이에 대한 열심한 학습과 아울러 점차로 통일을 향하여 촉보하고 있음은 (중략) 그 소위 반대 운동의 주인공들은 일즉 학계에서 들어본 적 없는 야간총생의 학자들인 만큼 그들의 그 일이 혹 기약 못한 우중(愚衆)이 있어 그것을 인하여 미로에서 방황케 된다 하면 이 언문 통일에 대한 거족적 운동이 차타부진(蹉跎不進)할 염이 있을까 그 만일을 계엄치 않을 수도 없는 바 아니다. 그러나 또한 동시에 일에는 매양 조그만 충동이 있을 적마다 죄과를 남에게만 전가치 말고 그것을 반구제기(反求諸己)하여 자신의 지전무결(至全無缺)을 힘쓸 것인 만큼 이에 제하여 언문통일의 중책을 지고 있는 조선어학회의 학자 제씨도 어음(語音)의 법리와 일용의 실제를 양양상조(兩兩相照)하여 편곡(偏曲)과 파새(破塞)라고는 추호도 없도록 재삼 고구치 않으면 안 된다.[105]

이 인용에서 강렬히 주장되고 있는 것은 역시 학문적 성과이다. 또 여기 동원된 문인은 이광수·양주동으로부터 임화·이기영에 이르는 전문 학인이다. 이러한 사실은 한글 운동이 1930년대에 이르러 비로소 식민지에 대한 논리적 응전력을 획득했다는 사실을 뜻한다. 한 연구가의 조사에 의하면 1920-1941년까지 한글에 관한 연구가 총 1,142편, 그중 단행본을 제한 논문은 1,062편에 달했던 것이다.[106] 한글 운동은 식민지에 대처한 논리

---

105) ≪동아일보≫ 1934. 7. 10.
106) 박병채, 「일제하의 국어운동연구」, 『일제하의 문화운동사』, 495쪽.

적 응전의 가장 견고한 본보기였다.

이 한글 운동과 밀접한 관련하에 놓여 있는 것은 다음 두 가지 점이다. 그 하나는 최현배[107]의 존재이며 다른 하나는 문인들의 한국어의 훈련이다. 「조선민족갱생의 도」(≪동아일보≫ 1926. 66회)는 정인보의 「오천년간의 조선의 얼」과 함께 식민지 시대의 민족 정신을 일깨우는 대문장이다. 이광수의 「민족개조론」이 제국주의 민족 이론에 근거해 있다는 것은 여러 학자들에 의해 비판되어 있다. 이러한 선을 따라 나온다면 「조선민족갱생의 도」도 마땅히 비판을 받을 수 있다. 〈그러한 논구가 정신적인 지주로 끝까지 개인적인 심정으로 변질치 않은 데는 그 이론 자체보다도 제창자 본인의 개인적인 성격이 지배적이었을 정도로 전체적이기 어려웠다. 물론 일제하의 보다 말기에 있어 일본의 군국주의적 파시즘의 폭위에서 자기의 생각을 어떻게 실천하느냐에 달렸다〉[108]라고 일단 비판될 수 있을 것이다.

또한 이 저서 제1장 「민족적 질병의 진찰」 속의 〈의지의 박약함〉, 〈용기의 없음〉, 〈활동력의 결핍〉, 〈의뢰심의 많음〉, 〈저축심의 부족〉, 〈성질의 음울함〉, 〈신념의 부족함〉[109] 등의 민족성 파악 방법이 식민지 사관의 수용과 그리 먼 거리에 있지 않다는 점도 지적할 수 있다. 이 점은 이 저서의 한계로 마땅히 비판되어야 한다. 그럼에도 불구하고 이 저서는 다음 몇 가지 점에서 역사적 의미를 지니고 있다. 그 첫째는 최현배의 근본 사상이 생명력이라는 확실한 바탕 위에 서 있다는 데 있다. 〈우리 조선 민

---

107) 최현배 : 1894-1970. 히로시마(廣島)고사, 교토제대 철학과 및 동대학원 수업. 교육학 전공. 연희전문 교수. 「한글갈」(1938) 발표. 〈조선어학회〉 회원. 어학회 사건으로 1942-1945까지 투옥되었다. 1945년 편수국장. 연희대 부총장 한글학회 이사장을 지냈다.

108) 홍이섭, 『한국사의 방법』(탐구당, 1964), 356쪽.

109) 최현배, 『조선민족갱생의 도』(정음사, 1962), 7쪽.

족이 이렇게 비참하게도 쇠잔에 빠진 것은 결코 단순한 자본주의란 외적 사회 조직 때문만도 아니요, 다른 민족이 왕성함도 결코 사회주의란 외적 사회 조직에 기인함도 아니다. 나의 신념에 의하면, 사회 조직의 여하를 물론하고 생기의 왕성한 민족은 흥할 것이요, 생기의 미약한 민족은 망할 것〉[110]이라는 것이다. 그 생기는 실천적 덕목에 관계된다. 둘째로 이 실천적 덕목은 도덕적 규범론 norm과 밀접히 관계된다. 이것은 과거 지향적이 아니다. 셋째 그 실천 사상은 다분히 안창호의 준비론에서 연유한 듯한 인상을 준다. 이것은 그의 사상이 민족 생활에 직접적으로 관련된 데서 연유한다. 장사하는 법, 집 짓는 법, 음식 먹는 법, 옷 입는 법까지 구체적으로 개조할 점을 들고 있음은 이 저서가 가장 민중적임을 드러내는 것이다.[111] 끝으로 이 저서의 사상적 기반 및 실천적 이념이 최현배라는 한 인간에 의해 확고히 실천되었다는 점에 응전의 확실성이 있다. 사상 자체의 강점이 실천적으로 증명될 때에 확보되는 것이라면, 그의 사상 역시 자생적 사상의 한 유형으로 평가될 수 있을 것이다. 이 자생적 사상의 기반에 놓인 것이 바로 한글 운동이며, 그것은 논리적 학문적 달성과 강습소를 통한 문자 보급이라는 실천면을 아울러 포함했던 곳에서 명백해지는 터이다. 이 점을 구체적으로 정리하면 〈표 1〉과 같다. 이러한 실천 과정이 해방 후의 ≪나라사랑≫에서 연속되었음은 물론이다.

---

110) 같은 책, 216쪽.
111) 홍이섭, 「조선민족 갱생의 도 —— 그 정신사적 추구」, ≪나라사랑≫ 제1집, 61쪽.

표 1

계몽 운동	민족고유문화발양	갱생노력의 방식
노동 야학교 부인 야학교 각종 강습소 신문 잡지	1) 글 ① 한글의 보급 운동, 문맹 타파 운동 ② 한글의 과거사와 장래 발달에 대한 학리의 연구 ③ 한글의 조직에 대한 학리적 연구 2) 말 ① 소리의 연구 ② 어법의 연구 ③ 표기법의 합리화 ④ 우리말의 정리, 표준어의 사정 ⑤ 고어의 연구 ⑥ 사전의 완성 ⑦ 조선어 교육의 장려	학교, 학술연구회, 청년회, 학생회, 체육회, 생활개선회, 노동야학회, 신문사, 잡지사, 인쇄소, 도덕진흥회, 실업회사, 수양회, 교육연구회, 생산공장, 국산장려회, 조선어연구회, 소비조합, 사회개조운동당, 과학정신진흥회, 소작인 조합 등

앞에서 우리는 문인들이 〈조선어학회〉 철자법 지지 성명을 검토한 바 있고, 민족어와 사활을 같이하는 이 문인들의 민족어 훈련을 문제점으로 지적한 바 있다. 세칭 조선어학회사건(1942)이 일어나기 수년 전인 중일전쟁(1937) 일 년 전에 부임한 미나미 지로(南次郎) 총독의 〈개정조선교육령〉(1938. 3)에 의거, 실질적으로 교육에서 한국어를 폐지한 시점에서[112] 민족어의 사수는 문

112) 〈국어(일본어)〉를 해득하는 조선인 남녀는 2백29만 7천3백98인으로 총수 천에 대하여 110.57의 비율이었다. 이것을 25년 전인 대정 2년 말의 6.08에 비해 보면 비율의 증가가 실로 19배에 달한다. 그러나 5인 1가족의 단

학의 사수와 완전히 동질적인 개념이었던 것이다. 이 점에 대해
서는 다음과 같은 문학 쪽의 설명이 첨부될 수 있다. 한국 소설
이 완전히 한글체로만 씌어지기 시작한 것은 1920년 이후부터
서서히 비롯된 것이며, 순한글체로의 변모 이유란 다만 다른 장
르와 구별하기 위함이었을 것으로 보인다.「표본실의 청개구리」
가 국한 혼용체로 나온 것은 이 작품 자체가 사색적인 수필 영
역에 속했기 때문에 장르로서의 소설이란 구별이 외형상 불필요
했으리라고 생각된다. 당시 문사들의 수상 따위의 성행을 고려한
다면 이 점은 이해될 수 있다. 그럼에도 불구하고 외형상의 이
순한글식 소설 표기 방법은 매우 중대한 의미를 띤다. 문학이 그
사회의 구조적 모순을 반영, 포착하기 위하여는 당대 사회의 첨단
의 의식에 가늠해야 하고, 그것은 필연적으로 세계 공통어를 향한
열린 지평을 모색해야 한다. 그런데 그 세계성의 획득은 일본어로
사고하는 것을 뜻한다. 즉 모더니티의 획득은 민족의 적인 일어로
사고하는 것과 관계된다. 한편 문학은 모더니티와 함께 모국어에
의 탯줄에 기반을 두고 있다. 이 두 개의 지향점을 변증법적으로
지양함이 바람직한 과정일 것이다. 그러나 이 과제는 1930년대
후반기, 자세히는 중일전쟁 이후 일어 상용의 강제로 실패하게 된
다. 그것은 모더니티의 포기를 뜻하며 반면 토착어의 개척으로 향
함을 의미한다. 이 지향성의 귀결점은 《문장》[113]의 정신에서 확

  위로 보면 아직도 국어를 아는 사람이 없는 가정이 전 가정의 반수 이상을
  점령하고 있다. 더욱이 도회지보다 농촌에는 한 사람도 국어를 모르는 가정
  이 3분지 2 이상에 달하는 현상이다.〉「조선어 수의과(隨意科) 문제」, 《조
  선일보》 1938. 10. 3.
  113) 《문장》(1939-1941)은 도합 26권으로 종료된 문예지이며 같은 해 창간
  된 《인문평론》과 대립된다. 전자가 시 정신을 기반으로 하여 고전 탐구에
  주력했다면 후자는 소위 비평 정신(산문 정신)의 함양에 힘을 기울였다고
  볼 수 있다.

연히 볼 수 있다. 어떤 문학이 토착어 일변도로 향할 때는 주제와 소재 자체가 한정되며, 그리하여 문체 자체의 폐쇄성을 강제로 떠맡게 된다. 그 논리적 귀결을 명료하게 보여준 것이 이태준의 『문장강화』(1940)이다. 그가 말하는 아름다운 언어란 의미와 표현이 합치되는 데서 얻어지는 언어미가 아니라 시적 어휘와 마찬가지의 질감을 갖는 〈문장미〉를 뜻하며 그 달성은 고도의 언어에 대한 결벽성, 언어의 절약에서 비로소 가능하다. 〈말을 뽑으면 아무것도 남는 것이 없다면 그것은 문장의 허무다. 말을 뽑아내어도 문장이기 때문에 맛있는, 아름다운 매력 있는 무슨 요소가 남아야 문장으로서의 본질, 문장으로서의 생명, 문장으로서의 발달이 아닐까〉[114]라고 『문장강화』가 결론지어졌다는 것은 식민지 치하에서 민족어와 문학의 운명을 함께해야 했던 한국 문학의 한 특수성을 단적으로 드러낸 것이라 할 수 있다.

제8절 식민지 시대의 재인식과 그 표현

1930년대의 식민지 문학은 식민지 초기의 열기와 흥분이 식민지 치하에서 어떻게 변모하여 나타났는가를 묘파하는 데 집중된다. 계속적인 악랄한 검열 제도 때문에 상당 부분이 삭제되거나 복자(伏字)로 은폐되지 않을 수 없는 상황 속에서도[115] 식민지 치

---

114) 이태준, 『문장강화』(박문서관, 1946), 336쪽.
115) 그 예로 두 가지만 들겠다. 〈그래서 예술적 양심이랄까 곧 그 속편 될 「새벽」을 썼으나 그만 삭제를 당하고 말았다. 그러나 그렇다고 가만 있을 수도 없고 해서 실로 형극의 로(路)를 헤치고 나가는 맘으로 (후략)〉『카프 작가 7인집』, 집단사, 1932, 142쪽). 〈소위 초판적의 것을 보면, 교정을 하였는가 의심이 날 만큼 오식투성이요, 겸해서 복자가 있고 하여 불쾌하기 짝이 없더니 (후략)〉(채만식, 『한국문학전집 9』, 민중서관, 389쪽).

하의 작가들은 그들이 할 수 있는 한도 내에서, 그리고 때때로는 그 한도를 넘어서서 자신들이 보고 느끼고 경험한 것을 탁월하게 표현한다. 파시즘의 전세계적인 팽대와 식민주의를 논리적으로 정당화하기 위해 일본의 사상계가 조작해 낸 대동아공영권에 대한 집요한 선전, 그리고 계속되는 식민지 한국의 궁핍화 현상은 그 속에서 생활하지 않을 수 없는 작가들에게 두 가지의 상반된 견해를 낳게 한다. 하나는 인간의 진보와 역사의 합목적성을 믿는 개방주의적인 진보주의자들의 견해이며 또 하나는 인간에 대해 기본적으로 신뢰감을 갖고 있지 아니하면서도 그가 인간임을 인정하지 않을 수 없는 이율배반적인 세계 인식 위에서 세계와 현실, 그리고 자아를 바라보는 폐쇄적인 비관주의자들의 견해이다. 채만식과 이상으로 뚜렷하게 대표될 수 있는 이 두 견해가 그렇다고 순응주의적인 면모를 보여준 것은 아니다. 진보적 낙관주의자나 폐쇄적 비관주의자나를 막론하고 식민지 치하의 한국 문학인들을 특징짓고 있는 것은 비순응주의적인 인식 태도이다. 비순응주의는 이상·채만식·박태원·김유정 같은 탁월한 문학자들에게게서는 치열한 투쟁으로 드러나며, 이태준·김남천 등의 작가에게서는 페이소스, 시니시즘, 유머 등의 수단을 통해 드러난다. 그 모든 작가들의 비순응주의의 근간을 이루고 있는 것은 식민주의가 식민지 한국에서 뜻있는 그 어떤 것도 만들어 내지 못했으며, 한국은 궁핍 일변도로 기울어지고 있다는 것에 대한 확실한 자각이다.

1 채만식[116] 혹은 진보에의 신념

채만식의 여러 작품들의 기조를 이루고 있는 것은 아이러니이다. 그의 아이러니는 그의 작품을 이루는 문장 하나하나와 그 문장 사이의 행간, 그리고 그의 작품 속에 그가 즐겨 등장시키는 인물들에게서 다같이 드러난다. 그의 작품에 등장하는 인물들은 크게 두 유형으로 구분된다. 하나는 그 자신이 찬표를 던지고 있는 긍정적 인물이며, 또 하나는 그 자신이 부표를 던지고 있는 부정적 인물이다.

그의 소설의 아이러니는 그가 언제나 부정적 인물을 소설의 전면에 내세우고 긍정적 인물을 후면에 내세우거나, 희화화하는 데서 얻어진다. 부정적인 인물들은 긍정적 인물보다도 각별한 작자의 주목을 받고 있으며, 긍정적인 인물들은 언제나 부정적 인물들의 조롱의 대상이 된다. 「탁류」의 정주사, 고태수, 곱추 형보, 「태평천하」의 윤직원 영감 등의 부정적 인물들은 긍정적 인물들인 남승재, 종학 따위에 비교할 때 지나치게 자세한 관찰의 대상이 되고 있으며, 긍정적인 인물들은 「치숙(痴叔)」의 아저씨의 경우처럼 거의 언제나 희롱의 대상이 된다. 그 결과 그가 찬표를 던지는 긍정적인 인물과 그의 긍정적 세계관은 그 음영만을 작품 밖으로 내보일 뿐 그 정체를 적나라하게 드러내지 않는다. 반면 그가 부정적인 인물로 치부하고 있는 인물들의 전모는 지나칠 만큼 날카롭게 묘사된다. 작가 자신은 그들을 완전히 수

116) 채만식 : 1902-1950. 전북 옥구군에서 출생. 부농. 서울 중앙고보 졸업. 일본 와세다대 영문과 중퇴. ≪동아일보≫ 사회부 기자. 1925년 「새길로」로 ≪조선문단≫ 추천. 1934년 「레디 메이드 인생」, 1937년 ≪조광≫에 「태평천하」 발표(원제는 〈태평천하춘(太平天下春)〉). 1941년 「탁류」 발표. 1972년 ≪월간문학≫에 유고 「소련은 자란다」가 발표되어 비상한 관심을 집중. 그에 대한 논고로는 김치수, 「채만식의 유고」(≪문학과지성≫ 제10호).

락하고 용인하는 입장에서 묘사하고 있기 때문에 그의 소설의 아이러니는 더욱 깊어진다. 그의 문장의 아이러니는 그가 부정적인 인간을 역설적으로 긍정적으로 보여주려고 하는 과정에서 자연히 생겨난다. 작가 자신은 엄격한 관찰자의 입장에 서 있는 척하면서, 부정적 인간을 전면에 내세우고 있기 때문에 능청스럽고 의뭉스럽다.

> 우리 아저씨 말이지요, 아따 거 거시키, 한참 당년에 무엇이냐, 그 놈의 것, 사회주의라더냐, 막걸리라더냐, 그걸 하다, 징역살고 나와서 폐병으로 시방 앓고 누웠는 우리 오촌고모부 그 양반 (후략).[117]

작자 자신이 찬표를 던지고 있는 인물을 그는 이처럼 희화적으로 묘파한다. 그 희화적 묘사 뒤에는 그러므로 작가 자신의 주관적 신념이 역설적으로 잠재해 있으며 그런 의미에서 그의 문장은 주관적이다. 그 주관성이 행간을 뚫고 나올 때, 아주 드문 경우이긴 하지만 작가 자신의 목소리가 직접적으로 개입한다.

> 그렇다면 묻지 않아도 내 자식일 것이 분명하다. 보아한즉 어린 것이 제 어미를 고대로 닮았더라. 허니, 모습을 가지고는 아비를 찾을 수야 없겠지만, 자세히 뜯어놓고 볼량이면 이목구비나 손발 어느 구석이고 한곳은 나를 탁한 데가 있을 것이다.
> (이렇게까지 군색스럽게 꾸며대는 형보는, 그러나 동인의 「발가락이 닮았다」의 독자는 아니리라.)[118]

위의 대목은 작가 자신이 직접 개입하여 그 사연을 늘어놓은

---

117) 『한국단편소설전집 2』(백수사, 1958), 169쪽.
118) 『한국문학전집 9』(민중서관, 1959), 269쪽.

곱추 형보와 그와 비슷한 사연으로 소설을 쓴 김동인을 다같이 동시에 조롱한다.

그의 아이러니는 그러나 강력한 비판 정신의 소산이다. 일제의 잔인한 검열 제도를 피하여 자기가 보고 느낀 것을 표현하기 위해서 그는 역설적인 방법을 선택한 것이다. 그렇다면 그의 아이러니로 가득 찬 문장과 주인공들을 통해 그가 드러내려 한 식민지 현실은 어떤 것이었을까? 그가 가장 힘들여 비판하고 있는 것은 식민지 교육의 모순과, 고리대금업·도박 같은 비정상적 자본 이동의 현상이다. 염상섭이 세대론적 입장에서 수직적으로 식민지 현실을 비판하고 있는 것과 대조적으로 그는 수평적으로 그것을 비판한다.

1) 식민지 교육의 모순은 「탁류」, 「태평천하」, 그리고 그의 몇 개의 단편 소설들, 특히 「레디 메이드 인생」에 뚜렷하게 부각되어 있다. 그는 개화기의 교육열을 신분 평등 운동의 한 일환으로 파악한다. ⟨'배워라, 글을 배워라…… 지식만 있으면 누구나 양반이 되고 잘 살 수가 있다…….' 이러한 정열의 외침이 방방곡곡에서 소스라쳐 일어났다. 신문과 잡지가 붓이 닳도록 향학열을 고취하고 피가 끓는 지사들이 향촌으로 돌아다니며 삼촌(三寸)의 혀를 놀려 권학을 부르짖었다.⟩[119] 그러나 개화기 교육은 신분 평등을 보장하지 못한다. 그것은 안창호의 준비론에도 불구하고 식민지 당국의 음험한 교육 정책 때문에 한국민을 기능화하고 순응시킨다. 식민지 시대의 교육은 식민 사회에 순응할 수 있는 기능공만을 길러내는 우민교육화이다. 식민지 교육은 ⟨면서기를 공급하고 순사를 공급하고 간이 농업학교 출신의 농사 개량 기수를 공급⟩[120]하는 데 그친 것이다. 사회의 모순과 갈등을 정당하게

---

119) 『한국단편소설전집 2』, 145쪽.
120) 같은 책, 146쪽.

이해하고 그것의 해소를 위해 노력하는 사고인(思考人)을 만드는 대신에 식민지 교육은 생각하지 않고 실기에만 전념하는 기능인들만을 만들어 낸다. 그 기능인들은 외계의 변화를 운명으로 받아들이고 그것에 순응할 뿐, 거기에 아무런 회의심도 내보이지 않는다. 그런 인물의 대표적인 상징인 〈삼년제의 S여학교〉까지를 끝낸 「탁류」의 초봉이다. 식민지 교육에 대한 회의는 그의 주인공으로 하여금 야학과 교양까지를 비판하게 만든다. 〈그리하여 마침내 그는 교양이라는 것에 대해 환멸을 느끼기까지 했다. 가난한 사람은 교양이 있어도 그것이 그네들을 선량하게 해주는 것이 못 되고 도리어 교양의 지혜를 이용하여 무지한 사람들보다도 더하게 간악한 짓을 하는 거이라 했다.〉[121] 실제로 「태평천하」에는 그런 교양인이 등장한다. 자식들을 교육시키는 목적이 출세에 있다는 것을 분명하게 밝힌 윤직원 영감이 그렇다.

그는 식민지 치하를 오히려 신분 이동의 호시기라고 판단하고 그의 자식들을 일제 식민지 당국에 알맞은 인물로 키우려고 애를 쓴다. 〈그는 두루두루 남의 의견도 듣고 궁리도 한 끝에, 공부를 잘 시켜 고등관으로 군수가 되는 길은 글렀으니 이번에는 군고원으로부터 시작하여 본관을 거쳐 서무주임으로 서무주임에서 군수로 이렇게 밟아 올라가는 길을 취하기로 하였습니다.〉[122] 그에게 교육이나 교양은 출세의 한 방편에 지나지 않는다. 식민지 치하의 교육이 식민지 치하에 알맞은 기능인을 만들어 내는 우민화 교육이라는 생각은 채만식으로 하여금 문맹 퇴치 운동의 일환으로 성행하던 야학까지를 비판하게 만든다. 그의 전 작품에서 가장 긍정적인 인물로 그려지고 있는 「탁류」의 남승재는 야학에 대해서 이렇게 생각한다. 〈작년 겨울서부터 그는 계몽이니

---

121) 『한국문학전집 9』, 293쪽.
122) 같은 책, 506쪽.

교육이니 한다지만, 어느 경우에는 절름발이를 만드는 짓이고, 보아야 사실상 이익보다 독을 끼쳐주는 게 아니냐고, 지극히 좁은 현실에서 얻은 협착스런 결론으로다가 막연한 회의를 하기 시작했었고, 그러기 때문에 야학 맡아보아 주는 것도 신명이 떨어져서 도로 작파하고 싶은 생각이 없지 않았었다.〉[123] 식민지 치하의 우민화 교육이 가져온 또 하나의 폐해는 이광수가 그토록 극복하려 애를 쓴 숙명론적 인생관이다. 아마도 「탁류」의 초봉으로 대표될 수 있는 운명에의 순응은 채만식이 가장 못마땅하게 여기고 있는 것 중의 하나이다. 그래서 「탁류」의 계봉이는 스스로 식민지 교육 받기를 포기하고 생활 전선에 뛰어들며, 「레디 메이드 인생」의 주인공은 그의 아들을 공부시키지 않기로 결정하는 것이다. 채만식이 신뢰하고 있는 인물은 그래서 식민지 교육에 물들지 아니한 인물들이다.

2) 고리대금업과 도박 따위의 비정상적인 자본 축적 이동에 대해서 그는 또한 날카로운 비판을 가한다. 그의 소설 중에서 가장 부정적인 인물로 그려지고 있는 「탁류」의 곱추 형보와 「태평천하」의 윤직원은 다같이 고리대금업으로 일가를 이룬 인물이다. 그 두 인물이 주로 하고 있는 것이 수형(手形) 할인이다. 수형 할인과 미두(米豆)에 대해서 채만식이 대단히 관심을 보이는 것은 그것이 식민지 궁핍화 현상의 한 첨예한 예를 이루기 때문이다. 그는 최서해와 다르게 이농(移農)보다는 소액의 민족 자본이 일본인의 대자본 아래 어떻게 형체도 없이 녹아가는가를 미두를 통해 여실하게 보여주며, 수형 할인을 통해 일본 제국주의의 침략상을 빗대어 보여준다. 특히 수형 할인은 법의 용인을 받은 도적질이라고까지 극언한다. 〈그래도 육법전서가 나의 보호를 해주

123) 같은 책, 301쪽.

잖우? 생명을 보호해 주고, 또 재산도 보호해 주고 (중략) 수형법?이라더냐 그런 게 있어서, 고리대금을 해먹두룩 마련이구. (중략) 머 당당한 시민인 걸! 천하 악당이라두 (후략).)[124] 그것은 식민지 치하에 피어난 독초이다. 〈일변 독초와 그것을 가꾸는 육법전서에의 울분이 치달아 오르던 것이다.)[125] 수형법에 대한 울분을 통해 작자는 검열을 피해 가면서 식민지 치하의 법률의 가치 자체를 독자들이 의문시하게 만든다. 그것은 식민지 치하의 그 어떤 작가보다도 탁월한 그의 현실 인식의 결과라 하지 않을 수 없다.

채만식의 식민지 현실 인식은 그러나 단순히 부정적인 것만은 아니다. 분명하게 드러내고 있는 것은 아니지만, 그는 교묘하게 은폐된 행간을 통해 그의 사고의 긍정적인 면을 보여준다. 그의 긍정적 정치학의 근본을 이루고 있는 것은 진보에의 짙은 신념과 분배의 공정성에 대한 공상적 확신이다. 그의 진보에의 신념은 「탁류」의 남승재와 「소년은 자란다」에서의 마지막 장의 소제목을 이루는 〈소년은 자란다〉에 간결하게 표시되어 있다. 남승재는 〈역사는 진보한다〉는 것을 믿으며, 〈자연과학의 힘〉[126]을 믿는다. 일종의 공상적 진화론이라고 부를 수 있는 그의 진보관은 그를 〈태평하게〉 가난과 맞싸우게 만든다. 「소년은 자란다」의 주인공은 해방 후의 남한 현실을 속속들이 체험하여 그 모순을 깨달은 후에 오히려 꿋꿋하게 살아나가야 하겠다는 확신을 얻는다. 그가 어떻게 해서 그 확신을 현실화할 수 있을까에 대해 채만식은 뚜렷한 것을 독자들에게 제시하지는 않는다. 다만 독자들로서는 그의 「태평천하」의 종학에 대한 애정으로 보아 그 편린을 짐

---

124) 같은 책, 351쪽.
125) 같은 책, 384쪽.
126) 같은 책, 55쪽.

작할 수 있을 따름이다.

그의 공상적 진보주의를 뒷받침하고 있는 것이 공평한 분배라는 원칙이다. 그는 현실의 모순과 갈등이 불공평한 분배 위에 기초하고 있다고 계봉의 입을 통해 확언한다.

> 「그렇지만 가난한 사람이 가난한 게 어디 그 사람네 죈가 머……」
> 「죄?」
> 「누가 글쎄 가난하고 싶어서 가난하냔 말이우!」
> 「가난한 거야 제가 가난한 건데 어떻거나?」
> 「글세 제가 가난허구 싶어서 가난한 사람이 어딨수?」
> 「그거야 사람마다 제각금 부자로 살고 싶긴 하겠지……」
> 「부자로 사는건 몰라도 시방 가난한 사람네가 그닥지 가난하던 않을텐데 분배가 공평틸 않해서 그렇다우」[127]

작가 자신의 표현을 빌리면 〈사전에서 떨어져 나온 몇 장의 책장처럼 두서도 없고 빈약한 계봉이의 분배론〉은 그러나 작가 자신의 표현과는 다르게 그의 진보주의의 핵심적 내용을 이룬다. 그가 도식적인 계급 투쟁론에 휩쓸려 〈주의자〉가 되지 아니한 것도 그의 높은 이상 때문이다. 그 이상의 내용이 공평한 분배인 것이며, 그것을 향해 역사는 진보하고 있는 것이다. 그런 의미에서 그는 일종의 푸리에주의자이다.

채만식의 그러한 탁월한 현실 인식을 가장 날카롭게 보여주고 있는 것은 그의 「태평천하」이다. 그것은 염상섭의 「삼대」와 함께 식민지 시대에 씌어진 가장 우수한 작품 중의 하나이다. 거기에는 그의 아이러니가 유감없이 발휘되어 있을 뿐만 아니라, 그의

---

127) 같은 책, 345쪽. 그런 예는 「치숙」에도 보인다. 〈이 세상에는 부자가 있고 가난한 사람이 있고 하니 그건 도무지 공평한 일이 아니다.〉

긍정적 세계관도 유루없이 행간 속에 제시되어 있어, 그의 세계를 단숨에 파악할 수 있게 한다. 특히 거기에서 묘파되고 있는 부정적인 망국인 윤직원 영감은 일종의 편집광으로서, 「탁류」의 곱추 형보와 함께 한국 문학사에서 독특한 위치를 점유한다. 가해자의 입장에 서 있는 사디즘적 인물들인 그 두 인물은 발자크의 고리오 영감이나 보트랭에 필적할 만한 편집광들이다.

2 이상[128] 혹은 자아의 파산

이상은 태도의 희극comédie de l'attitude이라는 문학적 주제를 극한에 이르기까지 몰고 간 식민지 시대의 유일한 작가이다. 한 개인의 의식의 추이와 그것의 반영인 행위를 면밀하게 분석하고 그것이 타인에게 자기 자신을 정위(定位)시키려는 의식적인 태도의 희극이라는 것을 보여줌으로써, 그는 그가 속한 사회와 그 사회가 만들어 놓은 금기 체계와 그리고 그 금기체계 내에서 생존하지 않을 수 없는 일상인들을 다같이 부정한다. 그의 부정적 정신을 명료하게 보여주는 것이 대타(對他) 관계 혹은 타인과의 만남 rencontre이라는 문제이다. 그의 부정적 정신이 대타 관계에 집중되고 있다는 것은 그가 이광수의 자유연애론을 그 극한에서 이해하고 있다는 사실과 무관하지 않다.

---

128) 이상[본명 金海卿] : 1910-1937. 서울 출신. 1924년 보성고보 4년 편입. 1926년 경성고등공업학교 건축과 입학, 1929년 졸업. 조선총독부 내무국 기수로 근무. 1934년 시작품 발표. 1936년 ≪조선중앙일보≫에 「오감도」 연재. 1937년 소설 발표 시작. 1937년 도쿄에서 사망. 그의 작품은 1950년대에 비상한 주목의 대상이 된다. 1956년 고대문학회 편으로『이상전집』 간행. 그에 대한 논고로는 정명환, 「부정과 생성」,『한국인과 문학사상』(일조각, 1964); 김현, 「이상에 나타난 만남의 문제」,『존재와 언어』(가림출판사, 1964)를 볼 것.

이광수의 자유연애론은 정신과 육체가 혼연일치된 문명적 연애를 목표한다. 그것은 봉건주의적인 인간의 결합을 극복하려는 근대인의 한 몸부림이다. 그러나 그 자유연애론은 그것이 사회적인 반응을 크게 얻은 지 10여 년이 지나지 않아 벌써 비판의 대상이 된다. 이상이 비판하고 있는 것은 진정한 만남이란 과연 가능한 것일까라는 것과 연애니 결혼이니 하는 것은 서로가 서로를 사랑하고 있다는 거짓 신앙 mauvaise foi의 표현이 아닌가 하는 것이다.

1) 진정한 만남이란 가능한 것일까라는 질문은 관습이나 풍속을 파괴당한 자들이 부르짖는 최초의 질문이다. 자신이 거기에 의존하여 자신을 지킬 수 있는 금기(禁忌) 체계를 파괴당하면, 인간은 다른 인간과의 대화에 큰 고통을 느끼게 마련이다. 일정한 관습에 의해 서로 대화하고 서로를 이해하는 일이 그때에 불가능해진다. 거기에서 생겨나는 것은 우선적으로 회의와 불안이다. 회의는 상대방이 정말로 자기를 이해하고 있는가라는 것에 대한 회의이며 불안은 상대방이 자신을 속이고 있지 않은가 하는 것에 대한 불안이다. 이상의 경우에는 그 불안과 회의가 가장 가까운 타인인 아내와의 관계에서 생겨난다. 그는 그의 아내가 간음을 행하고 있는 것이 아닌가 항상 회의한다. 그때 그는 질문하고 〈고문한다〉.

「몇 번?」
「한 번」
「정말」
「꼭」
이래도 안 되겠다고 간발을 놓지 말고 다른 방법으로 고문을 하는 수밖에 없다.[129]

이십삼일 밤 열시부터 나는 가지가지 재조를 다 피워가며 연(姸)이를 고문했다.

이십사일 동이 훤하게 터올 때쯤에야 연이는 겨우 입을 열었다. 아 ―― 장구한 시간!

「첫번 말해라!」

「인천…… 어느 여관」

「그건 안다. 둘쩃번 말해라」

「……」[130]

그의 고문과 확인은 〈안해의 한 짓이 간음인가 아닌가 그것을 판정하기〉 위해서이다. 그 자신은 〈될 수 있으면 그것이 간음이 아니라는 결론이 나도록〉 그의 〈준엄 앞에 애걸하기까지〉[131] 한다. 그 회의와 고문과 확인의 심리적 축이 불안이다. 그는 끊임없이 자기의 아내가 자기를 속이고 있지 않나 불안해한다. 그의 불안은 그러므로 〈속히지〉나 않나 하는 불안이다.[132] 그의 아내는 그가 모르는 지문을 묻혀가지고 올 뿐 아니라 그의 추궁에서 벗어나기 위해 지문의 흔적을 없애도록 애를 쓴다. 〈아내는 외출에서 돌아오면 방에 들어서기 전에 세수를 한다. 닮아온 여러 벌표정을 벗어버리려는 추행이다.〉[133] 그러한 아내에게 그는 〈속고 또 속고 또또 속고 또또또 속았다.〉[134] 그렇다면 이상이 인간의 만남이라는 정당한 질문을 제기하였음에도 불구하고 그것을 〈속인다〉라는 행위로 간단하게 파악하게 된 이유는 무엇일까? 그것

---

129) 『이상전집 1』, 114쪽.
130) 같은 책, 74쪽.
131) 『이상선집』(백양당, 1949), 184쪽.
132) 정명환, 앞의 책, 354쪽.
133) 『이상전집 1』, 166쪽.
134) 같은 책, 270쪽.

은 이상이 아직까지도 19세기류의 봉건적 도덕 관념을 완전히 청산할 수 없었기 때문이다. 그는 간음한 아내는 버린다라는 철칙을 끝내 지키려고 애를 쓴다.[135] 그는 정조를 기성 관념으로 파악한 것이다. 기성 관념으로 정조를 파악하였기 때문에 그는 간음한 아내를 버리지만, 그 아내를 〈매음부처럼〉 취급, 같이 계속해서 산다는 태도의 희극을 보여주는 것이다.

2) 이상에게 만남은 속임을 의미한다. 그것은 그가 참된 만남을 믿지 않았다는 한 증거이기도 하다. 속임수로서의 만남은 나쁜 신앙, 다시 말해서 나쁜 자기 기만이다. 그의 소설의 주인공들 사이에 대화가 없는 것도 그런 자기 기만으로서의 만남을 그들이 계속하고 있기 때문이다. 그의 소설 속의 대화는 독백이 아닐 경우에는 대개 사디즘적인 변태 심리의 한 표현에 지나지 않는다.

① 우리 부부는 이야기하는 법이 없었다. 밥을 먹은 뒤에도 나는 말이 없이 그냥 부시시 일어나서 내 방으로 건너가 버렸다. 안해는 나를 붙잡지 않았다.[136]

② 「인제 또 만나뵙기 어려워요. 저는 내일 E하고 같이 동경으로 가요」 이렇게 아주 순량하게 도전하여 보았다. 그때 그는 아마 이 도전의 상대가 분명히 그 자신인 줄로만 잘못 알고 얼른 목아지 털을 불끈 일으키고 맞선다.

「그래? 그건 아주 섭섭하군. 그럼 내 오늘 밤에 기념스탐프를 하나 찍기로 하지」[137]

---

135) 『이상선집』, 183-186쪽.
136) 『이상전집 1』, 33쪽.
137) 같은 책, 57쪽.

위의 두 예는 이상적 인간 대화의 전범들이다. ①에서는 대화 자체가 기피되고 있으며 ②에서는 사디즘적인 변태 심리가 지배적이다. 그렇지 않을 경우엔 재치문답이다.

「사십삼 전인데」
「어이쿠」
「어이쿠는 뭐가 어이쿠예요」
「고놈이 아무 수로두 제(際)해지질 않는군 그래」
「소수(素數)?」
옳다.
신통하다.[138]

그런 침묵, 변태 심리, 재치 등의 극단이 주사(酒邪)이다. 〈접전수십합. 좌충우돌 정희의 허전한 관문을 나는 노사(老死)의 힘으로 딜이친다. 그러나 돌아오는 반발의 흥기는 갈 때보다도 몇 배나 더 큰 힘으로 나 자신의 손을 시켜 나 자신을 살상한다. 지느냐, 나는 그럼 지고 그만두느냐, 나는 내 마지막 무장을 이 전장에 내세우기로 하였다. 그것은 곧 주란(酒亂)이다.〉[139] 주란은 대화의 불가능성을 극단적으로 표상한다. 거기에 있는 것은 독백과 테러리즘뿐이다. 그것은 그의 자기 기만의 당연한 결론이다.

그렇다면 그는 어떻게 해서 그 자신을 사회와의 관련 아래서 파악하지 못하고 주란에 이르는 폐쇄적인 의식의 곡예로 자신을 희롱하게 되었을까? 거기에 대한 해답의 가능성을 그의 몇 문장들은 보여준다.

---

138) 같은 책, 124-125쪽.
139) 같은 책, 268-269쪽.

나는 몇 편의 소설과 몇 줄의 시를 써서 내 쇠망해 가는 심신 우
에 치욕을 배가하였다. 이 이상 내가 이 땅에서의 생존을 계속하기가
자못 어려운 지경에까지 이르렀다. 나는 여하간 허울 좋게 말하자면
망명해야겠다.[140]

아무리 그가 이 방 덧문을 첩첩 닫고 일년 열두달을 수염도 안 깎
고 누워 있다 하드래도 세상은 그 잔인한 관계를 가지고 담벼락을
뚫고 스며든다.[141]

위의 두 예는 이상의 주인공들의 결사적인 자기 폐쇄에도 불
구하고 그들이 사회와 은밀하게 연결되어 있음을 보여준다. 세상
은 그가 아무리 폐쇄적인 인간이라 할지라도 그 인간과 잔인한
관계를 유지한다. 〈친구, 가정, 소주, 치사스러운 의리〉[142] 따위의
관계, 그 관계는 그로 하여금 〈이 땅에서〉 더 이상 생존을 불가
능케 하여 망명해야겠다는 결심을 일으킨다. 어디로의 망명인가?
실제 생활에서는 그의 소설 곳곳에 드러나는 도쿄로의 망명이지
만 그의 내적 세계에서는 〈난마와 같이 갈피를 잡을 수 없는 얼
마간 비극적인 자기 탐구〉[143]이다. 더 신체의학적인 분석을 하자
면 그의 폐쇄적 비관주의는 폐병으로 인한 죽음에의 공포에서 생
겨난다. 그것을 빗대어서 표현하고 있는 것이 「실화(失花)」의 그
와 유정(兪政)과의 우정을 그리고 있는 한 삽화이다.[144] 그것 외에
도 그의 소설에 무수하게 나타나는 자살이라는 어휘가 그것을 또
한 웅변으로 입증한다. 〈상은 자살을 하고 싶다는 말을 되풀이함

140) 같은 책, 162쪽.
141) 같은 책, 190쪽.
142) 같은 책, 295쪽.
143) 같은 책, 253쪽.
144) 유정(兪政)은 (김)유정(裕貞)으로 읽을 것.

으로써 도리어 자살할 수 없는 자기의 조건을 재확인〉[145]하는 것이다.

이상의 문학사적 위치는 다음과 두 가지로 대별된다. 하나는 그가 부정적인 자기 폐쇄를 통해 정당하게 사회와의 통로를 차단당한 인간의 파산을 여실하게 보여주었다는 것이다. 주란으로 표시되는 그의 극단적 자기 폐쇄는 역설적으로 그러한 것을 가능하게 한, 아니 오히려 한 인간을 그렇게 억지로 만들어 버린 사회의 비건강성 insanity을 두드러지게 내보이는 것이다. 다시 말해서 그의 주란은 사회의 이상과 동질의 것이다. 그는 사회의 모순과 갈등을 그 자신의 그것으로 환치시켜 묘사한 최초의 작가이다. 그 대표작이 「날개」와 「지주회시(蜘蛛會豕)」이다. 둘째는 그의 다양한 실험 정신이다. 그의 다양한 실험 정신은 새 것에 대한 경사를 의미하는 것이 아니라 그가 표현되어야 할 것과 표현해야 하는 기교 사이에는 떼어낼 수 없는 긴밀한 관계가 있다는 것을 뚜렷하게 인식한 것을 나타낸다. 특히 지적인 재치와 심리주의의 도입은 그의 중요한 업적이다. 마지막으로 그에 관한 탁월한 연구를 남긴 정명환의 결론을 인용한다.

만일 이상을 시어의 개혁자라고만 본다면 그가 한국 문학에서 차지할 역할은 제한될 것이다. 그는 기껏해야 현대 시를 한국에 도입한 하나의 교량에 지나지 않으리라. 그러나 상은 부정과 더불어 시작된 현대 문학과 현대인을 성찰함에 있어서 〈동시대적〉 관심의 대상이 될 수 있는 작가이다. 이것은 그의 작품이 문학사적 의의를 넘어서는 것임을 말해 준다.[146]

---

145) 정명환, 앞의 책, 342쪽.
146) 정명환, 앞의 책, 364-365쪽.

3 박태원[147] 혹은 닫힌 사회의 붕괴

박태원의 소설 세계를 이루고 있는 기본 테마는 서울 서민층의 부침이다. 그 자신이 그 속에 포함되어 있는 서울 서민층의 식민지 치하에서의 변모를 그처럼 탁월하게 묘사한 작가는 없다. 같은 서울 생활을 그리고 있으면서도 박태원의 소설은 염상섭의 프티 부르주아지의, 혹은 부르주아지의 서울 세계보다도 초기 현진건의 우울한 서민층의 애환에 보다 가깝다. 박태원의 초기 단편들은 서울 서민층의 가난한 삶을 우울하게 묘파한다. 그가 관찰하고 묘사하고 있는 서민층은 대개 카페의 여급과 실직 인텔리로 대표된다. 식민지 치하에서의 서민층 몰락을 그는 여급을 통해 표상화하고 있으며, 지적 파탄을 실직 인텔리를 통해 묘파한다. 그가 묘파하고 있는 카페 여급은 대부분의 경우 극심한 생활고의 희생물이다. 그런 의미에서 그의 카페 여급 묘사는 안회남의 센티멘털한 카페 여급과 완연히 다르다. 「성탄제」에서 그는 생활고 때문에 어쩔 수 없어 카페에 나가 술을 치고 웃음을 팔고, 마침내 몸까지 망치는 한 집안의 두 딸을 그리고 있으며, 「길은 어둡고」에서 그는 〈아버지가 만주라든가 어데라든가로 도망가 버리고〉 젊은 어머니는 〈십 년이나 연초 공장에 다니다가, 이내 그 저주할 폐병을 얻어〉 돌아가 열여덟에 〈삶의 괴로움을〉[148] 맛보지 아니할 수 없게 된 한 여급을, 그리고 「비량(悲凉)」에서는 생활고 때문에 남편을 두고서도 몸을 파는 여급을 묘사한다. 그러한 여급의 비참상을 측면에서 날카롭게 보여주는 삽화가 「소

---

147) 박태원(丘甫·仇甫) : 1909-? 서울 태생. 경기제일고보, 일본 와세다대학 중퇴. 1930년 소설 「수염」으로 데뷔한 이래 작가 생활. 『천변풍경』, 『소설가 구보 씨의 일일』, 『약산과 의열단』, 『성탄제』 등의 작품집이 있다. 1933년 〈구인회〉 동인.
148) 『소설가 구보 씨의 일일』(문장사, 1938), 142쪽.

설가 구보 씨의 일일」에 나온다.

　　광교 모퉁이 카페 앞에서, 마침 지나는 그를 적은 소리로 불렀던
아낙네는 분명히 소복을 하고 있었다. 말씀 좀 여쭤보겠습니다. 여인
은 거의 들릴락말락한 목소리로 말하고, 걸음을 멈추는 구보를 곁눈
에 느꼈을 때, 그는 곧 외면하고 겨우 손을 내밀어 카페를 가리키고
그리고,
　　「이 집에서 모집한다는 것이 무엇이에요?」
　　카페 창 옆에 붙어 있는 종이엔 여급 대모집, 여급 대모집 두 줄
로 나뉘어 씌어 있었다. 구보는 새삼스러이 그를 살펴보고, 마음에
아픔을 느꼈다.[149]

　　상(喪)을 당한 아낙네가 생활고를 못 이겨 여급이 되려고 하는
과정을 그 삽화는 명백하게 보여준다. 대부분의 경우 그 아낙네
와 같은 과정을 거쳐 여급이 되었을 서민층의 여성은 가난한 사
회의 한 축도이다. 그것은 한국전쟁중의 창녀들과 비슷한 인간
유형이다. 서민층의 여인들이 생활고 때문에 여급으로 나가는 대
신, 남자들은 대부분 실직자 노릇을 감수한다. 「딱한 사람들」,
「거리」, 「비량」, 「전말」, 「소설가 구보 씨의 일일」 등은 실직자
인텔리들을 그 어느 작가보다도 정면에서 우수 어린 눈초리로
관찰하고 있다. 그 실직자들은 그 이유를 알 수는 없지만 공부를
하였음에도 불구하고 취직을 못 한다. 그들은 책을 팔거나 다른
물건들을 전당 잡히면서 살아나간다. 그들에게 남아 있는 것은
같이 실직해 있는 자에 대한 강한 연민감과 슬픔이다. 실직자들
사이의 연민감은 「딱한 사람들」에서 탁월하게 묘사된다. 책을 팔

---

149) 같은 책, 292쪽.

아 생긴 돈으로 산 담배 다섯 개의 행방을 끈덕지게 쫓아다닌 작가는 그 전날에 이어 그 날도 하루 온종일 밥을 먹지 못한 두 실직자들 사이의 연민감을 다음과 같이 묘파한다.

그러나 순구는 (중략) 아―― 아, 가만이 한숨짓고, 그대로 맨바닥에 가 누우려다, 진수는 문득 다시 일어나 오시레 문을 열었다. 한 개의 담배. 감추어 두었던 보배나 다시 끄내듯이 그는 그걸 소중하게 들고 자리로 왔다. 그리고 그가 그것을 두 손으로 용하게 꼭 절반을 내어가지고 그 한 토막을 순구 앞에 내밀며, 자아 담배나 태세. 그렇게 말하였을 때 그의 말과 또 그의 담배 든 손끝은 이상한 감격으로 떨렸다.[150]

그 연민감은 자신에 대한 슬픔의 다른 표현이다. 박태원의 소설 속에는 그러므로 울음이라는 말이 아주 빈번하게 나온다.

너마저 너마저……
영이의 좀 여윈 뺨 위를 뜨거운 눈물이 주울줄 흘러나렸다.[151]
(「성탄제」)

이틀째의 굶음과 흥분과 감격과 그리고 스스로를 매질하는 마음과 (중략) 어느 틈엔가 눈물이 두 줄 순구의 영양 불량으로 여위고 핏기 없는 뺨 위를 흘러내리려고 한다.[152] (「딱한 사람들」)

나의 가난이 마침내 그에게 조그마한 기쁨이나마 가져다주지 못하

---

150) 같은 책, 98쪽.
151) 같은 책, 16쪽.
152) 같은 책, 84쪽.

였던 것을 생각해 내었을 때 어느 틈엔가 나의 뺨 위를 두 줄 눈물이 소리도 없이 흘러내리고 있었다.[153] (「전말」)

문득 그렇게도 적막하였던 나의 전 생애를 돌아보았을 때 모든 회상은 내 가슴속에 울음을 자아내었고.[154] (「거리」)

오오 가엾은 어머니.
향이의 눈에 저도 모르게 눈물이 고인다.[155] (「길은 어둡고」)

그리고 승호는 한바탕 껄껄대고 웃으려 한 것이, 나온 것이 뜻밖에도 울음으로, 술집 주인과 또 아이가, 어리둥절한 채, 잠깐 동안은 어찌할 바를 모르게시리, 그는 쉬지 않고 뺨 위를 흘러내리는 눈물을 씻으려고도 안하고 엉엉 소리조차 내어, 오직 울었다.[156] (「비량」)

그 슬픔은 그러나 단순하게 자기 개인에 대한 그것만으로 한정되지 않는다. 그것은 타인의 가난과 결국은 식민지 치하의 조국의 가난에 대한 슬픔으로 확대되어 나간다. 〈뿐만 아니라 그는 이제까지 온갖 고난과 싸워오는 동안 자기에게도 지지 않게시리, 혹은 좀 더하게시리 가여운 사람들을 알았다. 또 그러한 사람들이 이 세상에는 얼마든지 있다는 것도 알았다〉[157]라는 한 여급의 각성은 「소설가 구보 씨의 일일」에서는 주인공의 조국 인식으로 나타난다. 〈가난한 소설가와, 가난한 시인과 (중략) 어느 틈엔가 구보는 그렇게도 구차한 내 나라를 생각하고 마음이 어두웠다.〉[158] 박태

153) 같은 책, 110쪽.
154) 같은 책, 131쪽.
155) 같은 책, 143쪽.
156) 같은 책, 193쪽.
157) 같은 책, 143쪽.

원의 초기 단편들에 나타난 서울 서민층의 가난과 그것으로 인한 슬픔 — 울음은 그의 확대된 현실 인식으로 식민지 치하의 서울 서민층의 붕괴 현상을 극명하게 묘사할 수 있는 힘을 그에게 부여한다. 그러한 그의 현실 인식이 탁월하게 드러나 있는 작품이 「천변풍경(川邊風景)」이다. 50개의 삽화를 재치있게 연결시킴으로써 한 편의 거대한 풍속화를 만들어 내고 있는 「천변풍경」은 서울 서민층의 한 뛰어난 보고서이다. 거기에서 그는 여인네들의 집합소인 청계천 빨래터와 사내들의 집합소인 이발소를 주무대로 식민지 치하의 서울 서민층의 부침을 객관적으로 묘사한다. 객관적으로 묘사한다는 것은 그의 슬픔 — 울음을 극력 감추고 소설을 쓰고 있다는 진술이다. 그는 그곳에서 식민지 치하의 서울 서민층의 입장에서 보는, 축첩·결혼·선거·직업관들을 정밀하게 묘사한다. 그럼으로써 그는 결국 정체되어 있는 인물군들의 희화스러운 행동들을 독자들의 정면에 내보여 준다. 그리고 검열 때문에 더욱 논리적으로 전개할 수는 없었겠지만 서울 서민층의 몰락이 〈시절〉과 밀접한 관계가 있음을 암시적으로 시사한다.

「그래 으떻거다 그렇게 됐나유? 그래 뭣에 실팰 봤나유?」

「……」

「으떻거다 그러긴…… 그것두 다아 말하자면 시절 탓이지. 그래, 이십 년두 전에 장사를 시작해서 한 십 년 잘해 먹던 것이, 그게 벌써 한 십 년 될까? 고무신이 생겨나고 내남직 할것없이 모두들 싸고 편한 통에 그것만 신으니, 그래 징신 마른 신이 당최에 팔릴 까닭이 있어? 그걸 그 당시에 으떻게 정신을 좀 채려가지구서, 무슨 도리든 지간에 생각해 냈드라면 그래두 지금 저 지경은 안 됐을걸…… 들어

---

158) 같은 책, 284쪽.

오는 돈이야 있거나 없거나 그저 한창 세월 좋을 때나 한가지루, 그 대로 살림은 떠벌린 살림이니 그 온전하겠우」[159]

한 여인의 입을 통해 진술되고 있는 이 판단은 일본 물품의 공세에 밀린 토산품의 몰락 과정과 서울 서민층의 비적응성을 날카롭게 지적하고 있다.

그 외에도 「천변풍경」은 몇 가지 점에서 주목을 받을 만하다. 하나는 서울 토박이의 깍쟁이 근성과 텃세 묘사이며, 또 하나는 박태원이 은연중에 결혼의 전제 조건으로 내세우고 있는 자유연 애이다. 서울 토박이의 깍쟁이 근성과 텃세는 「시골서 온 아이」 라는 세번째 삽화 속에 유머러스하게 묘사되어 있다. 그의 자유 연애에 대한 경사는 그의 스승인 이광수의 압도적인 영향 때문 인 것으로 판단된다. 소위 구식 결혼[160]이라고 알려져 온 것을 은근히 비난하는 그가 연애 결혼에만은 은연중에 찬사를 보낸다. 그의 「천변풍경」 중에서 그가 유일하게 긍정적으로 그리고 있는 인물이 바로 연애 결혼을 한 한약방집의 큰아들 내외이다. 그들 에 대해서는 등장 인물 전부가 은근히 호감을 표시하고 있음도 지적해야 될 것이다.

아들 내외의 행복에 대해서는 객적게, 남들은, 또 말들이 많아, 〈연애를 해서 혼인했던 사람들이 더 새가 나쁘드군〉 (중략) 그러한 말을 하는 사람도 더러 있었으나, 그들의 사랑은 정말 진실한 것인 듯싶어, 흔히 〈신식여자〉라는 것에 대하여 공연히 빈정거려 보고 싶 어하는 동리의 완고 마누라쟁이들로서도, 이제는 방침을 고쳐, 도리

---

159) 『천변풍경』(박문출판사, 1938), 9쪽.
160) 그중의 한 삽화인 「경사」는 구식 결혼을 자세히 묘사하고 있다. 거기에는 또한 카페 여급과의 결혼 문제도 제기되어 있다.

어 그들 젊은 내외를 썩 무던들 하다고, 그렇게 뒷공론이 돌게 된 것
은 퍼그나 다행한 일이라 하지 않을 수 없다.[161]

식민지 치하의 가난을 극복할 방안을 제시하지 못하고 있는
작가가 풍속적인 면에서는 자유연애를 은근히 주장하고 있는 것
은 서울 서민층의 폐쇄성과 칩거성을 그것으로나마 극복해 보려
한 조그만 의지의 소산이라고 판단하지 않을 수 없다.

「딱한 사람들」, 「비량」, 「진통」 등의 뛰어난 단편과 「소설가
구보 씨의 일일」이라는 중편과 그리고 「천변풍경」이라는 장편을
남기고 있는 박태원은 그의 계속적인 문체 탐구로 문학사적인
중요성을 또한 획득한다. 그의 문체 탐구는 다음과 같은 여러 유
형으로 나눌 수 있다.

1) 전단, 광고 등의 대담한 삽입――「딱한 사람들」의 신문광
고, 「피로」의 광고판.

2) 행갈이로 인한 서정성 획득――긍정적 인물을 그린 그의
거의 유일한 작품인 「5월의 훈풍」은 한 문장을 한 단락으로 하
여 각 문장을 다 행갈이하여 산뜻한 서정성을 획득하고 있다.

3) 장거리 문장의 시도[162]――「거리」, 「진통」에서 그는 대개
백 자가 넘는 긴 문장을 애용하고 있다. 특히 「진통」의 경우, 어
떤 문장은 두 페이지 이상을 넘어가고 있다. 그 긴 문장을 살리
고 있는 것이 정확한 콤마의 사용이다. 그의 문장에서 콤마는 주
인공의 심리 추이에 적절하게 대응하여 사용된다.

4) 중간 제목의 중요성――그는 한 편의 소설 속에서 독자들
의 주의를 환기시키고 싶은 대목은 중간 제목을 달아 다른 활자
호수로 그것을 강조한다. 「진통」, 「길은 어둡고」, 「딱한 사람들」

161) 『천변풍경』, 39쪽.
162) 이태준의 평언(評言).

따위가 그렇다.

5) 그의 소설에는 이상(李箱)의 그것과 마찬가지로 한자가 바로 지문에 사용되고 있다. 그것은 별로 뜻이 없는 것으로, 일본 문장의 영향 때문이리라 판단된다. 물론(勿論), 역시(亦時), 대(對)한 등의 한자 남용은 오히려 눈에 거슬릴 지경이다.

그의 문체 탐구에서 가장 주목해야 될 것은 긴 문장에서의 콤마 사용이다. 그것은 그의 문장을 염상섭의 긴 비판 문장과 다르게 만든 기본적인 요소이다. 그것을 통해 그의 문장은 감각적 탄력성을 얻고 있다.

4 김유정[163] 혹은 농촌의 궁핍화 현상

김유정의 소설적 관심의 대상을 이루고 있는 것은 농촌이다. 그 자신이 농촌 출신이었기 때문이겠지만 그의 농촌 점묘는 그 누구보다도 탁월하다. 그의 초기 소설들은 주로 목가적인 사랑을 취급하고 있다. 그의 초기의 몇몇 걸작들, 「동백꽃」, 「봄봄」, 「산골」 등이 보여주고 있는 농촌 세계는 농촌 청년들의 그것이다. 그렇기 때문에 거기에는 탄력과 활기가 넘쳐난다. 대개가 지주집 자식과 종의 사랑이라는 계층적 대립을 다루고 있으면서도, 그의 초기 단편들에는 살벌한 증오심 대신에 유머가 가득 차 있다. 그 유머는 고전 소설들에서 흔히 볼 수 있는 그런 유머이며 그것이 그를 전통과 굳게 결부시키고 있다. 「동백꽃」의 점순과 나, 「산

---

163) 김유정 : 1908-1937. 강원도 춘성군 출신. 부농. 1923년 휘문고보 입학. 1927년 연희전문 문과 입학. 1928년 중퇴. 1936년 늑막염을 앓기 시작. 1932년 실레 마을에서 야학. 1932년 금병의숙 설립. 조카 영수와 동료 조명희 등과 문맹 퇴치 운동. 1935년 ≪조선일보≫에 「소나기」 당선. ≪중앙일보≫에 「노다지」 당선.

골」의 이쁜이와 도련님, 「봄봄」의 점순과 나는 있는 집의 자식과 종의 자식이라는 신분을 떠나 청춘 속을 부유한다. 물론 계층 대립이라는 관념이 없는 것은 아니지만, 그것이 작품의 주조를 이루지는 못한다. 기껏 표현된 것이 〈왜냐하면 내가 점순이하고 일을 저질렀다가는 점순네가 노할 것이고, 그러면 우리는 땅도 떨어지고 집도 내쫓기고 하지 않으면 안 되는 까닭이었다. 그런데 이놈의 계집애가 까닭없이 기를 복복 쓰며 나를 말려죽이려고 드는 것이다〉라는 따위이다. 그의 초기 농촌 점경들은 그러므로 결혼—연애라는 개화 초기의 중요한 풍속적 문제의 한 변형이다. 그래서 그의 소설을 〈늘 평화로운 피리 소리로만 충만해 있는〉 아르카디아의 문학이라고 평가하는 문학사가도 생겨난다.[164] 그러나 그의 후기 작품들은 그의 초기 작품들의 목가적 세계를 벗어난 뛰어난 현실 인식을 보여준다. 그는 농촌 청년들의 연애담에서 농가의 비참상으로 눈을 돌리기 시작한 것이다.

식민지 치하의 농촌 풍경은 그에 의하면 다음의 몇 가지로 대별된다. 1) 노름. 그가 그리고 있는 노름은 그러나 이기영의 「서화(鼠火)」에서 보이는 도식적인 해결을 전제로 한 그것이 아니다. 그것은 빚에 몰린 농민들의 마지막 자포자기의 형태이며, 거기에는 어떤 출구도 마련되어 있지 않다. 그런 것을 그는 「만무방」에서 감동적으로 묘사해 보여준다. 2) 수탈. 대부분 소작농들인 빈농들은 추수 때에도 일만 죽도록 하고, 아무것도 남기지 못한다. 거의 완벽한 수탈이다. 〈한 해 동안 애를 졸이며 홀자식 모양으로 알뜰히 가꾸던 그 벼를 거둬들임은 기쁨에 틀림없었다. 꼭두새벽부터 엣, 엣 하며 괴로움을 모른다. 그러나 캄캄하도록 털고 나서 지주에게 도지를 제하고, 장리쌀을 제하고, 색초를 제

164) 김우종, 『한국현대소설사』(선명문화사, 1968), 266쪽.

하고 보니 남은 것은 등줄기를 흐르는 식은땀이 있을 따름. 그것은 슬프다 하기보다 끝없이 부끄러웠다.)[165] 그러니 농촌에 사람들이 남아 있을 까닭이 없다. 3) 매춘. 그의 후기 단편들의 한 주제를 이루는 것이 바로 가난으로 인한 매춘이다. 정상적인 삶을 영위할 수 없을 때 그의 소설 속의 인물들은 아무런 회의 없이 그의 아내를 판다. 「소나기」에서는 2원 때문에 몸을 팔며, 「가을」에서는 정식으로 계약서를 쓰고 아내를 판다. 그러나 그런 매춘 행위에 대해서 팔리는 아내나 파는 남편이나 다같이 아무런 회의도 표시하지 않고 있다. 〈「인제 가봐」 하다가 바로, 「곧 와응?」 하고 남편은 2원을 고히 받고자 손색없도록, 실패 없도록 아내를 모양내 보냈다.)[166] 〈「영득 어머니! 잘 가게유」 「아재 잘 기슈」 이 말 한마디만 남길 뿐 그는 앞장을 서서 사탯길을 살랑살랑 달아난다. 마땅히 저 갈 길을 떠나는 듯이 서둘며 조금도 섭섭한 빛이 없다.)[167] 김유정의 소설에 나오는 매춘은 그러나 김동인의 「감자」의 그것과 다르다. 김동인에게는 쾌락에의 욕구라는 내적 가능성이 미리 전제되어 있지만, 김유정에게는 그것이 없기 때문이다. 4) 일확천금에의 꿈. 극심한 수탈과 가난은 김유정의 주인들을 환상 속으로 몰고 간다. 그것은 일확천금에의 꿈이다. 「금 따는 콩밭」에서 영식은 금을 캐기 위해 콩밭을 파헤쳐 버리며, 「연기」에서는 똥이 금으로 바뀌어 보이기까지 한다. 그러나 그의 주인공들의 꿈은 언제나 꿈으로 끝나 버리고 만다.

그의 소설은 비화해적 세계를 다루고 있다. 그의 소설에서 화해적 결말로 끝나는 소설은 아주 드물다. 하나의 소설적 트릭도 없이 있는 세계를 그대로 내보임으로써, 그는 그 어떤 작가보다

---

165) 『신한국문학전집 10』(어문각, 1974), 259쪽.
166) 같은 책, 278쪽.
167) 같은 책, 321쪽.

도 식민지 치하의 농촌의 궁핍상을 여실하게 묘파해 낸다.

5 기타 작가들

채만식·이상·박태원·김유정 외에 식민지 시대 후기에 활동한
산문 작가로 주목을 요하는 작가들이 몇 있는데, 이태준·김남천
등이 그들이다. 간략하게 그들의 작품 세계를 보이면, 다음과 같
다.

1) 이태준[168] —— 이태준은 봉건주의적인 풍속과 악랄한 식민
지 수탈 정책이라는 이중의 중하를 감당한 폐쇄 사회에서, 그곳
을 극복하려는 아무런 의지도 내보이지 못한 패배주의적인 인물
을 즐겨 그린 작가이다. 그가 자신의 정치학을 개진하지 못하고,
사회의 압력을 그대로 받아들이게 된 것은 거의 대부분이 그의
딜레탕티즘 때문이다. 그의 딜레탕티즘을 선비 기질이라고 표현
하고 있는 비평가들도 있으나, 그것은 선비 기질과 딜레탕티즘을
혼동한 결과이다. 그의 딜레탕티즘은 개인의 안위와 골동품에 대
한 기호심의 소산이며, 지조나 이념을 그 기반으로 하고 있는 선
비 기질과 판연히 다르다. 그의 딜레탕티즘을 잘 나타내고 있는
몇 예를 들면 다음과 같다.

① 내가 저녁 때 집에 들어서니까 웬 보지 않던 아낙네가 마당에
풍노를 내다놓고 얼굴이 이글이글해서 불을 불고 있다. 그 연기가 가
주 모종낸 활련밭에 서리는 것을 보고 나는 마침 사랑으로 나오는

---

168) 이태준〔尙虛〕: 1904-? 북만주와 러시아의 접경 근처에서 유년 시절을 보
내고, 부친 사망 후 철원 근처의 시골에서 성장. 1935년 ≪중앙일보≫ 학예
부장. ≪문장≫지 발행. 그에 대한 논고로는 최재서, 「단편작가로서의 이태
준」, 『문학과 지성』을 볼 것.

안해더러,

「거 누구유? 누군데 하필 화초밭에다 대고 연길 불어?」
물었다.[169]

② 장정 고운 신간서에처럼 호기심이 일어났다.[170]

③ 새 양봉투 같은 깨끗한 이마에 눈결은 누여쓴 영어글씨같이 채
근하다.[171]

④ 나는 와서 울고 나는 혼자 절망하였다. 세상에 만나고 싶은 사
람이 하나도 남지 않고 없어져 버린 내 외로움! 나는 더 더럽히기
전에 내 가슴을 내 손으로 갈르고 내 고독한 순정을 맑고 넓은 허공
에 날려버리려는 것이다.[172]

①은 새로 들어온 식모가 불을 붙이고 있는 장면을 그린 것인
데, 작가 자신의 화초벽이 그대로 드러나 있다. ② ③의 예는 젊
은 여인을 묘사하고 있는 글인데, 거기에서 그는 모던한 것으로
양봉투, 신간서, 영어글씨를 차용하고 있다. 〈장정 고운〉이라는
표현에서 그의 기호의 한 부분을 짐작할 수 있다. ④는 작가의
심리 상태를 아주 잘 보여주는 대목이다. 그가 나라는 일인칭으
로 그 자신을 그리지 않을 때 흔히 쓰는 현이라는 주인공이, 그
가 사랑하는 여인이 돈 애기를 했다고 보낸 절교 편지의 한 대
목이다. 돈을 불결한 것으로, 그리고 연애를 깨끗한 것으로 보는

169) 『가마귀』(한성도서, 1937), 4쪽.
170) 같은 책, 65쪽.
171) 같은 책, 65쪽.
172) 같은 책, 95쪽.

치기만만한 견해가 거기에 피력되어 있다. 그런 작가를 종합해서 보여주는 대목이 그의 「장마」에 나온다. 〈면도날을 꺼내보니 녹이 슬었다. 여럿이 쓰는 물건 같으면 또 남을 탓했을는지 모르나, 나 혼자밖에 쓰는 사람이 없는 면도칼이라, 녹이 슨 것은 틀림없이 내 물기를 잘 닦지 못하고 둔 때문이다. 녹을 벗기려면 한참 갈아야 되겠다. 물을 떠오너라. 비누를 좀 내다우. 다 귀찮은 노릇이다.〉[173] 그의 딜레탕티즘은 일상적이고 비속한 것을 다 귀찮은 것으로 치부케 하고, 비일상적이고 〈고운〉 것만을 애호할 만한 것으로 생각게 한다. 거기에서 그의 주인공들의 생활에서의 패배가 연유한다. 「가마귀」, 「불우선생」, 「복덕방」, 「우암노인」 등의 그의 대표작들은 거의 전부 일상적인 사소한 것들에 복수당하는 패배적 인간을 그리고 있다. 변화해서는 현실에 적절하게 대응하지 못하고 과거에 대한 추억에만 매달려 있는 〈회의주의적이며 감상주의적이며 패배주의적인〉[174] 인물들이 그의 인물들이다. 그래서 그들은 변화하는 사회에 대해서는 시니시즘으로, 인생에 대해서는 아이러니로, 대인 관계는 페이소스로 대처해 나간다. 그들은 발전하는 역사를 믿지 않은 것이다. 그가 개인 문장, 예술 문장이라고 부른, 플로베르에게서 온 것이 분명한 산문에서의 그의 일사일언문장(一事一言文章) 역시 채만식·이상·박태원의 강렬한 탐구 문장과 비교할 때 지나치게 감상적이다.

2) 김남천[175] ─── 김남천의 문학적 활동은 그의 「고발문학론」과, 카프 해산 이후에 거기에 소속되어 있었던 사람들의 그 이후

---

173) 같은 책, 148쪽.
174) 김우종, 앞의 책, 241쪽.
175) 김남천(본명 孝植) : 1911-1953. 평남 성천 태생. 평양고보 졸업. 도쿄 와세다대 중퇴. 1931년 「공장신문」, 「공우회」 등을 발표. KAPF 제3전선파. 《중앙일보》 기자. 비평가로 활동하다가 1937년 이후 창작에 주력. 「대하」, 「맥」, 「소년행」, 「3·1운동」 등이 있다.

의 처신에 대한 단편 소설로 널리 알려져 있다. 그러나 그의 작가로서의 면모를 명확히 드러내고 있는 것은 일본의 아시아주의의 허구성을 전향자 애인의 눈을 통해 비판하고 있는 「경영」·「맥(麥)」의 연작 소설과 개화기의 봉건 사회 해체 과정을 그린 「대하(大河)」이다. 김남천은 식민지 치하에서 일본의 아시아주의가 갖는 허구성을 파헤치려고 애를 쓴 작가이다. 그의 그런 태도를 분명하게 보여주고 있는 것이 「경영」과 「맥」이라는 연작 소설이다. 그는 거기에서 1930년대 후반에 물밀듯이 쏟아져 들어온 일본 제국주의의 대동아공영권 예찬을 음험하게 비난한다. 그는 거기에서 살아나가기 위해 일본의 식민지 사관에 동의해 버린 한 전향자를 부주인공으로 내세운다. 그 부주인공은 〈구라파적인 세계사가들이 발판으로 했던〉 세계 일원론(一元論)의 사관을 비판하고 동양과 서양을 이원론적으로 나누어서 생각하지 않으면 안 된다는 다원적 세계관을 피력한다.[176] 식민지 치하가 아니었다면 민족주의적인 발언으로 이해할 수도 있었을 그의 그 진술은 식민지 치하에서는 친일적인 발언 이외의 아무것도 아니다. 아시아에서는 일본을 중심으로 모든 약소 국가들이 뭉치지 않으면 안 된다는 일본 사상 선전가들의 소론을 그것은 반복하는 것 이외에 다른 아무것도 아니기 때문이다. 그러므로 식민지 치하에서의 그런 발설은 일종의 순응주의의 한 표현이다. 그것은 그로 하여금 나치즘까지를 예찬하게 만든다. 그가 재판장에서 행한 그 자신의 변론의 결론은 이렇다. 〈하이덱겔이 일종의 인간의 검토로부터 히틀러리즘의 예찬에 이른 것은 퍽 감명을 주었습니다.〉[177] 그러나 김남천의 식민지 사관 비판은 물론 일제 치하라는 것을 감안한다 하더라도 그 이상 발견되지 못하고 만다. 그것

---

176) 『맥』(을유문화사, 1947), 139쪽.
177) 같은 책, 234쪽.

이 초기의 그의 몇 편의 작품들에 나타난 감상주의 때문에[178] 그렇게 된 것인지, 아니면 그가 탐구를 포기해 버렸기 때문에 그렇게 된 것인지에 대해서는 판단을 내릴 수가 없다. 그는 「경영」, 「맥」 외에 봉건 사회의 몰락 과정을 그린 「대하」를 발표하고 있는데, 애석하게도 그것은 끝을 맺지 못한 작품이다. 미완이긴 하지만 그러나 「대하」는 세태 소설류에서는 주목할 만한 작품이다. 거기에는 한설야의 「탑」에서 볼 수 있는 자전적 요소의 과장된 나열이 없고, 박형걸이라는 한 인물의 심리적 갈등이 비교적 무리 없이 그려지고 있다.

제9절 한국어의 훈련과 그 의미

식민지 후기의 한국 시는 김소월, 한용운, 이상화의 시적 공간을 전통으로 흡수하고 일제의 악랄한 식민지 정책에 대응할 수 있는 예술적 구조를 획득하는 그러한 폭넓은 문제와 부딪친다. 그러나 식민지 후기의 한국 시는 그것이 그러한 문제에 성실하게 대답했다는 것을 보여주지 않는다. 일제의 악랄한 검열 제도와 우민화 교육정책 때문이겠지만, 상상력의 자유로운 일탈이 꽉 막혀버렸기 때문에 식민지 후기의 한국 시는 깊이 있는 시를 창조하지 못한다. 이미지즘의 영향을 받아 시를 회화적인 측면에서 접근하려 하는 경향과 재래적인 운율에 집착하여 시의 음악성을 고집하는 경향 외에 자신의 내적 고통을 외적 현실에 투사시키고, 외부의 정경을 자신의 내적 경험으로 환치시키는 어려운 시인을 식민지 후기의 한국시는 거의 보여주지 않는다. 식민지 치

---

178) 「오디」를 보면 그의 감상주의의 정체를 알 수 있다.

하의 독자들에게는 소개되지 않았지만 해방 후에 그 시집이 발간되어 비상한 주목의 대상이 된 윤동주가 어느 정도까지 그러한 작업을 수행했을 따름이다. 특히 김기림의 모더니즘은 현대의 여러 메커니즘을 지성이라는 이름 아래 피상적으로 관찰하는 나쁜 버릇을 만듦으로써 깊이 있게 사물을 관찰하고 그것을 인간의 보편적 경험과 결부시키려는 노력을 오히려 희화화한다. 그래서 지성이 재치와 동일시되고 고통은 기피되어야 할 감정적 누습이 되어버린다.

식민지 후기의 한국 시에서 또 하나 주목되어야 할 시적 노력은 시조 부흥론이다. 시조의 파괴와 그것을 대치할 수 있는 새로운 정형시의 탐구라는 어려운 작업에 대한 하나의 반동으로서 주로 중인(中人) 지식 계층에 의해 명맥을 이어온 시조는 일본 식민지주의에 대항하여 한국적인 것을 발굴하고 지킨다는 명목 아래 식민지 후기에 한국 지식인들의 비상한 관심의 대상이 된다. 그러나 그 관심을 정당하게 예술적 차원으로 끌어올린 것은 이병기에 의해서이다. 그에 의해서 지적 제스처에 불과하던 시조가 독특한 예술적 가치를 다시 획득한다.

식민지 후기의 운문 작업에서 기록할 만한 업적을 남긴 시인은, 시의 회화성에 집착하였다가 점차로 종교적인 무욕의 세계에 침잠하게 된 정지용과 자신의 내적 고뇌를 이상향에 대한 깨끗한 정열로 치환시킨 윤동주, 그리고 시조를 다시 예술적 차원으로 끌어올린 이병기이다. 그 세 시인 외에 시의 회화성에 끝내 집착한 김광균과 재래적인 미감을 버리려고 하지 않은 김영랑 그리고 백석·이용악을 추가할 수 있다.

1 정지용[179] 혹은 절제의 시인

정지용은 감정의 절제를 가능한 한도까지 감행해 본 한국 최초의 시인이다. 그 이전의 거의 모든 시들이 한탄, 슬픔 등의 감정적 표현으로 가득 차 있는 것에 대한 하나의 저항으로 그의 시는 시작한다. 그의 시에는 그러므로 감정의 생경한 노출이 거의 보이지 않는다. 그의 초기 시에 보이는 것은 엄격한 감정 규제이다. 그의 초기의 시적 이상은 〈유리 같은 유령이 되어/뼈만 앙상하게 보여주는 것이다.〉 그의 아이의 죽음을 노래한 「유리창 1」에서도 슬픔은 〈뼈만 앙상〉하게 보인다.

> 유리에 차고 슬픈 것이 어린거린다.
> 일없이 붙어서서 입김을 흐리우니
> 길들은 양 언날개를 파닥거린다.
> 지우고 보고 지우고 보아도
> 새까만 밤이 밀려나가고 밀려와 부딪치고
> 물먹은 별이 반짝 보석처럼 백힌다.
> 밤에 홀로 유리를 닦는 것은
> 외로운 황홀한 심사이어니
> 고운 폐혈관이 찢어진 채로
> 아아, 너는 산ㅅ새처럼 날러갔구나![180]

---

179) 정지용 : 1903-? 충북 옥천읍 계전 태생. 1923년 휘문고보 졸업. 1929년 교토 도지샤(同志社)대 영문과 졸업. 이어서 휘문서 교원. 이전(梨專) 문과 교수 역임. ≪문장≫에 가람과 더불어 시 추천위원. 카톨릭 신자. 한국전쟁 이후 행방불명. 시집으로는 『정지용 시집』(1935), 『백록담』(1941), 수필집으로는 『산문』(1948)이 있다.
180) 『정지용시집』(시문학사, 1935), 15쪽.

아이를 〈산ㅅ새처럼 날려〉 보내고, 밤에 유리창 앞에 서 있는 시인의 정경이 아름답게 묘파되어 있는 이 시는 〈차고 슬픈 것〉, 〈외로운 황홀한 심사〉 따위의 감정의 대위법에 의해 생경한 감정을 완전무결하게 감추고 있다. 슬픈 것과 아름다운 것, 쓸쓸한 것과 황홀한 것을 대립시키는 그의 시작법은 시평가들에 의해 감각의 단련이라는 지적을 받는다. 초기의 그는 〈눈물을 구슬같이 알고 지어라도 내려는 듯하든 시류에 거슬려서 많은 많은 눈물을 가벼이 진실로 가벼이 휘파람을 불며 비누방울 날리〉[181]는 것이다.

어떻게 해서 그가 슬픔을 비누방울 날리듯 가볍게 날릴 수 있게 되었을까라는 질문에 대답하는 것은 쉬운 일이 아니다. 그러나 그 질문에 대해서는 몇 개의 가정을 내세울 수가 있다. 첫째는 그것이 그의 성격 때문이라는 가정이다. 그는 깨끗하고 완벽하지 않은 것에 대해서 본능적인 혐오감을 갖고 있다. 파라솔을 노래하면서도 그는

구기어지는 것 젖는 것이
아조 싫다.[182]

라고 단정적으로 진술한다. 구기어지는 것이나 젖는 것에 대한 혐오는 순결벽의 한 증세이다. 그의 눈에 비친 모든 것은 맑고 투명하고 완벽한 것이다. 그렇기 때문에 그가 선택하는 색깔 역시 흰색 아니면 원색인데, 그의 흰색에 대한 경사는 거의 병적일 정도이다. 감상주의에 대한 그의 기피증 역시 그것이 병적인 것이기 때문이다. 〈감상주의가 구태여 병이랄 것은 없으나 정신의 강장한 상태는 아니다. 극히 희박한 정도로 광증에 속하는 것이

---

181) 박용철, 「발」, 같은 책, 발문 156쪽.
182) 정지용, 『백록담』(백양당, 1946), 69쪽.

다.)[183] 그런 의미에서 그는 고전주의적인 인물이다. 감정의 과다
한 자기 노출을 될 수 있는 한 억제하고 자신을 잘 규제하여 절
도 있게 사물을 인식하려는 노력은 고전주의의 한 본질이다.[184]
그러나 그의 고전주의는 비극적 고전주의이다. 모방의 대상이 없
는 고전주의이기 때문이다. 그래서 그는 흄과 마찬가지로 물질의
반죽 상태를 무시하고 사물의 조소성(彫塑性)에 굳게 매달린다.
그가 이미지즘으로 기운 이유이다. 둘째로는 그것이 식민지 현실
에 대한 그의 날카로운 인식 때문이라는 가정이다. 일반적으로
그의 시는 현실과 아무런 관련을 맺고 있지 않은 유희의 시라고
말해지고 있다. 그러나 「카페 프란스」, 「슬픈 인상화」, 「고향」 등
은 그의 현실 인식이 소박한 것이 아니었음을 밝혀 보여준다.

① 나는 자작의 아들도 아무것도 아니란다.
　南달리 손이 히여서 슬프구나!

　나는 나라도 집도 없단다
　대리석 테이블에 닿는 내뺨이 슬프구나!
　오오, 이국종 강아지야
　내발을 빨아다오
　내발을 빨아다오[185]

② 아아, 애시리 황
　그대는 상해로 가는구려……　　　　　　──「카페 프란스」

---

183) 정지용, 『산문』(동지사, 1949), 121쪽.
184) 〈그런데 지용은 고전주의 시인이라고 할 수 있어요. 절제라는 것이 지용
　　시의 특색의 하나가 되어 있거든요. 게다가 영미 시인들의 이미지즘과 비슷
　　한 데도 있어요〉(김종길, 「단절이냐 집합이냐」, 《사상계》 1962. 5).
185) 『정지용시집』, 47쪽.

자신이 소시민이며, 백수(白手)의 인텔리이며, 망국인이라는 자각은 상해로 가는 여인에게 찬탄 섞인 한숨을 내쉬게 하며, 〈이국종 강아지〉를 조롱케 한다. 그런가 하면 고향에 대한 남다른 애착을 표현케 한다. 그의 시의 대부분이 바다와 여행을 다루고 있는 것도 식민지 치하의 폐쇄성에 대한 한 저항으로 볼 수도 있다. 물론 그는 소시민이기 때문에 한용운과 같이 피 묻은 깃대를 세우지는 못한다. 그러나 그 자신은 일본 제국주의의 압력 아래 한국어를 고수한다는 것이 무엇을 의미하는가 하는 것 정도는 명확하게 깨달은 시인이다.

위축된 정신이나마 정신이 조선의 자연풍토와 조선인적 정서 감정 최후로 언어 문자를 고수하였던 것이요, 정치감각과 투쟁의욕을 시에 집중시키기에는 일경의 총검을 대항하여야 하였고, 또 예술인 그 자신도 무력한 인텔리 소시민층이었던 까닭이다.
그러니까 당시 비정치성의 예술파가 적극적으로 무슨 크고 놀라운 일을 한 것이 아니라 소극적이나마 어찌할 수 없는 위축된 업적을 남긴 것이니 문학사에서 이것을 수용하기에 구태여 인색히 굴 까닭은 없을까 한다.[186]

감각적 어휘 밑에 교묘하게 숨겨져 있는 식민지 현실 인식은 그로 하여금 바다와 여행에 애착을 느끼게 하지만, 그의 소시민성 때문에 그것에 깊은 의미를 부여하지는 못한다.[187] 셋째로는 그것이 모더니즘의 영향 때문이라는 가정이다. 실제로 그와 더불어 모더니즘의 기수로 알려져 있는 김기림은 반봉건성과 감상주의의 배격을 그 누구보다도 열렬하게 주장하였고, 그것은 정지용

186)『산문』, 87쪽.
187) 송욱, 『시학평전』, 194-206쪽.

에게 상당한 영향을 미친 것으로 알려져 있다.

그러면서도 내가 권하고 싶은 것은 의연히 상봉이나 귀의(歸依)나 원만이나 사사(私事)나 타협의 미덕이 아니다. 차라리 결별을 —— 저 동양적 적멸로부터 무절제한 감상의 배설로부터 너는 이 즉각으로 떠나지 않아서는 안 된다.[188]

1930년대를 통해서 나는 우리 시의 조류 속에서 두 갈래의 흐름을 물리치고 나와야 했다. 그 하나는 지나친 감상주의요, 다른 하나는 봉건적 뭇 요소였다.[189]

그러한 김기림의 성향에 정지용의 시가 얼마나 잘 들어맞았는가 하는 것은 그가 정지용을 거의 천재라고 찬탄하고 있는 「정지용론」[190]에서 잘 드러나고 있다.

직관적 언어를 통해 대상을 조소적으로 파악하려는 그의 초기 태도는 그가 카톨릭에 귀의하면서 점차적으로 무욕의 철학으로 바뀐다. 그의 완벽한 것에 대한 취향과 음험한 현실 파악은 일상적인 것의 한 상징인 시간에 대한 공포와 죽음에 대한 공포를 낳는다. 시간과 죽음은 아름답고 완벽한 것을 파괴해 버리는 무서운 요소이다. 「시계를 죽임」에서 그는 〈불길한 탁목조(啄木鳥)!〉, 그의 〈뇌수를 미신 바늘처럼 쪼는〉 시계를 비틀어 죽인다.

일어나 쫑알거리는 〈시간〉을 비틀어 죽인다.
잔인한 손아귀에 감기는 간열핀 목아지여![191]

---

188) 김기림, 『태양의 풍속』(학예사, 1939), 3쪽.
189) 김기림, 『바다와 나비』(신문화연구소, 1946), 1쪽.
190) 김기림, 『시론』, 83쪽.

그리고 그는 〈영원한 혼례〉를 즐긴다. 시간에 대한 그의 공포
는 그를 〈영원한 고대 시간〉으로 몰고 간다. 『정지용시집』 제3부
에 실린 시들이 바로 그것이다. 그 자족의 세계를 그는 그가 가
장 어려웠던 시기에[192] 발표한 「백록담」에서도 그대로 보여준다.
「백록담」은 그가 「종달새」에서 이미 보여준 자족·화해의 세계를
보여준다. 거기에서 정지용은 자연과 완전히 합일된 자기를 기꺼
이 드러낸다.

바로 머리맡에 물소리 흘리며 어늬 한곬으로 빠져 나가다가 난데
없이 철 아닌 진달래 꽃사태를 만나 나는 만신을 붉히며 서다.[193]

꽃도 조선황국(朝鮮皇菊)은 그것이 꽃 중에는 새 틈에 꾀꼬리와
같은 것이다. 내가 이제도 황국을 보고 취하리로다.[194]

백화 옆에서 백화가 촉누가 되기까지 산다. 내가 죽어 백화처럼
흴 것이 숭없지 않다.[195]

위의 시행들에서 그는 자연의 일부가 되어 화해롭게 생활한다.
그것이 포기된 세계에 속하는 것인지 극복된 세계에 속하는 것
인지에 대해서는 뚜렷한 판단을 내릴 수가 없다. 〈나는 여기서
기진했다〉라든가 〈나는 깨다 졸다 기도조차 잊었더니라〉 따위를

---

191) 『정지용시집』, 10쪽.
192) 『산문』, 85쪽. 〈「백록담」을 내놓은 시절이 내가 가장 정신이나 육체로 피
폐한 때다. 여러 가지로 남이나 내가 나 자신의 피폐한 원인을 지적할 수
있었겠으나 결국은 환경과 생활 때문에 그렇게 된 것이었다.〉
193) 『백록담』, 47쪽.
194) 같은 책, 122쪽.
195) 같은 책, 15쪽.

보면 그의 화해의 세계가 일상적 갈등을 포기한 세계라는 생각을 갖게도 하지만 「노인과 꽃」을 보면 그것을 극복한 세계라는 인상을 주기도 한다. 그는 거기에서 꽃의 아름다움을 즐길 수 있는 사람은 슬픔과 기쁨의 결과를 초월한 사람이라고 말하고 있다.

실상 청춘은 꽃을 그다지 사랑할 배도 없을 것이며 다만 하늘의 별, 물 속의 진주, 마음속의 사랑을 표정(表情)하기 위하야 꽃을 꺾고 꽂고 선사하고 찢고 하였을 뿐이 아니었습니까. 이도 또한 노년의 지혜와 법열을 위하야 청춘이 지나지 아니치 못할 연옥과 시련이기도 하였습니다.

오호 노년과 꽃이 서로 비추고 밝은 그 어늬날 나의 나룻도 눈가같이 히여지이다.[196]

그의 초기의 절제는 무욕의 철학으로 변모한 것이다.[197]

정지용의 또 다른 특색은 그가 무한한 정열을 가지고 시 형식을 실험하였다는 사실이다. 그의 절제, 무욕과는 어울리지 않는 것처럼 보이는 그의 시 형식 실험은 자유시 ─ 산문시에서 내재율을 찾아내려는 고전주의적 시인의 시 실험이지, 시의 형태를 파괴하려는 낭만주의적 시인의 시 실험이 아니다. 단조(短調), 자유시, 산문시의 각 부분에서 그는 실험 이상의 성과를 거둔다. 그의 성과가 바람직한 것이었는가 아니었는가에 대해서는 상반된 두 의견이 제시되어 있다.

196) 같은 책, 114-115쪽.
197) 김우창, 「한국시와 형이상」, ≪세대≫ 1968. 6, 325쪽. 〈그는 처음부터 감각과 언어를 거의 금욕주의의 엄격함을 가지고 단련하였다. 「백록담」에 이르러 그는 감각의 단련을 무욕의 철학으로 발전시킨 것이다.〉

그 이전의 시가 가지고 있는 정형적 요소와 요적(謠的) 가락, 이
러한 일체의 구조(舊調)에 과감한 반기를 들고 청결하고 유니크한
내재율을 최초로 발명하였다.[198]

그는 리듬을 등지고 그 대신에 재롱이나 단편적이며 시각적인 인
상만을 사용하려고 했다. 그 결과는——특히 주체가 종교적인 경우
처럼 심각할 때에는——훌륭한 시상을 도막쳐 놓은 비극에 떨어지
고 말았다.[199]

유종호는 그가 최초로 내재율을 〈발명〉했다고 극언하고 있으
며, 송욱은 그가 〈산문 도막〉을 모아놓은 시를 주로 쓰고 있다고
비난하고 있다. 유종호의 극찬은 그의 구조시(舊調詩)들을 자세
히 살피지 않은 데서 나온 단견이며, 송욱의 비난은 그의 산문시
를 모더니즘의 견해에 따라서 볼 때에야 성립되는 비판이다. 그
의 시의 전모를 알기 위해서는 더 많은 자료 수집과 시간이 필요
할지 모른다.[200] 그는 그만큼 문제시될 가치가 있는 시인이다.

---

198) 유종호, 「현대시의 50년」, ≪사상계≫ 1962. 5, 306쪽.
199) 송욱, 앞의 책, 202쪽.
200) 그의 정치적 태도 때문에 그에 대한 연구는 탁월한 것이 아직 나타나지
   않고 있다. 특히 그의 생애의 후반부가 상당량 미지수로 남아 있기 때문에
   연구는 더욱 지진부진이다. 미해결된 문제들은 앞으로의 연구에 기대할 수
   밖에 없다.

2 윤동주[201] 혹은 순결한 젊음

윤동주는 이육사와 함께 식민지 후기의 저항시를 대표한다. 그는 식민지 치하에서는 단 한 편의 시도 발표하지 아니하였기 때문에 그의 시들은 해방 후에 유시(遺詩)의 형태로『하늘과 바람과 별과 시』속에 수록된다. 그와 이육사는 다같이 저항시를 쓰고 옥사를 하였지만 이육사와 그는 여러 가지 의미에서 서로 다른 체질의 시인이다. 이육사가 마지막 벼랑 끝까지 밀린 민족의 위기를 초인에 대한 기원으로 극복하려 하고 있는데 비해서 윤동주는 초월적 세계에서 그 극복의 가능성을 발견하려 하지 않는다. 이육사에게서는 그러므로 주자주의적 엄숙주의가 지배적이지만, 윤동주에게는 그러한 것이 거의 보이지 않는다. 이육사와는 달리 그는 식민지 치하에서 단 한 편의 시도 발표하지 않았다는 행복한 이점을 또한 가지고 있다. 그것은 그의 존재를 더욱 신화적인 것으로 만들고 있다. 그 증거로서, 〈8·15 이후에 부당하게 늙어 간다〉고 생각하고 있는 정지용이 그의 시 앞에 〈무릎을 꿇고〉[202] 분향을 하고 있는 것이다. 〈무시무시한 고독에서 죽었고나! 29세가 되도록 시도 발표하여 본 적이 없이!〉[203]

그의 시는 그러나 그가 식민지 치하에서 옥사를 하였기 때문에 아름다운 것은 아니다. 그의 시는 한용운의 시가 슬픔을 이별

201) 윤동주 : 1917-1945. 북간도 명동 출생. 집안은 소지주. 1931년 명동소학 졸업. 타라즈(大拉子)의 중국인 관립학교에서 1년간 수학. 1932년 용정 사진중학 입학. 1935년 평양숭실중학교로 전학. 백석의 시를 탐독. 1938년 연전 입학. 1941년 동교 졸업. 1942년 도일 릿교(立敎)대학 입학. 1943년 일경에 체포되어, 1945년 2월 옥사. 유고시집『하늘과 바람과 별과 시』(정음사, 1955).
202) 정지용, 『산문』, 248쪽.
203) 같은 책, 249쪽.

의 미학으로 승화시켜 식민지 치하의 정서에 하나의 질서를 부여한 것과 같이, 식민지 치하의 가난과 슬픔을 부끄러움의 미학으로 극복하여 식민지 후기의 무질서한 정서에 하나의 질서를 부여한다. 그의 부끄러움의 미학은 자신과 생활에 대한 애정 있는 관찰, 그리고 자신이 지켜야 할 이념에 대한 순결한 신앙과 시의 형식에 대한 집요한 탐구의 결과이다.

1) 그는 자기 자신의 삶과 생활을 과장하지 않고 애정 어린 눈으로 그것을 관찰한다. 그는 그의 주위에 여러 가지 사물들, 병아리(「병아리」), 기왓장(「기와장내외」), 빗자루(「빗자루」), 빨래(「빨래」), 굴뚝(「굴뚝」) 등에서부터, 방을 어지럽히는 아이들과 그것을 말리는 어머니(「빗자루」), 밤에 요에 오줌을 싸는 아이(「오줌싸개지도」), 그리고 그의 누이와 같이 공부하는 학우들(「화원에 꽃이 핀다」), 거지들(「투르게네프의 언덕」)에 이르기까지 따뜻한 눈초리로 관찰한다. 물론 그 역시 관찰의 대상에서 벗어나는 것은 아니다. 그 관찰의 결과 한국 민족의 가난과 궁핍, 그리고 지켜야 될 이념이 그에게 실감으로 자리잡는다. 빨랫줄에 걸어놓은, 지난밤에 그의 동생이 오줌을 싸 그린 지도는 혹시 〈돈벌러간 아빠 계신/만주땅 지도〉[204]가 아닌가 의심되며, 별 역시 먹는 것과 결부되어 관찰된다. 〈별나라 사람/무얼 먹고 사나.〉[205]

2) 그가 지켜야 할 이념이라고 생각하고 있는 것을 그는 논리적으로 뚜렷하게 도식화하지 않는다. 그의 문학적 승리는 그 이념을 그가 좋아하는 사물들로 환치시켜 놓은 데서 얻어지는 것이지만, 그는 그가 가장 많이 괴로워한 것을 바람과 구름과 햇빛과 나무와 우정이라고 고백한다.

---

204) 『하늘과 바람과 별과 시』, 157쪽.
205) 같은 책, 151쪽.

나는 세계관, 인생관, 이런 좀더 큰 문제보다 바람과 구름과 햇빛과 나무와 우정, 이런 것들에 더 많이 괴로워해 왔는지 모르겠습니다. 단지 이 말이 나의 역설이나, 나 자신을 흐리우는데 지날 뿐일가요.[206]

그의 이러한 고백은 그를 단순한 자연 예찬론자로 오해하게 만들지 모른다. 그러나 그의 바람과 구름과 햇빛…… 등은 그가 단순하게 찬탄하고 거기에 빠져버리는 자연이 아니다. 그것은 그것을 지키고 그것에 정당한 의미를 부여하는 것이 얼마나 어려운 것인가를 확인케 하는 대상으로서의 자연이다. 〈하나의 꽃밭이 이루어지도록 손쉽게 되는 것이 아니라 고생과 노력이 있어야 하는 것입니다.〉[207]

어떤 것이 정당하게 이해되기 위해서는, 혹은 어떤 것을 아름답게 이루기 위해서는 오랜 고생과 노력이 필요하다. 일종의 원정(園丁)의 노력이 필요한 것이다. 그의 부끄러움은 이때에 생겨난다. 그가 가꾸고 아름답게 만들어야 할 별과 구름은…… 너무나도 멀리 있는 까닭이다.[208] 그의 부끄러움의 첫번째 양상은 자신의 욕됨이다.

    파란 녹이 낀 구리거울 속에
    내 얼굴이 남아 있는 것은
    어느 왕조의 유물이기에
    이다지도 욕될까[209]

                              ──「참회록」

206) 같은 책, 183쪽.
207) 같은 책, 179쪽.
208) 같은 책, 40쪽.
209) 같은 책, 56쪽.

그 부끄러움의 두번째 양상은 미움이다.

  우물 속에서는 달이 밝고 구름이 흐르고 하늘이
  펼치고 파아란 바람이 불고 가을이 있습니다.

  그리고 한 사나이가 있습니다.
  어쩐지 그 사나이가 미워져 돌아갑니다.[210]

——「자화상」

  자신의 욕됨과 자신에 대한 미움은 곧 자신에 대한 가여움과
부끄러움으로 확대되어 나간다.

  돌아가다 생각하니 그 사나이가 가엾어집니다.[211]

  돌담을 더듬다 눈물짓다
  쳐다보면 하늘은 부끄럽게 푸릅니다.[212]

  따는 밤을 세워 우는 버레는
  부끄러운 이름을 슬퍼하는 까닭입니다.[213]

  인생은 살기 어렵다는데
  시가 이렇게 쉽게 씌어지는 것은 부끄러운 일이다.[214]

---

210) 같은 책, 6쪽.
211) 같은 책, 6쪽.
212) 같은 책, 37쪽.
213) 같은 책, 41쪽.
214) 같은 책, 51쪽.

그 부끄러움은 그로 하여금 그가 가야 할 길을 가게 하는 자각의 가장 높은 심적 계기를 이룬다. 그 부끄러움의 미학은 자기 혼자만 행복하게 살 수 없다는 아픈 자각의 표현이다.

죽는 날까지 하늘을 우러러
한 점 부끄럼이 없기를
잎새에 이는 바람에도
나는 괴로워했다.
별을 노래하는 마음으로
모든 죽어가는 것을 사랑해야지
그리고 나한테 주어진 길을
걸어가야겠다.[215]

1941년의 일제 치하에서 이런 각오의 시가 씌어질 수 있다는 것은 하나의 기적이다. 그런 그의 자각은 그의 걸작들, 「새벽이 올 때까지」, 「무서운 시간」, 「십자가」, 「또 다른 고향」, 「별 헤는 밤」, 「쉽게 씌어진 시」, 「간」 등에 편재되어 있다.

이제 새벽이 오면
나팔소리 들어올게외다.[216]

괴로웠던 사나이,
행복한 예수 그리스도에게
처럼

---

215) 같은 책, 3쪽. 그 부끄러움의 미학은 카뮈의 「페스트」에서도 기자 랑베르를 통해 피력된 바가 있다.
216) 같은 책, 25쪽.

십자가가 허락된다면
목아지를 드리우고
꽃처럼 피어나는 피를
어두워가는 하늘 밑에
조용히 흘리겠습니다.[217]

지조 높은 개는
밤을 세워 어둠을 짖는다.

어둠을 짖는 개는
나를 쫓는 것일게다.[218]

등불을 밝혀 어둠을 조금 내몰고
시대처럼 올 아침을 기다리는 최후의 나[219]

내가 오래 기르든 여윈 독수리야 와서 뜯어 먹어라. 시름없이
너는 살지고
나는 여위어야지[220]

　　주로 1941년의 어두웠던 시대에 씌어진 이런 강한 자기 희생
과 굳은 결의 뒤에는 옳은 일을 하면 틀림없이 살아 남는다는
기독교적 확신이 자리잡고 있다.

---

217) 같은 책, 29쪽.
218) 같은 책, 35쪽.
219) 같은 책, 52쪽.
220) 같은 책, 59쪽.

그러나 겨울이 지나고 나의 별에도 봄이 오면

무덤우에 파란 잔디가 피어나듯이

내 이름자 묻힌 언덕우에도

자랑처럼 풀이 무성할게외다.[221]

3) 한국시의 형식에 대한 그의 탐구는 1934, 1935년경의 시에
서부터 그 편린을 보인다. 초기에 윤동주는 7·5조, 3·4조 등의
일본식 리듬의 시를 한두 편 시도하다가[222] 요(謠)에 가까운 동
시(童詩)들을 실험한다. 그러나 그는 곧 굳은 자수(字數) 단위의
리듬이 갖는 폐쇄성을 깨닫고 점차로 그러한 정형성을 파괴하여
나간다. 그리하여 자기 자신의 시세계를 어느 정도 구축하기 시
작한 1940년대에 이르면, 주로 자유시 — 산문시로 기울어진다.

3 이병기[223] 혹은 한국적 리리시즘의 재현

식민지 후기는 자유시 — 산문시의 압도적인 유행과 팽창 속에
서 새로운 정형시를 찾아내려는 꾸준한 노력을 포기하지 않는다.
그 정형시는 대부분의 경우 일본 리듬인 7·5조로 한정되어 가
동요 부면에서 활발하게 사용된다. 그 새로운 정형시와 대비되는
위치에서 1930년대에 이르러 시조를 부흥하고 새로이 전개시키
자는 운동이 민족주의자들을 중심으로 싹튼다. 그 운동은 급진주

---

221) 같은 책, 41쪽.
222) 「기와장내외」, 「오줌싸개지도」가 그렇다.
223) 이병기〔嘉籃〕: 1891-1968. 전북 익산군 출생. 아버지는 변호사. 고향에
　　서 한문 수학. 1910년 공립보통학교 졸업. 1912년 조선어강습원 수료.
　　1913년 관립한성사범학교 졸업. 1921년 조선어연구회 발기. 1946년 서울대
　　문리대 교수. 1952년 전북대 문리대 학장. 시조에 관한 논문 다수. 그의 저
　　작물은 『가람문선』(신구문화사, 1966)에 중요한 것이 대부분 실려 있다.

의자들에 의해 복고주의, 국수주의, 봉건주의의 부활이라고 낙인찍힌다. 그러나 시조는 계속 민족주의자들에 의해 연구되고 제작된다. 그러한 과정에서, 시조를 이론적으로 어느 정도까지 규명하고, 거기에 새로운 내용을 부여한 문학인이 이병기이다. 그에 의해서 시조는 현대시의 한 장르로서 완전히 자리잡으며, 문학작품으로 음미될 수 있는 작품을 획득한다. 그의 문학사적 업적은 대체로 다음의 몇 가지로 압축될 수 있다.

1) 그는 시조의 수사학(修辭學)을 완성시킨 시인이다. 그는 시조를 시라고 분명히 못박고, 그것이 창(唱)과 다르게 문자로 표기되는 것임을 다시 상기시켜 언어의 탁마를 시조를 쓰는 데 제일 필요한 것으로 생각한다. 시는 언어의 표현이기 때문에 시를 쓰기 위해서는 우선 그가 쓰는 언어에 대해 철저한 공부를 하지 않으면 안 된다.

우리는 워낙 우리 말 공부가 대단히 부족하다. 남들과 같이 소학교로부터 대학교 때까지 적어도 17, 18년 동안을 제 말의 교육도 받지 못하고, 또는 가정에서도 학습을 하지 않고 자연히 알아진 불완전·불충분한 말만 가지고 쓰고 있다. 이는 말의 성질도 종류도 법칙도 미감(美感)도 모르고 함부로 쓰는 것이다. 비록 남들과 같은 17, 18년 동안 제 말 공부를 하였다 하더라도 시가를 짓자면 더욱 공부를 하여야 할 것인데, 더구나 이러한 우리로서랴.[224]

1936년에 씌어진 이 글은 시어 탁마와 우리 말 공부를 탁월하게 연결시킴으로써 시작의 또 다른 근거를 제시하고 있다. 그는 시어가 우리 말을 아무렇게나 주워 쓰는 말이 아님을 다시 환기

---

224) 『가람문선』, 306쪽.

시켜 시어와 일상어를 가른다. 그에 의하면 시어를 규정하는 것은 시인의 〈감각〉[225]이다. 그 감각은 언어의 〈성향(聲響)과 의미〉가 다같이 좋은 어휘를 선택하는 감각이다. 그 시어들이 시적 리듬을 이룰 때 좋은 시들은 생겨난다.

2) 그는 시조에 현대적인 내용을 담으려고 애를 쓴 시인이다. 그는 그의 「시조는 혁신하자」(1932)에서 시조가 새로 혁신되기 위해서는 실감실정(實感實情)을 표현해야 하며, 취재의 범위를 확장해야 하며, 구투(舊套)의 시조 용어를 바꾸어야 하며, 격조를 변화시켜야 한다는 등의 여러 가지 조건이 필요하다는 것을 역설하고 있다.[226] 종래의 시조가 담고 있던 〈엉터리도 없는 공상·망상〉을 버리고, 주위의 일상 생활에서 제재를 택하자는 그의 주장은 시조를 시로 바르게 인식한 결과이다.[227] 그의 시조가 시로서의 품격을 유지하고, 최남선·이광수·이은상 등의 구투의 시조를 뛰어넘을 수 있었던 것은 그러한 그의 자각 때문이다.

그의 시조에는 그러므로 고시조에서 보이는 상투어들이 거의 보이지 않는다. 그는 재래의 정형시로 새로운 감정을 표현하려한 것이다. 그러나 그의 시는 언어의 탁마라는 면에 너무 치우쳐, 언어의 파괴와 비시어를 시 속에 끌어넣음으로써 야기되는 전율을 갖지 못하고 있다. 그 자신은 누누이 그 구투를 벗어나려하였음에도 불구하고, 그의 시조의 상당수들은 일종의 정황시(情況詩)vers de circonstance에 머물러 있다. 그 정황시에서 표현되고 있는 것은 대부분 허례이다. 그런 것을 가장 잘 보여주는 시조가 조시(吊詩)들이다.[228]

---

225) 같은 책, 306쪽.
226) 같은 책, 316-328쪽.
227) 그는 그곳에서 연작을 써야 된다는 것을 또 주장하고 있는데, 그것이 일본의 신체시의 영향 때문인지 아닌지는 확실하지 않다.
228) 특히 「채만식형이여」 같은 것은 그 전형적인 예이다.

그러나 그의 초기의 우수한 시편들은 현대시의 기본적 속성 중의 하나인 대상의 정확한 묘사를 탁월하게 행해 내고 있다.

뜰을 헐어 내고 포도를 심어 두니
좁은 처마 안에 오르고 서린 넌출
그나마 보이던 하늘마저 가려 버린다.

퍼런 잎 짙은 그늘 살고 있는 퍼런 벌레
낮을 밤삼아 곤히 든잠 깨우치고
소없는 벌소리같이 소나기는 지나간다.[229]

이와 같은 묘사의 시는 대상을 오랫동안 관찰하고 그것의 특성을 시적 혜안으로 파악하여 거기에 알맞은 언어를 발견할 때 이루어지는 높은 경지이다. 단어 사이의 거리에까지 신경을 쓴 그의 묘사의 시는 현대 한국시의 한 높은 봉우리를 이루고 있다. 그러나 그의 시의 최대의 약점은 그가 대상을 지나치게 순수한 것으로 받아들인 데에 있다. 다시 말하자면 그는 시적 대상을 자기의 내적 체험으로 환치시키지 못하고 대상 자체의 즉물성에 함몰해 버린 것이다. 초기의 정지용에게도 어느 정도 드러나고 있는 이러한 결점은 그의 시를 우아하고 기품 있게는 만들고 있지만, 그의 시에 깊은 의미를 주는 데 실패케 한다.

달머리 넘어드는 달빛은 은은하고
한두개 소리없이 내려지는 오동꽃을
가려다 발을 멈추고 다시 돌아보노라.[230]

---

229) 『가람문선』, 24쪽.
230) 같은 책, 24쪽.

이런 시조에서 볼 수 있듯이 그는 항상 시적 대상을 〈발을 멈추고〉 다시 돌아볼 뿐, 그 시적 대상 속에 자신의 내적 공간을 투영시키지 않는 것이다. 그런 그의 태도는 그의 후기 시의 특징을 이루는 현실 묘사의 시들에서도 그대로 드러난다.

> 어제 선거에는 누가 당선하였을까
> 고샅 고샅에 모이어 수군수군
> 말마다 남녀노소가 모두 정객이었다.[231]

그 자신은 언제나 시적 대상에서 떨어져서 초연한 상태로 그것을 관찰할 따름이다. 다시 말해서 그는 대상과 자신의 내적 체험 사이의 갈등을 보지 못한 것이며, 그런 의미에서 고통을 느끼지 못한 것이다. 그래서 그 자신은 묘사라는 현대시적인 요소를 시조에 도입하여 대단한 성과를 올렸음에도 불구하고 좋은 고시조들이 보여준 한국적 리리시즘을 극복하지 못한 것이다.

4 그 밖의 시인들

1) 김광균[232] ── 김광균은 시에 회화성을 도입하여 그것을 끝까지 밀고 나간 시인이다. 그는 현대 도시에 거주하는 소시민의 복고주의적이며 안일주의적인 시점에서 도시의 여러 대상들을 묘사한다. 그런 의미에서 그의 시에는 이상의 시들이 가지고 있는 치열한 갈등이 없으며, 정지용이 가지고 있는 종교적 절제가 없다. 그의 눈에 비친 모든 현대적 사물들은 그의 슬픈 마음에

---

231) 같은 책, 76쪽.
232) 김광균 : 1913-1993. 개성 태생. 개성상업 졸업. ≪자오선≫, ≪시인부락≫ 동인. 시집 『와사등』, 『기항지』, 『황혼가』.

부딪쳐, 그의 주저와 회한을 묘사하는 한 도구가 되고 있을 뿐, 그의 감정상의 갈등이나 세계 인식의 고뇌의 대상이 되고 있지는 않다. 봉건적 질서를 파괴한 현대 문명의 여러 사물들과 봉건적 감정의 유물인 슬픔·한탄은 그의 시에서 아무런 갈등을 일으키지 않고 공서하고 있다. 그렇기 때문에 그의 시에서는 깊은 공감이나 감동을 받을 수는 없다. 그러나 그의 시가 문학사에서 갖는 의의란 현대 도시의 여러 대상들을 시 속에 끌어들여 새로운 감정의 수사학을 만들어 놓은 것이다.

> 낙엽은 폴 —— 란드 망명정부의 지폐
> 포화에 어즈러진
> 도룬시의 가을하늘을 생각게 한다.
> 길은 한줄기 구겨진 넥타이처럼 풀어져
> 월광의 폭포속으로 살아지고
> 조그만 담배연기를 내어품으며
> 새로 두시의 급행차가 들을 달린다[233]
>
> —— 「추일서정」

낙엽을 폴란드 망명정부의 지폐로 비유하고, 고불고불한 길을 풀어진 넥타이로, 기차 연기를 담배 연기로 치환해 놓는 그의 문채(文彩)figure는 그의 시작의 거의 전부를 지배한다. 그러나 그의 소시민적 생활 태도는 그로 하여금 현대 세계라는 거대한 괴물의 전반적인 인식에 실패케 하여, 그 세계가 빚어놓은 조그마한 사물들에만 신경을 집중케 한다. 그의 시는 그래서 소시민의 호기심의 대상을 이루는 현대 문명의 산물들, 길, 넥타이, 풍

---

233) 「김광균시집」, 《현대문학》 제42호, 147쪽.

속계(風速計), 기차…… 들과 그의 깊은 한탄·탄식의 혼합물로
구성된다.

> 긴 —— 여름에 황망히 나래를 접고
> 늘어진 고미 창백한 묘석(墓石)같이 황혼에 젖어
> 찬란한 야경 무성한 잡초인양 헝클어진채
> 사념(思念) 벙어리되어 입을 다물다[234]
>
> —— 「와사등」

  그의 사념은 언제나 도시의 풍물 앞에서 입을 다물고, 그는
〈어디로 갈 줄을 몰라〉 망설인다. 현대 문명의 속도를 잃어버린
현대적인 사물들만을 비유의 대상으로 끌어들임으로써 그는 시
에 활력을 주지 못한 채 새로운 회화적 시의 가능성만을 보여주
고, 시작을 청산한다.
  2) 김영랑[235] —— 김영랑(金永郞)은 백석과 함께 식민지 치하
후기에서 일제의 문화적 탄압이 극도로 심해지고 있을 무렵, 외
국의 서투른 모방보다 한국어의 재래적인 가치를 보존하고 그것
을 예술적으로 다듬는 것이 시인의 중요한 임무라고 생각한 시
인이다. 상황의 압력이 너무 거대했기 때문에, 그리고 그 자신의
현실 인식의 한계 때문에 그는 윤동주 같은 저항의 길을 걷지
못하고, 사라져가는 한국적인 것의 아름다움 혹은 애잔함을 노래
한다. 그의 감정의 주된 기조음은 아스름함, 애잔함 등의 리리시
즘이다. 그의 리리시즘은 소설에서 이태준의 문학이 갖는 복고적

---

234) 같은 책, 130-131쪽.
235) 김영랑[본명 允植] : 1903-1950. 전남 강진 태생. 휘문고보, 청산학원에
    서 수업. ≪시문학≫ 동인. 시집 『영랑시집』, 『영랑시선』. 공보처 출판국장
    을 역임. 한국전쟁 때 유탄에 횡사. 박용철과의 교우(交友)로 유명하다. 특
    히 그는 국악에 조예가 있었던 것으로 알려져 있다.

리리시즘과 동궤이다. 그의 리리시즘은 다시 말해서 상황과의 갈등이 차단된 폐쇄된 서정성이며, 자신의 존재에 대한 성찰 없는, 자신의 피상적 감정만을 노래하는 자기 망각적 리리시즘이다.

> 오월 어느 날 그 하루 무덥던 날
> 떨어져 누운 꽃잎마저 시들어버리고
> 천지에 모란은 자취도 없어지고
> 뻗쳐오르던 내 보람 서운하게 무너졌느니
> 모란이 지고말면 그뿐, 내 한해는 다 가고 말아
> 삼백 예순 날 한낱 섭섭해 우옵니다.[236]

그의 절창(絶唱) 중의 하나인 「모란이 피기까지는」은 자신을 관찰의 대상에서 제외시키고, 자신을 관찰의 주인공으로만 이해하여, 사물과 자아와의 갈등과 싸움을 일방적으로 해소시켜 버리는 시인의 태도를 적나라하게 드러낸다. 모란이 〈지고 말면 그뿐〉이라는 표현 속에 간결하게 담긴 자기 망각적 세계 인식은 그를 항상 슬픔으로 이끈다. 그 슬픔은 그러나 한용운의 그것처럼 긍정적인 이별의 미학으로 승화되지도 못하며, 윤동주의 그것처럼 부끄러움의 미학으로 발전되지도 못한다. 그러나 그의 시는 다음의 몇 가지 점에서 중요한 문학사적 의미를 띤다.

① 그는 그 누구보다도 탁월하게 멸망하여 가는 것의 아름다움을 묘사한다. 멸망하여 가는 것의 아름다움은 〈산을 넘어 멀리 가버린 내 연의〉 추억에서 그 원초적인 싹을 보인다. 그의 내면적 경험 속에 제일 첫 자리를 차지하고 있는 그 연의 상실은 그의 시든 인생의 첫 표상이다.

---

236) 『영랑·용아시선』(세운문화사, 1970), 10쪽.

찬바람 쐬며 콧물 흘리며 그 겨울내

그 실낱 치어다보며 다녔느니

내 인생이란 그때부터 시든 상 싶어

철든 어른을 뽐내다가도 그 실낱같은 병(病)의 실마리

마음 한 구석에 도사리고 있어 얼씬거리면

아이고! 모르지

불다가는 바람 타다 꺼진 불똥

야! 인생도 겨레도 다아 멀어지던구나[237]

그 경험은 나라 잃은 슬픔과 결부되어 모든 것을 애잔하게, 곧 스러질 것으로 생각하게 만들며, 가장 연약한 단계로서의 죽음을 생각하게 만든다. 그에게 죽음이란 가장 여린 것의 예술적 표현이다. 〈어차피 몸도 괴로워졌다/바삐 관에 못을 다져라/아모려나 한 줌 흙이 되는구나〉,[238] 〈걷던 걸음 멈추고 서서도 얼컥 생각키는 것 죽음이로다.〉[239] 그는 생의 연약함을 노래한 전통적 한국 시인이다.

② 그는 윤선도의 뒤를 이어 전라도 지방의 서정적 자연 묘사를 예술적으로 성공시킨 민족 시인이다. 그의 자연은 굶주림과 울음으로 가득 차 있지만 그는 그것을 서정적으로 수용한다. 〈조마조마 길가에 붉은 발자욱/자욱마다 눈물이 고이었었다〉,[240] 〈뱃장위에 부은 발 쉬일가보다/달빛으로 눈물을 말릴가보다.〉[241] 그의 자연 묘사의 서정성은 근본적으로는 한시의 서정성에서 온 것이지만, 그는 토속어의 의성어, 의태어, 부사 등을 능숙하게 사

---

237) 같은 책, 22-23쪽.
238) 같은 책, 91쪽.
239) 같은 책, 110쪽.
240) 같은 책, 21쪽.
241) 같은 책, 30쪽.

제 4 장 개인과 민족의 발견 351

용하여 한시의 영향을 극복한다.

들길은 마을에 들자 붉어지고
마을 골목은 들로 내려서자 푸르러진다.
바람은 넘실 천이랑 만이랑
이랑이랑 햇빛이 갈라지고
보리도 허리통이 부끄럽게 드러났다.[242]

위의 시를 보면 첫 2행의 한시적 수사법은 다음 행의 한국어 특유의 의태어, 부사로 교묘하게 극복되고 있다.

③ 그의 시의 또 다른 특색은 사투리의 도입이다. 소설에서 김동인의 공적과 비견될 그의 사투리 도입은 한국 시의 시어적 가능성을 크게 열어준다. 개화 초기에 널리 유행한 표준어투는 그대로 한국 시의 주류를 이루어오다가 김소월에 의해서 어느 정도 변형이 되는데, 거기에 또 하나의 가능성을 부여한 것이 김영랑이다. 그의 전라도 방언의 사용은 백석의 북도 방언 사용과 함께 식민지 후기의 시어 확장에 큰 기여를 한다. 그의 사투리가 교묘하게 시적으로 완성된 것이 「오—매 단풍 들것네」이다.[243]

3) 백석[244] ── 백석(白石)은 민속 그 자체를 시의 대상으로 삼은 시인이다. 그는 북쪽의 어느 산골 마을을 그의 시작의 중심지로 삼는다. 그러기 때문에 그의 시에는 북부 방언이 노골적으로 드러나 있다. 그 방언을 통해 현대 도시인들에게는 망각되어 있는 한국인의 상상력의 원초적 장(場)이 드러난다. 그곳에서는

---

242) 같은 책, 16쪽.
243) 그의 남도 사투리는 서정주에게 상당량 영향을 미친다.
244) 백석[본명 虁行] : 1912-? 평북 정주 태생. 오산학교 수업. 1927년 도쿄로 가서 청산학원 영문학 수업. 1934년 ≪조선일보≫ 기자. 1936년 함흥영생고보 교원. 시집 『사슴』(1936).

아이가 태어날 때는 〈무명필에 이름을 써서 백지 달아서 구신간 시렁의 당즈께에 넣어 대감님께 수영을 들〉[245]이며, 〈누가 죽이는 듯이 무서운 밤 집뒤로는〉〈소를 잡어 먹는 노나리꾼들이 도적놈들같이 쿵쿵 걸어다니〉[246]며, 〈벌개늪역에서 바리깨를 두드리는 쇠소리가나면/누가눈을 앓어서 부증이나서 찰거마리를 붙이〉[247]는 그런 곳이다. 그곳에는 현대 문명을 상징하는 사물이 하나도 없고 모든 것은 〈재래종〉뿐이다. 샤머니즘이 지배적인 그 산골 마을의 풍경 묘사를 통해 백석은 독자를 민담(民譚)의 세계로 인도하는 것이다.

> 여우가 우는 밤이면
> 잠없는 노친네들은 일어나 팟을깔이며 방요를 한다.
> 여우가 주둥이를 향하고 우는 집에서는 다음날 으레히 흉사가 있다는 것은 얼마나 무서운 말인가[248]
>
> ——「오금덩이라는 곧」

그 세계를 시인은 긍정하지도 부정하지도 않고 다만 상기시킨다. 그러나 그의 샤머니즘의 세계에 탄력을 부여하고 있는 것은 모든 것을 그대로 수락하는 어린 눈으로 관찰되어 성인이 된 그의 의식 속에 인각찍힌 그 산골 마을의 인간미 있는 생활이다.

> 또이러한밤같은때 시집갈처녀망내고무가 고개넘어큰집으로 치장감을가지고와서엄마와둘이 소기름에쌍심지의불을밝히고 밤이들도록바

---

245) 백석, 『사슴』, 3쪽.
246) 같은 책, 56쪽.
247) 같은 책, 56쪽.
248) 같은 책, 56쪽.

느질을하는밤같은때 나는 아릇목의살귀를들고 쇠든밤을내어 다람쥐
같이갉아먹고 은행여름을 인두불에구어도먹고 그러다는이불웋에서
광대넘이를 뒤이고 또 눟어굴면서 엄매에게 웋목에둘은평풍의 샛뿕
안천두의이야기를 듣기도 하고 고무더러는 밝은날 멀리는못난다는뫼
추라기를 잡어달라고졸으기도하고[249]

그 인간미 있는 생활 속에서 백석이 가장 흥미를 느끼는 것은
식생활에 대한 것이다. 〈물코를 흘리며 무감자를 먹는〉 것이 일
상인 산골의 아이들로서 맛있는 음식이 인상에 깊이 남아 있을
게 당연하다.

나는 똘나물김치에 백설기를 먹으며[250]

나는 벌써 달디단 물구지우림 동굴네우림을 생각하고
아직멀은 도토리묵 도토리범벅까지도 그리워한다.[251]

음식은 풍족한 식생활을 할 수 없는, 그리고 별다른 오락이 없
는 산골의 유일한 기쁨이다. 그의 시는 그런 오락으로서의 기쁨
으로 가득 차 있다.[252] 그의 사투리는 그러므로 김영랑의 그것과

---

249) 같은 책, 17-18쪽.
250) 같은 책, 2쪽.
251) 같은 책, 4쪽.
252) 『사슴』에 실린 33편의 시에 나오는 음식 이름을 들면 다음과 같다. 똘나물
     김치, 백설기, 제비꼬리 마타리, 쇠조지, 가지취, 고비, 고사리, 두릅순, 회순,
     물구지우림, 동굴네우림, 도토리묵, 도토리범벅, 광살구, 찰숭아(「가즈랑집」),
     인절미, 송구떡, 콩가루차떡, 두부, 콩나물, 도야지비게, 무이징게국(「여우난곬
     족(族)」), 송구떡, 찹살탁주, 두부산적(「고방」), 니차떡, 청밀, 쇠든밤, 은행여
     름, 곰죽, 조개송편, 달송편, 쉰두기송편, 콩가루소(「고야(古夜)」), 무감자, 시
     라리(「초동일(初冬日)」), 개구리뒷다리, 날버들치(「하답(夏畓)」), 붕어곰(「주

354

다르게 폐쇄된 사회의 민속을 되살리는 데 쓰이고 있다.

샤머니즘적 세계에의 탐닉은 그러나 두 가지의 위험을 안고 있다. 그것이 긍정적인 세계관의 내용을 이룰 때 그것은 환상과 주술의 세계로 들어가 인간을 말살해 버리며, 그것이 비극적 세계관의 내용을 이룰 때는 숙명론으로 인간을 이끌어 인간의 자유 의지를 말살해 버린다. 백석이 간 길은 후자의 길이다. 그는 그의 샤머니즘의 세계에서 인간의 자유 의지와 결단을 건져내지 못하고 체념·수락의 수동적 세계관으로 후퇴한다. 그런 그의 태도를 잘 보여주고 있는 것이 그의 대표작일 뿐 아니라, 한국 시가 낳은 가장 아름다운 시 중의 하나인 「남신의주유동박시봉방(南新義州柳洞朴時蓬方)」이다.

어느 사이에 나는 아내도 없고, 또 아내와 같이 살던 집도 없어지고,
그리고 살뜰한 부모며 동생들과도 멀리 떨어져서
그 어느 바람 세인 쓸쓸한 거리 끝에 헤매이었다.
바로 날도 저물어서,
바람은 더욱 세게 불고, 추위는 점점 더해 오는데,
나는 어느 목수네 집 헌 삿을 한, 한 방에 들어서 쥔을 붙이었다.
이리하여 나는 이 습내 나는 춥고 누긋한 방에서
낮이나 밤이나 나는 나 혼자도 너무 많은 것같이 생각하며,
디롱배기에 북덕불이라도 담겨오면, 이것을 안고 손을 쬐며 재우에 뜻없는 글자를 쓰기도 하며
또 문밖에 나가두 않구 자리에 누워서,
머리에 손깍지벼개를 하고 굴기도 하면서

막」), 신살구, 미역국, 산국(「적경(寂境)」), 추탕(「미명계(未明界)」), 노루고기(「노루」), 호박떡, 돌배(「여우난곬」).

나는 내 슬픔이며 어리석음이며를 소처럼 연하여 새김질하는 것이었다.

내 가슴이 꽉 메어올 적이며

또 내 스스로 화끈 낮이 붉도록 부끄러울 적이며

나는 내 슬픔과 어리석음에 눌리어 죽을 수밖에 없는 것을 느끼는 것이었다.

그러나 잠시 뒤에 나는 고개를 들어 허연 문창을 바라보든가 또 눈을 떠서 높은 턴정을 쳐다보는 것인데

이때 나는 내뜻이며 힘으로 나를 이끌어가는 것이 힘든 일인 것을 생각하고

이것들보다 더 크고 높은 것이 있어서 나를 마음대로 굴려가는 것을 생각하는 것인데

이렇게하여 여러 날이 지나는 동안에 내 어지러운 마음에는 슬픔이며 한탄이며 가라앉을 것은 차츰 앙금이 되어 가라앉고

외로운 생각만이 드는 때쯤 해서는

더러 나즌손에 쌀랑쌀랑 싸락눈이 와서 문창을 치기도 하는 때도 있는데

나는 이런 저녁에는 더욱 화로를 다가끼며 무릎을 꿇어보며

아니 먼 산 뒷옆에 바우섶에 따로 외로이 서서,

어두워오는데 하이야니 눈을 맞을 그 마른 잎새에는

쌀랑쌀랑 소리도 나며 눈을 맞을

그 드물다는 굳고 정한 갈매나무라는 나무를 생각하는 것이었다.

이 시에 대해 한 비평가는 이렇게 말한다. 〈무력한 인간의 의지를 깨닫고 운명의 힘에 항복한 그는 비애와 영탄을 여과하여 체념을 배우게 된다. 그리고 암벽에 외로이 서서 눈을 맞고 있는 굳고 정한 갈매나무처럼 살기를 다짐하는 것이다.〉[253]

정지용의 종교적 예지의 시와 윤동주의 부끄러움의 시를 제외하면 식민지 치하 후기의 시는 깊이 있는 시를 거의 보여주지 않는다. 일제의 검열 제도와 사상적인 탄압 때문이겠지만, 반대로 한국어의 원초적 질감을 되살려 내려는 노력은 집요하게 계속된다. 이병기, 김영랑, 백석, 김광균의 시적 노력은 식민지 치하에서는 한국어의 훈련이라는 측면에서 충분히 그 의의를 획득할 수 있다.

제 10 절 자아의 발견과 반성

1 한국학의 논리

식민지 지식인의 논리적 응전으로서 학문적 달성이 한글 연구에서 높은 수준을 보였다는 사실과 병행하여 한국 문화 연구 분야에서의 자아의 발견과 번성의 양상을 살펴보기로 한다. 이 경우 한국 문화라 했을 땐 다음 내용 항목이 포함된다. 그 하나는 한국사의 주체성 수립이며, 전통 예술의 가치 발굴 작업이 그 다른 하나이다. 전자에는 다시 몇 개의 유형이 있다. 첫째 신채호의 『조선사연구초』(1929), 정인보의 『조선사연구(상·하)』(1946-1947), 민세의 『조선상고사감(상·하)』(1947-1948) 등의 망명 내지 준망명적 지사적 사학이며 이것은 개화기에 그 정신적 계보가 확보된 것으로 흔히 민족 사학이라 불리고 있다. 그 전형적인 예가 단재 사학이다. 그것은 주체적 인식을 기반으로 하지 않은 객관적 인식의 무의미성을 가장 선명히 드러낸 정신의 높이였고, 이 정신

---

253) 유종호, 『비순수의 선언』(신구문화사, 1963), 106쪽.

의 높이는 일본식 관학파(官學派)의 실증 사학의 발호를 전제할 때 비로소 그 본질이 예각화된다. 〈국사의 주체성을 깎는 면에서 외부로부터 주어진 객관적 인식 체계를 피상적으로 이해하고 그 대로 모방하는 것을 과학적이라고 주장하는 경향은 뒷날 일본의 문헌고증학을 수입한 학자들의 사유 방식에 나타나는 것으로 이 러한 것은 본질적으로 비근대적인 체질과 식민지 근대화의 체질 에서 나오는 것〉[254]이라 할 때, 그것은 한국 사학 중의 일부가 근본적으로 대륙 정책에 바탕을 둔 일본 관학에 휩쓸렸다는 사 실의 아픈 지적에 해당된다. 둘째, 일본 유학생 및 경성제대 출 신 중심의 〈진단학회(震檀學會)〉[255]와 그 실증주의적 성과를 들 수 있다. 이것은 그 정신의 높이에서 지사적 주체사관과는 여러 모로 차이를 드러내며, 일본 관학파의 영향 아래 있었다. 조선사 편찬위원회(중추원)에 이 유파의 중요 인물이 관여했다는 이유에 서 그러한 것이라기보다 그 학문 방법에서 그러한 것이다.[256] 셋 째로, 사회경제사로서의 연구를 들 수 있고,[257] 넷째, 경성제대 ≪신흥≫(1929)과 〈조선어문학회〉(1931) 중심의 업적을 들 수

---

254) 김철준,「단재 사학의 위치」,《나라사랑》제3집, 39쪽.
255) 1934년 고유섭, 김두헌, 김상기, 김윤경, 김태준, 김효경, 이병기, 이병도, 이상백, 이선근, 이윤재, 이은상, 이재욱, 이희승, 문일평, 박문규, 백낙준, 손 진태, 송석하, 신석호, 우호익, 조윤제, 최현배, 홍순혁 등이 발기인.〈근래 조선을 연구하는 경향과 성열이 날로 높아가는 상태에 있는 것은 참으로 경하에 견디지 못하는 바이나 그런 경향과 성열이 조선인 자체에서보다 조 선인 이외의 인사간에 더 많고 큼을 발견하게 된다. 비록 우리의 힘이 빈약 하고 연구가 졸렬할지라도 자분자진(自奮自進)하야 또 협력하야 조선의 문 화를 개척 발전 향상시키지 않으면 안 될 의무와 사명을 가진 것이다〉(「진 단학회 창립취의서」). 이 학회는 다시 조만식 등 26명이 참가, 1943년 강 압에 의해 해산되기까지 14집을 발간했다.
256) 김용섭,「우리나라 근대역사학의 발달 2」,《문학과지성》제9호, 489쪽.
257) 백남운의『조선경제사』에 수록된「조선경제사방법」이 있으나 ≪진단학보≫ 14호까지엔 단 한 편도 사관(史觀)에 관한 것이 없다.

있다. 이 가운데 조선어과 출신의 조윤제(1회), 이희승(2회), 이재욱(3회) 및 김태준, 방종현, 이숭녕, 김재철 들의 활동은 민족어 및 문학에 대한 상당한 학문적 달성을 이룩하게 하였고 그 힘이 곧 해방 후 한국학의 기초를 이루게 된다. 조윤제의 『조선시가사강』(1937), 김재철의 『조선연극사』(1939), 이재욱의 『영남민요』, 김태준의 『조선소설사』(1933), 『조선한문학사』(1933) 등은 그대로 해방 후 학회에 연결된다. 한편 석남 송석하의 『민속 연구』, 양주동의 『고가연구』(1942), 임화가 펴낸 조선문고의 『조선민요선』(이재욱 해제), 『춘향전』(김태준 해제), 『청구영언』 등도 지적될 수 있다. 기타 이와 관련된 개별적 연구의 자료를 보이면 다음과 같다.

김재철 「민요 아리랑에 대하여」(≪조선일보≫ 1930. 7. 1)

김재철 「조선민요만담」(≪신흥≫ 1931. 5)

김재철 「아리랑과 세태」(≪조선어문≫ 제2호)

조윤제 「영남여성과 그 문학」(≪신흥≫ 제6호)

이재욱 「산유화가와 산유화·미나리의 교섭」(≪신흥≫ 제6호)

김태준 「조선민요의 개념」(≪조선일보≫ 1934. 7. 24)

손진태 「조선무격(巫覡)의 신가(神歌)」(≪청구학총≫ 제20-22호)

송석하 「신문화수입과 우리 민속」(≪조선일보≫ 1936. 6. 15.)

송석하 「남방이앙가」(≪신조선≫ 제3호)

방종현 「제주도의 민요」(≪조선일보≫ 1938. 6. 6)

구자균 「민요와 여인」(≪조선일보≫ 1935. 8. 11)

김사엽 「조선민요연구」(≪동아일보≫ 1937. 9. 2)

천태산인 「조선가요의 수노름」(≪조선지광≫ 1932. 1)

신구현 『역대조선여류시가선』(학예사)

이희승 『역사조선문학정화(상·하)』(인문사)

안자산 『시조시학』(조광사)

정노식 『조선창극사』(조선일보 출판부)

이러한 민족 문화의 발굴과 심화가 해방 후의 학문적 기반이
되었음은 의심의 여지가 없다. 이러한 연구와 관련하여 문학적
측면에서 직접적으로 관련되는 것 즉 재창조에 직결될 수 있는
것은 시조라는 장르라 할 수 있다. 여기에는 약간의 비판이 가해
질 수 있다. 첫째, 그것은 이들 ≪신흥≫ 및 〈조선어문학회〉의
방법론이 서구적 방법론을 습득한 후에 식민지 연구를 시작한
아키바(秋葉), 미시나(三品), 마에타(前田), 이마니시(今西), 오쿠라
(小倉) 등의 제국주의 학자들의 아카데미즘의 영향 아래 있었다
는 점이 우선 지적되어야 한다. 둘째, 대동아공영권의 준비의 일
환으로 강행된 일본 사상계의 방향 전환과 관련지을 수도 있다.
그들은 서구 중심에서 동양사론으로 귀환, 중국 및 한국의 고문
화, 고전 연구 붐을 일으킨다. 한국의 「조선문학 및 문화」(≪조선
일보≫ 1935. 1. 22-2. 7), 「동양문화의 재검토」(≪동아일보≫ 1940.
1), 「동양사학의 재반성」(≪인문평론≫ 제2권 제6호)과 서인식,[258]
신남철 등의 전통론도 엄격히 말하면 간바 토시오(樺俊雄), 야마
구치 타다스케(山口諭助) 등 경도제대 철학파와 결코 무관하지
않을 것이다. 이러환 의곡된 사관에서 가장 멀리 떨어질 수 있었
던 것이 바로 시조 개척이라 할 수 있다. 특히 이병기는 「시조발
생과 가곡과의 구분」(≪진단학보≫ 제1호)에서 시조의 본질을 학
문적으로 가장 깊이 밝혔음과 동시에 그 자신이 시조를 하나의
예술로서 완성시킨다.

---

258) 서인식, 『역사와 문화』(학예사, 1940) 참조.

2 수필 문학의 전개

수필이 한국 근대 문학에서 문제성을 띠게 되는 것은 1930년
대 중반기 이후의 일에 속한다. 문단 전체가 수필화되어 간다는
것에 대한 비판 시비는 1933년 무렵에서 1939년까지 이르러 있
는데, 그것은 1930년대에 접어들면서 문학이 저널리즘적 차원에
서 오락화되었다는 사실과 밀접한 관계를 맺고 있다. 신문 학예
면에 가정란이 설치되어 종래의 문학 중심의 편집 방법이 바뀌
고, ≪신동아≫(1931), ≪중앙≫(1933) 및 여러 종류의 여성지가
속출함으로써 문학은 읽을거리로 점차로 바뀌어 간다. 거기에는
만주사변(1931) 이후 일본 군국주의가 강경 일변도로 기울어졌
다는 사실을 첨가해야 한다. 그러한 상황에서는 문학 전체가 신
변잡기적 수필로 기울 수밖에 없게 된다.

그것은 아주 극단적으로 말하자면 산문이 현실에 대한 응전력
을 잃었다는 것을 뜻한다. 이 수필화의 경향은 딜레탕티즘과도
깊은 관계를 맺고 있다. 여기서의 딜레탕티즘이란 1930년대 초
기에 저널리즘을 장악한 해외문학파[259]의 그것을 말한다. 해외문
학파는 외국 문학에 상당한 교양과 취미를 가졌던 인사들로서,
문학을 교양과 취미의 영역으로 확대시킨다. 이러한 여건하에서
수필의 보급이 급격히 이룩되었는데 그 대표적인 문인들을 꼽는
다면 김기림, 정지용, 이태준, 김진섭, 이양하 등을 들 수 있다.
그들보다 먼저 1) 개화기의 동경 기행문류의 수필, 2) 최남선이
시범을 보인 「심춘순례(尋春巡禮)」 및 이은상 등의 국토예찬 같
은 민족주의 수필, 3) 김기진·박영희의 계급주의적 공격용 수필

---

259) ≪해외문학≫(1927) 두 권에 의해 발단된 도쿄 유학 문과 출신들의 활동
    은 1930년대 신문 학예면에서 교양화와, 연극에의 관심, 외국 문학 소개
    등으로 문학의 대중화에 공헌한 바 있다.

등이 발표되었지만, 1930년대 수필과는 자아 문제로 하여 본질적으로 구분된다.

　1930년대의 수필을 유형화한다면 1) 김기림류의 감각적 노스탤지어, 2) 정지용·이태준류의 고전적 언어 절약과 결벽성, 3) 김진섭류의 자기 도취적 수사학의 허세, 4) 이양하류의 견고한 자기 성찰 등으로 나뉠 수 있을 것이다. 김기림[260] 수필의 중심은 엑조티시즘을 기반으로 한 여행에의 초대이다. 그 여행에의 초대는 위트와 아이러니로 점철되어 있다. 그는 〈멋있는〉 문장을 만드는 데 전념한 산문 작가이다. 그 원인은 고도의 언어 결벽성으로 집약된다. 정지용의 수필은 「수수어(愁誰語)」, 「해협병」, 「선천행」 등 기행문이 중심이지만 이 기행적 현실 탈출의 노스탤지어가 감각적 경박성을 견제한 것은 고전적 언어 절약에서 기인하고 있다. 이 점은 이태준에게서도 마찬가지이다. 그들의 결벽성을 가장 잘 드러내 주는 것은 매화와 겨울, 동백, 난초 등의 〈차고 화려한〉 것에의 경사이다.

　책(冊)만은 〈책〉보다 冊으로 쓰고 싶다. 〈책〉보다 〈冊〉이 더 아름답고 더 책(冊)답다. 책(冊)은 읽는 것인가? 보는 것인가? 어루만지는 것인가? 하면 다 되는 것이 책(冊)이다. 책(冊)은 읽기만 하는 것이라면 그것 책(冊)에게 너무 가혹한 원시적인 평가다.[261]

　동백나무도 이곳에 와서는 방에서 자란다. 이중 유리창으로 눈빛이나 햇빛을 맞어들이게 밝은 사간 온돌 안의 동백나무는 자다가 보

260) 김기림, 「수필을 위하야」, 《신동아》 1933. 9. 〈수필이 가지는 매력은 무엇보다도 먼저 문장에 있다. (중략) 향기 높은 유머와 보석같이 빛나는 위트와 대리석같이 찬 이성과 찌르는 듯한 풍자와 아이러니와 패러독스〉(『바다와 육체』, 평범사, 머리말).
261) 이태준, 「책(冊)」, 『상허문학독본』(백양당), 22쪽.

아도 새로히도 푸르고 참하다. (중략) 동백나무도 보스락 보스락거리
는가 하면 창밖에는 며칠째 눈우에 쌀알눈이 내린다. 중큰마니가 돌
리시는 물렛소리에 우리는 은은한 먼 춘뢰(春雷)를 듣는다. 우르릉
우르릉.[262]

위의 수필들과 별개의 정신 구조를 보여주는 것이 김진섭과
이양하이다. 김진섭 자신은 수필의 특징을 〈숨김없이 자기를 말
한다는 것과 인생 사상에 대한 방관적 태도〉[263]로 요약하고 있
다. 이 두 개의 명제는 김진섭에게서 완전히 모순된다. 이 모순
을 휘덮고 있는 것이 그의 수사학이다. 따라서 숨김없이 자기를
말한다는 측면과 가장 먼 거리에 놓이는 것이 그의 수필의 특징
이다. 〈나는 화제가 우리들 사이에 전연히 없다는 것이 아니다.
나는 우리가 교환하는 회화의 내용이 항상 빈약하다는 것이 아
니라 나는 실로 그것으로써 (후략).〉[264] 이 수없이 반복되는 〈나〉
곁에 〈우리〉라는 설득적인 일인칭 복수가 자리잡는다. 이 장치는
자기를 숨김없이 말한다는 것과는 전혀 무관한 것으로 차라리
자기를 숨기는 연막전술이다. 따라서 그의 명제는 인생에 대한
방관적 태도 하나밖에는 없는 결과에 이른다. 자기를 드러내지
않고 인생을 방관할 때 가능한 것은 풍자이지만, 그는 그것을 선
택하지 않는다. 그때 보여지는 것은 과장된 제스처인데, 그 대표
적인 작품이 「생활인의 철학」과 「백설부」이다. 이와는 달리 자기
를 숨김없이 알몸뚱이로 섬세하게 드러내고 있는 것이 이양하의
수필이다. 그것은 근본적으로 〈글쓰는 기쁨〉에 관계된다. 〈글은
담배 한 개를 다 태우고 나도 좀체 이어지지 아니한다. 거울을

---

262) 정지용, 「화문행각·선천 2」, 『문학독본』(박문출판사, 1949), 133-135쪽.
263) 김진섭, 「수필의 문학적 영역」, 『교양의 문학』(신세계문고, 1939), 130쪽.
264) 김진섭, 『생활인의 철학』(덕흥서림), 41쪽.

갖다놓고 얼굴을 들여다보기 시작한다. (중략) 여드름이 하나 있
다. (중략) 인제 여드름 짜던 고놈의 손톱을 짜르기로 하자. 까칫
까칫한 고놈의 손톱만 잘라놓으면 글이 제절로 나올 것 같다. 그
래 나는 다시 손톱을 깎기 시작한다. (중략) 내 손톱이 이런 때
같이 예쁘게 깎아지는 일은 없을 것이다.〉²⁶⁵⁾ 글쓴다는 것과 생
활은 그에게는 역비례한다.

3 김환태의 인상주의 비평

식민지 후기에 주목할 만한 비평적 문자를 남긴 것은 임화, 이
원조, 김문집, 최재서,²⁶⁶⁾ 이헌구, 김환태²⁶⁷⁾ 등이다. 최재서의 「현
대시의 생리와 성격」, 「「날개」와 「천변풍경」에 관하여」, 「빈곤과
문학」, 「센티멘털론」,²⁶⁸⁾ 이헌구의 「조선문학은 어디로」, 「평론계
의 부진과 그 당위」,²⁶⁹⁾ 김환태의 「문예비평가의 태도에 대하여」,
「비평문학의 확립을 위하여」, 「나의 비평의 태도」²⁷⁰⁾ 등은 주목
에 값하는 평문들이다. 이 세 비평가의 특질은 그들이 다같이 프
로 문학 비평가들의 도식성과 피상성을 극복하려고 애를 쓰는

---

265) 이양하, 『이양하수필집』(을유문화사, 1957), 21쪽.
266) 최재서, 이헌구에 대해서는 김윤식 「최재서론」(≪현대문학≫ 제135호),
    「이헌구론」(≪서울대교양학부논문집≫ 1), 「해외문학파고」(『연포선생화갑논
    문집』)을 볼 것. 임화에 관해서는 김윤식, 『한국근대문예비평사연구』(한얼
    문고, 1973) 참조.
267) 김환태[訥人] : 1909-1944. 전북 무주군 출생. 1927년 보성고보 졸업.
    1928년 일본 도지샤(同志社)대 학예과 입학, 정지용과 친교. 1934년 규슈
    (九州)제대 영문과 졸업. 안창호와 친교, 구인회 동인. 그에 관해서는 김윤식,
    「순수문학의 의미」(『근대한국문학연구』, 일지사, 1973)와 김주연, 「비평의 감
    성과 체계」(≪문학과지성≫ 제10호)를 볼 것.
268) 최재서, 『문학과 지성』(대동출판사).
269) 이헌구, 『모색의 여정』(정음사, 1965).
270) 김환태, 『김환태전집』(현대문학사, 1972).

364

가운데 그들의 비평 세계를 구축했다는 사실이다. 최재서의 주지주의 문학론, 이헌구의 해외 문학론, 그리고 김환태의 감성주의 문학론 등은 그들이 프로 문학의 편협한 이론에 각각 제 나름대로 대처하는 과정에서 얻어진 것들이다. 최재서는 김기림, 이상 등의 모더니스트들의 문학 세계를 날카롭게 파헤친 공헌을 가지고 있으나, 그의 지성은 현실과 세계를 보는 사고인의 그것이 아니라, 일종의 속물적인 지식에 그쳐 작가의 깊은 내적 상처를 보지 못한 치명적 약점을 지니고 있다.[271] 객관적이고 명료한 것에 대한 그의 취향은 쉬운 해답을 항상 내리게 하며, 새로운 것을 올바른 것으로 착각하게 만든다. 군국주의에의 급격한 경사 역시 그러한 그 자신의 기질의 한 표현이다. 이헌구는 비평가로서 좋은 작가론을 남기지 못한 약점을 지니고 있지만 그의 현실 인식은 식민지 시대의 식민주의의 폐해를 냉철하게 기록하게 한다. 검열 제도 때문에 주의 깊게 읽지 않으면 그의 글의 요지의 상당 부분을 놓치게 되는 그의 비평의 기간을 이루고 있는 것은 식민지 현실에 대한 인식 없는 비평 활동의 허황성이다. 〈평론가로서의 재능과 노력을 결여한 내재적 주관적 사실 위에 사회의 객관적 자세가 낳아주는 모든 조건은, 논필의 생명을 그대로 분방시키지 못하고, 지대한 경계와 용의 가운데서 평론을 전개시키지 않으면 안 될 운명에 억눌리게 된 것이다.〉[272] 식민지 정책의 악랄성과 그것에도 불구하고 글을 써야 하는 논객의 불행이 식민지 치하의 한 와중에서 씌어진 것이다. 그래서 그의 비평의 대부분은 작품 자체에 대한 비평보다도 비평가가 취해야 할 비평적 태도에 관해 운위하고 있다. 민족의 정당한 현실 인식을 방해하는 모든 것에 대해 그는 비판을 하고 있으며 어떠한 절망적인

271) 그의 후기 친일은 그의 그런 태도의 한 상징이다.
272) 이헌구, 앞의 책, 21쪽.

환경 속에서도 가상의 현실에 대한 가상의 이론에 집착하지 않는 그런 글을 쓰지 않으면 안 된다는 신앙을 표명하고 있다. 〈행복을 잃어버린 사람으로서, 생의 권리를 박탈당한 사람으로서 애써 찾으려는 미지의 암흑 속에 잠겨진 그 세계가 아니 영원히 폐쇄된 그 문호가 우리의 힘으로 또 우리의 눈물과 피로써 획득될 수 있다면, 우리는 우리 서로의 얼굴을 쳐다보기 전에 우리 손이 어둠 속에서 더듬어 잡히는 그 손길을 놓치지 말고 굳세게 꽉 붙잡아야 한다.〉[273] 그런 그의 태도는 실제 비평으로 그를 인도하는 대신, 그와 그를 둘러싼 세계를 묘사하는 것을 목적으로 하는 그의 내면 일기로 그를 이끌어 간다. 그것은 비평의 패배를 의미한다.

김환태는 식민지 후기에서 비평가라는 이름에 값한 비평가이다. 그에 의해서 감성주의적 문학 이론이 처음으로 정립된다. 그의 문학 이론의 골자는 다음과 같다.

1) 문학의 표현은 생명력의 분출에 의거하는 것이며, 그것은 참된 것을 지양한다는 의미에서 손끝 재주와 다르다.[274] 이 점은 그의 감성주의가 단순한 형식주의가 아님을 입증한다. 그 결과 문학의 가치는 형식과 내용의 구별이 소멸할 때 생겨난다는 문학 인식이 행해진다.[275] 그러나 그의 감성주의의 약점은 진정한 생명력의 내용을 밝히지 못했다는 데에 있다.[276] 생명력이 인간의 내적 갈등, 고뇌와 어떤 관련을 맺고 있는가 하는 데 대한 고찰이 없는 한, 그것은 파시즘으로 기울 가능성을 가진다.[277] 2) 그

---

273) 같은 책, 18쪽.
274) 『김환태전집』, 24-29쪽.
275) 같은 책, 44, 72쪽
276) 생명력에 대해서 그는 괴테의 말을 인용, 〈생명은 생명에 의해서만 환기된다〉는 동어반복에 그치고 있다. 같은 책, 26쪽.
277) 그런 예로 하이데거를 들 수 있다.

는 창작에서 상상력이 얼마나 중요한 것인가를 제시한다. 〈아무리 위대한 사상이라도 그것이 위대한 시가 되려면, 그것은 먼저 시인의 상상력 속에 완전히 용해하여 감정화하고 성격 있는 정태(情態)가 되지 않으면 안 된다.〉[278] 3) 그는 비평의 원초적 형태가 감상(인상)이며, 비평은 거기에 반성이 덧붙여진 형태라는 상식적인 비평의 명제를 제시한다.[279] 비평가의 주관성과 객관성 혹은 비평가에게 진실이라는 명제로 바뀔 수 있는 그의 반성으로서의 비평이라는 명제는 그가 프로 문학 비평의 지도성 — 과학성이라는 것과 다소 대립되어 있음을 보여준다. 그는 프로 문학 비평 중의 일부가 과학성이라는 것에 사로잡혀 식민지 현실을 제대로 파악하지 못하고 그것을 억지로 개조하려 하다가 오히려 식민주의 사관에 말려 들어간 것과는 다르게, 비평이 제시한 여러 문제들을 자신의 반성을 통해 성실하게 해결하려 함으로써 그리고 그것을 삶과 연결시키려 함으로써 자신과 문학에 성실하였다. 그러나 김환태의 이러한 상식성은 그 자체의 한계를 지닌다. 프로 문예 비평의 과학성이 이러한 간단한 상식으로 극복되는 것일 수 없기 때문이다.

제11절 식민지 시대의 연극과 영화

식민지 시대의 연극적 공간은 민족 의식과 센티멘털한 풍속적 갈등의 결합으로 상징된다. 그것은 비극적 희곡을 처음부터 불가능하게 한다. 내적 자유도 외적 자유도 없고, 절대적 가치도, 객

---

278) 앞의 책, 45쪽.
279) 「문예비평가의 태도에 대하여」, 「비평 문학의 확립을 위하여」, 「비평태도에 대한 변석(辯釋)」을 볼 것.

관적이며 보편타당한 도덕률도 없는 상태에서는 참된 비극적 희곡이 생길 수가 없다. 희곡의 본질이 의지의 갈등 즉 비극 갈등에 있는 것이라면, 투쟁이나 저항이 불가능한 사회에서 희곡이 그 제대로의 모습을 보일 수 있을 리가 없다. 거기에서 가능한 것은 풍속의 과장된 묘사뿐이다. 그 과장된 묘사는 억눌린 민중의 병적인 자기 제스처의 결과이다. 작품 속에 표시된 작가의 과잉 감정은 그것을 보는 관중들의 억눌린 심정의 극단적인 표출이다. 거기에서 정치 투쟁 의식을 제거하면 남는 것은 울음을 유발시키는 사건뿐이다. 그것은 식민지 시대 자체가 하나의 독특한 연극적 공간이었음을 입증하는 것이다. 이 사실은 여러 작품에서 선명히 드러난다. 그 시대의 가장 중요한 문제 작품인 「아리랑」을 고찰해 보기로 한다. 먼저 연극으로 파악된 박승희의 「아리랑 고개」(1929)부터 검토하겠다.

막이 열렸다. 사람도 많이 왔다. 연극이 시작된다. 버들가지에서 꾀꼬리가 노래하고 냇물가에서는 처녀들이 마전을 한다. 처녀와 총각은 한모퉁이에서 눈물을 짠다. 일인에게 빚 대신 땅을 빼앗기고 북간도로 떠나야 한다는 작별의 애끓는 눈물이다. 이윽고 일인이 등장하여 노발대발하면서 앞잡이 녀석을 몰고 총각네집으로 간다. 동리 사람들이 웅성댄다. 얼마만에 총각의 아버지가 갓을 쓰고 괴나리봇짐을 질머지고 키보다 긴 지팡막대를 짚고 나온다. 처녀는 울도 못하고 그 뒤에 섰다. 일인은 땅문서를 손에 쥐고 빨리 떠나라 재촉한다. 그 총각의 아버지가 동리 사람들에게 조상의 산소를 부탁하면서 해마다 풀이나 뜯어달라는 대목에서부터 관중석에서는 훌쩍이는 소리가 나더니 이내 총각의 아버지가 주저앉아서 흙을 한줌 웅켜쥐고 「이 옥토를 버리고 가는 곳이 어디냐」 하면서 통곡하는 한편 총각과 처녀는 애끓는 작별을 한다. 처녀들은 아리랑을 합창하며 운다. 명색이 연출자라는 나부터 작자 기타 무대에 있던 사람이 다 울어 버렸다. 그러나 관중석에서는 왕벌떼 소리가 났다.[280]

저항으로 연결되지 못한 울음은 식민지 연극의 특징적인 요소이다. 따라서 식민지 연극의 공간 속엔 주제와 형식의 반성이라는 예술적 작업의 흔적보다는 검열을 피하여 울분을 풀게 하는 카타르시스적 요소가 압도적이다. 이러한 현상을 가장 분명하게 보여주는 것이 나운규 감독·제작·주연의 영화 「아리랑」(1926)이다. 서울서 공부하다 광인이 된 주인공은 악덕 지주의 아들이며 일경의 앞잡이를 낫으로 찔러 죽이는데 그 피를 보는 순간 의식을 회복한다. 그러나 그는 살인범으로 체포되어 아리랑 고개를 넘는다.[281] 그것을 보며 마을 사람들은 일제히 아리랑을 부른다. 실제 상영 때 온 관객이 일제히 아리랑을 합창했음은 물론이다.[282] 그것은 일종의 신화(神話) 작용이다.[283] 따라서 그것은 거의 비예술적이다. 연극과 영화라는 장르에 대한 반성보다는 심리적 카타르시스가 더 중요하게 생각된 것이 식민지 시대의 한 특징이다. 그것은 주목할 만한 작품으로 연극에 김수산의 「산돼지」(1926), 유치진의 「토막」(1933), 영화에는 나운규의 「아리랑」밖에 들 수 없는 것으로도 입증될 수 있다. 하나의 감정적 성감대가 발견되면 그것은 되풀이되어 하나의 의식이 되어버리는 것이다.

와세다 대학 영문과 출신의 김수산[284]은 서구 극문학을 가장

---

280) 박진(朴珍)의 회고(이두현, 『한국신극사연구』, 서울대출판부, 1966, 143-144쪽에서 재인용).
281) 이병일, 「영화 40년사」, 『한국연예대감』(성영문화사, 1962), 50쪽.
282) 장윤환, 「연예수첩반세기 —— 영화계」, 《동아일보》 1972. 11. 4.
283) 카시러가 쓰고 있는 이 용어는 정치적 기능이라는 이성 작용에 대응하는 것으로 비합리적 유언비어의 기능을 뜻한다.
284) 김수산[祐鎭] : 1897-1926. 그의 와세다대 졸업 논문은 「Man and Su-

본격적으로 배운 작가로서 감정적 카타르시스를 예술적 처리로
극복하려고 애를 쓴 작가이다. 그는 여러 가지 번역 극본도 남기
고 있는데, 그의 창작극의 대표작은 「산돼지」이다. 동학혁명을
몽환적으로 처리한 3막의 그 작품은 집돼지일 수 없는 산돼지의
운명적 상황을 뿌리뽑힌 식민지 지식인에게 비유하고 있다.

영(榮) —— 정치가?

원(元) —— 내게 타협이 있니? 수완이 있니?

영 —— 예술가?

원 —— 기교 없는 예술가는 없다. 내가 어느 틈에 기교를 배와 놓
　　　겠니?

영 —— 상업가?

원 —— 내게 겸손이라곤 이욕이라곤 그림자도 업다.

영 —— 비평가?

원 —— 그것은 될 듯싶다. 현실의 가치와 새 의식을 차지려고 애
　　　쓰는 점에서.

영 —— 의심중(疑心中)이오구려.

원 —— 의심중은 아니여도 내 본(本)길 전부는 아니다.

영 —— 그러면?

원 —— 네 생각에 나것흔 산돼지에게 무엇이 제일 가능하겠니?
　　　(중략) 하지만 나는 이 현실 속에 떠러지면서부터 이 탈
　　　(산돼지)을 쓰고 나왔다. 이것을 벗을려고 하는 것도 헛애
　　　쓰는 것이지만 동시에 그것을 안볼려고 하는 것도 가짓 뿌
　　　렁이다.[285]

perman : A Critical Study of Its Philosophy」. 그의 생애와 사상에 관한
　연구는 유민영의 「초성 김우진 연구」(≪한양대논문집≫, 1970)를 볼 것.
285) 유고집 기일(基一) 참조.

김수산의 지적 작품에 비하면 유치진의 「토막」이나 「소」
(1934) 등의 작품은 개인 의식의 각성이라는 주제보다는 풍속적
인 반응을 탐구한다.

제 5 장 민족의 재편성과 국가의 발견

  1945년 8월 15일의 해방은 한국의 20세기 문학사에서 가장
중요한 사건을 이룬다. 많은 식자들에 의해서 지적된 대로 그것
이 비록 독립이 아니라 해방이었다고 하더라도, 그 이후의 문학
적 조건은 그 이전의 문학적 조건과 판이하게 다르다. 제일 큰
문학적 조건의 변화는 한글로 사고하고 한글로 글을 쓰는 권리
와 의무가 한국 문학인에게 부가되었다는 사실이다. 그것은 조선
후기에서부터 서서히 진행된, 민족 에너지의 문학적 분출을 결정
적으로 문학인들에게 확인시킨 사건이다. 그 사건은 1948년 대
한민국 수립에 의해서, 국민 문학의 형태로 그 응전의 형태를 취
한다. 그러나 1945년 이후의 문학은 여러 가지 점에서 문제점을
내포하고 있다. 첫째, 1945년의 해방은 그것이 자주독립이 아니
라는 점에서 분단을 아무 저항 없이 수락할 수밖에 없게 만든다.
그것은 작가의 의식을 무의식적으로 억압하여, 국가 단위의 문학
을 전면적으로 수락하게 만들지 못하고, 민족 단위로 문학을 생
각하게 만든다. 분단은 문학인들로 하여금 식민지 시대 문학인들
이 느끼지 못한 새로운 억압체를 느끼게 한다. 둘째, 분단은 사

고를 경직화된 상태로 몰고 간다. 해방 이후 1950년의 한국전쟁까지의 좌우익 논쟁과 전쟁 이후의 공산주의 혐오 증세는 역사를 총체적으로 관찰하는 데 많은 장애를 일으키게 한다. 민주주의와 사회주의 그리고 민족주의에 대한 원초적인 고찰 없는 이데올로기 싸움은 국가가 그 구성원을 인간답게 살게 만드는 터전이라는 사실의 확인에서 오는 비평과 반성을 불가능하게 만들고, 생존하며 살아 남아야 한다는 샤머니즘적인 생존 사상으로 그 구성원들을 이끈다. 해방의 의미가 식민지 치하에서 살아 남은 몇몇 작가들, 특히 채만식, 황순원 같은 작가들에 의해 천착되었음에도 불구하고 그것이 계속적인 탐구의 결과를 보이지 못한 것도 거기서 연유한다. 그것은 4·19 이후에 특히 최인훈의 고독한 작업에 의해 그 전모를 드러낸다. 셋째, 경직된 이데올로기는 동족 상잔의 전쟁을 통해 감정의 차원에 폭넓게 정착된다. 그것을 더욱 조장한 것이 미국식의 실용주의 교육인데, 그것을 통해 반성보다는 암기가, 사고보다는 순응이, 이해보다는 지식이 더욱 중요시된다. 자기가 속한 국가에 대한 어려운 고통은 사상된다. 4·19 이후의 이상주의적 경향은 그러한 것에 대한 문화적 응전이다. 1945년 이후의 문학은 그럼에도 불구하고, 한국어로 사고하고, 한국어로 글을 쓴다는 일의 어려움과 즐거움을 확인시켜 준 문학이다.

제 1 절   민족 이동과 민족 재편성의 의미

1945년 8·15 이후의 민족 이동은 한국 민족의 의식 구조를 밝히는 데 있어 매우 중요한 과제 중의 하나이다. 역사의 충격에 의해서 생겨난 고향 상실감은 해방 이후 문학의 가장 뚜렷한 주제 중의 하나이기 때문이다. 이 민족 이동의 문제는 한국전쟁 이전과 그 이후로 크게 갈라서 접근할 수 있는데, 토지 개혁 및 가속적인 근대화 작업에 의한 도시와 농촌의 인구 이동 등의 중요한 문제가 거기에 포함된다.

1 해방과 민족 이동

조선 후기의 구조적 모순에 의한 이농 현상과 1910년 이후의 일제의 조직적 수탈에 의해 서서히 진행된 한민족의 분산은 정치·경제·사회·문화적인 면에서 볼 때 한민족의 〈뿌리뽑힘〉을 현실적으로 보여주는 현상이다. 그 분산 지역은 만주 간도, 시베리아, 중국, 일본, 남양, 하와이 등에 이르는데, 특히 일본(2백만 상회(上廻))·만주(1백만 상회) 등이 집중적이다. 민족 이동의 핵심은 소수의 망명객, 독립군을 제외하면 대부분이 지반을 잃은 노동자, 농민들이었는데, 여기에는 1940년대에 징용 및 강제 징병에 의해 동원된 인구가 포함된다.[1] 이 점에 대해서는 미군정이 조사한 1946년도 인구 통계를 참고로 할 수 있다.

외무처의 기록에 의하면 외국으로부터 남조선에 귀환한 동포와 북조선인의 이동은 1946년 10월 2일 현재로 합계 18,877,679에 달한다고 한다. 차(此) 외무처의 조사 일자는 인구 조사의 일자에 제일 근접하여 있으므로 그 숫자가 유효한 바이다. 귀환 동포를 처리하는 기관이 수립된 것은 1945년 10월 15일인 바 이전에 약 32만 인이

---

1) 안병직, 「1930년 이후 조선에 침입한 일본독점자본의 정체」(《경제론집》 제10권 제4호)에 의하면 1938-1945년까지 강제 동원된 인구는 조선 내 5백만 명, 일본에 1백만 명 이상으로 되어 있고 그중 징용만 181,530명으로 되어 있다(99쪽).

등록하지 않고 입국하였고 또 어떤 사람들은 그 후 밀선 육로로 역시 계출(屆出) 없이 38도 이북에서 입국하였던 것이다. 그와 같은 사람들을 조사하는 것은 불가능하다. 남자 수와 여자 수의 비율이 달라졌다는 것은 주로 징병 장정과 징용자의 귀환에 귀인한다.

1946년 10월 2일까지의 등록된 귀환 동포수와 일본이 항복한 1945년 8월 15일부터 10월 5일까지 남조선에 이주한 사람의 숫자의 합계는 약 2백2십만이다. 그러나 이 숫자의 전부가 남조선 인구에 대한 증가라고 생각할 수 없다. 즉 그 이유로 1944년 인구 조사가 실시된 후에 많은 수의 조선인이 이 나라에서 공출당하고 해외로 징발당했기 때문이다.[2]

이러한 민족 분산은 해방 이후에 〈엑소더스적 현상〉을 일으키는데, 그것으로 인해 빚어지는 갈등과 파탄과 조정의 과도기적 현상은 군정, 임정 환국, 친일파의 잔존 등의 정치적 사회적 현실과 대응 관계를 이룬다. 그 엑소더스적 현상에서 한국 사회가 처음으로 부딪친 것은 양식 문제이다.[3] 그 양식 문제는 대체적으로 미국의 원조에 의해서 해결되는데, 전후의 물질주의적 경향과 허무주의 등은 그러한 원조가 낳은 정신적 질환이다.

그런 사정을 비교적 적나라하게 보여주는 것이 김영수의 「혈맥」, 허준의 「잔등(殘燈)」, 안회남의 「말」, 김동리의 「혈거부족(穴居部族)」, 황순원의 「목넘이 마을의 개」 등이다.

지금 형편으로 본다면 기차의 수로 본다든지, 편리로 본다든지 닥

---

2) *Population of South Korea, by Geographical Divisions and Sex*, September, 1946(Headquarters U. S. Army Military Government in Korea Dpt. of Public Health and Welfare Bureau of Vital Statistics), 3-4쪽.
3) 이승만, 『나의 포부와 희망』(신생활협회, 1946), 21쪽.

치는 그 시시각각마다가 극상의 것이어서 (중략) 당장 당장이 마지
막인 것 같은 (중략) 「잘못하다간 서울까지 걸어간다는 말이 나지」
닥쳐오는 추위와 여비 문제와 고향을 까마득히 둔 향수가 나날이 짙
어가서 일종의 억제할 수 없는 초조와 불안이 북그러 울음에는 그들
과 다름이 없었으나 반면에는 만조에 딸려오는 조금과 같이 아무리
보채어 보아도 아니된다는 관점에 한 번 어르기만 하는 날이면 그때
는 그때로서 그 이상 유창한 사람이 없다하리만치 유창한 사람이 되
는 나이이기도 하였다.[4]

　「고향으로 간다!」
　그렇게 여러 날 동안 물 한 모금 못 마신 채 주리고 떨어가며, 두
눈에 불을 켜듯 하고 있던 그 남편은 (중략) 「인제 해방이 됐으니까
병도 물러가겠지. 고향에 돌아가 개나 몇 마리 구해 먹고, 하면 엔만
한 병줄쯤이야 설마 안 떨어질라고」 한 것은 일 년 전 아직 만주 벌
판을 달리고 있는 마차 위에서 순녀가 남편을 위로하던 말이었다.[5]

　허준의 「잔등」에서는 인텔리가, 김동리의 「혈거부족」에는 노동
자가 주인공으로 되어 있지만, 그들의 의식을 해방 직후에 공동
적으로 지배하는 것은 귀소 본능이다. 그것은 〈표 1〉에 의해서도
그 현실적 실감을 획득할 수 있다. 귀소 본능의 문학적 표현인
〈귀국선〉, 〈무개열차〉와 함께 중요시되어야 할 것은 도시 집중
현상이다. 그것은 〈표 2〉를 보면 명확해진다.

---

　4) 허준, 「잔등」, 《대조》 창간호, 187쪽.
　5) 김동리, 「혈거부족」, 『해방문학선집』(종로서원, 1948), 7-8쪽.

표 1 해방후 남한에 들어온 동포

(1945. 8. 15-1949. 5. 1)

일　　본	936,001인	55.5%
북　　한	481,204인	28.5%
만　　주	212,007인	12.5%
중　　국	42,232인	2.5%
기타외국	16,261인	1.0%
계	1,687,586인	100.0%

표 2 해방후의 도시인구와 농촌인구 비교

연도	전인구수	도시인구수(북교)	농촌인구수(북교)
1946	19,369,270	2,831,926(14.6%)	165,537,374(85.4%)
1949	20,188,641	3,474,151(17.2%)	16,714,489(82.8%)
1955	21,526,374	5,281,432(24.5%)	16,244,942(75.7%)
1960	24,994,117	6,988,844(28.0%)	17,995,273(72.0%)[6]

〈표 2〉에서 보이는 바와 같이 도시 집중화는 일차적으로는 1947년부터 시행된 농지 개혁법[7]과 밀접히 관계된다. 그 토지 문제와 관련된 작품으로는 채만식의 「논 이야기」 같은 풍자적 작품을 들 수가 있다.

(그러나 이 매우 중요한 측면을 작품으로 집요하게 추구한 작가가 별로 없다는 점이 또한 지적될 수 있다. 해방 후에 발간된 『농민소설 집』[8]에는 물싸움이라든가, 소년의 비애라든가 아니면 농촌의 인심을 취

---

6) 같은 책, 363쪽.
7) 정부는 1949년 2월 농림부가 성안한 것을 국회에 회부하였고 1949년 2월에 수정안을 국회 본회의에 상정. 1949년 6월 법률 제31호로 공포되고, 15할 보상·15할 상환의 5개년 연부식(年賦式)이라는 개정안에 의해 1950년 3월에 법률 제108호로 입법 조치가 되었던 것이다.
8) 『농촌소설선집』(협동문고) 속엔 황순원의 「솔메마을 사람들」, 염상섭의

급한 지극히 표면적인 작품만이 실려 있다.)

다음에 문제되는 것은 이데올로기적 측면이다. 이데올로기 선택에 의한 민족 이동에 관해서는 특히 문학사의 경우, 조심성 있게 접근하지 않으면 안 된다.

우선 개괄적인 명단을 보이면 다음과 같다. 1) 월북 작가 —— 홍명희(1946), 이태준, 임화, 지하련(1947), 김남천, 이원조, 안회남, 허준, 김동석, 오장환, 임학수, 김영석, 박찬모, 조영출, 조남령, 김오성, 주영섭, 윤규섭, 황민, 이서향, 한효, 이동규, 박세영, 박팔양, 송영, 윤기정, 신고송, 이갑기, 조벽암, 함세덕, 이근영, 지봉문, 박산운, 엄흥섭, 조운, 황하일(한국전쟁 이전), 설정식, 이용악, 박태원, 현덕, 양운문(한국전쟁 이후), 김태준, 유진오, 이합(빨치산으로 사살됨). 2) 월남 작가 —— 김동명, 안수길, 김진수, 임옥인, 황순원, 구상, 최태응, 오영진, 유정(한국전쟁 이전), 김이석, 박남수, 장수철, 박경종, 김영삼, 이인석, 양명문(한국전쟁 이후).[9]

그들의 이데올로기 선택의 이유가 무엇인가를 검토하는 일은 신중을 기해야 될 문제이지만, 문인의 이동 및 편성이 문학사적 비중을 띤다는 점이야말로 한국 문학사의 특징적인 현상이라 하지 않을 수 없다.

2 한국전쟁과 민족 이동

1950년의 한국전쟁은 민족 이동 및 그 재편성을 불가피하게

「새 설계」, 김동리의 「한내 마을의 전설」, 이무영의 「기우제」 등이 포함되어 있다.

9) 문협 편 『해방문학 20년』(정음사, 1966): 이철주, 『북의 예술인』(계몽사, 1966): 현수, 『적치 6년의 북한문단』(국민사상지도원): 문총 편 『문총 창립과 문화운동 10년 소관(小觀)』(1957) 참조.

만든다. 그 문제는 우선 다음 두 가지 관점에서 고찰할 수가 있다. 첫째, 한국전쟁은 수백만의 이북인을 월남케 한다. 한국전쟁은 동시에 이광수, 손진태, 김진섭, 김억, 정지용 등을 납북케 하였고, 김동인, 김영랑, 석주명 등을 잃게 한다. 그러나 한국전쟁의 민족적 엑소더스는 이러한 소수 문사들의 손실보다 훨씬 중요한 문제점을 갖는다. 월남 인구의 남한에서의 뿌리박기는 한국전쟁 이후의 사상적 지적 노력의 중요한 대목을 이루는데 그것의 중요성은 몇 명의 문인들의 손실 이상의 의미를 띤다. LST(피난민) 의식이 생활의 차원으로 밀착되면서 추상화되는 관점은 해방 이후 문학사의 한 특징을 이룬다. 예를 들자면 이호철의 「나상」, 「탈향」 및 「소시민」이 보여주는 것은 피난민의 정착 과정이다. 그러나 그의 피난민 의식은 분단의 시기가 길어짐에 따라 점점 경화되고 도식화된다. 최인훈의 「회색인」, 「서유기」, 「하늘의 다리」 등은 근본적으로 피난민 의식을 정신사적 차원으로 승화시킨 작품들이다.

둘째, 한국전쟁은 도시 인구 집중으로 인해 지역성을 축소시킨다. 그 진술은 문학적인 면에서는 다음 두 가지 사항을 포함한다. 그 하나는 도시 인구 집중이 언어의 혼란과 순화를 동시에 가져왔다는 사실이다. 그것은 방언의 혼류와 그것을 통제하는 규범으로서의 표준어의 자각을 불러일으키는데 그것은 한국 문학의 표현력을 크게 신장시킨다. 또 하나는 농촌 출신의 엘리트들의 도시 진출이 현저해져서 농촌의 여러 구조적 모순점들이 첨예하게 드러났다는 사실이다. 그것은 도시 변두리의 판자촌 문제와도 직결되어 있다.

제2절 생존의 고통과 생존 이유의 탐구

해방 후의 문학인들에게 주어진 사명은 일제 말기에 대단한 압력을 받은 빈사지경의 한국어에 새로운 활력을 불어넣어, 식민지적 잔재가 여기저기 널려 있는 혼란된 사회에 하나의 예술적 질서를 부여하는 작업이다. 그 작업은 혼란된 사회의 현실적인 모습과 그 뒤에 숨어 있는 보이지 않는 힘을 드러내는 작업과 마찬가지의 작업이다. 그것은 대체적으로 세 부류의 작가들에 의해 행해진다. 첫 부류는 한반도 외의 곳에서 실국민(失國民)의 설움을 몸으로 겪고 해방 후에 귀국한 작가들이다. 그런 부류의 작가로서는 안수길, 손창섭 등이 대표적이다. 둘째 부류는 이데올로기의 상이성 때문에 어쩔 수 없이 월남하여 생활의 뿌리를 잃어버린 작가들이다. 그들은 황순원, 선우휘, 장용학, 이호철, 최인훈, 강용준 등으로 대표될 수 있다. 셋째 부류는 이남 출신으로 생활의 뿌리를 완전히 뽑히지는 아니하였지만 계속적인 정치적 사회적 혼란 때문에 어떻게 살아야 할 것인가를 계속 탐구하지 않을 수 없었던 작가들이다. 그들은 김동리, 김정한, 서기원, 하근찬, 박경수, 박경리, 이문희 등으로 대표된다. 이 세 부류의 작가들은 유년기의 교육 과정과 생활 환경이 판이하게 달랐기 때문에 현실 인식에 상당한 차이를 드러낸다. 첫째 부류의 작가들에게서 주조를 이루는 것은, 외국에서 상당 기간 동안 삶을 영위하였다는 점에서 연유하는 것이겠지만 강렬한 민족 의식—주체 의식과, 그 역의 방향에서 심리적으로 작용하는 자기 연민이다. 월남 작가를 끝까지 사로잡고 있는 것은 공산주의라는 이데올로기와의 투쟁이다. 그것에 막연한 동정을 가지고 있건, 그것에 격렬한 증오심을 가지고 있건, 월남 작가들은 그들의 삶의 뿌리를 뽑게 한 공산주의라는 이데올로기에서 완전히 자유로울 수가 없다. 동시에 그들의 주된 테마 중의 하나는 낯선 땅에 뿌리를 드리우려는 소시민의 집념이다. 거기에 비해 위협을 받기는 받았지만 완전하게 뿌리를 뽑히지는 아니한 이남 출신의 작가들은 자신들의 생존을 위협하는 미지의 힘을 규명하고 자기의 삶의 터전 위에 도덕적으로 그리고 풍속적으로 굳건한 발판을 세우려는 노력을 보여준다. 뿌리를 뽑히게 될 위험을 간직하고 있는 부류에 대한 탐구와 분석, 그리고 풍속적 혼란의 원인을 규명하고 거기에 새로운 활력을 부여하려는 노력은 이남 작가들의 주된 작업을 이룩한다. 그런 노력의 결과로서 독자들에게 주어진 것이 안수길의 「북간도」(1967), 손창섭의 「낙서족」(1959), 황순원의 「별과 같이 살다」(1950), 「카인의 후예」(1954), 선우휘의 「싸릿골의 신화」(1962), 장용학의 「원형의 전설」(1962), 이호철의 「소시민」(1964), 최인훈의 「광장」(1960), 「회색인」(1963), 「서유기」(1966), 김동리의 「사반의 십자가」(1955), 김정한의 「모래톱 이야기」(1966), 서기원의 「혁명」(1964), 박경리의 「김약국의 딸들」(1962), 이문희의 「흑맥(黑麥)」(1964), 박경수의 「동토」(1970), 하근찬의 「야호(夜壺)」(1972) 등이다.

1 안수길[10] 혹은 만주의 서사시

안수길의 문학적 업적은 「적십자병원장」(1935)을 발표한 지 32년 후에 독자들에게 완결된 형태로 제시된 「북간도」(1967)이다. 〈1957년 가을에〉[11] 구상되어 1967년에 완간된 「북간도」는

---

10) 안수길[南石] : 1911-1977. 함남 함흥 출생. 만주 간도중앙학교 졸업. 1930년 교토 양양중학 입학. 1935년 「적십자병원장」과 「붉은 목도리」가 《조선문단》에 당선. 1943년 『북원』, 1954년 『제삼인간형』, 1958년 『제이의 청춘』, 1965년 『벼』, 1967년 『북간도』 간행.
11) 안수길 『북간도』 하권(삼중당, 1967), 319쪽.

〈만주에서의 우리 사람들의 생활〉[12]을 그린다는 그의 일관된 작업 태도의 결산이다. 그것은 곧 대단한 반응을 불러일으켜 〈해방된 십여 년래의 우리 문학사에서 가장 뛰어난 작품〉[13]이라는 평가와 함께 〈민족 문학의 하나의 초석이 되어줄 만한 거작〉[14]으로 인정받는다. 그것은 1870년경에서부터 1945년 해방까지의 약 80년간의 북간도의 한국인 수난을 묘파하고 있다. 그러나 그것은 4대에 이르는 한 가족사로 대치되어 있어 도식적인 수난사를 뛰어넘는다.

그의 상상력의 기점인 만주는 그의 최초의 중편 소설인 「벼」(1940)에서부터 뚜렷한 모습을 드러내고 있다. 「벼」에서 「북간도」에 이르는 그의 작품의 기조음을 이루는 만주는 최명익, 정비석의 낭만적 도피처도 아니며, 최서해의 「홍염」에서처럼 외인 지주와 소작농의 갈등의 장소도 아니다. 그의 만주는 이태준의 「농군」(1939)에서 묘사된 것과 같은 땅에 대한 깊은 애착과 결부되어 있는 만주이다. 일제의 악랄한 수탈 정책 때문에 정든 고향을 등지고 떠나와서, 원주민과의 목숨을 건 투쟁 끝에 쟁취하였고, 계속 원주민들의 압력을 받을 수밖에 없었던 만주의 땅이 안수길의 정신적 고향이다.

찬수는 흙 속에 두 팔을 깊이 박았다. 그다지 저항이 없이 손은 흙 속으로 파고들었다. 흙 밑에서 두 손을 마주 잡았다. 그리고는 손가락을 갈쿠리로 틀어 흙과 함께 볏모를 가슴에 힘껏 안았다. (중략) 물 속에서 그는 어렴풋이 누군지 고함치는 것을 들었다.

「우리가 피땀으로 풀어논 땅…… 꼼짝말구 이대로 엎드린 채 이곳

---

12) 같은 책, 318쪽.
13) 『북간도』 상권, 서문(백철).
14) 신동한, 「안수길 작품해설」, 『한국대표문학전집 7』(삼중당, 1971), 807쪽.

에서 모두 같이 죽자……」

찬수는 물에 머리를 박은 채 다시 한 번 흙 속에 팔에 힘을 주어
볏모를 끌어 안았다.[15]

「농군」의 마지막 대목을 그대로 연상시키는 「벼」의 마지막 대
목은 작가의 땅에 대한 애착을 그대로 강렬하게 드러내 준다. 그
러나 식민지 치하에서의 만주 묘사는 일제의 검열 제도 때문에
개척 초기의 원주민과의 대립에 한정될 수밖에 없다. 그것은 「홍
염」의 최서해, 「농군」의 이태준이 다같이 겪은 상황이다. 그래서
이민들의 강렬한 민족 의식은 청인(淸人)과의 대립으로 축소되
고, 땅에 대한 애착만이 강조된다. 그러나 안수길은 민족 교육의
필요성을 교묘하게 강조, 최서해나 이태준과 다르게 폭넓은 역사
인식을 나타낸다. 「벼」에서 원주민과의 대립을 야기시키고 있는
결정적인 요인이 민족 학교의 설립이다. 민족 학교 설립은 자식
들의 장래를 위한 것이다. 그것은 〈밥 다음으로 절실한 문제〉[16]
이다.

어린애들은 해마다 늘었다. 부형들은 흙파는 것만으로 만족하지
않았다. 물론 그것은 잘 살기 위한 수단이다. 그러나 잘 산다는 것은
자신을 위하는 동시에 자식들을 북돋고 그 장래를 튀워주는 데도 있
는 것이다.
자식들의 장래를 생각하는 마음은 남의 땅에 와서 더부살이하며 흙
을 파는 그들에게도 여유있는 도시 사람에 비겨 못할 것이 없었다.[17]

---

15) 같은 책, 782쪽.
16) 같은 책, 771쪽.
17) 같은 책, 771쪽.

그러나 그 민족 학교는 일인의 침략을 두려워하는 청 관리에 의해 완강하게 거부된다. 그것의 설립의 불가능성은 실국민의 정황을 더욱 돋보이게 한다. 「벼」에서는 〈밥 다음으로 절실한〉 문제였던 학교 설립 문제가 「북간도」에 이르면 밥보다 훨씬 주요한 문제로 대두되며, 민족 교육을 실현할 수 없는 상황은 광복군 활동과 직결되어 설명된다.

「북간도」의 주제는 땅에 대한 농민들의 애착과 강렬한 민족 의식이다. 땅에 대한 농민들의 애착이라는 주제도 「벼」에서보다 일보 전진하여 실국인의 이민이라는 상황보다는 자기 땅을 도로 찾는다는 능동적인 월강(越江)이라는 상황과 결부되어 있다. 사대 중에서 제일 처음으로 두만강을 넘어 만주에 정착한 이한복을 사로잡고 있는 것은 만주가 우리 땅이라는 강한 자각이다. 강을 건너가는 것이 극형을 받는 시기에 월강죄로 체포된 그는 부사 앞에서 당당하게 말한다.

> 한복이는 또랑또랑하게 말했다.
> 「강 건너는 우리 땅입메다. 우리 땅에 건너가는기 무시기 월강쬠메까?」
> 대담무쌍한 말이었다.[18]

만주가 우리 땅이라는 생각은 이한복 일가의 민족 의식의 기간을 이루는 발상이며 동시에 「벼」 시기의 만주 인식에서 한 걸음 나아간 안수길의 만주 인식의 기본 방향이다. 그래서 원주민과의 대립도 「벼」에서와는 다르게 생존의 위협이라는 측면보다도 신채호류의 아(我)와 피아(彼我)의 투쟁이라는 형태로 바뀌어

---

18) 『북간도』 상권, 28쪽.

있다. 초기의 만주 묘사에서 보이는, 그리고 다른 작가들에게 편재되어 있는 이민의 억울한 삶은 「북간도」에 거의 보이지 않는다. 이한복 일가가 끝내 중국에 입적하지 않는 것도 그러한 현실인식의 결과이며, 그것은 청인들과 대등한 입장에서 그들과 싸워나가려는 의식을 가능케 한다.

그렇다고 입적귀화해 청국 사람이 될 수도 없었다. 어떻게 흰 옷을 소매 긴 청복으로 바꿔입고, 상투를 풀어 등 뒤로 드리울 수가 있을까? 〈민족의 얼〉이 용서하지 않았다.

민족의 얼이 이제는 밥보다 더 귀중한 것으로 변모한 것이다. 그 민족의 얼은 그러나 자생적인 에너지라는 독특한 면모를 보여준다. 만주가 우리 땅이라는 자각을 불러일으킨 것은 농민들의 생존의 고통이지, 관리들의 선전[19]이 아니다. 그 점에서 민족의 얼은 안수길에게는 자생적인 것이다. 지배층이 어떻게 바뀌건, 만주의 소유권에 대한 외국들의 태도가 어떻게 달라지건, 만주의 한국인들은 그들이 〈피땀으로 개척한〉[20] 농토를 버리지 않는다. 그 땅은 그들의 것이다. 그 민중의 자각은 사포대(私砲隊)의 조직과 민족 학교의 설립으로 표상화된다. 그것은 〈우리의 실력으로 우리를 지킬 수 있다는 미더운 생각, 거기에서 생기는 기쁨이 가져다 주는 웃음〉[21]을 가능케 한다. 그 웃음은 가난과 절망을 딛고서 고향 아닌 곳에 뿌리를 드리우려는 민중의 웃음이다. 뿌리를 드리운다라는 표현은 「북간도」에 빈번하게 나타나는 것이다. 완전히 뿌리를 내려야 확실한 실감으로 모든 것을 관찰할 수

---

19) 같은 책, 63쪽.
20) 같은 책, 62쪽.
21) 같은 책, 115-116쪽.

있다. 그러나 일본의 개입으로 사포대와 민족 학교는 그 본래의 의미를 잃어버리게 된다. 뿌리를 다시 뽑힌 것이다. 〈그러나 그렇게 가는 데마다 뿌리를 박지 못하고 뜨기만 해서야 되겠는가?〉[22] 사포대는 해산되고 민족 학교 역시 문을 닫거나, 닫지 않을 수 없는 상황에 이르게 된다. 그때 가능한 삶의 방법은, 어떻게 뿌리를 드리우고 그 속에서 삶을 영위해 가는 순응주의자의 태도와 뿌리를 드리울 수 없는 곳에서는 뿌리를 내리지 않겠다는 비순응주의자의 태도이다. 〈민족과 얼〉을 끝끝내 버리지 못한 이한복 일가는 후자를, 초기의 최칠성 일가와 후기의 장현도 일가는 전자를 각각 대표한다. 「북간도」의 예술적 성과는 순응주의자들의 자기 기만을 통절하게 폭로하고 비순응주의자의 생활 태도를 옹호하는 과정에서 얻어진다. 최칠성 일가의 몰락과 장현도의 설득에 의한 이정수의 자수의 결과는 순응주의가 역사 앞에서 드러낸 치부이다. 이정수의 새로운 투쟁 의욕이 순응주의의 자기 기만을 투철하게 느낀 이후에 생겨난 것임은 그런 의미에서 주목할 만하다.

농민의 땅에 대한 애착은 그들을 순응주의자로 만드는 가장 큰 요소이다. 한 번 뿌리를 드리운 곳에서 떠나지 않겠다는 것이 농민들의 땅에 대한 애착의 내용을 이룬다. 그러나 「북간도」는 농민의 땅에 대한 애착이 순응주의에 빠지지 않고 〈민족의 얼〉과 항상 결부되어 있음을 보여준다. 민족이라는 큰 뿌리가 땅에 굳게 뿌리를 드리우지 못한다면 모든 자질구레한 뿌리 드리우기는 현실에의 야합에 지나지 않는다는 것을 「북간도」는 입증한다.

이렇게 해 일본은 두만강 이북의 간도, 그 영토와 조선 주민을 송

---

22) 『북간도』 하권, 48쪽.

두리째 청국에 넘겨주고 만 것이었다. 원한의 통감부 파출소는 물러
갔다. 그러나 그것은 원한을 걷어간 것은 아니었다.

오히려 더 큰 원한의 씨를 심어놓고 만 것이다.

그 뒤엔 무엇이 올 것인가? 이젠 여기가 우리 땅이라고 영 입 밖
에 낼 수가 없게 되었다.

북간도의 조선 농민들은 완전히 남의 나라에 온 〈이미그런트〉유
랑의 이주민이 되고 말았다.[23]

만주의 상실을 그리고 있는 이 대목은 국토를 빼앗긴다는 것
이 무엇을 의미하는가를 명확하게 보여준다. 국토를 빼앗긴다는
것은 영원한 유랑민이 됨을 뜻한다. 유랑민이 뿌리를 드리우기
위해서는 땅을 되찾는 길밖에 없다. 그 외의 모든 뿌리 드리우기
는 야합에 지나지 않는다.

안수길의 문체는 대담한 생략법과 행갈이에 있다. 그것은 사건
의 전개를 재빠르게 하며, 사건을 전체적인 면에서 파악하려는
그의 의도의 소산이다.

동쪽 창문이 훤했다.
날이 새기 시작하는가 보다.
꼬꾜 ──
닭이 벌써 여러 훼 울었다.
(중략)
유월 초순, 음력으로는 단오가 지났다.[24]

「북간도」의 서두를 이루는 위의 대목에서 그것은 뚜렷하게 드

---

23) 『북간도』 상권, 273쪽.
24) 같은 책, 9쪽.

러난다. 간결하게, 작가 자신의 주관적인 개입을 될 수 있는 대로 배제해 가면서, 그는 재빠른 행갈이와 대담한 점경 처리를 통해 사건에 탄력성을 부여한다. 그 결과 그의 소설은 묘사하여 독자들에게 보여주기보다는 설명하고 납득시키려고 애를 쓴다. 인물들의 성격 역시 간결하고 대담하게 설명되고, 그 성격의 심리적 갈등은 사건에 가리어 거의 보이지 않는다. 사건을 전면에 내세우는 그의 창작 태도는 사료(史料)를 생채로 지문(地文) 속에 흔히 도입하게 한다. 사건이 개인에게 반영되기까지를 기다릴 여유를 그는 갖고 있지 않다. 대신 그만큼 사건에는 박진력이 부여된다.

2 황순원[25] 혹은 낭만주의자의 현실 인식

황순원은 그의 낭만주의적 성격을 구극으로 밀고 나가면서 거기에 적절한 규제를 가하려 한 작가이다. 그의 낭만주의적 성격은 초기 낭만주의자들의 체제와 질서에 대한 강렬한 저항 의식을 포함하지 않고 있다. 그런 의미에서 그의 낭만주의적 성격은 죽어가는 여인을 묘사하는 것이 가장 아름답다는 포의 작시(作詩) 철학에 표현된 퇴폐적 낭만주의에 가깝다. 그러나 그의 낭만주의적 성격의 일면을 이루는 퇴폐성은 서북 지방의 프로테스탄티즘에 의하여 적절하게 규제되어 거부되어야 할 것으로 변모된다. 그의 낭만주의적 성격은 그러므로 곧 사라지리라는 예감을 주는 미적 이상을 긍정하고, 그것의 효과를 노리는 신비주의적인

---

25) 황순원 : 1915-. 평남 대동군 출생. 정주 오산중학 입학. 1934년 『방가』 간행. ≪삼사문학≫ 동인. 1940년 『늪』 간행. 해방 전까지 발표할 길 없는 작품 제작. 1948년 『목넘이 마을의 개』, 1952년 『곡예사』, 1954년 『카인의 후예』, 1957년 『인간접목』, 1964년 『황순원전집』(6권) 간행.

측면과 완벽한 형태를 획득하여 그 질서 속에서 그의 내부의 정열을 감추겠다는 기교주의적인 측면을 가지고 있다.

그의 미에 대한 경사는 사춘기의 꿈에서 비롯한다. 그의 초기 단편의 상당수는 〈떨림〉이라는 심적 동요를 기조음으로 삼고 있다. 대상을 정확하게 관찰하지 못하고, 자기 감정의 내용을 뚜렷하게 분석하지 못하는 시기의 심적 동요를 그는 대부분 떨림이라는 상태로 표현한다. 그 상태에서는 완전한 감정 이입이 행해져 논리적 조작을 불가능하게 한다.

태섭은 소녀의 두꺼운 가슴이 테이프를 걸치고 골인하며 테이프 끝을 푸르르 날리는 장면을 머리에 그리고 저도 모르게 여윈 몸을 한 번 부르르 떨었다.[26]

태섭은 일부러 온몸을 떨어보이며 갑자기 따끈한 커피가 마시고 싶어졌다고 하면서 피하듯이 다방 안으로 들어가고 말았다.[27]

그의 최초의 단편집인 『늪』의 첫머리에 실려 있는 「늪」에서부터 〈떨림〉은 중요한 의미를 가지고 독자들에게 제시된다. 대체적으로 그의 주인공들의 떨림은 여자와의 비정상적인 관계에서 야기된다. 그 떨림은 순수하고 아름다운 것에 대한 동경과 등가이다. 사춘기의 떨림을 장년기에서도 계속 유지시켜 주는 소도구가 그의 소설에는 일정하게 등장하는데 그 대표적인 것이 술이다.[28]

---

26) 『황순원 전집 1』(창우사, 1964), 69쪽.

27) 같은 책, 75쪽.

28) 술과 손의 떨림이라는 주제를 소설로써 성공시키고 있는 예가 마르그리트 뒤라스의 소설들이다. 그녀와 황순원의 비교는 재미있는 결과를 보여줄 수 있을 것이다.

조훈은 곱잡아 넉 잔이나 들이키고 나서 (중략) 하나꼬가 내미는 손을 어느새 떨기 시작한 손으로 잡아 끌어다니는데.[29]

술병에서 술 한 고뿌를 가득히 부었다. (중략) 김서방은 무엇에 이끌리듯이 구름다리에 발을 올려놓았다. 자꾸 다리가 떨렸다.[30]

술은 황순원의 상당수의 주인공들을 사춘기의 떨림으로 환원시키는 소도구이다. 「그래도 우리끼리는」에서 황순원은 윌리엄 제임스의 말을 빌려 알코올을 〈사물의 찬란한 핵심으로 이끌어〉〈진리와 일체가 되게 하는〉[31] 중간 매체로 파악하고 있다. 알코올 ─ 술을 통해 그의 주인공들이 얻을 수 있는 것은 환상과 순수이다. 먼 곳에 대한 취향과 순수하고 아름다운 것에 대한 확인은 술을 떠나서는 있을 수 없는 행위이다.

술이 몇 순배 돌았을 때 황노인은 어떤 자꾸 흡족해지는 마음으로,
「참 동갑, 해금 한 번 켜게」 했다. (중략)
늙은 재니는 잠시 먼 것을, 아주 머언 것을 생각하는 듯 허공 한 곳에다가 눈을 주고 있더니 스르르 눈을 감으며 해금에 활을 긋기 시작했다.[32]

잔을 든 청년은 저도 모를 기분으로 잔을 옆의 남도 사내에게 내밀며, 자 한잔 드시소, 했다. (중략) 남도 사내의 눈도 어느새 눈물로

---

29) 『황순원 전집 1』, 122쪽.
30) 『황순원 전집 2』, 379쪽.
31) 『황순원 전집 3』, 363쪽.
32) 『황순원 전집 1』, 312쪽.

빛나고 있었다. 청년은 그늘 속에 희미하게 빛나는 온전한 구슬알들을 남도 사내에게서 받아들고는 그냥 눈물 섞인 웃음을 웃곤 웃곤 하였다.[33)]

술은 현실 밖의 세계로 그의 주인공들을 안내하여 순수와 아름다움의 세계 속에 잠겨 있게 한다. 그러나 그의 주인공들은 그 술 속에만 안주하여 환상의 세계에서 서식하지만은 않는다. 그 것이 황순원 소설의 한 특징이다. 그의 주인공들은 가능한 한 그 취하여 떨리는 상태에서 벗어나려고 애를 쓴다. 절제를 행하는 것이다.

황순원 소설의 주인공들의 적절한 절제는 그가 서구 문물의 세례를 비교적 빨리 받은 서북 지방 출신이라는 것과 그의 부친이 기독교 학교의 교직자라는 것에서 연유한다고 추측할 수 있다. 비교적 자신의 가족 관계나 사생활을 숨기고 있는 그의 소설 중에서 그의 그러한 면모를 여실하게 보여주고 있는 것이 「아버지」와 「데상」이다. 그의 「데상」은 그 자신의 선조를 묘사하고 있는데, 거기 그려진 황고집과 염조, 그리고 그의 친조부의 성격은 〈의지가 굳고 고르〉다는 데 집약되어 있다. 강인한 정신력과 합리적인 생활로 표상될 수 있는 그의 선조들에 대한 외경심은 그의 「아버지」에서는 아름다움과 드디어 결합된다. 그의 아버지에게서 그가 발견하고 있는 것은 정직하게 살려는 강력한 의지력이다.

그러다가 무슨 말끝엔가 그이가 이번 서울 올라온 건 신탁통치 때문이란거야. 시굴서는 어떻게 종잡을 수가 없다고 하드군. 신탁통칠

33) 『황순원 전집 1』, 264쪽.

찬성해야 할지 반대해야 할지 말이야. (중략) 그이도 인젠 귀 밑에 흰털이 퍽으나 뵈더라. 그런데 그 시커멓게 탄 주름잡힌 얼굴이 어떻게나 환히 쳐다 뵈는지, 그리고 말하는 거라든지 생각하는게 어찌나 젊었는지, 나까지 막 다시 젊어지는 것 같드라.[34]

3·1운동 때 투옥되었던 아버지가 당시 감옥에 같이 갇혀 있었던 사람과 해방 후에 해후하는 장면을 설명하고 있는 이 대목은 그의 아버지가 진술자로 되어 있다. 그는 그가 만난 청년을 〈환하다〉라는 형용사로 묘사하고 있지만 황순원은 그러는 그의 아버지를 〈늙으실수록 아름다워지는 류의 남자〉라는 표현에서 볼 수 있듯이 〈아름답다〉라는 형용사로 바로 묘사하고 있다. 그의 선조들의 합리적인 생활과 정신력[35]은 불의를 그대로 용인할 수 없다는 프로테스탄트적 세계관과 결부되어 그의 환상에의 도피를 가로막는다. 그가 떨림을 기조로 한 환상적 낭만의 세계에 칩거하려고 애를 쓰면서도 결국 거기에만 머물러 있지 못한 것은 그러한 불의에 대한 고통스러운 저항감 때문이다. 그의 소설이 아름다움을 동경하면서도 세태 묘사나 예민한 현실 감각에서 연유하는 위기감을 항상 동반하고 있는 것도 그것과 무관하지 않다. 과연 그의 소설은 세태 묘사에 탁월한 능력을 과시한다. 해방 전에 씌어진 「기러기」, 「황노인」, 「그늘」 등은 만주로 이주하지 않을 수 없었던 식민지 시대의 농촌과 점점 희소해져 가는 재니와 몰락한 양반을 각각 보여줌으로써 식민지 시대를 단편적으로 인식할 수 있게 한다. 해방 직후의 혼란은 「별과 같이 살다」, 「카인의 후예」에 극명하게 표현되며, 한국전쟁으로 인한 생활고는 「곡예사」에 실린 단편들에, 전쟁 후의 정신적 방황과 갈

---

34) 『황순원 전집 2』, 135쪽.
35) 『황순원 전집 3』, 317쪽.

등은 「인간접목」, 「나무들 비탈에 서다」에 표현되어 있다. 그래서 그의 작품은 그의 삶과 마찬가지로 단편집 『늪』이 발간된 1940년부터 현재까지의 한국의 역사와 현실에 밀접하게 관련되어 있다. 그러나 그의 선조들의 삶에 대한 태도와 마찬가지로 그의 현실 감각 역시 정신 위주의 그것이라는 것을 잊어서는 안 된다.

격동하는 현실이 인간의 삶을 그렇게 만든 것이겠지만, 그의 낭만적 정열이 현실의 무게를 느끼게 되는 것은 「카인의 후예」에서부터이다. 해방 직후의 낙관적 상황 인식이 자의식의 침해를 받지 않은 한 여인의 복잡하고도 고통스러운 삶 속에 표현되어 있는 「별과 같이 살다」에는 좌절감이 밖으로 드러나지 않는다. 그런 의미에서 「별과 같이 살다」는 그의 작품 속에서 특이한 위치를 점유한다. 거기에는 그의 초기의 낭만적인 떨림도 후기의 좌절감도 보이지 않는다. 그 어떠한 역경 속에서도 선의와 애정으로써 삶을 극복하는 한 무식한 여인의 자족적인 삶이 거기에 있다. 곰녀라는 주인공의 이름이 암시하듯, 그러한 여인의 생에의 신뢰감은 한국 민족의 그것을 예술화시킨 것인지도 모른다. 그러나 해방 직후의 정신계를 지배한 역사에의 신뢰는 논리를 신앙으로 바꿔버린 공산주의자들의 발호와 동족상잔의 비극 때문에 점차로 좌절감으로 뒤바뀐다. 초기의 떨림과 다르게 그의 소설 속에 눈에 무엇이 낀다라든가 무엇이 가로막는다라는 따위의 정황이 상징적으로 제시되기 시작한 것도 그때부터이다. 낭만적 정열은 현실 앞에서 가로막히고 거부된 것이다.

도섭 영감은 자기 집 쪽을 향해 올라가며 몇 번이고 헛 가래를 돋구어 냈다. 그러다가 갑자기 눈 앞에 안개 같은 것이 껴 있음을 느꼈다.[36]

용제영감은 문득 지금 자기는 어떤 석탄굴 속을 달리고 있는 것
같음을 느꼈다. 그리고 그 굴은 자기가 여태까지 보아온 어느 굴보다
도 깊고 깊어 보였다. (중략) 한없이 깊고 한없이 길줄만 알았던 굴
이 무슨 장벽같은 데 가로막히는 듯함을 느꼈다.[37]

　　이건 마치 두꺼운 유리속을 뚫고 간신히 걸음을 옮기는 것 같은
느낌이로군. 펀뜻 동호는 생각했다.[38]

눈에 무엇이 낀다든가 무엇이 가로막는다라는 비유— 상징은
삶의 진짜 모습이 잘 안 보인다거나 순수성을 현실 속에서 지키
기 힘들다는 표현이다. 순수성을 현실 속에서 지키기 힘들다는
생각은 그의 「나무들 비탈에 서다」, 「인간접목」, 「일월」에 공통
되어 있는 그의 후기 사상이다. 그렇다고 그것을 놓칠 수는 없
다. 현실 속에서 삶을 유지하면서 순수하고 아름다운 것을[39] 어
떻게 지킬 수 있을까? 그는 여러 가지 방안을 제시한다. 1) 여하
튼 인간에게는 순수하고 아름다운 것이 숨겨져 있다고 믿는 일.
그것은 「인간접목」의 결말 부분에 아름답게 표현되어 있다. 〈저
기 있는 천사의 날개보다도 더 희었어. 그걸 우리가 모두 달고
있었어. 너두 나두.〉[40] 2) 좌절을 폭넓게 수락하고 감당한다. 그
것은 「나무들 비탈에 서다」에서 숙이 내리고 있는 결론이다. 〈모
르겠어요…… 어쨌든 제가 이 일을 마지막까지 감당해야 한다는
것 외에는…….〉[41] 3) 좌절에서 오는 고독을 참고 견디며, 그럴수

---

36) 『황순원 전집 4』, 308쪽.
37) 같은 책, 335쪽.
38) 『황순원 전집 5』, 197쪽. 그와 같은 경험은 200, 206, 207쪽에도 보인다.
39) 같은 책, 238쪽.
40) 같은 책, 193쪽.
41) 같은 책, 414쪽.

록 더욱 부딪친다. 그것은 「일월」의 기룡에 의해 진술되고 있는 도덕이다. 〈어쨌든 인간이 소외당한 자기 자신을 도루 찾으려면 각자에 주어진 외로움을 우선 참고 견뎌나가는 데서부터 시작해야 할 꺼야.〉[42] 이렇게 해서 낭만주의자의 떨림은 후기의 좌절감을 거쳐 구원의 미학에 이른다. 그 자신이 가장 힘주어 그리고 있는 것이 항상 순수성과 아름다움을 지키려고 애를 쓴 인물이라는 것은 그런 의미에서 관찰되어야 한다. 그리고 그들이 대부분 죽는다는 것도 주목의 대상이 되어야 한다. 「카인의 후예」의 용제 영감, 「나무들 비탈에 서다」의 동호, 「인간접목」의 짱구는 그가 창조한 탁월한 낭만주의자들이다.

황순원의 문체의 특성은 그의 낭만주의적 성격을 잘 드러내는 함축성 있는 서정성이다. 그는 중성의 단어들을 거의 사용하지 않는다. 그가 사용하는 언어에는 짙은 감정이 배어 있다. 그 감정은 부사의 교묘한 활용과 정확한 콤마의 사용에 의해 적절하게 규제된다. 행갈이를 자주 하지 않고, 어느 경우에는 한 문단 내에서 행갈이가 거의 없어 사건에 재빠른 템포를 부여하지 못하는 것도 그의 문체의 한 특색이다. 대신 심리 묘사와 분위기 조성에는 그것이 대단한 역할을 맡고 있다. 그의 소설이 인물의 성격에서 야기하는 드라마를 다루지 못하고 사건을 항상 내면화하여 외부 정경이나 사건 전개를 분위기에 의존하고 있는 것도 그의 문체의 그러한 특성과 깊은 관계를 갖고 있다.

---

42) 『황순원 전집 6』, 316쪽.

3 김동리[43] 혹은 휴머니즘의 기수

김동리가 경주 출신이라는 것은 여러 면에서 주목을 요한다. 경주는 지금까지 많은 역사적 유물과 전설과 시가를 남기고 있는 문학적 지명이다. 그곳은 사라지는 것의 아름다움에 대한 찬탄과 회한을 동시에 가능케 하며, 인간은 전통에서 자유로울 수 없다는 인식을 가능케 한다. 경주는 동시에 불교적인 도시이다. 신라의 국교가 불교였기 때문이겠지만, 그곳은 불교적인 유물이 상당량 남아 있는 곳이다. 그 불교가 신라 시대의 호국 불교로서의 성격을 점차로 잃어버리고 주술적인 것으로 변모해 간 것은 다른 곳과 마찬가지이다. 김동리는 그러한 고향이 주는 풍토적 영향을 별 저항 없이 수락하고 있는데, 거기에 유교적 교양이 첨부된 것은 그의 백형인 김범부의 영향인 듯하다. 『한국대표문학전집』(삼중당)에 실린 그의 연보에는 그 외에도 흥미 있는 사실이 기록되어 있는데, 그것은 그가 경주제일교회 부속학교를 다녔다는 사실이다. 그가 후에 기독교를 주제로 한 소설을 쓰게 된 이유의 일단이 거기에 숨어 있을지도 모른다. 그가 고향의 풍토적 성격과 전통에 깊은 연관성을 느낀 것은 그가 서울 경신고보를 중퇴하고 귀향했을 때이다. 그는 거의 4년 동안 세계 문학을 섭렵하고 동양의 고전에 심취했다고 한다.[44] 그는 그 속에 표현되어 있는 인간과 신과 자연과 세계에 큰 관심을 표현한다. 그러한 그의 성장 과정은 그의 문학 이해에 필수적인 조건을 이룬다.

---

43) 김동리 : 1913-1995. 경북 경주 출생. 경주제일교회 부속학교 입학. 대구 계성중학교 입학. 서울 경신고등학교 3학년 전입. 4학년에서 중퇴하고 귀향. 1935년 「화랑의 후예」가 ≪중앙일보≫ 신춘문예에 당선. 1948년 『문학과 인간』 간행. 1957년 『사반의 십자가』 간행. 1968년 『김동리선집』(5권) 간행.
44) 『한국대표문학전집 5』, 연보 참조.

그의 문학적인 업적은 좌파 문학 이론가들의 물질 위주의 문학 이론과 싸우는 과정에서 형성된 제3휴머니즘론과 그것을 그대로 작품화한 것처럼 보이는 「사반의 십자가」이다. 그의 제3휴머니즘론은 그가 순수 문학을 옹호하는 과정에서 얻어진 휴머니즘이며, 둘째는 중세의 인본주의이고, 셋째는 〈동서 정신의 창조적 지양〉[45]을 거쳐서 이룩된 제3기 휴머니즘이다. 3기 휴머니즘은 개성의 자유와 인간성의 존엄을 목적하는 민주주의와 민족 정신으로 이루어진다. 그의 정신 위주의 문학관과 민족 정신 중심의 문학관은 좌파의 물질 위주의 문학관과 국제주의의 문학관에 대립하여 형성된 것이다. 그의 제3휴머니즘이 민족 문학으로서의 순수 문학과 결합되는 이유도 여기에 있다. 그의 순수 문학은 그러므로 말라르메, 발레리의 순수 문학과 다르다.[46] 그의 순수 문학론은 결국 인간성의 옹호라는 명제로 특징지어지는데 그것이 민족적 전통과 어떻게 결부될 수 있는 것인가에 대해서 그는 뚜렷하게 대답하지 않고 있다. 이 순수 문학론은 해방 후에 가장 많은 논란을 일으킨 문학 이론이다. 그 이론을 지지하는 입장에서 보면 그것은 한국 정신이 세계에 기여할 수 있는 바탕을 마련한 것이며[47] 반대하는 입장에서 본다면 그것은 현실에서 유리된 관념적인 도피의 문학 이론이다.[48] 그러나 아직까지도 대부분의 논자들은 그의 순수라는 말에 지나치게 집착, 그것에의 옹호·지지만을 계속하고 있는 형편이다. 그의 문학 이론이 정당하게 평가되자면 그의 인간이 어떤 인간을 뜻하는가 하는 것과 그의 민족 정신과 인간성과의 관계가 자세히 탐구되지 아니하면

45) 김동리, 『문학과 인간』, 103쪽.
46) 같은 책, 115쪽.
47) 이형기, 「김동리작품해설」, 『한국대표문학전집 5』, 786쪽.
48) 그런 비난은 이어령, 김우종 등에 의해 피력된 것이다.

안 된다.

　그의 초기 단편들을 특색짓고 있는 것은 닫힌 사회의 붕괴이
다. 「황토기」, 「바위」, 「산화」의 주인공들은 그 자체로 완전히 폐
쇄되어 있는 사회 속의 인간들이다. 그들을 지배하고 있는 것은
짙은 숙명감과 허무 의식이다. 그들의 허무 의식과 숙명감은 그
들이 속한 사회에 그들이 완전무결하게 얽매여 있음을 뜻한다.
「황토기」에서의 뜻없는 힘겨룸은 그 사회에서 쫓겨나지 아니하
려 한 인물들의 마지막 자기 표현이며, 「바위」의 주인공의 죽음
이나, 「산화」의 인물들의 〈홍화산에 산화가 나면 난리가 나〉거나
큰 병이 온다는 믿음은 닫힌 사회의 정체성의 한 극명한 표현이
다. 닫힌 사회는 인간 관계나 대자연 관계를 관례나 관습에 의해
서밖에 해결하지 못한다. 그만큼 토속 신앙이 발달한다. 그곳에
서 벗어난다는 생각은 닫힌 사회의 인물들에겐 죽음을 의미한다.
닫힌 사회의 붕괴를 상징적으로 표상하고 있는 것이 토속 신앙
만이 지배하고 있는 닫힌 사회에 기독교가 들어오는 과정을 그
린 「무녀도」이다. 「무녀도」에서의 모화와 그의 아들 욱의 대결은
닫힌 사회를 고집하는 측과 그곳을 열리게 하려는 측의 대결을
뜻한다. 결국 그 대결은 모화로 하여금 그녀의 아들과 그녀 자신
을 죽음으로 이끌게 한다. 그녀의 죽음은 닫힌 사회의 붕괴를 상
징적으로 표상한다.

　토속 신앙과 기독교의 대립이라는 주제에서 그 편린을 느낄
수 있는 것이지만, 개화기의 충격을 김동리는 역사의 필연적인
추세로서, 혹은 일본 세력의 전초로서 이해하지 않고, 풍속과 풍
속의 부딪침, 이념과 이념의 대립이라는 문화사적 차원에서 받아
들인다. 그에게 개화란 정치사적인 의미도, 경제사적인 의미도
갖고 있지 아니한 문화 접변(文化接變) 현상이다. 그것을 어떻게
극복할 수 있을 것인가가 그의 관심의 초점을 이룬다. 그것은 그

가 경주라는 지역에서 출생했다는 것을 염두에 두지 아니하면 이해하기 힘든 부분이다. 그가 주제를 문화사적인 것으로 잡고 있으면서도 소재를 항상 가족 관계에서 찾고 있는 것도 그런 의미에서 주목을 요한다. 「무녀도」의 모화와 욱이, 「등신불」의 만적과 사신, 그리고 「사반과 십자가」의 사반과 막달라 마리아가 그 첨예한 예들이다. 그는 가족 제도를 문화의 최소 단위로 보고 그것의 붕괴를 문화사적 그것으로 확대시켜 해석하고 있는 것이다. 그가 현실적인 문제, 사건들에 깊은 관심을 표명하지 못하고 있는 것도 그것 때문이다. 인간 관계의 최소 단위인 가족 관계의 혼란보다도 그에게는 더욱 비극적인 것이 없는 모양이다.

〈작가 생활 25년 만에 처음으로 작품을 가지게 되었다는 자신이 들었다〉[49]는 김동리의 대표작 「사반의 십자가」는 그의 제3기 휴머니즘을 예술화한 장편으로 알려져 있다. 그것은 하늘에서 모든 것이 이루어지기를 희원하는 예수와 땅에서 모든 것이 이루어지기를 바라는 사반의 대립을 그린 것이다. 주인공 사반은 로마의 식민지였던 유대의 독립 운동가로서 혈맹단(血盟團)이라는 비밀 결사의 두목이다. 그는 무력으로 로마와 싸울 수 없다는 것을 그의 청년기의 투쟁에서 확연히 배운다. 그때 그를 사로잡은 것이 모세와 같은 인물의 출현이다. 모세가 애굽에서 이스라엘 민족을 이끌어냈듯이 그들을 로마 제국의 압박에서 이끌어내 줄 메시아를 그는 생각한다. 개인적인 활동보다는 메시아를 기다려 민중을 〈함께〉 일어나게 해야 한다는 것이 사반의 독립 운동의 골자이다. 그 사반이 메시아로 찾아낸 것이 예수이다. 그러나 그는 사반의 기대와는 다르게 비모세적인 메시아이다. 그는 하늘에서 모든 것이 이루어지기를 바라는 것이다. 사반과 예수의 세 번

---

49) 『한국대표문학전집 5』, 790쪽.

에 이르는 화합은 하늘의 것을 주장하는 초월주의자와 땅의 것을 바라는 현세주의자 사이의 격렬한 대립을 보여준다.[50] 그 대립에서 김동리가 긍정적으로 보고 있는 것은 사반이다. 땅에서 이루어지지 않을 때, 하늘에서 이루어질 그것은 무슨 의미를 가질 것인가? 그것이 사반과 함께 김동리가 예수에게 제기하는 질문이다. 그러나 땅에서 이루어진다는 것은 또한 무엇을 뜻하는가? 그것은 우선 유대의 독립이다. 그것은 누구를 위한 독립인가? 유대 민족을 위한 독립이다. 땅에서 이루어져야 하는 것은 고통받고 있는 유대 민족을 외세에서 구원해 내는 일이다. 그러나 사반이 집착하고 있는 것은 그의 권력이지 유대 민족들의 고통이 아니다. 그는 자기가 권력을 잡고 유대를 독립시키기 위해서는 메시아가 필요하다는 것을 잘 알고 있다. 그때의 메시아는 홍해를 가르는 능력을 가진 메시아이다. 그는 사반을 〈도와〉 그를 왕위에 나가게 해야 할 사람이다. 그런 의미에서 사반은 천지인(天地人)이 어울려야 군주가 될 수 있다는 동양 사상을 체현하고 있는 인물이지, 고통받고 억압받는 인간성을 해방시키기 위해 투쟁하는 인물이 아니다. 하닷단사가 동양적인 범신론자로 그려지고 있는 것도 그런 의미에서 주목할 필요가 있다. 그의 「춘추」의 주인공 오자서가 동양의 사반이라는 한 비평가의 지적도 그것과 무관하지 않다.[51] 김동리의 땅은 결국 왕도의 땅이지, 민주주의의 땅은 아니다. 그는 왕도를 휴머니즘이라고 부르고 있는 것에 지나지 않는다.

---

50) 그 세 번의 대립은 마태의 집(304쪽), 다리크예아 북쪽 언덕(392쪽), 십자가(422쪽)에서 이루어진다. 대화 역시 비슷하다.
51) 이형기, 앞의 글, 792쪽.

4 손창섭[52] 혹은 자기 부정의 미학

손창섭 소설은 그 자신의 표현을 빌리면 〈소설의 형식을 빈 작가의 정신적 수기〉이며 〈도회(韜晦) 취미를 띤 자기 고백의 과 장된 기록〉[53]이다. 그의 소설이 그 자신을 주로 묘사하고 있다 해서 그의 소설이 1930년대에 유행한 안회남류의 신변 소설을 뜻하고 있는 것은 아니다. 신변 소설의 특징을 이루는 사소한 사 생활이나 친구간의 우정은 그의 소설에 거의 등장하지 않으며, 신변 소설의 대부분이 그러하듯 저명 인사들이 나타나지도 않는 다. 그의 소설에는 그 자신의 모습이 〈과장되어〉 계속 드러나고 있을 뿐이다. 그 자기 고백적인 소설의 기조를 이루고 있는 것은 부정적 인간관이다. 그의 소설의 주인공들의 대부분은 정상적인 육체와 삶을 소유하고 있지 않다. 특히 그의 초기 단편들은 심신 장애자를 주인공으로 삼고 있으며, 후기 단편들은 비정상적인 삶 을 영위하는 인간들을 주인공으로 내세우고 있다. 「비 오는 날」 의 동옥과 「혈서」의 준석은 절름발이이며, 「피해자」의 병준은 곱 사등이이고 「사연기(死緣記)」의 성규와 「생활적」의 순이는 폐병 을 앓고 있다. 「혈서」의 창애는 간질병 환자이며, 「미해결의 장」 의 문 선생은 위장병, 「인간동물원초(人間動物園抄)」의 방장과 주 사장은 호모, 「유실몽(流失夢)」의 강노인은 신경통, 그리고 「광 야」의 노왕은 아편쟁이이다. 비교적 선량한 인간들이 등장하는 「소년」, 「잉여인간」, 「신의 희작」, 「낙서족」에는 제대로 삶을 영 위하지 못하는 인물들로 그들이 묘사되고 있다. 그러한 비정상적

52) 손창섭 : 1922-. 평양 출생. 학력다운 학력 없음. 1952년 「공휴일」로 ≪문 학예술≫지에 데뷔. 1955년 「혈서」로 현대문학 신인상, 1959년 「잉여인간」 으로 동인문학상 수상.
53) 『현대한국문학전집 3』(신구문화사, 1972), 476쪽.

인 인물들을 더욱 절망적으로 만드는 것은 우울한 배경이다. 그
의 주인공들의 거처는 〈우중충한 동굴〉(「사연기」), 〈빛 없는 동
굴〉(「미해결의 장」), 〈동굴 속같이만 느껴지는 방〉(「인간동물원초」),
〈거적만 깔았을 뿐인 마루방〉(「생활적」) 아니면 〈언제나 깔려 있
는 순이의 이불 속〉(「미해결의 장」)[54]이다. 동시에 〈그의 작품은
대개 비가 오거나 일모(日暮)의 풍경과 같이 음산하고 어두운 분
위기로 시작되어 역시 어두운 분위기로 끝나는 수가 많다.〉[55]

그의 부정적 인간관의 가장 큰 특색은 그의 주인공에게서 여
실히 드러나듯 상황을 정확히 관찰하고 그것을 분석하여 거기에
어떤 의미를 부여하려는 의지의 결여이다. 그들은 상황이 주는
압력을 그대로 수락하여 그들의 불행한 생존 조건을 더욱 절망
적인 것으로 만든다. 그것을 첨예하게 보여주는 어휘가 운명이라
는 어휘이다.[56] 〈새로이 덮어 씌워지는 운명의 그늘〉 따위의 표
현이 그렇다. 그 운명을 조정하는 높은 위치의 연출가가 누구인
가는 명백하지 않다. 그의 인물들은 상황이 주는 압력을 그대로
수락하기 때문에 인간이라기보다는 동물에 오히려 가깝다. 성과
식량이라는 기본적인 문제가 자주 그의 소설에서 문제되고 있는
이유이다. 그러한 부정적인 인생관이 어떻게 형성된 것인가를 밝
히는 것은 쉬운 일이 아니다. 초기의 그의 비평가들은 그의 그러
한 부정적 인간관을 그의 정신분석을 통해 이해하려고 애를 쓴
다. 그것에 의하면 그의 부정적 인생관은 그의 유년기의 왜곡된
성 체험에서 기인한다. 그의 어머니의 성생활과 그녀에 의하여
도발된 그의 성은 그녀의 출분에 의해 완전히 왜곡되어 표출된

---

54) 김병익, 「현실의 도형과 검증」, 『현대한국문학의 이론』(민음사, 1973),
341쪽.
55) 유종호, 「모멸과 연민」, 『현대한국문학전집 3』, 545쪽.
56) 김병익, 앞의 글, 341-342쪽

다(「신의 희작」).[57] 〈그의 정신 및 육체의 선천적 혹은 후천적 기형성은 비단 소년 시절에만 노정된 일시적 현상이 아니었다. 불우했던 환경에 영향받아 그것은 계속하여 그의 생활의 중심을 이루는 비극적 유머로 나타났던 것이다.〉[58] 그것을 그 자신은 고아 의식이라고 부르고 있다.

진부한 말이지만, 이렇듯 운명과 역경 속에서 인간 형성의 가장 중요한 소년기와 청년기를 보내온 내가 비로소 자신을 자각했을 때, 나의 눈앞에 초라하게 떠오른 나의 인간상은, 부모도 형제도 고향도 집도 나라도 돈도 생일도 없는 완전한 영양실조에 걸린 〈육신과 정신의 고아〉였다.[59]

그 고아 의식은 그의 주인공들의 발작적인 사디즘적 행위로 표현된다. 그것이 극도로 위축되었을 때, 그것은 반작용으로 사디즘으로 변모한다. 상황 판단이나 비판 의식은 거기에 전혀 개입되어 있지 않다. 「낙서족」과 「신의 희작」의 중심되는 행위는 그 사디즘적인 강간 행위와 발작적인 폭력 행위이다. 그 사디즘적인 행위에 이르기 전의 의식 상태는 〈냉소와 자조, 실의와 체념, 위장된 시니시즘, 허위와 불신, 질서의 상실, 애정 촉각의 마비, 상황의 분열〉[60] 등이다. 작가 자신과 초기의 그의 비평가들은 그러한 정신분석적 견해에 다같이 동의하고 있다. 그러나 그 것과는 또 다른 견해가 제시되고 있는데, 그것은 그의 정신적 질

---

57) 「신의 희작」은 그의 자전 소설로 알려져 있다. 412쪽. 〈사타구니에 별안간 어머니의 손길을 느끼었다. 어머니의 손은 다정하게 그것을 주물러주었다. 그러자 그의 조그만 부분은 어이없게도 맹렬한 반응을 일으킨 것이다.〉
58) 『현대한국문학 전집 3』, 415쪽.
59) 같은 책, 473쪽.
60) 같은 책, 474쪽.

환이 사회적 변동의 결과라는 견해이다.

　손창섭의 이 같은 냉소적 인간모멸은 인간이 자신의 삶을 결정할 수 있는 의지적 존재일 수 없다는 뿌리 깊은 부정적 인간관 때문이다. 이것은 비극의 원인을 신의 회롱에 둔 고대 희랍의 그것과 상통하고 있는데 이것은 그 자신의 개인사와 식민지 해방 후의 혼란, 6·25라는 연쇄적인 카오스 상황이 결합함으로써 이루어진 것 같다.[61]

　사실상 그의 소설은 「낙서족」을 제외하면 거의가 해방과 한국 전쟁으로 인한 정신적 물질적 외상(外傷)을 다루고 있다. 반공 포로, 상이군인, 병역 기피자, 고아 등이 그의 소설의 상당수의 인물을 이루고 있다는 것도 그것과 무관하지 않다. 그의 소설들은 격변기의 사회에서 뿌리를 잃어버린 자들이 얼마나 빨리 그리고 완전하게 허물어져 버리는가를 예리하게 묘사한다. 그의 숙명적 인생관은 격변기에 사는 인간의 부정적 생활관의 한 극점이다. 그의 부정적 인간관은 동시대의 작가들과 그 이후의 작가들에게 광범위한 영향을 미친다.
　그의 대표작은 그의 인간적인 불행이 사회적인 그것과 교묘한 조화를 이루고 있는 「낙서족(落書族)」이다. 거기에는 표면적인 삶에서는 정치적인 이유로 소외되었지만 내면적인 삶에서는 민족의 독립을 바라는 많은 지식인들에게 지지를 받는 한 과격주의자가 그려지고 있다. 그 과격주의자의 삶을 이루고 있는 기본 구조는 억압받고 살고 싶지가 않다는 것이다. 그러나 사회는 그것을 용납하지 않는다. 그때 그의 과격한 행위가 시작된다. 그 인물과 대조되는 위치에 서 있는 상희라는 여주인공은 손창섭의

---

61) 김병익, 앞의 글, 341쪽.

인물 중에서 가장 긍정적이고 이지적인 인물이다. 「소년」의 남영, 「잉여인간」의 인숙에서도 그 편린이 보여지기는 하지만, 상희처럼 작가의 당당한 비호를 받고 있는 인물은 드물다. 그녀는 도현과 반대로 냉정하게 현실을 관찰하고 분석하여 거기에서 어떤 결론을 유출해 내는 인물이다. 식민지 치하의 압제에서 벗어나기 위해서 지식인이 할 일은 그녀에 의하면 두 가지 방법만이 있을 뿐이다. 하나는 외국으로 망명하는 길이며, 또 하나는 민족을 소극적으로나마 도울 수 있는 의사나 변호사가 되는 길이다. 과격한 테러리즘은 공연한 자기 희생에 지나지 않는다. 해방된 지 14년 후에 발표된 「낙서족」에 피력된 그와 같은 식민지 치하의 투쟁 방법은 그가 그 자신의 과격주의를 비판하고 있다는 한 증거이기도 하다.

그의 소설 문체는 지적 비판이나 서정적 시적 묘사를 목적하지 않고 정서 환기를 목적한다. 대개 〈점착력 있는 집요한 문장〉[62]이라는 애매한 표현으로 정의된 그의 문장은 주의환기에 결정적 역할을 하는 〈가뜩이나〉, 〈걸핏하면〉, 〈툭하면〉, 〈벌컥〉 따위의 부사들과 사건의 추이를 간접적으로 제시하는 동시에 상황의 압도적 작용을 속도 있게 제시하는 〈것이다〉라는 종결 어미의 빈번한 사용으로 독자들의 의식 속에 사건보다는 그 사건에 의해 환기된 감정을 전달해 준다.

어제 일이었다. 백을 세도록 옆방에서 아무 소리도 나지 않았다. 동주의 숨이 가빠졌다. 그는 제법 벌떡 일어났다. 틀림없이 그는 순이가 죽었다고 생각한 것이다.[63]

---

62) 『현대한국문학전집 3』, 457쪽.
63) 같은 책, 159쪽.

이 대목은 「생활적」의 한 부분인데, 여기에서 작자는 〈벌떡〉과 〈제법〉을 교묘하게 배합시킴으로써 그 행위를 행한 자의 의도는 〈벌컥〉이었음에도 불구하고 〈제법〉 그럴듯하게 〈벌컥〉했다는 작자 자신의 생각을 동시에 표현한다. 〈것이다〉 역시 마찬가지로 작가 자신이 거기에는 개입되어 있다. 특히 〈것이다〉는 작가 자신이 그의 주인공을 냉소적으로 묘사할 때는 예외 없이 등장하는 종결 어미이다.

그래도 그는 날마다 닥치는대 — 로 회사고 음식점이고 서점이고 시곗방이고 그러한 구별 없이 십여 군데 내지는 이십여 군데나 찾아 들어가 보는 것이었다. 물론 요즈음 와서는 손톱만한 희망도 거는 일 없이, 그냥 그렇게 찾아다니며 중얼거리기 위해 세상에 태어난 것처럼 「나는 법과대학생인데, 고학생입니다. 학비와 식비만 당해 준다면 무슨 일이든 목숨을 걸고 충성을 다하겠습니다」 하고 거기에 있는 사람들의 얼굴을 두루 쳐다보는 것이었다. 달수는 취직하기 위해서 그 이상의 어떤 수단도 방법도 발견하지 못하는 것이었다. 자기로서는 최선을 다한 취직 운동이라고 생각하고 있는 것이다.[64]

냉소적인 느낌을 강렬하게 전해 주는 이 〈것이다〉라는 종결 어미는 남정현에게 그대로 이어져 사용된다.

그의 환기로서의 문체는 그의 주인공 묘사에도 그대로 나타난다. 그의 주인공들이 발자크식으로 묘사되는 일은 아주 드물다. 〈용모라든지 신장이라든지 이런 것에 대해서 작자는 거의 아무것도 보여주지 않는다. 그럼에도 불구하고 그 희극적인 대사나, 깊은 것은 아니면서도 작자의 인간 통찰에서 나온 심리적 터치

64) 같은 책, 178쪽.

나, 인간에 대한 냉소적인 관찰로서 리얼리티를 획득하고 있는 것이다.〉[65]

5 최인훈[66] 혹은 소외의 문학

최인훈은 월남 작가들의 기본 도식을 이루고 있는 뿌리뽑힌 인간이라는 주제를 감상적으로 묘사, 그것을 망향(望鄕) 의식과 결부시키지 않고, 보편적 인간 조건으로 확대시킨 전후 최대의 작가이다. 그의 문학은 황순원의 시적 서정성, 손창섭의 부정적 인간관, 선우휘의 망향 의식, 장용학의 관념주의를 다같이 내포하고 있다. 그러나 그의 문학은 그것 하나하나에 지나치게 집착하지 않고, 인간과 세계에 대한 폭넓은 비전을 제시하여 그 자신의 소외를 보편화시킨다. 그의 소외 문학에 대해서는 대체로 다음과 같은 평가가 가능하다.

1) 그의 소설은 이성주의자의 조심스러운 자기 확인을 나타낸다. 운명을 지성으로 이겨보려고 애쓰는 지식인의 자기 환멸을 그린 「라울전」(1959)에서부터 현실과 논리 사이의 거리를 묘사하고 있는 「소설가 구보 씨의 일일」(1972)에 이르기까지 그의 소설의 중요한 주인공들은 현실에 순응하지도 않으며 현실을 무작정 거부하지도 않고서 그가 속한 사회와 현실을 논리적으로 이해해 보려는 노력을 포기하지 않는다. 그가 다른 월남 작가들과 다르게 공산주의와 자본주의를 다같이 비판하고 있는 이유이다. 그의 이성주의는 인간들이 자유롭고 평등하게 살 수 있는 사

---

65) 같은 책, 452쪽.
66) 최인훈: 1936-. 함북 회령 출생. 1950년 가족과 함께 월남. 1959년 「그레이구락부전말기」로 《자유문학》에 데뷔. 1960년 『광장』 간행. 1966년 「웃음소리」로 동인문학상 수상.

회를 건강한 사회로 인식게 한다. 「광장」(1960)에서 그가 묘사하고 있는 것을 따르면, 이북의 공산주의나 이남의 자본주의는 둘다 풍문에 의한 것이지, 그 사회의 자생적인 욕구의 결과가 아니다. 그 자신이 수락하고 있는 정치학은 「총독의 소리」, 「소설가 구보 씨의 일일」에 자세히 드러나 있다. 그에 의하면 사는 것은 〈재수 없는 제비에 걸리지 않으려는 안간힘〉[67]이다. 인간 사회에서 올바르게 산다는 것, 즉 정의란 〈불행의 제비에 대한 위험률을 평등하게 하는 것〉[68]이다. 그 엄격한 제비에서 나쁜 제비를 뽑은 사람들은 어떻게 해야 하는가? 〈좋은 제비를 뽑은 사람들이 먹이고, 입히고, 가르칠 것.〉[69] 그의 공정한 분배에의 욕구가, 그의 초기의 「회색인」에서 묘파된 혁명과 사랑이라는 극단적 해결 방법이 지나치게 이성주의적이라는 것을 깨달은 것에서 온 것인지, 점진적인 수정만이 가능한 탈출구라고 그가 생각하고 있는 것에서 나온 것인지는 아직 판단할 수 없다. 그러나 그 사회를 이루고 있는 이념이 어떠하든 간에 공정한 분배 없는 사회는 굳어서 화석화한다고 그는 생각한다. 그것을 방지해 주는 것이 지식인이다. 그의 지식인관은 사회의 부정을 고발하고 수정하여 그 사회를 올바르게 제비뽑을 수 있는 사회로 만드는 지식인만이 지식인이라고 생각하게 한다. 그런 의미에서 그의 지식인에게서는 소명 의식이 강렬하게 느껴진다. 그 자신이 노동자, 농민이라는 제비를 잘못 뽑은 계층이 아니라는 데서 생겨나는 죄의식이 그에게는 없다. 그 죄의식을 강하게 불어넣어 준 곳이 이북이다. 「회색인」에는 그런 죄의식 주입에 대한 그의 반발이 우회적으로 표현되어 있다. 그런 죄의식이 없는 대신에 그에게는 감옥

---

67) 『소설가 구보씨의 일일』(삼성출판사, 1972), 49쪽.
68) 같은 책, 50쪽.
69) 같은 책, 50쪽.

에 가 있지 못한 데 대한 부끄러움이 있다. 그 사회가 건강하게 유지되기 위해서는 분배의 공평치 못함에 항의하는 그래서 감옥에 가는 지식인이 있어야 한다. 〈깨끗한 처녀가 화촉동방을 가질 수 있는 것은 누군가가 매음을 하고 있기〉[70] 때문인 것이다. 그 부끄러움에서 그의 비판 정신은 자양분을 얻는다.

2) 그 자신의 정치학의 개요는 ① 정부는 〈밖으로 국제 사회에서 민족 국가의 독립을 유지해야〉 하며, 안으로 〈그 권력을 헌법에 규정한 대로 사용해야 하며〉, ② 기업인은 〈사회로부터 무엇인가를 받으면 무엇인가를 내어줘야 하는 도리를〉 깨달아야 하며, ③ 지식인은 〈진리의 옹호〉라는 그에게 맡겨진 〈주요한 노동을〉 방기하지 않아야 하며, ④ 국민은 〈우리를 소외시키고 있는 그 누구를 찾아〉내서 그와 〈투쟁하고 협상하고 거래〉해야 한다는 자유주의적 입장이다(「주석(主席)의 소리」).

3) 그의 문학은 소외 의식을 주로 다루고 있다. 그가 어떻게 해서 사회와 현실에서 소외되기 시작했는가를 밝히는 것은 아직 그의 자전이나 전기가 출판되지 않아 어려운 일에 속하지만, 그의 「회색인」, 「광장」 등에 묘사된 인물들의 소외감은 자신을 그가 속한 사회에 적용시키려는 노력의 좌절에서 얻어지는 소외감이다. 그것은 우선 자기 신분에 대한 확인에서 시작한다. 「광장」의 이명준은 월북한 아버지를, 「회색인」의 독고준은 월남한 아버지를 각각 갖고 있다. 그래서 그들은 점차 그들이 속한 사회에서 소외되고 경원되기 시작한다. 그들은 교정이 불가능한 결점을 선천적으로 부여받은 것이다. 그래서 그들의 뿌리가 뽑히기 시작한다. 그것을 극복하는 길은 혁명과 사랑[71]뿐이다. 그 소외 의식은

---

70) 같은 책, 49쪽.
71) 김현, 「헤겔주의자의 고백」, 『한국대표문학전집』(삼중당), 작가 해설을 볼 것.

최인훈의 주인공들을 자의식 과잉 상태로 밀고 간다. 그것은 그들로 하여금 그들이 뿌리박기 힘든 사회를 맹렬하게 비난하게 만든다. 동시에 그것은 자신이 뿌리뽑히기 전의 상태에 대한 향수를 불러일으킨다. 그의 소외 의식은 향수와 비판 정신 사이에 있다. 전자가 강해질 때 그의 소설에는 시적 서정성이 짙어지며, 후자가 드러나면 산문적 논리벽이 두드러진다.

4) 그는 〈전통적 리얼리즘의 수법을 방법적으로 부정하고〉[72] 있다. 「구운몽」, 「서유기」 등의 몽환적 세계와 현실 세계와의 교합, 「총독의 소리」, 「주석의 소리」 등의 기나긴 연설, 그리고 상식적으로는 이해가 잘 되지 않는 에피소드의 등장 등은 그의 소설 작법이 리얼리즘과는 거리가 먼 곳에 있음을 나타낸다. 그것에 대해서는 그 기법 자체가 주인공의 고독한 정신 행로에 대응하고 있으며, 그 작가의 체험 세계의 협소성을 반영한다는 견해와, 진실을 드러내기 위해서는 사실을 왜곡시켜 표현할 수 있으며, 그것은 날카로운 현실 감각의 결과라는 상반된 견해가 제시되어 있다.

5) 그의 문학은 사고의 추이를 끝까지 주시하며 그것을 표현하는 관념 소설의 한 전형을 이룬다. 이상, 장용학의 소설이 재치있는 경구·야유·풍자로 지적인 조작을 행하고 있는 것과는 반대로 그의 소설은 논리를 충실하게 따라가 사고의 진전 상태를 그대로 엿볼 수 있게 한다. 신변 소설의 비논리성과 그의 소설은 맥이 닿아 있지 않다. 그의 소설은 그가 속한 사회를 지적으로 분해하고 비판하여 그것을 속속들이 이해하려는 의지의 소산이며, 그것을 건강한 사회로 변모시키려는 고통스러운 노력의 결정이다. 그렇기 때문에 그의 소설에는 현실에 대한 야유나 풍

---

72) 『현대한국문학전집 16』, 505쪽.

자보다는 통렬한 비판이나 유머가 지배적이다. 그는 원칙적으로 그가 속한 사회와 국가를 수락하고 그것을 개조하려는 입장에 서 있지, 그것을 부인하는 반사회적 입장에 서 있는 것이 아니다. 그의 내면 탐구는 자기 중심주의égotisme의 표현이 아니다. 그것은 개인주의의 한 변형이다. 그것에는 자기 자신과 자기가 속한 사회 속에 생존하고 있는 타인들에 대한 책임감이 숨겨져 있다. 그의 내면 탐구가 항상 문제되고 있는 것은 그것 때문이다. 그의 내면 탐구를 통해 그는 성(性)과 식량의 분배라는 인간 사회의 가장 기본적인 문제를 재확인하고 있다.

6) 그의 소설 기법상의 두드러진 특징은 민주주의와 자본주의의 이념으로 과거의 전통을 비판하고, 과거의 유산으로 현대의 한국 상황을 비판하는 기법이다. 「놀부뎐」, 「춘향뎐」, 「옹고집전」 등은 현대 사회의 윤리로 과거의 봉건적 풍속과 경제관을 비판하고 있으며, 「크리스마스 케롤 1」은 과거의 풍속을 현대에 대입시켜 현재를 비판한다. 「소설가 구보씨의 일일」은 1930년대의 동명 소설을 형식상으로 그대로 모방하여 현실을 비판하고 있으며, 「서유기」에는 과거의 이념과 풍속에 대한 문화사적인 해설이 가득 차 있다. 그런 작업을 하는 그의 의도는 당대의 한국 문화가 변화기에 있다는 것을 보여주기 위해서이다. 세련된 문화와 그것을 지탱시켜 주고 있는 이념은 그 문화를 이룬 사회의 구성원들에게 아무런 회의심 없이 그것을 살 수 있게 만든다. 그런 예가 이순신이다. 그러나 변화기에 사는 사람들에게는 이념과 풍속 자체가 혼란을 일으킨다. 어떻게 살아야 할지를 알지 못하는 것이다. 그 혼란을 어떻게 극복할 수 있을까? 그것은 최인훈이 현대 한국 문학에 던진 최대의 질문이다. 그가 현실이라는 당대적인 어휘보다 풍속이라는 문화사적 어휘에 훨씬 많은 관심을 표명하고 있는 것도 그것 때문이다. 인간은 세련되게, 그러면서

412

동시에 단순하게 살 수 있어야 한다. 그것이 세련된 문화와 건강한 사회의 최대의 조건이다. 현실에 대한 즉각적인 반응이 그가 속해 있는 사회를 항상 더 좋은 상태로 가게 한다고 믿는다든지, 어떤 하나의 계층의 승리만이 그 사회의 구성원들을 행복하게 할 수 있다고 믿는 것은 풍문만을 듣고 날뛰는 지식 행상인에 지나지 않는다. 우리는 어떻게 해야 더 잘살 수 있을까? 최인훈은 우울하게 그 질문을 되풀이한다.

6 다른 작가들

1) 장용학[73] ── 장용학은 이상과 함께 20세기 한국 문학에서 가장 난해한 작가로 손꼽히고 있다. 이상이 1930년대의 식민지 치하의 억압을 견딜 수 없는 의식의 병으로 간직하고 있었다면 장용학은 해방과 이데올로기 전쟁을 그 의식의 상처로 간직한 작가이다. 그는 일본어로 초급 교육을 받고, 해방 후에는 한국어로 자신의 감정과 사상을 표현하지 않으면 안 되었던 찢긴 세대에 속한다. 유년 시절의 정서에서 완전히 소외될 수밖에 없었던 그 세대 중에서, 그는 또 하나 생존의 뿌리마저 빼앗긴다. 이데올로기 전쟁에 의한 그의 뿌리뽑힘은 그의 문학을 관념화시킨다. 그의 문학은 언어와 생활 양쪽에서 소외된 자의 문학이다. 그의 문학적 노력은 그 소외 현상을 극복하려는 몸부림이다.

그가 가장 힘들여 비판하고 있는 것은 명목이다. 이름은 논리라는 조작에 의해 인간을 실체와 떼어놓는다. 그는 명목을 인간적이라는 관형사로, 실체를 인간이라는 관념어로 표상한다. 그는 자유, 평등, 평화, 정의 등의 모든 관념적 어휘들을 허구라고 생각

---

73) 장용학 : 1921-. 함북 부령 출생. 와세다대 입학. 학병으로 입영. 1947년 월남. 1950년 「지동설」로 문예지에 데뷔. 1955년 『요한시집』 간행.

하며, 진정한 인간이 되기 위해서는 모든 위장을 벗어버리지 않으면 안 된다고 주장한다. 그의 최초의 출세작 「요한시집」(1955)에서부터 그의 최대의 화제작인 「원형(圓形)의 전설」(1952)에 이르는 그의 문학 활동의 기저에는 인간을 있는 그대로 포착하겠다는 짙은 열기가 숨어 있다. 그것은 그에게는 이데올로기의 허구성을 벗어난 인간의 발견을 의미한다. 그가 공상주의라는 이데올로기를 끝까지 허구라고 비판하고 있는 것도 그런 관점에서 이해되어야 한다. 그의 공산주의의 비판은 황순원의 「카인의 후예」와 다르게 논리적이며 관념적이다. 그 자신이 관념을 배척하고 있으면서도 자신은 관념적이라는 사실은 그가 그의 의사에 반한 작가임을 드러낸다. 이름—명목을 비판하고 있기 때문에 그의 소설에는 날카로운 풍자, 냉소, 폐부를 찌르는 경구들이 많이 등장한다.

그의 관념 소설에 소설로서의 생기를 부여해 주고 있는 것은 성의 풍속이다. 그의 소설에는 대부분 재기발랄한 여주인공이 등장, 이름—명목을 거부하는, 그래서 때로는 실어증에 걸려 있는 남주인공들을 조롱하고 놀린다. 그 재기발랄한 여주인공들의 조롱을 통해 현대의 성윤리가 은연중에 드러난다. 작가 자신의 능력이 가장 잘 드러나고 있는 대목은 그의 관념적 지문이 아니라, 재치 있는 대화이다. 그의 소설에서 정상적이고 행복하게 끝나는 남녀관계는 거의 없다. 여자는 생활과 타협하고, 그 생활을 즐기는 인물형임에 비하여 남자는 항상 생활에 억눌리거나, 자기에서 헤어나지 못하면서도 실체에 대한 강렬한 욕망을 버리지 못하고 있다. 그래서 그들의 관계는 언제나 불행하게 끝이 난다. 작가 자신은 가족 제도 자체를 하나의 명목으로 보고 있기 때문에 항상 그것을 부인하는 입장에 서 있다. 일부일처제라는 근대 가족 제도의 근간을 이루는 성의 분배 원칙이 그의 소설에서는 근본적으로 부인되고 있다. 그 부인은 근친상간의 충격적인 행위에 의해 상징화된다.

그의 대표작이라고 부를 수 있는 「원형의 전설」은 작가 장용학의 모든 특성이 그대로 드러나 있다. 어눌한 그의 문체, 관념적인 지문, 관능, 근친상간, 그리고 이데올로기의 희극성이 범벅이 되어 있는 그 소설은 인간의 이데아를 찾으려는 그의 플라톤주의의 극단적 표현이다. 그러나 그의 주인공들이 대부분 미치거나 죽는다는 사실은 그의 플라톤주의의 한계를 드러낸다. 삶은 명목과 반대되는 것이 아니라, 그것을 만들어 내는 실체라는 것을 그것은 역설적으로 입증한다.

유년 시절의 체험과 완전히 절연되어 있기 때문에, 다시 말해서 일본어로 느끼고 사고하는 세대에 그가 속했기 때문에, 그의 문체에는 한국 토착어가 거의 등장하지 않는다. 그의 글은 교과서에서 배울 수 있는 논리적 어휘들로 구성되어 있다. 그러나 예술은 규범을 벗어나려는 노력이기 때문에, 그는 그 논리적 어휘들을 비틀고 왜곡시킨다. 그의 문체가 과격하고 서투르게 느껴지는 이유이다. 그러한 문체를 사실주의 소설은 허락하지 않는다. 그래서 그의 소설은 사실주의적인 엄격한 규제에서 벗어나 있다. 구성, 인물 성격은 사실주의 소설과 다르게 자유분방하다. 대신 그의 소설에는 그 어느 다른 소설가에게서도 볼 수 없는 강렬한 비판 의식이 보인다.

2) 선우휘[74] ── 선우휘는 오상원과 함께 앙드레 말로, 생텍쥐페리의 행동주의적 휴머니즘의 영향을 받고 작품 활동을 시작한 작가이다. 그의 관심을 이끄는 것은 그러므로 〈평온한 현실과 무위(無爲)에 가까운 선량한 서민성〉이 아니라, 〈현실을 남의 것이

─────────

74) 선우휘 : 1922-1986. 평북 정주군 출생. 1955년 「귀신」을 발표. 1957년 「불꽃」으로 동인문학상 수상.

아니라, 어디까지나 자기의 절실한 문제로 보고, 힘을 다하여 부딪쳐 가는 성실성과 정열〉[75]이다. 그것은 그의 초기 대표작인 「불꽃」에서부터, 그의 대표작이라 부를 수 있을 「깃발 없는 기수」(1959), 「추적의 피날레」(1951) 등을 관류하고 있는 경향이다. 그는 역사의 급격한 변동기에, 그것과 과감하게 부딪친 행동인을 즐겨 그린다. 그 행동인은 대부분 우익적 색채를 띠고 있다. 그의 주인공들은 그러나 맹목적 우익이 아니다. 그들은 좌익의 도식적인 이론과 그 이론 뒤에 숨어 있는 허위의 삶을 투철히 인식한 지식인들이다. 그들은 계급인보다는 보편인에 환상을 가지고 있으며, 인간을 계급화하고 이데올로기화하려는 같은 인간 청부업자들에게 대단한 반감을 표시하고 있다. 〈청부업자들의 교만과 포악을 곧 같은 인간인 자기 자신의 부끄러움으로 돌리고 한결같이 고통을 참고 견디어 온 조용한 인간들〉[76]이라고 「불꽃」에서 묘사된 그 긍정적 인물은 「깃발 없는 기수」에서는 〈뒷간에 들었으면 똥이나 싸라〉[77]는 분수를 지키는 인간으로 변모되어 있다. 그 변모의 과정에서도 좌파, 특히 위선과 기만으로 가득 찬 좌파 지도자들에 대한 그의 공격은 변하지 않는다. 그가 좌파에서 혐오하는 것은 〈인간다운 삶을〉 불가능하게 하는 그 도식적인 이론과 일본 제국주의 경찰을 능가하는 보안 경찰로 대표되는 그 굳어진 기구[78]이다. 「불꽃」의 현, 「깃발 없는 기수」의 허윤, 「추적의 피날레」의 윤호는 선우휘의 그런 성향을 그대로 보여주는 인물이다. 그는 의식 인간의 논리적 참여보다는 행동인의 인간적 반응에 더 큰 관심을 쏟고 있다. 그러한 그의 작가적 태도에 대

---

75) 『현대한국문학전집 12』, 11쪽.
76) 같은 책, 361쪽.
77) 같은 책, 99쪽.
78) 같은 책, 143-144쪽.

해서는 그것이 폐쇄적 수동주의의 한 표현이라는 반론이 제기되어 있다.[79] 선우휘적 윤리관은「불꽃」의 현이 보여주는 역사에의 참여가 아니라, 그의 할아버지가 살고 간 〈남의 일에 흥미도 없거니와 남의 한계를 침범할 생각은 더욱 없다〉는 윤리관이다.

그의 행동인의 행동에는 역사와 현실에 대한 세심한 관찰과 비판이 결여되어 있다. 그것이 대체로 즉흥적이고 돌발적인 것으로 보이는 것은 그것 때문이다. 그는 최인훈처럼 해방이나 월남의 의미를 깊이 천착하지도 않고, 장용학처럼 제도 자체를 부정하지도 않는다. 그는 일체의 사건과 규범을 어쩔 수 없는 것으로 전제하고, 그것에 부딪치는 것이다. 전제에 대한 회의는 그에게 보이지 않는다. 그의 문학적 승리는 그러므로 즉흥적인 행동인의 참여 미학보다는 이미 모든 것을 수락하고 체념해 버린 사람들의 향수에서 얻어진다. 그의 소설 중에서 아무런 저항 없이 감동을 주는 작품들은 월남인들의 망향 의식을 그린 것이나, 월남인들이 남한에서 살고 있는 형편을 묘사할 때이다. 1960년대 후반에 이르면서 그는 망향 의식을 주제로 한 소설들과, 아마도 그것과 밀접한 관계를 맺고 있을, 약하고 몰락해 가는 인간에게서 아름다움을 발견하는 소설들을 주로 발표하고 있다. 그것은 그의 초기의 열기가 가셔지고, 그 대신 상황과 현실을 그대로 수락한다는 그의 기본적 태도만이 남게 된 것을 보여준다.

3) 서기원[80] —— 서기원의 작가적 특질은 풍자 소설과 역사 소설에 있다. 대체적으로 그에 대해서 언급하는 평자들의 대부분은 그의 대표작으로 그의 초기 단편들, 「암사지도」, 「이 성숙한 밤

---

79) 선우휘, 『망향』(일지사, 1972), 354-355쪽.
80) 서기원: 1930-. 서울 출생. 서울대 상대 중퇴. 1956년 「암사지도」로 ≪현대문학≫에 데뷔. 1961년 「이 성숙한 밤의 포옹」으로 동인문학상 후보작 수상. 1964년 『혁명』 발표.

의 포옹」,「전야제」를 들거나,「상속자」,「반공일」 등을 들고 있다. 그러나 그것들은 그의 동시대 작가들에 의해 그보다 훨씬 좋은 표현을 본 주제로 다루고 있을 뿐만 아니라, 문장에서 미숙한 점을 간간이 드러내고 있는,[81] 그 자신을 완전히 찾아내지 못한 시기의 소산이다. 그의 대표작으로「암사지도」 등을 내세우는 평자들의 의식 속에는 치유할 수 없는 정신적 외상으로 그가 간직하고 있는 전쟁을 지식 청년들의 회의와 불안, 절망 등을 통해 날카롭게 묘사했다는 생각이 들어 있다. 거기에는 성도덕의 문란이라는 사회적 측면과 전쟁의 비극성에 대한 지적 고찰이 내포되어 있다.[82]「상속자」,「반공일」 등을 그의 대표작으로 보려는 평자들의 의식 속에는 서기원이 서울 출신이어서 월남 작가들처럼 완전히 삶의 뿌리를 뽑히지 않았다는 것과 그의 토착적 세계에의 귀환을 결부시켜 생각하려는 노력이 숨어 있다.「상속자」,「반공일」 등은 그가 다시 토속 사회에 뿌리를 박으려는 노력이라는 것이다. 서기원에 대한 그 두 가지 평가는 다같이 서기원의 어느 한 면을 쥐고 있다. 가치 체계의 붕괴와 그 붕괴의 이유와 원인을 찾으려는 노력이라는 측면에서 그렇다. 그런 그의 모습을 가장 잘 드러내고 있는 것이「마록열전」 연작의 풍자 소설과「혁명」,「김옥균」류의 역사 소설이다.

「마록열전」은 그의「사지연습」,「반공일」,「아리랑」,「오산」 등의 기관원 등장 소설의 논리적 귀결이다. 그 소설들에서 묘사되고 있는 것은 권력이 두려워하는 음모와 그들이 조사한 것과는 아무런 관련이 없다는 사실이다. 그것들은 〈전단 정치의 허위와 그 허위를 뒷받침하고 있는 폭력의 힘에 대한 선량한 시민의 공포를 유감없이〉[83] 드러내고 있다. 그러한 정치적 현실에 대한 통

---

81)『현대한국문학전집 7』, 453쪽.
82) 같은 책, 466쪽.

찰 위에서 그의 풍자 소설이 생겨난다. 「마록열전」은 현재와 과거를 교묘하게 중첩시키면서, 이 세대를 사는 바보스러움을 풍자한다. 과거의 언어와 현재의 언어를 동일한 평면에 조립한 것은 과거와 현재가 동시적으로 공존하고 있다는 데 대한 날카로운 풍자이다. 〈그는 오늘의 상황을, 곧 역사적으로는 전근대적 구조에서 벗어나지 못한 이중성을 파악하는 동시, 현재의 정치적 권력이 인간의 양심과 진실을 전도시키고 있는 폭력의 현실로 이해한다.〉[84]

「혁명」, 「김옥균」 등의 역사 소설은 그가 전통 사회의 붕괴 원인을 이해하려고 하는 과정에서 생겨난 것들이다. 그것들은 그러므로 박종화의 지배 계층의 역사 소설이나 유주현의 낭만적 역사 소설과 판연히 다르다. 「혁명」에서 그가 취급하고 있는 것은 조선조 후기 양반 사회의 붕괴 과정이다. 양반 계층에서 소외되었음에도 불구하고 거기에 미련을 버리지 못하는 가문 출신의 김헌주를 주인공으로 내세워 서기원은 동요하고 있는 신분 사회의 제반 면모를 날카롭게 파헤친다. 그 결과 신분 개조의 요구를 오히려 혁명의 주체 세력인 전봉준이 배반하고 있다는 놀라운 사실이 드러난다. 역사에 대한 지도층의 배신이라고 부를 수 있는 주제이다.

풍자 소설과 역사 소설에서 이룩한 그의 문학적 성과와 함께 그를 문학사적으로 중요하게 평가하게 하는 것은 그의 문학관이다. 그는 문학이란 세련된 언어로 이루어져야 한다고 믿으며, 그 세련된 언어로 작가를 둘러싸고 있는 모든 현실을 표현해야 한다고 주장한다. 그는 문학은 언어라는 순수주의적인 입장과 문학은 현실 표현이라는 현실주의적 입장을 다같이 수용하려고 애를

---

83) 같은 책, 508쪽.
84) 같은 책, 200쪽.

쓴 것이다. 그런 그의 문학관은 식민지 후기의 순수 문학파의 문학론(특히 이태준의 『문장강화』에 나타난 문학론)과 해방 후의 참여 문학론(특히 이어령 등의 낭만적 참여론)을 다같이 수용, 극복하려는 과정에서 얻어진 것이다. 거기에 대해서는 세련되어 완성된 언어란 있을 수가 없으며, 문학에의 완성된 언어란, 주제와 표현이 떼어낼 수 없게 어울려 있는 상태를 지칭할 뿐이라는 반론이 제기되어 있다.[85]

4) 하근찬[86] —— 하근찬은 김정한과 함께 경상도 농촌을 그 탐구의 대상으로 삼고 있는 작가이다. 그는 농촌을 대상으로 삼고 있지만, 그의 소설은 좁은 의미의 농촌 소설이 아니다. 그는 이광수류의 시혜적 태도로 농촌에 접근해 가는 것도 아니며, 이무영류의 우직하고 땅에 대한 집착이 강렬한 농민에게 관심을 표현하는 것도 아니다. 그는 재래적인 삶을 단절시키며, 풍속의 현장을 파괴하고 삶의 뿌리를 흔들리게 하는 외부 조건에도 불구하고 삶과 자기의 현실을 꿋꿋하게 극복하려는 농민들에게 관심을 갖고 있다. 그 농민들에게 그런 반응을 일으키는 것은 대체로 전쟁이다. 구체적으로는 대동아전쟁과 한국전쟁이다. 한국 농촌의 밑바닥을 흔든 그 두 차례의 전쟁으로 상당수의 한국인들이 병신이 되거나 죽는다. 그는 우선 그런 전쟁의 피해를 농민의 입장에서 수용한다. 「나룻배 이야기」의 삼바우는 입영 통지서를 전하는 사람을 막기 위해 배를 반대편으로 몰며, 「홍소」의 조판수는 입영한 군인의 전사 통지서를 냇물에 띄운다. 그의 주인공들의 반응은 지극히 소박하고 즉물적이다. 그 태도는 두 개의 평가를 낳는다. 하나는 그것이 한의 세계에 속한다는 견해이며, 하나

---

85) 김현, 「테러리즘의 문학」, ≪문학과지성≫ 제4호를 볼 것.
86) 하근찬 : 1931-. 경북 영천 출생. 전주사범 중퇴. 1957년 「수난이대」가 ≪한국일보≫ 신춘문예에 당선.

는 그것이 민요의 세계에 속한다는 견해이다.[87] 한국인이 그들이 쉽게 극복할 수 없는 사회 현실 앞에서 취한 태도에 대한 그 두 평가는 표면상으로는 근사한 것 같지만, 사실상에서는 상당한 차이를 갖는다. 그 반응을 한의 세계로 보는 것에는 그 주인공들이 역사 또는 사회의 중심부에 접근하지 못하고 있으며, 그들이 〈역사를 움직이는 민중이 아니라 역사의 움직임에 휘말리는 민중의 파편〉[88]이라는 생각이 간직되어 있다. 반면에 그 반응을 민요적 발상으로 보는 것 뒤에는 그것 속에 〈어리수굿하면서도 사무치는 저항 정신이나 토착적인 유머〉[89]가 숨어 있다고 보는 관점이 내재해 있다.

하근찬의 작가적 역량이 완전히 발휘된 것은 피해의 현장을 보다 차원 높게 확대한 「왕능과 주둔군」, 「산울림」, 「붉은 언덕」, 「삼각의 집」과, 그의 초기 단편의 수동적 피해 의식을 비극적 세계 인식으로 발전시킨 「야호(夜壺)」에서이다. 거기에서 그는 〈비극은 체험한 자에게만 비극이라는 섬세한 반어적 구조〉[90]에서 한국적 현실을 관찰한다. 그러한 관찰은 〈민족 전체의 삶은 결코 외부에 의해 이해·지원될 수 없다는 주체적 결단〉[91]을 내포한다. 전통과 풍속이 〈우리를 도우러 온 미군〉의 실없는 행위에 의해 파괴되어 가고 있다는 사실의 자각이야말로 그의 소설이 당도한 높은 성과이다.

그의 소설은 엄격한 구성과 적절한 토착어의 사용으로 예술적

---

87) 그 두 견해는 김병익, 「한의 세계와 비극의 발견」(『현대한국문학의 이론』)과 유종호, 「비극 추구의 민요 시인」(『현대한국문학 전집 13』)에 피력되어 있다.
88) 김병익, 같은 글, 296쪽.
89) 유종호, 앞의 책, 464쪽.
90) 김병익, 「작가의식과 현실」, 《문학과지성》 제11호, 201쪽.
91) 같은 글, 201쪽.

품격을 유지한다. 그 예술적 공간 속에서는 〈소여의 현실에 충실하면서도 그것을 넘어서는 포괄성을 가진 전형적인 국면〉[92]이 들어 있다.

5) 그 밖에 주목될 수 있는 작가는 「이성계」(1967)의 김성한, 「백지의 기록」(1957)의 오상원, 「관부연락선」(1972)의 이병주, 「파도」(1963)의 강신재, 「소시민」(1964)의 이호철, 「김약국의 딸들」(1962)의 박경리, 「동토」(1970)의 박경수, 「흑맥」(1964)의 이문희, 그리고 재치 있는 단편 작가로 알려진 오영수, 오유권, 강용준, 최일남, 남정현 등이다.

제 3 절 진실과 그것의 탐구로서의 언어

해방 후의 한국 시는 식민지 시대보다 두 가지 면에서 외적 자유를 누린다. 그것은 외면적인 검열 제도의 철폐와 한국어의 자유스러운 사용이다. 그 두 외적 요소는 서정적인 감정 속에만 칩거하기를 요구해 온 식민지 시대의 문화 정책에서 시인들을 자유로운 광장으로 이끌어낸다. 그래서 해방 후의 한국 시는 식민지 치하에서는 이루어질 수 없었던 극단적인 탐구를 표현할 수 있는 능력을 부여받는다. 많은 시인들이 자신의 한계를 넘어서서, 인간과 현실에 대한 폭넓은 성찰을 행하려고 노력하고, 그 결과로서 식민지 시대를 훨씬 뛰어넘는 작품들을 발표한다. 그 대표적인 시인들이 서정주, 유치환, 박두진, 김춘수, 김수영, 고은 그리고 박목월, 박남수, 김현승, 김광섭, 송욱, 박재삼 등이다.

---

92) 『현대한국문학전집 13』, 470쪽.

1 서정주[93] 혹은 불교적 인생관의 천착

서정주는 한용운과 함께 불교에서 그 시적 영감을 얻은 일급의 시인이다. 그의 초기 시에는 불교적인 달관이 거의 보이지 않는다. 1930년대에 씌어진 그의 초기 시들은 식민지 치하의 그어떤 시인들보다도 더 절실하게 억눌린 정신의 아픔을 노래한다. 대부분의 평자들이 지적하고 있듯이 그의 정신의 갈등은 그의 신분 자체에서 오는 것인데, 그것은 보들레르적인 어휘로 표현되어 있다. 그의 정신적 갈등이 그의 신분 자체에서 나온 것이라는 진술은 그의 「자화상」에서 볼 수 있듯이 그가 종의 자식이었다는 소박한 내용을 말하고 있는 것이 아니다. 그는 자신의 개인적인 문제를 보편적인 그것으로 환치시키는 어려운 작업을 예술적으로 극히 높은 차원에서 성공시키고 있는데, 그의 신분 문제 역시 그는 그것을 일제 치하에, 일본이라는 대지주 밑에서 종살이하는 한국민 전체의 그것으로 폭넓게 일반화함으로써, 자신의 한계를 벗어난다. 그의 정신의 갈등이 보들레르적인 어휘로 표현되어 있다는 진술은 그가 감각적 경험 속에 모순의 요소가 들어있음을 깨닫고, 추한 것 속에서 아름다움을, 아름다운 것 속에서 추함을, 선 속에서 악을, 그리고 악한 것 속에서 선함을 보았다는 진술이다.[94] 그것은 육체가 정신과 분리되어 생겨나는 타락과 괴로움의 인식이며, 프로테스탄트적 육체관의 한 변형이다. 그가 자신의 육체의 추함과 쾌감을 동시에 느끼고, 그것을 자신을 포

---

93) 서정주(未堂) : 1912-. 전북 고창군 출생. 1922-1924년까지 서당에서 한학. 1931년 박한영 밑에 입문. 1935년 그의 권고로 중장불교전문학교 입학. 1936년 ≪동아일보≫에 「벽」이 당선. 1938년 『화사』, 1946년 『귀촉도』, 1955년 『서정주시선』, 1960년 『신라초』, 1968년 『동천』 간행. 동국대 교수 역임. 1972년 『서정주문학전집』 간행.
94) 김우창, 「한국시의 형이상」, ≪세대≫ 1986. 6, 330쪽.

함한 한국인의 그것으로 폭넓게 확산시켰다는 사실은 그의 탐구의 대상이 인간이라는 것과 그의 작업이 윤리적이라는 것을 보여준다. 그것은 그와 한용운, 정지용, 윤동주 등 몇 명의 탁월한 시인들을 제외하면, 대부분의 한국 시인들이 인간이 제외된 자연만을 노래하고 있다는 것을 역설적으로 보여준다. 그의 시에는 사실상 재래적인 의미의 자연은 보이지 않는다. 자연은 그의 주위 환경과 마찬가지로 그에게는 인간적인 것이다. 그의 초기의 정신적 갈등은 관능에 의해서 그 탈출구를 얻는다. 관능은 정상적인 성생활에 의해 해소되지 않고, 비정상적인, 다시 말해서 비윤리적인 행위에 의해 발산된다. 그렇기 때문에 그의 관능에는 처절한 울음이 숨겨져 있다.

아름다운 배암……
얼마나 커다란 슬픔으로 태어났기에
저리도 징그러운 몸뚱어리냐[95]

보리밭에 달뜨면
애기하나 먹고

꽃처럼 붉은 울음을
밤새 울었다.[96]

땅에 긴긴 입맞춤은 오오 몸서리친,
쑥잎을 지근지근 잇빨이 희허옇게
짐승스런 웃음은 달더라 달더라

---

95) 『서정주문학전집 1』(일지사, 1972), 314쪽.
96) 같은 책, 316쪽.

424

울음같이 달더라[97]

그 울음은 문둥이, 붉은색에 의해 보완되어 의식의 분열을 더
욱 강조한다. 〈찬란히 틔어오는 어느 아침에도/이마 위에 얹힌
시의 이슬에는/몇 방울의 피가 언제나〉[98] 섞여 있는 것이다. 그
의 정신적 갈등은 그를 두 번의 정신 착란에 이르게 하는데, 그
것은 그의 정신이 그 이상 분열을 감수할 수 없도록, 생활과 정
치의 압력이 심해진 때문이다. 그러나 그의 시는 이상하게도 네
르발이나 랭보의 시가 그러했듯이 착란으로 치닫지 않고 절제와
달관으로 가득 차게 된다. 그것은 그의 정치적 과오[99]와 그의 건
강하지 못한 육체를 잠재우기 위해서 그가 찾아낸 유일한 길이
다. 그 절제와 달관은 그를 삶의 현장에서 비켜서게 한다. 〈수틀
속의 꽃밭을 보듯〉 세계를 보는 그의 정신주의가 시작된 것이다.
그 정신주의는 그가 그의 삶을 정면에서 바라보지 않은 데서 기
인하는 태도의 희극이다. 그의 정신주의는 게으르게 살자는 인생
관과 고향 위주의 시를 낳게 한다.

아주 할 수 없이 되면 고향을 생각한다.
이제는 다시 돌아올 수 없는 옛날의 모습들. 안개같이 사라진 것
들의 형상을 불러 일으킨다.[100]

고향은 안개같이 사라진 것들이어서, 그 〈뜻을 알 수는 없다〉.

97) 같은 책, 321쪽. 『서정주 문학전집』에는 〈울음같이 달더라〉 대신에 〈웃음
    같이 달더라〉라고 표기되어 있으나, 『서정주시선』에는 위와 같이 표현되어
    있다. 나로서는 전집이 틀렸다고 볼 수밖에 없다. 오자가 아닌지 모르겠다.
98) 같은 책, 313쪽.
99) 그의 친일을 뜻한다.
100) 같은 책, 302쪽.

거기에서 삶은 신비주의와 결합되며, 모든 것은 다 〈괜찮다……
괜찮다〉라는 안일주의와 악수한다. 그래서 그의 삶을 미화하려는
그의 산문적 노력이 시작된다. 「내 마음의 편력」과 「천지유정」은
그런 태도의 희극을 극명하게 보여준다. 그 산문 속에서는 모든
것이 다 조화를 이룬다. 갈등은 그 어느 곳에도 없으며, 모순 역
시 그러하다. 그 고향은 산문에서는 질마재라는 이름을 갖고 있
지만, 시에서는 신라라는 이름을 부여받는다. 신라는 동양적인
일원적 평화를 상징하는 그의 상상적 고향이다. 거기에서는 모든
것이 불교적 인연 설화에 의해 설명되고 부연되어, 행복한 조화
와 평화를 이룩하고 있다. 그러나 그는 카르마 속에서 무엇이 지
속되고 있는가, 조화는 자기 소멸 이외의 다른 아무것도 아닌가,
윤회 속에서 삶은 무슨 의미를 갖는 것일까 따위의 문제를 방기
함으로써, 산문을 통해 그의 가족 관계를 미화시킨 태도의 희극
을 다시 시에서 보여준다.
　「신라초」이후의 그의 시를 어느 정도 마무리하고 있는 그의
「동천」에 대해서는 두 가지의 상반된 견해가 있다. 하나는 그것
역시 「신라초」이후의 그의 삭막한 정신주의의 표현이라는 부정
적인 견해이며, 또 하나는 거기에는 사랑이라는 긍정적인 인간관
이 스며 있어서 「신라초」의 인연 설화를 극복할 수 있다는 긍정
적인 견해이다. 그 두 태도의 어느 것에도 서정주라는 독특한 시
인을 적극적으로 이해하려는 노력이 숨어 있다. 한 비평가의 극
적인 표현을 빌리면, 그의 실패는 한국 시의 실패를 의미하고 있
기 때문이다.[101]

　1) 세 마리 사자가

---

101) 김우창, 앞의 글, 334쪽.

이마로 이고 있는 방(房) 공부는
나는 졸업했다.

세 마리 사자가 이마로 이고 있는 방에서
나는
이 세상 마지막으로 나만 혼자 알고 있는
네 얼굴의 눈썹을 지워서
먼발치 뻐꾸기한테 주고,

그 방 위에 새로 핀
한 송이 연꽃 위의 방으로
핑그르르
연꽃잎 모양으로 돌면서
시방 금시 올라 왔다.[102]

2) 누군가 다 닳은 신발을 끌고
   세계의 끝을 걸어가고 있다.
   발바닥에 밟히는
   모래 소리 들린다.
   세계의 끝에서 죽지 안하고
   또 걸어가면서
   뻐꾸기가 따라 울어
   보라등(燈) 빛
   칡꽃이 피고,
   나도 걷기 시작한다.

---

102) 『서정주문학전집 1』, 91-92쪽.

세계의 끝으로
어쩔 수 없이……[103]

　1)은 「연꽃 위의 방」의 전문이며, 2)는 「칡꽃 위에 뻐꾸기 울
때」의 전문이다. 1)은 서정주 후기 시의 난해성과 비윤리성을 운
위할 때 흔히 인용되는 시이며, 2)는 그의 후기 시의 윤리성을
보여주려 할 때 인용되는 시이다. 1)에는 「인연설화조(因緣說話
調)」와 함께 그의 불교 취향이 타인에게 납득할 수 없을 정도로,
혹은 지나치게 도식적으로 드러난다. 그 시에서 드러나는 해탈의
제스처는 서정주의 체념과 달관이 독선적인 자기 방어로 변모할
것을 보여준다. 그 독선을 가냘프게나마 지적으로 승화시키고 있
는 것은 뻐꾸기라는, 그의 후기 시에 눈썹과 함께 자주 등장하는
유년 시절의 회상 때문이다. 2)는 그의 윤회 사상이 개인적인 카
르마를 벗어나 타인과의 연대성을 회복한 것을 보여준다. 발레리
의 「젊은 파르크」의 첫 구절을 상기시키는 타인의 발소리와, 그
것에 어쩔 수 없이 자기 자신이 얽매여 있음을 느끼지 않을 수
없는 시인의 윤리 의식은 그의 초기 시의 정신적 갈등을 그가
차원 높게 극복한 것을 보여준다. 그 자신은 그러나 「동천」이후
「질마재 신화」에서 고향 탐구를 계속하고 있을 따름이어서, 독자
들로 하여금 그의 정신적 노쇠성을 섬뜩하게 예감하게 한다.
　서정주는 시 이외에도 그의 자전과 시인론으로 문학사에 중요
한 자리를 차지한다. 그의 자전은 「내 마음의 편력」과 「천지유
정」의 둘을 말함인데, 전자는 그의 유년 시절과 그의 상상력의
고향이 되고 있는 마을 풍경을 묘사하고 있으며, 후자는 그의 정
신 형성과 시작(詩作)의 과정을 진술한다. 그곳에서 그는 그와

---

103) 같은 책, 104쪽. 그의 시에 자주 등장하는 뻐꾸기는 소년 시절의 한 표상
　　이다.

428

그의 주위 인물들을 그의 독특한 심미적 안목으로 채색시켜, 자전이라기보다는 오히려 자전적 소설을 쓰고 있다. 그러나 그의 자전 소설에서 그는 그의 후기 시와 마찬가지로 현실과의 대결을 기피하여 자신의 흐릿한 기억 속에 칩거함으로써, 개인이라기보다는 신비적인 인물로 볼 수밖에 없을 인물들만을 만들어 내고 있다. 그 인물들은 조화와 율동감, 현실과의 적당한 거리감을 항상 유지하고 있다. 그 인물들은 서정주 특유의 산문 문체, 부사와 형용사의 중첩 사용, 구어체의 도입, 적당한 시적 비유, 특유한 전라도 사투리와 의성어로 채색된 문체의 도움을 받아 거의 서사시적 인물들로 승화되어 있다. 그의 시인론은 「한국 시인과 그 시」라는 제목 아래 11명의 시인을 다룬 것을 말함인데, 그 시인 선택과 작품 감상은 대가 비평의 한 전형을 이룬다. 특히 그가 많은 영향과 암시를 받은 김소월에 대한 논고는 탁월한 시인론이다.

서정주의 모든 문학적 노력의 근간을 이루고 있는 것은 계속적인 탐구 정신이다. 그는 같은 주제 혹은 소재를 되풀이함으로써, 내용과 형식의 편차가 빚어내는 묘한 질감을 향유한다. 가령 그의 외할머니집의 해일은 그의 「내 마음의 편력」[104]과 소네트 시작(詩作)인 「외할머니네 마당에 올라온 해일」, 그리고 산문시인 「질마재신화」 속의 「해일」에 되풀이되어 탐구되고 있다. 그 탐구의 정신은 실험 의식이라는 미명 아래 〈자네가 낳은 것도 아닌 사상을 또 남의 그릇을 빌려 담아가지고도 오히려 자네 것〉[105]이라고 주장하는 것과는 다르다. 그것은 오히려 〈자기가 숨쉬고 생명 영위하기에 적합한 세계를 정신과 언어와 언어의 율동으로 꾸미〉[106]려는 노력이다.

---

104) 『서정주문학전집 3』, 20쪽.
105) 서정주·박목월·조지훈 공저, 『시창작법』(선문사, 1954), 80쪽.

2 유치환[107] 혹은 지사의 기품

유치환은 신채호적 지사(志士) 기질을 끝까지 밀고 나간 독특한 시인이다. 자학과 분노와 저주라는 예언자적 지식인의 역할을 끝까지 담당하려 한 몇 명 되지 않는 시인들 중에서, 그는 조지훈처럼 음풍영월을 하지도 않고,[108] 이육사처럼 상징적 수사법을 도입하지도 않는다. 그의 시는 그의 감정의 무게를 그대로 표현한다. 그런 의미에서 그는 그의 언명 그대로 시인이 아니다. 그가 시와 수상의 차이를 크게 인정하지 않는 것도, 그리고 그 자신이 시인이 아니라고 자꾸 되풀이하여 주장하는 것도 그의 감정의 무게를 수사학적으로 다듬기에는 그것이 너무 절실하고 급했기 때문이다.

유치환에의 자학과 분노는 그의 본래의 자아가 일상적인 자아에 의해 깊게 침윤되어 있다는 자각에서 비롯한다. 그의 본래의 자아는 일상적인 압제의 삶에서 항상 벗어나려고 애를 쓰지만, 그의 본래의 자아는 거짓의 삶을 벗어나지 못한다. 그 대립된 두 자아는 〈언제나 서로 지켜 슬프게 살고 있다〉.[109] 그러나 그는 항상 그의 본래의 자아를 동경한다. 〈나의 생명과/생명에 속한 것을 열애〉(「일월」)하며 살 수 있는 자아야말로 그의 〈이념의 푯대〉(「깃발」)이다. 그러한 본래의 자아를 불가능케 하는 것을 그는 증오하고, 거기에 격렬한 분노를 터뜨린다.

---

106) 같은 책, 82쪽.
107) 유치환〔靑馬〕: 1908-1967. 경남 충무 출생. 연희전문 문과 수업. 1931년 《문예월간》에 「정적」으로 데뷔. 『청마시초』, 『생명의 서』, 『울릉도』, 『보병과 더불어』, 『제9시집』 외, 자작시 해설집 『구름에 그린다』가 있다.
108) 유치환, 『보병과 더불어』, 97쪽.
109) 유치환, 『예루살렘의 닭』, 64쪽.

나의 원수와
　　원수에게 아첨하는 자에겐
　　가장 옳은 증오를 예비하였나니

　그의 초기의 자기 학대는 그런 증오를 행동으로 옮길 수 없는
상황에서 연유한다. 식민지 치하에서 〈가증한 원수인 일제 앞에
자기를 노예로 자인하고 그들에게 개같이 아유구용하는 길〉밖에
없다는 자각은 그의 쓰디쓴 자기 학대를 불러일으킨다.

　　나의 지식의 독한 회의를 구(救)하지 못하고
　　내 또한 삶의 애증을 다 짐지지 못하여
　　병든 나무처럼 생명이 부딪낄 때
　　저 머나먼 아라비아의 사막으로 나는 가자
　　거기는 한 번 뜬 백일(百日)이 불사신같이 작렬하고
　　일체가 모래 속에 사멸한 영겁의 허적(虛寂)에
　　오직 아라의 신만이
　　밤마다 고민하고 방황하는 열사의 끝

　　그 열렬한 고독 가운데
　　옷자락을 나부끼고 호올로 서면
　　운명처럼 반드시 〈나〉와 대면케 될지니
　　하여 〈나〉란 나의 생명이란
　　그 원시의 본연한 자태를 다시 배우지 못하거든
　　차라리 나는 어느 사구(沙丘)에 회한 없는 백골을 쪼이리라
　　　　　　　　　　　　　　　　　　　　——「생명의 서」

　〈사구에 백골을 쪼이리라〉 같은 자기 학대는 본래의 자아를

위해 온몸을 던질 수 없는 유치환의 절규이다. 그 절규는 상황이
가열해지면 가열해질수록 더욱 치열해진다. 해방 직후의 혼란상
과 자유당 말기의 부패상에 대한 그의 절규는 그의 자기 학대,
자기 방기의 계속적인 표현이다. 그 자기 학대의 대립항으로 〈이
념의 푯대〉가 존재한다. 「깃발」에서 가장 명료하게 전개된 그의
푯대는 〈푸른 해원을 향하여 흔드는/영원한 노스탤지어의 손수
건〉이다. 그 이념의 푯대가 어떤가를 그는 직재하게 표현하지는
않는다. 그것을 다만 애련(愛憐)에 빠지지 않는 생명에의 열애라
는 말로 표현하고 있다. 그 열애의 결과로 보여지는 것들이 「춘
신(春信)」에서 표현되고 있는 새들의 〈꽃가지 그늘에서 그늘로
이어진 끝없이 작은 길〉이며, 그의 연애이며, 연서이다. 그의 생
명에 대한 열애는 일종의 범신론적 자연애이다. 그가 연전에서
기독교 교육을 받았음에도 불구하고, 그의 신은 인격신이 아니라
〈이 시공과 거기 따라 존재하는 만유를 있게 하는 의의〉이며,
〈형상도 없는 팽배모호(澎湃模糊)한 존재〉[110]이다.

　　산울림처럼 계시어, 찾으면 응하되 있지 않는 것.
　　또는,
　　나의 의식의 손이 만질 수 있는 저 영원무궁[111]

　그의 범신론적 자연애에서 연유하는 섭리로서의 신은 〈동양의
천(天)의 개념에 유사한 그러한 의지〉[112]이다. 그것은 〈인간과는
전혀 무관하다는 의미에서〉[113] 허무 의지이다.

---

110) 김윤식, 「유치환론」, ≪현대시학≫ 1970. 11, 91쪽.
111) 유치환, 『예루살렘의 닭』, 42쪽.
112) 김윤식, 앞의 글, 91쪽.
113) 같은 글, 91쪽.

생명에의 열애라는 점에서 생의 철학과 연관을 가지고 있는 것처럼 보이는 그의 생명 시학은 그러나 생의 약동을 노래하지 않고 지사적인 고고함이나 예언자적 분노를 표출한다. 그의 시의 상당수는 허무 의지의 극치인 바위와 고고함의 상징인 전통적인 나무를 노래한다.

> 1) 내 죽으면 한 개 바위가 되리라
>   아예 애련에 물들지 않고
>   희로에 움직이지 않고
>   비와 바람에 깎이는 대로
>   억년 비정의 함묵(緘默)에
>   안으로만 안으로만 채찍질하여
>   드디어 생명도 망각하고
>   흐르는 구름
>   머언 원뢰(遠雷).
>
>   꿈꾸어도 노래하지 않고
>   두쪽으로 깨뜨려져도
>   소리하지 않는 바위가 되리라.
>
> 2) 보이지 않는 곳에 깊이 뿌리박고 있기에 항시 정정할 수 있는
>   나무

1)은 「바위」의 전문이며, 2)는 「나무」의 전문인데, 1)에는 극단적인 허무 의지가 2)에는 선비의 고고함을 표상하는 데 흔히 쓰이던 나무의 정정함이 드러나 있다. 그의 생명에의 열의는 세계와 개인에게로 자신을 개방시키는 힘이 되지 못하고, 자신이

내부로 그를 축소시키고, 재래적인 상투적 이미지를 만들어 내게 한다. 그래서 다시 그의 자기 학대와 분노가 시작되는 것이다. 그의 분노와 자기 학대는 그의 생명력이 밖으로 크게 확산되지 못한 것에 대한 징벌이다. 그의 생명력이 긍정적으로 표출된 때는 대개 감각적인 소품으로 끝나버리고 마는 것도 그것 때문이다. 그의 대표적인 작품들은 대개가 자기 학대와 예언자적인 분노로 얼룩져 있다. 그의 세계는 미래 지향적인 것이 아니라, 과거를 재정립하는 회귀적 세계이다. 유교적 선비의 세계인 것이다. 그의 조사법의 거의 대부분이 한시적(漢詩的)인 것 역시 그것과 무관하지 않다. 그의 시는 신채호적인 선비 기질의 한 극점이다.

유치환의 시는 거의 진술에 의거하고 있다.[114] 그 진술을 시적 차원으로 끌어올리고 있는 것은 자기 학대나 분노에 의한 감정의 긴장 때문이다. 그 긴장은 그의 시에 너무나 한자어가 많다는 서정주의 짜증 섞인 비난[115]을 상당히 무력화시킨다. 그러나 그의 시가 생명에의 열애를 긍정적으로 표출하려 할 때, 그것은 상투적이고 힘없는 것으로 변한다. 한 비평가의 표현을 빌리면 그는 시인이 아니라고 자처했을 때 참된 시인이었지만, 해방 이후 너무나 시인이 되려고 노력했을 때는 참된 시인은 아니었다는 것이다.[116] 그는 그의 의사에 반한 시인이지 그의 의사를 따른 시인은 아니다. 그의 시가 시로서 품격을 가지고 있는 것은 그가 시인으로서가 아니라, 선비로서 역사 앞에, 그의 본래의 자아를 억누르는 상황 앞에 그의 신명을 던지지 못한 것을 쓰디쓰게 확인할 때이다.

---

114) 김윤식, 앞의 글, 96쪽.
115) 서정주·박목월·조지훈 공저, 앞의 책, 140쪽.
116) 김윤식, 앞의 글, 97쪽.

3 박두진[117] 혹은 자연과 분노

박두진(朴斗鎭)은 정지용, 김현승과 함께 기독교(천주교)에서
그 시적 발상의 상당 부분을 얻고 있는 희귀한 시인 중의 하나
이다. 그의 기독교는 정지용의 천주교나 김현승의 개인적인 초월
의 기독교가 아니라, 구약 시대의 메시아주의에 가깝다. 개인적
인 자기 초월이나 구원 대신에 그의 시적 상상력을 사로잡고 있
는 것은 예언자적 분노와, 메시아를 기다리는 자의 환희이다. 예
언자적인 분노를 표현하는 데에서도, 그는 유치환처럼 직재적이
고 직설적이지 않다. 그에게는 유치환의 자기 학대가 보여지지
않는다. 유치환에게서는 매우 추상적인 어휘로 표시된 이념의 푯
대가 박두진에게서는 신앙으로 육화(肉化)되어 있기 때문이다.

박두진의 초기 시는 현실의 고통을 참고 메시아의 도래를 기
다리는 자의 환희를 힘있게 표현한다. 그 메시아의 도래는 해로
표상된다. 해는 그의 초기 시의 상상적 중핵이다.

살아서 설던 주검 죽었으매 이내 안 서럽고, 언제 무덤속 화환히
비춰줄 그런 태양만이 그리우리[118]

흰장미와 백합꽃을 흔들며 맞으오리니 반가워 눈물 먹음고 맞으오
리니 당신은 눈같이 흰 옷을 입고 오십시오. 눈위에 활짝 햇살이 부
시듯 그렇게 희고 빛나는 옷을 입고 오십시오.[119]

---

117) 박두진 : 1916-. 경기 안성 출생. ≪문장≫지 추천 시인. 시집에 『오도』,
『박두진시선』, 『거미와 성좌』, 『해』, 『인간밀림』. 세칭 청록파의 한 사람.
118) 『청록집·기타』(현암사, 1968), 86쪽.
119) 같은 책, 95쪽.

언제 새로 다른 태양 다른 태양이 솟는날 아침에 내가 다시 무덤
에서 부활할 것도 믿어본다.[120]

붉은 해는 메시아의 도래(재림)를 표상하는데, 그렇기 때문에
그 해가 뜬 이후의 세계는 원시적인 평화의 세계로 이해된다.[121]
그 해의 세계와 대조되는 곳에 그의 밤의 추운 세계가 있다. 〈산
그늘 길게 느리며/붉은 해는 넘어가고/황혼과 함께/이어 별과
밤은 오리니/삶은 오직 갈사록 쓸쓸하고〉[122] 해와 밤의 대립은
빛과 어둠이라는 성서적(聖書的) 대립의 시적 표현이다. 〈빛을 거
느리고 당신이 오시면 밤은 밤은 영원히 물러간다. 하였으니 (중
략)〉[123] 따위의 표현은 직접 성서를 인용하고 있다. 미래에 대한
확실한 신념을 가지지 못한 채 신명을 던지지 못한 것에 대해
내내 괴로워한 유치환과 다르게 그는 그 〈처참한 밤〉[124]에 〈확
확 치밀어오를 화염〉[125]을 굳게 믿고 기다린다. 그의 해는 일본
제국주의로부터의 해방과, 〈사랑과, 평화와, 조화와, 질서와, 미
와, 진실과, 진선의 영원한 성취〉[126]를 동시에 상징한다. 그의 메
시아주의는 압제 없는 건강한 사회의 도래라는 믿음이다. 그 믿
음이 폭발적으로 표현된 것이 해방 이후의 그의 『해』에 실린 시
편들이다. 거기에서 그는 처참한 밤을 벗어난 해방인의 환희를
유감없이 표현한다. 감정은 물줄기처럼 계속 흘러나와 환희를 감
추지 못한다. 그의 감정은 완전히 수문을 열고, 그는 그것을 절

120) 같은 책, 110쪽.
121) 그것을 보여주는 시가 「푸른 하늘 아래」, 「향현」 등이다.
122) 『청록집 · 기타』, 89-90쪽.
123) 같은 책, 94쪽.
124) 같은 책, 106쪽. 처참한 밤은 식민지 시대의 한 상징이다.
125) 『청록집 · 이후』(현암사, 1968), 85쪽.
126) 같은 책, 370쪽.

제하지 못하여, 호격(呼格), 생략 부호 등으로 그것을 그대로 내동댕이친다. 해는 그때 자연과 합체되어 그의 이상향을 이룬다. 『해』에 수록된 여러 시편들은 한국 시사상 유례없이 맑고 희망적인 노래들이다. 모든 것이 거기에서는 환희에 차 약동하며, 생명감에 가득 차 있다. 기다림은 확실한 신앙으로 변모한다. 그 기다림은 「오도(午禱)」 이후에는 행동으로 변모하다. 「해」의 정적이나 기다림은 역사와 현실의 가중된 압력 속에서 다시 처참한 밤과 비바람, 진눈깨비 비치는 벌을 발견하고, 동적인 것으로 변모된다. 그것을 가장 잘 보여주고 있는 것이 「어느 벌판에서」이다.

> 이제까지의 하늘과는 사뭇 영 다른
> 그러한 모양의 하늘이 올 것이라는 말을
> 그러한 뜻의 말을 일러줘 놓기 위하여
> (중략)
> 나는 그래도,
> 휘저어가며, 쓰러져가며,
> 자꾸만 날개를 치듯 내달아 가야만 하는 것이다.[127]

그의 기다림이 동적인 그것으로 변모한 이후부터 그의 시에는 관념어들이 등장하기 시작한다. 해와 밤의 대위법이 자유와 죽음의 대위법으로 변모한 것이다.

> 자유여! 학살되어 바다속에 버림받은 자유여![128]

---

127) 같은 책, 252-253쪽.
128) 같은 책, 258쪽.

그것은 그의 4·19 체험에서 비롯된 것인데, 「기(旗)」, 「꽃과 항구」 그리고 그의 후기 시의 절창 「바다의 영가」 등은 그의 메시아주의가 4·19에서 무엇을 보았는가를 역력하게 보여준다. 특히 「바다의 영가」는 민족을 상징하는 것이 분명한 바다와 사고의 주체자인 나를 상징하고 있는 나의 합일을 열광적으로 묘사함으로써, 그의 메시아주의의 실체를 독자들에게 제시한다.

　　이제야말로 다시 와 만난 그 가슴과 바다는, 창조, 혁명, 피, 혼돈, 죽음, 절망, 몸부림, 절규, 노호, 통곡, 그러한 것들의 모두를, 말갛게 씻어서 삭혀 버리고, 빛과 어둠, 죽음과 생명, 사랑과 미움, 절규와 침묵, 저주와 기도, 반항과 체념, 살과 살, 피와 피, 피와 피와 피와 피! 불꽃과 꽃과 꽃과 혀의,
　　아, 혼과 생명과 사랑의 그 응어리의, 꽃과 불로 된 그 하나로 된 응어리의, 영원한 새 영원, 태초의 말씀의 그 새 말씀으로부터,
　　── 할렐루야
　　아, 너와 나는 이제야 다시 하나로 되살아 일어난 것이다.[129]

현실을 항상 어두운 밤으로 상정하고, 그것과 야합하지 않고, 계속 이상향을 바라고 있다는 점에서 그는 전형적인 낭만주의자에 속한다. 그 낭만주의자가 현실에서 발견한 유일한 이상향이 혁명이라는 것에는 아무런 무리가 없다.[130]
　그의 낭만주의는 당연한 결과로 시의 형식을 개방시킨다. 그의 시의 주조를 이루고 있는 것은 산문시이다. 그 산문시를 시로 만들고 있는 것은 호격, 조사 생략, 반복법, 교묘한 생략 부호, 콤마 사용 등이다. 주요한의 「불놀이」에서 보이는 것과 비슷한 작

129) 『청록집·기타』, 398-399쪽.
130) 같은 책, 271쪽.

시술이지만 이상하게도 그의 시에는 부정적 감정이 보이지 않는
다. 그의 산문시는 정지용의 그것처럼 감정을 적절히 규제하는
것이 아니라 감정을 마음대로 해방시킨다. 그의 산문시의 힘은
폭포와 같이 쏟아지는 감정 때문에 얻어진다. 말의 폭포 앞에서
독자들은 거기에 저항할 시간적 여유를 갖지 못하는 것이다. 그
것을 김춘수는 〈리듬을 의식하여 씌어진 문장〉[131]이라고 부르고,
리듬은 의미를 중시하는 산문에 배치되는 것이어서, 그의 산문시
는 어딘가 어색하다는 의견을 제시하고 있다.

4 김춘수[132] 혹은 무의미의 시학

김춘수(金春洙)는 서구의 상징주의 시 이론을 받아들여 그것을
소화한 희귀한 시인이다. 대부분의 서구 취향 시인들이 영미 계
통의 모더니즘에 세례받은 것을 생각하면, 그의 상징주의 취향은
기이하게까지 느껴진다. 그의 상징주의 취향은 초기에는 무한 탐
구로, 후기에는 순수시·절대시의 탐구로 나타난다. 그의 무한 탐
구는 릴케류의 기도에서 시작하여 절대에의 동경, 하늘을 발견하
기에 이른다.

> 황홀히 즐거운 창공에의 비상
> 끝없는 낭비의 대지에의 못박힘
> 그러한 위치에서 면할 수 없는 너는 하나의
> 자세를 가졌다.

---

131) 같은 책, 271쪽.
132) 김춘수 : 1922-. 경남 충무 출생. 도쿄 니혼(日本)대 예술 수학. 1949년
   데뷔. 시집으로 『부다페스트에서의 소녀의 죽음』, 『타령조 기타』, 시론집으
   로 『한국현대시형태론』, 『시론』.

오 자세(姿勢) ── 기도[133]

「갈대」라는 제목이 붙어 있는 위의 시는, 인간의 숙명적 조건을 하늘과 땅의 상극이라는 이미지로 표현한다. 그 인간이 행할 수 있는 유일한 자세는 기도이다. 그 기도는 자신의 육체적 조건을 벗어나려는 초월 의지이다. 그것은 그의 「분수」에서 〈찢어지는 아픔〉으로 제시된다. 아무리 발돋움하더라도 분수는 두 쪽으로 갈라져서 떨어지지 않으면 안 된다. 그 비상과 좌절의 도식은 무한 탐구의 어쩔 수 없는 귀결이다. 그의 무한 탐구로서의 시는 그의 「나목과 시 서장」에서 언어를 뛰어넘는 시로 그려져 있다.

　　겨울 하늘은 어떤 불가사의의 깊이에로 사라져 가고,
　　있는 듯 없는 듯 무한은
　　무성하던 잎과 열매를 떨어뜨리고
　　무화과나무를 나체로 서게 하였는데,
　　그 예민한 가지 끝에
　　닿을 듯 닿을 듯 하는 것이
　　시일까,
　　언어는 말을 잃고
　　잠자는 순간
　　무한은 미소하며 오는데
　　무성하던 잎과 열매는 역사의 사건으로 떨어져 가고.
　　그 예민한 가지 끝에
　　명멸하는 그것이
　　시일까.[134]

---

133) 김춘수, 『기』, 14쪽.
134) 김춘수, 『부다페스트에서의 소녀의 죽음』, 78-79쪽.

그 시에서 김춘수는 1) 무한은 역사와 사건을 제거한다. 2) 무한 앞에서 언어는 침묵한다. 3) 시는 무한을 지향한다는 세 개의 명제를 보여준다. 그 무한이 무엇을 가리키는 것인가를 김춘수는 뚜렷하게 가르쳐주지 않는다. 그의 『기(旗)』에 실린 시에서는 그 것이 그리움, 순정, 원시의 건강으로, 『부다페스트에서의 소녀의 죽음』에서는 인간의 양심으로 나타난다. 그의 무한 탐구는 동시에 언어로 표현할 수 없는 어떤 것에 대한 탐구이다. 그러나 그 것은 이데아 세계를 상정하고 그것을 탐구하는 절대 추구는 아니다. 그의 무한 탐구는 오히려 안정을 구하고, 믿음을 되살릴 수 있는 힘을 구하는 여성적인 것이다.

> 하나님.
> 안정이라는 말이 가지는
> 그 미묘하게 설레이는 의미말고는
> 나에게 안정은 없는 것입니까.[135]
>
> 우리들은 모두
> 무엇이 되고 싶다.
> 너는 나에게 나는 너에게
> 잊혀지지 않는 하나의 의미가 되고 싶다.[136]
>
> 라이너어·마리아·릴케
> 당신의 눈은 보고 있다.
> (중략)
> 믿음이 없는 새는

---

135) 같은 책, 83쪽.
136) 같은 책, 43쪽.

어떤 몸짓의 날개를 치며 날아야 하는가를[137]

  그는 투쟁보다는 화해를, 고통보다는 안정을, 탐구보다는 신앙을 오히려 희원한다. 그런 의미에서 그의 시는 여성적 시이다. 그의 여성시는 어떻게 살아야 할 것인가를 모르지만, 그러나 살려고 애를 쓰지 않을 수 없는 험난한 사회에서의 기도의 자세이다.
  그의 초기 시는 무한 탐구보다는 오히려 순수시·절대시 탐구에 바쳐진다. 그의 순수시론은 해방 직후에 김동리에 의해 제창된 정치 배제의 휴머니즘 문학론도 아니며, 불순한 동기 없는 순수한 제작을 의미하는 신석초의 그것도 아니다. 그의 순수시론은 시를 난센스의 경지에까지 몰고 가고 싶다는 것이다. 난센스(무의미)라는 말을 쓰기 이전에 그는 휴먼한 것을 벗어나는 상태, 꿈과 같은 상태라는 진술을 하고 있는데, 그것은 〈한 시인의 관념과 학식과 경험이 한 줄의 정경 속에 서술적으로 용해되는〉[138] 경지를 뜻한다. 그의 순수시론은 인간적인 것을 외부 정경 묘사로 환치시키는 시론을 뜻한다. 그것은 발레리 — 브레몽류의 음악의 상태를 지향하는 순수시보다는 초월이라는 관념을 절대시에서 사상시켜 버린 이미지즘에 가까운 시론이다. 그가 어떻게 해서 무한 탐구를 버리고, 정경 묘사의 순수시로 기울어졌는가는 아직 하나의 문제로 남아 있다. 그것이 그의 유년 시절 거세 콤플렉스에서 기인한다는 의견이 제시되어 있기는 하다.[139]
  그의 초기 시의 대표작은 『부다페스트에서의 소녀의 죽음』에 대개 실려 있으며, 그의 후기 시의 대표작은 「처용단장」이다. (초기 시는 꽃을 주제로 한 것들에 좋은 시들이 많다.) 그는 서정주, 김

---

137) 같은 책, 31쪽.
138) 김현, 「신화적 인물의 시적 변용」, 《문학과지성》 제3호, 347쪽.
139) 김현, 앞의 글을 볼 것.

수영과 함께 해방 이후의 시에 가장 강력한 영향을 미친 시인이다. 소위 존재의 시나 내면 탐구의 시로 알려진 시들의 상당 부분은 김춘수의 시적 탐구의 결과에 크게 빚지고 있다.

5 김수영[140] 혹은 소시민의 자기 확인과 항의

김수영(金洙暎)은 초현실주의의 세례를 가장 깊숙이 받은 시인이다. 초현실주의는 이상 이후 한국 시인들에게 상당한 영향을 미친 문학사의 사조이지만, 대부분은 그것을 기법에 한정시켜 낯선 이미지의 마주침과 성적 이미지의 도입으로 이해하고 있다. 그러나 그는 초현실주의의 자유의 개념을 투철하게 이해하여, 삶의 변혁과 세계의 변혁의 의미를 추구한다. 그에게 초현실주의는 문학 사조가 아니라, 정신을 굳지 않게 하는 운동이다. 그에게 중요한 것은 그때 〈뚫고 나가는〉[141] 힘이다. 시는 자신을 완전히 던지는 행위이며, 그런 의미에서 조심할 것은 투신을 빙자한 안이성이나 무책임성이다.[142] 삶과 시에의 투신은 그의 자유를 재확인하는 행위이다. 4·19 이후 그의 시에서 빈번하게 등장하는 혁명 역시 상투화되기를 거절하는 그의 태도의 소산이다. 혁명은 완전을 향해 가는 부단한 자기 부정이다. 〈혁명은 상대적 완전을 수행하는 것이다〉,[143] 〈혁명은 도처에 부시로 부단히 있는 것〉[144] 따위의 단장(斷章)들은 그의 혁명이 윤택한 사회, 자유로운 사회를 향한 방법론적 자기 부정임을 입증한다. 그 자신은 혁명의 필

---

140) 김수영 : 1921-1968. 서울 출생. 연세대 영문과 졸업. 1948년 시단에 데뷔. 동인 시집 『새로운 도시와 시민들의 합창』, 시집 『달나라의 장난』.
141) 김수영, 「일기초」, 《창작과비평》 제11호, 421쪽.
142) 같은 글, 423쪽.
143) 같은 글, 428쪽.
144) 같은 글, 425쪽.

요성을 절실히 느끼면서도, 남한이라는 상황을 부정하지는 못한다. 그가 삶의 개혁을 끝내 세계의 개혁과 연결시키지 못한 이유이다. 자유와 혁명에 대한 그의 초현실적 입장은 그로 하여금 타협과 안이를 타매케 하지만, 언론의 자유 때문에 그의 사회 개혁의 내용을 밝힐 수 없음을 그는 누차 고백한다. 그러나 그는 이상 이후로 시에서 격렬한 자기 부정을 보여준 희귀한 예이다. 그 자기 부정은 자신의 삶을 상투형으로 만들지 않으려는 그의 부단한 노력에서 생겨난 것이다.

그의 참여 시론의 논리적 근거 역시 〈지게꾼이 느끼는 절박한 현실을 대변하자〉[145]는 데 있는 것도 아니며, 소시얼리얼리스틱 리얼리즘에[146] 있는 것도 아니다. 그는 시인의 양심이 엿보이는 작품을 참여라고 부르고 있는데,[147] 그것으로 미루어 보면 현실과 타협하지 않고, 새롭게 현실을 인식하자는 것이 그의 참여시의 골자를 이룬다.[148]

오늘날의 시가 가장 골몰해야 할 가장 큰 문제는 인간의 회복이다. 오늘날 우리들은 인간의 상실이라는 가장 큰 비극으로 통일되어 있고, 이 비참의 통일을 영광의 통일로 이끌고 나가야 하는 것이 시인의 임무다. 그는 언어를 통해서 자유를 읊으며 또 자유를 산다. 여기에 시의 새로움이 있고, 또 그 새로움이 문제되어야 한다. (중략) 요즘의 시단 저널리즘은 현실 참여의 시라고 해서 무조건 비참한 생활만을 그려야 하는 것같이 생각하고, 신문 논설란류의 상식이 통하지 않는 작품들을 도매금으로 난해시라고 배격하는 성급한 습성에

---

145) 김수영, 「생활현실과 시」, 같은 책, 405쪽.
146) 같은 글, 404쪽.
147) 같은 글, 405쪽.
148) 그것은 제2 초현실주의 선언서보다는 제1선언서의 정신에 가깝다.

흐르고 있다.[149]

  그의 참여 시론에서 공격의 대상을 이루는 것은 그러므로 난
해시가 아니라, 불가해시(不可解詩)이며, 자유를 느끼지 못하게
하는 시이다. 그는 지게꾼이 느끼는 절박한 현실만을 시인이 대
변해야 한다고 생각하지는 않는다. 그는 인간의 전체성을 자유와
혁명이라는 말로 옹호하고 있으며, 그것이 〈헛소리〉에 지나지 않
을지 모르나, 그 헛소리가 결국은 〈3·8선을 뚫고〉 〈참말이〉[150]
된다고 생각한다.
  시의 새로움은 그것을 억압하는 주위 환경과 당연히 충돌한다.
그렇지만 시인은 조그만 목소리로라도 말하지 않으면 안 된다.[151]
그런 의미에서 김수영의 시인 역시 견자(見者)이다. 김수영의 새
로움의 시학은 모더니즘이 한국 시에 수용된 이후 가장 날카로
운 표현을 본 시론이다. 그것은 서정주의 토속 미학, 김춘수의
난센스의 미학과 함께 해방 후의 시론 중에서 주목을 요하는 것
이다. 그것은 기법의 시론이 아니며, 정신의 태도에 관해 기술하
는 시론이다. 그의 새로움의 시학은 이성부, 조태일, 김준태 등에
게 상당한 영향을 미친다.
  김수영의 시는 소시민의 자기 각성과 항의를 주로 다루고 있
다. 한반도의 정치적 상황을 주어진 것으로 인정한다는 점에서
그는 소시민이지만, 그것을 수락하지 않고, 그것의 의미를 탐구
하고 그것을 가능한 한 표현해 내려고 애를 썼다는 점에서 그는
혁명 시인이다. 〈합법적인 도적들에게 자진해서 납공(納貢)을 하
지 말아라〉[152]라는 그의 단장은 그의 정신의 투철함을 보여준다.

---

149) 앞의 글, 408쪽.
150) 김수영, 「시여, 침을 뱉어라」, 같은 책, 414쪽.
151) 같은 글, 413쪽.

그러므로 그는 자기 자신이 자신도 모르게 〈자진해서 납공〉하고 있는 것이 아닌가 하는 것을 끊임없이 생각하며, 자신을 그렇게 몰고 가는 상황에 대해 강력하게 항의하는 것이다.

> 1) 기침을 하자
>   젊은 시인이여 기침을 하자
>   눈을 바라보며
>   밤새도록 고인 가슴의 가래라도
>   마음껏 뱉자[153]

> 2) 나는 이것이 쏟고난 뒤에도 보통때보다 완연히
>   한참 더 오래 끌다가 쏟았다.
>   한 번 더 고비를 넘을 수도 있었는데 그 만큼
>   지독하게 속이면 내가 곧 속고 만다.[154]

초기와 후기의 시에는 그 자기 각성의 톤이 다르게 나타난다. 초기의 시에는 생활에의 패배감, 체념 같은 것들이 회고조의 정경 묘사를 동반하면서 클로즈업되다가 그것을 극복하려는 노력을 끝에 가서 극적으로 보여주는 경우가 흔하며, 후기 시에서는 주위의 상황은 완전히 상징화되어 그를 고문하고 그를 못살게 구는 존재처럼 묘사된다. 그래서 대부분의 경우 시의 톤은 격렬한 자기 고백의 음조를 띤다. 초기 시의 한 유형으로 발췌한 1)의 예에서도 〈가래라도 마음껏〉 뱉자는 일종의 자기 축소가 젊은 시인들을 부르는 연대감으로 변모되어 있으며, 후기 시의 한 예로 든

---

152) 김수영, 「일기초」, 같은 책, 426쪽.
153) 김수영, 『달나라의 장난』, 61쪽.
154) 김수영, 「성(性)」, 《창작과비평》 제11호, 392쪽.

2)에서는 자기 행위를 끝까지 지켜보려는 의식의 가열된 자기 응시가 보여진다. 그 자기 각성은 때때로는 문화사적인 것으로 그리고 때때로는 정치적인 그것으로 파악될 수 있도록 폭넓게 확산된다. 그것을 통해 그는 항의의 제스처를 구사한다.[155] 그 자신은 겸손하게 제스처라고 말하고 있지만, 그 항의는 오랜 불안과 고뇌의 소산이다. 그것은 또한 잡지 편집자들의 검열과의 싸움이기도 하다.[156] 그의 시인으로서의 불행은 그의 진보관을 그가 명료하게 밝힐 수 있을 때까지 살지를 못한 것이다. 그로서는 민중에의 기대를 노래한 「풀」을 남김으로써 그의 소시민 기질의 저쪽을 잠깐 보여준다.

풀이 눕는다.
비를 몰아오는 동풍에 나부껴
풀은 눕고
드디어 울었다.
날이 흐려서 더 울다가
다시 누웠다.
풀이 눕는다.
바람보다도 더 빨리 눕는다.
바람보다도 더 빨리 울고
바람보다도 먼저 일어난다.

날이 흐리고 풀이 눕는다.
발목까지
발밑까지 눕는다.

155) 김수영, 「일기초」, 같은 책, 429쪽.
156) 같은 글, 429쪽.

바람보다 먼저 일어나고
바람보다 늦게 울어도
바람보다 먼저 웃는다.
날이 흐리고 풀뿌리가 눕는다.

그의 시는 전통적 운율과 전통적 시어를 거의 사용하지 않는
다. 줄글을 그대로 시에 도입하거나 대담한 척치(擲置)를 행함으
로써, 놀람을 야기시킨다. 그의 초기 시에 비해 후기 시는 비교
적 척치를 많이 사용함으로써 독자들에게 긴장과 기대를 불러일
으킨다.

6 고은[157] 혹은 소멸의 시학

고은은 서정주와 함께 불교에서 시적 영감을 얻고 있는 시인
이다. 그의 불교취(佛敎趣)는 그러나 서정주처럼 인연설에 기초
해 있지 않다. 그의 불교취는 오히려 대상을 직관적으로 파악하
는 선적(禪的)인 요소를 많이 가지고 있다. 선적 직관에 의한 대
상 파악은 그의 시의 상당 부분을 경구 스타일로 만든다. 〈가으
내 간 물소리는 어느 만큼 가자는지〉[158] 따위와 같은 발상법은
선을 이해하지 않고서는 이해될 수 없다. 그의 선적 발상은 서정
주의 불교가 보여주는 샤머니즘적인 면모를 뛰어넘으려는 그의
노력의 결과이다. 그 결과 그는 서정주가 애용하는 토속어를 버
리고, 오히려 생경한 듯한 서구어를 실험한다. 그 서구어들은 김
현승이나 김수영의 관념어가 아니라 주로 고유 명사이다. 그 고

---

157) 고은 : 1933-. 전북 군산 출생. 1958년에 데뷔. 시집『피안감성』,『해변
　　 의 운문집』,『신 언어 최후의 마을』,『세노야 세노야』 외 수상집 다수.
158) 고은,『피안감성』, 16쪽.

유 명사를 통해 환기되는 감정은 오히려 이국 정조이다. 그의 시는 그러므로 불교적인 경구로 연결되는 선시와 유럽적인 어휘로 묘사되고 있는 정경시로 크게 나뉜다.

　불교취의 선시에서 그가 표현하고 있는 것은 소멸의 의미이다. 사라져 가는 것 혹은 없어져 가는 것에 대한 그의 편애는 그의 최초의 시집인 『피안감성(彼岸感性)』에서부터 그의 후기의 걸작시 『문의 마을에 가서』에 이르기까지 널리 편재해 있다. 소멸하는 것에 대한 편애는 그러나 인연설과 결부되지 아니하고, 죽음의 수락이라는 기독교적 명제와 이상하게 결부된다. 그가 어떻게 해서 사라져 가는 것에 관심을 쏟게 되었는가 하는 것에 대해서는, 그것이 그의 누이 콤플렉스의 결과라는 의견이 제시되어 있다.[159] 그의 초기 시에서부터 그의 죽음을 대신 죽은 누이에 대한 탄식은 그를 깊이 사로잡는다. 「폐결핵」, 「누이에게」, 「사치」 등은 그의 그러한 원초적 성향을 표현한다. 그 누이 콤플렉스가 그의 삶 자체에서 연유한 것인지, 아니면 책에서 얻은 것인지에 대해서는 아직 확실한 것을 밝힐 수 없다. 그의 누이 콤플렉스는 눈물에서 시작하여 〈내가 창조한 것은 누가 이을까〉라는 탄식을 거쳐 소멸해 가는 것에 대한 찬탄을 낳고 마침내는 죽음을 수락하기에 이른다.

　　이 세상의 어디를 다 돌아다니다가 해지면 돌아오는 네 울음이요[160]

　　울밑에 풀 한 포기 나 있는 것을 만나도
　　나는 따로 눈물이 나네[161]

---

159) 김현, 「시인의 상상적 세계」, 『현대한국문학의 이론』을 볼 것.
160) 〈너〉는 누이를 가리킨다.
161) 이 시는 『피안감성』에는 「누이에게」라는 제목으로 발표되어 있으며, 『해변의 운문집』에는 「눈물」 속에 포함되어 있다. 『피안감성』, 80쪽과, 『해변의 운문집』, 68쪽을 보라.

내가 창조한 것은 누가 이을까
쓸쓸하게 고개에 녹아가는
눈허리의 명암을 썼고 그분은 나를 본다.[162]

얼마나 창조보다도 멸망은 찬란한가
그대들이여 망한 나라를 기억하라.[163]

  그가 죽음을 수락하게 된 것은 『문의 마을에 가서』 이후이다.
  그의 정경시(情景詩)들은 그의 제주 시대에 씌어진 것 중에 좋
은 작품들이 많다. 「해연풍(海軟風)」, 「애마 한쓰와 함께」, 「내 아
내의 농업」, 「저녁 숲길에서」 따위의 정경시는 그가 본 주위 인
물들의 생활을 그의 것으로 추체험하여 그려낸 우수한 정경시들
이다. 그것들은 건강한 삶을 구가한다. 대체적으로 그것들은 외
부 정경 묘사에만 한정되어 있지 아니하고, 교묘하게 미래형을
흔히 사용함으로써 건강한 삶에 대한 시인의 의지를 개입시킨다.
토속적인 것에서 소멸의 이미지만을 보는 시인이 이국 정조를
보여주는 시에서는 건강한 삶을 구가하는 것도 주목의 대상이
될 수 있다.
  그의 시가 가지고 있는 또 다른 특색은 그의 바다에 대한 집
착이다. 바다에 대한 그의 집착은 그의 시작 전체에서 풍부하게
드러난다. 바다를 노래하는 시들이 극히 희귀한 한국 시에서 그
의 바다시는 독특한 위치를 점유한다. 그의 바다는 1960년대 후
반기에 급작스러운 유행을 본 의식의 표상으로서의 바다도 아니
며 성의 상징으로서의 바다도 아니다. 그의 바다는 우선은 그를
둘러싸고 있는 환경으로서의 바다이다. 그 바다는 점차로 그의

---

162) 『해변의 운문집』, 59쪽.
163) 같은 책, 80쪽.

450

인식 내부에서 멸망과 창조의 대위법을 가장 잘 표상하고 있는 대상으로 인지된다. 그의 바다는 그런 의미에서 『해변의 묘지』에서 묘파되고 있는 발레리류의 바다이다.

그의 시는 한시 번역에서 흔히 볼 수 있는 조사(助詞)의 탈락, 혹은 오용 그리고 실사(實辭)의 제거 등으로 교묘한 여백의 맛을 낸다. 학교 문법은 그의 시에서 자주 파괴되는데, 그 파괴는 모더니스트들의 언어 실험과는 달리 여운을 남기기 위한 시인의 무의식적 행위여서, 그의 시를 생경하게 만들지는 않는다.

어제, 나는 빈한한 등으로 울며 묵은 무쇠낫을 갈았다.
아무리 베어도 오늘은 갯가에서 작은게가 도망치지 않고[164]

위의 시행에서 볼 수 있듯이 그의 시의 특색은 실사의 탈락에 있다. 그것 역시 그의 시학과 밀접하게 관계되어 있을 것이다.

그의 시 작업에서 특이한 것은 그의 『세노야 세노야』라는 단시집 — 수상집에 실린 일본 하이쿠(俳句)의 영향을 짙게 받은 단가들이다. 거기에서 그는 그의 정경시를 짧게 만드는 훈련을 보여주는데, 2행시, 3행시의 시 형식 실험과 함께 한국 현대시의 형식 개척에 중요한 한몫을 담당하고 있다.

7 다른 시인들

1) 김광섭[165] —— 김광섭(金珖燮)은 영문학에 대한 소개 번역을 하다가 시작을 하게 된 시인으로 시의 음악성보다는 주지적(主知

---

164) 『해변의 운문집』, 23쪽.
165) 김광섭 : 1905-1977. 함북 경성 출생. 도쿄 와세다대 영문과 졸업. 시집 『동경』, 『해바라기』, 『성북동 비둘기』.

的)인 진술에 더 많은 신경을 쓴 시인이다. 주지적인 진술이라고 하더라도, 그의 시는 현실과 역사에 정면으로 대결하여 나온 시가 아니라 현실을 극복하거나 개조할 수 없는 것으로 보고, 자기 자신을 한 발 뒤로 물러서게 하는 관조에서 생겨난 시이다. 그렇기 때문에 그의 시에는 현실과 타협함으로 생겨나는 거짓된 과장이 없는 대신에 고뇌가 끝난 뒤의 허탈한 감정이 숨어 있다.

내
하나의 생존자로 태어나서 여기 누워 있나니

한 간 무덤 그 너머는 무한한 기류의 파동도 있어
바다 깊은 그 곳 어느 고요한 바위 아래

내
고달픈 고기와도 같다.

———「고독」

그는 〈맑은 정 아름다운 꿈〉을 꿈꾸지만, 그를 이끌고 있는 것은 〈오랜 세기의 지층〉뿐이다. 그는 〈고달픈 고기〉이다. 그는 현실을 타협할 수 없는 괴물처럼 인식했다는 점에서 낭만주의자이지만 그 낭만주의자처럼 현실 밖으로 벗어나려 하지 않는다. 그의 시에 격렬한 자기 부정 대신에 따뜻한 동경이나 자기 위안이 보이는 이유이다. 그것은 그가 생명에 대한 애정을 버리지 않고 계속 그것을 유지하고 있다는 것을 또한 입증한다. 그의 대표작이 될 「성북동 비둘기」외 동명(同名)의 제목 아래 실려 있는 시들은 그의 시가 초기의 관념적이고 사변적인 서정 감각을 벗어나 인간에 대한 애정을 그가 찾아냈음을 뚜렷이 보여주고 있다. 쫓기고 있는 인간과 그것에 버금하는 모든 것에 그는 오랜 관조와 사색에서 얻어진 애정을 부여한다. 그럼에도 불구하고 현실을 타협할 수 없는 어떤 것으로 보는 입장은 계속 유지된다. 그의 시가 때때로 현실에 대한 강렬한 항의를 품고 있는 이유이다.

　2) 김현승[166] —— 김현승(金顯承)은 박두진과 함께 프로테스탄티즘이 그의 시의 원천을 이루는 희귀한 시인 중의 하나이다. 그는 그것을 그의 시작 초기에서부터 지금에 이르기까지 계속 그의 시의 자원으로, 다시 말해서 그의 삶의 이유로 수락하고 있다. 그것은 그의 시에 몇 가지 특색을 부여하게 한다. ① 그의 시는 서구의 몰락과 밀접한 관련을 가지고 있는 모더니즘의 유행을 뒤쫓지 않고 있다. 모더니즘은 신의 죽음으로 상징되는 보편주의와 절대주의 그리고 초월의 가능성을 믿는 내세주의의 붕괴에서 생겨난 시 운동이다. 그것은 1930년대의 한국 시 운동에 상당한 영향을 미쳐 김기림의 시론과 이상의 시를 가능케 하는데, 김현승은 프로테스탄티즘의 경건성에 의지하여 과학주의·상대주의의 한계를 쉽게 벗어난다. 그의 시가 동시대인들의 몇몇 시와 다르게 〈견고하게〉 결정되어 있는 이유이다. ② 그의 시는 정경 묘사의 이미지즘과 무관하다. 인간을 둘러싸고 있는 환경이나 자연, 그리고 인간 그 자체보다도 이미지즘은 자연과 그 속에 융화된 인간을 그림으로써 고통하고 고뇌하는 인간을 시에서 소외시킨다. 그러나 김현승의 주제는 인간에 한정되어 있다. 그의 자연은 김광균의 복고주의적 자연도 아니며 장만영의 즉물적 자연도 아니다. 그의 자연은 인간의 유한성과 그것을 벗어나려는 초월에의 욕구를 보여주는 자연이며, 그런 의미에서 인간만을 위한 자연이다. ③ 그의 시는 프로테스탄트의 자기 고뇌 — 각성을

166) 김현승〔茶兄〕: 1913-1975. 전남 광주 출생. 숭실전문학교 문과 졸업. 시집에 『김현승 시초(詩抄)』, 『옹호자의 노래』, 『견고한 고독』.

주제로 하고 있다. 그래서 그의 시에는 철저한 자기 부정도 철저한 자기 망각도 보이지 않는다. 그의 시의 품격은 엄격하게 언어를 절제하고 그 절제된 언어로서 그의 고통스러운 삶을 표현케 하는 데서 얻어진다. 그의 시에 호격이 별로 나오지 않는 이유이다. 그의 시에 호격이 나오더라도 그의 호격은 감정을 크게 규제하고 있는 호격이다. 그만큼 절제되어 있고, 그런 뜻에서 지적(知的)이다. 물론 그의 호격에 애소의 감정이 들어가 있는 것도 있지만 그것은 자신의 유한성을 인정하고 절대자에게 희구할 때나, 그와 유사할 때에 한정되어 있다. ④ 그의 시는 관념어들을 많이 사용한다. 그 관념어들은 유치환의 그것처럼 과거 지향적인 것이 아니라, 서유럽적인 것이다. 기독교 문화권에서 만들어진 관념어들이라는 진술이다. 또한 그는 성서적 비유와 경구, 그리고 성경 고사를 많이 인용한다. 비기독교인인 독자들에게 그가 관념적으로 읽히고 있는 이유이다.

그의 주제는 고독이다. 그 고독은 프로테스탄트의 자기 각성의 과정에 다름 아니다. 신의 침묵과 그것에도 불구하고 세계를 버릴 수 없는 자의 쓸쓸함은 그의 시에서는 보석이라는 이미지를 중심으로 전개된다. 인간적인 눈물과 그의 〈영혼의 벗들인〉 말은 보석이라는 이미지와 결부되어, 그의 내면의 고독과 고고함을 동시에 표상한다.[167] 그의 대표작은 초기의 「플라타너스」와 후기의 「연(鉛)」이라 할 수 있다.

3) 박목월[168] —— 박목월(朴木月)은 변모의 시인이다. 그가 변모의 시인이라는 진술은 그가 서투른 실험을 계속한 시인이라는

---

167) 김현, 「보석의 상상체계」, ≪숭전대학신문≫ 제209호를 볼 것.
168) 박목월[본명 泳鍾] : 1916-1978. 경북 경주 출생. 1936년 ≪문장≫지 추천 시인. 세칭 청록파의 한 사람. 시집에 『산도화』, 『난·기타』, 『경상도의 가랑닢』, 시론집에 『보라빛 소묘』.

진술이 아니라, 그가 그의 인생을 그의 시공간 속에 용해시키는 데에 차이를 보이고 있다는 진술이다. 그 자신의 고백에 의하면 그의 첫 시집인 『산도화(山桃花)』에서 문제되고 있는 것은 외재적 가락과 시를 극도로 압축시켜 얻고 있는 함축미이며, 그것은 그의 20대와 30대의 내면 공간을 표현한다. 그의 두번째 시집인 『난·기타』에서 표현되고 있는 것은 육친의 죽음과 비극적인 민족적 체험이며, 그것은 그의 40대 전반을 반영한다. 그의 세번째 시집인 『청담(晴曇)』은 그의 가정 생활을 주로 다루고 있으며, 언어 선택에 대한 과민한 편벽이 『난·기타』에 이어 많이 누그러진다. 그의 네번째 시집인 『경상도의 가랑닢』에서는 다시 그의 고향인 경상도의 언어 탐구가 행해진다. 위와 같은 시인의 변모에서 박목월이 가장 많은 주목을 받았을 때가 『산도화』와 『경상도의 가랑닢』 때이다. 『산도화』의 박목월은 향토의 자연과 운율 실험으로 주목을 받는다. 그의 초기의 향토성은 김동리에 의해 지나치게 편협하고 특이하다는 비판을 받고 있으나[169] 그 향토성은 정한모에 의하면 〈향토적이면서 향토적인 현실의 풍경이 아니라 공간을 초월하여 살아 있는 상징적인 실재로서의 한국적 자연〉[170]을 말하고 있다. 박목월의 자연이 향토적이며 보편적인 것인가 아닌가 하는 것은 그의 시 전부와의 상관 관계 아래서 밝혀져야 할 문제이다. 그러나 그와 자연이 환상적인 자연이며, 현실의 어려움에서 벗어나 있는 자족적 자연이라는 것에는 이의가 있을 수 없다. 그의 운율 실험은 요(謠)를 어떻게 시로 승격시킬 수 있느냐 하는 데에서 시작한다. 식민지 초기의 김소월이 부딪친 그 문제는 박목월에게도 매우 중요한 의미를 띤다. 그는 소월의 가락과 다르게 〈간결한 표현, 서술 어미나 의미의 적당한 생략에

---

169) 『청록집·기타』, 253-254쪽.
170) 같은 책, 338쪽.

서 오는 여백〉[171]이 주는 함축을 통해 요의 단조성을 극복하고 시를 만든다.

『경상도의 가랑닢』에서 주목을 받은 것은 경상도 방언이다. 경상도 방언은 김영랑, 서정주 등에 의해 오랫동안 탐구되어 온 전라도 방언과 다르게 시어로서는 그 많은 부분이 보류되어 온 방언이다. 전라도 방언에 의지하고 있는 상당수의 시인들이 판소리나 잡가의 가락을 능동적으로 수용하고 있는 데 비해 경상도 출신의 시인들은 대체적으로 표준어로 표현하고 있다. 그러한 것에 대한 하나의 반격처럼 그는 경상도 방언을 대담하게 시에 도입하여 시를 성공시키고 있다. 그의 경상도 방언 실험은 한국어의 숨겨진 부분을 찾아내는 데 큰 도움을 줄지도 모른다. 이북 방언 실험이 거의 불가능한 지금, 그의 실험은 더욱 주목을 받을 만하다. 그러나 그 방언의 실험이 대부분 무속적인 것과 결부되어 있다는 사실은 주목을 요한다. 그의 방언 실험은 그의 언어 성감대의 가장 예민한 부분에서 행해지고 있는 것이다.

4) 박남수[172] ── 박남수(朴南秀)는 〈훌륭한 표현만이 예술가의 특권〉[173]이라는 신념을 시작 초기부터 굳게 지켜온 순수 시인이다. 그의 순수 역시 김춘수의 그것처럼 시의 조소적(彫塑的)면을 강조하는 순수인데, 그는 김춘수와 다르게 내적 정경을 외부 묘사로 환기시키려고 노력하는 것이 아니라, 순수라는 것이 얼마나 다다르기 힘든 것인가라는 것과 외부 정경을 상징적으로 조소해 내는 것에 그의 전력을 쏟고 있다. 김춘수는 순수시를 쓰는 것이 가능하다고 믿고 있지만, 그는 순수를 시화하는 것은 불가능하다

---

171) 같은 책, 331쪽.
172) 박남수 : 1918-1995. 평양 출생. 도쿄 추오(中央)대 법학과 졸업. 1939
    년 《문장》지 추천 시인. 시집에『초롱불』,『갈매기 소묘』.
173)『백철문학전집 4』(신구문화사, 1968), 557쪽.

고 믿고 있다. 그 점에서 그는 플라톤주의자이다. 모든 것은 순수의 그림자에 지나지 않는다. 그런 그의 생각은 그의 시의 주된 이미지를 이루는 새를 묘파한 그의 대표작 「새」에 분명하게 드러나 있다.

>   ─── 포수는 한덩이 납으로
>   그 순수를 겨냥하지만
>   매양 쏘는 것은
>   피에 젖은 한마리 상한 새에 지나지 않는다.[174]

플라톤의 동굴의 비유를 뒤집어 놓은 듯한 위의 시구는 그의 순수가 플라톤적 이데아에 가깝다는 것을 입증한다. 그는 그 순수를 언어로써 표현하려고 애를 쓰지만, 그것으로 표현되는 것은 순수가 아닌 다른 것이라는 생각은 신동집에게서도 드러나고 있는 시학이며, 1960년대 시인들의 상당수에게 영향을 미친 시론이다. 새를 통해서 순수를 드러내려 하고 있는 그의 시들은 1960년대의 후반에 들어서서 서서히 융적인 집단 무의식에 접근해 들어가, 망향 의식을 문화사적인 차원으로 높이려고 애를 쓰고 있다.

5) 송욱[175] ─── 송욱(宋稶)은 초기에는 현실 비판적인 풍자시 「하여지향(何如之鄕)」으로, 후기에는 관능적인 자연시 「월정가(月精歌)」로 알려진 시인이다. 그의 「하여지향」은 한국 시에서는 거의 불가능한 것으로 알려진 시 기법, 두운(頭韻), 도치, 대담한

---

174) 「손」에도 그와 같은 시행이 보인다. 〈손이/이윽고 확신한 것은/역시 잡히는 것은/아무것도 없다는 것뿐이었다.〉
175) 송욱 : 1925-1980. 충남 홍성 출생. 서울대 문리대 영문과 졸업. 시집에 『하여지향』, 『월정가』. 서울대 교수 역임.

이미지의 대립, 과감한 외국어 도입 등으로 주목을 끈 풍자시이다. 그는 거기에서 해방 후의 한국의 문화적 혼란과 윤리감의 상실을 그 어떤 시인보다도 날카롭게 비판한다. 그를 통해서 한국시는 시어로서 사용하기 불가능하다고 알려져 온 많은 어휘들을 시 속에 끌어넣게 된다. 시어의 확대라는 면에서 그의 장시 「하여지향」은 주목할 만한 작품이다. 식민지 시대 모더니즘의 기수로 알려진 김기림의 「기상도」가 가지고 있는 경박한 재치를 그는 뛰어난 현실 감각으로 극복하여 풍자시의 전통을 세운다. 그의 실험 위에서 김지하의 풍자시는 가능해진 것인데, 김지하는 송욱에게 결여된 서사시적 줄거리를 풍자시에 도입한다. 그러나 송욱은 「하여지향」의 풍자 세계를 버리고 그의 최초의 출세작인 「장미」에서 그 편린을 볼 수 있는 관능적 자연으로 그 탐구 대상을 바꾼다. 그의 관능적 자연은 글을 쓴다는 것은 행복하게 사는 것을 의미한다는 바슐라르의 시학에 많은 것을 빚지고 있다. 그의 자연시는 그의 삶의 환희를 긍정적으로 아름답게 묘사하고 있는데, 그 환희는 탄력 있는 관능적 이미지로 표현된다. 「월정가」에 표현되어 있는 그의 환희의 노래는 한국시사상 유래를 보기 드문 긍정적인 노래들이다.

6) 박재삼[176] —— 박재삼(朴在森)의 시적 공간은 〈습속에 대한 자기 훈련〉[177]으로 이루어져 있다. 그가 즐겨 묘사하고 있는 자연 역시 인간적인 자연이 아니라, 인간이 그 속에 들어가 편하게 쉴 수 있는 자기 망각의 자연이다. 당연히 그의 자연은 시간성과 공간성을 갖고 있지 않을 뿐 아니라, 한국 하층민들의 숙명관과 허무 의식을 짙게 내포하고 있다. 그는 그 자연을 감탄 어미를 적절하게 구사함으로써 시적으로 성공시키고 있는데, 그것은 여

---

176) 박재삼 : 1933-. 도쿄 출생. 고려대 수학. 시집에 『춘향이 마음』.
177) 김주연, 「1945년 이후 시인 개관」, 『현대한국문학의 이론』.

운에서 시적인 것을 확인하려는 재래적인 의식의 소산이다. 그
여운은 그의 시에 빈번하게 나오는 〈운다〉라는 동사와 〈눈물〉이
라는 명사에 의해 감정적으로 도움을 받는다.[178] 그의 시가 여운
과 눈물의 감정에 많은 것을 기대고 있다는 사실은 그의 시의
근원 정서가 습속적인 것에 있음을 다시 확인케 한다.

그의 시는 역사의 중하 아래서 신음해 온 한국 서민층의 감성
을 그대로 표출하고 있는 여성적 시이다. 그의 시의 상당수가 한
국의 재래적인 민담에서 그 제재를 얻고 있는 것도 위의 사실과
무관하지 않다. 그의 대표작은 「춘향이 마음」이다.

7) 그 밖에 주목할 수 있는 시인들로는 시집 『양(羊)』의 장만
영, 전통적인 한시의 세계를 시 속에 흡수하여 독특한 세계를 확
립한 조지훈, 초현실주의의 세례를 짙게 받은 「삼곡(三曲)」의 김
구용, 시는 의미하는 것이 아니라 존재하는 것이다라는 시론을
극단으로 몰고 간 묘사의 시인 김종삼, 「휴전선」의 박봉우, 그리
고 박성룡, 박희진, 신동문, 신동집, 전봉건, 김상옥 등이다.

제 4 절 전망과 기대

조선조 후기에서 1960년대에 이르는 한국 문학은 개인적인 경
험의 틀 속에서 사회적 혼란과 모순을 인지하고 비판하여 그것
을 극복하려는 지적 노력과 한국어를 개발하고 지키고 그것을
위해 싸우는 언어적 노력의 집대성이다. 그 문학인들의 노력이
정치적 경제적 차원에서 수용되고 채택되지는 않았지만, 사회적
차원에서는 폭넓게 한국인들의 의식을 개발시킨다. 백성이 하나

---

178) 같은 책, 247쪽.

의 민족 단위로 자기를 발견하고, 자기를 국민으로 만들어 가는 과정은 한국 근대 문학의 성과와 밀접하게 관련되어 있다. 그 과정에서 한국어의 독특성은 재인식되고, 다른 언어와 마찬가지로 그것을 논리화하고 순화하려는 힘든 노력이 행해진다.

일제 36년간의 식민지 치하는 백성을 민족으로 변모시킨 중요한 기간이다. 그 기간 동안에 한국은 일본의 갖은 수탈과 약탈의 대상이 되지만, 한국인은 그것을 통해 오히려 민족 의식을 더욱 계발시킨다. 거기에서도 도전과 응전이라는 원칙이 작용한 것이다. 일제 식민지 치하를 문학사에서 제거해 버리자는 극단적인 주장에 일리가 없는 것은 아니지만, 민족 의식의 각성이라는 면에서 그 시대만큼 지식인의 강력한 응전력을 불러일으킨 시대는 보기 힘들다. 그 시대는 지배자의 원칙을 그대로 수락한 노예 문화로 파악되어서는 안 되며, 지배자의 비인간적이고 제국주의적인 수탈에 저항한 각성의 문화로 파악되어야 한다.

4·19 혁명은 국민의 잠재적 에너지를 유감없이 보여준 운동이다. 그것은 민족의 생존고(生存苦)에 관계된 본능적인 저항이 아니라, 한 국가를 이루는 국민이 국민으로서의 주관을 정당하게 행사한 운동이다. 한 국민이 지켜야 할 이념과 국가의 관계가 그 운동으로 인해 보다 선명해진 것이다. 그 이후 많은 문학인들이 그가 속한 국가를 이해하려는 지적 노력을 보여준다. 4·19 이후에 주목될 수 있는 문학적 이슈와 문학인들은 다음과 같다.

1) 개인주의의 대두 —— 미국식 민주주의 교육은 개인의 존재와 그의 결단을 중요시하게 만든다. 그것은 실용주의와 결합되어 자기 중심주의를 이루는데 그때 첨예하게 드러나는 것이 개인과 개인의 대립, 사회와 개인의 대립이라는 주제이다. 인간은 무엇이며, 예술은 무엇에 봉사할 수 있는가라는 문제와, 국가는 개인을 위해 무엇을 해줄 수 있느냐 하는 문제가 거기에 포함된다.

「서울 1964년 겨울」의 김승옥, 「원무」의 서정인, 「무너진 극장」의 박태순, 「조율사」, 「소문의 벽」의 이청준, 「열명길」의 박상륭, 「D데이의 병촌(兵村)」의 홍성원, 「초식」의 이제하, 「객지」의 황석영, 「아메리카」의 조해일, 「미개인」의 최인호, 송영 등의 소설가와 『이성부 시집』의 이성부, 『삼남에 내리는 눈』의 황동규, 『사물의 꿈』의 정현종, 「국토」의 조태일, 『언어』의 이승훈, 『황토』의 김지하, 『순례』의 오규원, 『장자시(莊子詩)』의 박제천, 박의상, 김준태, 최민, 호영송, 윤상규, 강은교 등의 시인들이 그런 문제들과 씨름하고 있다.

2) 농촌 문제의 부각 —— 농촌 문제는 한국민의 상당수가 농민이라는 점에서 중요한 사회 문제를 이룬다. 농민은 어떻게 수탈당하고 있는가 그리고 그것은 무엇을 의미하는가라는 문제가 그때 제기된다. 「인간단지」의 김정한, 「농무」의 신경림은 그 문제에 매달려 있는 대표적인 작가들이다. 그 농민 출신들이 도시에서 뿌리를 박지 못하고 유랑하고 있는 상태를 즐겨 그리는 작가가 「장한몽」의 이문구, 「분례기」의 방영웅이다.

한국 문학은 앞으로 민족 단위를 훼손시키지 않는 민족 문학의 건설과 민족어의 계속적인 발전이라는 과제를 짊어지고 있다. 그 어느 때보다도 많은 작가·시인·비평가 들이 활약하고 있는 오늘날, 한국 문학의 장래는 밝다고 하지 않을 수 없다. 문학은 그가 속한 사회를 반영하면서 그것을 뛰어넘는다. 한국 문학 역시 그러할 것이다.

제 5 절   남는 문제들

1) 식민지 치하에서부터 해방 이후까지 활약한 중요한 작가들

의 이데올로기 선택 문제는 간단하게 해결될 수 있는 문제가 아니다. 그것이 완전히 밝혀지기 위해서는 더 많은 자료가 공간(公刊)되어야 하며, 그것을 자유롭게 다룰 수 있는 정치적, 사회적, 문화적 환경이 조성되어야 한다. 많은 수의 작가들에 대하여 평가를 유보할 수밖에 없는 것은 그것 때문이다.

2) 해방 이후의 한국의 대미 관계, 한국전쟁시의 외국 참전, 4·19의 구체적 전모에 관한 자료들이 더 많이 공간되어, 사회적 풍속적 변화가 그것에 의해 유도된 것이 있다면 어떤 것이며, 없다면 왜 없는가에 대한 사회학적 접근이 가능해져야만 해방 이후 문학의 한계와 가치가 더 뚜렷해지리라 우리는 믿는다.

3) 작가의 전기(傳記) 연구, 특히 사회학적 계층 연구와 심리학적 정신분석이 폭넓게 행해지기를 우리는 희망한다. 그것이 없는한, 작가와 사회의 관련성 탐구는 공전할 염려가 있다.

4) 우리의 관점에서는, 문학의 문체론적 접근이 지금 가장 결여되어 있는 것처럼 보인다. 언어학의 비상한 발달은 생성문법적인 관점에서 문학에 접근할 수 있는 가능성을 열어놓고 있으며, 새로운 수사학 연구를 가능케 하고 있다. 문학의 문학성 규명은 작가의 사회와의 관련성과 함께 문학 연구의 중요한 부분을 이룬다고 우리는 판단한다.

5) 지성사의 미비는 문학 연구에 큰 장애를 이룬다. 중요한 개념 의미의 시대적 변화와 사고인의 문화사적 위치를 밝히는 작업이 더욱 활발해지기를 우리는 희망한다. 지적인 작업을 말살하려는 외부의 압력이 거세어질수록 그것은 확실한 응전의 형태와 그것의 의미를 오히려 밝혀줄 수 있다.

김윤식

1936년 경남 진영 출생.
서울대 국어과 졸업. 평론가이자 국문학자.
주요 저서 『한국근대문예비평사 연구』, 『한국근대문학사상사』 등과
평론집 『황홀경의 사상』 등.

김현

1942년 전남 진도 출생.
서울대 불문과 졸업. 평론가이자 불문학자.
주요 저서 『현대한국문학의 이론』, 『시인을 찾아서』, 『한국문학의 위상』,
『젊은 시인들의 상상세계』 등.

한국문학사

1판 1쇄 펴냄 1973년 8월 30일
1판 29쇄 펴냄 1996년 2월 20일
2판 1쇄 펴냄 1996년 9월 10일
2판 23쇄 펴냄 2021년 9월 13일

지은이 김윤식 · 김현
발행인 박근섭 · 박상준
펴낸곳 (주)민음사

출판등록 1966년 5월 19일 제16-490호
서울특별시 강남구 도산대로길 62(신사동)
강남출판문화센터 5층(우편번호 06027)
대표전화 02-515-2000 팩시밀리 02-515-2007
www.minumsa.com

ⓒ김윤식 · 김현, 1973, 1996. Printed in Seoul, Korea.

ISBN 978-89-374-1111-3 93800